图书在版编目（CIP）数据

中国现代民族主义文学思潮：1895-1945 / 李钧著 . —北京：
中国社会科学出版社，2017.4
ISBN 978 - 7 - 5203 - 0109 - 1

Ⅰ.①中… Ⅱ.①李… Ⅲ.①民族主义—文艺思潮—研究—
中国—1895-1945 Ⅳ.①I206.6

中国版本图书馆 CIP 数据核字（2017）第 067658 号

出 版 人　赵剑英
责任编辑　张　林
特约编辑　李树琦
责任校对　石春梅
责任印制　戴　宽

出　　　版　中国社会科学出版社
社　　　址　北京鼓楼西大街甲 158 号
邮　　　编　100720
网　　　址　http://www.csspw.cn
发 行 部　010 - 84083685
门 市 部　010 - 84029450
经　　　销　新华书店及其他书店

印刷装订　北京明恒达印务有限公司
版　　　次　2017 年 4 月第 1 版
印　　　次　2017 年 4 月第 1 次印刷

开　　　本　710×1000　1/16
印　　　张　31.75
插　　　页　2
字　　　数　506 千字
定　　　价　128.00 元

目　　录

上　　编
中国现代民族主义思想流变及其文学书写
（1895—1945）

中　编
中国现代政治民族主义文学个案研究

下　编
中国现代文化民族主义文学个案研究

序

朱德发

　　"真学者"在竞相创新争优的学术平台上，往往是不显山露水的；然而一旦显露，其耀目的学术风貌与思想光彩即令人惊喜、使人赞佩！记得 10 年前李钧教授的第一部专著《生态文化学与 30 年代小说主题研究》问世时，我曾评说："它所研究的具体对象虽是 20 世纪 30 年代小说主题，而真正的学术目标却是从理论建构与写作实践的有机结合上为重构现代中国文学史进行卓有成效的尝试，至少为重写 30 年代断代史作了成功的探索，也为整个文学史的全景观书写提供了一个新颖独特的叙述范式。"同时该书的创新趋优，"充分显示出作者具有独立驾驭重大研究课题的气魄、胆识和才华，更富有那种虚心好学、勤奋向上、废寝忘食、深钻苦研、为文去忧、唯书是乐的'真学者'（梁启超语）的治学精神。"① 恰好"十年磨一剑"，若说第一部专著所磨的利剑在迎接科研的挑战中仅仅是初露锋芒，那么经过 10 年酷暑严冬的焠砺所磨出的《中国现代民族主义文学思潮（1895—1945）》这把剑，则寒光闪烁，锐气逼人。这部学术著作，不只承续了他第一部专著所开创的学术范式以及研究主体"真学者"的治学精神，而且研究本体对象在深广度上有了重大突破，研究主体的思维更新、治学智慧和学术个性更有充分而显豁的展现，其学术文本也成为作者在人文科学研究征程上树起的一座令人赞赏的夺目丰碑！

　　没有突破就没有创新，没有大胆的突破就没有学术硕果，尤其人文科学研究的突破既重要又艰险。尽管这是众所认同的研究规律，然而在科研

---

① 朱德发：《朱德发文集》第 8 卷，济南：山东人民出版社 2014 年版，第 191—195 页。

实践中能够对所选课题坚持多维度全方位突破研究的学术成果并不多见。《中国现代民族主义文学思潮（1895—1945）》从纲目设计到内涵阐述给人以全新的学术冲击，仿佛进入了一个别开生面的认知世界，足证研究主体在突破中求新、在求新中突破的逻辑循环内下足了力气使尽了功夫。这主要体现在：其一，选取"中国现代民族主义文学思潮"作为研究对象，突破了学术界既有的选题范围，对复杂形态的中国现代民族主义文学思潮从理论与创作相互关联的两大维面重新规范整合，这给研究对象带来既深且广的拓展与"创新"领域。"民族主义文学思潮"在既有的中国现代文学总体系统研究及其文学史书写中，长期以来主要是被批判和否定的对象，即使到了"拨乱反正"时期也没有得到完全"解禁"与解放。虽然近几十年对"现代民族主义文学思潮"的研究引起不少学人的关注，但是系统性整体性的研究实在罕见，大多还是支离破碎的零散研读，未形成有学理深度和史学体系的真正具有创新价值的学术成果。《中国现代民族主义文学思潮（1895—1945）》所规范的研究对象具有前所未见的系统性与整体性，从1895年《马关条约》签署始，到1945年抗战胜利止，这"始"与"止"正值中华民族与日本军国主义发生最激烈冲突之际，现代民族主义思潮得以勃兴与高涨，中国现代民族主义文学也得以昌盛。以这50年来规范现代民族主义文学思潮，既有历史的纵深感，合乎原生态的客观真实律，又有强烈的忧患感，告诫国人昔日仇寇亡我之魂不散。因此所研究的对象不仅在纵向上有晚清的民族主义文学思潮、民初的民族主义文学思潮、"五四"时期的启蒙与救亡互动的民族主义文学思潮、20世纪30年代政党相争的民族主义文学思潮以及抗战时期全民共鸣的民族主义文学思潮，而且在横向上有不同的政治或文化生态——大陆与台湾、各民族差异互见的民族主义文学思潮，甚至还有大而广之的中与外、古与今的民族主义文学思潮。将这诸多的错综复杂的民族主义文学思潮流派梳理出一个系统来，整合出一个体系来，是对研究主体的宏观学术视野、综合理论思维、渊博知识结构与纵横穿透能力的严峻考验；这也使得《中国现代民族主义文学思潮（1895—1945）》以自足的整体系统屹立于现代中国文学的多元共同体的总系统。这种梳理、规范、整合的逻辑运作，就是对原创民族主义文学的重新开掘重新发现；这样的开掘与发现不只突破了既有研究对象的藩篱，也以睿智的学术魄力克服了在规范整合过程中所遇到的艰险，为书写主体提供了一个可以自由探索与阐释的研究空间。

其二，突破了中国现代民族主义文学思潮已有的研究框架，亦完善了作者10年前研究20世纪30年代小说主题时所建构的叙述模式。作者完全根据重新整合的现代民族主义文学思潮作为研究对象的内在需求，以"生态文化学"文学史观为制导，营造了一种新颖的述史范式，重构了中国现代民族主义文学思潮史。这种述史范式的重要功能特点有：（1）以"生态文化学"为方法论或文学史观，能够以平等的眼光对待一切文学现象，可以消除庸俗社会学及其方法论给文学研究带来的人为偏见，乃至是非颠倒、人妖混淆的不良后果；它亦有利于现代民族主义文学思潮的研究，能够给出较为公正合理的判断。（2）文学史书写不能没有论的制导，然而更为重要的是以史实为根据为基石，因为没有史实就没有文学史；生态文化学作为方法论恰恰强调史实的呈现，即史识或史线务必源于史实，真正做到论从史出。（3）书写主体的史学观在文学史建构过程中固然具有超越性，但是这种超越性必须以史料的丰赡性与实证性为根基；而生态文化学的文学史观则格外重视后者。（4）能够将宏观的探本式研究与微观的体验式评述有机结合起来，运用研究主体与研究对象之间互为主体的换位思考，从而发现各自存在的合理性与合法性；这就导致凡是文学史上出现的作家作品在这种思维框架中都可以获得存在的价值与意义。这些述史范式的功能特点也从《中国现代民族主义文学思潮（1895—1945）》文本建构中充分显示出来，这正表明书写主体营造的述史范式在重构中国现代民族主义文学思潮史中得到了卓有成效的运用，至少在三个层面上做到了述史范式与研究内涵的高度契合：第一个层面上理清了1895—1945年中国现代民族主义思潮流脉，探析了民族主义思潮对文学创作的深刻影响，重写了一部清晰、系统、完整的"中国现代民族主义文学思潮史"；第二个层面上从宏观的中国现代民族主义思潮流变入手，上溯到具有民族主义性质的曾国藩"卫道变器"说和康有为"托古改制"论，而重点则对梁启超、孙中山、蒋介石的民族主义思想进行辨析，旨在弄清现代民族主义思潮的源流及其差异；第三个层面上着重解读政治民族主义文学和文化民族主义文学的经典作家作品，阐释中国现代民族主义文学的美学特质，为中国现代民族主义文学理论体系的建构提供有益资源。作者对于上述三个层面上的历史梳理、思潮辨析和文本解读，都是在"生态文化学"

文学史观的烛照与制导下进行的，这就确保了这部"中国现代民族主义文学思潮史"的"重写"具有更加新颖的学术气质与思想风貌。

其三，突破以往中国现代民族主义文学思潮研究中残留的陈旧僵化的话语系统，竭力探索新的学术增殖点与内容创新点，重建中国现代民族主义文学思潮研究及其文学史书写的新话语体系。李钧教授为此所做的尝试与努力是值得尊重和敬佩的。在现代中国文学研究及其文学史书写领域，凡是有卓越创造力、有学术个性的学者，都力图建构既具时代色彩又有个性烙印的学术话语系统。尽管不能说《中国现代民族主义文学思潮（1895—1945）》完全建构起了全新独创的学术话语系统，至少其学术话语富有强烈的创新意识与个性色彩；这主要体现于研究主体对研究对象的多层次多侧面的创新性的理论探察所形成的卓识独见，及其相应的具体而贴切的表述与修辞上。本书所写的"中国现代民族主义文学思潮（1895—1945）"至少包括中国"近代文学"的尾声（1895—1916）、大陆"现代文学"的主体（1917—1945）和"台湾民族主义文学"（1895—1945）三大板块；为了缝合这三大板块之间由于意识形态原因而造成的中国现代文学史的结构性硬伤和裂缝，从宏观到微观来把握中国现代民族主义文学思潮的有机整体，书写主体从多方面做了求真出新的探索和描述：首先搜求最新出版的有关民族主义思潮及其文学研究的史料，并将这些史料激活，从中整合出最前沿的理论观点，以调整或更新自己的理论思维，对中国现代民族主义层层深入地进行理论阐释，既有从思想层次对民族主义的界说，又有从诗性层次对民族主义的论述，也有从创作层次对民族主义的感悟，这就使"民族主义"这个多义的众说不一的思想范畴或美学概念有了创新的理论话语。其次搜集港台地区有关中国现代民族主义思潮及其文学创作的研究成果，与大陆的学术研究两相比照，取长补短，确立能够容纳大陆与台湾两地中国现代文学的整体史观，努力探索两地民族主义文学的内在机制与线索，以弥合中国现代民族主义文学思潮史书写有可能出现的裂缝；在这方面的探索所发现的新思想线索、新美学取向及其作出的有新意的言语表述，无疑增强了《中国现代民族主义文学思潮（1895—1945）》的话语创新度。再次"生态文化学"作为一种新方法用于中国现代民族主义文学思潮研究及其文学史书写，有助于发现被其他研究方法所遮蔽所遗漏的史实史料及其审美文本中的新意蕴新诗性，特别是能发现民族主义文学思潮的政治、文化生态的主体结构和多彩景观，进而从政治民族主义和文化民族主义这两个新角度对现代民族主义文学进行主题学研究。运用新方法选取新角度对中国现代民族主义文学思潮所作出的新勘探、新洞见、新发现，以及所给出的朴实简明、鲜活真切的描述，无不为此著铸新词造新话。最后是作者格外重视个案研究，精心投入文本细读。这是营造《中国现代民族主义文学思潮（1895—1945）》创新话语的最重要途径。如果说上编是重构中国现代民族主义文学思潮史的骨骼，那么中、下两编八章的个案研究或文本解读则是重构中国现代民族主义文学思潮史的血肉。没有血肉的文学史只能是一副空架子，缺乏血肉的文学史也是瘦骨嶙峋不成形态，唯有血肉丰满的文学史方能身健体壮；创新型文学史所需求的也不是陈腐僵死的血肉，而是鲜活丰盈的血肉；因此，书写主体只有对经典性的审美文本进行创新式解读，读出新意蕴，品出新诗性，形成新见解，铸就新话语，才能使重构的文学史的血肉鲜活丰满。《中国现代民族主义文学思潮（1895—1945）》的个案研究，不论是对《老残游记》《四世同堂》《呼兰河传》《京华烟云》等的重解，还是对《陇海线上》《大上海的毁灭》《黄人之血》等的重评，都达到了相当的审美深度、精度和新度，极大地充实丰富了本书的学术话语。

上述仅从三个相互关联的维度考察并点评了《中国现代民族主义文学思潮（1895—1945）》如何突破创新以及创新点的主要体现方式，却足以说明它是一部"重写"型的具有开拓性创新性的中国现代民族主义文学思潮史，它的不可取代的学术理论价值、文学史价值、方法论价值是不言而喻的；至于本课题所具有的重要文化意义、思想意义、政治意义乃至现实意义，李钧教授在《序论》中作了纵横捭阖的考辨和颇有深度、力度的阐释，尤其联系"中国梦"这个时代命题所作出的结论性判断更令人深思："如果说现代中国最重要的使命是摆脱半殖民地半封建状态走向国家独立、民族富强、文化自信，那么以反帝反封建为主题的中国现代民族主义文学思潮就是中国现代文学史上最主流的文学思潮。中国现代民族主义文学是对中国现代化梦想的文学想象与艺术表达，她真实地记录了'中国梦'的来路，因此，研究'中国现代民族主义文学思潮（1895—1945）'不仅具有重要的思想史意义，更具有重大的文学史书写价值。"笔者不再赘述，请细读《序论》。

　　我更感兴趣追询的是，李钧教授在科研征程上看重"十年磨一剑"。剑不出鞘难见其锋，一旦剑锋出鞘便闪闪发光，这究竟体现出何种治学精神或学术性格？在我看来，一是由于研究主体真正感悟到现代中国文学特别是民族主义文学思潮在极左政治猖獗时遭受严重伤害，欲将"拨乱反正"和"正本清源"的任务进行到底，以"文化生态学"为文学史观或方法论，重新对 20 世纪 30 年代民族主义文学和 20 世纪 40 年代战国策派这两个所谓"法西斯主义"文学社团和流派，做出历史的公正评价，恢复其原生态的本来面目。这就必须从主客体两个维度进行深入而持久的探察与研究。李钧在 10 年前攻读博士学位时就对现代民族主义文学做了潜心探索，不仅独自在图书馆埋头于旧杂志查阅了大量原始资料，而且设身处地地回到历史现场去感受去体验，为"民族主义文学"和"战国策派"这两个文学社团去"正本"去"清源"，这种坚韧的治学精神是值得称赞的！二是对于学术研究或教书育人，李钧教授旗帜鲜明地"反对急功近利"，他"深信教育和学术不能搞 GDP 或商品化，不能按市场法则来计算投入产出比，不能搞'一手交钱一手交货'——金钱帝国出不了学术经典，货币哲学又岂能成为教书育人的法则？！教育和学术更要抛弃行政命令和'大跃进'行为，那些随风漂流的泡沫绝不是大繁荣的表征，那花里唿哨的口号也回答不了'钱学森之问'。"说得多么痛快，语语击中当下学术研究或教书育人的要害！只有把学术研究作为生命价值根基的学人，只有将治学的求真知获真理作为人生终极目标的智者，才能真正体验到"学术研究是一项充满发现和挑战的智力游戏，学人进入写作状态时就像游戏成瘾者一样乐此不疲、心无旁骛"，并能生发出"十年辛苦不寻常"（以上引文见本书《后记》）的豪迈之感。有了这种"其乐无穷"的学术感知，就能远离"急功近利"的诱惑，哪怕为打造学术研究的精品力作竭尽全力乃至献出生命也在所不惜，至于为完成课题而废寝忘食或不分昼夜地博览群书、苦钻深研就更不算什么了。三是文学研究不同于其他社会科学的研究对象，文学作品主要是审美的感性世界，通过学术研究从中获取真理发现真知并不是轻而易举可以做到的；尤其重构中国现代民族主义文学思潮史，可以借鉴的学术成果并不多，这就必须遵循文学创作的美学规律及其诗性特征重新解读重新评述大量的文学作品，从中选取经典性文本进行重点剖析。而这种解读或剖析所面对的并非赤裸裸的理性、思想、人性，因为它们都被审美性或诗性包裹着或者天衣无缝地相互融合为一体，所以解读或剖析文学作品无不是审美性或诗性的解读或剖析，即使对其主题思想的解读或剖析也不是光秃秃的政治学伦理学说教，而是对诗性的政治主题或伦理主题的阐发，即使作品中人性密码的破译也不是干巴巴的人性展示，而是带着浓郁诗意的人性分析。唯有这样的解读或剖析才算得上地道的文学作品的解读或剖析。尽管不能武断地说《中国现代民族主义文学思潮（1895—1945）》的每篇作品读解都达到了诗性研究的高度，至少大多数作品的解读具有诗性研究的特征。这是这部文学思潮史书写的强项又是本书的亮点，也由此体现出作者不凡的艺术感悟力与孜孜不倦地审美追求的价值取向。

学术成果的质量高低，真正的决定因素是研究主体自身的优化程度。李钧教授风华正茂，才气横溢，知识丰实，视野开阔，思维敏捷，文笔机智，又有刻苦严谨、创新争优的治学精神；今后只要不忘初心，志存高远，孜孜以求，坚毅前行，哪怕在研究征程上偶遇麻烦或艰险，也一定会登上人文科学的"金字塔"顶！是为序。

草于 2016 年国庆前夕

序　论

民族复兴，中华有梦：中国现代
民族主义文学思潮研究的意义

　　"民族"一词因为内涵外延不同、评判标准各异而在中外学界有数百种定义。在现代中国，梁启超、孙中山和钱穆关于"民族"的论述常被引为经典。梁启超《政治学大家伯伦知理之学说》正式将"民族"作为一个现代政治学概念引入汉语，从此引起国人注意①；梁启超认同伯伦知理的观点："民族者，民俗沿革所生之结果也"，民族具有八项特征，即同地、同血统、同面貌、同语言、同文字、同宗教、同风俗、同生计，其中"以语言、文字、风俗为最要焉"。② 孙中山《民族主义》第一讲指出："英文中民族的名词是'哪逊'（nation）。'哪逊'这一个字有两种解释：一是民族，一是国家"；在中国，"民族主义就是国族主义"，"民族就是国族"③。钱穆则认为："立国第一条件是民族；所谓民族，乃由一种共同的生活信仰，生活理想，与夫共同的生活情趣、生活爱好而形成。"④ 这些定义有一个共同内核，即"民族是人们在历史上形成的一个有共同语言、共同地域、共同经济生活以及表现于共同文化上的共同心理

　　① 葛兆光：《中国思想史》第二卷，上海：复旦大学出版社 2001 年版，第 545 页注④。

　　② 梁启超：《政治学大家伯伦知理之学说》，《饮冰室合集》第一册文集之十三，北京：中华书局 1989 年影印版，第 71—76 页。

　　③ 孙中山：《民族主义·第一讲》，《孙中山全集》第 9 卷，北京：中华书局 1986 年版，第 185 页。

　　④ 钱穆：《世界局势与中国文化》，台北：东大图书股份有限公司 1987 年版，第 47 页。

素质的稳定的共同体"①；民族是"一种想象的政治共同体——并且，它是被想象为本质上有限的，同时也享有主权的共同体"②；"民族"是一个现代政治学概念，它不像"部族"和"种族"那样建立在血缘和肤色基础之上，而是在文化传统和现代政治经济学基础上确立起来的"想象共同体"。

　　如果说中国传统社会有家族、宗族和"天下"观念而缺乏"民族国家"意识，那么"民族"一词的引入和"民族主义"思潮的兴起，就是现代中国民族国家意识觉醒的标志。与 nation 相对应，nationalism 通常被译作"民族主义""国家主义"或"国家民族主义"③，而陈独秀译之为"民族国家主义"④，日本学者丸山真男则译之为"国民主义"。⑤ 但不管称谓有何不同，本质却是明确而统一的，即"民族和民族主义均是现代国家的特有属性"⑥。当民族与国家联在一起并演化为一种主义，就具有了政治主权、经济独立和文化认同的内涵，因而当代学者钱雪梅将"民族主义"划分为政治民族主义、经济民族主义和文化民族主义三个层面，并认为这种认识论上的划分既不会破坏"民族主义"概念的完整性，也不会把"民族主义"简单化或片面化。⑦ 郑师渠则认为："民族主义有两种范式：一是以法国大革命为代表，强调民权论的政治民族主义；一是以德国为代表，强调民族精神和文化传统的文化民族主义。……政治民族主义与文化民族主义互为表里，只是因各国情形不同，其具体的表现形式有所不同而已"；而在现代中国，政治民族主义与文化民族主义同时并兴。⑧

---

　　① ［苏］斯大林：《马克思主义和民族问题》，《斯大林全集》第 2 卷，北京：人民出版社 1953 年版，第 294 页。

　　② ［美］本尼迪克特·安德森：《想象的共同体：民族主义的起源与散布》，吴叡人译，上海：上海人民出版社 2003 年版，第 5 页。

　　③ 刘禾：《语际书写——现代思想史写作批判提纲》，上海：上海三联书店 1999 年版，第 214 页。

　　④ 三爱（陈独秀）：《说国家》，《安徽俗话报》1904 年 6 月 5 日。

　　⑤ ［日］丸山真男：《日本政治思想史研究》，王中江译，北京：生活·读书·新知三联书店 2000 年版，第 323 页。

　　⑥ ［英］安东尼·吉登斯：《民族—国家与暴力》，胡宗泽等译，上海：三联书店 1998 年版，第 141 页。

　　⑦ 钱雪梅：《文化民族主义刍论》，《世界民族》2000 年第 4 期。

　　⑧ 郑师渠：《近代中国的文化民族主义》，《历史研究》1995 年第 5 期。

人们日渐达成的共识是：民族主义是现代性的政治共同体意识与行动，它不仅塑造了现代国族文化而且推动了民族国家的创建，成为现代国家合法性的基础；在民族国家建立之后，民族主义仍会以爱国主义等形式表现出来，成为民族振兴和国家发展的内在驱动力①，正如在"振兴中华"和"中国梦"的号召中，爱国主义已成为民族主义的合理内核②。不仅如此，"新民族主义"作为21世纪的一股重要社会思潮，在国际政治事务中发挥着重要作用，因而受到当代学者和政治家的高度重视。③

　　国外学界已对民族主义问题进行了深入研究并产生了众多经典著作。比如汉斯·科恩《民族主义的观念：关于其起源和背景的研究》（纽约1944年）、苏·乔德哈里《印度民族主义的发展（1857—1918）》（加尔各答1947年英文版）、卡尔顿·G. H. 海斯《民族主义：一种宗教》（纽约1960年）、苏加诺《民族主义·伊斯兰教·马克思主义》（上海人民出版社1977年）、泰戈尔《民族主义》（商务印书馆1982年）、马克斯·韦伯《民族国家与经济政策》（生活·读书·新知三联书店1997年）、安东尼·吉登斯《民族—国家与暴力》（生活·读书·新知三联书店1998年）、冯克《近代中国之种族观念》（江苏人民出版社1999年）、埃里克·霍布斯鲍姆《民族与民族主义》（上海人民出版社2000年）、厄内斯特·盖尔纳《民族与民族主义》（中央编译出版社2002年）、《全球化时代的民族与民族主义》（中央编译出版社2002年）、本尼迪克特·安德森《想象的共同体：民族主义的起源与散布》（上海人民出版社2003年）和史密斯《民族主义：理论，意识形态，历史》（上海人民出版社2006年），等等，这些著作对民族主义做出了多层面、多角度的系统论述，为后世学者展开民族主义相关问题研究奠定了坚实的学理基础。

　　由于阶级革命理论与民族国家话语方凿圆枘，而国共两党在民族主义问题上一直存在龃龉冲突，因而中国大陆官方在20世纪50年代以后一度将民族主义话语"妖魔化"，对"大民族主义"和"地方民族主义"更

---

① 王文奇：《民族主义与民族国家构建析论》，《史学集刊》2011年第3期。
② 熊坤新：《关于民族主义论争中的几个热点问题》，《贵州民族研究》1996年第4期。
③ 薄明华：《论当代中国新民族主义思潮》，《中国人民大学报刊复印资料·政治学》2007年第8期。

是高度警惕；这使大陆学界长期回避民族主义相关问题的研究，也将民族主义文学视为敏感领域和学术禁区①。造成这种状况的历史原因主要有如下几点：首先，"民族主义"是孙中山"三民主义"要义之一，中国共产党虽然在1945年以前将孙中山视为中国民主主义革命的思想指导者，但由于南京国民政府曾在20世纪30年代提倡"民族主义文学运动"，而1946年后国共意识形态处于尖锐对立状态，因此民族主义文学在整体上成为学术"带电区"。其次，中国是一个多民族国家，因而大陆主流意识形态一直对"民族—国家"话题有所避讳，担心引发地方民族主义和分裂主义活动。再次，李立三时代的教条主义和"左"倾幼稚病认为"民族主义"与"共产主义"之间存在不可调和的矛盾。最后，现代民族主义思潮包含政治民族主义、文化民族主义和经济民族主义，必然涉及对中华民国史、中国传统文化和资本主义道路的重新评价问题，这与"全盘反传统"的"现代化"精神、中国特色社会主义理论之间存在悖论，甚至可能会颠覆现代文化和新文学的合理性与合法性。

其实上述问题不仅不应该成为学术研究的障碍，反而证明民族主义思潮研究是不容回避的重大课题。亨廷顿认为，民族国家仍将是世界事务中的主导因素，但未来的全球性冲突将是不同文明的冲突，并断言文化民族主义将造成文明的冲突状态。②梁启超则在《政治学大家伯伦知理之学说》中就对"民族主义分裂问题"做出了回答，而瞿秋白、毛泽东、周恩来、李维汉等共产党人也对此问题做出了深入思考，为后世学者确立了民族主义研究的基本原则③。对于共产主义与民族主义的关系问题，我们应当明确的是：共产主义与大同世界是人类的美好愿景，但在当前以及未来很长时期内，提倡以爱国主义为核心的民族主义精神仍将是各国政治文化的主流意识形态，中国的民族主义也必将成为"振兴中华""实现祖国和平统一"和"实现中华民族伟大复兴"的强大思想基础。至于有人担

---

①　李晓峰：《集体记忆·文化符号·民族形象——论1950年代少数民族文学文化民族主义话语》，《民族文学研究》2013年第6期。

②　王缉思主编：《文明与国际政治》，上海：上海人民出版社1995年版，第3—7页。

③　参看王希恩《中国共产党反对两种民族主义的理论和实践回溯》，《民族研究》2011年第4期；张双智《近代民族主义视野下的西藏问题》，《青海民族研究》（社会科学版）2011年第1期。

心文化民族主义可能导致复古保守倾向，则更是皮相之见，因为从来就没有"无传统的现代化"，中国的现代化道路绝不可能在断裂中铺就，而只能在汲取本土优秀传统文化同时摄取外来文明资源的基础上开创出来……正是基于以上认识，中国大陆的民族主义研究虽然起步较晚，但已经取得了一批重要学术成果。①

中国近现代历史证明，民族主义、马克思主义、民主主义、自由主义、无政府主义等政治文化思想，都曾推动了中国现代化进程并形成了相应的文化和文学思潮。不过，"近代中国出现过的各式各样的现代化思想和政治运动，其能掀动人心于一时者大抵皆以民族主义为出发点，并基本上假借着民族主义的动力""一切与民族主义相冲突的现代化运动，其最终的成就都是没有保障的。"② 这是因为"民族主义者，世界最光明正大公平之主义也""此一大主义以万丈之气焰，磅礴冲激于全世界人人之脑中，顺之者兴，逆之者亡。"③ 因此可以说，"民族主义不仅是近代中国一切现代化运动的基本动力，也构成了现代中国的基本思想形态或意识形态。"④ 而在《马关条约》签署到抗日战争结束（1895—1945）的50年里，民族主义文学思潮占据了中国现代文学的主流地位，这是因为"凡百年来种种之壮剧，岂有他哉，亦由民族主义磅礴冲激于人人之胸中，宁粉骨碎身，以血染地，而必不肯生息于异种人压制之下。英雄哉，当如是也。国民哉，当如是也。"⑤ 如果说现代中国最重要的使命是摆脱半殖民

---

① 大陆民族主义研究著作可参看罗志田《乱世潜流：民族主义与民国政治》，上海古籍出版社2001年版；李世涛主编《知识分子立场——民族主义与转型期中国的命运》，时代文艺出版社2000年版；余建华《民族主义：历史遗产与时代风云的交汇》，学林出版社1999年版；徐迅《民族主义》，中国社会科学出版社1998年版；李宏图《西欧近代民族主义思潮研究——从启蒙运动到拿破仑时代》，上海社会科学院出版社1997年版；罗福惠《中国民族主义思想论稿》，华中师范大学出版社1996年版；陶绪《晚清民族主义思潮》，人民出版社1995年版；唐文权《觉醒与迷误：中国近代民族主义思潮研究》，上海人民出版社1993年版；彭树智《东方民族主义思潮》，西北大学出版社1992年版；费孝通等《中华民族多元一体格局》，中央民族出版社1989年版；沙莲香编《中国民族性》（一），中国人民大学出版社1989年版。

② 余英时：《中国现代的民族主义与知识分子》，《联合报·副刊》1975年5月1日。

③ 梁启超：《国家思想变迁异同论》，《饮冰室合集》第一册文集之六，北京：中华书局1989年影印版，第20页。

④ 张汝伦：《现代中国思想研究》，上海：上海人民出版社2001年版，第109页。

⑤ 梁启超：《国家思想变迁异同论》，《饮冰室合集》第一册文集之六，北京：中华书局1989年影印版，第19页。

地半封建状态走向国家独立、民族富强、文化自信，那么以反帝反封建为主题的中国现代民族主义文学思潮就是中国现代文学史上最主流的文学思潮。中国现代民族主义文学是对中国现代化梦想的文学想象与艺术表达，她真实地记录了"中国梦"的来路，因此，研究"中国现代民族主义文学思潮（1895—1945）"不仅具有重要的思想史意义，更具有重大的文学史书写价值。

以诗证史：中国现代民族主义文学研究的首要意义

霍布斯鲍姆将民族主义的发生发展过程分为三个阶段：A 阶段是文化、文学、风俗习惯等层面的交融时期，B 阶段是民族主义先驱推动民族意识扩大，并鼓吹借助政治手段建立民族时期，C 阶段是民族主义得到广大人民支持的时期。[①] 这是说，民族主义情感和文化符号最初作为民俗和传说积淀在人们的集体无意识之中，在特殊条件下被知识精英整合成原型母题，又被政治精英应用于创建民族国家的实践中，他们的英雄传奇反过来被作家们以史笔和想象形诸文字来教化大众，从而使民族国家获得合理性与合法性，最终达到固化民族国家"政统"和"道统"的目的。霍布斯鲍姆的观点与梁启超《论小说与群治之关系》中的看法不谋而合：文学可以寓教于乐，能够通过"熏浸刺提"达到"新民""新道德""新政治""新风俗""新人格"和改良群治、创立民族国家的目标。而当梁启超和严复等人提倡译印政治小说之时，中国现代民族主义文学运动也正式宣告启幕，自此，中国现代民族主义文学思潮与中国现代化的进程始终同步：如果说"近代中国思想史的大部分时期，是一个使'天下'成为'国家'的过程"[②]，那么1895 年至 1945 年的民族主义文学忠实地记录了中国现代民族主义思想诞生、发展和壮大的全过程，具有以诗证史的意义。

---

① ［英］霍布斯鲍姆：《民族与民族主义》，李金梅译，上海：上海人民出版社 2000 年版，第12 页。

② ［美］列文森：《儒教中国及其现代命运》，郑大华、任菁译，北京：中国社会科学出版社 2000 年版，第 87 页。

中国现代民族主义思想产生于列强殖民入侵的历史背景下，民族与国家主体意识作为一种外源性的现代政治文化思想，其生成有赖于"他者"的存在。虽然西方列强在鸦片战争中即打破了中国封闭的国门，但彼时的中国人并未有沉痛之感，相反，当英国舰队在广州与清兵开战时，民众夹江围睹，如观游戏。直到1895年中日签署《马关条约》，"割去台湾"这一事实才让中国精英真正有了创深痛巨的危机感，他们开始为唤醒民众而奔走呼号。梁启超认为这是中国"三千年未有之大变局"，更意识到了建立现代民族国家的必要，因为"今世界以国家为本位，凡一切人类动作，皆以国家分子之资格而动作者也。"① 中国现代知识分子由此形成了现代民族国家意识，萌发了"改变中国"和建立"新中国"基本理论构想。现代中国第一代精英知识分子企图通过维新改良使老大帝国重焕生机，康、梁的维新鼓呼也很快转化为戊戌变法运动，但由于保守势力过于强大，更由于缺乏民间大众支持，百日变法归于失败。梁启超远走日本后，改变维新策略，不再仅走上层路线，而是注重发动群众，改造民众思想，于是创办《清议报》《新小说》等杂志，接续黄遵宪"诗界革命"口号，发出了"文界革命""小说界革命"和"戏剧界革命"的宣告，目的是通过"新民"以实现救亡图存。正如梁启超为《新小说》拟订的广告词所说："本报宗旨，专在借小说家言，以发起国民政治思想，激励其爱国精神。"② 由此可知，现代中国文学在源头上即与政治民族主义紧密结合在一起：如果说康有为《大同书》、梁启超《新中国未来记》等作品展示了现代中国第一代知识分子对于"新中国"的想象，那么刘鹗《老残游记》等则表达了作者对于国家内政腐败的忧思和对民主法治的呼唤——中国真正具有现代意识的民族主义文学由此诞生了！而在宝岛台湾，武力抵抗与文化抵抗同时开展起来，表现民族主义思想主题的诗文也被爱国文人不断创作出来，成为中国现代民族主义文学的重要一翼。

同样是1895年，一批更为激进的知识分子团结在孙中山周围，成立了革命团体"兴中会"，他们将五百年前朱元璋反元檄文中的"驱除鞑

---

① 梁启超：《中国立国大方针》，《饮冰室全集》第二册文集之二十八，北京：中华书局1989年影印版，第40页。

② 新小说报社：《中国唯一之文学报〈新小说〉》，1902年《新民丛报》第十四号。

房，恢复中华"作为口号，在广州发动了的第一次革命暴动，从此各地武装起义此起彼伏，使满清政府如风中之烛，气息奄奄。及至1905年，经过《民报》与《新民丛报》的激烈论战，"维新派"已成为因循守旧的代名词，被革命派抛在身后，而资产阶级革命派义无反顾地走向了排满革命道路。后世学者应当认识到的是：兴中会是现代中国最早将"民族主义"作为革命纲领的政治团体，但他们将"反清"等同于"排满"，将革命重心放在"恢复汉制"而非改创政制和实现共和，这不仅会导致"大汉族主义"或"民族沙文主义"思想复活，而且可能引起国家的剧烈动荡甚至四分五裂。——民国建立以后的袁世凯称帝、张勋复辟以及军阀割据，都暴露了孙中山早期民族主义思想的局限性。

最早发现孙中山民族主义思想缺陷的是梁启超。梁启超从中国国情出发，提出以"国家主义"或"大民族主义"概念来取代狭义的"民族主义"。这应是梁启超民族国家思想中最杰出的部分。孙中山也认识到了自己民族思想的局限性，立即将"中华民族"这一理念扩展为"五族共和"，要"合全国人民，无分汉、满、蒙、回、藏，相与共享人类之自由，合五大民族为中华民国。"而在外争主权、内建共和之际，孙中山的三民主义也必须与时共进才能适应中国现代化建设的要求。而自1924年起，中国共产党人瞿秋白、王明、毛泽东、周恩来、李维汉等对孙中山三民主义、新三民主义中的"大汉族主义"和"狭隘民族主义"缺陷进行了辩证和纠偏，从而形成了中国共产党人的民族主义观。[①] 而随着资产阶级民族主义思想的发生发展，民族主义文学创作也表现出有别于维新文学的新特质：政论文章和革命小说都表现出明显的种族革命和政治民族主义思想倾向，其中以陈天华《猛回头》《警世钟》、章太炎《訄书》和邹容《革命军》为代表，尤其《革命军》的"发行总数达一百万册"，堪称资产阶级民族主义文学经典。

袁世凯称帝和张勋复辟等事件使有识之士认识到，中国若想真正走向民主共和道路，就必须从根本上解决文化现代化和人的现代化问题。——1917年以后的新文化运动正是回应这一时代要求的伟大行动。但遗憾的

---

① 王希恩：《中国共产党反对两种民族主义的理论和实践回溯》，《民族研究》2011年第4期。

是，这场启蒙运动很快被救亡图存的政治形势压倒了。当凡尔赛和约签署的消息传到国内，国人的反帝爱国热情被空前地激发出来，中国作家的民族主义创作激情也随之高涨。随后在1925年五卅运动中，爱国作家发表宣言和檄文表达爱国热情，叶圣陶、沈雁冰、朱自清、杨振声等人都留下了爱国名篇；1928年，重新整合后的南京国民政府正式成立，遂借济南五三惨案和中东路事件，因势利导地发动了"三民主义文学运动"和"民族主义文学运动"，在现代中国史上第一次将文学创作纳入国家行为，也培植出黄震遐、王平陵、万国安等一批民族主义文学作家。"九·一八"事变后东北作家群的创作和"七·七事变"后的抗战文学，延续并发展了中国现代民族主义文学传统，发出了"中华民族到了最危险的时候"的吼声，鼓舞炎黄子孙团结御侮，捍卫民族国家尊严……可以说，中国现代民族主义文学在反抗列强尤其是反抗日本法西斯侵略的斗争中发挥了重要作用，也形成了不同的团体流派，既有宣扬"国家至上"的政治民族主义文学流派，也有向历史开掘资源的文化民族主义流派，更有向民间摄取营养的乡愁寻根派，不仅自由主义者胡适、林语堂、老舍等人义无反顾地为国效命，更有"战国策"派走向了新权威主义……

总体来看，"民族主义是强化民族自尊心、自强心和自信心的最有力的工具，有助于民族独立，唤起人们维护国家主权、统一和领土完整。民族主义提倡英雄主义和牺牲精神，可以在社会中造就一种向上、奋进、自强、团结一心，甚至是同仇敌忾的民族情感和民族凝聚力。"① 这种民族主义情感正如黑格尔对"国家理性"的宗教式圣化崇拜一样，为中国人提供了一种新的精神信仰："国家是存在于尘世的神圣理念。它是伦理实体本身并因而具有自己的存在。它的权利并不直接地存在于抽象中，而是在具体存在中……上帝在尘世的进程构成了国家。它的基础是现实化为意志的理性力量。人们在思考国家时，必须思考的不是个别国家或特定的宪法，而是必须去沉思理念这个真正的上帝。"② 中国现代民族主义思想带

---

① 刘军宁：《民族主义四面观》，李世涛主编：《民族主义与转型期中国的命运》，长春：时代文艺出版社2000年版，第12页。

② ［德］黑格尔：《法哲学原理》，范扬、张企泰译，北京：商务印书馆1961年版，第258—259页。

给中国人"国家第一"观念，也促生了中国现代民族主义文学思潮的勃兴：中国现代民族主义文学既是中国作家最自然的真情流露，也是现代知识分子的理性选择。

要对中国现代民族主义文学进行深度研究，先应有一个恰适的历史研究单元。本课题认为："中国现代民族主义文学思潮（1895—1945）"是规范中国现代民族主义文学研究的合理单元和历史范畴。上文论述已经显示出，本课题所论"中国现代民族主义文学"是指1895—1945年具有民族国家意识和文化中国观念的现代文学，绝非狭隘意指南京国民政府提倡的"民族主义文学运动"或1937—1945年的抗战文学；它也不仅指大陆1895—1945年的民族主义文学思潮和创作，还应包括台湾及沦陷区的抗战文学和文化民族主义文学创作。本课题在梳理中国现代民族主义文学思潮流变的过程中发现：中国现代民族主义文学主要有两种范式，一是政治民族主义文学，二是文化民族主义文学，二者既有区别又相互交融。如果说梁启超的政论文《爱国论》《论民族竞争之大势》及其政治小说《新中国未来记》等标志着中国现代政治民族主义文学的发生，那么抗战文学就是中国现代政治民族主义文学的高峰。关于政治民族主义文学的意义，陈铨在《民族文学运动》中已有阐述："民族意识的提倡，不单是一个政治问题，同时也是一个文学问题""政治和文学，是互相关联的。有政治没有文学，政治运动的力量不能加强；有文学没有政治，文学运动的成绩也不能伟大。现在政治上民族主义高涨，正是民族文学运动最好的机会；同时民族政治运动，也急需文学来帮助它，发扬它，推动它。"[①] 就中国现代文化民族主义文学来说，既有《呼兰河传》《鸳鸯湖的忧郁》那样的乡愁寻根小说，也有《京华烟云》《未央歌》《亚细亚的孤儿》那样的文化抗战作品；"战国策"派的文学创作则将政治民族主义与文化民族主义做了深度结合。因此，从发生学角度看，中国现代民族主义文学从1895年萌动，至抗战时期达至鼎盛，"中国现代民族主义文学思潮（1895—1945）"已成为一个自足而合理的历史研究单元。

目前大陆学界关于民族主义文学的研究成果大都没有打通近代与现

---

① 温儒敏、丁晓萍编：《时代之波——战国策派文化论著辑要》，北京：中国广播电视出版社1995年版，第372、376页。

代、"民族主义文学运动"与抗战文学、大陆与港台、主权区与沦陷区的联系。比如郭延礼《中国近代文学发展史》第三卷"结束语：近代文学与'五四'新文学的历史联系"中，认为"近代文学爱国主义和民主主义（或称反帝反封建）的主题仍是现代文学继续书写和深化的主题"，但未对现代民族主义文学的时代特征进行细致辨析①；刘纳《嬗变》从启蒙角度对民初至"五四"的文学转型进行了描述，真正做到了"任个人而排众数"，绝口不提"民族主义文学"；许志英、丁帆《中国现代文学主潮》起自 1917 年，未涉及此前的民族主义文学；严家炎主编《20 世纪中国文学史》将中国现代文学史上限提前到 1890 年，但未从民族主义文学角度进行专题论述；倪伟《"民族"想象与国家统制：1928—1949 年南京政府的文艺政策及文学运动》和牟泽雄《民族主义与国家文艺体制的形成：国民党南京政府时期 1927—1937 的文艺政策研究》对南京国民政府倡导的"民族主义文学运动"进行了深入研究，发现了很多新资料，但没有追溯中国现代民族主义文学的来源（1895—1927），更没有深入阐释民族主义文学的合理性、合法性、审美性与创造性，反而使"民族主义文学运动"更加固化为"专制文学"的代名词……这样拘谨的条块分割已经严重妨碍了中国现代文学整体研究的拓深，更重要的是，大陆学界除了粟多桂《台湾抗日作家作品论》② 外，少有论著对台湾民族主义文学进行整体性研究；对于战国策派则迟至 2000 年以后才有大胆评说，其中许纪霖对林同济的研究，江沛关于雷海宗等人的研究，叶隽关于陈铨的研究，北京大学魏小奋的博士论文《战国策派：抗战语境里的文化反思》（2002），堪称这个领域的拓深性著述，但战国策派研究至今仍存在大量空白，以下事例可为佐证：2002 年雷海宗百年冥诞，其高足王敦书欲为其作一小传，却因为材料缺乏而不可行；陈铨著作在 1949 年后被雪藏，研究成果甚少。另外让人颇感遗憾的是，目前大陆学界研究民族主义文学的论文为数不多，主要出自张中良、钱振纲、方长安、王本朝、高玉、王学振、袁玉琴、石一宁、叶向东、周云鹏、苏春生、暨爱民、陈文亮、郑

① 郭延礼：《中国近代文学发展史》第三卷，北京：高等教育出版社 2002 年版，第 533 页。

② 粟多桂：《台湾抗日作家作品论》，重庆：西南师范大学出版社 1991 年版。

万鹏、房芳等学者之手，他们的文章从不同视角、立场和层面对民族主义文学的意义和不足进行了论证，但多数论文谨慎地进行量化分析或作品解读，而没有给出"史"的勾勒也很少做出"论"的创见，还有个别文章仍以"左联"话语为底本，观念陈旧，乏善可陈。但可喜的变化是，重新评价中国现代民族主义文学，渐成蔚然之势，已成为一个新的学术增长点。

那么怎样才能更好地进行"中国现代民族主义文学思潮"研究呢？最重要的应是建构新的方法论和文学史研究范式。"生态文化学"[①] 文学史观为中国现代民族主义文学思潮研究提供了方法论：生态文化学是以马克思主义主体间性哲学为认识论的一种文化理论，它以"存在即合理"的存在论和实证主义经验论为方法论，以"历史合力说"为历史观，以宽容共存、自由竞争的多元文化主义为价值标准；生态文化学同时是建立在"新理性精神"基础上的一种公共策略和社会伦理，具有逻辑与历史之"真"、社会与伦理之"善"、文化与艺术之"美"的多重品格；在文学史研究中，生态文化学主张以平等的眼光看待一切文学现象，强调史实呈现、论由史出，反对建构论唯理主义的先验论制导下的以论带史、以论代史；它将宏观的探本式研究与微观的体验式评判有机结合起来，运用研究主体与对象之间互为主体的换位思考，从而发现各自存在的合理性与合法性，并在文本细读中发现人性的丰富性、隐微性、深邃性、错综性和流动性。本课题尝试以"生态文化学"方法论来突破中国现代民族主义文学研究的范式困境，从而发现其文化生态的立体结构和多彩景观，也希望能为中国现代文学史研究提供有益的启示。

主题研究：中国现代民族主义
文学研究的一个新视角

当前的中国现代民族主义文学研究中存在着"泛化"与"窄化"现象。前者将现代中国文学的不同流派都说成民族主义文学，甚至从"启

---

① 李钧：《"生态文化学"：现代中国文学史研究的一种新理路》，《生态文化学与30年代小说主题研究》，青岛：中国海洋大学出版社2006年版，第1—15页。

蒙—人国"的角度将启蒙文学也纳入民族主义文学范畴，这就使"民族主义文学"变成了一个杂乱的话语拼盘。与之相反的是对"民族主义文学"的理解过于狭隘，仅限于1930年代南京政府提倡的"民族主义文学运动"，比如倪伟《1928—1937年国民党文学研究》（1998）、钱振纲《民族主义文艺运动研究》（2001）、周云鹏《"民族主义文学"（1930—1937）论》（2005）、牟泽雄《（1927—1937）国民党的文艺统制》（2010）等，这就不可避免地导致了政治化、概念化和主题先行倾向，至少忽视了文化民族主义文学的审美价值和文化人类学意义。实际上，中国现代民族国家观念诞生于《马关条约》签署之际，由此至抗日战争的50年间，产生了维新派、资产阶级革命派、"民族主义文学运动"、东北作家群、抗战文学、"战国策派"等民族主义文学团体和流派，胡适、林语堂和老舍等人在20世纪30年代也变成了"自由主义民族主义者"，他们有着各自的时代背景和价值取向，不可简单化约。因此，泛化或窄化的研究都是不合理、不恰当的。

1895—1945年的中国现代民族主义文学，既有官方提倡和党派竞争，又有精英话语和民间应和，因而"中国现代民族主义文学"是一个多义复调的称谓。而进行"主题研究"，不仅有利于厘清中国现代民族主义思想流脉和时代特征，而且有利于对中国现代民族主义文学进行整体研究，进而总结中国现代民族主义文学美学理论体系。本课题认为，中国现代民族主义文学主要具有两个层面的主题：一是政治民族主义，二是文化民族主义。——尽管白吉尔认为1911—1937年是中国民族资本主义发展的黄金时代，但由于彼时中国市场经济发育不良，故而经济民族主义思想十分薄弱，经济民族主义文学叙事也仅在储安平《原记》[①]和茅盾《子夜》等作品中偶有表现，并未形成系统的原型和母题，故在此不论。

政治民族主义文学正面阐释"国家至上""一切以国家为重"的民族国家观念，书写政治、外交、军事、战争等宏大主题，是对国家独立富强、中华民族伟大复兴的文学想象与表达。维新派的变法言说与国族想象

---

① 储安平：《原记》，《文艺月刊》1934年12月第6卷第5、6号合刊。关于储安平文学创作的研究可参看《一条河流般的忧郁：作为文学家的储安平》，李钧：《生态文化学与30年代小说主题研究》，青岛：中国海洋大学出版社2006年版，第153—158页。

如康有为《大同书》、梁启超《新中国未来记》、刘鹗《老残游记》等，资产阶级革命派的政治演义如邹容《革命军》、陈天华《猛回头》《警世钟》等，国民政府提倡的"民族主义文学运动"、抗战文学和战国策派的文学创作，主要是政治民族主义主题的表达。政治民族主义文学往往书写当下，赞美英雄，鼓吹牺牲，甚至对美好未来有着浪漫想象和幻想期许；它们不可避免地带有概念化、脸谱化、说教化和工具化等特点。但需要指出的是，在特殊时期，政治民族主义文学具有重要的社会历史意义，其文学创作也因大众化程度较高而更加符合中国百姓的审美期待（参看本书关于老舍《四世同堂》的论述）。对于政治民族主义文学主题的极致表达就是林同济对于"恐怖、狂欢、虔恪"三大母题的概说："恐怖"是对个人死亡和毁灭的超越，推崇换取中华民族生存的个人之死，推崇换取中国永存的个人暂时之死，推崇为中华民族利益的殉国之死；"狂欢"是唤醒民族的元气和活力，鼓吹军事第一、胜利第一和持久的抗战；"虔恪"是对伟大、崇高、圣洁、至善、万能、光明的英雄崇拜，鼓励作家去发现抗战英雄，书写抗战精神，令人对之虔恪。① 这种精英式的表达过于理想化、纯粹化，却代表了那个时代爱国知识分子的真挚情思。

"所谓文化民族主义应当具有下面两层含义：1. 以传统文化为民族国家的象征和根本命脉；2. 不论是发扬和攻击传统文化，都认为只有从思想观念入手才能解决民族问题。"② 文化民族主义文学往往通过"向后看"来挖掘历史题材、礼赞传统文化，通过书写民俗风物来表达"文化抗战"情怀，这样的文学书写不仅具有民俗学价值更具有艺术审美价值。更重要的是，文化民族主义文学在政治与文学、传统与现代之间找到了平衡点，使中国传统文化精神在民族危亡之际得以创造性转化，以激发国人的民族认同感和文化自信心。而现代文化民族主义文学的兴盛主要源于传统文化复兴这一文化背景，这在现代中国文化史上有着清晰表现："五四"时期北京大学的民俗研究不仅为中国的民俗学科奠基，而且为新文学寻找本土资源，为新文学的民族化做了准备工作；郭沫若在从事文学创作之初就启

---

① 林同济：《寄语中国艺术人——恐怖·狂欢·虔恪》，重庆《大公报·战国副刊》1942年1月21日第8期。

② 曹跃明、徐锦中：《中国近现代民族主义之路》，《天津社会科学》1996年第5期。

动了"一个人的文艺复兴"，力图使马克思主义与孔子学说对接，这也为其诗剧打上了"新历史主义"印记；梁济与梁漱溟父子在新文化运动"全盘西化"氛围中倡导儒学复兴，开启了现代新儒学的创建之路，成为典型的文化民族主义者；1935 年的"十教授书"标志着精英知识分子对传统文化的再认识；新儒学因为契合国民政府提倡的"新生活运动"而有了新的发展①——

　　国民政府《文化运动纲领案》称孔子仁爱思想是孙中山民生主义之本，"仁爱即民生哲学的基础"，以"民生为历史的中心"的民生哲学"就是中华民族文化的哲学基础"，因而三民主义是对孔子之道的继承和现代化发展。陈立夫认为，孙中山思想的结晶是三民主义，而三民主义的渊源是孔子之道，"孔子曾为中国打了一幅建心和建国的图案，总理根据这个图案并参酌古今中外一切的图案又为中国打了一幅最新的建心建国的图案。对于这两幅宇宙间最大的图案，我们必须了解前者，才能彻底了解后者，亦必实现后者，才无负于前者。"② 叶青在《三民主义底哲学基础》中阐释说，孔子的仁在中国居于"道德底最高地位""孙先生底仁来自孔子""仁是社会的道德，凡了解社会生活者莫不主张它。释迦的慈悲、耶稣底博爱和法国民主革命家底博爱，皆是仁。"③ 陈立夫发挥道："三民主义是从传统的文化当中转变或酝酿而来的现在中国文化之中心思想，它给予全国同胞，边疆乃至海外以团结的中心，一个主义在一个政府一个领袖之下，倡导力行，使全民为主义而努力。"④ 在此背景下，新儒学代表人物乘势而上，张君劢指出："'打倒孔家店''打倒旧礼教'等口号，是消灭自己的志气而长他人威风的做法。"⑤ 熊十力称儒家"六经"是"常道，万世准绳"，"六经"包罗万象，含有中国政治、人文、经济、科学、

　　① 文天行：《儒学的重光——谈抗战时期的儒学研究》，《抗战文化研究》（第一辑），桂林：广西师范大学出版社 2007 年版。

　　② 陈立夫：《孔子与总理》，《五四以来反动派、地主阶级学者尊孔复古言论辑录》，北京：人民出版社 1974 年版，第 21 页。

　　③ 叶青：《三民主义底哲学基础》（上），泰和：时代思潮社 1942 年版，第 59 页。

　　④ 陈立夫：《文化之战》，《五四以来反动派、地主阶级学者尊孔复古言论辑录》，北京：人民出版社 1974 年版，第 21 页。

　　⑤ 张君劢：《立国之道》，黄克剑、吴小龙编：《当代新儒学八大家集·张君劢集》，北京：群言出版社 1993 年版，第 28 页。

艺术等方面的原理和智慧。① 钱穆认为"传统文化蕴蓄深厚"，隐藏着"一种特有的战斗心理"，足以团结"四万万五千万民众对强寇作殊死的抵抗"。② 贺麟认为："广义的新儒家思想的发展或儒家思想的新开展"可以解决中国百年危机，保证抗战胜利；只要儒学"新开展"了，民族和民族文化也就"复兴"了。③ 林语堂《孔子的智慧》将孔子学说概括为以道德为政、以礼仪治世、以仁义为准、以修身为本、以智士为榜样五个方面，五个方面互为表里，都强调仁义礼智信④。陈顾远认为，在抗战时期儒家思想不仅"大道理仍旧适用""小道理"也有意义，"儒家的民族意识、雪耻观念，以及它本身的独立和刚毅的精神，已整个裨益于我们今日抗战精神的奋发；而就具体学说内容详为分析，也处处和我们需要的抗战精神相呼应"，因此他呼吁"每个人积极发挥儒家的做人工夫，加速地实现总动员的效能。"⑤ 此时，不仅国民政府与新儒家维护孔子，当时的共产党人也为儒学辩护，比如郭沫若称孔子总体上是"站在代表人民利益的方面"的，至少秦以前的整个孔子学派都是"以人民为出发点"的，儒家"很想积极地利用文化的力量来增进人民的幸福"，这种民本思想在教育上表现为"有教无类"，在艺术上表现为"与民同乐"；这种民本思想包含在孔子的"仁"中，是"克己而为人的一种利他的行为"，也就是"要人们除掉一切自私自利的心机，而养成为大众献身的牺牲精神"。⑥ 陈伯达认为："中国的旧道德，如'忠孝节义'，'礼义廉耻'，'仁爱和平'……这些东西，我们认为在新的历史内容上，可有其存在的价值。我们认为这些道德在现代可以成为新的美德。"⑦ 王明认为："五千年的民

---

① 熊十力：《读经示要》，黄克剑、王欣、万承厚编：《当代新儒学八大家集·熊十力集》，北京：群言出版社 1993 年版，第 189 页。

② 钱穆：《文化与教育》，重庆：国民图书出版社 1943 年版。

③ 贺麟：《儒家思想的新开展》，蔡尚思主编：《中国现代思想史资料简编》第四卷，杭州：浙江人民出版社 1983 年版，第 611 页。

④ 林语堂：《孔子的智慧》，北京：群言出版社 2010 年版。

⑤ 陈顾远：《儒家学说与抗战精神》，钟离蒙编：《中国现代哲学史资料汇编》第三集第一册，沈阳：辽宁大学出版社 1982 年版，第 203、204 页。

⑥ 郭沫若：《十批判书·孔墨的批判》，《郭沫若全集》历史编第二卷，北京：知识产权出版社 2004 年版，第 68、69 页。

⑦ 陈伯达：《论抗日文化统一战线》，《自由中国》2 号（1938 年 5 月）。

族美德和民族精神真正发扬着，忠、孝、仁、勇、礼、义、廉、耻为封建势力曲解了并被利用为统治阶级服役的道德，在民族自卫战争中发扬为真正大中华民族的优秀传统。只有充满了为民族尽忠，为民族尽孝，为民族报仇雪耻的光荣自觉，才能产生出抗战以来的我们许多民族优秀儿女所表现的可歌可泣的英勇奋斗慷慨牺牲的丰功伟绩。"① 翦伯赞抨击了"以市民代言人的资格而立于思想斗争的前线"的胡适派，认为他们挥舞着片面之旗，"毫无批判地打击古典圣经贤传，以为这些如果不是伪造，便是封建的残渣""用武断的方法，把孔子抛到海里去"，是想"毁灭中国两三千年来封建文化中的一切积极的成就"② ……

　　由上述引文不难看出文化民族主义思想的现代化转型与传承创新。而稍稍梳理中国现代文学史就会发现，中国现代作家从未抛弃过优秀传统文化，他们在民族危亡之际更是表现出爱国报国的高尚情怀。学者傅光明以老舍在抗战时期的表现为例揭示了传统文化与现代作家之间的隐性影响关系③。老舍在中华全国文艺界抗敌协会成立时的《入会誓词》中自命为文艺界一名小卒："在我入墓的那一天，我愿有人赠我一块短碑，刻上：文艺界尽责的小卒，睡在这里。""生死有什么关系呢，尽了一名小卒的责任就够了。"④ 在 1938 年 4 月 15 日座谈文艺与社会风气等问题时，老舍对当时的文学生态颇为不满，表示"文学家应该誓死不变节，为转移风气努力。耶稣未出世前即有施礼的约翰，文艺家应拿出在今日文艺的荒原上大声疾呼之精神，为后代子孙开一条大道。"⑤ 1944 年日军从贵州独山方向突袭重庆，友人萧伯青问老舍打算怎么办，老舍脱口而出："北面就是滔滔的嘉陵江，那里便是我的归宿！"有朋友写信问此事的虚实，老舍答复："跳江之计是句实谈，也是句实话。假若不幸敌人真攻进来，我们

---

① 王明：《目前抗战形势与如何坚持持久战争取最后胜利》，《王明言论选辑》，北京：人民出版社 1982 年版，第 638 页。

② 翦伯赞：《评实验主义的中国历史观》，蔡尚思主编：《中国现代思想史资料简编》第 4 卷，杭州：浙江人民出版社 1983 年版，第 423、424 页。

③ 傅光明：《抗战中的"舍予"的宗教感》，《抗战文化研究》（第二辑），桂林：广西师范大学出版社 2009 年版。

④ 老舍：《入会誓词》，《老舍全集》第 14 卷，北京：人民文学出版社 2008 年版，第 135—136 页。

⑤ 张桂兴编撰：《老舍年谱》修订本上卷，上海：上海文艺出版社 2005 年版，第 456 页。

有什么地方，方法，可跑呢？蓬子说可同他的家眷暂避到广安去。广安有什么安全？丝毫也看不出！不用再跑了，坐等为妙，嘉陵江又近又没盖儿！"① 他在 1945 年 12 月《致友人》信中又说："谁知道这点气节有多大用处呢？但是，为了我们自己，为了民族的正气，我们宁贫死，病死，或被杀，也不能轻易地丢了它。在过去的八年中，我们把死看成生，把侵略者与威胁利诱看成仇敌，就是为了那一点气节。我们似乎很愚傻。但是世界上最美最善的事差不多都是傻人干出来的啊！"② 其实在民族危难之时，不仅老舍表现出强烈的爱国主义气节，林语堂、鹿桥等作家也在其文化民族主义文学书写中表达了"中国不死"的文化抵抗精神。因此可以说，文化民族主义是中国现代民族主义文学更深层的精神内核。而当我们从文化民族主义层面去考察"民族主义文学运动"经典作家作品时，就不会简单地给他们贴上"反动"或"为法西斯主义张目"的标签，而是抱以同情之理解、做出更为公允的评说，比如在研读黄震遐《黄人之血》时，应知人论世地联系中东路事件，联系苏联当年并未践行列宁的诺言废除中俄不平等条约，联系苏联并未归还沙俄强占中国的土地反而与日本密约欲分裂中国等史实，这样就能明白这个"赤色帝国主义"的侵略本质，进而明白民族主义比国际主义更符合国际政治形势，并由此推断《黄人之血》是一部文化民族主义文学代表作，是一部具有现代意义的史诗性杰作。

生态还原：消弭历史虚无主义倾向

如果说当前的抗战文学研究仍存在五个薄弱点即"对国民党军队高级将领抗战作用的淡化评价""战时首都重庆形象及重要地位扭曲化""反复强调社会黑暗，而忽略中国国民性弱点之揭示"，"有些'禁地'没有深入地研究"（土匪、地主、资本家抗战），"意识形态主流高高地压过

---

① 老舍：《致王冶秋信》，《老舍全集》第 15 卷，北京：人民文学出版社 2008 年版，第 605 页。

② 老舍：《致友人》，《老舍全集》第 15 卷，北京：人民文学出版社 2008 年版，第 611 页。

了审美情趣"①，那么由此一斑既可窥知中国现代民族主义文学研究的薄弱程度，也证明了中国现代民族主义文学思潮研究的学术价值和文学史意义。

重新审视中国现代民族主义文学思潮及创作，进而总结中国现代民族主义文学理论体系，需要研究者切实以"生态文化学"为文学史观、以"穿越思维"来总体把握现代民族主义文学的各大板块，除了关注官方意识形态提倡的政治民族主义文艺运动，还需努力整合解放区、沦陷区尤其是台湾地区的民族主义文学创作，不仅关注民族主义文学的合理性、合法性和意识形态性，更要阐发民族主义文学的民族性、现代性和审美创造性，唯有如此才能缝合中国现代文学史的结构裂缝，才能消弭中国现代文学史研究中的历史虚无主义倾向。基于以上思考，本课题期望在以下方面有所创新突破。

一、进行"生态文化学"方法实验，书写中国现代民族主义文学思潮史。本课题将梳理1895—1945年中国现代民族主义思潮流脉，剖析民族主义思想的时代特征及其对文学创作的深刻影响，以期书写一部较为完整清晰的中国现代民族主义文学思潮史。从"生态文化学"角度来看，"中国现代民族主义文学思潮（1895—1945）"打破了既有文学史条块分割的藩篱，它至少包括大陆1895—1916年的"近代"民族主义文学、1917—1945年的现代民族主义文学和台湾1895—1945年的抗战文学这几大板块，意在从"纵向"与"横向"弥合文学史的裂缝，建构起中国现代民族主义文学整体史观。

二、强化缝合意识和穿越思维，消弭历史虚无主义倾向。长期以来大陆学界在进化论观念影响下形成了"断裂"情结和思维惯性，将1911年、1919年、1928年、1937年、1945年等年份视为"质变"节点。但时间证明，人为"断裂"事件将文坛变成了话语争夺的游戏场，不仅对人文传统和现代学统具有破坏解构作用，也使后来者对文学史演变背景缺乏同情之了解，徒增疑点与难题。本课题以中国现代民族主义文学为研究对象，以主题研究为切入视角，以生态文化学为方法论，以缝合意识和穿

---

① 靳明全：《抗战文学与中日比较文学论稿》，北京：中国社会科学出版社2013年版，第3—6页。

越思维来梳理中国现代民族主义文学思潮流脉，发现新文学与传统文化之间、大陆文坛与台湾文坛之间的血肉联系，这不仅有利于化解文学史书中写存在的某种民族虚无主义倾向，也有利降解"文化台独"和其他分裂主义言论的危害，因而具有重要的学术价值和现实意义。

三、努力还原历史文化原生态，建构民族主义文学美学。文学是人学，文学史即人学历史。如果将文学作品从文化历史的母体上切割下来进行孤立的"新批评"研究，也许能达到片面的深刻，但终究是舍本逐末之举，易造成一叶障目不见泰山的弊端；而只有将作家作品置于历史文化原生态中进行多维度的综合研究，才能知其然、知其所以然。因此本课题将纵横串联地考察中国现代民族主义思潮的时代背景与流变脉络，知人论世地诠释曾国藩"卫道变器"说和康有为"托古改制"论的元典意义和深远影响，提纲挈领地辨析梁启超、孙中山、蒋介石等人民族主义思想的差异性与递嬗性，文史结合地阐述政治民族主义和文化民族主义文学经典作家作品的合理性与合法性，探赜赏要地剖研中国现代民族主义文学的审美性与局限性，从而为建构中国现代民族主义文学理论体系提供有益启示。

上　编

中国现代民族主义思想流变及其
文学书写（1895—1945）

第 一 章

1895—1916：现代民族主义思潮的
发生与文学表现

　　1895—1916 年是"近代中国半殖民地半封建社会的形成"[①] 阶段，也是中国现代民族主义思想的发生期。虽然直到 1901 年才由梁启超移植来了"民族"和"民族主义"概念，但这并不意味着中国近代没有民族主义性质的思想，尤其是随着晚清中西文明的碰撞，曾国藩和康有为的言论已显露出民族主义思想雏形，这就是从"天下观念"到"世界意识"的进步，而他们的卫道保教思想也具有文化民族主义的意味。梁启超则是中国现代民族主义思想发展过程中的一位枢轴式人物，他建构起了中国现代民族国家想象的完整体系。相比较而言，章太炎的排满革命思想主张恢复汉制，是一种狭隘的民族主义思想；而孙中山则与时俱进，不断丰富发展其民族主义思想并将其纳入"三民主义"建国纲领之中，使之成为中国现代民主革命的指导思想。总体看来，晚清到民初具有民族主义性质的思想运动主要有四种表现形态：一是曾国藩为先导的"变器卫道"的中体西用说；二是康有为"托古改制"的维新改良说；三是梁启超的国族主义思想；四是章太炎等资产阶级"国粹派"的民族革命说和孙中山的"大中华"民族主义思想。他们的民族主义思想和行动也促动了中国现代文学的发生，使中国文学在题旨、技法、文体和语体等方面都发生了巨大变化。

　　[①]　杜耀云：《中国近代史论》，济南：齐鲁书社 2014 年版，第 214 页；此书"中国社会的演变"部分第二章标题为"近代中国半殖民地半封建社会的形成（1895—1916）"。本书认同杜耀云先生的历史单元划分法。

第一节　中体西用，变器卫道：曾国藩的文化道统思想

　　有学者认为："晚清文化保守思潮是在中西文化交融过程中，力图维护中国文化主体地位的一种社会思潮。其思想家们主张坚守中国文化精神传统，适当吸收西方文明的物质成果，以此克服当时面临的政治、文化危机。其基本的文化思路是以中为主，调和中西，确立起适合近代特点的民族文化。由此可见，它在根本点上是与后来的'醉心欧化'的文化激进主义相对立的，同时它又不同于虚骄自大、固步自封、尊己卑人的顽固思想。"① 这是说晚清文化保守派不同于顽固派：文化保守派主张渐进改革、引进西方文明，目的是改造传统、保国保教；而顽固派如倭仁、徐桐等则决绝地反对师法外洋、力戒用夷变夏、大倡礼义人心，对封建传统文化耿耿孤忠，其实质不过是"泥古之迂儒""苟安之俗吏""苛求之谈士"罢了。② 因此可以说，晚清文化保守思潮具有文化民族主义性质。

　　社会危机与文化危机固然是晚清文化保守思潮兴起的根本原因，太平天国运动及两次鸦片战争则是这一思潮兴起的直接导因。首先，这三次内外战争加剧了中国文化危机。在曾国藩（1811—1872）看来，太平天国对清王朝的挑战不只是阶级利益之争，洪秀全欲以天主教文化来否定和替代儒家文化，因而这可以说是对中国文化道统的颠覆。因此曾国藩在《讨粤匪檄》中指出，洪秀全的"上帝教"信奉耶稣之说、新约之书使"举中国数千年礼义人伦诗书典则，一旦扫地荡尽。此岂独我大清之变，乃开辟以来名教之奇变"③。正是基于这一本质认识，他才发出了卫道号召。其次，晚清儒学所面临的生存危机远甚于从前。由于儒学已不能为应付社会危机提供现实帮助，故而招致汪士铎等士大夫的公开痛骂；而两次鸦片战争的失败和西方先进文明的输入则极大地打击了儒家夷狄观念和天

---

　　① 喻大华：《晚清文化保守思潮研究》，北京：人民出版社 2001 年版，第 9 页。

　　② 张之洞：《劝学篇·变法第七》，苑书义等主编：《张之洞全集》第 12 册，石家庄：河北人民出版社 1998 年版，第 8748—8749 页。

　　③ 曾国藩：《曾文正公全集·文集》卷三，台北：文海出版社 1982 年版，第 1580 页。

朝上国意识，少数士大夫甚至产生了文化灭亡的恐惧，正如王韬所说："世变至此极矣，中国三千年以来所守之典章法度，至此几将播荡渐灭，可不惧哉！"① 最后，镇压太平天国的胜利将一批有抱负的新型士大夫推上政治舞台，而西方文明展拓了他们的视野，于是他们致力于中国传统文化的创新型转换，探索重振中华文化的途径。

曾国藩之所以格外厌恶太平天国运动，除了因为太平天国"拜上帝教"与中国道统完全异质之外，还由于太平天国对基督教"洋兄弟"一概怀有好感，欢迎"洋兄弟"前来协助太平军"歼灭妖敌"或"经营商业"，并许诺在推翻清王朝后，只要各国"凛遵天令"、不出售"害人之物"，那么"万国皆通商"②。太平天国联手外敌，就使清政府面临内外夹击之势，这些内忧外患足以撼动清王朝的已经腐朽的政治、经济和文化根基。对太平天国内部情况极为熟悉的英国人吟唎说："太平军自起义以来，就想占有一个海口，以便可以和外国通商，并得到武器和军用品的供应。"③ 艾约瑟等在 1860 年访问苏州太平军后写下了如下观感：

> 太平军对外国人的态度，显然属于极其友好的性质；他们总是称呼外国人为"我们的洋兄弟"，说"我们同是敬拜天父，信奉同一个天兄，我们之间为什么要发生分歧？"他们似乎很想同外国人来往，并希望促进贸易关系。他们说，把十八行省开放通商，将使他们非常高兴。④

外有列强觊觎，内有太平天国之乱，这样的情势对清政府意味着什么是不言而喻的。国是有内外主次之分，而在曾国藩看来，"攘外必先安内"。

---

① 王韬：《弢园文录外编》，沈阳：辽宁人民出版社 1994 年版，第 290 页。

② 《中国近代史资料丛刊·太平天国》第 6 册，上海：上海人民出版社 1957 年版，第 903、911、917 页；《太平天国史译丛》第一辑，北京：中华书局 1981 年版，第 10 页。

③ ［英］吟唎：《太平天国革命亲历记》上册，王维、周泽译，上海：上海古籍出版社 1985 年版，第 213 页。

④ 《艾约瑟等五名传教士赴苏州谒见干王和忠王的报导》，北京太平天国史研究会编：《太平天国史译丛》第 2 辑，北京：中华书局 1983 年版，第 109 页。

　　历史已经证明，太平天国不可能推动中国的文明进步。不仅胡适称"太平天国之乱是明末流寇之乱以后的一个最惨的大劫"①，而且冯友兰断言："如果洪秀全和太平天国统一了中国，那就要把中国拉回到西方的中世纪""把中国历史拉向后退"，因为在洪秀全心目中"西方的'长技'是基督教"，故而虽然"洪秀全和太平天国是主张向西方学习的，但所要学习的是西方的宗教"，他们大搞"神权政治"，与"学习西方的科学技术"、实现"近代化"这一中国近代史主流背道而驰。② 文化学者曾纪鑫的《洪秀全："天国"的实验与失败》则提供了有关洪秀全的惊人细节，进而指出了太平天国的历史悲剧："摧枯拉朽的暴力革命，无可避免的镇压内讧与争权夺利，军营化的社会管理模式，视商品经济商业贸易为洪水猛兽，领导阶层的腐化堕落，理想与现实严重脱节，专制集权的野蛮，毁灭一切中西文化的虚无，假美好名义实行的暴政，绝对平均主义的空想，大公无私的口号，愚民主义的政策，禁欲主义的盛行，扭曲人性的邪恶……"③ 这是对"流民暴动"本质的总结，也符合马克思1862年对太平天国做出的论断："除了改朝换代以外，他们（太平天国）没有给自己提出任何任务。他们没有任何口号。他们给予民众的惊惶比给老统治者的惊惶还要厉害。他们的全部使命，好像仅仅是用丑恶万状的破坏来与停滞腐朽对立，这种破坏工作没有一点建设工作的苗头""显然，太平军就是中国人的幻想所描绘的魔鬼的 in persona（化身）。但是只有在中国才能有这类魔鬼，这类魔鬼是停滞的社会生活的产物。"④ 基于以上史实我们可以说，曾国藩对太平天国的评价虽然没有马克思那样精深，但达到了他那个时代的思想高度，有着对民族国家命运前途的深度忧患意识。

　　那么当此民族危难之际，如何重建中国文化进而实现国家复兴呢？于是就有了"中体西用"说。中体西用说源于曾国藩，完善者和实践者主要有魏源、冯桂芬、王韬、薛福成和张之洞等人。曾国藩倡导道学与实学

---

　　① 胡适：《五十年来中国之文学》，《胡适全集》第 2 卷，合肥：安徽教育出版社 2003 年版，第 266 页。

　　② 冯友兰：《中国哲学史新编》第 6 册，北京：人民出版社 1989 年版，第 64、65 页。

　　③ 曾纪鑫：《千古大变局》，桂林：广西师范大学出版社 2008 年版，第 69 页。

　　④ ［德］卡·马克思：《中国记事》，《马克思恩格斯全集》第 15 卷，北京：人民出版社 1963 年版，第 545、548 页。

的结合，在传统学术"义理、考据和词章"三个范畴之外增加了"经济"即经世致用之学。——这应是"中体西用"说的源头。此后魏源在《海国图志》中明确地将西学纳入经世之学范畴，并提出了"师夷长技以制夷"理论；冯桂芬1861年在《校邠庐抗议》中提出"以中国之伦常名教为原本，辅以诸国富强之术，不更善之善者哉！"①——这应是"中体西用"说的雏形。1896年孙家鼐在《议复开办京师大学堂折》中说："以中学为主，西学为辅；中学为体，西学为用；中学有未备者，以西学补之；中学有失传者，以西学还之；以中学包罗西学，不能以西学凌驾中学，此是立学宗旨。"②1898年张之洞在《劝学篇》中提出"旧学为体，新学为用"说，主张"中学为内学，西学为外学，中学治身心，西学应世事"。——这是"中体西用"说的完整系统表达。总体来看，中体西用派的文化守成和捍卫道统思想，主要是针对西学东渐和太平天国的崇洋媚外而提出的，既具有合理性与合法性，更具有稳健的可操作性。

但是，"中体西用"说甫一定型就受到激烈批判。比如何启与胡礼垣1898年的《新政安行》、1899年的《〈劝学篇〉书后》和《新政变通》等文章猛烈抨击了"其本在此，其末在彼"的中体西用论，并对汉学宋学进行了严厉批判③。"激进时期"的严复在其作于1902年的《原强》中更是讽刺中体西用说是"牛体马用"，进而提出了"自由为体，民主为用"的自由主义文化观。——文化保守派充当了自由主义进入中国的开路先锋，这真是一个吊诡而有意味的现代学案。至于桐城派的"正宗文学观"也在五四新文化运动中变成了"桐城谬种"，与"选学妖孽"一起成为批判对象；林纾作为桐城派殿军，起而反击，但时移世易，已回天乏术。

中体西用说与近代文学的关系可以"桐城中兴"和曾国藩文学观为

---

① 冯桂芬：《校邠庐抗议》，上海：上海古籍出版社2002年版，第57页。

② 孙家鼐：《议复开办京师大学堂折》，汤志钧、陈祖恩编：《戊戌时期教育》，上海：上海教育出版社1993年版，第122页。

③ 参看张礼恒《何启、胡礼垣评传》，南京：南京大学出版社2005年版，第353页。何启（1859—1914），广东三水人，1875年留学苏格兰阿伯丁大学，1879年获得医学硕士学位；不久入伦敦林肯法学院攻读法学，1882年获得法学博士学位，成为大律师。同年回香港后主要从事医疗和公共卫生事业，1887年以后成为"孙中山的良师益友"。1914年病逝。

个案略作评析。桐城派形成于清朝中叶，以学习唐宋古文相号召，创始者为安徽桐城的方苞、刘大櫆和姚鼐，发展者为管同、梅曾亮、姚莹等，曾国藩则被称为桐城派中兴盟主。曾国藩的文学观要点是：一是主张文道相兼。他认为如果盲目贬低"文"的价值，那么"文以载道"也难以实现。这实际上是孔子"言而无文，行之不远"的近代翻版。二是强调"经济"和考据、义理同样重要。主张文章既需有汉学功底、文章之美，更需经世致用、服务现实，从而使文学具有了现实主义情怀。三是强调文体和语体意识。曾国藩根据时代发展需要，对传统文体进行了重新梳理和增删分类。总体来看，曾国藩推动了中国传统文学思想和文体语体的进步，因而胡适称"曾国藩是桐城派古文的中兴第一大将"。①

　　在曾国藩引领下，桐城派散文用旧瓶装新酒，在文体、题材、思想、境界等方面都有了新发展。"曾门四弟子"张钊裕、吴汝伦、黎庶昌和薛福成继承了曾国藩的文学观念和作文章法，开辟了中国近代散文的新格局。尤其是薛福成与黎庶昌曾作为外交官出使欧洲，视野大开，他们的中学基础加上异域题材使其作品风靡文坛。薛福成②《观巴黎油画记》《白雷登海口避暑记》，黎庶昌③《卜来敦记》《奉使伦敦记》《巴黎大赛会纪略》《游（日本）盐原记》等文，以简洁流畅、细腻生动的桐城笔法，描绘异国风俗和西人的精神面貌，寄托了希望中国早日富强的愿望，产生了积极的社会影响，给人耳目一新之感。文学史家认为："薛福成和黎庶昌的散文，从内容到形式，较之桐城古文都有较大的变化。在某种意义上，它们已为新体散文的产生提供了一些新的因素"，薛福成的散文更是"已

---

　　① 胡适：《五十年来中国之文学》，《胡适全集》第 2 卷，合肥：安徽教育出版社 2003 年版，第 259 页。《五十年来中国之文学》是胡适 1922 年 3 月为上海《申报》馆五十周年纪念特刊所撰。此文以 1872 年为起点，此年恰是曾国藩去世之年，也是维新文学运动将兴之时。《五十年来中国之文学》全面呈现了中国近代文学向现代文学的转变过程。
　　② 薛福成（1838—1894），官叔耘，号庸庵，江苏无锡人，曾任出使英、法、比、意四国大臣，著有《庸庵全集》。钱基博著有《薛福成传》。
　　③ 黎庶昌（1837—1897）曾随郭嵩焘出使英国，任参赞。著有《拙尊园丛稿》120 余篇，可分为论说、传记和纪游三类。黎庶昌对西方逻辑学颇有研究，故其散文条理明晰，富有逻辑思辨色彩。

开始突破桐城派的法规，向着新体散文过渡"①。正因如此，中国现代文学史研究者不能不追溯曾国藩与"桐城中兴"，否则就难以明白现代文学的"世界观念"和"现代意识"起自何时。

今天看来，桐城派在中国近现代文学史上的意义需要评估：如果说曾国藩及"曾门四弟子"开启了新的文风，开创了新的境界，那么桐城派殿军人物严复、林纾翻译的政论和小说，既有西方新思想又兼具雅洁笔致，因而大都一纸风行、影响深远。严复的译笔虽被鲁迅批为"桐城气息十足，连字的平仄也都留心"②，但严复引进的天演论、其"自由为体，民主为用"的政治文化思想，都为五四新文化运动提供了理论武器；至于林译小说对五四新文学的重要启蒙作用则更是无须讳言。而严复本人由青年时期的激进"趋时"到晚年时期的守成"复古"这一变化过程，颇能折射传统文化的幽暗之力，可以说是一个极具象征意味的文化个案，可称为"先驱者复古现象"③。

第二节 托古改制，再造中华：康有为的儒教本位思想

康有为（1858—1927）是主张托古改制的维新改良派人物，是中国近代"先进的中国人"，与严复、孙中山等"代表了在中国共产党出世以前向西方寻找真理的一派人物"④。由于康有为在中国现代思想史上居于承前启后的位置，其思想对于中国改革开放事业仍具有启示意义，因而成为中国学界新时期以来的一个研究热点。新时期以来关于康有为民族主义思想的研究以 1983 年郑克强的《论康有为的爱国主义》⑤ 为节点，以

---

① 郭延礼：《中国近代文学发展史》第一卷，北京：高等教育出版社 2001 年版，第 310 页。

② 鲁迅：《二心集·关于翻译的通信》，《鲁迅全集》第 4 卷，北京：人民文学出版社 2005 年版，第 390 页。

③ 李钧：《先驱者"复古"现象考》，《社会科学论坛》2004 年第 1 期。

④ 毛泽东：《论人民民主专政》，《毛泽东选集》第 4 卷，北京：人民出版社 1991 年版，第 1469 页。

⑤ 郑克强：《论康有为的爱国主义》，《社会科学》1983 年第 10 期。

1984 年林家有的《试论康有为的民族观》① 为代表；新千年以来白锐的《康有为的民族国家观》② 和喻大华、李孝君的《康有为孔教思想中的民族主义立场与世界情怀》③ 等则给予康有为更为全面公正的评价；单正平《晚清民族主义与文学转型》认为康有为"尊王不攘'夷'的君宪民族主义"思想有别于"共和民族主义"和"文化民族主义"④，极大地丰富了中国现代民族主义思想。这些研究都证明了康有为民族主义思想的开创性与丰赡性。

康有为的维新思想沿用了体用说，不过其思想比曾国藩、张之洞的"中体西用"观念有了巨大进步，他主张以民族主义为体，以维新变法为用，目标则是建立现代民族国家，正如梁启超所说："问治天下之道于南海先生，先生曰：'以群为体，以变为用。斯二义立，虽治千万年之天下，可矣。'"⑤ 可见，康有为的体用说虽然比严复"自由为体、民主为用"的民主政治思想略显保守，但很好地解决了曾国藩等前辈"体用两分"的问题，在当时也更具稳健合理性。

为达到救亡强国的目的，康有为在 1895 年 6 月 30 日《上清帝第四书》中即申明"夫泰西诸国之相逼，中国数千年来未有之变局也"，强调唯有变法维新才能图存；1898 年 1 月《上清帝第五书》论说变法之急："夫自东师辱后，泰西蔑视，以野蛮待我，以愚顽鄙我。昔视我为半教之国者，今等我于非洲黑奴矣；昔憎我为倨傲自尊者，今则侮我为聋瞽蠢冥矣。"而"夫今日在列大竞争之中，图保自存之策，舍变法外别无他图"。康有为曾在《强学会序》《救亡论》《中华救亡论》等文章中反复言说维新立宪变法强国的方略，前后观点始终一致，不仅具有了民族国家本位观念，而且具有了世界意识。而为了给"变法"正名，他力图形塑一个"变通"的孔子，以推动儒学的现代化转型。总体看来，康有为的新儒学

---

① 林家有：《试论康有为的民族观》，《史学月刊》1984 年第 5 期。

② 白锐：《康有为的民族国家观》，《求索》2005 年第 4 期。

③ 喻大华、李孝君：《康有为孔教思想中的民族主义立场与世界情怀》，《辽宁师范大学学报》（社会科学版）2007 年第 5 期。

④ 单正平：《晚清民族主义与文学转型》，海口：海南出版社 2008 年版，第 78 页。

⑤ 梁启超：《说群序》，《饮冰室合集》第一册文集之二，北京：中华书局 1989 年影印本，第 3 页。

思想具有准体系性：其《新学伪经考》立意在"破"，他以《史记》为主，遍考《汉书》，断言古文经是西汉刘歆伪造、意在为王莽篡汉确立合理性——这就颠覆了中国两千年尊奉的经典；《孔子改制考》目的是"立"，以今文为主，遍考古文而辨之，确立今文经派的合法性——这就赋予儒学以进化精神和民主思想；《孟子微》着重强调儒学的平等自由思想，称孟子主张"人人独立、人人平等、人人自主、人人不相侵犯、人人交相亲爱，此为人类之公理"，"民欲自由则予之。而一切束缚压制之具，重税严刑之举，宫室道路之卑污隘塞，凡民恶者去之。"[①] ——康有为就这样力图以"仁—博爱"主题重新诠释儒学，融入自由平等博爱思想，消除其纲常等级隔阂观念，努力使儒学适应近代社会的发展需要。因此梁启超评价说：

> 先生者，孔教之马丁路德也，其所以发明孔子之道者，不一而足，约其大纲，则有六义：
> 一、孔教者，进步主义，非保守主义；
> 二、孔教者，兼爱主义，非独善主义；
> 三、孔教者，世界主义，非国别主义；
> 四、孔教者，平等主义，非督制主义；
> 五、孔教者，强立主义，非巽懦主义；
> 六、孔教者，重魂主义，非爱身主义。[②]

可以说康有为对于儒学的返本开新和开放性阐释，不仅使他具有了文化民族主义者的身份，更使他成为中国现代新儒学的奠基人。

"康有为始终极看重国内各民族间的一体融合，……视合群自强乃救中国的最好方法"[③]，已具有了大中华观念；而"合同而化""团合大群，以强中国"也是康有为解决中国民族问题的基本主张。[④] 他在 1898 年 8

---

① 康有为：《孟子微》，北京：中华书局 1987 年版，第 23、73 页。
② 梁启超：《南海康先生传》第六章《宗教家之康南海》，《饮冰室合集》第一册文集之六，北京：中华书局 1989 年影印本，第 67 页。
③ 葛志毅：《谭史斋论稿三编》，哈尔滨：黑龙江人民出版社 2006 年版，第 231 页。
④ 林家有：《试论康有为的民族观》，《史学月刊》1984 年第 5 期。

月上呈的《请君民合治满汉不分折》中提出了"君民合治、满汉不分，以定国是而一人心，强中国"①的政治主张，已经显现出大民族主义观念；他更在《保国会序》中倡言："唯有合群以救之，唯有激耻以振之，唯有厉愤气以张之，我四万万人知身之不保，移其营私之心，以营一大公。知家之不存，移其保家之心，以保一大国。"②可见康有为不仅主张满汉一体，而且力促合汉、满、蒙、回、藏为一个大"中华"。康有为的民族观代表了改良派民族国家观念的核心主张，也获得了当时政治精英的认同，比如叶恩《上振贝子书》说："夫今日列强并立，无不以民族帝国主义为方针，故其国民团合，视国家为是体，兢兢焉万国争强。今满汉也，皆黄种也，同一民族也，同一民族则宜团为一体，不宜歧视。"③总体来看，康有为的民族国家观念既接受了中国传统的夷夏一家观念，也受到世界各国民族主义思想的启发，更是针对中国现实危机而作的申发，他的"大中华"思想后来被梁启超等人继承发扬、升华光大。

　　当代学者认为康有为的思想中民族主义与世界主义并存。他一生不改建立独立民族国家的志向，还倡立孔教以抵制西方的宗教侵略，成为民族主义思潮的先锋；但同时他又是一位超乎种性国界的世界主义者，其所著《大同书》以全人类的休戚为着眼点，表达了世界主义的情怀。④康有为《大同书》不仅具有思想史价值，更具有文学想象力。他在1901—1902年避居印度大吉岭期间完成了《大同书》，全书21万字分为10部分：甲部论述了"入世界观众苦"即人类的种种苦难及其根源；乙部论述了战争给人类带来的惨祸，提出"去国界合大地"、设立公政府的设想（《大同书第五》又谈"去国界合大地"，这可否说是"联合国"或"大同世界"的设想？——甲乙两部合成《大同书第一》）；丙部论述消灭民族界限问题；丁部论述种族同化问题；戊部论述男女平等问题（《大同书第

---

① 康有为：《请君民合治满汉不分折》，汤志钧编：《康有为政论集》上册，北京：中华书局1981年版，第340页。

② 康有为：《保国会序》，汤志钧编：《康有为政论集》上册，北京：中华书局1981年版，第231页。

③ 叶恩：《上振贝子书》，《新民丛报》第十四期。

④ 喻大华、李孝君：《康有为孔教思想中的民族主义立场与世界情怀》，《辽宁师范大学学报》（社会科学版）2007年第5期。

二》含丙丁戊三部）；己部论述"去家界为天民"即取消家庭问题（《大同书第三》）；庚部论述"去产界公生业"即实行公有制问题（《大同书第六》）；辛部论述"去乱界治太平"即大同世界的社会原则（《大同书第七》）；壬部论述推仁爱于畜类、戒杀生问题；癸部论述"去苦界至极乐"，对大同世界的衣食住行做出种种设想（《大同书第八》）①。《大同书》集合了儒学大同和民本思想、今文经派"三世说"、佛教苦集灭道说、道教天人合一说，还吸收了西方基督教、现代进化思想、民主思想、空想社会主义思想的有益成分，充满大胆瑰丽的想象，显示出康有为作为思想家的开阔视野，的确做到了如梁启超《清代学术概论》所说"以复古为解放"。康有为关于人民自治、废除政府、分工均田、男女无别、反对终身夫妇、打通国界、铲除阶级等主张，虽然具有无政府主义色彩，但主要还是六经注我、托古改制，从而使传统文化获得现代性的创造转化；他的维新改良思想以及对未来社会的构想描述影响了梁启超、谭嗣同等人，甚至梁启超的政治小说《新中国未来记》、谭嗣同的政论文《仁学》也与《大同书》一样具有想象力、启蒙性和建构性。这也证明了康有为民族国家观念的开创性和对后世的影响力。

梁启超最初服膺康有为的思想，后来宣扬过自由主义和政治民族主义理论，但最终回归中国传统文化，走向了文化民族主义。尤其在第一次世界大战以后，梁启超在《欧游心影录》中表达了这样的思想：欧洲的人类中心主义思想与唯科学主义理性已出现了危机，人类未来的希望应寄托在东方文化身上②。他还从传统民族性格中挖掘"恕""名分"和"虑

---

① 康有为：《大同书》，姜义华、张荣华校，北京：中国人民大学出版社 2010 年。此版《大同书》共八卷，缺少《大同书第四》。

② 梁启超《欧游心影录节录》谈欧洲科学危机时有一个"自注"："读者切勿误会，因此菲薄科学，我绝不承认科学破产，不过也不承认科学万能罢了。"（梁启超：《饮冰室合集》第四册专集之二十三，北京：中华书局 1989 年影印版，第 12 页。）很多学人引用此文时多引用正文，而对此"自注"不加理会，梁启超因而被贴上了保守主义的标签。其实"科学破产"是彼时某些欧美人的悲观看法，并非梁启超发明。对于美国著名新闻记者赛蒙氏的话"可怜西洋文明已经破产了。""我回去就关起大门老等，等你们把中国文明输进来救拔我们"，等等，梁启超说："后来到处听惯了，才知道他们许多先觉之士，着实怀抱无限忧危，总觉得他们那些物质文明，是制造社会险象的种子，倒不如这世外桃源的中国，还有办法。这就是欧洲多数人心理的一斑了。"（梁启超：《饮冰室合集》第四册专集之二十三，北京：中华书局 1989 年影印版，第 15 页。）因此可以说，正是西方人区欧美文明的忧虑给了梁启超以文化反思与自信。

后"等优根性，力图以此铸造"中华魂"。梁启超在晚年《庸言》和《大中华》时期更是认为"由关于人类的科学观念的铁的法则支配的西方体系，形成一种以机械为基础的经济和社会制度，任凭追求权力和财富，任凭享乐主义和贪婪的腐蚀"①，已经走向没落甚至破产，而东方文化则代表了人类的另一种选择。梁启超思想的前后变化之中包含着对西方唯科技主义和中国"全盘西化"思想的反思，只是当时的中国经济和社会状况尚处于前现代阶段，还没有完全科学化和现代化，因而他在彼时反对科学主义一方面呈现出超前的时代错位，另一方面又因其不合时宜而被讥为保守，从而折射出了一种现代性的悖论。

谭嗣同的思想在变法时代走得更远。他将墨学与基督教、大乘佛教等相融合，写成《仁学》这本极具煽动性的小册子，认为君主制、家庭制度、宋明理学、三纲教义是最黑暗的专制主义，要人们"冲决网罗"，彻底解放个人。② 当代学者李新宇因此将中国现代知识分子的源头上溯到了"戊戌六君子"③，但笔者个人认为，谭嗣同的精神气质多有传统的舍生取义的烈士情结，其思想成分也多系古为今用，主要从传统文化中汲取营养。

从康有为到谭嗣同的维新救亡思想，大体上延续了托古改制、中体西用说，有着明显的时代局限性；他们虽然也提倡大同、反对专制，但对于如何达到民族国家独立和自由民主之境的道路问题均付之阙如，因而不免陷于空想乌托邦和唯理论建构主义的泥淖。新中国建国道路的真正谋划者与实际铺筑者，则是梁启超和孙中山等成熟的民族主义者。

第三节　新民救亡，少年中国：梁启超与中国民族主义思想的兴起

梁启超（1873—1929）被尊为中国现代民族主义之父。在梁启超民

---

① ［美］费正清编：《剑桥中华民国史1912—1949》上卷，杨品泉等译，北京：中国社会科学出版社1993年版，第406页。

② ［美］费正清、刘广京编：《剑桥中国晚清史1800—1911年》下卷，中国社会科学院历史研究所编译室译，北京：中国社会科学出版社1993年版，第350—351页。

③ 李新宇：《大梦谁先觉》，济南：黄河出版社2007年版。

族主义思想的众多研究者中，张汝伦对梁启超的评价最高，他认为：梁启超很早就摆脱了传统天下观念的束缚，由世界—大同主义者转变为民族主义者；他接受和宣传民族主义并不是单纯的情感冲动，而是有着深厚的理论内涵；虽然梁启超早期的民族主义思想中也有社会达尔文主义和国家至上等非理性因素，但随着现代中国民族国家的初步建立，梁启超开始对此进行反思和批判，并越来越强调个人自由；梁启超的民族主义以世界主义为归宿并与民主主义紧密关联，是现代性的民族主义，"梁启超的民族主义以其规模和深度，当之无愧地成为现代中国民族主义的拱心石。中国后来的民族主义，包括当代中国的民族主义，……在规模和深度上，都没有达到，更不用说超过梁启超的思想"。① 不仅如此，梁启超还是中国现代民族主义文学理论的倡导者和实践者，因此本节概要论述梁启超的民族主义思想，评点其文学观念和政治小说《新中国未来记》，摭论其对后世的深刻影响。

一　梁启超民族主义思想的演变

　　一种思想的发展成熟需要一个过程，梁启超民族主义思想的演变也是如此。许纪霖认为梁启超民族主义思想发生过三次转变：第一次转变是由天下主义转向民族主义，发生在前《新民说》时期；第二次转变是从国民主义转向国家主义，发生在后《新民说》时期；第三次转变是从政治民族主义转向文化民族主义，发生在民国建立和"五四"时期。② 梁启超早期民族主义思想主要受到日本明治时期国家主义精神的影响，国民与国家是其民族主义思想中两个互动甚至可以互相置换的核心概念，侧重从国民自主性出发铸造中国的民族主义，具有卢梭式的人民主权论思想；1903年梁启超访美以后思想发生了重大转变，更加认同德国思想家伯伦知理的国家有机体论，强调以国民忠诚为前提的威权共同体，开始寻求国家权威背后的民族文化精神灵魂；1912 年梁启超在《国性篇》中提出了国性论，由国民民族主义转向文化民族主义，这一重要转变从《国性篇》开始，

---

　　① 张汝伦：《现代中国思想研究》，上海：上海人民出版社 2001 年版，第 143 页。
　　② 许纪霖：《政治美德与国民共同体——梁启超自由民族主义思想研究》，《天津社会科学》2005 年第 1 期。

到 1918 年撰写《欧游心影录》完型。①

杨肃献《梁启超与中国近代民族主义（一八九六——一九零七）》认为梁启超民族主义思想的发展可以分为三个阶段：梁启超在 1898 年以前是个传统的中国民族主义者，徘徊在天下主义与种族民族主义之间；从1898 年到 1903 年是梁启超民族主义思想的过渡期，逐渐放弃公羊三世说，开始抨击天下主义，走向以反对帝国主义为基调的近代中国民族主义，其"民族国家"观念初步自觉，但仍葆有若干种族主义思想因素，尚未完全实现由传统式民族主义向近代式中国民族主义的转变；1903 年下半年以后，梁启超受游美经历刺激和伯伦知理国家主义理论影响，才彻底摒弃种族民族主义，以民族国家为中心的民族主义思想最终得以确立，他认识到中国的迫切任务是加强国家的统一与秩序以对抗帝国主义的侵犯，并由此开始提倡联合中国各族的"大民族主义"。梁启超的"大民族主义"思想标志着中国近代民族国家意识的真正自觉，也是中国民族主义发展的最终方向。②

闾小波从政治、经济、文化和历史观四个方面对梁启超民族主义思想内涵进行了分析。所谓政治思想中的民族主义，主要是大民族主义思想和民族国家观念；所谓经济思想中的民族主义是指发展资本主义，在经济上与列强抗争，以维护国家经济利益、确保民族独立；文化思想中的民族主义，主要表现为维护民族文化传统，以增强国人的民族意识；民族主义历史观则是指梁启超将民族主义引入中国历史研究领域，开史学革命之先河。③ 闾小波的论述展示了梁启超民族主义思想的丰富性和体系性。

以上学者的核心观点显示出梁启超的民族主义思想大体经历了"种族—民族—民族主义"的演变。

首先，提倡种族观念。梁启超早期在多篇文章中指出世界上有白色、黄色、棕色、红色和黑色五大人种，其中白色和黄色人种在未来世界具有竞争力，其他种族在文化、肤色和智力方面都无法立足于现代世界。梁启

---

① 许纪霖：《共和爱国主义与文化民族主义——现代中国两种民族国家认同观》，《华东师范大学学报》（哲学社会科学版）2006 年第 4 期。

② 杨肃献：《梁启超与中国近代民族主义（一八九六——一九零七）》，周阳山、杨肃献：《近代中国思想人物论：民族主义》，台北：时报文化出版社事业公司 1982 年版。

③ 闾小波：《论辛亥前梁启超的民族主义》，《近代史研究》1992 年第 5 期。

超早期提倡种族观念，一方面基于维新改良思想，认为满汉同种同源，因而反对排满革命；另一方面将西方列强侵略亚洲视为白种人对黄种人的殖民，并基于对日本明治维新的好感以及联合日本反抗西方列强的愿望而主张泛亚洲主义，希望同为黄种人的中国与日本团结一致反抗西方列强。可见梁启超的种族论在当时具有策略性意图：在国际上有利于联合日本以抵制西方侵犯，确保中国立足于世界；在国内则有利于团结各族人民反对分裂主义，保全国家领土的完整性。

其次，从种族到民族。梁启超 1901 年在《十种德性相反相成义》中最早使用"民族"一词，随后在《政治学大家伯伦知理之学说》中对"民族"定义做出阐述，认为民族是具有历史、语言、宗教、风俗等共性的人群共同体，它不同于种族的生理差异，而是强调文化因素的重要性。梁启超此时之所以区分民族和种族，是因为他在 1900 年以后逐渐意识到"民族国家"的重要性，特别是在日本仿效西方国家开始侵略中国之后，他更是认识到中国人与黄种人并不处于完全一致的框架中，泛亚洲主义只是一相情愿的事情，中国只有富强独立才能获得国际尊重。这也是他由种族观念转向民族主义的契机。

最后，提倡民族主义。梁启超 1901 年在《国家思想变迁异同论》中首次使用"民族主义"一词；1902 年又在《新民说》中指出：民族主义是 16 世纪以来促进世界进步、欧洲发达的巨大力量；民族主义的目标是建立现代民族国家，民族主义作为促进中国建立民族国家的巨大动力，符合进化论规则和中国现实需要。国家是区分内外的标准，对内个人要热爱国家，对外全民应抵御他国侵犯，更要反对世界主义乌托邦。至此，谋求国家富强成为梁启超倡导民族主义的最高目标。

那么如何才能达到建设现代国家的目标呢？在梁启超看来，一是维新改良，既向西方学习同时不忘中国的优秀传统，最重要的是不能进行激进的暴力革命。他 1902 年在《新民丛报》上大力宣传民族主义，强调民族主义的向心力，反对革命党将民族主义用于内部冲突上。这正是维新派与革命派分歧与论争的主要原因。二是认同"攘外必先安内"思想，维护国内团结，提倡大民族主义。他主张"合汉合满合蒙合回合苗合藏组成一大民族，提全球三分有一之人类，以高掌远蹠于五大陆之上"，中国各民族只有团结一致才能保证国家的完整性；他反对革命党的小民族主义，认为满汉之间的文化风俗早已同化，民族文化共同体使满汉之间并不存在对立，中国的政治腐败不是因为满族统治而是源于政治体制存在问题。三是认为只有培育具有民族主义思想的"新民"才能建成现代化的国家。这也是梁启超提出"少年中国说"和"新民说"的原因。就此而言，梁启超的"新民说"和民族主义思想，与严复倡导的"进化论"和自由主义思想，一起成为五四新文化运动的思想武器与精神源头。梁启超将民族主义作为建立新中国的必由途径，可以说找到了中华民族伟大复兴的根本方略和途径，因而超越了曾国藩、康有为等人的探索，也给后人留下了精神财富和深刻启示。

二 梁启超的改良文学观与《新中国未来记》

梁启超关于民族主义的论述由于"笔锋常带情感"而成为中国现代思想史上的经典。他说："今世界以国家为本位，凡一切人类动作，皆以国家分子之资格而动作者也。"[①] "近四百年来，民族主义，日渐发生，日渐发达，遂至磅礴郁积，为近世史之中心点。顺兹者兴，逆兹者亡。""故今日欲救中国，无他术焉。亦先建设一民族主义之国家而已。"[②] 他起草的《南学会叙》对现代民族国家的特征做了如下描述："万其目，一其视；万其耳，一其听；万其手，万其足，一其心，一其力，一其事；其位望之差别也万，其执业之差别也万，而其知此事也一，而其志此事也一，而其治此事也一，心相构，力相摩，点相切，线相交，是之谓万其途，一其归，是之谓国。"[③] 可以毫不夸张地说，民族国家观念由于梁启超的宣传提倡而成为中国人的"想象的共同体"。

梁启超基于其先培育新人再建立新国的渐进主义改良思想，创作了《新民说》《新民议》等文章，呼唤"中国少年"来建设一个"少年中国"。他又认为文学是"新民"的最佳工具，于是创办《清议报》《新小

---

① 梁启超：《中国立国方针》，《饮冰室合集》第二册文集之二十八，北京：中华书局1989年影印版，第40页。

② 梁启超：《论民族竞争之大势》，《饮冰室合集》第一册文集之十，北京：中华书局1989年影印版，第10、35页。

③ 梁启超：《南学会叙》，《饮冰室合集》第一册文集之二，北京：中华书局1989年影印版，第64页。

说》等报刊，接续和深化了黄遵宪提出的"诗界革命"和"文界革命"口号，进而提出了"小说界革命"和"戏剧界革命"宣言，随后开始译印政治小说、科学小说，目的是新民救亡，建立一个自强富足、可以与列强争胜的现代中国。梁启超的《论小说与群治之关系》是"小说界革命"的纲领性文件，将小说提高到了"文学之最上乘"的高度，也是因为他看中了小说在"新民"工程中的重要价值。正因如此，陈平原等认为："梁启超是最早的'小说救国'论者"①，他发动的"一场号为'小说界革命'的文学运动，揭开了中国小说史上崭新的一页。……更重要的是，'小说为文学之最上乘也'这一高论，成了二十世纪最有前瞻性，也最具影响力的文学口号。"②

梁启超不仅是小说革命的理论倡导者，也是小说革命的大胆实践者。《新中国未来记》是梁启超唯一的创作小说③，"专欲发表区区政见，以就正于爱国达识之君子"，可以说是梁启超政治理想与建国方略的形象表达。尽管这部小说"似说部非说部，似稗史非稗史，似论著非论著，不知成何种文体，自顾良失笑"，但既然抱着期盼"将来无名之英雄"来"救此一方民"的思想，也就顾不得其他了。他还在小说序言中说，他之所以创办《新小说》杂志就是为了连载这部小说，而"为一部小说而创一个刊物，这恐怕在文化史上是一个突出的现象，可见他是很重视这部小说的。"④《新中国未来记》前四回连载于1902年11月至次年1月的《新小说》第1—3号，第五回则刊于1904年1月17日出版的《新小说》第7号。小说虽是未完稿，却一向被视为体现晚清"小说界革命"宗旨的代表作。⑤而在笔者看来，《新中国未来记》是中国现代民族主义小说的奠基之作。

----

① 钱理群、黄子平、陈平原：《二十世纪中国文学三人谈·漫话文化》，北京：北京大学出版社2004年版，第18页。

② 陈平原：《当代中国人文观察》，北京：人民文学出版社2004年版，第217页。

③ 梁启超：《新中国未来记》，《饮冰室合集》第七册专集第八十九，北京：中华书局1989年影印版，第1—57页。

④ 杨义：《杨义文存》第四卷，北京：人民出版社1998年版，第31页。

⑤ 关于《新中国未来记》第五回是否梁启超手笔，学界仍有争议。夏晓虹认为出自梁氏之手，见解颇深，推论有理，我从此说。夏晓虹：《谁是〈新中国未来记〉第五回的作者》，《中华读书报》2003年5月21日。

　　小说第一回"楔子"以"将来时"开篇，站在"立宪期结束"的"西历2062年"来回顾"中国近六十年史"。由于中国自维新后一跃成为世界强国，所以各国全权大臣齐集南京维新50周年大庆典，诸友邦也"特派兵舰来庆贺"。与此同时，上海"开设大博览会""不特陈设商务、工艺诸物品而已，乃至各种学问、宗教皆以此时开联合大会"，各国专家学者云集数千人，开设各种演说坛和讲论会，其中最引人瞩目的是全国教育学会会长、文学大博士"曲阜先生"孔觉民讲演"中国近六十年史讲义"。

　　第二回"孔觉民演说近代史黄毅伯组织宪政党"，倒叙共和国维新成功的原因在于"宪政党"。宪政党有着明确的建国大纲：主张立法、行政、司法三权分立；共和国按"美国举大统领之法"设会长一个、副会长一人，评议员一百人；按"各立宪国组织内阁之法"，设干事长一人，干事若干，设办公厅及财政、监察、教育、外交、司法等各部。宪政党的政纲涉及国民教育、工业振兴、国情调查、政务练习、义勇养成、外交事务、法典编纂等，尤其重视教育与义勇："本党以立宪为宗旨，必须养成一国之人，使有可以为立宪国民之资格，故教育为本党第一大事业。"而"处今日帝国主义盛行之世，非取军国民主义，不足以自立。本会人人当体此意，各以国防为第一义务。"正是由于宪政党的持续努力，共和国一跃成为世界强国。这一回无疑是梁启超对现代政体的设想构建，也是他为未来中国设计的施政纲领。

　　那么"到底这个转移中国的宪政党，是哪一位英雄豪杰造他出来呢？"小说第三回"求新学三大洲环游论时局两名士舌战"引出了主人公黄克强和李去病。二人一起赴英国留学，随后李去病游历法国，黄克强考察德国，并相约经俄罗斯返国。黄、李二人回国后目睹的社会黑暗官场腐败以及国土备受列强蹂躏的惨状，与英、法、德、俄等国的强盛形成了巨大反差，因此深感改变中国现状的必要。但他们在救国方略上存在巨大分歧：是立宪改良还是暴力革命？李去病主张采取法国大革命式的社会革命，因为他对维新人士极度失望：

　　　　现在他们嘴里头，讲什么维新什么改革，你问他们知维新改革这两个字，是怎么一句话么？他们只要学那窑子相公奉承客人一般，把些外国人当作天帝菩萨祖宗父母一样供奉，在外国人跟前，够得上做个得意的兔子，时髦的倡人，就算是维新改革第一流人物了。……这样的政府这样的朝廷，还有什么指望呢？倘若叫他们多在一天，中国便多受一天的累，不到十年，我们国民，便想做奴隶也够不上，还不知要打落几层地狱！要学那舆臣台、台臣皂的样子，替那做奴才的奴才做奴才了。

李去病又说：

我长听西人说的，中国如像三十年未曾打扫过的牛栏，里头粪溺充塞，正不知几尺几丈厚。这句话虽然恶毒，却也比喻得确切。哥哥，你想，不是用雷霆霹雳手段，做那西医治瘟疫虫的方法，把他铲除到干干净净，这地方往后还能住得么？

李去病还引用《因明集》中的《奴才好》，对国民劣根性进行了挖苦嘲讽：

奴才好，奴才好，勿管内政与外交，大家鼓里且睡觉……什么流血与革命，什么自由与均财。狂悖都能害性命，倔强哪肯就范围。我辈奴仆汉戒之，福泽所关慎所归。大金大元大清朝，主人国号已屡改。何况大英大法大日本，换个国号任便戴。奴才好，奴才乐，世有强者我便服。三分刁黠七分媚，世事何者为龌龊？料理乾坤世有人，坐阅风云多反复。灭种覆族事遥遥，此事解人几难索。堪笑维新诸少年，甘赴汤火蹈鼎镬。达官震怒外人愁，身死名败相继仆，但识争回自主权，岂知已非求己学。奴才好，奴才乐，奴才到处皆为家，何必保种与保国！

李去病在愤激之中甚至将那些不知亡国之耻的人比作"迎新送旧惯了的娼妓"："什么人做不得他的情人？你看八国联军入京，家家插顺民旗处处送德政伞，岂不都是这奴性的本相吗？"

但黄克强却担心"革起命来，一定是玉石俱焚"，因而主张平和的建设、渐进的改良："总不外教育、著书、作报、演说、兴工商、养义勇这几件大事业，或者游说当道的人，拿至诚去感动他，拿利害去譬解他，要等一国上下官民，有了十分之一，起了爱国的心肠，晓得救国的要害，这机会就算到了。"黄克强认为，即便进行社会革命也必须先进行国民教育，除此之外没有"别样速成的妙法"，因为只有这样才能成就"平和的自由，秩序的平等，亦叫做无血的破坏。……现在民德、民智、民力，不但不可以和他讲革命，就是你天天讲天天跳，这革命也是万不能做到的。若到那民德、民智、民力，可以讲革命可以做革命的时候，这又何必更要革命呢？"不难看出黄克强反对暴力革命的两条主要理由："第一，用暴力推翻由各帝国主义列强给予极大关注的现存政治秩序，可能会导致帝国主义列强的军事干涉；第二，中国没有民治传统，中国人也还不具备自治的能力。通过革命的途径中国必然重蹈法国大革命的覆辙，即政治的不稳定。在黄看来，近代自由和平等的民主理想只有在统一和秩序的基础上才能在中国实现，而在保持政治统一和秩序中实现民主理想再没有比自上而下的逐渐改良更好的办法。"①

　　双方的论辩经过了四十多个回合，因为"彼此全为公事，不为私恩私怨"，所以"虽仅在革命论非革命论两大端，但所征引者，皆属政治上、生计上、历史上最新最确之学理。"读者从主人公的论辩中可以体会到梁启超不仅才大如海而且据于时局，胸有万千海岳，磅礴郁积笔下，纵横捭阖的雄论令人叹为观止。

　　第四回"旅顺鸣琴名士合并　榆关题壁美人远游"，写黄克强与李去病从榆关绕道俄国强占的旅顺考察民情，耳闻目睹了国人水深火热的生存惨状，并邂逅了慷慨悲歌之士陈猛。陈猛认为"俄罗斯将来和中国是最有关系的，现在民间志士，都不懂得他的内情，将来和他交涉，如何使得？"因此他在旅顺学俄语、做考察，待机去俄罗斯游学。据梁启超后来交代，在这一回中的两段《端志安》（即拜伦《唐璜》）译文是他的得意之笔。在小说中插入译诗虽似逸枝，但梁启超借助唐璜来表达仁人豪杰同声相应同气相求的英雄气概，的确具有互文性意味，不失为现代小说技法

---

　　① ［美］张灏：《梁启超与中国思想的过渡（1890—1907）》，崔志海、葛夫平译，南京：江苏人民出版社1997年版，第158页。

的创新。

黄李二人还在榆关旅馆见到了一位已赴东欧游学的奇女子题写的诗句，可惜失之交臂。这也似是一处伏笔，令人想象假如梁启超能把《新中国未来记》全部完成，那么它将是一部怎样的大开大阖的长篇巨制。

第五回"奔丧阻船两睹怪象对病论药独契微言"将人物置于上海十里洋场，这里鱼龙混杂，既有志士仁人也有荒唐腐儒和口头革命派。梁启超创作第五回时已距第四回相去近十个月，中间隔着他到美洲"新大陆"的游历。据夏晓虹考证，第五回于1902年11—12月写成，此时梁启超对"革命派"的态度已发生变化，因此小说第五回对言必称"革命"的留日学生宗明等进行了讽刺。① 宗明曾到日本周游数月，不学无术，连日文也认识不了几个，但他讲话时却"支那"不离口，其"革命"言论也浅薄得近乎无耻，实际上不过是打着"革命"幌子逃避社会责任。宗明说："今日革命，便要从家庭革命做起。我们朋友里头，有一句通行的话，说道'尧舜禹汤文武周公孔子王八蛋'。为甚么这样恨他们呢？因为他们造出甚么三纲五伦，束缚我支那几千年。这四万万奴隶，都是他们造出来的。"黄克强收到"母死父病"的急电，要他火速回家，宗明听后哈哈大笑："你们两位也未免有点子奴隶气了。今日革命，便要从家庭革命做起……"此时的梁启超对革命派的品德深表怀疑和反感，故而借黄克强之口说："现在内地志士，一点儿事情没做出来，却已经分了许多党派，……中国革命将来若靠这一群人，后事还堪设想吗？"小说至此留下了一个未了的结局。

《新中国未来记》采用章回体式，整体结构松散，人物形象扁平，议论过多而描写甚少，在艺术上还不是一部真正现代意义上的小说，但作者的思想水平却达到了近代高峰。值得重视的是，小说的倒叙结构充分凸显了民族国家想象，寓言式开篇和未来叙事形式不仅隐含着梁启超的"新中国"梦想，而且构造和突出了现代中国的时空统一体。这一结构方式在当时颇有影响，陆士谔《新中国》、刘鹗《老残游记》、曾朴《孽海花》和蔡元培《新年梦》等也采用类似倒叙手法，而这种叙事手法使小说获得了前所未有的现代观念和世界眼光，在深层次上标志着中国近代思

---

① 夏晓虹：《谁是〈新中国未来记〉第五回的作者》，《中华读书报》2003年5月21日。

维方式的转变。正因如此，《新中国未来记》不仅成为中国现代民族主义小说的开山之作，而且是"中国近代政治思想史的一部重要著作"①。

三　梁启超对后世的影响

梁启超是一位伟大的启蒙思想家，发挥了先驱者的觉世、新民作用。中国现代思想史上影响巨大的进化论、新民说、自由主义和民族主义思想均因为其一枝健笔而家喻户晓、风行一时。因此可以说在晚清一代思想者中，梁启超对"五四"知识分子的影响最为显著。

梁启超是一个文学理论家，他对后世文学的影响不仅表现在"进化论"方面，也表现在"笔锋常带情感"的浩荡文风上。他对"文界革命"和"小说界革命"的提倡大大提高了文学的社会地位，大大提高了"文章合为时而作"的现实主义品格。他开启的文学功利思想在现代中国文学史上占据了主流地位，也折射出其民族主义文学思想的深远影响力。

梁启超的"新民说"提倡新道德和民族国家观念，反对旧道德和"家天下"观念。新民思想的影响广泛，青年毛泽东等曾发起成立"新民学会"和"少年中国学会"等组织，从中不难看出梁启超对毛泽东的思想启蒙；五四新文化运动也是由梁启超的"新民"思想而走向了"人的发现"，进而走向了对"健全的个性主义"的倡扬。

胡适深受梁启超思想影响。胡适在回忆录中说："梁先生的文章，明白晓畅之中，带着浓挚的热情，使读的人不能不跟着他走，不能不跟着他想。有时候，我们跟他走到一点上，还想往前走，他倒打住了，或是换了方向走了。在这种时候，我们不免感觉一点失望。但这种失望也正是他的大恩惠。因为他尽了他的能力，把我们带到一个境界，原指望我们感觉不满足，原指望我们更朝前走。跟着他走，我们固然得感谢他；他引起了我们的好奇心，指着一个未知的世界叫我们自己去探寻，我们更得感谢他。我个人受了梁先生无穷的恩惠。现在追想起来，有两点最分明。第一是他的《新民说》，第二是他的《中国学术思想变迁之大势》。梁先生自号'中国之新民'，又号'新民子'，他的杂志叫做《新民丛报》，可见他的

---

① 赤真：《中国近代政治思想史的一部重要著作——评梁启超〈新中国未来记〉》，《内蒙古教育学院学报》1996 年第 3 期。

全副心思贯注在这一点。'新民'的意义是要改造中国的民族，要把这老大的病夫民族造成一个新鲜活泼的民族。……我们在那个时代读这样的文字，没有一个人不受他的震荡感动的。他在那时代（我那时读的是他在壬寅癸卯做的文字）主张最激烈，态度最鲜明，感人的力量也最深刻。他很明白的提出一个革命的口号：'破坏亦破坏，不破坏亦破坏！'后来他虽然不坚持这个态度了，而许多少年人冲上前去，可不肯缩回来了。《新民说》的最大贡献在于指出中国民族缺乏西洋民族的许多美德……他指出我们所最缺乏而最须采补的是公德，是国家思想，是进取精神，是权利思想，是自由，是自治，是进步，是自尊，是合群，是生利的能力，是毅力，是义务思想，是尚武，是私德，是政治能力。"[①] 从中国自由主义知识分子谱系上来看，胡适是梁启超和严复的精神传人。

　　青年时代的鲁迅和周作人都是梁启超的拥趸。"梁任公所编的《新小说》《清议报》与《新民丛报》的确都读过也很受影响，但是《新小说》的影响总是只有更大不会更小。梁任公的《论小说与群治之关系》当初读了的确很有影响。虽然对于小说的性质与种类后来意见稍稍改变，大抵由科学或政治的小说渐到更纯粹的文艺作品上去了，不过这只是不看重文学之直接的教训作用，本意还没有什么变更，即仍主张以文学来感化社会振兴民族精神，用后来的熟语来说，可以说是属于为人生的艺术这一派的。"[②] 梁启超对鲁迅的影响更加明显：鲁迅《摩罗诗力说》《随感录》中对启蒙英雄、精神界战士的呼唤，大体与梁启超《自由书·英雄与时势》中所谈相似；鲁迅《阿 Q 正传》《药》《示众》对国民劣根性如麻木、嫉妒、看客心理、精神胜利法、入主出奴思想的批判，与梁启超《新民说·论私德》和《呵旁观者》中的观点完全一致；梁启超最早提倡"破坏主义"，鲁迅则在《摩罗诗力说》等篇章中大力呼唤"立意在反抗，旨归在动作"的"轨道破坏者"。我们甚至可以在一些文字细节上发现梁

---

　　① 胡适：《四十自述》，《胡适全集》第 18 卷，合肥：安徽教育出版社 2003 年版，第 58—61 页。

　　② 周作人：《关于鲁迅》，《鲁迅研究资料》下册，北京：国家出版事业管理研究室 1977 年版，第 316 页。

启超与鲁迅之间的传承关系，比如梁启超等人合著的《小说丛话》① 中有一则《红楼梦》评论：

> 吾国小说，莫奇于《红楼梦》，可谓之政治小说，可谓之伦理小说，可谓之社会小说，可谓之哲学，道德小说……戴绿眼镜者，所见物一切皆绿，戴黄眼镜者，所见物一切皆黄。一切果绿乎哉？果黄乎哉？《红楼梦》非淫书，读者适自成真淫人而已！

鲁迅在《〈绛花洞主〉小引》中引申说：

> 《红楼梦》是中国许多人所知道，至少，是知道这名目的书。谁是作者和续者姑且勿论，单是命意，就因读者的眼光而有种种：经学家看见《易》，道学家看见淫，才子看见缠绵，革命家看见排满，流言家看宫闱秘事……②

正是在这些细微之处，我们可以发现晚清与"五四"并非截然断裂，五四新文化运动也并非天外飞仙般凭空而来，而是所来有自，正如王德威所说："没有晚清，何来五四?!"

许纪霖对梁启超民族主义思想的影响力做了如下概述："一生多变的梁启超不愧为中国民族主义的启蒙先驱，他跌宕起伏的思想变化也为民国以后中国民族主义思潮的分化提供了丰富的思想源头：《新民说》早期具

---

① "《小说丛话》是一部多人合撰、采用谈话体的形式而内容繁杂的小说理论著作。作者有梁启超、狄平子、苏曼殊、侠人等十三人，他们'相与纵论小说，各述其所心得之微言大义'，把他们各自的有关小说创作及其他的感触、看法等等，随手分条记下，写成长短不拘、生动活泼的文字，用笔谈的形式，对有关小说创作的理论等问题进行研讨，在光绪二十九年至光绪三十年（1903—1904）的《新小说》月刊上连续刊载，以后并集成一帙，于1906年由'新小说社'刊行了单行本。……《小说丛话》共八十六则，其中除蜕庵、瑶斋、慧广各一则、昭琴、知新主人各二则、吴趼人四则外，以浴血生最多，有二十三则。梁启超次之，有十五则。再次之，平子十一则、定一十则、曼殊八则，侠人七则。"蔡景康：《〈小说丛话〉论评》，《厦门大学学报》（哲学社会科学版）1981年第4期。

② 鲁迅：《集外集拾遗补遗》，《鲁迅全集》第8卷，北京：人民文学出版社2005年版，第179页。

有共和主义色彩的国民自主共同体，后来被张佛泉继承，发展为与民主主义内在结合的共和爱国主义；《新民说》后期具有权威主义倾向的国民忠诚共同体，民国成立以后被曾琦、李璜、左舜生为首的醒狮派接过去，蜕变为鼓吹'民族国家至上'的右翼的国家主义；而从《国性篇》萌芽的强调中国固有文明因素的'国性论'，则被张君劢进一步发挥，形成了具有社群主义倾向的文化民族主义。"① 这虽然仅是对梁启超民族主义思想的政治学意义的阐释，但已能窥见其影响力之一斑。总而言之，梁启超无论在现代中国文学史上还是思想文化史上都是一位大师钜子，是永远值得学人深入研究的一位先哲泰斗。

第四节　驱除鞑虏，种族革命：章太炎与孙中山的民族主义思想

　　章太炎、刘师培等"国粹派"的种族革命主张以及孙中山的"民族主义六讲"，兼具文化民族主义和政治民族主义精神，他们将中国现代民族主义思想付诸实践，初步实现了中国现代民族国家的建设蓝图。

　　"国粹派"力主恢复宋明乃至汉唐的汉族统制，并通过知识考古为排满革命提供理论支持。比如刘师培（1884—1919）与妻子何震（生卒年不详）以无政府主义名义反清排满、反对封建专制，但在思想资源上却向中国传统文化进发，称老子为中国无政府主义之父，并在《天义报》第五期封面上登载老子画像；刘师培的乌托邦思想还受到公元前三世纪农学家许行的影响，提倡农村生活，推崇一切人无差别的手工劳动。"有学问的革命家"章太炎（1868—1936）则以训诂考据证出华夷之别，认为炎黄子孙是汉族正宗，其他种族非我族类，从而为反清排满、反对帝国主义侵略提供合理性。国粹派不仅标举"使历史服务于民族主义的观念，并为作为中国文化遗产生存的主要手段的民族主义而辩护"，他们还主张"使古典知识和仕途分离，使学识要起新的作用，学者要发挥新的社会功能"，以期重铸国魂、重建汉民族文化精神；他们认为"国魂是一个国

---

① 许纪霖：《共和爱国主义与文化民族主义——现代中国两种民族国家认同观》，《华东师范大学学报》（哲学社会科学版）2006 年第 4 期。

家、一个民族的特别精神，它以国学为化身，以文化为表现形式，陶铸国魂也就是重建民族精神或民族文化，所以，陶铸国魂离不开对国学的开发和对国粹的阐扬。"① 由此可见，国粹派是以文化民族主义为表，以政治民族主义为里，只是其民族主义观念非常狭隘，虽然在当时具有合理性，却也存在巨大的漏洞罅隙。

显而易见，刘师培和章太炎挖掘国粹资源绝非为封建道统服务，也不像康有为那样旨在"托古改制"，而是为了颠覆四书五经的法典地位，从而为排满革命和文化革命提供合法性。章太炎认为"六经皆史"，"谓《春秋》即后世史家之本纪、列传；谓《礼记》《乐经》，仿佛史家之志；谓《尚书》《春秋》本为同类；谓《诗》多纪事，合称《诗史》；谓《易》乃哲学，史之精华，今所称'社会学'也。"② 这种釜底抽薪式的学术策略，使得封建统制的精神支柱轰然倒塌，因而其学术思想具有了资产阶级文化革命的意味，其学术方法也对现代学统的建立起了奠基作用。——陈平原的《中国现代学术之建立：以章太炎、胡适之为中心》③已阐释了章太炎的学术史意义，不再赘述。

我们在此仅以冯自由《章太炎事略》为线索，梳理革命派与维新派的分野过程，进而发现其提倡国粹的民族主义动机：

> 章炳麟原名绛，字枚叔，又号太炎，浙江余杭人。少从游于浙省大儒俞曲园（樾）之门，尝一度应县试，以病辍业，遂专心研究国学。因读《东华录》《明季稗史》诸书，备悉满虏虐待华人惨状，乃绝意仕进，渐涉猎西籍译本，知非实行新法无以立国。岁甲午，年二十七，闻有粤人康祖诒集公车上书陈请变法，诧为奇士。……岁丙申（一八九六），夏曾佑、汪康年发刊《时务报》于上海，聘章及梁启超分任撰述，章梁订交盖自此始。……（戊戌后避祸至台湾）尝为文忠告康梁，使勿效忠异族，谓孙文稍通洋务，尚知辨别种族，高谈

① 喻大华：《晚清文化保守思潮研究》，北京：人民出版社2001年版，第103页。

② 诸祖耿：《记本师章公自述治学之功夫及志向》，陈平原、杜玲玲编：《追忆章太炎》，北京：中国广播电视出版社1997年版，第86页。

③ 陈平原：《中国现代学术之建立——以章太炎、胡适之为中心》，北京：北京大学出版社1998年版。

革命，君等身列士林，乃不辨顺逆，甘事虏朝，殊为君等惜等语。……庚子六月，唐才常发起国会于上海张园。……章以会章有"务合海内仁人志士共讲忠君救国之实"一语，指为不合时宜，……章乃愤然剪除辫发，以示决绝。……壬寅（一九〇二年）章与秦力士、冯自由等十人发起支那亡国二百四十二年纪念会于东京，手撰宣言分布旅日商学各界，文词悲壮动人，留学生多为感奋……其后留学界中爱国团体缤纷并起，即导源于亡国纪念会也。癸卯（一九〇三年）苏人刘师培、粤人邓实等创设《国粹学报》于上海，章与黄节分任撰述，倡导民族主义，异常透辟。……会康有为漫游欧美十七国毕东归，著一书曰《南海先生最近政见书》，专抨击革命排满之说，章乃为《驳康有为政见书》一文以斥之，辞严义正，传诵一时，逐日揭载于上海《苏报》，与邹容著《革命军》，同受海内外人士热烈之欢迎。清商约大臣吕海寰因此授意苏抚恩寿，令向租界当局要求逮捕革命党派蔡元培、章炳麟、吴敬恒、邹容、黄宗仰、陈范诸人，蔡、吴、黄、陈等闻耗先后亡命海外，独章一人留爱国学社被捕，邹容则自向捕房投到……邹于出狱前一月病死。章至丙午年（一九〇六年）六月廿九日期满出狱。……章出狱时面白体胖，友人咸诧为毕生所未见，盖章生平不脱名士风尚，视沐浴为畏途，幽囚后西狱吏每日强之澡浴，故体魄因而日健也……①

章太炎 1906 年流亡日本，担任《民报》主笔；不久，孙中山等革命党被日本政府驱逐出境，《民报》也因经费问题停刊。章太炎此时期一度"思适印度为浮屠，资斧困绝，不能行。寓庐数月不举火，日以百钱市麦饼以自度，衣被三年不浣。困厄如此，而德操弥厉。其授人以国学也，以谓国不幸衰亡，学术不绝，民犹有所观感，庶几收硕果之效，有复阳之望。故勤勤恳恳，不惮其劳，弟子至数百人。可谓独立不惧，闇然日章，自顾

---

① 冯自由：《章太炎事略》，《革命逸史》（上），北京：新星出版社 2009 年版，第 50—51 页。章太炎因为文中"载湉小丑，不辨菽麦"一语而被捕；章太炎在狱中做缝纫囚衣、给犯人写犯人号等工作，最后则得了烧饭的美差，因为"可偷饭"，所以出狱时反而胖了许多。

（炎武）君以来，鲜其伦类者矣。"① 可知章太炎提倡国学国粹别有怀抱，是服务于反清排满的"民族革命"的。

现在看来，章太炎的反清排满言行属于典型的书生革命，不仅其民族主义思想缺乏完备的体系建构，而且其行动也多意气用事，因而难以担当革命领袖的重任。他恃才傲物，口无遮拦，不仅对政敌构成巨大杀伤力，而且与同路人（包括蔡元培、吴稚晖、黄兴等）也发生冲突；他于1904年创立光复会以与同盟会对峙，可惜主要成员秋瑾、徐锡麟1907年刺杀恩铭失败牺牲，陶成章因争夺江浙领袖权而在1908年被同盟会陈其美暗杀，导致光复会势力削弱，章太炎与孙中山的关系也变得紧张起来；辛亥武昌起义后，袁世凯率军南下攻占汉阳，"南北和谈"拉开序幕，章太炎戏称黄兴为"逃帅"，消解革命军士气；民国南京临时政府成立之际，章太炎另立"在野党"与孙中山对立，因而当孙中山拟提名章太炎任教育总长时，提案立即被与会代表否决；孙中山意欲请章太炎为总统府枢密顾问，章以为位低权轻而不就，此后与黎元洪、袁世凯交好；当他发现袁世凯有称帝野心时，又"以大勋章作扇坠，临总统府之门，大诟袁世凯的包藏祸心"②，甚至夜宿总统府门洞；他被软禁在钱粮胡同"京城四大凶宅之一"的院落，袁世凯派人夜晚装神弄鬼做鬼哭狼嚎之声，不仅章太炎噩梦不止，其长女也不堪精神折磨投缳自缢；直到袁死后，章太炎才重获自由，游走于上海、杭州、苏州等地，以教书为业，直至1936年6月14日因咽喉癌病逝。章太炎的晚年悲剧固然有时代原因和性格原因，恐怕也与其偏狭的民族主义观直接相关。

客观讲，在建设新中国这一目标上，革命的国粹派与"托古改制"的改良派是一样的，只不过建国方略和激进程度不同，这点差别由梁启超《新中国未来记》中李去病与黄克强的歧见与辩论中可见一斑。革命的"国粹派"同样不排斥西方观念，比如章太炎《訄书》吸收了斯宾塞达尔

---

① 黄季刚：《太炎先生行事记》，陈平原、杜玲玲编：《追忆章太炎》，北京：中国广播电视出版社1997年版，第20—21页。

② 鲁迅：《关于太炎先生二三事》，《鲁迅全集》第6卷，北京：人民文学出版社2005年版，第567页。

文主义社会学等新观念，"章氏对向西方寻求学理这一思潮并不反对，而且自觉投入其中，不只翻译日人岸本武能太的《社会学》，东走日本时更'旁览彼土所译希腊、德意志哲人之书'。这就使得他在著述中可以不时与苏格拉底、柏拉图、亚里士多德乃至康德、费希特、黑格尔、叔本华、尼采、休谟、赫胥黎、斯宾塞等西哲对话辩难，并以之作为建构理论体系的参照。更何况章氏还有别一个绝活：对印度哲学的了解……"① 不过在对待传统文化方面，革命派与改良派有一点根本性的区别，就是坚决反对把儒学变成宗教，并彻底颠覆了"四书五经"的经典地位，刘师培用老子思想来反对儒学，章太炎则宁愿在佛教中寻找精神安慰，甚至用华严宗来证《庄子》。就此而言，"国粹派"也是文化革命派，他们充当了五四新文化运动的开路先锋。

　　"国粹派"在今天多被视为文化保守派，究其原因主要有如下三点：首先因为其民族主义观念导源于《春秋》"尊夏攘夷"，以"排满"为中心，强调华夷之别，是一种狭隘的民族主义思想。其次是因为其倡扬的国粹主要是汉学，刘师培甚至反对进化论、工业化和城市化，而坚持农村中心主义，这就严重脱离了时代要求。最后是因为国粹派的文学观念陈旧，文体语体均未实现大众化；尤其章太炎对白话文偏见甚深，认为"现代白话文的描写技术，远不如文言文……这个白话文的妖风一起，势必会弄到白话文宣告变质"，他还以刘半农征集"国骂"为由，要骂几句给他听，"接着就说汉代的骂人话，是 XXX 出于何书，唐朝的骂人话，是 XXX 出于何书，直说到上海人宁波人，以及广东人的三字经，完全骂出来，看起来好像供给他资料，事实上把刘半农祖宗三代都骂到了。"② 章太炎的偏执刚愎确实招人非议，其古奥的文章也已经不适应革命形势的发展了。

　　相比较而言，孙中山（1866—1925）是一位成熟的民主主义政治家

　　① 陈平原：《后记》，陈平原、杜玲玲编：《追忆章太炎》，北京：中国广播电视出版社1997年版，第583页。
　　② 陈存仁：《章太炎面折刘半农》，陈平原、杜玲玲编：《追忆章太炎》，北京：中国广播电视出版社1997年版，第338—345页。

和革命家，其民族主义思想的演进过程也显示出政治家的灵活变通。①
孙中山早年倾向于改良，至少在 1894 年 6 月还上书李鸿章，提出"人
能尽其才，地能尽其利，物能尽其用，货能畅其流"的改革方略，认为
"此四事者，富强之大经，治国之大本也"。② 但孙中山的满腔热忱遭到
冷遇，以致他很快就发现："期望当今的中国政府能在时代要求影响下
自我革新，并接触欧洲文化，这等于希望农场的一头猪会对农业全神贯
注并善于耕作，哪怕这头猪在农场里喂养得很好又很能接近它的文明的
主人。"③ 于是他倡言"驱除鞑虏，恢复中华，创立合众政府"④，走向
排满革命、恢复汉制。实际上孙中山早期也是狭隘的种族革命论者，这
种言论既无益于各民族团结，也无济于反抗列强侵略，反而可能导致国
家分裂。

最早发现孙中山排满革命思想缺陷的是梁启超。梁启超从中国国情出
发，提出以"国家主义"或"大民族主义"概念来取代"小民族主义"，
他在《政治学大家伯伦知理之学说》一文中首次提出："吾中国言民族
者，当于小民族主义之外，更提倡大民族主义。……大民族主义者何？合
国内本部属部之诸族以对于国外之诸族是也。"亦即"合汉合满合蒙合回
合苗合藏，组成一大民族，提全球三分有一之人类，以高掌远蹠于五大陆

---

① 关于孙中山民族主义思想研究可参看张振铎《论章太炎与孙中山的反满革命思想》，
《渤海学刊》1996 年第 1 期；黄顺力《孙中山与近代民族意识的觉醒》，《福建论坛》1996 年
第 4 期；黄顺力《孙中山与章太炎民族主义思想之比较——以辛亥革命时期为例》，《厦门大
学学报》（哲学社会科学版）2001 年第 3 期；余英时《中国现代的民族主义与知识分子》，
《联合报·副刊》1975 年 5 月 1 日；罗福惠《中国民族主义思想论稿》，武汉：华中师范大学
出版社 1996 年版；《中国大百科全书·哲学卷》，北京：中国大百科全书出版社 1987 年；徐迅
《民族主义》，北京：中国社会科学出版社 1998 年版。

② 孙中山：《上李鸿章书》，《孙中山全集》第 1 卷，北京：中华书局 1981 年版，第 8
页。

③ 孙中山：《与〈伦敦被难记〉俄译者等的谈话（一八九七年初）》，《孙中山全集》第
1 卷，北京：中华书局 1986 年版，第 86 页。

④ 孙中山：《檀香山兴中会盟书》，《孙中山全集》第 1 卷，北京：中华书局 1981 年版，
第 20 页。

之上。"① 孙中山立即认识到自己此前民族革命思想的局限性②，从而把"中华民族"理念修正为"五族共和"，提出要"合全国人民，无分汉、满、蒙、回、藏，相与共享人类之自由，合五大民族为中华民国。"他深知："没有民族的精神，所以虽有四万万人结合成一个中国，实在是一片散沙，弄到今日，是世界上最贫弱的国家，处国际中最低下的地位。人为刀俎，我为鱼肉，我们的地位在此时最为危险。如果再不留心提倡民族主义，结合四万万人成一个坚固的民族，中国便有亡国灭种之忧。我们要挽救这种危机，便要提倡民族主义，用民族精神来救国。"③ 孙中山将民族革命与政治革命结合起来，标志着中国人的民族国家意识的真正觉醒；而他成熟期的民族主义思想集中表述在《民族主义六讲》里，值得人们深读细思。

　　在外争主权、内建共和之际，孙中山的"三民主义"必须与时共进才能适应中国现代化建设的要求。1924 年国民党一大时，孙中山将"民族民权民生"的"旧三民主义"发展为"联俄联共扶助农工"的"新三民主义"，再一次证明了他作为资产阶级革命家和政治家的远大目光。他在《建国方略》中提出的"军政训政宪政"的"建国三阶段论"虽然为蒋介石南京政府施行一党专制、以党治国和军人政治留下了借口，但孙中山政治民族主义思想的目的是尽快实现祖国统一与民族复兴，这一根本宗旨是无可否认的。列宁曾这样评价孙中山思想："孙中山纲领的每一行都

　　①　梁启超：《政治学大家伯伦知理之学说》，《饮冰室合集》第一册文集之十三，北京：中华书局 1989 年影印版，第 66—67 页。

　　②　费正清认为："1911 年的革命出奇地温和。它同时也极不彻底，因为它只有一个非常消极的主要目标，即推翻清朝统治。"同时"孙中山和他的共和派同志们，一来无军队，二来得不到各省民众的广泛支持，虽然深知中国必须有强有力的统一政府，但他们无法满足这一需求。"当袁世凯玩弄政治阴谋时，"这些年长的革命领导人不谙权术，甚至没有能力提出实行党派政治的要求。他们关于党派政治的观念相当模糊，目的不明确且意见相左；而党派政治作为一种政体在中国政坛上仍未经过实验。实际上政治党派此时不过刚刚从传统中脱胎，开始成形而已。"1914 年召开的革命党大会上，孙中山删去了"民族主义"原则，因为在他看来，"排满"任务已经完成，再提倡"民族主义"已毫无意义，"他此时放眼亚洲，希望与日本合作而不是反对帝国主义。由于与时代的主旋律脱节，孙中山对 1916 年袁世凯的倒台几乎没有起到什么作用。"由此可以印证孙中山早期"民族主义"思想的局限性。［美］费正清著：《中国：传统与变迁》，张沛译，北京：世界知识出版社 2001 年版，第 488、489、491、503 页。

　　③　孙中山：《民族主义·第一讲》，《孙中山全集》第 9 卷，北京：中华书局 1986 年版，第 188—189 页。

渗透了战斗的、真诚的民主主义。它充分认识到'种族'革命的不足，丝毫没有对政治表示冷淡，甚至丝毫没有忽视政治自由……这是带有建立共和制度要求的完整的民主主义。"① 中国共产党 1937 年发布国共合作宣言时说："孙中山先生的三民主义为中国今日之必需，本党愿为其彻底实现而奋斗"。毛泽东在《国共合作成立之后的迫切任务》中指出："在共产党方面，十年来所实行的一切政策，根本上仍然是符合于孙中山先生的三民主义和三大政策的革命精神的。共产党没有一天不在反对帝国主义，这就是彻底的民族主义；工农民主专政制度也不是别的，就是彻底的民权主义；土地革命则是彻底的民生主义。"② 这都证明了孙中山思想在推进中国现代政治革命和社会建设事业中的重要意义。

　　要想发挥民族主义在民族独立和国家建设中的作用，就不能仅仅局限于精英阶层，更需要切实灌输到民众思想中去，从而统一国家意志、唤起革命行动。在辛亥革命以前，报刊、学堂与社团成为中国公共舆论的平台，对民族国家观念的形塑发挥了极为重要的宣教作用。从《时务报》《新民丛报》到《苏报》《民报》都充斥着国内外大事新闻与社会政论文章，表现出一种明显的爱国救亡倾向，这对中国现代民族主义思潮的形成具有"言传"作用。而近代以来给予中国重大打击的"蕞尔小国"日本，则是养成中国民族主义思想的最佳"身教导师"。清末民初留学日本的中国学生，"学到的主要教训似乎是理解了民族主义的重要性。"③ 日本在甲午之战后形成了浓厚的沙文主义氛围，"他们藐视中国人，骂中国人软弱无能，还痛恨中国人，而且这些不只用言辞来表达；从白发老人直到幼童都对这四亿人满怀着血腥的敌意。"④ "留学生就这样深受嘲弄和蔑视。街上的顽童集中嘲弄他们的发辫，并且跟着他们的后面高声叫喊'清国

---

　　① 列宁：《中国的民主主义与民粹主义》，《列宁选集》第 2 卷，北京：人民出版社 1960 年版，第 152 页。

　　② 毛泽东：《国共合作成立之后的迫切任务》，《毛泽东选集》第 2 卷，北京：人民出版社 1991 年版，第 368 页。

　　③ ［美］费正清、刘广京编：《剑桥中国晚清史 1800—1911 年》下卷，中国社会科学院历史研究所编译室译，北京：中国社会科学出版社 1993 年版，第 410 页。

　　④ ［日］幸德秋水：《帝国主义》，东京：岩波书店 1901 年版，第 35 页。

佬'"①；"支那"也成了日本人对中国的专用蔑称。这种侮辱从反面激发
了中国留学生的强国梦想。当然，日本民族主义精神也有正面启发，比如
"梁启超看到上野青年参军时其亲戚朋友热烈欢送他们的场面，他说他看
到一面旗上写着'祈战死'三字。他写道，见此情景，不禁为之矍然肃
然，不能忘怀，日本人有'大和魂'，对中国来说，最紧迫者莫过于发展
'中国魂'。梁启超随即强调，最迫切需要的就是确立自爱心和爱国心，
这样国民就会爱其祖国。要分享强盛只有起而仿效日本人的自爱和爱国
心。"② 这很容易让人联想到"幻灯片事件"在鲁迅心中留下的烙印，也
会想到郁达夫《沉沦》中那位留学生的呼喊："祖国呀祖国！我的死是你
害的！你快富起来！强起来罢！你还有许多儿女在那里受苦呢！"稍稍考
察中国现代文学史和新闻史就不难发现，中国现代民族主义思想在
1895—1916 年这短短的二十年里迅速发生发展，并经由精英知识分子的
文字传达而成为社会舆论热点，给民众以强烈的精神震撼，起到了觉民觉
世的重要作用！

第五节 文界革命，觉民觉世：1895—1916 年的民族主义文学思潮与创作

梁启超、黄遵宪等人的"诗界革命""文界革命"和"小说界革命"
等主张，有力地推动了维新派文学的发展。梁启超尤其重视"小说与群
治之关系"，把小说推为"文学之最上乘"，这为新文学的创造提供了进
化论的科学依据（文学观）；其"新民说""新民论""自由说"则为五
四新文学运动提供了"人的发现"的思想武器（人学观）；其"时务文
体"或"新民文体"影响更大，一时人皆效之，带来了新文体、新语体
的变革（文体观）。因而专家认为，维新派的文学改良运动"是一次有纲
领、有领导、有理论、有队伍、有阵地、有创作实践的资产阶级文学革新
运动，具有鲜明的宗旨和明确的倾向性。它的革新目标，在内容上要求文

---

① ［美］费正清、刘广京编：《剑桥中国晚清史 1800—1911 年》下卷，中国社会科学院历史研究所编译室译，北京：中国社会科学出版社 1993 年版，第 411—412 页。

② 同上书，第 413 页。

学吸取西方文化，表现西方的新思想、新事物、新意境，宣传爱国主义和民主思想，为思想启蒙和维新变法服务；在形式上则呼唤文化的解放，力图摆脱封建文学旧传统的桎梏，主张'言文合一'，向通俗化、自由化的道路迈进。梁启超是这次文学革新运动的首倡者和领导者，并为'诗界革命''文界革命''小说界革命'和'戏剧改良'奠定了理论基础，他还先后创办了《时务报》《清议报》《新民丛报》和《新小说》，为文学革新提供了理论和创作阵地，团结了作家队伍，促进了中国近代文学的繁荣和发展。"①

从知人论世的层面来说，革命派的民族主义文学宣扬民族革命思想，各种文体的创作实绩都远迈维新派文学之上；即使南社成员徐枕亚创作的《玉梨魂》和《雪鸿泪史》也不应简单地被论定为"鸳鸯蝴蝶小说"，须知它开创了"恋爱＋革命"等小说模式，是一部关注婚姻自由的问题小说、会通中西技法的文人小说、赓续抒情传统的诗化小说、塑造圆形人物的性格小说，因而也是一部取今复古、别立新宗的文化民族主义小说经典。因此，当我们以穿越思维和生态文化学文学史观重新审视1895—1916年的民族主义文学创作时，就不仅能发现其存在的合理性，更能开掘其审美的现代性。

一   1895—1916 年的民族主义文学思潮与创作实绩

"小说界革命"的倡导、小说杂志和专业出版社的出现、报纸文艺副刊的小说连载以及稿酬制度的确立②，促成了清末小说创作的繁荣。其中《新小说》《绣像小说》《新新小说》《月月小说》《小说林》等杂志影响尤大，它们既发表创作小说和翻译小说也刊登小说评论和理论文章，对近代小说的繁荣产生了积极的推动作用。据专家统计，维新时期的创作小说

---

① 郭延礼：《中国近代文学发展史》第二卷，北京：高等教育出版社2001年版，第4页。

② 中国传统文人普遍存在"耻言利"和"卖文为耻"观念。但至19世纪下半叶，随着西学东渐和印刷技术进步，中国新闻出版事业快速发展，民众对各类精神产品的需求极为旺盛，巨大的图书市场与报刊集群需要大量的文人从事创作。到20世纪初，中国的稿费、版税和买断版权这三种流行于欧、美、日的稿酬形式已经齐备，近代稿酬制度呼之欲出。

和翻译小说约有千种以上①。在创作小说方面，著名的有李宝嘉《官场现形记》《文明小史》、吴沃尧《二十年目睹之怪现状》《九命奇冤》《痛史》《恨海》、刘鹗《老残游记》、蓬园《负曝闲谈》、连梦青《邻女语》、岭南羽衣女士《东欧女豪杰》、无名氏《苦社会》、韩邦庆《海上花列传》等，它们在思想观念、文体创新、语体变化等方面为中国现代民族主义小说的发生发展和小说叙事艺术本土化探索做了准备。韩邦庆②的《海上花列传》是近代最具艺术性的小说，后来受到鲁迅、刘半农、张爱玲等人的激赏，当代学者则认为："韩邦庆在中国小说史上是一个开风气者，他是近代最早描写中国现代都市的小说家；更重要的，在当时描写现代都市的小说家中，他是唯一一位为了探索这一描写还提出了相应叙述理论的小说家。这一叙述理论一直到现在为止，还常常被作家们所运用。韩邦庆最大的贡献在于运用了'穿插藏闪'的叙述方法，用以表现现代都市的时空，拓展了小说的表现能力。"③ 我个人认为，《海上花列传》对苏州方言的运用显示出作者在地方自足性和小说艺术民族化探索方面的自觉。

中国古代民族英雄题材的小说创作，为激发民众的民族主义情感以反抗列强侵略提供了精神支持。《痛史》是吴沃尧历史小说中最著名的一部，"在晚清讲史中，这是最好的一部"④，小说通过对南宋苟安亡国历史的勾勒，表达了"穷则变、变则通、通则久"的维新思想，也塑造了文天祥、谢枋得、张世杰等民族英雄形象。在反映晚清重大历史事件的小说

① 郭延礼：《中国近代文学发展史》第二卷"概说"，北京：高等教育出版社2001年版，第9页。

② 韩邦庆（1856—1894），名寄，字子云，别署太仙、大一山人、花也怜侬、三庆。江苏华亭人。1892年创办中国第一份小说期刊《海上奇书》并连载《海上花列传》。《海上花列传》成书出版后不久，韩邦庆病逝，年仅39岁。《海上花列传》是中国最早的描写都市欲望、批判现代文化的小说。相关资料：英国学者甘博耳1917年对世界8大都市娼妓人数和城市总人口比率作了调查统计：伦敦1：906，柏林1：582，巴黎1：481，芝加哥1：437，名古屋1：314，东京1：277，北京1：259，上海1：137。可见上海娼妓业的发达程度。（杨洁曾、贺宛男：《上海娼妓改造史话》，北京：生活·读书·新知三联书店1988年版，第1页。）这也正是韩邦庆创作这部小说的背景。

③ 袁进：《都市叙述的发端——试论韩邦庆的小说叙述理论与实践》，《社会科学》2007年第5期。

④ 阿英：《晚清小说史》，北京：人民文学出版社1980年版，第153页。

中，描写鸦片战争的《罂粟花》（观我斋主人）、描写中日甲午战争的《中东大战演义》（洪兴全）等最为著名，它们塑造了林则徐、邓世昌、丁汝昌等民族英雄。梁启超《新中国未来记》、陆士谔《新中国》、刘鹗《老残游记》、曾朴《孽海花》则开启了现实主义叙事模式，使小说摆脱了"稗史"地位，不再局限于讲述历史故事，而是大胆书写当下，直接服务现实，甚至展望国家未来，这不仅标志着现代中国文学思维方式的转变，也使小说获得了前此未有的现代观念和世界眼光。

当然，维新时代的民族主义文学作为过渡时代的精神产品，不可避免地存在种种缺陷。比如梁启超的"新民文体"就是一种半文半白的新闻文体和语体，徐彬曾总结"新民文体"的三元素："（1）梁氏之天才与其得力之一种合于实用的旧文学。（2）日本学者之著作。（梁氏最著名之《新史学》及《论中国学术思想变迁之大势》，多经日人所著为蓝本，其述佛学之明密深透，则自言根据于日文之《八宗纲要》《佛宗纲领》……）（3）日本译自西洋之科学的名词及其他学艺之术语。"① 郑师许认为：梁启超新民丛报时期的文章"都是朝写晚登，有时竟剿袭东洋一些一知半解的学说。"② 陈独秀认为梁启超的文章存在"浮光掠影"和模式化的缺点。王森然则援引日本学者园田一龟《分省新中国人物志》说："（梁启超）先生为广东人中一代之鬼才，其为人之行动，稍失于反复无常，未免缺操守，失人望。"③ 维新派在人品与文品方面的不足固然有着时代原因，却都是值得后来者深思自警的地方。

"国粹派"在资产阶级革命中主要发挥了精神领袖作用，他们用考据之学来为"革命"正名，论说"排满"的合理性。"章炳麟的《訄书》、刘师培的《攘书》和黄节的《黄史》在1901—1906年间出版，构成了对满族统治合法性的学术上的抨击。"④ 章太炎"以洪杨为神圣，谓曾、左

---

① 徐彬：《梁启超》，夏晓虹编：《追忆梁启超》，北京：中国广播电视出版社1997年版，第18页。

② 郑师许：《我国学者与政治生活——为哀悼梁任公先生而作》，夏晓虹编：《追忆梁启超》，北京：中国广播电视出版社1997年版，第112页。

③ 王森然：《梁启超先生评传》，夏晓虹编：《追忆梁启超》，北京：中国广播电视出版社1997年版，第24页。

④ ［美］费正清、刘广京编：《剑桥中国晚清史1800—1911年》下卷，中国社会科学院历史研究所编译室译，北京：中国社会科学出版社1993年版，第396页。

为大盗。见于著述，至再至三"①，他 1902 年以三月十九日是明代崇祯皇帝殉国忌日，遂与冯自由等在东京发起"支那亡国二百四十二年纪念会"，警察询问其"籍贯为清国何省人。太炎答曰：'余等皆支那人，非清国人'。警长大讶，继问属何阶级：'士族乎？抑平民乎？'太炎答曰：'遗民。'"② 章太炎 1906 年到东京后即发表演讲，主张"第一用宗教发起信心，增进国民的道德。第二用国粹激动种性，增进爱国的热肠……"他所说的宗教是佛教华严、法相二宗，因其"最重平等"又"最恨君权"："大乘戒律都说'国王暴虐，菩萨有权，应当废黜'。又说'杀了一人，能救众人，这就是菩萨行'……所以提倡佛教，为社会道德上起见，固是最要，为我们革命军的道德上起见，亦是最要。"至于提倡国粹，那"不是要人尊信孔教，只是要人爱惜我们汉种的历史。这个历史是就广义说的，其中可以分为三项：一是语言文字，二是典章制度，三是人物事迹……"③他们的著作与行动无疑在反清排满革命中具有积极意义，同时也暴露了其思想观念的偏执与狭隘。不过，革命派的民族主义文学留下了数部经典，成为宣扬民族革命思想的最重要书籍，也为后来的民族主义文学创作提供了理论武器。其中邹容的《革命军》"发行总数达一百万册"④；陈天华被冯自由称为"革命党之大文豪"，其《警世钟》《猛回头》等因为"咸用白话文或通俗文，务使舆夫走卒皆能了解，故文字小册散播于长江沿岸各省，最为盛行，较之章太炎《驳康有为政见书》及邹容《革命军》，有过之而无不及。"⑤

革命派文学最具思想冲击力的当属政论文。其中章太炎的政论文笔锋

---

① 李肖聃：《星庐笔记·章炳麟》，陈平原、杜玲玲编：《追忆章太炎》，北京：中国广播电视出版社 1997 年版，第 71 页。

② 冯自由：《章太炎与支那亡国纪念会》，《革命逸史》（上），北京：新星出版社 2009 年版，第 54 页。

③ 许寿裳：《纪念先师章太炎先生》，陈平原、杜玲玲编：《追忆章太炎》，北京：中国广播电视出版社 1997 年版，第 55—58 页。

④ ［美］费正清、刘广京编：《剑桥中国晚清史 1800—1911 年》下卷，中国社会科学院历史研究所编译室译，北京：中国社会科学出版社 1993 年版，第 416。

⑤ 冯自由：《〈猛回头〉作者陈天华》，《革命逸史》（上），北京：新星出版社 2009 年版，第 272 页。

犀利，是"战斗的文章，乃是先生一生中最大，最久的业绩"①。他的散文长于旁征博引，援古论今，崇尚魏晋，澹雅有度，在近代散文史上独树一帜。当然，章太炎的部分文章"文笔古奥，索解为难"，以致他为某公写祭文，由蓝公武主祭宣读时竟然失其句读，令人失笑。另外，章士钊的逻辑政论、黄远庸的报刊政论以及邹容、陈天华、秋瑾的政论文章，也各具特色，有着浓郁的排满反清革命精神。

"南社"居于资产阶级革命诗坛的霸主地位，成员一度达到一千多位。南社主要成员柳亚子、高旭、陈去病、马君武、周实、宋教仁、范光启、仇亮、吴翯、黄兴等都是资产阶级革命活动家和爱国志士，南社诗歌的基本主题是反封建君主专制、宣传爱国主义、歌颂资产阶级革命，故而南社赢得了"同盟会宣传部"之称，在辛亥革命和反袁斗争中发挥了巨大的舆论宣传作用。当然，南社社员在文学观念上也有分歧，比如宗唐与宗宋之争：以柳亚子、高旭、陈去病为首的宗唐派，与姚锡钧、胡先骕、朱玺等宗宋的"同光体"之间发生了论争，最终以多数人支持柳亚子而告终。因而柳亚子曾说：清末数十年"是比较保守的同光体诗人和比较进步的南社诗人争霸的时代。"② 但总体上说，南社诗歌继承了以龚自珍为代表的诗歌干预时政、批判现实、宣传变革、呼唤未来的优秀传统，紧跟时代前进的步伐；在艺术上则追求磅礴浩大的气势、雄厚豪放的艺术风格和刚健遒劲的阳刚之美，带有强烈的积极浪漫主义特色。南社诗歌代表了资产阶级民主革命时期的诗歌最高成就，是中国现代诗歌最主要的收获之一。

资产阶级革命小说收获颇丰。最早面世的革命小说是"热诚爱国人"的《贞德传》，这部小说1900年刊于留日学生创办的《开智录》（横滨）上，它包含了所有革命小说的基本元素和叙事模式：民族国家、英雄儿女、民主理想、革命宣教等，因此可以说是资产阶级革命小说的元典。20世纪初影响较大的资产阶级革命小说作家作品有：黄世仲《洪秀全演义》、许俊铨（静观子）《六月霜》、陈天华《狮子吼》、"怀仁"《卢梭

① 鲁迅：《关于太炎先生二三事》，《鲁迅全集》第6卷，北京：人民文学出版社2005年版，第567页。

② 柳亚子：《介绍一位现代的女诗人》，《怀旧集》，上海：上海书店1981年版，第238页。

魂》、"汉国厌世者著、冷情女史述"《洗耻录》等。特别值得推介的是黄世仲①的《洪秀全演义》②，此小说旨在再现太平天国轰轰烈烈的起义历史，歌颂洪秀全等人可歌可泣的英雄业绩，借以举宣扬种族革命思想，配合现实斗争需要；《洪秀全演义》全书共 30 万字 54 回，历时三年修改完善，因而在那个急功近利的革命时代堪称文学精品，"出版后风行海内外，南洋美洲各地华侨几于家喻户晓，且有编作戏剧者，其发挥种族观念之影响，可谓至深且巨。"③ 另外，黄世仲的《五日风声》是一篇记录黄花岗起义的三万余言的报告文学，作品在广州起义失败后一个月内创作完成，向世人真实地报告起义的全过程，较好地处理了时效性与文学性的关系，既从宏观上展现了起义的规模和影响，也在微观上描写了起义英雄的人性情怀，可以说是中国报告文学的开山之作。

为了激发人民的反帝爱国情感，革命小说家也常常借古代英雄故事来教育人民。如李亮丞《热血痕》描写战国时代越国侠客陈音与女侠卫倩联合各路豪杰帮助越王勾践打败吴王夫差的故事；陈墨涛《海上魂》（又名《文天祥传奇》歌颂文天祥的爱国精神；陈墨峰《海外扶余》（又名《郑成功传奇》）塑造了郑成功、张煌言、甘辉等英雄形象，叙述了他们抗击清军、收复台湾、抵抗外敌的故事。这些小说的主人公总是置国家和民族利益高于个人身家，被作者赋予了现代意义上的民族英雄气节。

有的革命小说借寓言故事宣传排满思想。陈天华《狮子吼》仅成八回，但排满革命思想已有了初步表达。小说书写主人公狄必攘，广结会党并到汉口、四川组织起义的故事。值得注意的是，小说描写了一个乌托邦理想国"民权村"，这个无政府主义"新村"可以说是作者心目中的理想社会模型。"汉国厌世者著、冷情女史述"的《洗耻录》写汉国在二百多

---

① 黄世仲（1872—1912），广东人，又名黄小配，1905 年加入同盟会，曾在《天南新报》《中国日报》《世界公益报》《香港少年报》等 10 余种革命报刊担任编辑或主编工作。辛亥革命后被推举为广东民团局长，后被陈炯明以"侵吞军饷"罪处死，终年 40 岁。其主要作品有《洪秀全演义》《大马扁》《廿载繁华梦》《党人碑》《岑春煊》《宦海升沉录》《黄粱梦》《宦海潮》《陈开演义》等中长篇小说 15 部。

② 黄世仲：《洪秀全演义》，香港：中国日报社 1908 年。章太炎以黄世仲推崇有加，曾为《洪秀全演义》作序。

③ 冯自由：《〈洪秀全演义〉作者黄世仲》，《革命逸史》（中），北京：新星出版社 2009 年版，第 222 页。

年前被贱牧人（满族）打败，沦为贱牧人的奴隶，汉国军民不甘压迫，在明易民领导下揭竿起义，被贱牧人残酷镇压，明易民也壮烈牺牲；多年以后，明易民之子明仇牧立志为父报仇，结识了铁血大哥、狄梅、艾子柔、迟悲花等义士，共商再次起义大计。小说影射明朝亡国的历史，带有强烈的民族主义色彩，旨在鼓舞人们进行反清排满的资产阶级民主革命。

在众多革命小说家中，苏曼殊是一位奇才。他在 1903 年担任《国民日日报》译员，翻译外国新闻和小说。他译作的《惨社会》（出版单行本时更名《惨世界》）于 1903 年 10 月 8 日起在《国民日日报》连载。小说名义上是翻译雨果《悲惨世界》，但至第七回就游离原作，开始写清末社会现象。苏曼殊在小说中塑造了一个姓"明"名"白"字"男德"的人物形象；"男德"有着强烈的无政府主义献身精神，所作所为都是为了复仇、革命与共和事业；他以必死的信念去行刺专制暴君，趁暴君前往戏院看戏之机引爆炸药欲与之同归于尽，行刺未遂而自杀身死，以青春和生命殉了他的革命理想。文学史家认为，"男德在文学史上的价值在于，他是中国近代史上最早的较为丰满的革命者形象，也是晚清辛亥革命时期文学创作中最为成功的革命者形象之一。"[1]

在资产阶级革命小说塑造的英雄谱系中，巾帼英雄形象不可忽视。张肇桐 1903 年的《自由婚姻》借一对青年男女的革命言行来抨击社会腐败，力图激励人们"以英雄之本领，建立国家之大业"。小说虽然只完成了 20 回，使英雄大业处于未完成状态，但已初显了主人公"黄祸"与"关关"的英雄气质。他们揭露封建专制并鼓吹民族主义，号召人民推翻君主专制政体；他们感时忧国并走上革命道路，其革命策略则如小说第九回关关乳母所说："第一步，我们不是人就罢，倘然是个人，一定要报洋人欺我的仇。第二步，洋人欺我，大半是异族政府做出来的，所以要报洋人的仇，一定要报那异族政府的仇。第三步，要报异族政府的仇，家奴是一定要斩的。……第四步，欲达以上所说之目的，我们同志的人，一定要结个大大的团结，把革命军兴起来。"由此看来，提倡反帝、反清、反汉奸和全民族大团结是这部小说的主要意图，而女性解放则是一个次要问题。此后，《黄绣球》《女子权》《中国之女铜像》《惨女界》《闺中剑》

---

① 程文超：《1903：前夜的涌动》，济南：山东教育出版社 1998 年版，第 110 页。

等塑造了一批现代女性形象，掀起了中国现代女性题材文学创作的第一个高潮，开启了 20 世纪中国女性解放事业的大门。

当然，资产阶级革命小说"从艺术上讲，都不够完美，有的正面人物形象缺乏个性色彩，有的小说叙述多于描写，说教成分很重，有的人物对话冗长，如长篇演说，呆板、沉闷，缺乏生活气息。这与此类小说的作者大多非专业作家和艺术修养不高有关。"①

二　"恋爱＋革命"模式的奠基之作：徐枕亚《玉梨魂》《雪鸿泪史》新论②

在进化观念和革命思维制导下的中国现代文学史中，新与旧、革命与反动、传统与现代之间往往被划出非此即彼的鸿沟。在此情形下，"鸳鸯蝴蝶派"就成了腐朽没落的代名词。但实际上正如人性幽微具有多面性，"文学作为人学"也具有不可化约的多义性，比如"革命小说家"苏曼殊可以变成一个情僧，而"鸳鸯蝴蝶派小说的祖师"徐枕亚拥有南社成员和革命报纸《民权报》编者的身份。因此，我们只有通过知人论世才能走近历史文化原生态，只有通过深入研读才能发现徐枕亚的《玉梨魂》和《雪鸿泪史》绝非一个"鸳鸯蝴蝶小说"标签所能概括。

徐枕亚既是古典言情小说的殿军又是现代市民文学的魁首；不仅他编辑的《民权报》是"鸳鸯蝴蝶派的发祥地"，他编辑的"《小说丛报》是鸳鸯蝴蝶派的大本营"③，而且"鸳鸯蝴蝶派"的命名与他密不可分，他本人也被称为"鸳鸯蝴蝶派小说的祖师"④；他不仅开启了现代言情小说

---

①　郭延礼：《中国近代文学发展史》第三卷，北京：高等教育出版社 2001 年版，第 6 页。

②　本节专论以《取今复古，返本开新——徐枕亚创作新论》为题，刊发于《理论学刊》2013 年第 7 期。

③　郑逸梅：《民国旧派文学期刊丛话》，魏绍昌编：《鸳鸯蝴蝶派研究资料》，上海：上海文艺出版社 1984 年版，第 380 页。

④　现在看来，"鸳鸯蝴蝶派小说"的命名并非源于刘半农（平襟亚：《"鸳鸯蝴蝶派"命名的故事》，魏绍昌编：《鸳鸯蝴蝶派研究资料》，上海：上海文艺出版社 1984 年版，第 179 页。）而是来自周作人。周作人 1918 年 4 月 19 日在北京大学文科研究所的报告中提出"《玉梨魂》派的鸳鸯蝴蝶体"一说。（周作人：《日本近三十年小说之发达》，《中国新文学大系·建设理论卷》，上海：上海文艺出版社 1984 年版，第 293 页。）周作人 1919 年 2 月又在文章中说：近来流行的《玉梨魂》"为鸳鸯蝴蝶派小说的祖师"。（周作人：《中国小说里的男女问题》，《每周评论》1919 年 2 月 2 日。）

的风潮，而且启发了李定夷、包天笑、周瘦鹃、吴双热、李涵秋、陈蝶仙、刘铁冷、徐卓呆、王钝根等人的都市小说创作；不仅其《玉梨魂》创下了当时小说销量的最高纪录，"再版三版至无数版，竟销三十万册左右"①，而且其《雪鸿泪史》是"中国文学史上第一部日记体小说"②；《玉梨魂》不仅位列"20 世纪中文小说 100 强"第 59 位，而且开创了"恋爱＋革命"模式、文学商业化模式、中间人物塑造模式、骈四俪六文体模式等市民小说模式，因此可以说徐枕亚《玉梨魂》《雪鸿泪史》已成为现代中国文学史上的小说经典。

但长期以来，既有的文学史对徐枕亚和鸳鸯蝴蝶派多持全盘否定态度，要么以古典—现代、高雅—通俗的二元标准进行硬性分类，要么以政治—启蒙意识形态标准贴上断代的标签。这种陈旧的文学史观念的局限性已十分明显。即使近年来的徐枕亚研究，也仍多系局部研究，未能从根本上打破僵局并给徐枕亚恰当的文学史地位，因此，重读《玉梨魂》和《雪鸿泪史》③不仅关乎市民文学的文学史地位，更关乎文学史整体观的建构，不仅有利于人们了解中国文化的变迁，更有利于认识中国文学现代化的自然流变过程，从而发现古代文学与现代文学之间并非"断裂"关系，通俗文学与革命文学之间也不存在不可逾越的"卡夫丁峡谷"。在我看来，徐枕亚在现代中国文学史上是一个承前启后的划时代人物。如果说鲁迅《狂人日记》是现代中国启蒙文学的发轫，那么徐枕亚《玉梨魂》和《雪鸿泪史》既是现代通俗哀情小说的滥觞，又是文言章回小说的典范。将《玉梨魂》和《雪鸿泪史》置入现代中国小说史，就会发现它们集问题小说、文人小说、诗化小说和性格小说于一身，不仅其思想主旨具有情感启蒙价值，其艺术创新更是在中国叙事学的发展、中国文学抒情传统的赓续方面具有里程碑意义，可以说是现代中国小说艺术进化链条中的重要一环，是中国现代文化民族主义小说的杰作。

---

①　郑逸梅：《我所知道的徐枕亚》，香港《大成》1986 年 9 月 1 日第 154 期。

②　郭延礼：《中国近代文学发展史》第三卷，北京：高等教育出版社 2001 年版，第 342 页。

③　徐枕亚：《玉梨魂》，上海民权出版部 1914 年版；《雪鸿泪史》，枕霞阁 1916 年版。二小说见吴组缃等主编《中国近代文学大系·小说集 6》，上海：上海书店 1991 年版，第 424—595、596—857 页。

（一）问题小说：关注婚姻自由

《玉梨魂》共30章11万字，描写苏州青年何梦霞到无锡乡村小学教书，寄住远房亲戚崔翁家中后发生的情感故事。崔翁之子早丧，遗下寡媳白梨影和8岁幼儿鹏郎；梨影还有一小姑崔筠倩在外地求学；何梦霞业余教鹏郎读书，时作诗文自遣；一日见庭前梨花凋零，勾起一番伤感，便效黛玉葬花故事，堆成一座香冢；他在晚上闻听窗外一阵幽咽啜泣，披衣起视，见梨树下站着一位缟衣素裙的美人，满面泪痕，悲痛欲绝；又一日，梦霞从学校回来，发觉案上少了一册自作诗稿，却多了一朵荼蘼花；他心领神会，手书一信，交给鹏郎带给梨影；鹏郎次日带来回信——何梦霞与白梨影的精神恋爱由此开始。随着书信往还，诗词唱和，二人感情日增，炽烈如火，却又严守古训，殊少谋面，即使见面，也拘束矜持，不敢吐露心声、逾越礼教大防。梨影虑及自己孀居，不可能与梦霞结合，遂想出一个移花接木、李代桃僵的办法，征得崔翁同意后，将崔筠倩许配梦霞。婚事既定，婚姻双方却十分勉强，筠倩更为这不能自主的婚姻而伤心，反使三人陷于愁城恨海之中；梦霞更是传书梨影，责备她"庸人自扰"，表示"欲出奈何天，除非身死日"；梨影为梦霞的痴情百感交集，却不敢冲绝礼教樊篱，效相如文君之奔；她发现自己所谓两全其美之计，实为一相情愿之事，只有以死了情。梨影死后不久，筠倩也染时疾而殁。梦霞看破红尘，却未学贾宝玉出家之举，辛亥革命为他提供了一个光彩结局——投身武昌起义，战死沙场。关于他的事迹，则由"我"撮取两位朋友来信以及梦霞、筠倩日记而合成。

《雪鸿泪史》是日记体的《玉梨魂》，对何梦霞内心世界的刻画更加深刻曲折，叙事动力更加合理，其"情节较《玉梨魂》增加十之三四。诗词书札，较《玉梨魂》增加十之五六。"① 因此，"文情之挚，文思之奇，文言之富、文旨之纯，谓深合古者风人之旨，而得近世小说界中所未曾有。"② 韦秋梦等在"序"中将《雪鸿泪史》与《红楼梦》《牡丹亭》《花月痕》等文学经典进行比较，认为《雪鸿泪史》书写"对于不能用情

---

① 徐枕亚：《雪鸿泪史》，吴组缃、端木蕻良、时萌主编：《中国近代文学大系·小说集6》，上海：上海书店1991年版，第654页。

② 同上书，第601页。

之人而又不能不用之情"，且能发情止礼，爱而不及乱，在结构上则详审精密，不仅超越了《玉梨魂》，而且直驾《红楼梦》《牡丹亭》之上："自有此《雪鸿泪史》出，而《玉梨魂》不足多也，而《石头记》《牡丹亭》《花月痕》诸书更不足多也。何也，盖彼为其易，而此为其难也。"①冯雏泉则认为："言情小说，前有《红楼梦》，后有《花月痕》，皆脍炙人口。然《红楼梦》情流于滥，《花月痕》情流于浪，仍不得为言情之极作。若《雪鸿泪史》，诚哉善言情者矣！夫于无可用情之地，无可言情之人，而竟用情言情。且出以至性至情，情若离若合，若有若无，括悲情欢情、愁情惨情，而成此一段奇情，又能轨于情之正，是为正宗情，非野狐情。"②客观来说，《雪鸿泪史》的确比《玉梨魂》更富诗情画意、文章之美，也更好地赓续了中国文学的抒情传统。

《玉梨魂》和《雪鸿泪史》之所以深受读者欢迎，是因为它们较早涉及女性解放与婚姻自由问题。中国传统婚姻讲究"父母之命，媒妁之言"，青年男女根本没有恋爱自由，婚姻悲剧也就普遍存在。20世纪初随着新学兴起和女性解放思想的传入，新一代知识青年都向往爱情自由、婚姻自主，激进的无政府主义者甚至将女性解放与共产主义运动联系在一起，比如何震女士组建女权复兴会，宣传女性解放；她受恩格斯《家庭、私有制和国家的起源》启发，发表了《女子复仇论》《论女子当知共产主义》等现代中国女性解放经典文章，清晰地指出：妇女解放的核心是经济独立、个人自由、男女平等，而不是表面化地让女性走出家门和接受教育（如康有为、谭嗣同所主张）。"何震争辩说，不想当男人奴隶的妇女应当愿为共产主义社会而努力，只有在这个社会，所有的奴役形式才能被消灭。"③《玉梨魂》和《雪鸿泪史》就是在这样的时代背景下产生的，小说通过白梨影、崔筠倩与何梦霞三人的爱情悲剧，反映了辛亥革命前后知识青年对恋爱自由的追求和个性意识的觉醒，在一定程度上控诉了陈规旧俗对青年男女爱情的压抑，具有反封建礼教的思想启蒙意义。

---

① 徐枕亚：《雪鸿泪史》，吴组缃、端木蕻良、时萌主编：《中国近代文学大系·小说集6》，上海：上海书店1991年版，第603页。

② 同上书，第608页。

③ 何震：《论女子当知共产主义》，东京《天义》1907年10月30日。

夏志清认为《玉梨魂》是中国之《少年维特之烦恼》，讲述了"一个以爱情和自我牺牲为主题的悲剧故事。"他将《玉梨魂》与《少年维特之烦恼》《茶花女》等西方文学名著进行了比较，称"何梦霞和德国的维特，都是纯洁而充满理想的情人，注重心灵的交融远甚于肉体的接触。"维特热爱的夏乐蒂也是有夫之妇，虽然维特也追求精神满足，却禁不住表现出肉身欲焰，二人深拥狂吻，夏乐蒂也不禁有火热的反应。而《玉梨魂》中的这对情侣两次见面却毫无越礼举动，即使在最诱人的情境下亦不稍失自制力。这不仅是中德两国时代与社会情况不同的反映，也反映出作者徐枕亚卫护传统的心理。① 其实，徐枕亚绝非护卫礼教的清教徒，相反，他有着行动的勇气②，而小说把两位有情人塑造成发乎情止乎礼的精神恋者，在当时有着不得不如此的深层原因。有学者宣称"《玉梨魂》无疑是 20 世纪初中国人的'情感解放宣言书'"，此说固然有些夸大，如下评论却切中肯綮："在近世中国漫长的'人'的解放历程中，徐枕亚的《玉梨魂》标志着在传统文化语境下个性解放历史趋向终结之际，新时代'人'的解放历程的开端。继《西厢记》《牡丹亭》之后，它重新打开了中国的情感解放的'潘多拉盒子'，实现了对历史传统的继承与超越，为日后新文化运动的思想启蒙和'伦理的觉悟'奠定了深广的社会情感基础。情感启蒙和'情'的解放是'人'的解放和人格建构历程中初始而且最关键的环节，《玉梨魂》的社会—历史意义和审美意义就在于此。"③

《玉梨魂》和《雪鸿泪史》除了婚姻自由、女性解放这一主题外，还关注了"坟墓革命"、国民教育、民族革命等国是民瘼。尤其是作者通过何梦霞对乡村教育的见闻实录，为当时中国乡村教育的落后状况存照，令人心生感慨："小学教师，为最苦之生活，却最易受人轻视。为乡校教师，其苦尤甚，而受人轻视亦尤甚。社会之心理如是，此教育普及之所以难言也。（第二章）八至一四节，说得淋漓尽致，实为普通之乡校同写一

---

① 夏志清：《〈玉梨魂〉新论》，香港《明报月刊》1985 年第 9 期。

② 据时萌《〈玉梨魂〉真相大白》一文：徐陈二人频频幽会，尽情享受情爱，并以相如文君自比。参见范伯群主编《中国近现代通俗小说史》上卷，南京：江苏教育出版社 2000 年版，第 271—272 页。

③ 胡焕龙：《〈玉梨魂〉：打开现代国人情感解放的"潘多拉盒子"》，《文艺理论研究》2010 年第 3 期。

照，读之为乡校教师一哭，为教育前途一哭！"① 如果我们将《玉梨魂》的思想主题与五四新文学的母题进行对照，就会发现五四文学关注的爱情自由、女性解放、国民教育、民族革命等主题在徐枕亚的作品中都已涉及，甚至1920年代普罗文学"恋爱＋革命"的叙事模式在这里也已具雏形。因而周作人认为："近时流行的《玉梨魂》，虽文章很是肉麻，为鸳鸯蝴蝶的祖师，所说的事，却可算是一个社会问题。"②

只要稍做知人论世的研究就会明白：无论是徐枕亚的南社社员身份，还是《民权报》的革命报纸性质，乃至《玉梨魂》结尾处交代何梦霞牺牲于武昌起义，都说明徐枕亚的作品具有现代性、时代性、启蒙性和忧患意识，而绝非仅仅拿文学当作"高兴时的游戏或失意时的消遣"——徐枕亚小说怎一个"鸳鸯蝴蝶"可以了得？！

（二）文人小说：会通中西技法

除了吸纳了西方先进思想，《玉梨魂》与《雪鸿泪史》还借鉴了当时译介进来的西方文学艺术手法。徐枕亚不仅喜欢莎士比亚戏剧而且对林译《巴黎茶花女遗事》等作品十分熟稔，他的小说因为有了源头活水并运用了西方文学诸多元素，故而被称为"新小说"③。

首先，《玉梨魂》和《雪鸿泪史》从语言、结构到格调都进行了大胆的"横的移植"。就语言来说，无论是作者自命为"东方仲马"④，还是梨娘低唱"《罗米亚》名剧中'天呀，天呀，放亮光进来，放情人出去'"⑤ 等片断，不仅丰富了小说语言，而且构成了潜在的互文性，更有利于传情达义。就结构而言，《玉梨魂》写小姑筠倩临终写日记向何梦霞诉衷情，与《茶花女》中玛克病笃时向情人亚猛吐露心意的情节设置如出一辙；《玉梨魂》和《茶花女》结尾同样由第三者交代男主角的下落，结束全书。因而夏志清说"《玉梨魂》是一本让人提得出证据，说明受到

---

① 徐枕亚：《雪鸿泪史》，吴组缃、端木蕻良、时萌主编：《中国近代文学大系·小说集6》，上海：上海书店1991年版，第629页。

② 周作人：《中国小说里的男女问题》，《每周评论》1919年2月2日。

③ 陈平原：《中国小说叙事模式的转变》，北京：北京大学出版社2003年版，第7页。

④ 徐枕亚：《玉梨魂》，吴组缃、端木蕻良、时萌主编：《中国近代文学大系·小说集6》，上海：上海书店1991年版，第584页。

⑤ 同上书，第531页。

欧洲作品影响的中国小说。"① 更重要的是，《玉梨魂》没有如中国传统文学那样给主人公一个"有情人终成眷属"的大团圆结局，而是采用了《茶花女》式的悲剧收场，将美好的事物撕碎给人看。

其次，《雪鸿泪史》的日记体使中国叙事学发生了巨大而深刻的变化。日记是一种变相的内心独白，有利于对人物心理进行细腻描摹；心理刻画使小说的描写重心由外向内转移，不仅叙事产生了心理化和空间化，情节节奏也因之慢了下来，中国传统的"故事小说"由此实现了向现代"性格小说"的演化；日记又是一种个性化的抒情纪事文体，将其应用于小说创作，就使传统的说书人式的"说—听"模式变为雅人深致的"写—读"模式，读者因之获得更深的生命感悟；日记体的第一人称限制叙事，将浪漫主义抒情与现实主义描写有机结合起来，突破了传统小说第三人称、全知全能的史传叙事模式。陈平原高度评价《雪鸿泪史》的文体创新："在接触到西洋小说以前，中国作家不曾以日记体、书信体创作小说"，"1899 年林纾译《巴黎茶花女遗事》，才使中国作家第一次意识到小说中穿插日记的魅力，……可此后十几年居然无人问津，直到 1912 年徐枕亚创作《玉梨魂》，日记才真正进入中国小说的布局。"而《雪鸿泪史》则是"中国文学史上第一部用日记体写作的长篇小说。"② 因此可以说，徐枕亚开创了现代中国书信日记体小说叙事模式，在中国叙事学发展史上具有里程碑意义。——颇有意味的是，五四新文学第一篇启蒙小说《狂人日记》也用日记体写成，距《雪鸿泪史》仅三年时间，其中一定有继承嬗变的关系，而绝不是"断裂"或质变。

此外，徐枕亚特别注重风俗和环境描写，这是其作品与传统小说的另一个重大区别。他对寒食清明、元宵灯市等风俗的描写，颇有文化人类学价值；他的景物描写不仅具有抒情性，更具有了自主性和隐喻性。《雪鸿泪史》第八章"七月"写逆旅行船，心随景动，极好地烘托出何梦霞多情才子的本色：

---

① 夏志清：《〈玉梨魂〉新论》，香港《明报月刊》1985 年第 9 期。
② 陈平原：《中国小说叙事模式的转变》，北京：北京大学出版社 2003 年版，第 192、195页。

新秋天气，晴雨无常。余舟解维后，从容指南而行。约两时许，行经一湖。时未及午，忽遇打头风，舟不能进。俄而万里长天，黯然无色，阴云四合，急雨骤来。平湖十里，水声泅泅，乃有排山倒海之势。舟子两人，各披蓑戴笠，一持柁，一拨橹，冒风雨猛进，而速度已大减，且行且语曰："老天作恶，遇此逆风横雨，今日恐不及至螺村矣。"余危坐舱中，万感攒集，念交命穷，所如辄阻，旅行亦常事耳。而不情风雨，偏与我为缘，岂非不幸之人，在在招天之妒？即此区区百十里之旅程，亦不许其平安直抵，而做态以相揶揄。前途运命，正堪比例。……

晚餐既罢，舟子为余铺设衾枕，嘱余早睡，既而自去，不脱蓑衣，甜然入梦。余复出舱，立船头远眺。时则清风徐来，水波不兴，一弯凉月，徐渡桥栏。桥影弓弓，倒映波心，清可见底。睡鱼惊跃，徽闻唼喋之声；萤火两三，飘舞于岸旁。积草之上，若青磷之出没。俄而月上树梢，巢中老鸦，见而突起，绕枝飞鸣，良久始已。远望长天一色，明净无尘，唯有树影成团，东西不一，作墨光点点，以助成此一幅天然图画。似此清景，人生能有几度？而忍以一枕黄粱辜负之乎？两岸人家，阒焉不声。回瞩两舟子，月明中抱头酣眠，鼾声乃大作。苍茫独立，同余之慨者何人？……①

中国传统小说注重线性故事，似这样无关故事大局的环境描写在传统小说中是可有可无的。而《雪鸿泪史》将景物描写与议论抒情有机结合起来，或者说将西方小说的写实性与传统诗歌绘画的抒情性进行了有机融合，使自然环境与风俗画描写获得了主体性，不仅使小说局部出现了空间化，打破了传统小说的线性一维，而且有利于人物性格刻画。正如上文所引文字书既写景抒情，更写出何梦霞情绪的一日多变，让读者感到此真多情善感之人。这种环境描写的大面积插入，也是现代中国小说发展史上的一个重要变化。

我们评价一个作家，应当看他为时代文学增加了什么，而不能以当下

---

① 徐枕亚：《雪鸿泪史》，吴组缃、端木蕻良、时萌主编：《中国近代文学大系·小说集6》，上海：上海书店1991年版，第770、772页。

的眼光求全责备。与中国古典小说以及清末民初的《老残游记》《儒林外史》《二十年目睹之怪现状》稍作比较就会发现：徐枕亚有开阔的眼光，既向西方文学敞开，也没有丢掉自己的文化之根，其小说无论是叙事技巧、性格刻画，还是情节设计、主题凝练，都有了绝大的进步，可以说是中国现代"文人小说"成熟的标志。

（三）诗化小说：赓续抒情传统

徐枕亚小说不仅"新"而且"雅"。这是因为他不仅在小说中嵌入了大量诗词，而且以写诗词的笔法创作小说，因而赓续了中国古典文学的抒情传统，具有新古典主义文学之美；他的小说语言开卷有香、无语不艳，不仅使原本被视为"稗官野史"的小说登入艺术大雅殿堂，而且开创了具有跨文体写作性质的"诗化小说"一族。

首先，诗词进入小说使小说实现了"回俗向雅"的转化。据笔者统计，《玉梨魂》共收录诗词100多首，《雪鸿泪史》则收录诗词430余首——中国小说史上还从未有过一部小说容纳如此众多的诗作。如果说中国传统文学的正宗是诗文，那么《雪鸿泪史》因为大量融入诗词，不仅使小说获得了抒情功能，而且具有了跨文体写作特质；诗词的嵌入，增加了小说的停顿，改变了小说节奏，使叙事时间慢了下来，甚至停了下来；这些诗词因为契合主人公"才子佳人"身份，故而读者不仅没有觉得"隔"，反而觉得更有利于凸显人物心理的丰富性和情感的复杂性，从而使何梦霞与白梨影成为两个立体多面的圆形人物。

其次，《雪鸿泪史》运用了诗歌叙事抒情手法。与西方文学叙事传统相比，中国文学更具有抒情传统，而且强调情感的委婉"中节"，往往借助典故、隐喻、意象、意境来托物言志，借景抒情。比如《雪鸿泪史》第三章"闰二月"写何梦霞的落寞之感：

> 东风飞快，剪尽韶华。雨雨风风，又值禁烟时节。校中循例放假焉。午饮薄醉，乡思如焚，粥香饧白之天，酒尽秋来之候，重门深掩，风雨凄凄，凭吊梨花，飘零一半矣。昨日枝上鲜，今朝砌下舞。余固知其无能久恋也。嗟嗟！蝶梦成烟，尚有未归之客；莺声如雨，已催将暮之春。好景不常，虽怀曷遣，诵放翁"又见蛮方作寒食，强持卮酒对梨花"之句，能不黯然欲绝乎？

日来风雨二师，大行其政。今晨阳乌偶出，遽尔逃匿，若十三四好女儿羞见人也。向午淅淅沥沥之声，又到愁人耳边矣。院落沉沉，春光深锁，一时真个冷清清地。酒醒奇渴，自起瀹新茗，焚好香，按洞箫信口吹之，居然一市上乞人矣。又如赤壁舟中客所吹呜呜之调，宛转哀怨，嫠妇安在？闻之或可泣否？一曲既罢，小立回廊，视梨花正纷纷自下。白战一场，无言自泣，风景弥复凄黯，因口占一绝句云：

冷人冷地太无情，一片闲愁眼底生。日暮东风吹更急，满庭梨雨下无声。①

这段描写既有寒食风俗，又化用陆游诗、易安词、《赤壁赋》和《牡丹亭》等典故，营造出一个冷冷清清、凄凄惨惨戚戚的意境，摩写出"寒乡孤客，穷苦万状，花娇柳宠，触目尽足伤心；燕语莺歌，入耳都成苦趣。三杯闷酒，一曲风琴，近日生涯，殊落寞耳"的心境，描绘出"寒食清明都过了，雨丝风片正愁人"的情境。②

再次，《玉梨魂》与《雪鸿泪史》具有古典诗歌的"起承转合"结构和节奏。以《雪鸿泪史》为例：小说共十四章，如同由四个乐章构成的交响诗。第一章至第四章是"起"，第一章交代家庭背景，写何梦霞少年丧父；由于家道中落，成年后的梦霞在朋友邀约、兄长鼓励和母亲催促下，到离家百里外的螺村教书。第二章写何梦霞初至螺村，环境极苦，人生地疏，加上同事杞生之可恶，故而乐于去崔翁家寄住并教授鹏郎。第三章写梦霞与梨影之识遇，三生泪债，一片诗心，互通芳讯。第四章写梦霞病，梨影遣鹏郎送兰花，二人诗书相和，惺惺相惜，情不知其所起，一往情深。第五章至第八章为"承"，是故事的展开。第五章写梨影赠小照，梦霞痴情起誓，致梨影内心纠结，因为在她看来"所谓真爱情者，一度属人，终身不二。"③ 第六章，梨影想出李代桃僵之计，欲以小姑筠倩自

<hr>

① 徐枕亚：《雪鸿泪史》，吴组缃、端木蕻良、时萌主编：《中国近代文学大系·小说集6》，上海：上海书店1991年版，第681页。

② 同上书，第686页。

③ 同上书，第637页。

代。第七章至第八章写梦霞假期省亲，短暂的分离反使二人相思更深。第九章至第十二章是"转"，写外力的介入和内心的挣扎。第九章梦霞写绝命诗再陈心迹，但杞生侦得二人情事，并从鹏郎处探得口风。第十章，杞生伪书，使梨影恼怒。第十一章，石痴做媒，撮合梦霞与筠倩，但是筠倩受了现代教育，笃信"不自由，毋宁死"，因而埋下了悲剧的种子。第十二章，梨影动之以情理，筠倩允下婚事，但梦霞却怨梨影。第十三章至第十四章为"合"，把悲剧推向了高潮。第十三章写梨影欲以一死报梦霞；梦霞因为爱情而忘母亲，其母写信给梨影，暗责其对梦霞的用情，并安排其他人代替梦霞校中之事。梨影乃安排船只送梦霞回家乡。第十四章，写梨影、筠倩之死，梦霞痛彻心扉，投身革命，半是殉情半是殉国……在这样的诗化结构中，"起"是积累，酝酿发动，情动于衷；"承"是强化，外部助力，借势发挥；"转"是流转，峰回路转，别有洞天；"合"是奔放，曲终奏雅，戛然而止。可谓深得中国传统诗文艺术结构之妙。

最后，《玉梨魂》和《雪鸿泪史》的诗化与雅化还与其骈俪文体有关。中国最早的骈体小说是唐代张鹭的传奇《游仙窟》[①]；清代浙江嘉兴人陈球作有《燕山外史》，此书根据明代小说《窦生本传》敷衍化而来，将窦绳祖遇合李爱姑的故事演绎成了一部三万一千余字的骈俪小说，通体四六对偶句成文，一时被称为千古言情佳作。徐枕亚受陈球写法的启示，但并未墨守成规，他把规格严谨宜于抒情的骈文段落，与弹性较强适合叙述的散文段落交互穿插，别具一格。尤其"五四"前夕，不仅文言文畅通无阻，政府公文写作也多以骈体行文，因而《玉梨魂》《雪鸿泪史》这样的骈体小说可谓既时尚又古雅。徐枕亚骈体文之精彩可由《玉梨魂》第四章"诗媒"中梦霞致梨娘信中窥见一斑：

> 梦霞不幸，十年蹇命，三月离家。晓风残月，遽停茂苑之樽；春水绿波，独泛蓉湖之棹。乃荷长者垂怜，不以庸材见弃。石麟有种，托以六尺之孤；幕燕无依，得此一枝之借。主宾酬酢，已越两旬；凤

---

① 《游仙窟》在中国一度失传，直到清代光绪年间始有抄本从日本流回，也只在少数藏书家手中；鲁迅写作《中国小说史略》时也是向沈尹默借用。此小说直至 1928 年方有铅印本出版，因而徐枕亚创作《玉梨魂》前读过《游仙窟》的可能性极微。

夜图维，未得一报。而连日待客之诚，有加无已，遂令我穷途之感，到死难忘。继闻侍婢传言，殊佩夫人贤德。风吹柳絮，已知道韫才高；雨溅梨花，更惜文君命薄。只缘爱子情深，殷殷致意；为念羁人状苦，处处关心。白屋多才，偏容下士；青衫有泪，又湿今宵。凄凉闺里月，早占破镜之凶；惆怅镜中人，空作赠珠之想。蓬窗吊影，同深寥落之悲；沧海扬尘，不了飘零之债。明月有心，照来清梦；落花无语，扪遍空枝。蓬山咫尺，尚悭一面之缘；魔劫千诇，重觅三生之果。嗟嗟！哭花心事，两人一样痴情；恨石因缘，再世重圆好梦。仆本恨人，又逢恨事；卿真怨女，应动怨思。前宵寂寞空庭，曾见梨容带泪；今日凄凉孤馆，何来莲步生春。卷中残梦留痕，卿竟挟愁而去；地上遗花剩馥，我真睹物相思。个中消息，一线牵连；就里机关，十分参透。此后临风雪涕，闲愁同戴一天；当前对月怀人，照恨不分两地。心香一寸，甘心低拜婵娟；墨泪三升，还泪好偿冤孽。莫道老妪聪明，解人易索；须念美人迟暮，知己难逢。仆也不才，窃动怜才之念；卿乎无命，定多悲命之诗。流水荡荡，淘不尽词人旧恨；彩云朵朵，愿常颁幼妇新辞。倘荷泥封有信，传来玉女之言；谨当什袭而藏，缄住金人之口。自愧文成马上，固难方李白之万言；若教酒到愁边，尚足应丁娘之十索。此日先传心事，桃笺飞上妆台；他时或许面谈，絮语撰开绣阁。[①]

由此可见，《玉梨魂》《雪鸿泪史》这样的骈体小说、诗化小说是雅而美的、抒情性的、个人性的创作，从其受欢迎程度来看，也一定有其存在的合理性。而它们之所以在五四新文化运动中成为箭垛、受到批判，则主要因为五四新文学主将站在启蒙立场，要使小说成为"立人"的武器和宣传的工具，这就使新兴阶级（平民）对"普及"的诉求与古雅的、贵族化的抒情传统之间产生了内在矛盾，最终发展到了"你死我活"境地。因而，《玉梨魂》这样的诗化小说在清末民初成为绝调，也象征着中国古典文学的终结。——对于雅文化的重新评价，在现代文学史上要等到梁实

---

① 徐枕亚：《玉梨魂》，吴组缃、端木蕻良、时萌主编：《中国近代文学大系·小说集6》，上海：上海书店1991年版，第454—455页。

秋一代，但彼时中国古典小说的风雅已荡然无存。殊可悼也！

（四）性格小说：塑造圆形人物

中国传统小说中的人物形象往往比较简单，其性格一出场就基本定型，缺少成长变化和人性深度。福斯特（E. M. Forster）称这类人物为扁平人物、类型人物或漫画人物，"是按照一个简单的意念或特性而被创造出来"，其本质特征"可以用一个句子表达出来"；这类人物特征浅露简单，人物性格是静态的封闭结构，不具备丰富的性格内涵，缺乏再思考、再创造的空间。与之相对，现代小说塑造的圆形人物"就像月亮那样盈亏互易，宛如真人那般复杂多面"，因而无法一言以蔽之地概括他们；圆形人物具有丰富的内心世界、激烈的内在性格冲突、鲜明的个性和深刻的人性，比扁平人物更真实，更具审美价值。[①] 因此，笔者把那些以塑造圆形人物为中心的现代小说称为"性格小说"。与传统"故事小说"相比，"性格小说"的写作重心从故事向人物转移，人物不再是附丽于故事发展的类型化道具，而是有着独特丰富个性和心灵世界。就此而言，《玉梨魂》与《雪鸿泪史》是典型的性格小说。

常言说"画鬼容易画人难"，小说创作更是"英雄易写，凡人难工"。《玉梨魂》和《雪鸿泪史》难能可贵之处就在于塑造了白梨影、何梦霞和崔筠倩这样三个圆形人物，他们都是"中间人物"，是那个过渡时代特有的艺术产儿；他们不仅行动，而且读者能理解他们如此行动的动力原因。研究者只要进行知人论世的评价，就能见出其独特的文学艺术价值。

白梨影是一个多愁善感、卓有清才的年轻寡妇。春暮时节看到梨花零落，也许是记起当年与夫君在树下赏花咏春，也许是感叹自己红颜薄命，因而感时伤怀。也许是寡居无聊，又爱惜梦霞诗才，所以借去梦霞的《石头记影事诗》。偏偏梦霞同样多情，诗信往还中爱上了她的诗作和才华，进而索求照片，继之相思成病，欲效司马文君之事。这本来也算是一段知遇，二人似乎也可以出走，成就一番佳话或者一种悲剧，但是白梨影清醒地意识到自己不可能效仿卓文君，这不仅是因为三从四德、贞操节烈观念不容她"当垆卖酒"，更因为她作为母亲不能丢下孩子，作为儿媳无法丢下孤苦的崔翁，作为寡嫂更要念及正在上学的小姑筠倩。何况，还有

---

① ［英］福斯特：《小说面面观》，苏炳文译，广州：花城出版社1984年版，第59、61页。

杞生这样的小人从中作梗，到处诋毁何白之恋，这不仅会坏了自己和崔家的名声，更会伤及何梦霞的前途。权衡再三，她先是激励梦霞东渡求学以报国；梦霞不去，她便又想出了一个李代桃僵的办法，以筠倩自代；但梦霞一誓再誓，非梨影不娶——白梨影最终以死殉情，固然与礼教有关，何梦霞也难辞其咎。

筠倩接受新学思想，主张婚姻自由，"惜其婉丽之姿，已深中新学界之毒，飞扬跋扈，骄气凌人，有不可近之色。"① 但她毕竟只是一个十四五岁的女孩子，当白梨影为她做媒时，一方面晓之以理，讲何梦霞"文章道德，卓绝人群。彩凤文鸾，天然佳偶"，② 另一方面动之以情："姑仍胶执，翁必心伤。翁老矣，历年颠沛，妻丧子亡，极人世不堪之境。今玉女已得金夫，此心差堪少慰。况鹏儿髫龀，提挈无人，事成之后，孤儿寡母，倚赖于汝夫者正多。姑念垂老之父，更一念已死之兄，当不惜牺牲一己之自由而顾全此将危亡之大局矣。"③ 正由于此，筠倩虽然以退学表达了反抗、用歌声表达了不满，但思量再三，最终还是屈就。及至梨影病死，她更加明白了自己的处境，甚至在日记中表达出了对何梦霞的依赖。她小小年纪，稚嫩肩膊，既难以扛起一个家来，更禁不住愁城恨海之重，遂恹恹病逝。可以说，小说是将筠倩和白梨影作为真实多面的"人"来写的，具有合情性和合理性。后世者如果强求让她们"出走"或私奔，那反而不合情理，脱离了时代。读者只消想一想鲁迅 1923 年 12 月在北平女子师范大学做的讲演《娜拉出走后怎样》就会明白，即使"五四"时代，子君那样为爱出走的人也只能落得"要么堕落，要么回去"的结局，因为她们自身没有经济独立，社会更没有真正实现男女平等。筠倩的际遇让人感叹"人生而自由，但无往不在枷锁之中！"

何梦霞是一个哈姆雷特式的人物，性格中充满延宕和犹疑。父亲曾对

---

① 徐枕亚：《雪鸿泪史》，吴组缃、端木蕻良、时萌主编：《中国近代文学大系·小说集6》，上海：上海书店 1991 年版，第 722 页。

② 徐枕亚：《玉梨魂》，吴组缃、端木蕻良、时萌主编：《中国近代文学大系·小说集6》，上海：上海书店 1991 年版，第 549—550 页。

③ 同上书，第 550 页。

梦霞充满期许，认为"此吾家千里驹。他日得路云霄，为若翁吐气者也。"[1] 但他的性格中充满矛盾：一方面受到兄长和好友影响，立志报国，另一方面，又难过情关，缠绵于儿女私情；一方面要追求爱情，另一方面又不忍违逆母意；一面说非梨娘不娶，却又答应了与筠倩的婚事……最终，兄长的一番话使他脱开情网，走向革命："时局至此，凡在青年，皆当自励。以吾弟才华气概，自是此中健者。……弟须知人生在世，当图三不朽之业。而立功一项，尤须得有时机，不可妄冀。今时机已相逼而来，正志士立功之会。天下兴亡，匹夫有责。匈奴未灭，何以家为？……盖男儿生当为国，次亦为家，下而至仅为一身，固已末矣。矧复为情网牵缠，不能自脱，至欲并此一身而弃之，则天地何必生此才，父母何必有此子，即已亦何必有此想。想吾弟或愚不至此也。"[2] 可谓一语唤醒梦中人。正是他这种矛盾性格，既害得白梨影郁郁殉情，更连累筠倩香消玉殒。他自己念及此事，也不免伤感。何梦霞最终选择在武昌起义战死沙场，一来尽忠，二来也是对情网的解脱。——徐枕亚也以何梦霞这一形象，完成了一个"恋爱+革命"故事，因此，陈卜勋说"我道此书谈正觉，茫茫尘海一钟声"[3]，可谓发现之论，《玉梨魂》与《雪鸿泪史》实在是"哀情"其表、"革命"其实的小说，其说教意图在于告诉人们"天下兴亡，匹夫有责"，劝人放下儿女私情，投向家国革命。

优秀小说应具有内涵的丰富性、实质的创造性、时空的跨越性和可读的无限性。[4]《玉梨魂》和《雪鸿泪史》好就好在没有呼喊标语口号，没有变成高头讲章，它们意蕴丰厚，具有多义性和巨大的阐释空间，无论与清末民初小说相比，还是与"五四"启蒙小说相比，其独特的艺术价值都显而易见，堪称传世佳作。现代中国文学史书写经验告诉我们：文学史家绝不能仅仅持守政治意识形态、启蒙意识形态或货币意识形态的一维标准，因为这都是"外部研究"的标准，很容易因为"政治正确""道德先

---

① 徐枕亚：《雪鸿泪史》，吴组缃、端木蕻良、时萌主编：《中国近代文学大系·小说集6》，上海：上海书店 1991 年版，第 657 页。

② 同上书，第 767—768 页。

③ 同上书，第 854 页。

④ 刘象愚：《西方现代批评经典译丛》总序，［美］韦勒克、沃伦：《文学理论》，南京：江苏教育教育出版社 2005 年版，第 6 页。

进"或"市场销量"而将文学重归为"工具"。文学固然在某些特殊时代可以充当"武器"，起到开民智、鼓民气的作用，但文学史写作者首先应以审美意识形态为前提，要看这些作品为文学艺术增添了什么新质、新元素，要看它具有怎样的审美价值，唯有如此才算具有了发现与穿越的眼光。评价徐枕亚、鸳鸯蝴蝶派乃至市民文学，亦当如此。市民文学是一种"趣味主义的轻文学"（light literature），"秉承苦中作乐、避重就轻的生存策略，刻意逃避严重的时代现实及这严重现实对文学的严肃要求，而一味地向自娱娱人、消遣享乐的趣味化、轻松化方向蜕变，并联合趣味相投的其他文学力量，共同构成了一股趣味主义的轻文学思想。"① 吴福辉对以海派为中心的"轻文学"的标准做出如下界定：一是题材的非重大性、非崇高性，二是尽量世俗化，三是强调故事性、猎奇性与可读性，四是讲究趣味，迎合大众口味。② 从生态文化学角度出发就会发现，当严肃文学过于强大时，那么物极必反的辩证法必然会促生"俗"与"不严肃"的市民文学，以消解"生命中不可承受之重"。实际上，只有"轻""重"结合、雅俗共生的"文学场"才能保证文化生态的平衡，才能使文学多元化地自由发展，才能满足人们不同层次的精神需求。徐枕亚和鸳鸯蝴蝶派为代表的现代市民文学，承接了中国古代市民文学的传统，满足了人们的天赋人性要求，表现出了对"人"的尊重，使人们得以摆脱生活中的烦忧，得到片刻的娱乐，这不是合情合理的吗?! 因此可以说，《玉梨魂》和《雪鸿泪史》是取今复古、别立新宗的新古典主义或文化民族主义小说的经典之作。

本章之所以对徐枕亚的《玉梨魂》和《雪鸿泪史》进行细读，一是为了站在"生态文化学"立场还原这小说创作的历史文化背景，从而证明小说思想内容的合理性和先进性；二是希望通过细读发现"鸳鸯蝴蝶派小说"的审美价值，打通传统文学与现代文学之间的联系，进而发现传统与现代之间是自然递嬗而非截然断裂的；三是想证明革命文学与人性书写之间并非矛盾对立的，革命文学也并非标语口号，相反，只有刻画了

---

① 解志熙：《美的偏至：中国现代唯美—颓废主义文学思潮研究》，上海：上海文艺出版社 1997 年版，第 430—431 页。

② 吴福辉：《都市漩流中的海派小说》，长沙：湖南教育出版社 1995 年版，第 30—33 页。

丰富人性的文学作品才能深入人心，才会具有阅读的无限性、时空的超越性和历久弥新的经典性。从这个意义上说，《玉梨魂》和《雪鸿泪史》恰恰映照出了 1895—1916 年政治民族义文学的弊病所在。

第 二 章

1917—1927：现代民族主义思潮的
发展与文学创作

　　学界一般将"五四"前后称为中国现代民族主义思想的发展期。"与清末民初的民族主义比较，"五四"前后的民族主义体现出以下一些新的特点：（一）民族主义与世界主义之互动。……（二）民族主义的现代性拓展。……（三）参与民族主义运动的阶级和阶层更广泛。"① 本课题将1917—1927 年设为中国现代民族主义文学思潮演变的一个研究单元，主要因为 1917 年与 1927 年发生了几个具有象征意味的重大事件，促发了中国现代民族主义文学创作的新热潮。

　　1917 年发生了中国政治、文化和外交史上四件大事：一是张勋复辟，这说明中国封建政统、道统的负面力量仍然根深蒂固，成为中国现代化事业的巨大障碍。二是蔡元培出任北京大学校长并聘请陈独秀、胡适等新型知识分子任教，从而开启了以民主科学思想启蒙大众的新文化运动；与此同时，梁漱溟也被"兼容并包"进入北大担任传统文化课程讲师，这不仅拉开了现代新儒学兴起的序幕，也为中国现代文化民族主义思想的发展提供了契机。三是 1917 年 5 月 1 日北京政府国务院通过对德宣战案，这象征着中国在近代史上第一次获得了国际身份感。四是日本在 1917 年通过与英、法、意、俄的密约谅解，将其在中国山东的权益合法化：日本视

---

　　① 郑大华、周元刚：《论五四前后的民族主义思潮及其特点》，《四川大学学报》（哲学社会科学版）2008 年第 2 期。此文认为："中国现代民族主义的演变大约经历了三个时期，清末民初是中国近代民族主义的形成期，五四前后是中国近代民族主义的发展期，三四十年代是中国近代民族主义的高涨期。"

第一次世界大学的爆发为其侵略中国、称霸亚洲的良机，1914 年 8 月对德国宣战后立即派遣两万军队抢占德国租借的济南和青岛，1915 年以"二十一条"巩固其在山东的权益，又在 1917 年 2—3 月与英、法、意、俄达成谅解：四国承认日本在山东的利益，作为交换条件，日本支持段祺瑞内阁对德宣战。此事件不仅成为 1919 年巴黎和会后日本实际占领山东的借口，也成为中国五四爱国运动的导火索，更为 1928 年济南"五三惨案"埋下了伏笔。

至于本课题将 1927 年作为此研究单元的终结点，则是因为北伐战争的胜利以及五卅运动推动下的收回租界运动，这不仅促发了中国民众新一轮反帝爱国热情的高涨，也为现代中国民族主义文学在此后的发展壮大提供了新契机。

相比较而言，如果说 1895—1916 年的民族主义是以"驱除鞑虏"为中心的"小民族主义"，且主要集中在政治和文化精英层面，那么 1917—1927 年的民族主义则主要表现为"大民族主义"，以追求民族自决、文化自信和国家统一为目标，并通过新儒学运动、护法运动、五四运动、北伐战争、收回租界运动等事件，使民族主义思想的影响力贯穿到了民间。总体来看，在 1917—1927 年，文化民族主义与新文化运动形成交锋，政治民族主义与世界主义紧张互动，经济民族主义与阶级革命话语既矛盾又统一，从而构成了中国现代民族主义思想史上的丰富语境，民族主义文学也相应地蓬勃发展起来。

第一节　援洋入儒，会通中西：现代新儒家的文化民族主义思想

"现代新儒家是产生于本（20）世纪二十年代，至今仍有一定生命力的，以接续儒家道统、复兴儒学为己任，以服膺宋明理学（特别是儒家心性之学）为主要特征，力图以儒家学说为主体为本位，来吸纳、融会、会通西学，以寻求中国现代化道路的一种学术思想流派，也可以说是

一种文化思潮。"① 现代新儒家的前导是康有为，其成为一个学派的序幕是 1917 年梁漱溟进入北大任教，此后涌现出张君劢、熊十力、牟宗三、钱穆、张东荪、方东美、唐君毅、徐复观、冯友兰、贺麟等现代新儒学大家。他们反思新文化运动的"全盘西化"思想，主张对旧文明加以再造，以缔造新的中华精神。可以说，新儒家学说代表了中国现代文化民族主义的主要观念。

现代新儒家与康有为之间有着内在关联和共通之处：（1）现代新儒学产生于新文化运动之后、儒学遭到重创之时，康有为已难以支撑半壁江山，梁漱溟在此关头起而捍卫儒学，恰好与康有为相衔接，二者均以复兴儒学为己任，在精神谱系上具有内在联系。（2）现代新儒学多认同宋明理学并兼采西方哲学与东方佛学，以使儒学创新转型、经世致用；而康有为"以孔学佛学宋明理学为体，以史学、西学为用，其教旨在激励气节，发扬精神，广求智慧"②，因而可以说康有为与现代新儒家在学术源流上基本一致。（3）现代新儒家在政治上多持民主主义立场，希望在中国实行民主政治，但不赞成暴力革命。这一基本政治立场与康有为思想一脉相承。（4）虽然第一代现代新儒家多不赞同将儒学宗教化，但从第二代开始则日益重视儒学宗教化，希望建立新的"道统"。（5）现代新儒学强调儒学的道德教化作用并欲以之拯救人类文明，坚信儒学是西方文明求得健康发展的思想资源之一；而康有为认为："凡圆颅方趾号为人者，不能出孔子之道外者也"，甚至认为孔教适用于其他有生命的星球，因而他主张派人到国外传教。③

现代新儒学的产生有其时代原因。第一次世界大战使人们从科学万能的神话中惊醒过来，惨绝人寰的欧战不仅使斯宾格勒发出了"西方的没落"的叹息，更使罗素和白璧德等学者高度赞扬东方文化，中国的文化民族主义者因此备受鼓舞。此时期文化民族主义复兴的主要标志是出现了以梁启超、杜亚泉、梁漱溟为代表的东方文化派，他们主张复兴中国文化

①　方克立：《关于现代新儒家研究的几个问题》，《中国现代哲学与文化思潮》，北京：求实出版社 1989 年版，第 217 页。

②　梁启超：《南海康先生传》第三章《修养时代及讲学时代》，《饮冰室合集》第一册文集之六，北京：中华书局 1989 年影印版，第 62 页。

③　参看喻大华《晚清文化保守思潮研究》，北京：人民出版社 2001 年版，第 206 页。

并使之助益世界，中国文化的自创性问题第一次被响亮地提了出来。梁启超有感于欧洲的"科学破产"，号召青年"发挥我们的文化"："我们可爱的青年啊，立正，开步走。大海对岸那边有好几万万人，愁着物质文明破产，哀哀欲绝地喊救命，等着你来超拔他哩。我们在天的祖宗三大圣（孔子、老子、墨子——引者注）和许多前辈，眼巴巴盼望你完成他的事业，正在拿他的精神来加佑你哩。"① 杜亚泉倡言"理想生活"与"合理人生"，既是反思欧战的结果，也是西方反科学主义的非理性主义思潮特别是柏格森生命哲学影响的产物。梁漱溟要融会中西，将"述而不作"的旧儒变成力行的新儒，希望通过自下而上、由农村开始的人性改造运动，达致社会改造的目的；他呼吁再扬宋明讲学之风，并预言世界未来文化就是中国文化的复兴；其《东西文化及其哲学》从文化哲学、心理学、人生哲学入手，比较了中、西、印三大文化系统的优劣得失，从而证明儒学具有光明的前途；他在 1927 年就声言"看穿了西洋把戏"，认为"欧化不必良，欧人不足法"，只有从中国文化固有的伦理精神出发，使"老树上发新芽"，才能找到与西洋迥然不同的民族自救之路，他本人也由此走上了"乡建道路"。据《大公报》1934 年 10 月 13 日报道，全国乡建工作讨论会在河北定县开幕，梁漱溟在会议上发表演讲称："我们因无路可走，才走上乡建之路。开辟别一个新路线，以农村为主体来繁荣都市……开辟世界未开辟的文明路线，以乡建工作为民族自救的唯一出路。"② 梁漱溟倡导的"力行的新儒家"有以下目的：其一，坚持民族本位的文化立场，依托传统，弘扬儒学，以恢复中国传统文化的主体地位和价值系统；其二，援洋入儒，会通中西，培植出具有现代意义的新儒学；其三，服膺宋明理学，重建现代新儒学的本体论，以提高民族心理素质、培植民族根本精神；其四，追求高尚人格，使全民形成自信自强的主体意识、强烈的民族自尊感、历史责任感和现实使命感。

---

① 梁启超：《欧游心影录节录》，《饮冰室合集》第四册专集之二十三，北京：中华书局1989 年影印版，第 380 页。

② 转引自陈序经：《乡村文化与都市文化》，《独立评论》1934 年 11 月 11 日第 126 号。陈序经在此文中说，乡村运动虽然在中国最近数年才发生，但在西洋却有长久历史，"只有没有出过国门，不懂西洋乡村是什么的人，才会自夸这个运动，是我们自己发明的新运动，自己开辟的新路线罢。"这种讽刺揶揄和人身攻击，缺乏欧美派学者自我标榜的"绅士风度"。

就文学而言，"五四"全盘反传统立场的确使新文学出现了唯新唯西倾向，在文化传统上成为无根之萍。钱穆认为："民国以来，学者贩稗浅薄，妄目中国传统文学为已死之贵族文学，而别求创造所谓民众之新文艺"，这种新文艺"刻薄为心，尖酸为味，狭窄为肠，浮浅为意。俏皮号曰风雅，叫嚣奉为鼓吹，陋情戾气，如尘埃之迷目，如粪壤之窒息。植根不深，则华实不茂。膏油不滋，则光彩不华。"他因而感叹"中国固文艺种子之好园地也。田园将芜胡不归？"① 他对文化论争中的"封建"等关键词进行了辨正，认为新文化运动"提倡新青年，乃又提倡新文学。一时群认白话始为新文学，前所旧传，则名之曰官僚文学、贵族文学、封建文学，皆在排斥之列。但此等皆近人所立之新名词，倘起古人于地下而告之，如屈原，如陶潜，斥之为贵族，为官僚，为封建，闻及此等名词岂不惊诧，更复何辞以答。""乃又有纯文学一名词出现，则试问当具如何条件始得称之曰文学，又当具如何条件始得称之曰纯文学。凡此皆可不加讨论，人云亦云，众口一词，而论自定。故今日已不待有如秦始皇之焚书，而线装书自可扔毛厕里不再须讨论。"他不无愤激地称白话"无根源、无规律，随意所欲，出口即是，此诚不失为中国传统文化一大突变。旧者已扫地无存，而新者即萌芽方苗。求如西欧，求如美国，恐亦终难如意。是亦为国人一憾事，究不知将何道以赴。"② 这些见解中的确含有值得认真反思的重大文化问题。从这个意义上说，现代新儒家成为中国文化/文学的精神寻根者，他们力图"理一理我们文化的根"。

儒家有着诗教传统，但是现代新儒家大多关注历史文化和传统思想，真正关注文学评论与文学理论的则是梁实秋。③ 梁实秋自留学美国起就自觉选择以文学批评为志业，努力"建构中体西用的有中国特色的文学话语"，并"形成了一种典型的义理式的文学批评"体系：

　　　　这种文学批评的理论基础是人性论，主要强调人性的善恶二元

---

① 钱穆：《中国文学论丛》，北京：生活·读书·新知三联书店 2004 年版，第 21—22 页。
② 同上书，第 27、28 页。
③ 梁实秋与胡适在师承上（白璧德与杜威的文化立场截然相反）、在对待"全盘西化"及传统文化问题上有思想分野，因此不可将梁实秋简单归入胡适"新月派"。不过梁实秋文学思想的确深刻影响了"新月派"。

论，强调以理制情的道德意义，强调人性的普遍性和永久性，强调人性三境界说……用道德理性与五四以来的新文化运动辩难，批评五四新文学的情感放纵，主张建设以理制情的文学的纪律。以人本主义的人性论批评马克思主义的唯物论，在抽象与一般、本质与现象的范畴内与左翼论战，表现出价值理性与工具理性的对峙，以及文学贵族（高雅）性与大众化的对立。①

可以说，正是由于梁实秋的文学思想属于新儒家且具有体系性，鲁迅等人才会将其当作一个重要对手来进行批判。

梁实秋的文学思想有一个演化过程。20世纪20年代初梁实秋在创造社刊物上发表诗文，具有浪漫主义倾向，但他在哈佛大学学习期间却变成了浪漫主义文学的激烈反对者，因为他此时接受了白璧德人文主义思想。白璧德极力反对浪漫主义和现代派文学，梁实秋也从其学说。梁实秋1926年回国后高举新古典主义大旗，配合闻一多、徐志摩等人倡导的新格律诗和国剧运动，批判"五四"以后中国新文学的"浪漫主义趋势"：闻一多等人只是批判了新诗与话剧运动与创作中过分欧化、自由化的倾向，指责它们远离了中国的民族传统；梁实秋则认为"五四"以后的整个中国新文学，从白话新诗、新小说、话剧、散文乃至文学批评都表现为在外国文学影响下的浪漫主义，其主要特点就是非理性的感情主义、无节制的自我表现主义，甚至流于印象主义、颓废主义和假理想主义，因而必须用古典主义精神加以校正和节制。

梁实秋按照"西洋文学批评的正统"标准将文学划分为两类：古典的和浪漫的，并指出了二者的主要区别：

> 古典主义者最尊贵人的头；浪漫主义最贵重人的心。头是理性的机关，里面藏着智慧；心是情感的泉源，里面包着热血。古典主义者说："我思想，所以我是"；浪漫主义者说："我感觉，所以我是"。古典主义者说："我凭着最高的理性，可以达到真实的境界"；浪漫

---

① 刘聪：《现代新儒学文化视野中的梁实秋》，济南：齐鲁书社2010年版，第45页。

主义者说："我有美妙的灵魂，可以超越一切"。①

由此不难看出梁实秋对新古典主义文学精神的褒扬，也揭示了浪漫主义文学的弊病。

要治病先要查出病根以正本清源。梁实秋在《现代文学论》中指出：道家思想是一种任凭情感泛滥的"自我表现主义"和"极端的浪漫派"，"中华民族受了几千年的老庄思想的麻醉，现在应该到觉醒的时候。……据我看道家思想是中国文学不健康的症结，我以为中国新文学运动第一件要做的事不是攻打'孔家店'，不是反对骈四俪六，而是严正的批评老庄思想。"② 在梁实秋看来，儒家思想不仅无害于新文学的发展，而且与西方亚里士多德的古典主义"颇多暗合之处"，所以梁实秋的新古典主义文学理论中除了白璧德学说外，还吸收了儒家中庸之道与中和之美，强调文学的理性节制而反对情感泛滥，重视文学的健康与适度而反对极端与过分。梁实秋认为，好的文学作品需要感情与想象，但感情与想象不应像野马般不受任何约束地奔驰，而应该用理性和纪律给野马加上节制的缰绳："第一流的大文学家往往都是健全的人，他们的生活往往是有规矩的，不怪癖的；把头发染成绿色，手携巨大的向日葵，在酒店殴斗，猥亵等，往往是第二流第三流的文人。"因而"就已成的伟大的文学而言，文学却还没有不道德的。"③ 他还说："人（无论是天才或是庸众）的行为，不应该放肆，感情的本身并不是美德，不羁的感情要系上理性的缰绳，然后才可以在道德的路上去驰骤。文学和道德没有什么密切的关系，……不过就已成的伟大的文学而论，文学却还没有不道德的罢了。"④ 总之，好的文学作品不能只激起读者的感情，更不是激发读者的狂热，而是能引发读者的深思；作品对读者的真正启示不在感情之中，而在节制感情的理想里面；感情的激动是短暂的，理性的启发才是长久的；"文学的力量，不在于开扩，而在于集中；不在于放纵，而在于节制"；"所谓节制的力量，

① 梁实秋：《现代中国文学之浪漫的趋势》，《晨报副镌》1926 年 3 月 25—31 日。又见梁实秋：《浪漫的与古典的》，上海：新月书店 1927 年版，第 16 页。
② 梁实秋：《现代文学论》，《梁实秋批评文集》，珠海：珠海出版社 1998 年版，第 160 页。
③ 梁实秋：《文人有行》，《新月》1928 年 4 月第 2 号。
④ 梁实秋：《文人之行》，《新月》1928 年 11 月 10 日第 9 号。

就是以理性（Reason）驾驭情感，以理性节制想象"。①

那么作为节制感情与想象的"总机关"和"总枢纽"的理性，其主要内容是什么呢？梁实秋说：它不是某种思想学说和教条理论，不是某种宗教信仰或封建礼教，也不是民主主义新观念，而是普遍而永恒的人性："文学发于人性，基于人性，亦止于人性，人性是很复杂的，唯因其复杂，所以才有天理可说。感情想象都要向理性低首，在理性的指导下的人生是健康的常态的普遍的，在这种状态下所表现得人性亦是最标准的。在这种标准下，创作出来的文学才是具有永恒价值的文学。"② "普遍的人性是一切伟大作品的基础"，伟大的文学作品因为表现了普遍的人性才超越时空局限，为千秋万代、不同民族和地区的人们所热爱，就像荷马史诗至今仍有读者，莎士比亚戏剧各国都在上演。普遍的人性不仅是文学创作的基础，也是文学批评的原则，衡量一切文学作品的好坏与高下，就看它们表现的人性是否纯正："纯正之人性乃文学批评唯一之标准。"③ 梁实秋称这种以人性论为基础的文学理论为"人文主义"或"人本主义"，但不是"人道主义"——他反对人道主义是因为"人道主义的出发点是同情心，更确切些说是普遍的同情心"，这种普遍的同情心是没有节制的感情。这说明梁实秋的人性论与文学研究会同情下层民众和被损害者的"人类爱"是不同的。梁实秋在 20 世纪 20 年代末至 20 世纪 30 年代初站在人性论立场上反对革命文学、否定文学阶级性，甚至认为一切文学都是少数天才人物的专利品，与所谓的大多数不发生若何关系，他因此而受到革命文学阵营的尖锐批评。

梁实秋又反对唯美主义，反对为艺术而艺术的纯艺术论。他认为以"普遍的人性"为标准的文学艺术决不能脱离社会人生，也不应与社会道德相对立，"所谓完全的艺术的独立是不可能的。"④ 作家和批评家都应当"尽量认识人生"，而"不能专门躲在美学的象牙之塔"：文学家必须有自己认识社会人生的人生观，"必须先对于人事有所感或有所见，然后他才

---

① 梁实秋：《文学的纪律》，《新月》1928 年 3 月 10 日第 1 号。
② 梁实秋：《文学的纪律》，《新月》1928 年 3 月 10 日第 1 号。
③ 梁实秋：《文学批评辩》，《晨报副镌》1926 年 10 月 2 日第 61 期。
④ 梁实秋：《王尔德的唯美主义》，《文学的纪律》，新月书店 1927 年版，第 60 页。

要发而为文"；批评者进行文学评论"不仅是说音节如何美，意境如何妙，是还要判断作者的意识是否正确，态度是否健全，措写是否真切。"①因此，直到 20 世纪 30 年代，梁实秋始终对单纯从美学或心理学角度去认识和要求文学的理论持批评态度，正如他反对某些革命文学理论家单纯把文学当作政治说教工具一样。他说：

> 批评家而忽略美学与心理学诚然是很大的缺憾，但是若忽略了理解人生所必须的最低限度的伦理学、政治学、经济学以及历史的知识，那当是更大的缺憾。
>
> 我并不同情于"教训主义"。"教训主义"与"唯美主义"都是极端。……文学是美的，但不仅是美的，文学是道德的，但不注重宣传道德。②

《文学的美》发表于 1937 年初，此时的梁实秋已不再抽象谈论"普遍的永恒的人性"，他固然反对唯美主义，但也开始强调"文学不能不讲题材的选择，不一定要选美的，一定要选有意义的，一定要与人生有关的"。他肯定了"五四"以后的现实主义文学传统，也对自己一贯坚持的"人性论"作了新的解释。这足见全国蓬勃开展的抗日救亡运动对梁实秋的影响与推动。因此，左翼批评家此时还把梁实秋当作"与抗战无关论"的代表者进行批判，就显然有失公允。但就总体而言，梁实秋的文学思想基本上没有超越新古典主义的框架，也代表了 20 世纪 20—30 年代文化民族主义文学理论的高度。

学衡派对待传统文化的态度与观念当然也是 20 世纪 20 年代文化民族主义研究中的一个重要课题，我们将在本章第三节中进行详论。

除了思想方面的保守观念外，文化民族主义者还在文学形式上为文言文辩护并对白话文运动展开批评。以严复为例，他对白话文持批评态度基于以下原因：一、反对文化上的民粹主义。他认为启蒙必须从知识阶层开始，只有知识阶层真正掌握了新学真谛，才能把民主科学思想传授给大

---

① 梁实秋：《文学的美》，《东方杂志》1937 年第 34 卷第 1 号。
② 同上。

众。他这种担心并非多余：当时就有一些仅识西学皮相者把"自由"说成"无政府主义"，把"个人主义"说成"利己主义"。因而严复晚年曾批评梁启超胡乱引进术语的危害："不细勘以东西历史、人群结合开化之事实，则未有不薰然颠冥，以其说为人道唯一共遵之途径，仿而行之，有百利而无一害者也。而孰意其大谬不然乎。"① 事实上也正是由于严复文笔的"雅"，才使得反对西学的老式文人与新式学生一起读起了他的译作。二、就文学而言，严复担心白话文会使中国文学的意象、抒情等特色消失："设用白话，则高者不过《水浒》《红楼》；下者将同戏曲中簧皮之脚本"，即使白话文易于普及教育，也可能造成买椟还珠的退化现象。他认为，语言变化是时代要求的产物，存兴有待时日检验，该进化的自然进化。② 这正是经验论实证主义的观点。三、即使文言文是"古典"与"传统"的一部分，也不应激进地将"重估"变成"反传统"，把"传统"与"现代"看成对立的两极；将中国文化传统视作中国现代化的阻力与障碍，把批判传统变成打倒传统，这种激进风尚必将演变成一种"唯新唯西"的错误倾向。正如后世学者所说："实际上传统中尽有与现代化不止不相冲突，亦且正可以成为现代化的助力与资源，世上可以有不同形态的现代化，但决没有'没有传统的现代化'。"③ 这的确是值得人们反思之处。有学者在反思中认识到："'五四'新文学运动对我国小说的历史贡献，主要不在于用白话写小说，因为我国白话小说已有悠久的历史，这场运动促使现代小说意识觉醒的一个重要标志，是以民主和科学的精神，使一向处于被压制和歧视的堪称文学中的民主派的小说艺术，获得了一种前所未有的科学的尊严。"④ 这才是探本之论；而胡适《白话文学史》同样可证明白话文学并非"五四"新创。现在看来，关于白话文的争论多是意气之争，是对"五四"文学的皮相揭示而非实质探本。

---

① 严复：《与熊纯如书》39，王栻编：《严复集》第 3 册，北京：中华书局 1986 年版，第 648 页。

② 严复：《与熊纯如书》83，王栻编：《严复集》第 3 册，北京：中华书局 1986 年版，第 699 页。

③ 金耀基：《没有"没有传统的现代化"》，《中国现代化与知识分子》，台北：时报出版公司 1977 年版，第 224—230 页。

④ 杨义：《中国现代小说史》第一卷，北京：人民文学出版社 1986 年版，第 85 页。

综上所述，20 世纪 20 年代文化民族主义者的思想观念，对于矫枉过正的全盘西化论起到了纠偏作用；而文化民族主义文学在"文化寻根"中也丰富了新文学的民族性和地方性，梁实秋、闻一多等人则在新古典主义文学理论建构方面做出了重要贡献。

第二节　减政自由，接续传统：杜亚泉
政治文化思想综论①

杜亚泉（1873—1933）是现代中国思想史上的一位先觉者。他学贯中西，思接古今，对中国政治、经济和文化的发展路径有着清晰而恒定的主张，这就是政治上的减政主义，经济上的自由主义和文化上的接续主义。他主张和平渐进的社会改革路径，持守"有恒产者有恒心"的中产阶级立场，谋求多元宽容和科教优先的文化发展策略。其调适的建设性方案在当时受到激进主义者的全盘否定，被定性为时代落伍者，因而长期以来被遮蔽湮没，成为思想史上的失踪者。但在一个世纪后重读他的论著，人们仍然惊叹其思想的超越性，更会发现其思想对当前中国政治、经济和文化建设的重要启示意义。②

一　走向实学西学：初步形成科教救国思想

杜亚泉 1873 年出生于浙江绍兴府山阴县伧塘乡，原名炜孙，字秋帆，成年后自号亚泉。杜亚泉少小聪慧，一心向学，俨然书痴；16 岁中秀才，

---

① 本节以《中产立场与接续意识——杜亚泉政治文化思想新论》为题，刊发于《江苏师范大学学报》2016 年第 1 期。

② 杜亚泉研究资料可参看许纪霖、田建业编《杜亚泉文存》，上海：上海教育出版社 2003 年版；许纪霖、田建业编《一溪集：杜亚泉的生平与思想》，北京：生活·读书·新知三联书店 1999 年版；高力克《调适的智慧：杜亚泉思想研究》，杭州：浙江人民出版社 1998 年版；陈镱文、姚远：《杜亚泉先生年谱》，《西北大学学报》（自然科学版）2008 年第 5、6 期；董恩强：《杜亚泉的文化思想——兼评杜、陈文化论争》，《华中师范大学学报》（人文社会科学版）2000 年第 3 期；朱华东：《杜亚泉与哈耶克有限政府论理论基础之比较》，《史学月刊》2003 年第 12 期；洪九来：《集权与分权——略论〈东方杂志〉在清末民初政争中的折衷观点》，《山西师大学报》（社会科学版）2000 年第 2 期。

21 岁肄业于崇文书院①。其父期之甚高，望其致仕。但在此时，实务勃兴，西学涌入，社会发生急剧转型；甲午之战，马关之耻，激起杜氏报国之志。他在研读制造局翻译出版的科技书籍后，觉得"天下万物之原理在是矣"②，再审视自己的向学道路，遂感帖括八股、训诂校勘诸种旧学无裨实用，于是幡然改志，转向实学西学，以图救世济民，富国安邦。

　　1898 年，杜亚泉应蔡元培之聘，担任绍兴中西学堂数学教员；授课之余，刻苦自修，成为一个通日语、精历算、长于理化矿学和动植诸科的学者。1900 年，杜亚泉因为传播进化论和男女平等思想而与校董发生冲突，遂与蔡元培一起辞去中西学堂教职，前往上海。1900 年秋天，杜亚泉在父亲的经济援助下，在上海创办了中国近代第一所私立科技大学——亚泉学馆，并创刊中国人自办的第一份科学刊物——《亚泉杂志》半月刊③。但是，《亚泉杂志》"图式太多，排工甚费"，往往不能按时出版，又因为很多读者不明白"亚泉"为何意④，所以杂志发行量不大，"数月内折耗多金"；更重要的是，当时日商《亚东时报》停刊未久，民众以为《亚泉杂志》是《亚东时报》接棒者，常误为"大日本亚泉学馆"和"大日本亚泉杂志"。这对强烈反日的杜亚泉来说绝难忍受，于是他在 1901 年将亚泉学馆改称普通学书室，《亚泉杂志》也随之改为《普通学报》月刊。《普通学报》仍以青年学生为发行对象，文理共容，兼及社会

---

　　①　在晚清时期，崇文书院与敷文书院、紫阳书院和诂经精舍并称"杭州四大书院"。崇文书院曾毁于太平军战火，同治年间重建；1902 年改为新式学校"钱塘县学堂"。光绪年间，王国维曾在崇文书院攻读，并在成名后回书院讲学。

　　②　杜亚泉：《定性分析》文末所附"亚泉又志"，《亚泉杂志》第十册（光绪二十七年四月二十三日，1901 年 6 月 9 日）。

　　③　《亚泉杂志》半月刊，由亚泉学馆出版，共出版 10 期：光绪二十六年（1900）10 月 8 日出版第一期，光绪二十七年（1901 年）4 月 23 日出版第 10 期。北京大学图书馆"民国时期旧报刊"简介称：《亚泉杂志》是"中国人自己创办的最早的综合性自然科学刊物，旨在提倡发展科学技术，以谋国家之富强。内容包括数学、物理学、化学、生物学和地学等方面的著作和译作，侧重理化科学。杜亚泉主编兼主要撰稿，撰写和翻译了 40 篇著述中的 35 篇。其中有翻译日本人的化学著作'定性分析'（第 4—10 册连载）。还首次介绍了'化学周期律'（第 6 册）。"

　　④　蔡元培《书杜亚泉先生遗事》（《新社会》半月刊第六卷第二号，1934 年 1 月 16 日）记道："先生语：'亚泉者氩線之省写；氩为空气中最冷淡之原素，線则在几何学上为无面无体之形式；我以此自名，表示我为冷淡而不体面之人而已。'"

批评；但"协助办刊的胞弟不善经营，挥霍资金，使学报经济陷入困境"①，《普通学报》只出版了5期，至1902年5月即停刊②。

杜亚泉在科教启蒙与现代文化普及方面的开创工作远不止上述一校一刊。《文学初阶》是杜亚泉1902年应商务印书馆之邀编写的新式蒙学教科书，体例迥异于"三百千"式的传统教材，是中国近代最早的国文教科书；1902年创刊的《中外算报》月刊，是中国第一份数学专业期刊；1902年创刊的《外交报》由杜亚泉与张元济、蔡元培共同主持，此报不仅是商务印书馆出版的第一份报纸，而且是中国第一份外交"参考资料"③；普通学书室编译的《普通数学》《普通化学》《普通质学》《普通矿物学》《普通植物学》《普通动物学》《普通生物学》《普通英文典》等中等学堂教科书，反映了当时西方科学的最新成果和发展趋势，对中国的科普工作产生了持久效力。就此而言，在现代中国文化思想史上，无论是严复对于现代学科制的引进，蔡元培对于大学精神的坚执，还是杜亚泉对于西方科学的推介，都对中国教育现代化和科学理性启蒙产生了重大而深远的影响。

杜亚泉编著图书深具革新精神、超前意识和现代理念，以期与时偕行，与世界同步。比如他1902年就编纂了全套6册《文学初阶》作为蒙

---

① 《杜亚泉生平大事年表》，许纪霖、田建业编：《杜亚泉文存》，上海：上海教育出版社2003年版，第486页。

② 关于《普通学报》开本、印制、停刊时间等问题存有分歧，如《上海新闻志》编纂委员会编《上海新闻志》（上海社会科学院出版社2000年）、王勇《林纾与杜亚泉》（《福建师范大学学报·哲学社会科学版》2011年第2期）、谢俊美《杜亚泉与〈普通学报〉》（许纪霖、田建业编《一溪集》，北京：生活·读书·新知三联书店1999年版，第234—238页）等，观点各不相同。今从姚远、王睿、姚树峰等编著《中国近代科技期刊源流1792—1949》（济南市：山东教育出版社2008年）上册第60页："【普通学报】文理综合性月刊。……刊物为石印小册子，每期约40页，连史纸印刷。出至清光绪二十八年四月（1902年5月）第5期后停刊。清光绪二十九年三月初一日（1903年3月29日）改出《科学世界》。今存上海图书馆。"

③ 《上海新闻志》编纂委员会编《上海新闻志》（上海社会科学院出版社2000年）第一章《晚清时期报纸（1861—1912）》记载：《外交报》于清光绪二十七年十一月二十五日（1902年1月4日）创刊，旬刊，册报。上海外交报馆编辑，初由杜亚泉普通学书室发行，后因主持人张元济、蔡元培、杜亚泉等应聘于上海商务印书馆，《外交报》遂自第二十九期（清光绪二十八年十月十五日）改由商务印书馆出版发行，为该馆最早出版的报刊。该报持续出版了9年，至宣统二年十二月十五日（1911年1月15日）停刊，共出版三百期；除光绪二十七年（1901年）十一月由于商务印书馆遭受火灾有三期事后补印以外，从未脱期。

学国文教材。要明了此教材的超前性，有必要了解如下时代背景：清政府虽然于1901年即开新政，办学堂，但仍规定国文"教法当以四书五经纲常大义为主"；而且至1903年才由张之洞等主持制定学堂章程，将学制定为蒙养院、小学、中学、高等学校和通儒院五等。而杜亚泉在编纂《文学初阶》时，一改死记硬背、灌输填鸭、揠苗助长式的传统教材编写模式，开创了按语言规律编写教材的探索；此教材由实词而虚词，由单字到句子，由身边事物到浅近知识，由声光化电到历史地理，由人文故事再到修身报国，由浅入深，循序渐进，真正恰适"儿童本位"的教育规律；更重要的是，此书抛弃了唯有读书高和读书为做官的功名思想，并为"忠孝仁爱"赋予了新的民主内涵，真正做到了寓教于乐。因而"这部书从教育学的原理讲，是我国小学课本史上划时代的一部课本。"① 由此一例即可看出，杜亚泉的教育思想和出版理念具有革新性和超前性。

杜亚泉感时忧国，深具爱国救亡情怀，编纂教科书时不忘激发青年人的读书报国、振兴中华之志。比如他在1913年为增订版《普通新历史》撰写的"总论"中写道："前清时代，我国割地开港，几为白种人所分割。今已肇建共和，从此举全国之力，振兴庶务，广求智慧，以光我古国之声名，驾五洲各国而上之，非国民之责任而何？"在"凡例"中又说："近世全球交通之会，我国民渐渐与世界相见，优胜劣败，即在此一二百年之间，诚千载一时也。我国民之眼界，断不可仅注于国内数十朝之兴替沿革中，须考察种族势力之强弱，文明之高下，能力之大小，以为大家警醒振拔之标准。"② 这部历史教科书真正做到了观今鉴古，既具有国家情怀，又具有世界眼光，因而极受教育界欢迎，短短5年即重印28次。

但仅仅三年时间，普通学书室即因经费短缺而陷入困境。恰在此时，商务印书馆欲扩大业务，正在罗致人力，杜亚泉遂应夏粹芳、张元济之邀，于1904年秋天起担任商务印书馆编译所理化部部长，全身心投入科学研究和编译工作，普通学书室也随之并入商务印书馆。从此，杜亚泉在商务印书馆工作了28年，而商务印书馆"初期所出理科教科书及科学书

---

① 汪家熔：《旧时出版社成功诸因素》，《出版发行研究》1994年第2期。

② 杜亚泉主编：《普通新历史》，普通学书室1902年初版，上海：商务印书馆1913年增订。

籍，大半出于先生手笔"，杜亚泉因而被称为"中国科学界的先驱"。①

二　主编《东方杂志》：用马克思学说分析中国历史文化

杜亚泉不仅是学有专长、具有现代眼光的教育家、科普家和编辑家，同时又是关心国家命运的现代中国第一代"公共知识分子"。杜亚泉善于运用西方先进的社会理论（包括马克思主义学说）深刻分析中国各种社会问题，常有新知灼见，并敢于公开阐明自己的见解；更重要的是，他在经过往返质疑后，一旦形成自己的观点，就锲而不舍，绝不轻易放弃，因此又可以说杜亚泉是现代中国第一代学者群中少有的始终立场恒定的思想者。蔡元培曾这样称赞杜亚泉："先生既以科学方法研求哲理，故周详审慎，力避偏宕，对于各种学说，往往执两端而取其中，如唯物与唯心，个人与社会，欧化与国粹，国粹中之汉学与宋学，动机论与功利论，乐天观与厌世观，种种相对的主张，无不以折衷之法，兼取其长而调和之。"②这就道出了杜亚泉作为思想者的最可贵的品质：持守中庸调和、多元宽容、循序渐进、"立"字当头的文化建设立场，哪怕因此被视为文化保守主义者也在所不惜。

杜亚泉的公共知识分子本色与恒定的政治文化立场，由他主持《东方杂志》期间的言论和作为可窥一斑。

辛亥革命并未使中国政治达至民主共和，政治局势并不清明：外有列强巧取豪夺，内有军阀群雄割据，社会道德日益败坏，国人思想极为混乱。面对这样的内忧外患，杜亚泉希望能尽己之力办杂志、出图书以"救国人知识之饥荒"；他倡导"理性之势力"，希望通过"思想战"达到"精神救国"和"国人之觉悟"的目标，最终促成"中国之新生命"。③恰在此时，商务印书馆为刷新《东方杂志》，于 1911 年敦聘杜亚泉兼任杂志主编。这对亟欲一展平生之志的杜亚泉来说，真是一个天赐良机。

---

① 胡愈之：《追悼杜亚泉先生》，《东方杂志》1934 年 1 月第 31 卷第 1 号。原署名为"东方杂志编辑部"。

② 蔡元培：《书杜亚泉先生遗事》，《新社会》半月刊 1934 年 1 月 16 日第 6 卷第 2 号。

③ 可参看杜亚泉文章《理性之势力》《思想战》《精神救国论》《大战终结后国人之觉悟如何》《中国之新生生命》等。

《东方杂志》1904 年创办，最初仅为小开本的摘编杂志，主要汇编朝廷文告及报刊文章。杜亚泉 1911 年担任主编后，从第 18 卷起对杂志进行了大刀阔斧的革新：首先，扩大开本，扩充版面，增加插图，使之在形式和规模上更具冲击力。其次，扩大作者队伍，增加撰述文章，聘请各领域知名专家评点国际形势、国内经济、社会动态、学术思潮等焦点问题。最后，根据读者需要增设热点栏目，增强吸引力。比如增设"科学杂俎"，介绍新知识、新学说及新理论，居里夫人的事迹最早就由此栏目介绍到中国；增加"谈屑"栏目，其中文章针砭时弊，观点犀利……这一系列的改革，使新版《东方杂志》面貌一新，成为当时中国影响最广、销量最大的综合性期刊。

杜亚泉不仅身任主编，还在 1911—1920 年以"伧父""高劳"等笔名在《东方杂志》发表论文、杂感、译作 300 余篇，内容涉及哲学、政治、经济、法律、外交、文化、伦理、教育等领域，很多文章即使在今天读来仍发人深思；更为可贵的是，他成熟稳健的评论立场始终如一，这在"多变"的现代思想史上实属难能可贵——

杜亚泉将科学思维方法应用于社会科学研究中，严格遵循实事求是的理性精神，保持着冷静清醒的头脑，始终在激进与保守之间持守辩证折衷态度。他曾通过日文转译西方学者的专著、评论和新闻报道，希望为中国的思想启蒙与社会改革提供借鉴：他除了介绍摩尔、欧文、傅立叶、圣西门等人的空想社会主义学说，还将克鲁泡特金《互助论》和叔本华《处世哲学》等全部译出，分期刊登；他翻译了《东西洋社会根本之差异》《美国之新国民主义》《墨西哥革命成功之伟人》《日本明治时代之进步》《欧美社会党之消息》《妇女参政权运动小史》等著述，介绍世界政治运动新形势；而特别值得注意的是，杜亚泉 1912 年翻译了日本著名社会主义理论家幸德秋水的《社会主义神髓》一书，连载于《东方杂志》第 8 卷 11 号至第 9 卷第 3 号（1912 年 5 至 9 月），后作为"东方文库"丛书之一单本发行；这部系统介绍马克思主义的译作，在国内的发表时间比陈望道 1920 年 8 月翻译出版《共产党宣言》早了 8 年，可以说较早、较系统地把马克思主义学说引介到了中国。

但有意味的是，杜亚泉从马克思原典立场出发，并不认为当时的中国应该进行社会主义革命，相反，亟须补上资本社会这一课，因此他始终站在中产阶级的自由主义立场上发表言论。他认为"现今文明诸国，莫不以中等阶级为势力之中心，我国将来，亦不能出此例外"。① 他的这一论述不仅抓住了现代国家社会结构的核心，而且指出了中国现代化道路的去向。其实，杜亚泉早在1911年就呼唤以市场为主导的"减政主义"，倡导大社会、小政府的自由主义政治文化，主张政府不可过多干预市场和教育："一国政府之本分，在保全社会之安宁，维持社会之秩序，养其活力之泉源而勿涸竭之，顺其发展之进路而勿障碍之，即使社会可以自由发展其活力而已。"如果政府"不察此理，贸贸焉扩张政权，增加政费，国民之受干涉也愈多，国民之增担负也愈速。干涉甚则碍社会之发展，担负重则竭社会之活力，社会衰而政府随之。"② 如果人们知道杜亚泉在1912年之前就已研究和翻译过马克思主义理论，那么就不难明白他为什么能如此深刻地揭示出资本主义经济和政治文化的本质核心。

　　杜亚泉不仅指出了当时中国社会的基本性质，而且深刻揭出了辛亥革命失败的根本原因。他认为人类文化演进可分为三个时期：第一时期以中国五帝三王至汉唐宋明时期和西方希腊罗马全盛时期为代表，"此期之文化，为武力的势力与知识结合而产生，这贵族阶级的文化，常带有贵族的色彩，以贵尊贤、尚礼仪、重门阀，为其标征。"第二时期以欧洲近世史之人权民治文化为代表，"此期文化，为财产的势力，与知识结合而产生，为财产阶级的文化，带有财产的色彩，以自由平等、尊权利、重科学，为其标征。"第三时期"为劳动的势力与知识结合而产生，为劳动阶级的文化，带有劳动的色彩，以泯除贵贱贫富之阶级、实行自由平等、尊重劳动、爱好和平，为其特征。"在杜亚泉看来，中国与欧洲历史的重要差异在于：中国没有发展出欧洲式的第二期文化即财产阶级文化，也未能像欧洲那样从劳动阶级中脱颖而出一个新型的财产阶级，而是产生了一个庞大的游民阶级；中国游民阶级与知识的结合促生了一种游民文化；中国知识阶级则缺乏独立品格，徘徊于贵族与游民之间，"达则与贵族同化，

---

　　① 杜亚泉：《中国之新生命》，《东方杂志》1918年7月第15卷第7号；许纪霖、田建业编：《杜亚泉文存》，上海：上海教育出版社2003年版，第215页。

　　② 杜亚泉：《减政主义》，《东方杂志》1911年3月第8卷第1号；许纪霖、田建业编：《杜亚泉文存》，上海：上海教育出版社2003年版，第133页。

穷则与游民为伍"，"故其性质上显分二种：一种为贵族性质，夸大骄慢，凡事皆出以武断，喜压制，好自矜贵，视当世之人皆贱，若不屑与之齿者；一种为游民性质，轻佻浮躁，凡事皆倾于过激，喜破坏，常怀愤恨，视当世之人皆恶，几无一不可杀者。往往同一人也，拂逆则显游民性质，顺利则显贵族性质；或表面上属游民性质，根柢上属贵族性质。"① 由此我们可以看到，杜亚泉十分清醒地认识到：中国没有资本主义经济的充分发育，没有真正的资产阶级及其现代文化，国民素质过低，知识阶级没有独立思想，因而不可能真正实现政治革命与社会革命，在此背景下的辛亥革命只不过招牌换过，一切照旧。

正是基于上述认识，杜亚泉坚持和平渐进的社会改革路线，反对以暴易暴的武力斗争。当代学者认为："杜亚泉深刻地认识到，中国历史的独特性，在于贵族社会与游民社会的对立，在'庙堂'与'江湖'之间，缺乏一个西方式的市民社会。游民社会不同于以财产阶级为基础的市民社会，它并非独立于帝国皇权的新文明形态，而是农业文明的病态结构。财产阶级的匮缺，正是辛亥革命难以成功的根本原因。杜关于民初宪政失败的社会史分析，显然较新文化派之文化决定论的伦理学—心理学分析更为深刻。"② 而本文可以下一断语：杜亚泉在分析人类历史进程时所依持的理论，恰恰是马克思主义历史唯物论和政治经济学原理。

杜亚泉认为中国政体变化有待于市场经济与现代教育的发展，武力革命绝不可能带来真正的政体转变，因此，辛亥革命之后的中国必然要经历一个假共和阶段。他说："真共和之成立，不外二因：一为国内农工商业之发达，二为国民教育之普及。盖必国民之产业既丰，智德既备，能力充足，不至为少数有力者之所左右，共和之基础始不可动摇。……考之历史，则武力可以倒专制，而不可以得共和。专制既倒之后，虽已有共和之名，尚未有共和之实。此时党派纷杂，争斗相寻，所谓共和，皆假共和，非真共和。必更经过若干时期，而后因实业之发达

---

① 杜亚泉：《中国政治革命不成就及社会革命不发生之原因》，《东方杂志》1919 年 4 月第 16 卷第 4 号；许纪霖、田建业编：《杜亚泉文存》，上海：上海教育出版社 2003 年版，第 183—184 页。

② 高力克：《杜亚泉的民主转型论》，《政治思想史》2010 年第 2 期，第 110—121 页。

与教育之普及，真共和乃渐渐成立。世界共和，无不如是。"① 因此，实业发达和教育普及被杜亚泉视为实现真共和的前提条件；而"发达实业与普及教育，本非短时间中所能成就。若以武力横加障碍，则必欲速不达，求近反远矣。……吾谓吾国今日，朝野之间，孰为要求真共和之人，可以至单简之方法择别之：即孜孜于研究实业，从事教育者，皆要求真共和之仁人志士；而以真共和为标帜，亟亟焉欲用武力以去假共和者，皆反对真共和之罪魁恶首也。"② 这是说：欲兴民主与共和大业，必赖实业与教育为本。

将杜亚泉的上述见解与20世纪中国经济、政治历史进行一下对照，即不难见出其思想的超越性和深刻性。杜亚泉的论述也让人想起高尔基1917年在《不合时宜的思想》中的相似见解：高尔基清醒地看到俄罗斯到处都是"全村人都酗酒，只有一个正人君子，可他还是一个傻瓜"的现实，指出在70%的人口还是文盲的俄国不可能迎来社会主义的"光辉的节日"，"现在离社会主义还远着呢，再说，在我们俄国要指望农村的社会主义那就太天真了。""在那半文盲群众的专制主义像有史以来一样欢庆自己轻而易举的胜利的节日里，人的个性仍像过去一样，将是受压制的。"高尔基认为："俄国人民要想获得自己的个性意识、自己的人的尊严的意识，还必须付出许多劳动；俄国人民应该经过文化的慢火的锻炼和净化，清除掉他们身上培养起来的奴性。……如果革命不能立即在国家里发展紧张的文化建设，那么，照我看，革命就是没有结果的，就是无意义的"，"不，在这场动物本能的爆发中，我没有看见强烈表现出来的社会革命的因素。这是一场没有精神上的社会主义者、没有社会主义的心理参与的俄国式暴动。"高尔基清醒地认识到，如果人民只不过是"毫无个性自由概念和人权概念的愚昧的群众"，那么有一个怎样的名称或行施怎样的社会制度都没有意义。③ 可以说，杜亚泉与高尔基对国民素质与国家现代化之间的关系有着清醒而深刻的认

---

① 杜亚泉：《真共和不能以武力求之论》，《东方杂志》1917年9月第14卷第9号；许纪霖、田建业编：《杜亚泉文存》，上海：上海教育出版社2003年版，第163页。

② 同上书，第164页。

③ ［俄］高尔基：《不合时宜的思想——关于革命与文化的思考》，朱希渝译，南京：江苏人民出版社1998年版，第144、33、137、115、43、16、20页。

识，他们都无愧为伟大的思想者。

　　杜亚泉充分认识到"调和""妥协"在社会发展中的重要意义，并坚持以"接续主义"态度对待传统文化。杜亚泉最欣赏英国"于保守中求进步"的渐进传统，中国尤需借鉴英国的文化精神以实现新旧调和、平稳过渡。"接续主义，一方面含有开进之意味，一方面又含有保守之意味。盖接续云者，以旧业与新业相接续之谓。……近世之国家中，开进而兼能保守者，以英国为第一，用能以三岛之土地，威加海陆。即北美合众国之政治，亦根据于殖民时代之历史者为多。此接续主义对于国家之明效大验也。"① 英国"旧瓶装新酒"的进化模式正是新旧妥协的社会调适的典范。

　　在杜亚泉看来，如果说接续主义是对待传统的态度，那么妥协就是实行法治、善待异己的前提。面对民国初年北洋军阀与国民党之间武力对抗造成的社会危机，杜亚泉尤其强调妥协的价值，将其视为克服共和乱象而实现法治的关键所在："吾国今日，决无能遽得真共和之理。武人干政，党人争权，为假共和时期之所不能免。苟不至于运动帝制，主张复辟者，皆当互相让步，互相忍受。自己而能让能忍也，则他人亦必感之而相让相忍；即他人而不让不忍也，自己终当让之忍之。有一能让能忍者，真共和之精神即胚胎于此。孔子曰：能以礼让为国乎何有？基督曰：善忍而至于极，必获救矣。吾知吾国将来之真共和，必由忍与让而后成者也。"② 世界现代政治史证明：妥协是民主法治的灵魂，而英国"光荣革命"和美国制宪会议都是妥协的典范。杜亚泉能认识到妥协对于现代中国政治文化建设的重要意义，可以说深得现代政治之神髓。由上可知，在对待古今中西文化关系方面，杜亚泉认为应以接续、缝合为本，而不应像激进派那样主张断裂、对立；在社会革命方面，杜亚泉主张渐变、妥协，而不应像激进派那样主张暴力革命或全盘西化。

　　杜亚泉主张调和、妥协，并通过新旧道德比较否定了"根本改革"

---

　　①　杜亚泉：《接续主义》，《东方杂志》1914 年 7 月第 11 卷第 1 号；许纪霖、田建业编：《杜亚泉文存》，上海：上海教育出版社 2003 年版，第 13 页。

　　②　杜亚泉：《真共和不能以武力求之论》，《东方杂志》1917 年 9 月第 14 卷第 9 号；许纪霖、田建业编：《杜亚泉文存》，上海：上海教育出版社 2003 年版，第 164 页。

和"保存国粹"二说。他认为中国传统道德应当"变者什一，不变者仍什九也"，这是因为"道德新旧，其差甚微，而中国旧道德，与新者尤少抵牾。……吾国道德，实无根本改革之必要。然因是而谓旧道德之无需改易，且谓当设国教以振兴之，则又不可。……若设为国教，则必有其形式上之约束，而失因时救济之妙用。且他人方离宗教之羁缚，而进于理想之自由，吾乃从理想之自由，而趋于宗教之羁缚，闭遏知识，阻碍进步，莫甚于此，殊未见其可也。"① 这是说，中国传统道德在总体上与共和所需要的道德精神并不相悖，更重要的是"国家当变乱初平之后，秩序未复之时，惟以维持现状、保守平和为急务，而不宜速求进步，固亦主张新道德所承认者。法国革命后，所以全国抢攘，造成恐怖时代，迄一世纪而始获安宁，未始不由旧道德全然破坏所致也。"② 法国大革命的殷鉴不远，中国若发生激变，后果将不堪设想，因此他认为"今后之道德，有亟应变动者三"："一、改服从命令之习惯而为服从法律之习惯也。服从命令者，专制国之通例，而在吾国则更有特因。盖吾国古昔，主持道德者，即主持命令之人。""二、推家族之观念而为国家之观念也。""三、移权利之竞争而为服务之竞争也。"③ 由此不难看出，杜亚泉对于英国渐进模式的推崇和对于法国式激进革命的反对。

综上可知，杜亚泉是一个真正领悟了人类发展原理的社会学家，一个把握了现代政治本质的思想者，一个主张接续妥协的渐进主义者；他恒定的立场与深刻的阐释，本应使他在现代中国思想上拥有绝不亚于严复、梁启超和胡适的地位，但令人遗憾的是，杜亚泉在"不断革命"的年代里成了落后、保守甚至"反动复辟"的代名词，并因而成为思想史上的失踪者。

三　坚持接续主义：揭开关于文化传统的论战

杜亚泉高度重视理性思维，坚信自己经过逻辑思维后得出的观点；他

---

① 杜亚泉：《国民今后之道德》，《东方杂志》1913 年 11 月第 10 卷第 5 号；许纪霖、田建业编：《杜亚泉文存》，上海：上海教育出版社 2003 年版，第 292—293 页。

② 同上书，第 293 页。

③ 同上书，第 293—294 页。

不惮于公开自己的见解，也敢于为了真理而展开激烈辩论，因而可以说具有"道之所在虽千万人吾往矣"的知识分子品格。

《东方杂志》作为当时影响最广、销量巨大的杂志，不可避免地成为其他媒体挑战的对象，也不可避免地卷入笔墨官司，对于这一切，杜亚泉都能坦然面对。杜亚泉独立面对并且在现代中国文化史、思想史上留下浓墨重彩的论争主要有以下几场：1918 年与陈独秀关于东西文化的论争，1919 年底与蒋梦麟关于何谓新思想的论争，1920 年与余云岫关于中西医学的论争，1927 年初与李石岑关于新旧伦理观的论争，1927 年 10 月与朱光潜关于情与理的论争。这些论争具体内容虽然不同，实质上却始终围绕两个相互关连的根本问题：一是东西方文化问题，二是理性与人生观问题。而杜亚泉对这两个问题的看法，至今都具有重要的启示意义，因此下文主要对杜、陈之间的论争进行梳理和分析。

杜亚泉与陈独秀关于东西文化有着不同主张：杜亚泉认为要振兴中华，必须汲取西洋文明，但反对一切照搬西方而全盘否定本国的传统文化，对待东西方文化应该取长补短，融通调和。陈独秀则主张彻底铲除中国传统文化而以西方文化取代之。① 但从更深广的角度和更现实的层面来看，陈独秀挑起这场论战还有着策略层面的考量。

首先，陈独秀欲借打击《东方杂志》来为《新青年》做广告，不乏自我炒作意图。在当时，无论是新文化运动还是新文学革命，都是应者寥寥，正如鲁迅所说："他们正办《新青年》，然而那时仿佛不特没有人来赞同，并且还没有人来反对，我想，他们许是感到寂寞了。"② 刘半农则提到："记者从提倡新文学以来，颇以不能听到反抗的言论为憾。"③ 于是《新青年》杂志先有刘半农与钱玄同唱了一出双簧，引出林纾等保守派；

---

① 参看陈独秀《质问〈东方杂志〉记者——〈东方杂志〉与复辟问题》，《新青年》1918 年 9 月第 5 卷第 3 号；陈独秀《再质问〈东方杂志〉记者》，《新青年》1919 年 2 月第 6 卷第 2 号。

② 鲁迅：《呐喊·自序》，《鲁迅全集》第 1 卷，北京：人民文学出版社 2005 年版，第 441 页。

③ 记者（刘半农）：《复王敬轩》，《新青年》1918 年 3 月 15 日第 4 卷第 3 号。

然后又让钱玄同等到处拉人入伙，甚至鲁迅也成为陈独秀新文化运动中的一员战将。陈独秀作为一个革命家兼舆论家，深谙舆论媒体的运作之道，接下来他又把目光对准了《东方杂志》和杜亚泉。这一方面会扩大《新青年》的声誉，另一方面也能给予林纾和保守派致命一击。这就不能不讲一下林纾与杜亚泉的亲密关系：林译小说《英女士意色儿离鸾小记》（魏易口述）则连载于《普通学报》第1、3、4、5期，《巴黎四义人录》（魏易口述）发表于《普通学报》第2期——这就是说，《普通学报》一共出版五期，每期都刊有林译小说。有学者考证说，"这两篇作品的发表是林译小说第一次登上刊物的版面"，而林氏此前的《巴黎茶花女遗事》和《黑奴吁天录》都是单行本发行。1906年以后，林译小说《荒唐言》《空谷佳人》《罗刹因果录》《鱼雁抉微》《桃大王因果录》《略史》《戎马书生》等先后在《东方杂志》连载："从《东方杂志》1906年9月登载林纾的译作开始，至1920年1月《东方杂志》改版，林纾译品退出《东方杂志》为止的共145期之中，有58期上刊有林纾的译作，占总数的40%；1906年9月至1919年12月《东方杂志》共发表小说24篇，林纾的译作为7篇，占了将近三分之一。我们可以毫不夸张地说，林译小说支撑起了《东方杂志》（1906—1919）的小说栏，特别是从1909年4月至1919年12月杜亚泉编辑《东方杂志》的10年中，由于杜亚泉对林译小说青睐有加，使林译小说成为这一时期《东方杂志》文学生命的重要支柱。"① 因此，陈独秀与杜亚泉的论战除了文化观点之争，也是"新文学"与"旧文学"的对垒，更是一种争夺舆论阵地的策略。陈独秀挑起这场论争真是一举多得的妙招。

其次，这场论争确立了"全盘西化"思想的"合理性"，形成了"古—今""中—西""新—旧"的二元对立思维模式。我们应当了解这场论争的思想背景：杜亚泉早年曾醉心于西方文化，但第一次世界大战触目惊心的惨状令他震惊，思想发生重大变化，意识到不能再盲目崇拜西洋，由此对唯科学主义产生了怀疑，并开始重新审视中国传统文化，觉得中国文化可以弥补西方文化的不足。他在1917年4月发表的文章中谈道：西方资本主义经济的目的不是满足社会生活的必需资料，而是旨在满足少

---

① 王勇：《林纾与杜亚泉》，《福建师范大学学报》（哲学社会科学版）2011年第2期。

数人的生活欲望；这就导致了生产过剩，恶性竞争，军备扩张，物质主义大炽，推而演之为强权主义、帝国主义、军国主义和社会达尔文主义，以致于"道德不道德之判决，在力不在理；弱者劣者，为人类罪恶之魁，战争之责任，不归咎于强国之凭陵，而诿罪于弱国之存在。"① 可以说杜亚泉的这些观点既是对于中国的弱国处境的体认，也是对西方列强的反感。由此出发，他对中国传统的爱和平、讲中庸、尚仁义、重民本、均贫富等思想推崇有加，进而认为中国传统文化可以药救西方之弊。时隔一年，杜亚泉又在《东方杂志》发表《迷乱之现代人心》，批评西洋文明在中国引起的不良影响，认为要救济中国，绝不能完全依靠西洋文明，而应一方面"统整吾固有之文明，其本有系统者则明了之，其间有错出者则修整之。一方面尽力输入西洋学说，使其融于吾固有文明之中。"② 《东方杂志》不久又发表了钱智修《功利主义与学术》和平佚译自日本《东亚之光》杂志的文章《中西文明之评判》③，都肯定中国传统文化而批评西方文化的缺陷，这就激怒了崇尚西学甚至主张全盘西化的新文化派。1918年7月，陈独秀在《新青年》发表《今日中国之政治问题》明确表示："所谓新者无他，即外来之西洋文化也；所谓旧者无他，即中国固有之文化也……两者根本相违，绝无折中之余地。""若是决计革新，一切都应该采用西洋的新法子，不必拿什么国粹、国情等鬼话来捣乱。"今天看来，这种新旧对立、截然两橛的断裂态度既不科学也有违常识。陈独秀并非不知二元思维的简单粗暴与致命缺陷，但作为推广新文化的策略，却具有"矫枉过正"的震撼效果。

最后，争论的结果是"新青年派"迫使商务印书馆改组了《东方杂志》和《小说月报》，使林纾和鸳鸯蝴蝶派失去了重要的发表阵地，杜亚泉也被贴上了"保守落后"的标签，失去了主编职位。陈独秀

---

① 杜亚泉：《战后东西文明之调和》，《东方杂志》1917年4月第14卷第4号；许纪霖、田建业编：《杜亚泉文存》，上海：上海教育出版社2003年版，第348页。

② 杜亚泉：《迷乱之现代人心》，《东方杂志》1918年4月第15卷第4号；许纪霖、田建业编：《杜亚泉文存》，上海：上海教育出版社2003年版，第367页。

③ 钱智修：《功利主义与学术》，平佚译：《中西文明之评判》，《东方杂志》1918年6月第15卷第6号；两文见许纪霖、田建业编《杜亚泉文存》附录，上海：上海教育出版社2003年版，第378—389页。

1918 年 9 月和 1919 年 2 月在《新青年》发表《质问〈东方杂志〉记者》和《再质问〈东方杂志〉记者》，像两颗重磅炸弹对杜亚泉等进行了严苛抨击和全面质疑。与此同时，《新青年》的"小兄弟"《新潮》也意气风发地站出来指点江山、激扬文字，罗家伦发表《今日中国之杂志界》，把当时的杂志分为官僚派、课艺派、杂乱派、学理派等，其中"杂乱派""毫无主张，毫无选择，只要是稿子就登。一期之中，'上至天文，下至地理，古今中外，诸子百家'，无一不有。"这一派中最可以作代表的就是《东方杂志》，"这个上下古今派的杂志，忽而工业，忽而政论，忽而农商，忽而灵学，真是五花八门，无奇不有。你说他旧吗？他又像新；你说他新吗？他实在不配。……这样毫无主张，毫无特色，毫无统系的办法，真可以说对于社会不会发生一点影响，也不能尽一点灌输新智识的责任。我诚心盼望主持这个杂志的人从速改变方针。"① 罗家伦在文章中还顺带把商务印书馆的《教育杂志》《学生杂志》等骂得体无完肤。

杜亚泉虽然于 1918 年 12 月在《东方杂志》上发表了《答〈新青年〉杂志记者之质问》予以回驳，但商务印书馆高层顾及论战带来的负面效应，便向杜亚泉施压②。杜亚泉一再隐忍，三缄其口，未再直接回应；但在辞去主编前，还是发文委婉答复："未来文明之创造，不能视为西洋人

---

① 罗家伦：《今日中国的杂志界》，《新潮》1919 年 4 月第 1 卷第 4 号。
② 五四新文化运动以后，商务印书馆开始"弃旧从新"的改革以适应时代发展，其旗下《东方杂志》和《小说月报》都换了编辑。更重要的是，1921 年，高梦旦、张元济等欲聘请胡适担任商务印书馆编译所所长，胡不就，但推荐了他在中国公学时的老师王云五。王云五进入商务印书馆后，对编译所进行了大刀阔斧的改革：一是调整编译所机构设置，引进一批留学归来的现代知识分子，如任鸿隽为理化部长，竺可桢为史地部长，周鲠生为法制经济部部长，陶孟和为总编辑部编译，朱经农为哲学教育部部长，另聘胡明复、胡刚复、杨杏佛等人为馆外特约编辑；二是创编包括国学、师范、自然科学、医学、体育、农学、商学、史地等的百科小丛书，为 1929 年商务印书馆推出《万有文库》打下坚实基础；三是扩充编译所附设的英文函授科，为社会培养急需人才。这些改革使商务印书馆迎来了一个崭新时代，王云五也于 1930 年出任商务印书馆总经理。但王云五改革也留下了一些遗憾，比如杜耿苏《杜亚泉：商务印书馆初创时期的自然科学编辑》（《绍兴县文史资料选辑》1983 年 12 月第一辑，第 28—40 页）认为："王云五是一个笑里藏刀的人。……想尽办法，在同事间制造分裂"；王云五一再挽留杜亚泉，只不过因为"舍不得付出这笔一万元的养老金"；而商务印书馆毁于"一·二八"战火后，一次解雇了 3700 员工，杜亚泉只领到四千元遣散费，比应得的养老金少了六成。在今天看来，王云五在艰难时事中的举措也属无奈。

独有之要求，即不能诿为西洋人独具之责任。中国人既为人类之一部分，则对于世界之未来文明，亦宜有所努力，有所贡献。中国固有文明虽非可直接应用于未来世界，然其根本上与西洋现代文明，差异殊多，关于人类生活上之经验与理想，颇有足以证明西洋现代文明之错误，为世界未来文明之指导者；……对于固有文明，乃主张科学的刷新，并不主张顽固的保守，对于西洋文明，亦主张相当的吸收，唯不主张完全的仿效而已。"①可见，他希望中国的新文化建设既不失中国传统的根性，同时又向西方学习，从而成为世界多元文化中的一元。这样的主张是稳健的，在今天仍有着重要启示价值。② 稍后的《学衡》杂志同仁对待中国传统文化和译介西洋文明的态度，与杜亚泉可谓异曲同工，一脉相承。但遗憾的是，他们的主张都没有引起思想界的足够重视，从而使激进思潮在 20 世纪中国思想史上呈现出一种雪球效应和雪崩现象，中国文化也出现了断层和失根现象。

四　盖棺未有定论：现代中国思想史上的失踪者

杜亚泉卸下《东方杂志》主编时，已是 46 岁。此后，他除了做好商务印书馆理化部主任的工作，把主要精力投入到办学和著书中去。但他这些工作都因为"不合时宜"、不符合市场规律，而使自己一次次陷入困窘

---

① 杜亚泉：《新旧思想之折衷》，《东方杂志》1919 年 9 月第 16 卷第 9 号。许纪霖、田建业编：《杜亚泉文存》，上海：上海教育出版社 2003 年版，第 402 页。

② 杜亚泉对中西文化的观点，后来又反映在对待中西医药的问题上。余云岫发表《科学的国产药物研究之第一步》（《学艺》1920 年第 2 卷第 4 号；见《杜亚泉文存》附录）全面否定中医理论，认为中医"阴阳五行十二经脉等都是说谎，是绝对不合事实"，"要斩钉截铁把这点以伪乱真空言欺人的勾当，一起看破"，"一切扫空"。杜亚泉遂发表《中国医学的研究方法》（《学艺》第 2 卷第 8 号，1920 年 11 月；见许纪霖、田建业编《杜亚泉文存》，上海：上海教育出版社 2003 年版，第 424—429 页）予以反驳："阴阳五行六气三候之类，决不能说他全无道理。不过他们没有学过西洋科学，不能用科学的名词和术语来解释。若是有科学知识的人，肯把中国医学的理论，细心研究，必定有许多地方，与西洋医学相合，恐怕还有许多地方，比西洋医学高些呢！"他还用西医循环系统、神经系统理论、药理学理论，对中医血气、阴阳诸说进行了科学阐述，用中西医对照参考各种疾病不同的看法与称谓，逐一分析对比，找出内在联系，并建议"现在学西医的或是学中医的，应该把中国的医学，可以用科学说明的，就用科学的方法来说明，归纳到科学的范围之内。不能用科学说明的，从'君子盖阙'之义，留着将来研究。"这样看来，杜亚泉不仅具有科学实证精神和"阙疑精神"，而且不啻为"提倡中西医结合"的第一人呢！

之境。

　　比如，1924 年，杜亚泉在上海自费创办新中华学院，意在培养科学和实业人才。他与子侄均身任教师，即使因此而旷去商务印书馆的编译时间被扣减薪水也毫不介意。他深恶社会上的颓靡学风，力主敦朴，鼓励学生毕业后到农村去，从事教育普及和农村合作事业；他痛恨官僚买办，常教育学生千万不要做买办；有些学生想到美国留学，他却担心他们学成回来为洋人做买办……新中华学院坚持了两年半就停办了。杜亚泉不仅耗去了 8000 元积蓄，还负债 2000 余元，不得不把商务股票全部出售。杜亚泉的学校办不下去一点都不奇怪：他"面向农村"的办学定位以及略显排外的办学理念，在当时已成为保守落后的代名词，典型的"不合时宜"。——但中国社会最根本的问题是农村、农民和农业问题，他当时就能"面向农村"办教育，眼光又何其深远！

　　再如，杜亚泉晚年惨淡经营、耗时数年完成的《人生哲学》也是"落伍"的。杜亚泉在青壮年时代主要编写自然科学教科书，但是他"始终不肯以数理自域，而常好根据哲理，以指导个人，改良社会，三十余年，未之改也。"[1] 他在新中华学院时期，为学生开设人生哲学课，已积累了大量资料，写有不少心得；学校停办后，他根据讲课内容，旁征生物学、心理学、社会学、伦理学等学科的新理论，加以扩充整理，历时六七年，编成《人生哲学》一书，作为高级中学教科书，于 1929 年 8 月由商务印书馆出版。——这似乎是对 1923 年前后丁文江、张君劢"科玄论战"的回应；但在此时，"革命的人生观"已成为时代主流，杜亚泉的人生哲学又"落伍"于时代了……

　　因此，杜亚泉在商务印书馆的最后几年，大体上是不得志的，只不过因为他是商务元老才没有被挤兑出去。1932 年 1 月 28 日日军侵犯上海，商务印书馆毁于战火，杜亚泉偕家避难回乡，靠变卖家产度日。商务印书馆不久宣布裁退 3700 余名员工，杜亚泉为照顾旧同事而自费创办"千秋出版社"，聘用离馆旧同事和两个侄子继续从事科学编著工作。他从商务印书馆仅领到 4000 元遣散费，比原定的养老金少了六成，也没有太多怨言，相反，宁肯自己不添置衣物，却先拿出 400 余元从内

---

① 蔡元培：《书杜亚泉先生遗事》，《新社会》半月刊 1934 年 1 月 16 日第 6 卷第 2 号。

山书店购买了参考书籍运至乡间，埋头编译，并在一年后完成了70余万字《小学自然科词书》的编纂——此书于杜亚泉去世后由商务印书馆出版，是杜亚泉贡献于社会的最后一部著作。杜亚泉在乡间编写词书的同时，还坚持隔周乘船去绍兴县城，为稽山中学（今绍兴第二中学前身）义务讲课，授课内容包括政治、经济、自然科学等，讲课过程中还不忘宣传抗日救国……

1933年秋天，杜亚泉罹患肋膜炎，于12月6日去世，享年60岁。杜亚泉本无财产积蓄，"平时卖文所入，除供简单生活费用外，悉捐作教育公益费，因此身后萧条，无分文遗产。"① 幸得蔡元培撰文请各方好友帮助，才集得1000元赙金，办完杜亚泉丧葬。这样病笃无钱医治、死后借棺入殓的悲惨结局，真令人惋叹不已。

杜亚泉逝世已有80余年，但其历史地位却"盖棺而未有定论"。在许多人眼中，杜亚泉既是"在中国传播自然科学知识的先驱者"，又在"新文化论战中被当作守旧派"，还有人把这种矛盾现象称为"杜亚泉现象"②。其实，只要做知人论世的理解就不难发现，所谓"杜亚泉现象"实在是历史的遮蔽，也是对这位中国现代教育家、思想家和启蒙者的曲解和误读。

陈独秀为代表《新青年》派认为"中西文化绝无相同之处，西学为人类公有之文明"，彻底否定中国传统文化，反对中西文化融合。历史证明这种激进是片面的深刻。以杜亚泉为代表的《东方杂志》派认为"中西文化各有特点，应该相互调和，融合西学于国学之中"，历史证明杜亚泉具有"调适的智慧"："调和思想是激进主义和保守主义之外，启蒙时代回应西潮的另一种思想模式，其政治上大体与英国式自由主义相联系。调和思想有别于激进主义与保守主义之最深刻的特质，在于其理性而多元的中庸精神。五四时代的激进主义与保守主义在文化上虽有西方化和东方化的对立，但其欧化国粹非此即彼的独尊心态，西方求经与儒学复兴的偏

---

① 胡愈之：《追悼杜亚泉先生》，《东方杂志》1934年1月第31卷第1号。原署"东方杂志编辑部"。

② 龚育之：《科学·文化·"杜亚泉现象"》，《自然辩证法在中国》，北京：北京大学出版社1996年版，第135—137页。

执情绪，则同源于一元主义思想模式。而调和论之会通中西、融合新旧的思想，则体现了一种文化上的开放心灵和多元思想。"① 从总体上来看，极端决绝的一元态度极易吸引大众，却很容易走向偏执；这在缺乏往返质疑传统的中国，很容易变成"暴力革命"或"祖宗之法不可变"，而真正难得的却是稳健的改革与渐进的调适。

就社会文化变革而言，杜亚泉从来都不反对引进西方文化。他认为："吾侪自与西洋社会接触以来虽不敢谓西洋社会，事事物物，悉胜于吾侪，为吾侪所当效法，然比较衡量之余，终觉吾侪之社会间，积五千余年沉淀之渣滓，蒙二十余朝风光之尘埃，症结之所在，迷谬之所丛，不可不有以廓清而扫除之。"② 但他又清醒地认识到，中西方文化在本源上存在着较大差异，西方文化若想在中国落地生根，必须有一个本土化过程，这就是把西方"以我为本"的个性主义文化与中国"克己为人"的群体文化进行调和，二者"统整"相济，方可创生一种新的文化。但陈独秀抓住杜亚泉的"克己为人"和"统整"之说，武断地指责杜亚泉"谋叛共和""妄图复辟"，这的确有失偏颇，而这样一个缺乏宽容精神的人却以"民主"相号召并成为新文化的领袖，是否有些吊诡，是否也应命名为"陈独秀现象"?!

新文化运动主将们的"全盘西化"论固然是一种矫枉过正的策略，但历史会证明：新文化运动者与梁启超一样，还没有养成健全的现代知识分子人格，他们都属于过渡的一代，是历史进化链条上的一环；他们的一元思维方式与"战争思维""阶级斗争思维"一样，其负面效应将需要相当长的时间才能消除。相比较而言，杜亚泉的思想更加稳健也更具超越性，在中国思想史上的影响必将更加长远。试想一下，当前中国文化建设中所补修的课业，不正是杜亚泉在 80 年前给我们开出的课程吗?!

当然，以历史的眼光来看，无论是"激进"的胡适、陈独秀，还是

---

① 高力克：《调适的智慧：杜亚泉思想研究》，杭州：浙江人民出版社 1998 年版，第 196 页。

② 杜亚泉：《个人之改革》，《东方杂志》1914 年 6 月第 10 卷第 12 号；许纪霖、田建业编：《杜亚泉文存》，上海：上海教育出版社 2003 年版，第 303 页。

"保守"的林纾、杜亚泉，都是那个时代的伟人，他们关于东西文明、新旧文化的观点或有不同，但有一点却是一致的，这就是爱国救亡，实现中华民族的伟大复兴。他们提出的"道德救国""科学救国""政治救国"和"文化救国"等主张或相抵牾，却都是他们忧国忧民思想的具体表现，也给后世留下了重要镜鉴。后世学者对于他们应抱以同情之理解，对他们的思想也应加以"接续"，而不是随意臧否、妄加褒贬，更不应使任何一方成为思想史上的失踪者。

第三节 昌明国粹，融化新知："学衡派"的文化保守主义思想

"学衡派"是活跃于 20 世纪 20 年代的一个文化保守主义学派，对当时的社会、文化思潮产生了重大影响。由于其文化思想徘徊于欧化与国粹之间，对新文化运动多持批评态度，故而在相当长时期内被视为文化保守势力而备受冷落。但在今天看来，学衡派的文化守成思想仍具有重要的文化史和思想史意义，对于省思五四新文化运动的激进态度也有镜鉴价值。

一 《学衡》缘起

学衡派的起源可追溯到 1915 年吴宓（1894—1978）和汤用彤（1893—1964）等人在清华学校成立的"天人学会"。二人同于 1911 年入校，意气相投，结为挚友，并于 1915 年冬天发起成立"天人学会"。学会会章明确规定了原则和宗旨：

> 原则有五：（一）行事必本道德；（二）人之价值以良心之厚薄定之；（三）谋生糊口以外，须为国家社会尽力，处处作完善及真实之牺牲；（四）持躬涉世，不计毁誉，成败利害，惟以吾心之真是非为权衡；（五）扶正人心，为改良群治之根本。险诈、圆滑、奔竞、浮华、残刻、偏私，皆今日恶习之最甚者，务宜攫抑净尽。其宗旨有七：（一）敦交谊；（二）励道德；（三）练才识；（四）谋公益。其终极之宗旨：（一）造成淳美之风俗，使社会人人知尚气节廉耻；

（二）造成平正通实之学说，折衷新旧，发挥固有之文明，以学术道理，运用凡百事项；（三）普及社会教育，使人人晓然于一己之天职及行事之正谊。①

天人学会会章初步显露了后来学衡派的文化思路，他们推己及人的学术路径，可以说是儒家"格致诚正修齐治平"思想的现代版。他们珍视文化传统又期望会通中西的愿景，又仿佛"中体西用说"的再生。

1917 年后，吴宓和汤用彤先后赴美留学，二人转入哈佛大学后结识了梅光迪②。梅光迪比吴宓和汤用彤年长几岁，遂成为中心人物。而来自胡适的刺激则是学衡派走到一起的直接原因。胡适与梅光迪有着安徽同乡之谊，赴美前即有交往；在美初期，二人交谊甚笃，书信往来频繁；但随着时间推移，他们在文化观念上的差异日趋明显。梅光迪尊崇孔子和中国传统文化，在致胡适信中说："迪近日稍读哲学之书，以孔子与他人较，益信孔子之大，以为此老实为古今中外第一人。"③ 这与心仪西方文明的胡适恰成对立，于是他们之间爆发了论辩。胡适将自己的一些灵感整理成文投给《新青年》，并因倡导白话文和文学革命而"暴得大名"，北京大学则成为中国新文化运动的中心。

梅光迪 1919 年回国后担任南开大学英文系主任。1920 年夏，梅光迪在美国西北大学时的同学刘伯明④出任南京高等师范学校副校长，决心把南高师办成"聚集同志知友，发展理想事业之地"，并敦请梅光迪南下；梅光迪欣然应聘并催促吴宓来南京高师担任英语及英国文学系教授，吴宓

---

① 吴宓：《空轩诗话》，吴效祖编：《吴宓诗及其诗话》，西安：陕西人民出版社1992 年版，第 209—210 页。

② 梅光迪（1890—1945），字迪生、觐庄，安徽宣城人。1911 年考取清华官费留学，1915 年西北大学毕业后又入哈佛大学学习，师从白璧德专攻西洋文学。

③ 耿云志主编：《胡适遗稿及秘藏书信》第 33 册，合肥：黄山书社 1994 年版，第 36 页。

④ 刘伯明（1887—1923），江苏南京人，1911 年赴美国西北大学留学，1915 年获哲学博士学位。回国后先后在金陵大学、南京高师任教，1921 年起任国立东南大学文理科主任、行政委员会副主任、代理校长等职，倡导朴茂求实的学风，留世有《论学风》和《共和国民之精神》等文章。

接信后于 1921 年 9 月返国抵宁。不久，胡先骕①等人也先后来到南京高师、东南大学②——学衡派的主力得以集结。

《学衡》杂志的创办与胡先骕在此前所受的挫折与刺激有关。1917年，胡适在《新青年》第 2 卷第 5 期上发表了《文学改良刍议》，胡先骕则在《南京高等师范日刊》上发表《中国文学改良论》，白话文和文言文之争由此展开。胡适 1920 年出版《尝试集》，胡先骕立即撰写长文《评〈尝试集〉》予以批评，但"历投南北各日报及各文学杂志"，无一为之刊登。胡先骕遂与梅光迪等人商量自办刊物，这个想法得到刘伯明的支持以及中华书局的襄助。1921 年 10 月学衡杂志社成立，11 月召开的第一次编辑会议公举吴宓为"集稿员"，杂志社即设址于其寓所；杂志设有通论、述学、文苑、杂俎等栏目，各栏目编辑为：通论梅光迪，述学马承堃，文苑胡先骕，杂俎邵祖平。吴宓在会后执笔起草《学衡杂志简章》：

（一）宗旨　论究学术，阐求真理，昌明国粹，融化新知。以中正之眼光，行批评之职事。无偏无党，不激不随。

（二）体裁及办法（甲）本杂志于国学则主以切实之工夫，为精

---

① 胡先骕（1894—1968），字步曾，号忏庵，江西新建人，加州伯克利大学学士，哈佛大学博士。归国后任教于南京高师、东南大学、北京大学、北京师范大学、清华大学等学校，领导创立中国高校第一个生物系、第一个生物研究所，促成静生生物调查所、庐山植物园、云南农林植物研究所等机构的创建，助推《高等植物学》《中国植物学杂志》等教材和杂志的编撰出版。1940 年 10 月至 1944 年 4 月担任国立中正大学首任校长。1948 年与郑万钧联合发布"活化石"水杉新种，轰动世界。1948 年当选中央研究院第一届院士。1950 年发表《被子植物分类的一个多元系统》，受到国际学界的重视。胡先骕在植物分类学方面共发现 1 个新科、6 个新属和数十个新种，被誉为"植物分类学之父"，20 世纪 50 年代毛泽东甚至说胡先骕"是中国生物学界的老祖宗"。胡先骕在"文革"中遭批斗，1968 年去世。关于胡先骕的生评与观点，可看看张大为等编《胡先骕文存》，江西高校出版社 1995 年版；胡宗刚《不该遗忘的胡先骕》，长江文艺出版社 2005 年版。

② 南京高等师范学校成立于 1915 年，1923 年 1 月并入东南大学。东南大学 1921 年 9 月开始招生，是继北大之后的第二所国立大学，世有"北大以文史哲著称，东大以科学名世"之誉。东南大学 1928 年更名为国立中央大学，设理、工、医、农、文、法、教育等七个学院，学科设置之全、学校规模之大为全国各高校之冠。1937 年抗战爆发，中央大学迁至重庆松林坡。1949年 8 月 8 日，国立中央大学更名为国立南京大学；1950 年 10 月，按教育部规定去掉"国立"二字，定名南京大学；1952 年高校院系调整，南京大学和金陵大学调整出工学、农学、师范等部分院系，分别成立了南京大学、东南大学、南京师范大学等高校。

确之研究，然后整理而条析之，明其源流，著其旨要，以见吾国文化，有可与日月争光之价值。而后来学者，得其研究之津梁，探索之正轨，不至望洋兴叹，劳而无功，或盲肆攻击，专图毁弃，而自以为得也。（乙）本杂志于西学则主博极群书，深窥底奥，然后明白辨析，审慎取择，庶使吾国学子，潜心研究，兼收并览，不至道听途说，呼号标榜，陷于一偏而昧于大体也。（丙）本杂志行文则力求明畅雅洁，既不敢堆积饾饤，古字连篇，甘为学究，尤不敢故尚奇诡，妄矜创造，总期以吾国文字，表西来之思想，既达且雅，以见文字之效用，实系于作者之才力。苟能运用得宜，则吾国文字，自可适时达意，固无须更张其一定之文法，摧残其优美之形质也。①

简章阐明了学衡派的理想：首先，努力使《学衡》成为一本真正的学术期刊；其次，珍视中国传统文化并希望将其发扬光大；最后，会通中西，吸收西方文化精华，建设中国新文化。简章最后注明吴宓为杂志总编辑，表明吴宓是杂志的中心人物。实际上在此后的 11 年中，吴宓在内外环境极为不利的条件下苦苦支撑，为杂志倾注了大量心血，《学衡》在某种程度上几乎成为他个人的事业。

　　1922 年 1 月《学衡》杂志创刊号出版②，最初的作者除发起人之外，还有一些朋友和东南大学师生如柳诒徵、吴芳吉、刘朴、赵思伯、景昌极、缪凤林、张其昀、赵万里、胡梦华、陆维钊等；1925 年初，吴宓赴清华大学担任国学研究院主任，王国维、陈寅恪、梁启超、张荫麟等清华师生也因此成为《学衡》撰稿人；另外，林宰平（志钧）、汤用彤、钱念孙等人认同《学衡》宗旨，也成为刊物的重要作者。③ 当代学者认为：

　　　　激进的"新青年"—"新潮"派的学脉在大学空间的分布：北京大学、中山大学、武汉大学、清华大学、青岛大学—山东大学、台

---

　　①　《学衡杂志简章》，见《学衡》1922 年 2 月第 2 期及随后各期卷首。
　　②　《学衡》杂志至 1926 年底停刊，出刊 60 期。1928 年复刊，改为双月刊，其间 1930 年停办一年，后零星出刊，至 1933 年 7 月停刊，又出 19 期。全部共 79 期。
　　③　相关文章见孙尚扬、郭兰芳编《国故新知论：学衡派文化论著辑要》，北京：中国广播电视出版社 1995 年版。

湾大学的人文学科是一个学统。

保守的"学衡派"的学脉在大学空间的分布：南京高师—东南大学—中央大学、浙江大学、中正大学、中国文化大学的人文学科则又是一个学统。这一学统的大学文科与北京大学、中山大学、武汉大学、清华大学、青岛大学—山东大学、台湾大学的另一学统有明显的对立和人员聘任上的矛盾。[①]

这种矛盾与对立在分属两大学统的师生回忆录中有明显印迹。不仅胡适1928年5月21日在南京中央大学演讲时特别提到"五四"时期"南高以稳健、保守自持，北大以激烈、改革为事。这两种不同之学风，即为彼时南北两派学者之代表"，而且1935年胡先骕为纪念南京高师20周年所作的《朴学之精神》一文也有意区分北京大学与南京高师—东南大学的学术传统：

> 当"五四"运动前后，北方学派方以文学革命、整理国故相标榜，立言务求恢诡，抨击不厌吹求。而南高师生乃以继往开来、融贯中西为职志。王伯沆先生主讲四书与杜诗，至教室门为之塞。而柳翼谋先生之作《中国文化史》，亦为世所宗仰，流风所被，成才者极众。在欧西文哲之学，自刘伯明、梅迪生、吴雨僧、汤锡予诸先生主讲以来，欧西文化之真实精神，始为吾国士大夫所辨认，知忠信笃行，不问华夷，不分今古，而宇宙间确有天不变道亦不变之至理存在，而东西圣人，具有同然焉。自《学衡》杂志出，而学术界之视听以正，人文主义乃得与实验主义分庭抗礼。[②]

另外，张其昀作为刘伯明的学生、《学衡》杂志作者、《国风》半月刊倡办人、20世纪30年代新孔学运动的发起者，于20世纪50年代在台湾出任"教育部长"并于1962年创立"中国文化学院"，继续倡导和践行南

---

① 沈卫威：《现代大学的两大学统：以民国时期的北京大学、东南大学—中央大学为主线考察》，《学术月刊》2010年第1期。

② 胡先骕：《朴学之精神》，《国风》半月刊1936年1月1日第8卷第1号。

京高师的学风，他在一篇文章中写道：

> 南京高师，虽然只是国立高等师范之一，可是它的地位很高。民国十年左右，南高与北大并称，有南北对峙的形势。北大是新文化的策源地，而南高是人文主义的大本营，提倡正宗的文化。Classics 一字，一般译为经典，南高大师们称之为正宗，从孔子、孟子、朱子、阳明，一直到三民主义，都是中国的正宗。……本人在南高求学期间，正当新文化运动风靡一世，而南高师生，主张融贯新旧，综罗百代，承东西之道统，集中外之精神，俨然砥柱中流的气概。南高北大成为民国初期大学教育的两大支柱，实非偶然。①

应当说，北京大学与南京高师两种学风对中国现代学统的建设均有重要贡献，可惜在"唯新唯西"风潮中，南高和学衡派在大陆一直被视为文化保守主义的象征而受到批判，倒是在台湾一直有着较好的流传与发展。直到 20 世纪 90 年代以后，中国大陆学界才重新发现了《学衡》意义。②

二　《学衡》对白璧德新人文主义的宣扬

将梅光迪、吴宓等《学衡》诸人连接在一起的是白璧德新人文主义思想。因此，我们有必要了解美国新人文主义兴起的背景与白璧德思想的要旨。

20 世纪初兴起的美国新人文主义与杜威的实验主义截然对立。美国新人文主义者是文化保守主义思潮的代表，代表人物有白璧德（Irving Babbitt）、穆尔（Paul Elmer More）、薛尔曼（Stuart P. Sherman）和福斯特（Norman Foerster）等，他们站在传统文化立场上对现代文化予以批判与诊治。他们对西方近代文明持怀疑态度，认为"世界所有伟大的古典文化传统已经受到来自思想上的科学理性主义和艺术中的浪漫主义的威

---

① 张其昀：《华冈学园的萌芽（1972 年 5 月 3 日）》，《张其昀先生文集》第 17 册"文教类二"，台北：中国文化大学出版社 1982 年版，第 9038—9039 页。

② 参看沈卫威《回眸"学衡派"——文化保守主义的现代命运》，北京：人民文学出版社 1999 年；沈卫威《学衡派谱系——历史与叙事》，南昌：江西教育出版社 2007 年版。

胁"①，如果说培根开启的科学理性主义导致了物质主义的横行，那么卢梭为代表的浪漫主义思潮则导致道德精神的失落；因此他们将救世目光投向了希腊、罗马文明和东方佛教与儒家思想，认为东西方传统文化共同蕴含的道德精神是人类文明精髓所在，而弘扬道德精神才是拯救人类文明的不二法门。

白璧德在 1908 年出版的第一部著作《文学与美国大学》中就对美国政治、教育、文学和道德等方面存在的问题提出了尖锐批评，奠定了他此后的学术路向和思想体系。此书第一章开宗明义追问"什么是人文主义"并从语源上考证出："人文主义"的希腊语本义并非博爱，而是规训和纪律；"人文主义"是贵族的而非民主的，仅适用于少数人而非全体人类。白璧德将人类生活体验分为三重境界即自然的、人性的和宗教的；自然主义和超自然主义（宗教）境界都有过度之累，因此人文主义既反对超自然的神学也反对物质欲望对人类的异化；人文主义者（humanist）也不同于人道主义者（humanitarian），因为人道主义者对人类怀有普泛同情，相信科学进化并愿为这个伟大理想而奋斗；人文主义者则相反，他对个人完善比对人类整体的提高更感兴趣；人文主义者在今天既要防止物质科学的侵犯，更需抵抗神学的侵犯。②

由此出发，白璧德不遗余力地批判卢梭和培根的思想。他认为，现代社会的精神混乱和道德堕落源于培根和卢梭为滥觞的两种人道主义思想：培根代表的是不断扩张人类征服自然的科学功利主义，卢梭代表的是不断扩张人的自然情欲的浪漫主义，他们在本质上都属于自然主义的科学万能论和自然人性论，这就泯灭了（nature）和人性（human nature）的差别；现代社会一味推崇创新和自我解放，导致虚假的现代主义和放任的个人主义的流行；如果说"上帝万能"应当质疑，那么"科学万能"也不能成立，因为理性是有限的。③ 白璧德对卢梭的性善论和自然人性论也提出了批判，认为卢梭"返归自然"的观点使文艺复兴以来反抗中世纪神学压

① 沈卫威：《学衡派谱系——历史与叙事》，南昌：江西教育出版社 2007 年版，第 3 页。

② 参看徐震堮译《白璧德释人文主义》，《学衡》1924 年 10 月第 34 期；又见《国故新知论——学衡派文化论著辑要》，北京：中国广播电视出版社 1995 年版，第 18—33 页。

③ ［美］欧文·白璧德：《批评家和美国生活》，文美惠译，中国社会科学院文学所编：《现代美英资产阶级文艺理论文选》，北京：知识产权出版社 2010 年版，第 345 页。

抑的现代解放运动走向了另一极端，致使物欲横流、情感泛滥。他主张人
性二元论，认为人自身内部存在理性和欲望、较高的自我和卑下的自我之
间的互相冲突，人的自我克制力量才是人性的光辉。总体来看，白璧德人
文主义对文艺复兴以来的现代解放运动特别是 19 世纪浪漫主义思想提出
了反思与批评，但又与古代人文主义在理论主题上有着明显不同，故而被
称为新人文主义。

白璧德深信传统文化尤其中国文化在人类未来发展中具有重要作用，
这对梅光迪和吴宓等产生了极大吸引力。以梅光迪为开端，先后有一批中
国学者师从白璧德或服膺新人文主义。吴宓后来曾追述白璧德的中国弟子
谱系：

> 先生之中国弟子，以（一）梅光迪君从学最早且久，受知亦最
> 深。其后有（二）吴宓（三）汤用彤（四）张歆海（五）楼光来
> （六）林语堂（七）梁实秋（八）郭斌龢君等等，不及遍举。就中
> 如（六）林语堂君，则虽尝从先生受课，而极不赞成先生之学说。
> （七）梁实秋君，曾屡为文称述先生之人文主义，又编印《白璧德与
> 人文主义》一书，为欲知白璧德先生学说大纲者之最好读物。而要
> 以（二）吴宓（三）郭斌龢君，为最笃信师说，且致力宣扬者。门
> 弟子以外，如（九）胡先骕君，尝译述先生之著作，又曾面谒先生，
> 亲承教诲。如（十）吴芳吉君（十一）缪钺君等，或没或存，皆读
> 先生书，间接受先生之影响，其名更多不胜举云。[①]

从中可见白璧德人文主义在彼时中国的影响。梅光迪、吴宓等人之所以大
力译介白璧德人文主义，一方面因为这种思想与他们尊重传统、文化守成
的愿景相一致，另一方面则因为唯新唯西心理在当时中国学人中非常普
遍，若想与胡适西化派对话交锋就必须持有另一种西方学说。白璧德人文
主义恰好满足这些条件，因而成为梅光迪等人表达文化理想和文学主张的
利器。

新文化运动对传统文化的激烈批判和全盘否定深深刺激着梅光迪，他

---

① 吴宓：《悼白璧德先生》，《大公报·文艺副刊》1933 年 12 月 25 日第 312 期。

急切寻求同道以捍卫传统。1918 年 8 月，梅光迪在同学引介下会晤吴宓，《吴宓自编年谱》对这次会面做了如下记述："梅君慷慨流涕，极言我中国文化之可宝贵，历代圣贤、儒者思想之高深，中国旧礼俗、旧制度之优点，今彼胡适等所言所行之可痛恨；昔伍员自诩'我能覆楚'，申包胥曰：'我必复之'。我辈今者但当勉为中国文化之申包胥而已。宓十分感动，即表示：宓当勉力追随，愿效驰驱，如诸葛武侯之对刘先主'鞠躬尽瘁，死而后已。'"① 吴宓在梅光迪引领下拜会了白璧德并对新人文主义大为服膺，此后终生"受其教，读其书，明其学，传其业"，成为白璧德忠实的中国弟子。

梁实秋曾于 1924—1925 年修习白璧德开设的《英国十六世纪以来的文学批评》等课程并阅读了白璧德的《卢梭与浪漫主义》等著作，开始检讨自己早年的浪漫主义文学思想：

> 我读了他的书，上了他的课，突然感到他的见解平正通达而且切中时弊。我平夙心中蕴结的一些浪漫情操几为之一扫而空。我开始省悟，五四以来的文艺思潮应该根据历史的透视而加以重估。我在学生时代写的第一篇批评文字《中国现代文学之浪漫的趋势》就是在这个时候写的。随后我写的《文学的纪律》《文人有行》，以至于较后对于辛克莱《拜金艺术》的评论，都可以说是受了白璧德的影响。②

就这样，在西方思想文化界影响不甚长久、巨大的新人文主义，在中国意外收获了一批忠实的推行者与代言人。

就实质而言，学衡派对新文学运动的批评，就是白璧德人文主义与杜威实用主义哲学之间的矛盾在中国学界的表现。朱寿桐认为："新人文主义的哲学基础是理性；在理性旗帜下克制人性的放纵和情感的泛滥而保持内心的自省与自律，是新人文主义的心理学思路；新人文主义的伦理学理

---

① 吴学昭整理：《吴宓自编年谱：1894—1925》，北京：生活·读书·新知三联书店 1995 年版，第 177 页。

② 梁实秋：《影响我的几本书》，《梁实秋文集》第 5 卷，厦门：鹭江出版社 2002 年版，第 199 页。

念则是通过这种内心自省和自律达到道德完善。这种从哲学基础到心理学思路再到伦理学理念的思维架构，构成了新人文主义理论的基本面貌；而充溢于其中的理性精神，则使新儒学人文主义与新人文主义之间达成了天然的默契。"① 由此可知，新人文主义具有体系性和合理性，却因其自身的贵族性和不合时宜而很快在思想史上消失：在美国，白璧德主义 1929 年已经过时，甚至可以说随着白璧德 1933 年去世而及身而没；在中国，《学衡》1933 年停刊，学衡派另一个重要阵地《大公报·文艺副刊》也在 1934 年元旦被改组，由沈从文等接手办成新文学副刊，学衡派实际上已经解体了。

三　《学衡》的主要观点

（一）关于新文学

《学衡》批评五四新文化运动"模仿西人，仅得糟粕"，提倡新文化者"非思想家，乃诡辩家也""非创造家，乃模仿家也""非学问家，乃功名之士""非教育家，乃政客也"；新文学运动"标袭喧攘""衰象毕现""肆意猖狂，得其伪学，视通国无人耳。"② 新文化运动以诗体解放为突破口，学衡派却认为旧体诗是中国传统文学精髓，并从新诗所受外来影响入手，断然否定新诗的艺术价值，比如吴宓认为"中国之新体白话诗，实暗效美国之 free verse"，而自由诗在美国已不被视为诗了。③ 胡先骕在《学衡》第 1—2 期连载 2 万余言的《评〈尝试集〉》，从七个方面做出揶揄性的评析：

> 胡君所顾影自许者，不过枯燥无味之教训主义，如"人力车夫"、"你莫忘记"、"示威"所表现者；肤浅之征象主义，如"一颗遭劫的星"、"老鸦"、"乐观"、"上山"、"周岁"所表现者；纤巧之浪漫主义，如"一笑"、"应该"、"一念"所表现者；肉体之印象主义，如"蔚蓝的天上"所表现者；无所谓的理论，如"我的儿子"

① 朱寿桐：《"新人文主义"与"新儒学人文主义"》，《哲学研究》2009 年第 8 期。
② 梅光迪：《评提倡新文化者》，《学衡》1922 年 1 月第 1 期。
③ 吴宓：《论新文化运动》，《学衡》1922 年 4 月第 4 期。

所表现者。

他得出如下结论："胡君之《尝试集》，死文学也，以其必死必朽也，不以其用活文字之故，而遂得不死不朽也"，"《尝试集》之价值与效用为负性的"，"表面上文言白话之区别，此其白话新诗以仅为白话而非诗歌"，进而宣判白话新诗皆"卤莽灭裂，趋于极端，正其必死之征也。"① 胡先骕的论文有自然科学的严谨，对新诗发展中的偏颇多有洞见，可惜也缺少了一点宽容精神。——其实在当时批评新诗的还有新文学阵营内的成仿吾等人②。也许正是在这两方面的夹击之下，新文坛才产生了新格律诗运动。

吴宓则对五四新文学的"弊病"做了全身扫描：

以体裁言，则不出以下几种：二三字至十余字一行，无韵无律，意旨晦塞之自由诗也；模拟俄国写实派，而艺术未工，描叙不精详，语言不自然之短篇小说也；以一社会或教育问题为主，而必参以男女二人之恋爱，而以美满婚姻终之戏剧也；发表个人之感想，自述其经历或游踪，不厌琐碎，或有所主张、唯以意气感情之凌厉强烈为说服他人之具之论文也。而终上各种，察其外形则莫不用诘屈聱牙、散漫冗沓之白话文，新造而国人之大多数皆不能识之奇字，英文之标点符号。而察其内质，则无非提倡男女社交公开，婚姻自决，自由恋爱，纵欲寻乐，活动交际，社会服务诸大义。再不然，则马克思学说，过激派主张，及劳工神圣等标帜。其所攻击者，则彼万恶之礼教，万恶之圣贤，万恶之家庭，万恶之婚姻，万恶之资本，万恶之种种学术典章制度，而鲜有逾此范围也。其中非无一佳制，然皆瑜不掩瑕。且以不究学问，不讲艺术，故偶有一长，亦不能利用之修缮之而成完美之

---

① 胡先骕：《评〈尝试集〉》，《学衡》1922 年第 1—2 期。

② 成仿吾认为：白话文运动主张"作诗须得如作文""话该怎么做，就怎么写"，其结果是新诗开创者胡适的《人力车夫》"简直不知道是什么东西"，《我的儿子》"只能说是无聊"；康白情《别北京同学》"实是一篇演说词，康君把它'成行子'便算是诗了"，他的另一篇《西湖杂诗》则"是一个点名簿。我把它抄下来，几乎把肠都笑断了。"成仿吾：《诗之防御战》，《创造周报》1923 年 5 月 13 日第 1 号。

篇章。①

　　在他看来，五四新文学就是一种模式写作和教化启蒙的糟糕产物，远离了文学的艺术本质。

　　五四新文化运动呼吁平等的人权、文化权和受教育权，学衡派则认为文化只属于精英阶层，并否认传统文化存在所谓不平等。胡先骕说："人类禀赋永无平等之时""不齐者生命之本性"②；如果一味主张文化上的平民主义，将会使优秀者不能获得充分教育，一个国家也会因此而停止不前。梅光迪说："夫文化之进，端在少数聪明特出不辞劳瘁之士，为人类牺牲，若一听诸庸惰之众人，安有所谓进乎？"③ 刘朴对"平民文学"说提出了批评："文学无贵族平民之分，而有是非之别"，所谓"平民文学"纯属无稽之谈。④ ——由此可看出学衡派的贵族性，这就与平等正义的时代主题相悖了。

　　白话文运动既是语言工具变革也是文学观念变革。学衡派却紧扣这两点对白话文提出批判。吴宓认为文言文承载着中国文化渊源，是成熟的交流工具，"文字之体制，乃由多年之习惯，全国人之行用，逐渐积累发达而成"，而且"字形有定而全国如一，语音常变而各方不同"，因此"文字之体制不可变，亦不能强变也"⑤。学衡派还认为文言文通达高雅，俚俗口语不可能成为文学正宗，白话文会摧残中国文学的优美形质。

　　新文化运动强调文学应趋时而进，认为一时代有一时代的文学，因而提出"不摹仿古人"等主张。胡先骕却以植物学家的身份指出，文学进化论是"误解科学误用科学之害也"。梅光迪、吴芳吉等人也撰文否定文学新旧之分和文学进化论。吴芳吉认为："文学唯有是与不是，而无所谓新与不新。"⑥ 更重要的是，《学衡》诸人认为新文化运动者"运动群众"

---

①　吴宓：《论今日文学创造之正法》，《学衡》1923 年 3 月第 15 期。
②　胡先骕：《论批评家之责任》，《学衡》1922 年 3 月第 3 期。
③　梅光迪：《论今日吾国学界之需要》，《学衡》1922 年 4 月第 4 期。
④　刘朴：《辟文学分贵族平民之讹》，《学衡》1924 年 8 月第 32 期。
⑤　吴宓：《论新文化运动》，《学衡》1922 年 4 月第 4 期。
⑥　吴芳吉：《再论吾人眼中之新旧文学观》，《学衡》1923 年 9 月第 21 期。另有《三论吾人眼中之新旧文学观》，《学衡》1924 年 7 月第 31 期。

的做法可能导致更大危险：新文化提倡者"固言学术思想之自由者"，但"彼等以群众运动之法，提倡学术，垄断舆论，号召党徒，无所不用其极。而尤借重于团体机关，以推广其势力"，最终必然"不容他人讲学"，"养成新式学术专制之势"。[①]

总体来看，学衡派与新文化运动主将的论争有一条清晰可见的线索，即"对知识的争夺，争夺的焦点是：谁掌握了西方文明之精髓?"[②] 另外一个重点则是怎样对待中国文化传统。梅光迪、吴宓、胡先骕有明显的知识元典崇拜倾向，一方面昌明国粹，另一方面则吸收融会自希腊以来的西方古典文化。——这就极大地限制了学衡派对待现代西学的态度。

（二）关于西学

五四新文化阵营主张译介有关个性解放、人性张扬、女性发现、思想自由、社会批判以及被损害民族的文学，借此贯彻反帝反封建的新文学主旨，因而凡是符合这种标准的现实主义和浪漫主义作品都是新文化派的译介重点。学衡派则主张"融化新知"：一是强调对西方学说进行全面系统的研究，而后慎重择取；二是引进的西方学术必须适合中国需要并与中国文化传统相契合，以便达到既保存国粹又昌明欧化的目的。

学衡派主张以"中正之眼光""无偏无党，不激不随"的态度来对待中西文化。吴宓说："今欲造成中国之新文化，自当兼取中西文明之精华，而熔铸之，贯通之。"[③] 准此，他们对新文化运动的全盘西化主张提出了尖锐批评。梅光迪说："今日吾国所谓学者，徒以剽窃贩卖为能，略涉外国时行书报，于其一学之名著及各派之实在价值，皆未之深究，即为枝枝节节偏隘不全之介绍，甚或道听途说，毫无主张，如无舵之舟，一任风涛之飘荡然。故一学说之来，不问其是非真伪，只问其趋时与否。"[④] 胡先骕认为大多数新文化倡导者没有批评标准和责任意识，对中西文化略知皮毛"便欲率尔下笔，信口雌黄"[⑤]，造成了中国思想文化界的混

---

① 梅光迪：《评今人提倡学术之方法》，《学衡》1922 年 2 月第 2 期。

② 刘禾：《语际书写——现代思想史写作批判纲要》，上海：上海三联书店 1999 年版，第 8 页。

③ 吴宓：《论新文化运动》，《学衡》1922 年 4 月第 4 期。

④ 梅光迪：《论今日吾国学术界之需要》，《学衡》1922 年 4 月第 4 期。

⑤ 胡先骕：《论批评家之责任》，《学衡》1922 年 3 月第 3 期。

乱。——这就揭出了新文化运动急功近利的症结。

关于对西学的全面研究与慎重择取，吴宓认为："西洋文化，譬犹宝山，珠玉璀璨，恣我取拾，贵在审查之能精与选择之得当而已。"① 在引介西学时若不加深究、穷其本源、察其流变，后果必然 "犹如西晋清谈，南唐词曲，终不免导致亡国之祸。"② 他主张译介西学要取法美国义理派的方法与精神："重义理，主批评，以哲学及历史之眼光，论究思想之源流变迁，熟读精思，博览旁通，综合今古，引证东西，而尤注意文章与时势之关系。"③ 学衡派一致强调对西方文化应有全面系统的认识，正如他们在《学衡》简章中所说："于西学则主博极群书，深窥底奥，然后明白辨析，审慎取择，庶使吾国学子，潜心研究，兼收并览，不至道听途说，呼号标榜，陷于一偏而昧于大体也。"④ 只有如此，西学方能真正为我所用。

关于引进西学必须适合中国、为我所用的问题，梅光迪认为，引进西方学术 "当以适用于吾国为断。适用云者，或以其与吾国固有文化之精神，不相背驰，取之足以收培养扩大之功，如雨露肥料之植物然；或以其为吾国向所缺乏，可截长以补短也；或以其能救吾国之弊，而为革新改进之助也。历来西洋贤哲，只知西洋一隅，未尝知有东方，此亦种族之不同，地理文字之阻隔使然，无足怪者。故其言论思想，率根据于西洋特殊之历史民性风俗习尚，或为解决一时一地之问题而发，皆与东方无涉。在彼所称适用，行之吾国，或无当矣。"⑤ 他强调输入西方学术文化应视中国国情、民情之实际需要，反对不加择别地将西方文化简约化，或一概视为普遍真理而四处搬用。对于新文化阵营只取近现代西方一时一类一派一家之说的偏颇取向，学衡诸子更是大加挞伐。

在选择西学的标准方面，新文化阵营大力引入平等自由之说，具有浪漫的平民主义色彩；学衡派则主张应选取西方少数贤哲的高论，这些贤哲

---

① 吴宓：《论新文化运动》，《学衡》1922 年 4 月第 4 期。
② 吴宓：《再论宗教问题》编者识语，《学衡》1922 年 6 月第 6 期。
③ 吴宓：《文学研究法》，《学衡》1922 年第 2 期。
④ 《学衡杂志简章》，见《学衡》1922—1933 年各期卷首。
⑤ 梅光迪：《现今西洋人文主义》，《学衡》1922 年 8 月第 8 期。

应如孔子所说的"君子"或亚里士多德所谓"沉毅之人"①，而不能选取那些迎合众人好尚的言论。吴宓说："西洋文化中，究以何者为上材？此当以西洋古今博学名高者之定论为准，不当依据一二市侩流氓之说，偏浅卑俗之论，尽反成例，自我作古也。"② 梅光迪亦有相似表述："被引进之本体有正当之价值，而此价值当取决于少数贤哲，不当以众人之好尚为依据。"③ 这就显现出学衡派在学术文化上的精英贵族心态。《学衡》简章中将这种译介取向概括为"昌明国粹，融化新知"八个字，亦即以本民族传统文化精神为根基，吸收西方传统文化精神，进而创造既具民族性又有世界性的超越时代的新文化。吴宓强调：

> 中国之文化，以孔教为中枢，以佛教为辅翼。西洋之文化，以希腊罗马之文章哲理，与耶教融合孕育而成。今欲造成新文化，则当先通知旧有之文化。盖以文化乃源远流长，逐渐酝酿，孳乳煦育而成，非无因而遽至者，亦非摇旗呐喊，揠苗助长而可致者也。今既须通知旧有之文化矣，则当于以上所言四者，孔教、佛教、希腊罗马之文章哲学，及耶教之真义，首当着重研究，方为正道。④

胡稷咸的表述最能说明影响学衡派翻译选择取向的潜意识因素：

> 其（希腊）文明之性质与中国之文明，颇相髣髴。哲学家如苏格拉底、柏拉图研究之主要问题，厥为人类道德之增进，与我国孔孟讨论者同。……亚里士多德之伦理学中，亦以道德为人类之最高目的。而其所谓中道，又与孔子中庸之教相吻合，……与孔孟同主张人本主义。⑤

这种推崇古希腊文化为西洋文化正统的思想恰恰源于白璧德。而他们的译

---

① 胡先骕：《白璧德中西人文教育谈》，《学衡》1922 年 3 月第 3 期。
② 吴宓：《论新文化运动》，《学衡》1922 年 4 月第 4 期。
③ 梅光迪：《现今西洋人文主义》，《学衡》1922 年 8 月第 8 期。
④ 吴宓：《论新文化运动》，《学衡》1922 年 4 月第 4 期。
⑤ 胡稷咸：《敬告我国学术界》，《学衡》1923 年 11 月第 23 期。

著工作也保持了对西方文化理解的完整性与系统性。比如他们译介古希腊罗马文化的著作多达 17 种，其中景昌极、郭斌龢合译的《柏拉图五大语录》在《学衡》连载后汇集成书出版，开中国译介柏拉图著作之先河；向达、夏崇璞合译《亚里士多德伦理学》，开汉译亚里士多德著作之先声；① 其他如汤用彤译《亚里士多德哲学大纲》《希腊之宗教》，胡稷咸译《希腊之哲学》、朱复译《希腊美术之特色》、郭斌龢译《希腊之历史》、缪凤林著《希腊之精神》、吴宓译《希腊对于世界将来之价值》《罗马之家族及社会生活》以及著述《希腊文学史》等则构成了较为完整的希腊文化史图谱。由上可知，学衡派译介西学的重心即白璧德推崇的西方古典文化与文学经典，所偏重的范畴则与人生哲理与道德伦理有关，而不太关注文学文本形式的译介。

当启蒙和革命思潮成为 20 世纪 20 年代主导性的意识形态时，学衡派坚持精英本位和名士模式，主张汲取古希腊罗马哲学艺术的知识元典，因而与已形成巨大冲击力的进化论思潮、科学主义、唯物史观等无法共容。但惟其不肯趋时阿世而坚守自己的文化价值取向，才"以其在西方文化与中国文化之间的'执中'，有别于激进派、自由派；以其在新人文主义与儒家传统之间的'执中'，区别于复古派。"② 他们受到了来自激进派与复古派的批判夹击，也恰恰证明了他们的文化史与思想史价值。

四　《学衡》的解体

内外部原因一起导致了《学衡》的解体。

学衡派作为一个文化学术团体，成员在文化理念、学术观点上并不完全一致，这些分歧往往转化为内部人事关系矛盾。比如胡先骕、邵祖平与吴宓均精于旧体诗创作，但宗主各异：邵祖平与胡先骕关系极为密切，而吴宓与胡先骕"论诗恒不合"，他们在唐宋诗歌师法去取方面的分歧又转化为编辑方针的歧义：创刊之初，吴宓在简章中写明杂志"总编辑兼干

① 沈松侨：《学衡派与五四时期的反新文化运动》，台北：国立台湾大学出版委员会 1984 年版，第 225 页。

② 苏敏：《层层改变递嬗而为新——谈吴宓的文化价值取向》，王泉根主编：《多维视野中的吴宓》，重庆：重庆出版社 2001 年版，第 241 页。

事吴宓"而"撰述员人多不具录"，梅光迪、胡先骕对此不以为然，"曾讽责宓"；后来吴宓又将自己的诗作刊登在《学衡》上，梅光迪"讽宓不应急速登出自己所作之诗，迹近自炫"；随着二人分歧日深，梅光迪自1923 年起不再向《学衡》投登一字之稿，反而对人漫说："《学衡》内容愈来愈坏，我与此杂志早无关系矣。"1924 年梅光迪赴美国哈佛大学任教，自此与学衡派完全脱离关系。

《吴宓日记》1923 年 9 月 1 日记道："《学衡》稿件缺乏，因须竭力筹备；唯国学一部，尤形欠缺，直无办法。"① 雪上加霜的是，学衡派的精神盟主、东南大学代理校长刘伯明 1923 年 11 月 24 日病逝，年仅 36 岁，使《学衡》失去了大厦支柱。刘伯明对西方文化的认知程度比吴宓、梅光迪等人要深沉得多，所以立论平易，对学衡派成员激烈抨击新文化运动的态度也能起到缓冲作用；刘伯明在东南大学身居要职，也为学衡派争得了一个良好的存在基础与发展平台。刘伯明去世后，学衡派失去了强有力的后盾，加之东南大学取消西洋文学系，吴宓于 1924 年夏天前往东北大学任教，成立不足三年的《学衡》社已形近解散。

1925 年，吴宓出任清华大学国学研究院主任，《学衡》编务随之移至清华大学。从 1928 年开始，吴宓又主编天津《大公报·文学副刊》，内容以文学为主，旁涉史学与哲学，这成为学衡派表达文化思想的另一块园地。在此期间，清华大学师生如王国维、陈寅恪、贺麟②、张荫麟③等也成为《学衡》作者。——吴宓在清华大学与张荫麟、贺麟过从甚密，据贺麟回忆："吴宓先生是当时清华的一个精神力量。他开了一班'翻译'的课程，选习的人并不多。有时课堂上，只有荫麟、陈铨和我三人。我们三人也常往吴先生住的西工字厅去谈论。"④ 在吴宓鼓励下，贺麟、张荫

---

　　① 吴学昭整理：《吴宓日记 1917—1924》，北京：生活·读书·新知三联书店 1998 年版，第 248 页。

　　② 贺麟（1902—1992），四川金堂人，教育家、翻译家、哲学家、哲学史家、黑格尔研究专家。1923 年入清华学堂，后留学美国哈佛大学、德国柏林大学。1930 年代建立"新心学"思想体系，成为中国现代新儒家代表人物之一。

　　③ 张荫麟（1905—1942），广东东莞人，1920 年代清华文科翘楚，1923 年即在《学衡》上发表《老子生后孔子百余年之说质疑》一文，对梁启超关于老子生年问题的研究提出质疑。梁启超称张荫麟为"天才"，引为忘年交。可惜张荫麟 37 岁即英年早逝。

　　④ 贺麟：《我所认识的荫麟》，《思想与时代》1943 年 3 月第 20 期。

麟为《学衡》《大公报·文学副刊》撰写、翻译了大量稿件，即使贺麟于1926—1931年到美国哈佛大学、德国柏林大学学习，张荫麟于1929—1933年到美国斯坦福大学学习，二人也未停断向《学衡》和《大公报》投稿。

后期《学衡》杂志举步维艰，最严重的是经费问题：《学衡》杂志起初由上海中华书局承担出版费用，但不付给作者稿费；1926年11月16日，吴宓突然"接中华书局来函，言《学衡》60期以后不续办。"吴宓不胜惊骇，去信询问，中华书局答复："《学衡》五年来销数平均只数百份，赔累不堪，故而停办。"吴宓一方面与中华书局继续交涉，同时与商务印书馆、大东书局、泰东书局联系承办《学衡》事宜，甚至还向北洋政府要员潘复①求助；在与其他出版机构接洽未果的情况下，吴宓又与中华书局恳谈，最终中华书局同意继续出版《学衡》，但改为每年六期，并且《学衡》同人每期须向中华书局交纳津贴100元，杂志在1927年停刊一年后，得以在1928年续出，1932年日军侵犯上海，《学衡》又长时间延期。总体来看，《学衡》在1922—1926年五年基本上按时按月出版，共出60期；而1928—1932五年由于经费窘迫，时断时续，仅出版19期。

站在今天回望学衡派不禁让人感慨：时也运也！《学衡》的创刊与终刊可谓文化保守主义学派在新文化运动全盛期的尴尬处境的象征；而他们无法预知的是，中国文化民族主义的"黄金时代"就在时代的不远处……

第四节　浪漫寻根，返本开新：
郭沫若的"文艺复兴"

上文论述的文化守成派已广为人知，而学界往往忽视了五四新文化阵营内部关于"启蒙运动"与"文艺复兴"的分歧。当我们从生态文化学角度重新审视新文化运动主将们的思想资源与价值取向时就会发现：五四新文化运动并非"文艺复兴"，新文学作家中仅有郭沫若一人真正走向了

---

① 潘复即潘馥（1883—1936），山东济宁人，著名实业家。1927年6月至1928年曾任张作霖"中华民国军政府"内阁总理，后又充当张学良顾问。

"文艺复兴"。

一 语源考证："文艺复兴"与"启蒙运动"

人们现在很自然地称五四新文化运动为启蒙运动，因为她标榜科学、理性、民主、自由、法制和人道主义，从而为中国民主主义运动奠定了"人的现代化"与"文化现代化"的基础。但是以下问题却需要正本清源：为什么胡适将五四新文化运动称为"中国的文艺复兴"？为什么美国学者将胡适与"中国的文艺复兴"关联在一起？文艺复兴与启蒙运动在本质上有什么区别？五四新文化运动究竟是文艺复兴还是启蒙运动？

从语源学层面看，"文艺复兴"（意大利语 Rinascimento，英语 Renaissance），是欧洲 14—16 世纪以重新发现和复兴古典人文主义为核心的反封建、反神学的思想文化运动。在中世纪欧洲，教皇与国王的专制统治（甚至推行严格的护照制度①）严重妨碍了人的个性自由和社会经济发展。而意大利人最爱自由，于是他们以"回到古典"的名义，开始了自下而上的个性解放运动，力图摆脱宗教对人性的束缚。但丁、薄伽丘、彼特拉克、达·芬奇、米开朗基罗和拉斐尔等大师巨匠是此时期文学艺术领域的杰出代表，他们的作品里虽然仍保留了天堂和地狱、宙斯与天使的创作题材，更多的却是展示自然人性，欧洲人文主义传统借此得以重新崛起。在哥白尼天文学探索引起的日渐浓重的怀疑主义氛围里，在薄伽丘《十日谈》等作品的揶揄嘲讽之中，"上帝"和教皇的神圣地位被消解，神甫和修女的庄严法相被解构；大学里虽然还开设占星术，但逻辑和天文学越来越受到人们的尊重，科学和自由为中心的"意大利性格"日益凸显；人们逐渐从虚伪道德中挣脱出来，享受现世生活，追求幸福人生。林同济曾对文艺复兴运动做出如下精当概括：

> 文艺复兴一方面的意义，是人文主义的产生，提出了"人"的概念，以与中古的"神"对抗。人代替了上帝而成为人们意识生活的中心，这是个人意识伸张的第一步。同时，文艺复兴另有一方面的

---

① ［瑞士］雅各布·布克哈特：《意大利文艺复兴时期的文化》，何新译，北京：商务印书馆 1997 年版，第 10 页。

意义，就是对政治的解释由"神意"的表现，而变为"人力"的表现。马奇维里的"霸术"论便是这种看法的结果，与中古的圣·奥斯丁的"上帝之城"恰恰相对衬。从这时期起，政治才渐渐脱离了神的拘束，而成为人的意志的关系，以及物的力量的关系。在文艺复兴时代，鞑靼霸王铁木真——人力的象征——在欧洲人脑筋里所引起的仰慕之忱，竟可与上帝争衡。反版上帝的普罗米修大士，偷天火以赉人间，尤为文艺诗歌的题材。文艺复兴在这点上说，乃是政治解放，把政治脱离宗教伦理而放在政治的本位上来发展、来鉴赏，也就是政治组织强化的第一步。[①]

由此可知，文艺复兴是打着复古的名义，行人文主义之实，其方略则是渐进的世俗化。

"启蒙运动"（英文 the Enlightenment，法文 Siècle des Lumières）是指 18 世纪初叶至 1789 年法国大革命之间，产生于英国而兴盛于法国、德国并波及欧美诸国的一场理性主义文化运动。启蒙思潮覆盖了自然科学诸科和哲学、伦理学、政治学、经济学、历史学、文学、教育学等人文学科，为美国独立战争与法国大革命提供了理论资源，导致了资本主义制度的确立与社会主义思潮的兴起，甚至为暴力革命提供了合理性。

启蒙运动是对文艺复兴运动的深化和发展，但二者存在明显差别。

首先，在反封建方面，文艺复兴主要反对封建领主割据，要求建立统一的君主政体，以便在王权保护下发展资本主义市场经济；启蒙运动发生于资产阶级原始积累完成之后，要求完善资本主义政治制度。文艺复兴时代的反封建侧重于思想意识和伦理道德，而启蒙运动侧重于政治制度和政权性质。

其次，在反宗教方面，文艺复兴主要揭露中世纪教会的贪污腐化，谴责修道院戕害人性，要求进行宗教改革，废除烦琐的宗教仪规，提倡简便的礼仪，以达到政教分离的目的。启蒙运动时代，宗教已被无神论颠覆，不再在社会生活中占主导地位，相反，唯物论思想和科学理性具有了

---

① 林同济：《民族主义与二十世纪——一个历史形态的看法》，许纪霖等编：《天地之间——林同济文集》，上海：复旦大学出版社 2004 年版，第 50 页。

"代宗教"地位。

再次，在人学思想方面，文艺复兴提倡人文主义，反对禁欲主义，要求个性解放，执著尘世，面向现实；启蒙时代提倡"自由、平等、博爱"等人道主义思想、百科全书式的理性和"三权分立"的政治原则，更具有政治革命性质，参加者决不限于文学艺术家——除法国的孟德斯鸠、伏尔泰、狄德罗、卢梭四大启蒙家之外，英国哲学家洛克、科学家牛顿，德国美学家莱辛和哲学家康德，荷兰哲学家斯宾诺莎等，均属于启蒙思想家。

最后，在文艺风格和方法上，启蒙文学继承和发展了文艺复兴时期的现实主义传统，但其特征不在于情节生动丰富和人物性格刻画，而在于强烈的政论性，作家们把政治思想贯穿于文学作品，成为民主革命的精神武器和资产阶级世界观的宣传品；启蒙文学的语言是雄辩的政论语体，富有逻辑性、哲理性、启发性和战斗性，诗性退居其次；启蒙文学传播科学知识，宣扬人本主义，消解宗教迷信，谋求人类福祉，倡导人权平等、法律公正、三权分立、革命合法、保护私有财产等观念。

总体来看，启蒙理性具有鲜明的时代特色：其一，启蒙哲学注重实证分析和理智重建，凡事都须证实或证伪，一切事物"都必须被分解为最基本的成分，然后再按照理性的规则将它们重建为一个整体"①。其二，理性（Rationalization）具有同一性和永恒性，正如福柯所说："当对理性的普遍使用、自由使用和公共使用相互重叠时，便有'启蒙'。"② 其三，工具理性获得单向度的巨大发展。启蒙理性具有"祛魅"作用，使神谕世界图景分崩离析，取而代之的是科学理性的普适法则，正如黑格尔所说："在启蒙辩证法中，理性作为宗教凝聚力的替代物而发挥作用""人类的和神圣事件中一切的猜测都由启蒙运动完全逐灭尽绝了""人的眼睛变得明亮了，知觉变得敏锐了，思想变得灵敏并有解释能力。"③ 人类由

---

① ［德］卡西尔：《启蒙哲学》，顾伟铭、杨光仲、郑楚宣译，济南：山东人民出版社1996年版，第5页。

② ［法］福柯：《何为启蒙》，杜小真编选：《福柯集》，上海：上海远东出版社2003年版，第532页。

③ ［德］黑格尔：《历史哲学》，王造时译，上海：上海书店出版社1999年版，第454—455页。

此自信掌握了解决一切重大问题的科学方法，而不必再求助于"上帝"。

那么中国学界是在怎样的语境中使用"文艺复兴"一词的？五四新文化运动在本质上是一场文艺复兴运动还是启蒙运动？

总体来看，20世纪以来的中国学人将本土思想学术运动比附为西方"文艺复兴"的主要有以下几种①。

（一）1904年梁启超最早将"以复古为解放"的清代学术比作欧洲"古学复兴时代"②。但梁启超看重的是学术返本开新的复古形式，而欧洲文艺复兴重在复活古希腊以人为本的人生观和文学观。清代乾嘉学派实为文字狱下的畸形产儿，甚至可以说是犬儒学术的代名词，正因如此，有清一代的学术总体上没有超越前人，倒是康有为的"孔子改制考"重返轴心时代，具有"六经注我"的文艺复兴意味。因此梁启超将清代乾嘉考据之学比作欧洲"古艺复兴"实在是一种误读；不过，梁启超以中西比较的眼光审视清代学术，首倡"古学复兴"说，影响了丁文江、蒋方震、傅斯年等学者，并在一定程度上启发了胡适。

（二）《亚细亚日报》记者黄远庸最早呼唤文艺复兴式的新文学运动，他在1915年致章士钊信中呼唤文学革命："愚见以为居今论政，实不知从何处说起。……至根本救济，远意当从提倡新文学入手，综之，当使吾辈思潮如何能与现代思潮相接触，而促其猛省。而其要义，须与一般之人，生出交涉。法须以浅近文艺，普遍四周。史家以文艺复兴为中世改革之根本，足下当能语其消息盈虚之理也。"③ 胡适认为黄远庸"这封信究竟可算是中国文学革命的预言"④。

（三）胡适是以欧洲文艺复兴来比附五四新文化运动的第一人。胡适1919年2月出版《中国哲学史大纲》上卷，"导言"对梁启超"清代学术是古学复兴"之说不以为然，转而以"文艺复兴"来指称新文化运动。

---

① 参看董德福《"中国文艺复兴"的历史考辨》，《江苏大学学报》（社会科学版）2002年第1期。

② 梁启超：《论中国学术思想变迁之大势》，《饮冰室合集》第一册文集之七，北京：中华书局1989年影印版，第103页。

③ 黄远庸：《通讯·释言·其一》，《甲寅》1915年10月第1卷第10号。引自《胡适全集》第2卷，合肥：安徽教育出版社2003年版，第309页。

④ 胡适：《五十年来中国之文学》，《胡适全集》第2卷，合肥：安徽教育出版社2003年版，第310页。

胡适 1922 年 2 月 15 日日记中记载：当天赴文友之会，一位外国学者宣读论文《中国文艺复兴的若干问题》，丁文江认为"中国文艺复兴"应如梁启超所说只限于指清代学术变迁，不应包括五四新文化运动。胡适则反对丁文江的观点，赞成把五四新文化运动看成中国的文艺复兴。胡适自 1923 年用英文撰写《中国的文艺复兴时代》起①，多次以"中国的文艺复兴"为题作演讲，比如 1926 年在英国伦敦"皇家国际问题学会"演讲《中国之文艺复兴》②，1933 年在美国芝加哥大学作《今日中国文化的趋势》六讲并结集为《中国的文艺复兴》。直到他 1958 年发表《中国文艺复兴运动》时仍将新文化运动比附为欧洲文艺复兴。胡适本人因此赢得了"中国文艺复兴之父"③ 的美誉，美国学者格里德也以《胡适与中国的文艺复兴》④ 来命名这部胡适评传。

（四）"新文化运动很像欧洲的文艺复兴运动"这一比附见诸报章则以 1919 年元旦出版的《新潮》⑤ 杂志为最先。罗家伦后来在《话五四当年》中说："《新潮》的英文名称是 Renaissance（文艺复兴），乃是表示

---

① "胡适日记" 1923 年 4 月 3 日记道："用英文作一文，述'中国的文艺复兴时代'。"胡适认为"中国的'文艺复兴时期'当自宋起。宋人大胆的疑古，小心的考证，实在是一种新的精神。""王学之兴，是第二期。""清学之兴，是第三期"；"近几年之新运动，才是第四期。"《胡适全集》第 30 卷，合肥：安徽教育出版社 2003 年版，第 5、6 页。

② "胡适日记" 1926 年 11 月 9 日记道："在 Royal Institute of International Affairs［皇家国际问题学会］演讲'The Chinese Renaissance'［中国之文艺复兴］。演说完后，有质问。"同题演讲随后于 11 月 23 日在牛津考试院、11 月 25 日在利物浦大学等地都做过。《胡适全集》第 30 卷，合肥：安徽教育出版社 2003 年版，第 407 页。

③ 最早称胡适为"中国文艺复兴之父"的典故，出自都柏林大学 1926 年 11 月 18 日邀请胡适做演讲《中国之首次文艺复兴》的广告。参看《胡适全集》第 30 卷，合肥：安徽教育出版社 2003 年版，第 414 页脚注。

④ ［美］格里德：《胡适与中国的文艺复兴：中国革命中的自由主义（1917—1937）》，鲁奇译，王友琴校，南京：江苏人民出版社 1996 年版。

⑤ 北京大学中国文学门学生傅斯年、英国文学门学生罗家伦、哲学门学生顾颉刚等深受《新青年》影响，决定成立一个社团，于是联络同学杨振声、徐彦之、康白情、俞平伯等，在蔡元培、陈独秀、胡适、钱玄同、李大钊、周作人等师长指导帮助下，发起了北京大学第一个学生社团"新潮社"。1918 年 12 月 13 日的《北京大学日刊》刊登了《新潮杂志社启事》："同人等集合同趣组成一月刊杂志，定名曰《新潮》。专以介绍西洋近代思潮，批评中国现代学术上、社会上各问题为职司。不取庸言，不为无主义之文辞。成立方始，切待匡正，同学诸君如肯赐以指教，最为欢迎！"启事还公布了首批 21 名社员和撰述员名单。杂志社下设编辑部和干事部两个部门；编辑三位是傅斯年、罗家伦和杨振声；干事三位是徐彦之、康白情和俞平伯。杂志甫一出版便受到了社会读者的广泛欢迎，创刊号一个月内再版三次。

我们的新文化运动很像欧洲的文艺复兴运动。"但是新文化运动是全盘拿来西方科学、民主、自由、理性思想以全面反传统，因而与欧洲本原意义上的"文艺复兴"相去甚远，这就造成了语义混乱。甚至有学者认为"新潮社"具有反启蒙性，这也说明新文化运动隐有内在的吊诡与悖论。[①]

（五）梁漱溟认为儒学复兴才是"中国文艺复兴"。他指出："有人以清代学术比作中国的文艺复兴，其实文艺复兴的真意义在其人生态度的复兴，清学有什么人生态度的复兴可说？有人以五四而来的新文化运动为中国的文艺复兴，其实这新运动只是西洋化在中国的兴起，怎能算得中国的文艺复兴？若真中国的文艺复兴，应当是中国自己人生态度的复兴，那只有如我现在所说可以当得起。"[②] 梁漱溟的中国人生态度复兴说开启了现代新儒家保守价值取向的先河，后继的新儒家认同梁漱溟的观点，在谈论中国文化重建问题时多具有道统意识和复古倾向，强调文化发展的历史延续性，正如钱穆所说："新中国之新文化则仍当从旧中国旧文化中翻新，此始得谓之是复兴。若必待彻底毁灭了旧中国旧文化，赤地新建，异军突起，此又乌得谓之中国与中国文化之复兴。"[③] 可见新儒家的"中国文艺复兴"说不是弃旧图新而是返本开新，这倒是符合原典性的"文艺复兴"本义。

综上所述，我们发现这几种"中国文艺复兴"说在范围、渊源和内容方面都不够周延，因而歧义丛生。我们先要明确：文艺复兴的主调是推崇人的价值，发扬以人为中心的文化，即人文主义（Humanism）。欧洲人文主义有两个指向：其一是恢复古代希腊、罗马的灿烂文明，含有以复古为解放的意味；其二是对俗世事务的重视与发扬，即通过对神性的剥离，凸显人的世俗性，把人从神性禁锢中解放出来，这便是"人的发现"与"现世的发现"。以此为标准反观五四新文化运动就会发现：五四新文化

[①] 齐成民《新潮社新论》（《东岳论丛》2002 年第 2 期）认为："新潮社是五四时期一个有着明显时代超越性的文化、学术社团，它的独特性在于其较明显的反启蒙性质。这种性质可以从他们强烈的公民意识，学术社会的理想，以及对审美现代性的追求等三个方面看出来。这种反启蒙性质是与《新青年》派的启蒙追求同时进行的，以前的研究忽略了这一点。"

[②] 梁漱溟：《梁漱溟全集》第 1 卷，济南：山东大学出版社 1989 年版，第 539 页。

[③] 钱穆：《中国学术通义》，台北：台湾学生书局 1984 年版，第 5 页。

运动是外源型的思想文化变革，欧美各种时髦理论为其提供了思想动力；这种外源型的思想现代化运动缺少来自本土传统的"支援意识"，因而被指为"全盘反传统"，正如鲁迅所说："新文学是在外国文学潮流的推动下发生的，从中国古代文学方面，几乎一点遗产也没摄取。"① 正是由于新文化运动的西化色彩太浓而缺少本土传统基础，所以周作人不赞成胡适以"中国的文艺复兴"来指称五四新文化运动，也只是在描述现代散文时才谨慎地使用"文艺复兴"一词，比如他 1926 年为俞平伯重刊《陶庵梦忆》作序时借题发挥说："我常这样想，现代的散文在新文学中受外国的影响最少，这与其说是文学革命的还不如说是文艺复兴的产物。"② 也就是说，新文化运动从整体上来说不是复兴古代文化，而是一场否弃中国古代传统的文化革命；即使号召"整理国故"的胡适，其"非古"精神也远甚于"复古"意识，因为他更注意外国文学、外国思想的横向移植，注重科学民主启蒙思想的拿来输入。因此，就整体和本质而言，五四新文化运动"更像"一场启蒙运动而非文艺复兴，这正如刘再复所说：

　　欧洲文艺复兴运动，它确实是要唤醒在历史上曾经灿烂过的文化精神，即古希腊、罗马的文化精神，并以这种精神否定中世纪的极其黑暗的文化精神。因此，复兴古代文化精神，不仅是它的策略，而且也是它的实质。而"五四"新文化运动则是与古代文化精神背道而驰的，它不是复兴古代的文化精神，而是全面地、彻底地否定、批判古代的文化精神，它不承认中国古代历史具有一种特别有益于民族的生存和发展的文化精神，值得仁人志士们去复兴，去为之奋斗。他们觉得唯一的出路，就是要与传统决裂，重建新的文化模式，培育新的文化精神。③

---

① 鲁迅：《"中国杰作小说"小引》，《鲁迅全集》第 8 卷，北京：人民文学出版社 2005 年版，第 445 页。

② 张明高、范桥编：《周作人散文》第 2 卷，北京：中国广播电视出版社 1992 年版，第 267 页。

③ 刘再复、林岗：《传统与中国人》，合肥：安徽文艺出版社 1999 年版，第 28 页。

二　郭沫若：一个人的"文艺复兴"

在五四新文化运动先驱中，真正借鉴现代文学手法并按照文艺复兴原则去返本开新、从中国传统文化资源中寻求创作灵感的，首推郭沫若。

传统文化是人类世代层累积淀的共同体验和集体无意识，是在民族心灵深处潜滋暗长的意象模式和精神密码，它既囊括道统政统、礼制法统，也包含经史子集、文章典籍，更有乡规民约、民间习俗，这一切都融入了人类物质生产和栖居建筑之中，形成了一个自上而下、由外而内、灵肉统一的文明体系，深深影响着人们的生活方式、思维习惯和行为原则。中国传统文化在现代化转型过程中从未消失，而是隐秘地渗入新文化建设与新文学创造中，"正如人在生理学上的种族特征，能够经由遗传基因——DNA 传递给后代一样，人在心理学上的文化特征，也可以借助文化基因——集体无意识传递给后世，使之延绵不绝。所以，我们应将文化传统理解得更宽泛一些，而不要将民族文化传统的承续简单地理解为某些文化典籍的习读知行。其实，任何传统的延绵，都主要是一种超越文字的无形心传。"[1] 这些无形心传的文化密码构成了人类最隐秘的精神花园。

郭沫若在五四新文学家中最具狂飙突进的个性，同时也与传统文化发生了深度关联；中国古典文化与文学给予他丰富的创作灵感，他也真正做到了以复古为解放，因此可以说：郭沫若是新文化运动先驱者中唯一的文艺复兴者。

在民间文化和传统文学中，杰出人物诞生之时往往天有异象。郭沫若《少年时代》称，其母受胎时"梦见一个小豹子突然咬着她的虎口"，认为此子是"豹子投胎"，因而给郭沫若取了乳名"文豹"，希望他将来能成为"文中魁首"[2]。郭沫若进入家塾读书后接受了中国传统文化教育，八九年间系统学习儒家文化经典，"《四书》《五经》每天必读"。他少年时代最喜欢的课程是廖平学派的"讲经"。廖平是今文经学家，对孔子儒

---

① 税海模：《郭沫若与中西文化撞击》，北京：东方出版社 2008 年版，第 296 页。

② 郭沫若：《少年时代》，《郭沫若全集》文学编第十一卷，北京：知识产权出版社 2004 年版，第 11 页。

学绝对尊崇①，而郭沫若的老师帅平均和黄经华都是廖平的高足，他们的"讲经"课程都是对廖平学说的述作。孔子儒学对后世最重要的影响是其自强不息、乐观向上的人生态度，这铸造了中国人积极入世的民族性格基调。孔子一生为了"成己"学而不厌，成为精通六艺的全才；为了"成人"诲人不倦，培养弟子三千；为了"兼济天下"而周游列国，宣扬学说；为了"传之后世"而晚年述学，删定《诗》《书》，笔削《春秋》；孔子通过授徒述学整理"六经"，提炼出"天行健，君子以自强不息"，"苟日新，日日新，又日新"等经典语录，奠定了中国思想文化刚健自强的主旋律。而郭沫若一生尊崇孔子，与他早年接受廖平学派"讲经"有直接关系。

　　五四新文化运动主将多以全盘西化相标榜，郭沫若却反其道而行之，六经注我，古为今用，声称"我们崇拜孔子"并将孔子诠释为泛神论者和个性解放者："孔子的人生哲学是由他那动的泛神的宇宙出发，而高唱精神之独立自主和人格之自律。""他所谓'礼'，决不是形式的既成道德，他所指的，是在吾人本性内存的道德律，如借康德的话来说明，便是指'良心之最高命令'。""我们所见的孔子，是兼有康德与歌德那样的伟大的天才，圆满的人格，永远有生命力的巨人。他把自己的个性发展到了极度——在深度如在广度。他精通数学，富于博物的知识，游艺亦称多能。尤其他对于音乐的俊敏的感受性和理解能力，决不是冷如石头而顽固的道学先生所可想象得到……他的力劲能拓国门之关。"②

　　郭沫若在信奉马克思主义之后，就开始寻求马克思主义哲学与中国古典思想的汇通。他在《马克斯进文庙》中，让马克斯感叹："我不想在两千年前，在远远的东方，已经有了你这样的一个老同志！你我的见解完全是一致的，怎么有人曾说我的思想和你的不合，和你们中国的国情不合，

---

　　①　廖平（1852—1932）早期代表作有《辟刘（歆）篇》和《知圣篇》，皆成稿于1888年。1890年廖平与康有为在广州会晤两次，将《知圣篇》交给康有为看，康有为由此转向今文经学。廖平后来宣称康有为《新学伪经考》祖述《辟刘篇》，《孔子改制考》祖述《知圣篇》，并两次致信康有为争辩此事，不满于康氏的"深自讳避"，学界有激烈者称康有为为"剽窃"廖平的学术成果，从而引发近代学术史上一桩公案。康有为对此讳莫如深，"藏喙若噤"（钱穆语），梁启超则承认康有为受廖平影响。

　　②　郭沫若：《中国文化之传统精神》，《郭沫若全集》历史编第三卷，北京：知识产权出版社2004年版，第207页。

不能施行于中国呢？"① 郭沫若 20 世纪 40 年代创作《十批判书》时仍然坚持尊孔崇儒，明知会"使好些友人更加瞠惑"也"不想畏缩"。② 1948 年在香港期间，他又将毛泽东思想与孔孟学说进行比较："毛先生的思想哪一点过激呢？土地改革……不正是两千多年前孟夫子所梦想过的井田制的实现吗？毛先生当然是共产主义的信徒，但是共产主义不正是两千多年前孔夫子所倡导过的大同思想的更具体化吗？……就是两千年前的孔孟，假如生在今天他们也可能是共产党员。"③ 即使到了"文化大革命"批林批孔时期，江青等人逼迫郭沫若写批孔文章，他也拖延不写。

　　孔子儒学对郭沫若的影响还表现在济世思想和爱国精神方面。郭沫若从小就有好胜心，"凡事都想出人一头地，凡事都不肯输给别人。"④ 他幼怀大志、忧国忧民，喜读梁启超的文章，对屈原、李白的精神做出新解："屈原是一位儒家思想者，平生以康济为怀，以民生为重"⑤，有"极端的忠君爱国的伦常思想"⑥；李白"喜欢的历史人物，如傅说，吕尚，管仲，范蠡、乐毅……都是所谓'定国安邦'的风云人物，他每每以他们自比。"⑦ 郭沫若性格正如屈原和李白：进则建功立业，退则著书立说，著书皆以变革现实为目的；他组织创造社从事文学创作是想革新中国文学，"出一种纯粹的文学杂志……不用文言，用白话"，以使人们"鼓动起热情来改革社会"⑧；他研究中国古代社会是为了写好"恩格斯的《家庭、

---

　　① 郭沫若：《郭沫若全集》文学编第十卷，北京：知识产权出版社 2004 年版，第 139 页。

　　② 郭沫若：《十批判书·后记》，《郭沫若全集》历史编第二卷，北京：知识产权出版社 2004 年版，第 366 页。

　　③ 《迎接新中国：郭老在香港战斗时期的佚文》，《复旦学报丛书》1979 年，第 53 页。

　　④ 郭沫若：《少年时代》，《郭沫若全集》文学编第十一卷，北京：知识产权出版社 2004 年版，第 122 页。

　　⑤ 郭沫若：《题画记》，《郭沫若全集》文学编第十九卷，北京：知识产权出版社 2004 年版，第 191 页。

　　⑥ 郭沫若：《屈原的艺术与思想》，《郭沫若全集》文学编第十九卷，北京：知识产权出版社 2004 年版，第 101 页。

　　⑦ 郭沫若：《李白与杜甫》，《郭沫若全集》历史编第四卷，北京：知识产权出版社 2004 年版，第 196 页。

　　⑧ 郭沫若：《学生时代》，《郭沫若全集》文学编第十二卷，北京：知识产权出版社 2004 年版，第 41 页。

私有制和国家的起源》的续篇"，以证明马克思主义完全适合"中国的国情"①，因此可以说郭沫若的著作都包含着他利国利民的治世理想。郭沫若从医科大学毕业后，虽然家里为他联系好去主持一家医院，但是他认为医学只能"医身"而不能"医心"更不能"医国"，他为了改造不合理的社会，毅然投笔从戎参加了北伐战争；而当他看清了蒋介石的真面目，立即于1927年4月9日写下革命檄文《请看今日之蒋介石》，参加了中共领导的南昌起义，起义失败后再度流亡日本；及至抗战爆发之际，他又别妻离子回到中国，妻儿因此遭受日本警察拘禁拷打……因此可以说郭沫若有着强烈的兼济天下情怀。

　　儒学对郭沫若的影响还表现在他对父老亲师的孝敬尊爱方面。郭沫若1939年回家乡沙湾探望病重卧床的父亲。他面对乡亲友好开口第一句话便是："离别了二十六年的家乡父老兄弟们，我是一个不肖的子孙……"回到家中，他向父亲下跪行礼，对侍奉双亲的原配夫人张琼华一躬到地；在乐山城，他对业师帅平均毕恭毕敬执弟子礼；父亲去世后，他撰写《家祭文》，整个丧葬过程也完全按传统方式进行。② 郭沫若后来在《德音录》中这样概括母亲德行："综计吾母一生，有释子之苦行，而非趋于寂灭；似墨家之兼爱，而非借以要名；备孔氏之庸言庸行庸德，又能舍旧而谋新。畴昔以所勉励不孝等者，要不离乎自他两利，与救济群生。盖吾母之人生观，一本儒家之仁义，而兼佛子之大悲与菩萨心也……"③

　　影响郭沫若的中国传统文化当然不仅是儒学，但仅从儒家文化对他的影响即可以看到传统文化在其人生中的创造性转型，也更容易理解其文学创作中的"文艺复兴"意味。

三　郭沫若创作中的传统题材

　　每当民族危亡之际，知识精英的文化寻根意识便会觉醒复苏；为了凝

　　①　郭沫若：《中国古代社会研究·自序》，《郭沫若全集》历史编第一卷，北京：知识产权出版社2004年版，第8页。

　　②　参看龚济民、方仁念《郭沫若传》第十二章《故乡行，生辰庆》，北京：北京十月文艺出版社1988年版。

　　③　《沙湾文史》第三期（《德音录》专辑），乐山沙湾政协编印，第58页；转引自税海模《郭沫若与中西文化撞击》，北京：东方出版社2008年版，第286页。

聚人心、重振民气，他们自然会对轴心时代奠基的历史文化传统进行挖掘，并注重从正面阐扬民族"优根性"。这样的"寻根"与"复古"才算真正的"文艺复兴"。郭沫若的文学创作与学术著录对中国历史文化题材进行了深度开掘，其成果大体书录如下：

——《女神》中的《女神之再生》《湘累》《棠棣之花》《凤凰涅槃》《天狗》等，包含着中国古典文学最重要的符号、母题或原型。

——《星空》中的《孤竹君之二子》《广寒宫》等深具中国意象；《恢复》中的《〈关雎〉的翻译》《我想起了陈涉吴广》《黄河与扬子江对话（第二）》都是以复古求解放的作品。

——《卷耳集》是《诗经·国风》40 首的今译，1923 年 8 月由上海泰东图书局发行。

——《卓文君》《王昭君》和《聂嫈》极具有女权主义思想；三剧合编为《三个叛逆的女性》，1926 年 4 月作为创造社丛书之一由上海光华书局出版。

——《棠棣之花》作于 1937 年 9—10 月，与话剧《甘愿做炮灰》合编，于 1938 年 1 月由上海北新书局出版。

——《屈原》作于 1942 年 1 月，同年 3 月由重庆文林出版社出版。

——《虎符》作于 1942 年 2 月，同年 10 月由重庆群益出版社出版。

——《高渐离》（后改名《筑》）1946 年由上海群益出版社印行。

——《孔雀胆》1943 年 12 月由重庆群益出版社印行。

——《南冠草》1944 年 3 月由重庆群益出版社印行；后增补《少年爱国诗人夏完淳》一文。

——《〈屈原赋〉今译》是屈原题材作品 25 篇的今译，1953 年由人民文学出版社出版。

——《蔡文姬》1959 年 5 月由文物出版社出版。

——《武则天》4 幕剧 1962 年由中国戏剧出版社出版。

——《郑成功》1979 年 9 月由上海文艺出版社出版单行本……

郭沫若的这些创作古为今用，注重开掘中国民族性格的"优根性"，具有文化民族主义特征。专家对郭沫若文学创作在中国文学史上的独特地位作出了如下评价：

如果将鲁迅小说与郭沫若的历史剧作一比较，我们将会发现，这两位现代文学大师的儒学观确实大相径庭。鲁迅小说中运用抛尸战术，抛出一具具尸体：夏瑜、宝儿、阿Q、华小栓、孔乙己、陈士成、祥林嫂、子君……用以证明四个字："礼教吃人"。而郭沫若在历史剧中则以聂政、聂嫈、婵娟、如姬、魏太妃、高渐离、段功、阿盖、夏完淳……等众多仁人志士"杀身成仁""舍生取义"的义行壮举为榜样，以唤起人们对儒家价值观念的情感认同与心灵共鸣！①

这给后世者以辩证启示：传统文化（文学）中葆有许多具有时空超越性的题材，人们不能因为它们"旧"就判定它们是"死的"。

当然，不可否认传统文化尤其儒家思想对郭沫若也有负面影响。首先是"明君"思想。郭沫若先最初"错爱"袁世凯，认为袁世凯"剪除异己"的做法是正确的，更对蔡锷反袁护法予以抨击——这些都在其"家书"中有清晰记载；他不仅在北伐战争前期极力鼓吹蒋介石，他在抗战爆发后受到蒋介石礼遇，又写长文表达知遇之恩；1949年后，他对毛泽东的歌颂也言词过分……其中无疑有着儒家"忠君"思想的影响。其次，"文以载道"文学观。专家认为："一、儒学美学过分追求功利的潜在影响，使郭沫若诗歌降低艺术追求，削弱了作品的艺术感染力，甚至出现某些'非诗'。……二、儒学美学过分追求功利的潜在影响，在一定程度上也影响了郭沫若剧中人物形象的历史真实性。……三、儒家美学的'载道'传统与儒家伦理的'尊尊'心态相结合，使郭沫若在'文革'的特殊环境中，写下了一系列既不真，又不善，更不美的'文革'颂歌。"②

总而言之，郭沫若思想与创作深受儒、道、墨、法、佛学以及乐山民间文化影响，这些影响无论是正面还是负面都值得后世者进行认真分析和辨别，因为传统文化已渗透到了我们的思维方式（智慧）、情感态度（情感）、观念模式（信仰）和行为规范（道德）等各个层面，融铸为我们的文化心理框架，默化为我们的民族性格特质。民族性格有"优根性"也有"劣根性"，劣根性的改造固然不可能一蹴而就，优根性则成为中华民

---

① 税海模：《郭沫若与中西文化撞击》，北京：东方出版社2008年版，第324页。
② 同上书，第328—330页。

族生生不息的精神动力；我们虽然不能像梁漱溟那样坚信"世界未来文化就是中国文化的复兴"①，但中华民族及其文化绵延数千年不灭必有其内在原因，因而中国新文化建设必须要清理文化之根，辩证地摒弃糟粕而吸取精华，从而使中国传统文化实现创造性的转化。

第五节　民族自决，国家建构：1917—1927 年的民族主义文学思潮

"民族主义的目标是建立现代民族国家。国家主义、自由主义、马克思主义都是作为救国建国方略引进中国的。换言之，他们都是为了达到民族主义所要实现的目标而被引进中国来的。"② 这一论断攫住了中国现代政治文化思潮的主旋律，也凝练出了 1917—1927 年中国现代民族主义文学思潮和创作的核心与本质。

历史地看，梁启超的"新民"与"建国"思想固然是一体两面，新文化运动的启蒙与救亡主题也绝非截然对立。以 1915 年《新青年》杂志创刊为标志的新文化运动高举自由主义精神旗帜，但其"人的发现"和"文化革命"主张最终要落实在建立现代化国家的愿景之中；胡适等人主张"健全的个人主义"，绝不是将"人"当作原子式的存在，而是把"人"理解为社会关系的总和。既然人的存在必须有所附丽，那么救亡与启蒙主题就不是对立两橛。只有从这样的前提出发，才能理解为什么胡适等人后来会为了抗战而放下自由主义。事实上，当林长民 1919 年 5 月 2日在《晨报》发表短文大声疾呼"胶州亡矣，山东亡矣，国不国矣！……国亡无日，愿合四万万众誓死图之！"③ 新文化运动的精神启蒙立即化为爱国行动，从此"爱国！爱国！这种声浪，今年以来几乎吹满了我们中国的各种社会。就是腐败官僚蛮横军人口头上也常常挂着爱国的字样，就是卖国党也不敢公然说出不爱国的话。自从山东问题发出，爱国的声浪更陡然高出十万八千丈，似乎'爱国'两个字，竟是天经地义，

---

① 梁漱溟：《东西文化及其哲学》，北京：商务印书馆 1992 年版，第 199 页。
② 税海模：《郭沫若与民族主义思潮》，《郭沫若学刊》2005 年第 3 期。
③ 林长民：《外交警报敬告国民》，《晨报》1919 年 5 月 2 日。

不容讨论了。"① 因此，我们至少从胡适的《你莫忘记》、郭沫若的《牧羊哀话》《马克斯进文庙》《行路难》和郁达夫的《沉沦》等作品可以看出，民族主义已成为五四新文学的一个重要主题，不仅个人命运与民族独立有机结合起来，民族主义与国际主义话语之间也形成了良性互动。

　　研究 1917—1927 年的民族主义文学，不能不谈闻一多（1899—1946）的爱国诗作。闻一多不仅发起新格律诗运动，对新诗文体建设做出了重要贡献，而且提出了"诗人的主要天赋是'爱'，爱他的祖国，爱他的人民"② 的诗歌主张；他的诗歌以炽热的情感、和谐的音律与完整的意象，表达了浓烈的民族主义情感，传达出鲜明的现代民族国家意识。闻一多1923 年的第一部诗集《红烛》就把反帝爱国主题和唯美主义形式探索结合在了一起，1928 年出版的第二部诗集《死水》更是在思想深刻度和艺术成熟度上远迈前作，其中《一句话》《死水》《发现》等诗篇或悲痛激愤或豪迈热烈，抒发了诗人对祖国命运的忧虑与关切。《死水》③ 采用象征和反讽手法揭示腐朽颓败的社会现状，表达了诗人对旧中国的憎恶和希望改变现实的迫切愿望。《死水》在诗艺上实践了新格律诗"音乐美、绘画美和建筑美"的"三美"原则：每行四顿，音节和谐，节奏整齐；每节一韵，隔句用韵；首尾两节均以"这是一沟绝望的死水"开启，复沓呼应，回环往复——具有音乐之美。全诗五节，每节四句，每句九字，诗节匀称，诗句整饬，全诗如同一座有棱有角、刚劲挺拔的大厦——具有建筑之美。辞藻华美，色彩丰富，使用了"翡翠"绿、"桃花"红、"珍珠"白以及"罗绮""云霞""绿酒"等色彩意象——具有绘画之美。《死水》描画的"死水"华丽其表，丑恶其里，漫画夸张和反语修辞造成了强烈的反讽效果。闻一多1927 年发表的《发现》是一首更加成熟也更为人称道的爱国诗歌：

　　　　我来了，我喊一声，迸着血泪，

---

① 陈独秀：《我们究竟应当不应当爱国》，《每周评论》1919 年 6 月 8 日第 25 号。
② 熊佛西：《悼闻一多先生——诗人·学者·民主的鼓手》，《文艺复兴》1946 年第 1 期。
③ 闻一多：《死水》，初刊于《晨报副刊·诗镌》1926 年 4 月 15 日第 3 号。见《闻一多全集》第 1 卷，武汉：湖北人民出版社 1993 年版，第 146—147 页。

"这不是我的中华，不对，不对！"
我来了，因为我听见你叫我；
鞭着时间的罡风，擎一把火，
我来了，不知道是一场空喜。
我会见的是噩梦，哪里是你？
那是恐怖，是噩梦挂着悬崖，
那不是你，那不是我的心爱！
我追问青天，逼迫八面的风，
我问，拳头擂着大地的赤胸，
总问不出消息；我哭着叫你，
呕出一颗心来，——在我心里！①

诵读《发现》时有必要联系如下背景：闻一多留学美国时创作了《秋深了》《红豆》《孤雁》《渔阳曲》《大暑》《七子之歌》《我是中国人》《爱国的心》《南海之神》等诗歌表达对祖国、家乡和亲人的思念，盼望早日学成报效祖国；但他回国后看到的现实却与他想象中大不相同，中国政治昏暗、经济落后、军阀混战、民生凋敝，可谓满目疮痍；他在异乡朝思暮想、魂牵梦绕的祖国，那个被想象所美化、神圣化了的祖国，竟是一滩"死水"，理想就这样被摔碎在现实的巨石上，于是他创作了《发现》来表达他的愤懑。闻一多的私淑弟子臧克家说：

　　一个热爱自己祖国的诗人，在海外受的侮辱越重，对祖国的怀念和希望也就越深切。……但到希望变成事实的时候，他却坠入了一个可怕的深渊。他在美国所想象的美丽祖国的形象，破灭了！他赖以支持自己的一根伟大支柱，倾折了！他所看到的和他所希望看到的恰恰相反。他得到的不是温暖，而是一片黑暗，残破的凄凉。他痛苦，他悲伤，他忿慨，他高歌当哭……
　　其实，在美国的时候，他何尝不知道自己亲爱伟大的祖国被军阀

---

　　① 初刊于 1927 年 6 月 25 日上海《时事新报·学灯》，署名"屠龙"。见《闻一多全集·诗》，武汉：湖北人民出版社 1993 年版，第 153 页。

们弄得破碎不堪？他对于天灾人祸交加的祖国情况又何尝不清楚？然而彼时彼地的心情使得我们赤诚的诗人把他所热爱的祖国美化了、神圣化了。诗人从自己创造的形象里取得温暖与力量，当现实打破了他的梦想，失望悲痛的情感就化成了感人的诗篇——《发现》。[①]

《发现》开篇就是一句迸着血泪的呼喊："这不是我的中华，不对不对！"这决绝的否弃中有着椎心的痛惜，给人以高山坠石、不知其来之感，攫住了读者的心，引人追问诗人内心激愤的原因；接下来诗人用两组"我来了"的排比句和数个贴切比喻，书写中国现状就像挂在"悬崖"上的"噩梦"一样黑暗而恐怖，令人心惊而失望；诗人的热望变成"一场空喜"，禁不住呼喊："那不是你，那不是我的心爱！"并由此发出了天问般的质询，但"追问青天，逼视八面的风"的结果却是"总问不出消息"。不过《发现》这首悲愤之诗并不是绝望之作，而是先抑后扬的希望之书，诗人"在失望之中保持着希望，在悲痛中坚守着信念，诗人不会丢掉对'如花的祖国'的向往与追求，于是，诗篇的爱国之情就得到升华，显得格外深厚与光亮。"[②] 这也正是《发现》的魅力所在："闻一多写了不少爱国诗篇，但《发现》受到的关注可以说是最多的，主要是因为这首诗在抒发爱国之情时，不是一味地赞美，而是在苦难中发现美，在失望中体现希望，比那种直接的歌颂具有更多值得品味的情绪，也符合诗人创作之时的心态和当时中国的历史现实。"[③] 如果说现实是噩梦，那么诗人心里仍有美梦，并愿意做一只"呕出一颗心来"的精卫，一只啼出血来的杜鹃，为人民歌唱，为祖国而行动。总之，仅以《死水》和《发现》为例即可以看出，闻一多的新格律诗无论在思想内容还是艺术形式上都向着民族艺术传统寻根，成为中国现代文化民族主义诗歌的经典代表。而闻一多和余上沅后来提倡的新国剧运动也同样具有新古典主义倾向。

---

① 臧克家：《闻一多的〈发现〉和〈一句话〉》，《语文学习》1957 年第 5 期。
② 吕进：《一得诗话》，成都：四川文艺出版社 1985 年版，第 11 页。
③ 蒋登科：《梦想与现实撞击出的诗意——闻一多〈发现〉评析》，《名作欣赏》2005 年第 2 期。

　　五卅运动①在中国现代民族主义运动史上具有里程碑意义。中国在第一次世界大战前后进入"中国资本主义的黄金时代"②，与此同时，民族资本家和工人、市民也明显感受到了外国资本经济殖民带来的压力，因而中国现代经济民族主义思想初步显现。中国的工人运动从抵制外货开始，发展到争取民族国家权益的反帝爱国运动，所针对的首要目标就是英国。值得玩味的是，虽然日本自 1894 年起即对中国进行大规模侵略，但由于日本对袁世凯、段祺瑞、张作霖和孙中山等人的支持③，所以北洋政府和国民党一直未将日本作为头号敌人；甚至在梁启超和胡适等知识精英心中，日本仍是中国现代化建设事业应当学习效法的榜样；即使 1925 年五卅事件肇始于日商枪杀中国工人顾正红，但在国共两党的宣传鼓动下，民众很快将攻击目标转向了英国并最终引发省港工人大罢工。五卅运动使举国上下的民族主义情绪空前高涨，形成了前所未有的反英热潮，连罗素也对英国处置此事时的激化方式深表不满④；而民心所向也成为推动北伐军在武汉、九江强硬收回英租界的直接动力：收回租界既然满足了中国民众的反帝热情，国民革命也就自然地赢得了民心、获得了合法性。从客观上讲，"五卅运动是中国民族觉悟的大表示""五卅运动的成绩，普遍地说，

---

　　①　五卅运动详细过程可参看胡愈之《五卅事件纪实》（《东方杂志》第 22 卷《五卅事件临时增刊》。此文长达 34 页，详细介绍事件经过。《临时增刊》还有长达 92 页的《会审公堂记录摘要》以及附录《重要函电汇录》。）以及恽代英 1926 年在汉口所作的《五卅运动》纪念演讲记录稿（《中国民族革命运动史》第七讲，上海泰东图书局 1927 年）。

　　②　参看贝热尔（即白吉尔）《中国资本主义的黄金时代，1917—1923》，［美］费正清编：《剑桥中华民国史 1912—1949 年》上卷，杨品泉等译，北京：中国社会科学出版社 1993 年版，第 836—854 页。

　　③　实为日本分裂中国的阴谋，此后的历史更是证明这一点：自 1931 年"九·一八事"变以迄 1945 年日本侵华战争终结，日军在中国扶植了"满洲国"（1932 年，溥仪）、"冀东防共自治政府"（1935 年，殷汝耕）、"蒙古军政府"（1936 年，德王）、"蒙古联合自治政府"（1939 年，德王）、"中华民国临时政府"（1937 年，王克敏）、"中国民国维新政府"（1938 年，梁鸿志）、"国民政府"（1940 年，汪精卫）等，都是分而治之的策略。晏山农：《战争乌云下的恶灵》，《文讯》2015 年 12 月号。

　　④　罗素认为英政府处理五卅事件的政策是"愚拙"的。既然争取"国家之自由主权"是"势所必不可免，实为天下之公理，人类之福音"，那么英国镇压中国工人的"残酷不仁，将来必遭摒弃，于亚东无立足之地，所被之耻辱，且永难湔涤也。"他分析了原因："中国之萎弱，只在政府，其人民因壮健勤劳，且其数较任何国家为众。不特此也，其物产又备极丰富，故除政治方面外，中国之势力实不可侮，外人加以，适足以促其觉悟耳。"《罗素对五卅惨案之谠论》，罗素原著，"爱百达旨"，《国闻周报》1925 第 2 卷第 47 期。

能使全国人民认识了'中国民族的敌人'，知道了'打倒一切帝国主义者'及'取消不平等条约'之必要。这种精神上的成绩，在平日非有最大规模的宣传，最长时日的教训所不能得到的。"① 邓中夏认为："'五卅'运动是一九二五年到一九二七年中国大革命的起端。从'五卅'运动起，中国工人阶级从痛苦和流血的经验中，不仅悟到经济和政治的关系，而且悟到中国经济和国际政治——喋血的帝国主义政治的关系。""'五卅'运动以后，革命高潮，一泻汪洋，于是构成一九二五至一九二七年的中国大革命。"② 中国现代史研究专家对五卅运动的评论则更为具体："五卅运动爆发于 1925 年 5 月 30 日，是中国现代史上著名的反帝爱国运动。这一运动以上海为中心，影响及于全国，是中国共产党领导的第一次大规模的爱国主义运动。……参加运动的有学生、工人和商界、教育界、文化界、宗教界等各方面人士，估计达 1700 万人。这是自鸦片战争以来第一次全国性的民族总动员，其规模和声势均前所未有。五卅运动对中国社会产生了广泛而深刻的影响。它第一次把反对帝国主义、废除不平等条约的政治口号传播到全国各地，有力地推动全国反帝爱国形势的高涨。……这些都为随后到来的第一次大革命（1925—1927 年），在政治上、思想上、组织上作了准备。1925 年至 1927 年，省港大罢工、两湖工农运动、上海工人三次武装起义、北伐战争，革命运动此伏彼起，浪峰相逐，五卅运动为其发端。"③ 我们还可以通过西方列强对待中国媒体的态度来反证五卅运动的意义：一是由于《民国日报》持续关注五卅事件及其后续的"九七"惨案，主笔叶楚伧被公共捕房刑事稽查处指控，被判罚金四十元；二是商务印书馆《东方杂志》出版"五卅临时增刊"详细披露公审过程，该馆编译所所长王云五、发行所所长郭梅生因此受到公共巡捕房指控，判交二百元保证金并保证一年内不再发行同样书籍。④ 五卅

---

① 唐有壬：《五卅运动的成绩》，《现代评论》1926 年第 4 卷第 48 期。

② 邓中夏：《"五卅"运动》，《中国职工运动简史（1919—1926）》第十二章，北京：人民出版社 1979 年版。见上海社会科学院历史研究所编《五卅运动史料》第一卷，上海：上海人民出版社 1981 年版，第 22、58 页。

③ 上海社会科学院历史研究所编：《五卅运动史料》第三卷序言，上海：上海人民出版社 2005 年版，第 1—2 页。

④ 上海社会科学院历史研究所编：《五卅运动史料》第三卷，上海：上海人民出版社 2005 年版，第 738—743 页。

运动甚至在 20 世纪世界历史上占有重要位置："1999 年 1 月，德国巴伐利亚电视台为迎接 21 世纪到来、回首 20 世纪，制作电视系列片《20 世纪的 20 天》，在全世界选择 20 个重大事件以展示 20 世纪世界变化的面貌，在中国选择的便是 1925 年 5 月 30 日的五卅运动。"①

　　五卅爱国运动引发了一轮民族主义文学创作热潮。现存五卅史料不仅保留了当时官方与民间的通电、新闻和演讲稿，还留下了文学家主动担当的介入姿态和鼓呼文字，其中佩弦（朱自清）的诗作《血歌——为五卅惨剧作》和《给死者》② 最为激动人心。《血歌——为五卅惨剧作》：

> 　血是红的！
> 血是红的！
> 狂人在疾走，
> 太阳在发抖！
> 　血是热的！
> 血是热的！
> 熔炉里的铁，
> 火山的崩裂！
> 　血是长流的！
> 血是长流的！
> 长长的扬子江，
> 黄海的茫茫！
> 　血的手！
> 血的手！
> 戟着指，
> 指着他我你！
> 　血的眼！

① 上海社会科学院历史研究所编：《五卅运动史料》第三卷序言，上海：上海人民出版社 2005 年版，第 2 页。

② 朱自清：《给死者》，《文学周报》1925 年 6 月 28 日第 179 期；见朱自清《朱自清全集》第 5 卷，朱乔森编，南京：江苏教育出版社 1990 年版，第 100—101 页。

血的眼！

团团火，

射着他你我！

血的口！

血的口！

申申詈，

唾着他我你！

中国人的血！

中国人的血！

都是兄弟们，

都是好兄弟们！

破了天灵盖！

断了肚肠子！

还是兄弟们，

还是好兄弟们！

我们的头还在颈上！

我们的心还在腔里！

我们的血呢？

我们的血呢？

"起哟！

起哟！"

（1925 年 6 月 10 日）①

诗歌使用大量惊叹号与语助词，传达出诗人对外敌屠夫的无以言表的愤怒之情，表达了对为国牺牲者的沉痛哀悼，更鲜明地发出了"时日曷丧，予及汝偕亡"的战斗号召。在散文方面，叶圣陶《五月卅一日急雨

---

① 朱自清：《朱自清全集》第 5 卷，朱乔森编，南京：江苏教育出版社 1990 年版，第 98—99 页。

中》① 和沈雁冰《暴风雨——五月三十一日》② 都是因五卅事件而诞生的爱国文学名作。叶圣陶写道："猛兽似的张着巨眼的汽车冲驰而过，泥水溅污我的衣服，也溅及我的项颈。我满腔的愤怒。……微笑的魔影，漂亮的魔影，惶恐的魔影，我咒诅你们：你们灭绝！你们销亡！你们是拦路的荆棘！你们是伙伴的牵累！你们灭绝，你们销亡，永远不存一丝儿痕迹，永远不存一丝儿痕迹于这块土地上！"可谓语似诅咒，声如雷鸣。《被捕女学生的一封信》是写给武昌师大章国希女士的书信，一方面报告五卅前后实况，另一方面书写内心感受："今天的上海，雨霖而云密，天色惨淡，尸体满地，血泪成河，惨目伤心，有如是耶。死者已矣，后死的我们，应当如何继起呵！""最近各方情形观察起来，的确证实了世界的政治局面，已入于极反动时期，所谓法西时（斯）蒂的政策，布满了世界。但有何足畏！正以有此客观的情形，才能促成被压（迫）民族和被压（迫）阶级反对帝国主义者的大革命。"③ 杨振声在《侏儒与痰盂子》中说："叫既没用，哭也无益。还是狠狠心，投笔从戎去"；他奉劝国人抛弃"各人打扫门前雪，不管他人瓦上霜"的"老鼠哲学"，不要做"'唾面自干'的下流的痰盂子"，而要"揪筋换骨，就是揪去侏儒筋，换上侠士骨。一脚踢碎痰盂子，大家一同去驱除那些狐鼠与黑老鸹子。"④ 另外《文学周报》还刊载了叶圣陶《认清敌人》、西谛《街血清洗去后》《迂缓与麻木》、朱自清《白种人》、大白《我底恸哭》等作品，都是值得关注的爱国主义文学作品。五卅运动影响深远，至少"左联"刊物《拓荒者》杂志仍然刊发殷夫的《血字》组诗、华汉的随笔《五卅的回忆》等纪念文章，而"孟超的《潭子湾的故事》，是'五卅的故事'，这是特地为纪念五卅而作"⑤，这些作品显示出阶级革命行动与民族国家意识的互动，是分析彼时民族主义思想的样本。更具象征意味的要数戴伯晖的组诗《血光照耀的五月》，这组诗包括《赤色的五一》和《血腥的五卅》两

① 叶圣陶：《五月卅一日急雨中》，《文学周报》1925 年 6 月 28 日第 179 期。

② 沈雁冰：《暴风雨——五月三十一日》，《文学周报》1925 年 7 月 5 日第 180 期。

③ 复光：《被捕女学生的一封信》，《京报》1925 年 6 月 8 日；上海社会科学院历史研究所编：《五卅运动史料》第一卷前言，上海：上海人民出版社 1981 年版，第 739—740 页。

④ 杨振声：《侏儒与痰盂子》，《晨报副刊·艺林旬刊》1925 年 6 月 30 日第 8 号。

⑤ 《编辑室消息》，《拓荒者》1930 年第 4、5 期合刊，第 1805 页。

首，将"五卅"提高到了与"五一"同等重要的地位。

由于早期无产阶级文学作者的立场观念尚未完全定型，这反而使他们的作品在个人—国家、阶级—民族的主题上呈现出多义复调。比如蒋光慈1925 年创作的"流浪汉小说"《少年漂泊者》①虽然不是专为五卅而作，却通过扫描 1915—1925 年中国社会的变迁状况以及"我"由自发复仇到为国牺牲的过程，折射出民间的民族国家观念的形塑过程——由于大旱歉收，佃农汪老二因缴不起课租而被打成重伤致死，汪妻也以剪刀自杀，遗下 15 岁的孤儿汪中；汪中想打官司讨公道，却因为刘老爷的儿子或在省署谋职或在军队当官，可谓有声有势，因而只能饮恨吞声；但仇恨的种子已深埋少年心中："我要为我父亲报仇，我要为我父母申冤，我要破坏这逼使我父母惨死的万恶社会。"接下来的问题是该如何为父母报仇？要走什么路？要向何处去？汪中读过《史记·朱家郭解传》，所以先想到当土匪，但桃林村强盗已被官兵打散，官兵对百姓的抢掠比强盗还要厉害！汪中继而打算到城市谋生，途中被川馆刘先生收为书童，川馆先生多为浪游四方的落魄士子，以闯蒙馆、打秋风为主业，本不光彩，更出人意外的是这位斯文先生还是个恋童癖者；汪中找借口逃走后，漂泊到 H 城，被瑞福祥店老板刘静斋收为学徒；汪中与刘老板女儿玉梅产生了感情，请求刘老板允其与玉梅结合，但刘老板要将女儿嫁给大户王氏之子，玉梅愁病欲死，汪中也被刘老板辞退，介绍他去 W 埠陶永泰祥字号洋货行做事；1919 年学生抵制日货，陶永泰洋货行受到冲击，老板欲雇佣流氓除掉学生领袖，汪中向学生会长维嘉通报消息，被陶氏开除；汪中去汉城投奔表叔，当了茶房（杂役），"当茶房就是当仆人！……简直是奴隶！"汪中颇不满意，恰好英国在汉城的 T 纱厂招工，汪中就当了工人，不久即因为维护工人权益、鼓吹涨工钱"被厂主察觉了，于是就糊里糊涂地将我开除"，此后汪中在江岸分工会送信办杂务，但内心很快乐；汪中在京汉铁路大罢工中目睹了林祥谦的死难过程，深受震撼，他在被捕入狱后又受到工会干部李进才的教育："与其卑怯地受苦，不如轰烈地拼它一下，也落得一个痛快。"汪中与李进才一同出狱后，李进才去 C 城铁路工会找朋友，汪中则来到上

---

① 蒋光赤：《少年漂泊者》，上海：上海亚东图书馆 1926 年版。

海；在经历了五卅运动之后，汪中决定到广东报考黄埔军校，预备在疆场上战死："我并不是故意地怀着一腔暴徒的思想，我并不是生来就这样的倔强；只因这恶社会逼得我没有法子，一定要我的命——我父母的命已经被恶社会要去了，我绝对不愿意再驯服地将自己的命献于恶社会！并且我还有一种痴想，就是：我的爱人刘玉梅为我而死了，实际上是恶社会害死了她；我承了她无限的恩情，而没有什么报答她；倘若我能努力在公道的战场上做一个武士，在与黑暗奋斗的场合中我能不怕死做一位好汉，这或者也是一个报答她的方法。她在阴灵中见着我是一个很强烈的英雄，或者要私自告慰，自以为没曾错爱了我……"读者从小说结尾"维嘉的附语"中可以知道：汪中加入黄埔军校，在东征陈炯明、刘震寰时牺牲在惠州战斗中……汪中从孤儿、乞儿到英雄的漂泊与成长过程充满传奇性，"恶社会"这所大学校使他由感性经验出发逐步走向民族解放事业。因此《少年漂泊者》虽被称为无产阶级文学经典，但对汪中反对帝国主义和军阀割据的言行描写却占有绝大比例，故颇能激发国人的爱国情怀与行动，"胡耀邦同志在一九八〇年一次谈到作品的社会影响时，谈到了他和当时许多进步青年就是受了蒋光慈的《少年漂泊者》等优秀作品的影响，开始投身革命的。陶铸同志生前在回忆录里曾写道，他就是怀揣着《少年漂泊者》去参加革命队伍的。可见，《少年漂泊者》在当时影响之大。"[1]《少年飘泊者》出版后7年再版15次，也说明了其受欢迎程度。而既有的文学史著作中多将《少年飘泊者》归为无产阶级文学，遮蔽了其多义复调与民族主义主旨。

在五卅运动前后，出于宣传发动群众的需要，作家们不仅创作严肃的文学作品，而且发表适合动员民众的通俗作品。纪念"五卅"一周年的《急口令 五卅伤心歌》即为一例：

> 我们中国太可怜，打死同胞不值钱，
>
> 可恨英国和日本，放枪杀人如疯癫，
>
> 上海成了惨世界，大马路上无人烟，
>
> 切盼我们中国人，三件事情立志坚，

---

① 吴腾凰：《蒋光慈传》，合肥：安徽人民出版社1982年版，第74页。

一是不买仇国货，二要收回租界权，

第三不做他们事，无论他给多小（少）钱，

大家出力来革命，同心不怕不回天，

待到革命来成功，方可共享太平年，

方可共享太平年。①

正是从这样通俗易懂且极具社会现实意义的通俗文学作品中，我们看到了文学大众化的合理性与可能性，也似曾相识地看到了 20 世纪初年陈天华等创作"弹词"的意图和技法。而中国现代文学创作主题的时代变化也再次印证了这样一则规律：每当国家危难之际，正是民族主义文学复兴之时。

梳理 1917—1927 年的中国民族主义文学思潮，让人想起民国史专家罗志田的一段总结性论述：中国近代百年乱象纷呈，但各种思潮背后有一条潜流不绝如缕、贯穿始终，"这条乱世中的潜流便是民族主义。如果将晚清以来各种激进与保守、改良与革命的思潮条分缕析，都可发现其所包含的民族主义关怀，故都可视为民族主义的不同表现形式。……过去西方（特别是 20 世纪 60—80 年代）的中国研究有一个倾向，即认为国民党比北洋军阀更具民族主义，而共产党在这方面又超过国民党。"② 因此可以说，民族主义是现代中国历史上超越党派和阶级利益的主流意识形态，它通过爱国思想、救国行动和建国运动推动了中华民族的团结，促成了现代中国的建国大业。在民族主义运动中，"一个政治力量是成功还是失败，就看它对民族情绪的利用到家不到家。如果能够得到民族主义的支持，某一种政治力量就会成功，相反就会失败。"③ 也正是北洋政府缺少民族国家观念，才被以民族主义相号召的国民党所取代。而当我们浏览《中国

① 刘显：《急口令　五卅伤心歌》，《工人之路》1926 年第 344 期。

② 罗志田：《乱世潜流：民族主义与民国政治》自序，上海：上海古籍出版社 2001 年版，第 1 页。

③ 余英时：《中国近代思想史中的激进与保守》，《钱穆与中国文化》，上海：上海远东出版社 1994 年版，第 203 页。

新文学大系 1917—1927》① 时也不难发现，随着中国民族资本主义步入发展的黄金时代，宣扬反帝爱国思想的民族主义文学也相应进入了黄金时代，为中国人提供了关于民族国家的"想象共同体"。

---

① 赵家璧总主编：《中国新文学大系 1917—1927》，上海：上海良友图书印刷公司 1935—1936 年。

第三章

1928—1937：现代民族主义思潮的壮大与文学创作

中国现代政治民族主义和文化民族主义思潮在 1928—1937 年进入壮大成熟期。政治民族主义的壮大有着以下原因：首先，南京国民政府致力于国家统一和社会发展，必然以民族国家相号召以获得合法性；其次，国民党实施"训政"与党化教育，必然要求"爱国"的舆论一律和思想统一；最后，蒋介石等人受德国和意大利崛起的启发，认为"法西斯民族主义"是后发型国家施行举国体制以实现经济现代化的捷径。而助推文化民族主义的主要因素则有以下三点：一是国民党智囊团戴季陶、陶希圣、陈立夫等人以儒家学说阐释孙文思想，以使其具有新的政统与道统地位；二是如同中国历代新王朝都会鼓吹儒家学说一样，国民政府也以"新生活运动"推动儒学复兴，部分知识分子也顺势倡导传统文化复兴；三是随着东北和华北危机的加剧，多数知识分子意识到日本全面侵华战争即将打响，当此之际只有重新发掘民族优秀文化传统以重振民族精神，才能团结一心共御外侮。由此可知，1927—1937 年中国现代民族主义思想的壮大成熟有着充要的内外部因素，既有其合理性也有其合法性。在大势所趋之下，中国现代民族主义文学思潮也随着国民政府发起的"三民主义文学运动"和"民族主义文学运动"而壮大起来，及至东北作家群南下以后，民族主义文学已成为时代文学主流。共产国际也指示中国共产党解散"中国左翼作家联盟"，暂时收起阶级革命的主题，投入全民抗战事业中。从这个意义上说，民族主义文学就是中国 1927—1937 年的主旋律文学。

第一节　国家第一，思想统一：蒋介石的
法西斯民族主义思想

蒋介石（1887—1975）5 岁入私塾受启蒙，自 7 岁起读《大学》《中庸》《尚书》《易经》《左传》《纲鉴》和唐诗等古籍，"有深厚的国学基础"①。他 16 岁开始学习英语、算术和理化等现代课程，23 岁入东京振武学堂学习，毕业后在日本野战炮兵联队实习；他于辛亥革命后返国投身国民革命，因在永丰舰事件中与孙中山朝夕相处 56 天而深得孙中山信任；他于 1924 年担任黄埔军校校长，1925 年以 3000 名黄埔学生军两次东征陈炯明，随后提出北伐建议并在北伐过程中将党政军大权集于一身，经过一番合纵连横于 1928 年在形式上统一了中国。

青年蒋介石即认为中国最重要的任务是民族解放而非阶级革命，在 1923 年秋冬到苏联短暂考察后即开始反对共产主义和世界革命。他在 1924 年 3 月 14 日致廖仲恺信中说："所谓国际主义与世界革命者，皆不外凯撒之帝国主义，不过改易名称，使人迷惑于其间而已。"② 他反对马克思主义并认为"中国数千年来天人合一的传统哲学思想，乃是消灭共产主义唯物辩证法的最基本和最有效的武器，只要善于运用这个武器，唯物辩证法就没有打不破的道理。"③ 他在《中国的经济学说》中说："人类最大的战争，还是民族战争，并不是阶级斗争。"其《三民主义的本质》则声称无产阶级专政是对人类自由和平的威胁，苏俄"夺取政权，实行其所谓'无产阶级专政'，于是掀起了世界民主革命中的一股反动的逆流，竟形成了今日人类自由与世界和平安全莫大的威胁。"这些因素都促使蒋介石在 20 世纪 30 年代认同了法西斯主义民族（国家）主义。

蒋介石的法西斯民族主义思想主要有四个来源：早年所受传统儒学教

---

① 陈哲夫等主编：《现代中国政治思想流派》上卷，北京：当代中国出版社 1999 年版，第 454 页。

② 同上书，第 456 页。

③ 同上书，第 457 页。

育、孙中山三民主义思想、日本军国主义思想和20世纪30年代德国法西斯主义。蒋介石的民族主义思想可以说是融合了中国传统思想的法西斯民族主义。①

　　蒋介石幼年从"四书五经"开始接受文化启蒙，《大学》则是其一生崇奉的典籍。他说："我以为这《大学》一书，不仅是中国正统哲学，而且是科学思想的先驱，无疑是开中国科学的先河！"② 他将《大学》推捧到至高无上的地位："一部《大学》，就是孔子所讲为学做事，成德立业的科学方法。其由小而大，由本而末之精微开展的系统理论，实在是孔子最重要之科学的遗教。因为《大学》是科学的，所以我说《大学》可以称之为'科学的大学'。尤其是《大学》的第一章，乃为世界上最早的科学理论，亦即科学的祖宗，或者说是基本的科学方法论。其实《大学》一书，不仅是讲基本科学方法之科学的祖宗，同时更是我们中国正统哲学之唯一宝典。"③

　　推崇《大学》并非蒋介石的发明，而是他从"总理遗教"继承而来。孙中山曾说："中国有一段最有系统的政治哲学，在外国的大政治家还没有见到，还没有说到那样清楚的，就是《大学》中所说的'格物、致知、诚意、正心、修身、齐家、治国、平天下'那一段的话。"④ 蒋介石推崇《大学》，一方面是出于对孙文学说的政治忠信，另一方面是因为他欲以中国传统儒学思想来重建民族自信心的文化民族主义意图。《大学》之外，蒋介石深受王阳明"心学"影响。宋明理学是中国理学发展的巅峰，王阳明是集大成者。王阳明"心学"主张"致良知""心外无物"与"知行合一"。蒋介石通过对"心学"的阐扬，向世人昭示其"内圣外

---

　　① 此处所谓"法西斯民族主义"并非道德判断的"反动哲学"，而是为谋求国家统一和迅速现代化而采取集权式的、"开明专制"的"军国民主"。这不仅是当时蒋介石的主张，20世纪30年代一些自由主义知识分子如丁文江、翁文灏、蒋廷黻、张嘉璈、吴鼎昌、王世杰、钱端升、陈之迈等也主张采取这种方式以应对日本的侵略战争。

　　② 蒋介石：《科学的学庸》，张其昀编：《先总统蒋公全集》第1卷，台北：中国文化大学出版部1984年版，第95页。

　　③ 蒋介石：《为学办事与做人的基本要道（1935年2月1日）》，张其昀编：《先总统蒋公全集》第2卷，台北：中国文化大学出版部1984年版，第949页。

　　④ 孙中山：《民族主义·第六讲》，《孙中山全集》第9卷，北京：中华书局1986年版，第247页。

王"的正统思想和"其介如石"的中正品格，从而增强自己作为精神领袖的道德号召力。

蒋介石的国族思想还吸纳了日本武士道精神。蒋介石从东京振武学堂毕业后即进入日本陆军十三师团实习，因而深受日本军国主义思想影响。此后他将日本武士道"尚武"精神与王阳明"心学"结合起来，正如他 1932 年 6 月 6 日在中央陆军军官学校讲演时所说："王阳明的'知行合一'的哲学，就是被日本人拿去做了他的武士道精神，……他们得到了'致良知'与'知行合一'的学说，做他们的立国精神，他们就拿这个动的哲学来侵略别人的国家。……我相信中国人若是拿几千年遗留下来固有的民族道德，以阳明的'知行合一'动的精神，再加上总理'知行合一'行的哲学来阐明，融会贯通为一种新的民族精神，我相信中国一定不会做侵略民族，他一定是一个世界上的和平之主……"①客观讲，蒋介石强调日本武士道精神，有着新民德、鼓民气、强民力的良苦用心。

蒋介石对德国法西斯主义更是情有独钟。20 世纪 30 年代在欧洲兴起的法西斯主义作为一剂增强国家机器统治力量的强心针，对那些具有浓厚封建主义传统而缺少现代民主精神的国家具有极大诱惑力。中国政界学界人物也多认同墨索里尼的名言"法西斯主义的基础，就是国家的观念"，并认为法西斯主义可医治中国一盘散沙的病症，因此不仅胡汉民、汪精卫、戴季陶、宋子文、孔祥熙、张学良等国民党要员先后出访德国和意大利，而且大批中国留学生和商界、军界代表团前往德、意考察学习。蒋介石对德、意政治怀有好感并将学习法西斯经验作为重要工作。蒋介石在 1931 年 5 月 5 日召开的南京国民会议上说："法西斯蒂之政治理论，本抽象主义之精神，依国家机体学说为根据，以工团组织为运用，认定国家为至高无上之实体，国家得要求国民任何之牺牲，为民族生命之绵延，非以目前福利为准则……（法西斯蒂）合于大同原则。"②他又在 1932 年 4 月 2 日召开的高级军事

---

① 引自马振犊《南京国民政府时期蒋介石思想理论简析》，《民国档案》2003 年第 1 期。
② 陈哲夫等主编：《现代中国政治思想流派》上卷，北京：当代中国出版社 1999 年版，第 464 页。

会议上明确提出："德国强盛的先例，就是我们的榜样"。他1943年在《中国之命运》中提出了"国家至上，民族至上"的口号，认为"整个民族之利害，终超出于一切个人一切团体利害之上"，虽然他此时不再公开提倡法西斯主义，但人们依然能从字里行间发现其法西斯主义精神的印痕。

在南京政府倡导下，希特勒和墨索里尼一度被《汗血月刊》当作"实干人物"加以宣传，他们的著述也被译成中文出版发行，"军学编译局为中国军官翻译德国的军事科学著作，还在1934年末大量出版发行戈特弗里德·费德尔1920年的《德国国社党党纲》，称之为'法西斯主义圣经'。在那一年，《我的奋斗》也被译成中文，在'各大报摊和书店'都有出售。……莱尼·里芬斯塔尔拍摄的1934年纽伦堡党代会的电影《意志的胜利》在放映时加上了中文的说明字幕。"① 当时的中国学界也认为："德国是一个独特的、飞速发展的国家，既是西欧政治的一部分，又与之存在着矛盾，是一个受诸帝国主义压迫的帝国主义国家，最为重要的是这个国家具有唤醒民族意识，调动国民力量，渡过困难时期的明显能力。它的历史，对中国来说，是一种重要的教材。有关中国革新的刊物如邵元冲的《建国月刊》、黄郛的《复兴月刊》均对德国的理想主义和国家主义哲学作了指导性的分析。……把整体的德国理想主义思想视为'新民主哲学'，视为一种'以国家为最终目标的国民意志运动'。"法西斯主义喊出了"全世界民族主义者，联合起来"的口号以寻求"民族的统一与伟大"②，这对于国民党来说具有重要的"思想统一"的借鉴意义。这股宣扬法西斯主义的浪潮持续多年，在蒋介石来说固然有加强专制集权的意图，但也包含着促使中国跨越发展以步入世界强国之林的梦想。

随着日本侵华意图日益明显，中美关系开始趋近，蒋介石也不再使用"法西斯主义"这个语词，但其"国家至上、民族至上"思想却一直没有改变。蒋介石的民族主义思想经过陶希圣、叶青等理论家的阐释

---

① ［美］柯伟林：《蒋介石政府与纳粹德国》，陈谦平等译，北京：中国青年出版社1994年版，第188页。

② 同上书，第181、186页。

变得日益清晰：陶希圣是《中国之命运》的起草人，"立起"了蒋介石的民族主义思想；叶青则主要充当了"破除"马克思主义的急先锋。叶青曾是中共早期高级干部，1927 年被捕获死刑，中弹却未死，他被中共地下组织救出后却脱离中共而追随主流；叶青 1939 年由叶楚伧介绍加入国民党，创办"专门研究三民主义的理论刊物"《时代思潮》旬刊，并于 20 世纪 40 年代开始系统批判马克思主义、反对阶级革命；叶青认为国家民族主义最适合中国，并极力鼓吹"一个党，一个主义，一个领袖"，因而他被称为最重要的"反共理论家"，是"反共言论最多、最久、最有力、最有影响"的"三民主义活字典"。思想史专家认为："在本（20）世纪 30—70 年代的中国文化思想领域，叶青可以称得上是一位死心踏地为国民党蒋介石政权效劳、最坚决地反对马克思主义，反对中国共产党及其领导的革命事业的典型人物。"① 经过陶希圣、叶青等文胆的不断阐释，蒋介石的法西斯民族主义思想已经具备了体系性，成为中国现代民族主义思想史上的一块界石。历史地看，蒋介石的法西斯民族主义固然有着排除异己、自树新权威的意图，但也有着建立现代民族国家的愿景和努力。此外，蒋介石为了增强国民的民族国家认同感，也极力鼓吹"礼义廉耻"等传统道德，这对于 1927 年以后中国文化民族主义的复兴起了极大的助推作用。

第二节　旧邦新命，文化守成："十教授书"的意义

　　1927—1937 年的文化民族主义者大多是融会了新知与旧学的知识分子，他们"都有某种程度的使命感，其行为靠古典式的信念支撑。文化保守主义是有着五千年传统同时又富于现代精神的中华民族内在生命力的必然显发，对于民族自我意识的塑造、对于民族认同的持守，具有不可替

---

① 陈哲夫等主编：《现代中国政治思想流派》下卷，北京：当代中国出版社 1999 年版，第 40 页。

代的作用，本质上乃是民族生命的自我调适和更新。"① 这种文化选择主要立足于重建民族自尊心的构想，也出于对国际国内形势的冷静谛视与思考，而最具样本意义的事件就是 1935 年的"十教授书"。

1935 年初，王新命、何炳松、武堉幹、孙寒冰、黄文山、陶希圣、章益、陈高傭、樊仲云、萨孟武十教授联署发表了《中国本位的文化建设宣言》②。这是一批具有传统忧患意识的知识分子在面对新的民族危机时发出的精神呼号，也是为"保种保国保教"而采取的文化行动。在此之前，何炳松③教授已于 1929 年初就"国学"问题与郑振铎、胡适等有所交锋④，但这次发表"十教授书"不仅促动了文化民族主义大潮，而且使启蒙主义思潮陷于腹背受敌的处境。十教授宣言说：

在文化的领域中，我们看不见现在的中国了。中国在对面不见人

---

① 陈明：《保守：思潮与主义——90 年代学术重读之四》，《新原道》第一辑，郑州：大象出版社 2003 年版。从这一角度来看，周作人、沈从文、废名、芦焚等属于"文化保守主义"而非自由主义派，因为他们在政治上并没有"自由主义"主张。胡适等"对沈从文感兴趣的原因，不但因为他文笔流畅，最重要的还是他那种天生的保守性和对旧中国不移的信心。他相信要确定中国的前途，非先对中国的弱点和优点实实际际地弄个明白不可。胡适等人看中沈从文的，就是这种务实的保守性。他们觉得，这种保守主义跟胡适所倡导的批判的自由主义一样，对当时激进的革命气氛，会发生拨乱反正的作用。"（［美］夏志清：《中国现代小说史》，刘绍铭等译，上海：复旦大学出版社 2005 年版，第 137 页）这就十分清楚地区分了他们的差别。沈从文后来成为"战国策派"也说明他更具有"文化保守主义"性质。我个人认为，周作人在"五四"时代属于启蒙主义者，在 20 世纪 30 年代变成了一个文化保守主义者，抗战爆发后则变为一个虚无主义者或"自我主义者"。同样，张爱玲、钱锺书等都不是纯粹的自由主义者。

② 王新命等：《中国本位的文化建设宣言》，首刊于《文化建设》1935 年 1 月 10 日第 1 卷第 4 期；转载于《东方杂志》1935 年 2 月 16 日第 32 卷第 4 号，《文化与社会》1935 年 3 月 1 日第 1 卷第 9—10 期合刊。以下引文出自该篇者皆同此出处。

③ 何炳松（1890—1946），浙江金华人，1912 年取得浙江省官费赴美国留学资格，先后就读于美国威斯康星大学、普林斯顿大学研究院，攻读现代史学、经济学和国际政治学等，获学士、硕士学位。1917 年回国后历任北京大学史学系教授、北京高等师范学校英语部主任等职。1924 年应聘商务印书馆百科全书委员会历史部主任，1927 年任商务编译所所长，主管《教育杂志》，1934 年被推选为中华学艺社社长，1935 年受聘为国立暨南大学校长。1946 年 6 月拟任国立英士大学校长，因病未能到任，同年 7 月 25 日病逝于上海中华学艺社。何炳松一生在史学领域颇有建树，著有《通史新义》《新史学》《历史研究法》《历史教育法》《西洋史学史》《中古欧洲史》《秦始皇帝》《近世欧洲史》《浙东学派溯源》《程朱辩异》等十多部专著。

④ 参看何炳松《论所谓"国学"》、郑振铎《且慢谈所谓"国学"》、胡适《治学的方法与材料》，均载《小说月报》1929 年 1 月第 20 卷 1 号。

形的浓雾中，在万象蜷伏的严寒中：没有光，也没有热。为着寻觅光与热，中国人正在苦闷，正在摸索，正在挣扎。有的虽拼命钻进古人的坟墓，想向骷髅分一点余光，乞一点余热；有的抱着欧美传教师的脚，希望传教师放下一根超度众生的绳，把他们吊上光明温暖的天堂；但骷髅是把他们从黑暗的边缘带到黑暗的深渊，从萧瑟的晚秋导入凛冽的寒冬；传教师是把他们悬在半空中，使他们在上不着天下不着地的虚无境界中漂泊流浪，憧憬摸索，结果是同一的失望。

中国在文化的领域中是消失了；中国政治的形态、社会的组织、和思想的内容与形式，已经失去它的特征。由这没有特征的政治、社会和思想所化育的人民，也渐渐的不能算得中国人。所以我们可以肯定的说：从文化的领域去展望，现代世界里面固然已经没有了中国，中国的领土里面也几乎已经没有了中国人。

他们认为"要使中国能在文化的领域中抬头，要使中国的政治、社会和思想都具有中国的特征，必须从事于中国本位的文化建设"。

"十教授书"通过曾国藩李鸿章的"洋务"运动、康有为梁启超的"维新"运动与孙中山"革命"运动的比较，高度评价中国国民党的改组及其取得的成就，认为"由此形成了一个伟大的国民革命。其间虽有种种波折，但经过了这几年的努力，中国的政治改造终于达到了相当的成功"。但中国文化建设仍是一个薄弱环节，需要付出更多努力。

那么如何进行中国本位的文化建设呢？"十教授书"指出：必须把过去的一切加以检讨，存其所当存，去其所当去；可诅咒的不良制度、卑劣思想应当淘汰务尽，无所吝惜；吸收欧美文化是必要的，但不应以全盘承受的态度连渣滓都吸收过来；中国本位文化建设的目的不仅是使中国和中国人能与别国和别国人并驾齐驱于文化领域，而且能对世界文化有最珍贵的贡献。其建设方针就是"不守旧，不盲从"，立足中国本位，采取批评态度，应用科学方法，检讨过去，把握现在，创造未来：

不守旧，是淘汰旧文化，去其渣滓，存其精英，努力开拓出新的道路。不盲从，是取长舍短，择善而从，在从善如流之中，仍不昧其自我的认识。根据中国本位，采取批判态度，应用科学方法来检讨过去，把握现在，创造未来，是要清算从前的错误，供给目前的需要，确定将来的方针，用文化的手段产生有光有热的中国，使中国在文化的领域中能恢复过去的光荣，重新占着重要的位置，成为促进世界大同的一支最劲最强的生力军。

"十教授书"发表后立即在全国引起强烈反响。1935 年 1 月 19 日上海举行"中国本位文化建设座谈会"，在沪文化名流及高校负责人出席会议；1 月 28 日南京举行同题座谈会，罗家伦、马寅初、刘国钧、王世杰、方东美等与会；3 月 31 日北平举行座谈会，蒋梦麟、冯友兰、张崧年、黎锦熙、李书华等出席；4 月 6 日山东济南召开座谈会，何思源、梁漱溟、王泊生等出席……超高的规格与巨大的声势表明其背后一定有官方的支持。

"西化派"立即对"十教授书"做出了回应与反击，尤其是陈序经不畏对手人多势众，甚至希望以此为契机再掀一场中西文化论战。3 月 8 日，陈序经作《评〈中国本位的文化建设宣言〉》，文章首先分析了十教授宣言的背景："《中国本位的文化建设宣言》，自从发表以来，为时虽不够两个月，但是因为得了不少的党国要人的同情，与请了很多的教育界名流去点缀，结果总算风靡全国，震动一时了。"其次进入正题，抓住所谓"看不见了中国"这句话的逻辑矛盾，指出"所谓的中国的皇宫花园，以至小脚豚尾，用不着说；就是二千年前的孔子以至四千年前的祖墓，现在且由政府提倡来拜祭。此外如驻俄大使颜氏陪着梅兰芳赴俄去演的中国戏，驻英公使郭氏之所谓今年的伦敦为中国年的艺展，何一不是中国的文化呢？"可惜这些看得见的中国文化多是糟粕。他进而指出，十教授虽然声明"不复古，不守旧"，但骨子里却是"复古与守旧的""跳不出三十五年前的张之洞所画的圈子"，不过是中体西用说的翻版。陈序经最后得出结论，中国若要发展就必须坚持全盘西化。[①] 胡适 3 月 31 日发表《试评所谓"中国本位的文化建设"》，观点与陈序经如出一辙："'中国本位的文化建设'正是'中学为体，西学为用'的最新式的化装出现。说话

---

① 陈序经：《评〈中国本位的文化建设宣言〉》，《全盘西化言论续集》，广州：岭南大学学生自治会编，1935 年。

是全变了，精神还是那位《劝学篇》的作者的精神。"胡适指出："我们的观察，恰恰和他们相反。中国今日最可令人焦虑的，是政治的形态，社会的组织，和思想的内容与形式，处处都保持中国旧有种种罪孽的特征，太多了，太深了，所以无论什么良法美意，到了中国都成了逾淮之橘，失去了原有的良法美意。政治的形态，从娘子关到五羊城，从东海之滨到峨嵋山脚，何处不是中国旧有的把戏？社会的组织，从破败的农村，到簇新的政党组织，何处不具有'中国的特征'？思想的内容与形式，从读经祀孔，国术国医，到满街的性史，满墙的春药，满纸的洋八股，何处不是'中国的特征'？"① 客观来看，文化守成派反对文化虚无主义，全盘西化派则重在批判国民劣根性，二者各执一端，均有合理性也各有偏颇之处。

　　4月3日王新命发表《全盘西化论的错误》一文反驳全盘西化派的言论，文章指出，尽管陈序经是极端的全盘西化论者，胡适是以折衷为目的的全盘西化论者，但二者患有一大通病即偏执地认为中国文化就是陈旧的、落后的、罪恶的，并且无知地认为中国文化就是封建割据、无序社会、读经复古、性史春药之类的东西，从而得出必须整体抛弃中国文化而实现全盘西化的结论，全盘西化论至少存在六条错误：一是忘记了中国几千年历史养育的四万万人口也是文化的产物；二是忘记了全盘西化的结果会用西方人垃圾箱中的垃圾来替代中国人饭碗中的白米饭；三是忘记了聪明相等的民族纵有其不相如的地方，而在文化的创造上，决不会甲种民族的创造完全是构成天堂的材料，乙种民族的创造完全是构成地狱的材料；四是只看到了西洋的好处，没有看到美国一方有人主张火焚麦棉，一方有1200万失业者为着请求救济饥饿而饱尝流泪瓦斯的滋味，也没看到号称字典中没有"失业"名词的苏俄，仅列宁格勒一处同时被捕的窃贼和盗匪就多达六千余人；五是忘记了性史春药洋八股的流行，正是无条件接受西化的中毒状态；六是至于自作聪明，断言"此时此地的需要"与张之洞中体西用说以及当下的读经运动是同质的东西，更是无的放矢。② 随

---

① 胡适：《试评所谓"中国本位的文化建设"》，天津《大公报》1935年3月31日；《胡适全集》第4卷，合肥：安徽教育出版社2003年版，第578、582页。还可参看胡适《充分世界化与全盘西化》，天津《大公报·星期论文》1935年6月23日；《胡适全集》第4卷，合肥：安徽教育出版社2003年版，第584—587页。

② 王新命：《全盘西化论的错误》，《晨报》1935年4月3日。

后，王新命等十教授发表《我们的总答复》一文，既答复全盘西化论者的批评，又对宣言做了补充和条理，回答了何谓"中国本位"，何谓"不守旧"，何谓"不盲从"，什么是"中国此时此地的需要"，"中国本位"与"中体西用"的区别，以及对于反帝反封建的态度六个方面的问题：所谓中国本位就是中国此时此地的需要，这是基础和前提，其基本内涵是在纵的（时间）方面反对全盘复古，在横的（空间）方面反对全盘西化；所谓不守旧就是反对复古，因为文化形态应该是不断变动和进展的；所谓不盲从就是反对全盘西化，以免造成西方文化的反客为主；"中国本位的文化建设"不但与"中体西用"不同而且是反对它的，因为体用一源，"有什么体便有什么用，有什么用便有什么体"，故体用不可分；所谓中国此时此地的需要，就是人民生活需要充实、国民生计需要发展、民族生存需要保障；中国本位的文化建设是一种民族自信力的表现，一种积极的创造，而反帝反封建也就是这种创造过程中的必然使命。①

5月20日，陈序经在天津《大公报》发表《读十教授"我们的总答复"后》，基本主张与以前相同，只不过拿来了更多证据。读者可以发现，在整个论辩过程中，"全盘西化"派已没有当年"科玄论战"时的大获全胜之势，胡适派的反击有些力不从心，显得只有招架之功，这正如徐复观后来的观察："在一九三一年左右，'五四'运动在文化上，对传统文化的极端破坏性已成过去，全盘西化论，只当作是一种笑谈；冯友兰以新实在论为基底的《中国哲学史》，亦即是被胡适称为正统的中国哲学史，很轻易地取代了胡适的《中国古代哲学史》；潘光旦、费孝通、何炳松这一班研究西方学问的人，无形的走向中西文化融和之路，亦即是走向了中国传统中庸之道的'道并行而不相悖'的道路。"② 不过，"中国本位"派和"全盘西化"派双方经过两年论争基本达成一定共识：第一，都着眼于中华民族的复兴和未来发展；第二，由空洞抽象、大而无当的概念争论进入具体务实、具有可操作性的文化建设方案论证；第三，能够认识到西洋文化与中国文化各有优美之处和不足之处，不再全盘而简单地加

---

① 王新命等：《我们的总答复》，《文化建设》月刊1935年5月10日第1卷第8期。

② 徐复观：《在非常变局下中国知识分子的悲剧命运》，《中国知识分子精神》，华东师范大学出版社2004年版，第3页。

以肯定或否定；第四，都主张继续推进新启蒙运动，一方面对西方优秀文化要尽快引进和完整了解，另一方面要对中华民族优秀文化传统加以接续，对民族文化精神加以认同；第五，对现代化的基本指标和主要领域有了共同认同，均将科学化、工业化、民主化视为现代化最重要和最基本的指标。

研究者认为，文化保守主义者和自由主义知识分子"都有救亡图存的爱国主义激情，力图向西方寻找真理来解决中国的出路问题。他们之间的分歧和冲突推动了中国新文化演变的进程。"① 只不过文化保守主义依托传统，坚持民族本位的文化立场，主张循序渐进的文化演进方式，并且认为民族生存与国家利益高于个人自由。虽然这是对自由主义"个人本位"思想的否定，但在当时紧张的国际国内形势下却具有合理性，正如20世纪40年代的战国策派对于"国家至上"论的鼓吹同样具有合理性。

第三节　民粹主义，乡土根性：中国
知识分子的乡愁情结

20世纪30年代文化民族主义思潮的壮大成熟除了由于主流意识形态的提倡之外，还与中国知识分子的乡土根性和民粹主义思想有关。有学者认为："民粹主义就是一种民族主义，民粹民族主义的一个鲜明特征就是它将'民族'等同于'人民'。"②

中国现代民粹主义有两个思想来源，一是俄国近代民粹主义思想，二是中国传统思想中的民粹主义因素。③ 俄国民粹主义是流行于俄国19世纪中叶至20世纪20年代的一种社会政治思潮，由赫尔岑奠基，经车尔尼雪夫斯基继承发展，并由其他思想家充实细化，其主要思想特征是：（1）崇尚和信仰"人民"（主要指农民和贫苦劳动者），并把"人民"理想化。比如巴枯宁认为俄罗斯农民"就其天性而言是个社会主义者"；特卡

---

① 安宇：《冲撞与融合：中国近代文化史论》，上海：学林出版社2001年版，第182、183页。

② 俞可平：《现代化进程中的民粹主义》，《战略与管理》1997年第1期。

③ 左玉河：《中国现代民粹主义思想谱系述评》，《中国社会科学报》2013年5月13日。

乔夫断言人民就其本能和传统来看是共产主义者。（2）把农村公社理想化，企图通过保存农村公社来发展农民"固有的"社会主义精神，具有空想社会主义的性质。（3）通过俄国独特的公社道路，绕过资本主义社会，"直接过渡"到社会主义。这是民粹主义社会政治纲领的核心，也是其"超阶段"的激进革命论和轻视民主革命的思想根源。（4）民粹主义者对精英文化抱有鄙薄态度，认为知识分子是被人民养活而获得文化的，人民为他们获得文化而付出了血汗、承受了苦难，这就使知识分子产生了沉重的原罪感。俄国民粹主义除在东欧各国（特别是保加利亚）留下深刻痕迹外，影响最大的就是中国。①

就本土文化资源来说，孟子的民本思想、墨子的平民意识和劳动观念、儒家均平思想及大同观念、农民战争提出的平均主义主张，以及古代文学田园牧歌式的乡土情结，共同构成了中国现代民粹主义的本土化思想资源。近代以来，太平天国《天朝田亩制度》、康有为《大同书》等提出了建构"大同"社会的主张，最具民粹主义色彩；周作人等一度信奉新村主义；孙中山主张"举政治革命、社会革命毕其功于一役"以消除资本主义弊端，因而列宁早在1912年《中国的民主主义和民粹主义》一文就称孙中山是一位民粹主义者，列宁这篇文章对中国现代民粹主义发展影响甚大。章太炎高度推崇农业、农村和下层贫苦农民……他们共同构成了清末到民初中国民粹民族主义的谱系。②

正是由于古今思想的推动，"五四"前后成为中国民粹主义高扬的时期。李大钊在接受马克思主义之前深受民粹主义思想影响，其《平民主义》等文章将平民主义等同于democracy，认为中国具备了民粹主义赖以生存和传播的社会环境，号召中国青年效仿俄罗斯民粹主义者"到民间去"，这标志着中国近代民粹主义政治思潮达到了系统化程度。③ 中国现

---

① 马龙闪：《一种经典的民粹主义》，《北京日报》2009年1月12日，第19版。马先生此文小有误植，比如以吴稚晖代表"国粹派民粹主义"显然是错误的，因为吴稚晖在中国无政府主义阵营中是"科学狂"。真正代表"国粹派民粹主义"的应是章太炎和刘师培。关于俄国民粹主义的发生问题，另见马龙闪《俄国民粹主义产生的历史条件和它的主要特征》，《俄罗斯研究》2002年第2期。

② 左玉河：《中国现代民粹主义思想谱系述评》，《中国社会科学报》2013年5月13日。

③ 聂长久：《中国早期民粹主义政治思想研究（1907—1927）》，博士学位论文，吉林大学，2008年，第1、12页。

代民粹主义在"五四"时期形成了自己的基本特征：（1）"劳工神圣"的劳动主义思想兴起；　（2）平民主义的流行及对民众力量的重视；（3）对资本主义的痛恨及工读新村主义的尝试；（4）到农村去、到民间去潮流的涌动，以及反智主义情绪的萌动等。民粹主义使五四运动偏离了启蒙轨道，走向了"后五四"的平民主义激进之路；劳动主义、反智主义、反资本主义以及知识分子与民众打成一片的观念，逐渐构成"后五四"时代中国革命意识形态的基调。"五四"以后的中国民粹主义，除了章士钊等人的"农国论"以及梁漱溟等人的乡建主张以外，中共党内也出现了左倾民粹主义特征，表现为恐惧和敌视资本主义，将民族资产阶级视为与帝国主义、封建主义等量齐观的敌人。这种左倾民粹主义在中共建党初期开始萌芽，在大革命失败后随着左倾冒险主义的出现而达到高潮。[①] 有学者认为，国民革命引发了近代中国最大一次以农民为主体的乡土社会动员，给民粹主义提供了一个理想的实验场；而盲目崇拜农民、从小生产者立场出发否定地主土地所有制和封建财产私有制、动员贫苦农民对乡土社会进行激进改革，则是湖南农民运动民粹主义思想潜流的重要表征；这股涌动于乡土社会中的民粹主义，正是农民运动和国民革命失败的主要原因之一。[②]

　　20 世纪 30 年代的许多知识分子仍与早年的李大钊一样充满了民粹主义思想："都市上有许多罪恶，乡村里有许多幸福；都市上的生活，几乎是鬼的生活，乡村中的生活，全是人的生活……青年呵！走向农村去吧！日出而作，日入而息，耕田而食，凿井而饮。那些终身在田野工作的父老妇孺，都是你们的同心伴侣，那炊烟锄影鸡犬相闻的境界，才是你们安身立命的地方呵！"[③] 民粹主义表现出的道德优越感和神圣使命感，深深吸引着饱经忧患而苦无出路的中国知识分子，陶行知的乡村教育、梁漱溟的乡村建设等，都是当时民粹主义的典型表现。

　　对于文学家而言，乡土是他们的精神家园，是他们的文化之根。"现

----

　　① 左玉河：《中国现代民粹主义思想谱系述评》，《中国社会科学报》2013 年 5 月 13 日。

　　② 姚曙光：《国民革命失败的民粹主义因素分析——以湖南农民运动为个案的探讨》，《南京大学学报》（哲学社会科学版）2003 年第 3 期。

　　③ 守常：《青年与农村》，《李大钊文集》上卷，北京：人民出版社 1984 年版，第 655 页。

代化"将他们抛入城市，"世界化"则将中国传统文化的根须摧折殆尽。因而他们在此时的"文化寻根"就具有了双重含意：对现代化和世界化的焦虑，对失去民间和民族之根的焦虑。如果说"十教授书"代表了一种理性思索，那么"寻根文学"则表达了文学家内心深处的民族文化危机意识。于是"很多作家虽身处闹市却魂系乡村，以'乡下人''地之子'自居，天然地拒绝欲望城市的'异化'和'压抑'。这种浓厚的乡土情结敦促作家们把乡土中国作为一个潜在的大文本，把乡村作母体，用农民作终极语汇，用温馨诗意作基调，构筑一个个高山流水般的'理想世界'……"①

这种民粹主义与文化守成主义相结合的"寻根文学"在 20 世纪 30 年代集中于三个文学群体：一是以"苦雨斋主"周作人及其四弟子废名、俞平伯、沈启无、江绍原为中心的小团体；二是朱光潜、沈从文、萧乾、梁宗岱、李健吾等人组成的"读书沙龙"；三是以来自"大地民间"的萧红、萧军、端木蕻良、白朗等为代表的"东北作家群"。这三个文学群体虽有区别，但本质相通，那就是"在各本所分的人生缺陷中发掘了顺乎自然的人性圆满，为被现代文明撕裂了灵魂的人们提供了一种恍若隔世的亦真亦梦的人生理想。他描绘的是一个工业文明的洪水泛滥于全球的时代中，行将失落而未曾失落的古朴的生命绿洲。"② 这群"乡下人"正如沈从文那样，"走到任何一处照例都带了一把尺，一把秤，和普遍社会总是不合。一切来到我命运中的事事物物，我有我自己的尺寸和分量，来证实生命的价值和意义"；③ 即使"在都市住上十年，我还是个乡下人。……曾经有人询问我，'你为什么要写作？'我告诉他我这个乡下人的意见：'因为我活到这世界里有所爱。美丽，清洁，智慧，以及对全人类幸福的幻影，皆永远觉得是一种德性，也因此永远使我对它崇拜和倾心。这点情绪同宗教情绪完全一样。这点情绪促使我来写作。'"④ 萧乾称自己的"《篱下》企图以乡人衬托出都会生活。虽然你是地道的都市产物，我明

---

① 苗四妞：《试论民粹思想与 20 世纪中国文学》，《人文杂志》2001 年第 4 期。
② 杨义：《杨义文存》第 4 卷，北京：人民出版社 1998 年版，第 317 页。
③ 沈从文：《水云》，《沈从文文集》第 10 卷，广州：花城出版社 1984 年版，第 266 页。
④ 沈从文：《〈篱下集〉题记》，《沈从文文集》第 11 卷，广州：花城出版社 1984 年版，第 33、34 页。

白你的梦，你的想望却都寄在乡野。"① 因此，他们笔下多是纯真少年和赤子情怀。比如芦焚《谷》中的少年有着纯净的心田、甜美的理想，"具有牧歌风味的幽闲"；② 他笔下的故乡是一块不得不背离的贫穷土地，那里生长着一群生息无趣的愚弱乡民，然而一旦故乡被笼罩在外凌内辱的巨大苦难阴影下，就使游子心中多了一种由"恋土情结"所生的爱恨交加、牵肠挂肚的情愫，一种迷醉又清醒的怀乡病。有这种怀乡病的并非个例，老向就在《黄土泥·自序》中说：自己的作品"多半都是从黄土泥中发掘来的东西"，还自称"是天生的乡下人，仿佛连灵魂都包一层黄土泥，任凭怎样洗，再也不会洗去根儿。白天不土气了，夜里作梦也还是土气的。坐着不土气了，立着也还是土气的"。总之，"他们身在迷离的都市，心却滞留在宁静的乡里，甚至是荒蛮的异族，那里有着梦幻般的青山绿水，有着雄强、善良、热情、忠厚的人物，也有着值得诉诸温爱的人生；与之相适应，他们从各自的经验世界中抽取目迷五色的彩线，编织的故事往往总会有着'当前'与'以往'的鲜明反差。"③

　　"寻根"意味着"一种对民族的重新认识，一种审美意识中潜在因素的苏醒，一种追求和把握人世无限感和永恒感的对象化表现"，"尤其是在文学艺术方面，在民族的深厚精神和文化特质方面，我们有民族的自我，我们的责任是释放现代观念的热能，来重铸和镀亮这种自我。"④ "寻根派"作家以乡下人的心态，镇静从容地面对传统文化的世纪陆沉，向现代文明发出了深切诘难。沈从文、废名的小说不断地讲述着乡村美和城市恶的故事，萧红讲述着在民间大地生活的人们的生与死；他们在对乡人平民普通生活样态的描画中构建理想人性；这些理想化了的善良德性是对人类童年的回忆和对人之"神性"的向往，给人们留下了一个经过精心纺织的乡土梦。这个乡土梦在 20 世纪 30 年代成为文化守成主义者面对"丑陋"的现代文明时的避难所。

　　有学者认为，20 世纪 30 年代的"民粹主义文学思潮发端于废名（冯

---

　　①　萧乾：《给自己的信——〈篱下集〉代跋》，《水星》1935 年 1 月 10 日第 1 卷第 4 期。

　　②　朱光潜：《〈谷〉和〈落日光〉》，《朱光潜全集》第 8 卷，合肥：安徽教育出版社 1993 年版，第 559 页。

　　③　许道明：《京派文学的世界》，上海：复旦大学出版社 1994 年版，第 14 页。

　　④　韩少功：《文学的"根"》，《作家》1985 年第 4 期。

文炳），大成于沈从文，再加上冯至、卞之琳、老舍、周作人、朱光潜等人的不同表现，构成了一个声势不大、但颇具特色的文学流派。特别是由于海外学者对沈从文、老舍等人作品的极力推崇，更使人们对这一流派的研究具有了较高的理论价值。"[1] 此论断虽未涉及当时民粹民族主义文学家群体的全部，但我们可以由此断定：当20世纪30年代的文学家以"乡下人"自居，重新发现了民粹、民间和"新村"的桃花源，遂将"文化中国"与"大地民间"联系在一起，建构起了其想象共同体的核心意象群和文化民族主义的文学乌托邦。

第四节　国家行为，党化文艺："三民主义文学"与"民族主义文学"运动

南京国民政府成立后先后发起了"三民主义文学"和"民族主义文学"运动，这是现代中国史上第一次将文学创作纳入国家行为。[2] 而随着东北和华北危机的加剧，民族主义文学逐渐成为时代主流。

国民党中宣部控制的报纸副刊 1928 年下半年率先倡导"三民主义文学"，这些副刊以上海《民国日报》的"青白之园"和"觉悟"、南京《中央日报》的"大道"和"青白"最为著名。我个人认为，国民党倡导"三民主义文学"与济南"五三惨案"有着深度关联。

如果说五卅反帝爱国运动是现代中国民族主义思想大觉悟的标志，那么"五卅精神"在北伐过程中得到了充分发展与壮大。有两个事件可以作为这个论断的佐证：一是北伐节节胜利之际，南京国民政府于 1927 年4 月 18 日成立，力图对内以"军政"统一中国、结束军阀割据局面，对外则要顺应民心、收回外国租界权。而收回租界运动以收回武昌、九江的英租界为起点。二是 1928 年爆发的济南"五三惨案"迫使南京政府调整对外政策，从此将日本当作头号敌人。当北伐军推进到山东境内，日本担

---

① 栾梅健：《试论中国现代民粹主义文学思潮及其特质》，《徐州师范学院学报》（哲学社会科学版）1993 年第 4 期。

② 关于"三民主义文学"和"民族主义文学"，可参看牟泽雄《民族主义与国家文艺体制的形成——国民党南京政府时期 1927—1937 的文艺政策研究》，昆明：云南人民出版社 2013 年版。

心北伐军会收回济南租界权，遂以保护其在济侨民为由，于 1928 年 4 月 18 日派出 5000 名远征军前往山东，"北京政府和南京政府都抗议这种侵犯中国主权的行为，而公众的反日情绪迅速高涨。"① 但由于外交斡旋未果，"5 月 8 日下午，日本人在城市及周围地区发起进攻。到 11 日，经过激烈的战斗之后，留城的中国部队已被制服。城市遭到很大破坏，数千中国士兵和平民被杀。再没有什么更能煽起中国人对日本的仇恨火焰了。"② 蒋介石本人也将"五三惨案"视为中国现代史的转折点，他后来在 1943 年发表的《中国之命运》中说："济南的'五三'事件，国民政府与国民革命军受尽了日寇的侮辱，也受尽了国内的指摘。我当时就对我全军将士告诫说：'图报国仇，谋雪国耻，要使中国不受帝国主义的欺负，真正达

---

① ［美］费正清编：《剑桥中华民国史 1912—1949 年》上卷，杨品泉等译，北京：中国社会科学出版社 1993 年版，第 792 页。所谓"北京政府"，是指 1927 年 6 月由张作霖组织的安国军政府，张作霖自任大元帅；1928 年 6 月，张作霖见大势已去，退出京津，撤回东北；6 月 8 日国民军进入北京。"南京政府"是指 1927 年 4 月 18 日成立的南京国民政府，北伐胜利后宁汉合流，1928 年 10 月 10 日成立重新整编后的南京国民政府。

② ［美］费正清编：《剑桥中华民国史 1912—1949 年》上卷，杨品泉等译，北京：中国社会科学出版社 1993 年版，第 793—794 页。"胡适日记"对济南事件有如下记载：1928 年 5 月 3 日，日本在济南挑衅，包围交涉公署，杀害交涉员蔡公时；外交总长黄郛在抗议书中说："五月三日上午，在济日兵无理起衅，对我驻军及民众肆意射击。当由国民革命军总司令严令我军离开贵（日）军所占区域附近，并命高级军官驰往日军司令部磋商防止冲突办法，乃迭遭侮辱，迄无效果。日军并以机关枪四出扫射，又屡屡开炮轰击公署民房，派队侵入交涉公署，对山东特派员蔡公时割去耳鼻，与在署职员十余人一同枪杀，本部长临时办公处亦遭有组织的射击及搜索。中国兵士人民死者不计其数，并侵入我军驻地，勒兵缴械，我军隐忍不与抵抗……"（《胡适全集》第 31 卷，合肥：安徽教育出版社 2003 年版，第 72 页。）而日本驻济南总司令福田中将的报告则有另一说法：国军 4 月 30 日午后占领济南，5 月 2 日，国民党军总司令蒋介石一至济南，就命令日本军队立即撤出，宣称国民党军队将对保持和平和秩序以及保护外国居民的生命财产承担一切责任，"截至那一天，已抵达济南及郊区的国民党军队的数量估计有十万人，其中大约有四万人驻扎在商业区附近"（第 74 页）；5 月 3 日有中国士兵抢劫商铺，引起两军激烈交火，"日本人被中国士兵屠杀的数量达到一个很大的数目。"（第 74 页）在双方交涉中，"福田提出廿一条件式之哀的美敦书"（《胡适全集》第 31 卷，合肥：安徽教育出版社 2003 年版，第 95 页），要求"严惩与本事件有关系之南军高级干部"，相关中国军队"须全部在日本军之面前解除武装"，撤出军队，"济南及胶济铁路沿线两旁二十华里以内，禁止驻屯中国军队。"（第 96 页）。而"蒋总司令通令"也于 9 日发出，强调"以完成北伐为目的；务各隐忍，勿因一时之愤，对于日侨故作激烈表示，惹起误会，增多纠纷。……"（《胡适全集》第 31 卷，合肥：安徽教育出版社 2003 年版，第 100 页）"［上海中央社十日青岛电］日兵强制欲进济城缴国军之械，城内国军并未发枪射击，仅将城门关闭，阻止其冲入，故日兵大肆炮轰，普利门一带尽成瓦砾，徒手市民死伤遍地。日军现在努力于埋尸灭迹之工作。"

到独立自由的目的，今日只有忍辱负重，卧薪尝胆，十年生聚，十年教训，效法往哲先贤的志节，深信失土必能收回，国耻必可洗雪。果能如此，就是达到大同世界自由平等的境域，亦非难事.'这一段话，是在'五三'事件中，我们国民革命军里面，上自统帅，下至士兵，复仇雪耻，含茹蕴积的唯一箴言。十五年来，我们的将士是没有一天忘怀的。"蒋介石意识到"济南五三事件以后，日寇'大陆政策'的野心，昭然若揭，日寇武装侵我的行动，随时可至。"① 但是当时中国军备落后，民生基础薄弱，因而他号召全国人们忍气吞声，进行经济建设，来掩护军事抵抗的准备。历史学家评论说："北伐军总司令蒋介石明确提出将国耻置于三民主义及五权宪法之上。国民军政实际决策人蒋氏这个观念提示了济南事件是中国现代史上一个重大转折点。它迫使新当权的国民党至少在两个大的方面对其政策进行调整：在事件之前，国民党基本是重内争而轻外事；在外交上则先是一面倒向苏联，继则全力与日本维持一种稳定的工作关系。此事件后，外患逐渐成为国民党的当务之急；而国民党在外交上更转而寻求与美国建立密切的关系以制衡日本在中国日益增强的侵略行动。"②

济南"五三惨案"发生后，虽然日本强迫国民政府保证不发表反日言论（华北事变后的"何梅协定"更是明确要求中国报刊不得出现"抗日"字眼），但作家们还是自发地表达了愤慨与抗议。比如杨振声发表短篇小说《济南城上》③，真实地记录了日本侵略军武装攻城、炮击平民的残暴兽行，既描写了湘生和皖生的兄弟情义，还刻画了两个保家卫国、浴血奋战的英雄形象，讴歌了中国人全民抗倭、不愿作亡国奴的民族精神。而老舍自1930年到济南齐鲁大学任教后，用半年时间实地踏察、走访市民，为纪念"五三惨案"而于1931年创作了长篇小说《大明湖》，可惜小说文稿毁于1932年上海"一·二八"炮火。可以说正是为了唤醒人民团结御侮的热情，同时为了给南京国民政府提供合法性，国民党中宣部因

① 蒋中正：《中国之命运》，重庆：正中书局1943年版，第87—98、102页。
② 罗志田：《乱世潜流：民族主义与民国政治》，上海：上海古籍出版社2001年版，第336页。
③ 杨振声：《济南城上》，《现代评论》1928年6月16日第8卷第184期。

势利导地发起了"三民主义文学运动"。但总体来看，"三民主义文学运动"的成绩并不理想，主要原因是作家们对朝秦暮楚、反复无常的政治形势深感厌恶，他们基于对北洋政府的判断经验，此时对南京方面的官方号召也只抱观望态度，没有做出热情回应，因而"三民主义文学运动"成绩乏善可陈，正如上海《民国日报》"青白之园"编辑许性初所说："我们因为感觉到国内共产党文艺宣传的嚣张和一般趣味文学的无聊，想在这层层夹缝中为革命文学开辟一道新的出路"，然而"我们这般向无深切研究而便要为革命文学建筑新出路的小子……努力于今的结果，除见园门日滋冷落，园景日益萧条外，简直找不出一点足以为我们满意的"，国民政府提倡的"三民主义文学""既没有达到共产党文艺宣传的那样'猛烈'的精神，同时更没有趣味文学那样的程度，这是多么一件痛心的事实。"[1] 尽管如此，"青白之园"等还是起到了初步唤醒"本党文学"和呼吁制定"党化文艺"政策的作用，并试图以文学批评纠正文坛"歪风"，比如绵炳的《从"创造"说到"新月"》对创造社、语丝社、文学研究会和新月社等文学社团、流派发起了攻击，认为创造社一班颓废文人闭门造车，作品内容不外乎"一，革命的：'罢工，手枪，秘密会议，炸弹……'二，手淫的：'性交，野鸡，女工，女招待……'三，颓废的：'自杀，失恋，痛饮，花，树……'"语丝派"因为找不到新的时代，失去了创造的活力，不能有新的脑，新的力，新的心，来写新的文艺"。文学研究会"彷徨歧路，低徊于趣味之中，不知所从"，"只有消沉，徘徊，空虚"。新月派"极力将新文艺向古典的道路上拉去"，"在《新月》中，只能见着骷髅的复活，及五光十色，前后错杂的布景，并没有看见文艺的真实，也没有看见'新'。"[2] 上海《民国日报》"青白之园"的呼吁立即得到南京《中央日报》"青白"和"大道"副刊的回应……总之，"三民主义文学"口号的提出显示出国民党意识到了文学作为意识形态的重要性，但由于南京政府处于百废待举的初创期，还没有扎实的文学理论准备，也难以顾及文学期刊的创办，更不知如何组织作家和文学团体，因此

---

[1]　许性初：《青白之园暂行停刊》上海《民国日报》"青白之园"1929 年 9 月 18 日。

[2]　绵炳：《从"创造"说到"新月"——文艺界的总检阅》，上海《民国日报》1929 年 2 月 17、24 日。

"三民主义文学"在内讧之中、在普罗文学与自由主义文学的夹击和市民文学的消解中，哗然冰释，草草收场。

上文已经讲到，蒋介石在济南惨案后明确提出将国耻置于三民主义及五权宪法之上，提倡民族主义教育，1929 年恰好又爆发了"中东路事件"，南京国民政府遂又推出了"民族主义文学"运动。历史学者认为："中东路事件实际上是中国近代以来第一个以民族主义为号召的统一政府建立之后，中国民族主义浪潮普遍高涨的一种相当激进的表现形式。""由于 1924 年中俄和奉俄条约签订以来，苏方一直没有严格地遵守条约的规定，而是通过各种办法使本应获得平等权利的中方的管理者几乎处于无权的地位，这种情况自然早就引起东北当局的不满，并几经交涉，却毫无结果。"① 而史学家认为，蒋介石支持张学良制造中东路事件应是经过深思熟虑的，其动机综合起来有如下五点：（1）中方欲以强制手段夺回中东路，既能增加经济收入又能提高民族主义威望；（2）以反共之名反俄；（3）讨好英、美；（4）将刚刚易帜的张学良与南京中央政府捆绑在一起，以对付蠢蠢欲动的阎、冯等北方实力派；（5）煽动反苏以冲淡国人因济南惨案而起的反日情绪。②

中东路事件过程大体如下：1929 年 5 月 27 日，中国东北地方当局对苏联驻哈尔滨总领馆突然袭击，拘捕 39 名苏联人并抄走文件、书籍和部分物品；苏联外交部提出抗议，要求立即释放被捕人员，发还被抄走的文件和物品；此要求遭到中国东北当局拒绝，遂使中苏双方严重对立；1929 年 6 月以后，苏联一方面以断交相威胁，另一方面在其国内拘押华侨华商施以报复，同时在中苏边境频繁调动军队，而中东铁路苏方员工也以罢工等形式向中国东北当局表示抗议。由于蒋介石的极力推动，张学良强硬收回中东路管理权并驱逐所有苏籍管理人员。至 7 月 19 日，中苏彻底断绝一切外交关系。8 月 6 日，苏联正式组成特别远东军，以布留赫尔为司令，司令部设在哈巴罗夫斯克。15 日，张学良下达作战动员令，组成防俄第一、二军，总兵力达 6 万人。在外交谈判和德国调停均告失败后，10

---

① 杨奎松：《蒋介石、张学良与中东路事件之交涉》，《近代史研究》2005 年第 1 期。
② 申晓云：《中东路事件新探》，《南京大学学报》（哲学·人文科学·社会科学）2002 年第 6 期。

月 12 日凌晨爆发了著名的同江战役，苏军出动飞机 25 架、军舰 10 艘、炮车 40 余辆，协同骑兵 800 余名、步兵 3000 余名，向中国守军发动大规模进攻，满洲里和札兰诺尔很快失陷，黑龙江省第十五、十七两个旅几近覆灭，被俘者上万，其他人员和财产损失更是难以计数。战事由此不断升级，规模逐步扩大，据事后统计，双方在整个中东路事件中投入兵力总计上百万人。① 此事件直到 1930 年初才得以解决，张学良被迫接受俄方全部要求。中东路事件的失败激起了新一轮反蒋运动，阎锡山、冯玉祥、李宗仁、汪精卫等反蒋势力联手另立国民政府，并推举阎锡山为国民政府主席，引发了著名的中原大战。蒋介石由此更加注重"攘外必先安内"，不仅对付共产党而且预防一切反蒋力量，这也就使得中国当时的"统一"仅仅徒有其表而已。

我个人认为，由于中东路事件的刺激，同时为了对付 1930 年 3 月成立的"中国左翼作家联盟"，国民政府具体提出了"民族主义文学"口号。"民族主义文学运动"由上海六一社发起，该社以国民党中央组织部陈立夫、陈果夫兄弟②为背景，主要成员有国民党上海执行委员会常委兼社会局长潘公展、国民党中宣部的王平陵、上海市政府委员朱应鹏、国民党上海市党部委员兼警备司令部侦察队长范争波、国民党中央军校教导团军官黄震遐，此外还有叶秋原、傅彦长、李赞华、邵洵美、汪倜然等文学艺术家。"民族主义文艺"运动参与者于 1930 年 6 月 1 日在上海集会，并发表《民族主义文艺运动宣言》。《宣言》反对文学的个人意识和阶级意识，以期在精神意识上促进民族国家观念的形成："中国的文艺界近来深深地陷入于畸形病态的发展进程中。这种现象在稍稍留意于我国今日的艺坛及文坛的人必不会否认。在今日，当前的现象，正是中国文艺的危机。"《宣言》既批判了文坛上守旧的封建意识，更批判了无产阶级文艺"'胜利不然就死'的血腥的斗争"主张，最后宣

---

① 关于中东路事件可参看左双文《再论 1929 年中东路事件的发动》，《民国档案》2004 年第 2 期；《再论 1929 年中东路事件的收场》，《民国档案》2005 年第 4 期。

② 陈氏兄弟是国民党元老陈其美的侄子；陈其美与蒋介石结为金兰，故而陈立夫称蒋为"三叔"。陈氏兄弟在蒋介石融资、筹建黄埔军校、策划"中山舰事件"、"四·一二"事变、成立"中央俱乐部"（"中统"前身）、建立国民党中央组织部等重大事件中发挥了重要作用。周恩来称陈立夫是"值得尊敬的敌人"。

称："文艺的起源——也就是文艺底最高的使命，是发挥它所属的民族精神和意识。换一句话说：文艺的最高意义，就是民族主义。""民族主义的文艺，不仅表现那已经形成的民族意识，并创造那民族底新生命。"① 由上可知，《民族主义文艺运动宣言》的宗旨是把文学艺术纳入民族国家的建设方案。

"民族主义文学运动"有组织、有刊物、有创作队伍、有较大规模的创作，产生了相当大的影响。一个重要的反证是，左翼最重要的理论家瞿秋白、鲁迅、茅盾、冯雪峰等都参与了对这一运动的批判。茅盾讥讽《民族主义文艺运动宣言》是"走狗文人""低能儿辈"炮制的"企图麻醉欺骗民众"的理论，内容"支离破碎，东抄西袭，捉襟见肘"，"这'杂拌儿'的四色原料都已经臭烂了。"② 他从阶级角度分析指出："一般地说来，在被压迫民族的革命运动中，以民族革命为中心的民族主义文学，也还有相当的革命作用；然而世界上没有单纯的社会组织，所以被压迫民族本身内也一定包含着至少两个在斗争的阶级——统治阶级与被压迫的工农大众。在这种状况下，民族主义文学就往往变成了统治阶级欺骗工农的手段，什么革命意义都没有了。"因此，"民族文学的口号完完全全是反动的口号。"③ 总体来看，"民族主义文学"强调超越阶级和地域的民族国家意识，文艺应以民族意识为中心意识；而茅盾所代表的左翼作家则强调阶级利益的重要性，指出民族只是统治阶级用来欺骗大众的幌子。由此可知，对中国社会性质的不同看法，以及相异的政治目的和政党利益导致了对文学截然不同的价值判断和功能想象。

现在不妨具体审视"民族主义文学运动"的创作实绩。随着《前锋月刊》等杂志的创办，"民族主义文学运动"吸引了不少知名作家，该刊第5期公布了"本刊特约撰述"名单，包括施蛰存、邵洵美、戴望舒、陈乃文、陈抱一、叶灵凤、汪倜然、李赞华、黄震遐、傅彦长、倪贻德、谢海燕、谷剑尘、李金发、李猛、王道源、万国安、徐苏灵、叶秋原、郑

① 《民族主义文艺运动宣言》，《前锋月刊》1930年10月第1卷第1期。

② 石萌（茅盾）：《"民族主义文艺"的现形》，《文学导报》1931年9月13日第1卷第4期；《茅盾全集》第19卷，北京：人民文学出版社1991年版，第249—251页。

③ 同上书，第257—258页。

行巽、吴颂皋、邹枋、向培良、李青崖、应成一、杜衡、汤增敫、胡仲持、周伯涵等。虽不能说他们都是民族主义文学派的人物，但他们至少认同民族主义文学宗旨，也为民族主义文学创作或理论建设做出了贡献。比如李金发为杂志翻译了法国作家贝野·罗蒂的《北京的末日》，这部记录八国联军攻占北京的日记体纪实作品的确有提醒人们勿忘国耻的警示作用。① 李猛的《五卅惨案在文艺上的影响及其批判》，回顾了鲁迅、郭沫若、胡适、陈西滢、俞平伯、周作人等在五卅运动中的表现，并给予尖锐批评，以对陈西滢的批评为例，文章说："说闲话的专门家陈西滢是从帝国主义的国家镀了金回来的，他对于暴行的帝国主义者多少不免要带若干的敬意（对于本国，他自然只会轻蔑，据他说，因为'中国人本是一个丑陋的民族'的缘故），所以一方面虽然尽管说英日的坏处，一方面他要抬出帝国主义国家里的正谊派来，要叫人家知道英日的暴行，只是英日极小一部分的人的暴行，而不是英日帝国主义者全体人民的暴行，他的中心思想是要缓和中国民众反抗英日的运动。"这样的批评可谓尖刻。文章接着批判了胡适与创造社的"人云亦云"："我国的新文艺者对于文艺也不肯仔细去探索，只是人云亦云，亦步亦趋罢了。梁实秋说胡适之的提倡国语文，是从跟随当时的美国文学里跟随出来的，确有相当的理由。自中国有了所谓新文艺后，最善于人云亦云的，就是创造社派。他们看见日本流行着艺术为艺术的文学，他们也就来鼓吹一下艺术为艺术；看见日本颓废派，他们也就来一下颓废派；看见日本有普罗文学了，他们赶快也就普罗文学一下。像郭沫若的文艺论，我们仔细检查一下，就可发现他是专门拾日本文艺余唾的。假使我们的新文艺者不是那么专门人云亦云，能稍稍思索查考一下文艺的使命与史实，就可知道：文艺在原始状态里，是从民族的立场所形成的生活意识里产生的；艺术作品里所显示的，也不仅是艺术家的才能技巧等等，并且显示是那艺术家所属的民族的产物。"文章最后得出结论："真正的文艺，必然是民族主义的文艺。"② 这篇秋后算账的长文仔细地翻出了作家们在民族矛盾激化时的表现，的确有一定的打击力度。

----

① ［法］贝野·罗蒂：《北京的末日》，李金发译，《前锋月刊》第 2 期起连载。
② 李猛：《五卅惨案在文艺上的影响及其批判》，《前锋月刊》1930 年 10 月 10 日创刊号。

在 1930 年前后的节点上，左翼作家对待中东路事件态度是一个值得研究的话题。学者冷川分析了龚冰庐四幕剧《我们重新来开始》[①]、马宁短篇小说《西伯利亚》[②] 和蒋光慈《丽莎的哀怨》对待"阶级革命"与"民族国家"话语的分裂矛盾态度，指出了李立三左倾错误造成的危害：中共希望"将'民族'与'国家'分开，就可以利用前者的模糊性，在'中华民族''劳苦大众'和'阶级利益'这三个有所关涉的概念间滑动，将有关民族国家的理念尽可能的纳入阶级斗争的理论体系中"，但事实证明，"任何阶级觉悟的强调都在赤裸裸的国家利益面前显得软弱无力"，因而左翼文学中也自然地融入了民族主义情绪。[③] 其实陈独秀早就看到了李立三政策的矛盾，他在 1929 年 7 月 28 日给中共中央的信中说：《中国共产党为反对帝国主义进攻苏联宣言》简单地提出"拥护苏联"的口号，无法唤起民众的认同，更无法戳穿国民党维护民族利益的假面。遗憾的是陈独秀不久即被作为托派分子开除党籍。李立三等人的左倾幼稚病主要表现这严重脱离国情和民族国家利益，这为此后毛泽东反对王明、倡导"马克思主义中国化"提供了反思契机，中国共产党由此更加关注民族国家利益，不再唯"共产国际"马首是瞻。

国民党主办的《前锋月刊》毁于"一·二八"战火，"前锋社"随之解体，代之而起的民族主义文学期刊是王平陵任主编的《文艺月刊》。从 1930 年 8 月 15 日创刊到 1942 年终刊，《文艺月刊》上经常出现的名字有：张道藩、王梦鸥、缪崇群、金满成、洪为法、钟宪民、陈鲤庭、王鲁彦、聂绀弩、滕刚、顾仲彝、李青崖、钟天心、刘宇、费鉴照、黄英、杨昌溪、袁牧之、洪深、欧阳予倩、韦丛芜、苏雪林、凌叔华、袁昌英、尹雪曼、罗黑芷、老舍、巴金、靳以、何家槐、谢冰季、洪素野、曹聚仁、汪馥泉、高明、苏芹荪、孙俍工、汪锡鹏、叶鼎洛、戴望舒、梁镇、施蛰存、穆时英、黑婴、杜衡、侍桁、卞之琳、李金发、徐霞村、谢六逸、蹇先艾、方令孺、马彦祥、徐转蓬、储安平、梁遇春、李长之、季羡林、林

① 龚冰庐：《我们重新来开始》（四幕剧），《拓荒者》1930 年第 2、3 期和第 4、5 期合刊。
② 马宁：《西伯利亚》，《拓荒者》1930 年第 4、5 期合刊。
③ 冷川：《"中东路事件"在左翼文学中的表现》，《广播电视大学报》（哲学社会科学版）2008 年第 2 期。

庚、徐仲年、宗白华、杨邨人、曹葆华、华林、孙洵侯、赵萝蕤、史卫斯、陈瘦竹、叶永蓁、段可情、赵少侯、张露薇、黎锦明、徐訏、王统照、唐圭璋、周阆风、丁谛（吴调公）、柳无忌、何德明、方于、阎哲吾、绛燕、许绍絷、任白涛、程千帆、朱雯（王坟）、邹荻帆、谷斯范、梁实秋、沈从文、林徽音、陈梦家、何其芳、方玮德、臧克家、郭有守、郭子雄、傅抱石、余上沅、毕树棠、李万居、高植、徐中玉、姚蓬子、马宗融、安娥、孔厥、穆木天、沙雁、罗烽、白朗、以群、李辉英、熊佛西、赵清阁、陈纪滢等。如果仅仅考察作者队伍，人们根本无法判断它属于哪个派别。而《文艺月刊》刊登的重要作品主要包括以下几类内容：一、从历史中挖掘爱国题材或从现实中摄取反抗侵略的题材以壮大"民族主义文学"阵营，将人们的注意力吸引到团结御侮的主题上去；二、大量译介英、法、美等国的文艺理论和文学著作以淡化"左联"大量引入苏联文学所造成的阶级斗争气氛；三、团结中间派作家以营造一种相对宽松的创作氛围……

　　1931 年日本悍然发动"九一八"事变，这是日本进一步侵略中国、争夺亚洲霸权、走向世界战争的新开端；与此同时，马占山、李杜将军率领中国驻军在黑龙江和吉林省北部打响了反抗日本侵略的第一枪；1932 年"一·二八"事变后，第十九路军爱国官兵在蒋光鼐、蔡廷锴率领下与上海民众一起进行了英勇的"淞沪抗战"；1933 年 3 月，宋哲元指挥的第二十九军在"长城抗战"中给日军以沉重打击；5 月，冯玉祥联合方振武、吉鸿昌等在张家口组成"察哈尔民众抗日同盟军"，十万大军迎击日寇，收复多处失地；抵制日货运动遍及全国，学生爱国运动如火如荼，1935 年"一二·九"学生运动产生了广泛影响；1936 年 1 月，傅作义领导的绥远抗战，给予日本侵略者的嚣张气焰有力打击……文学抗战也在"九一八"事变后蓬勃兴起：鲁迅在 1931 年 9 月 21 日《答文艺新闻社问》中愤怒谴责日本帝国主义侵华反苏的险恶用心；"左联"在 1931 年 9 月 28 日出版的《文学导报》第 5 期刊登了《告国际无产阶级及劳动民众的文化组织书》，强烈抗议日寇的野蛮侵略，同期还刊登了史铁儿（瞿秋白）的民谣体诗作《东洋人出兵》和论文《大众文艺和反对帝国主义的斗争》，谴责强盗侵略，把反对日本侵略作为大众文艺的重要使命；1931 年 11 月 20 日出版的《北斗》杂志第一卷第 3 期刊登了沈起予《蓬莱夜话》和周裕之《奸细》，这两篇反对日本侵略的短篇小说"是救亡文学的先声"①，《蓬莱夜话》最早喊出了"打倒日本帝国主义"的口号。《北斗》第2卷第1期刊发文君（杨之华）的《豆腐阿姐》②写女工豆腐阿姐、丈夫阿明及三个孩子在"一·二八"战火中的悲惨遭遇：女儿阿毛在逃难中走失，儿子小宝被日军刺死，阿明被日本兵枪杀，豆腐阿姐被日本兵强奸后精神失常、惨死在垃圾堆旁；此小说在当时引起较大反响。《北斗》同期刊发的李辉英《最后一课》③模仿法国作家都德的名作，虽然艺术性不高，但充满着爱国热情和反抗精神；李辉英后来在1935年出版的小说集《丰年》序言中说："从前，我是迷恋着'文艺作品是给人作消遣的'"，可是"九一八"事变后，"我醒了，从昏沉的梦中惊醒了，自己这样问自己，'你该把这种抒写闲情逸致的笔调，转为反抗你的敌人的武器！'"④由此可见文艺界思想的变化。

1931年12月19日，周建人、胡愈之、叶绍钧、郁达夫、丁玲等30余人发起成立"上海文化界反帝抗日联盟"，这是文化界最早的抗战统一组织。1932年"一·二八"事变后，上海文艺刊物与各类报纸文学副刊纷纷登载反抗侵略、呼吁抗日的小说、诗歌、剧本、散文和评论，抗战文学掀起了第一个创作高潮。1932年2月3日，茅盾、鲁迅、叶圣陶、郁达夫、丁玲、胡愈之、陈望道、冯雪峰、周扬、田汉、夏衍、阳翰笙等43人联名发表《上海文化界告世界书》，发出严正抗议："我们坚决反对帝国主义瓜分中国的战争，反对强加于中国民众反日反帝斗争的任何压迫，反对中国政府的对日妥协，以及压迫革命的民众。"2月7日，鲁迅、茅盾、巴金等129名文化界人士联名发表《中国著作者为抗议日军进攻上海屠杀民众宣言》。国民政府在淞沪大战之后创办的民族主义文学刊物《矛盾月刊》，民族主义色彩格外强烈，其刊载的《明日底文学——论民族主义文学》一文称："民族主义文学是站在全人类的利益的立场上，为全人类服务的思想，当作中华民族的情绪在文学上的表现，这是一种明日

---

　　①　马良春、张大明主编：《中国现代文学思潮史》下册，北京：北京十月文艺出版社1995年版，第1032页。

　　②　文君（杨之华）：《豆腐阿姐》，《北斗》1932年1月20日第2卷第1期。

　　③　李辉英：《最后一课》，《北斗》1932年1月20日第2卷第1期。

　　④　李辉英：《丰年》自序，上海：中华书局1935年版，第1页。

的文学，它将展开历史上最伟大的一页！"① 《矛盾月刊》刊登的小说中，最具民族主义色彩的当数潘孑农的《盐泽》，小说从日本海军少将盐泽的视角写淞沪之战，不可一世的盐泽在遭到中国军民的顽强抵抗后信心遭受重挫，陷入了惶恐沮丧之中。潘孑农后来回忆说：《盐泽》发表后招致日本领事馆的抗议，认为"有侮辱该国国体之处"。在外交部门下令要"叙述理由，以便答复"的压力下，矛盾社被迫赔礼道歉并受到停刊两月的处分，杂志第 1 卷第 3、4 期合刊号延至半年后才得以出版。此后杂志虽然稍稍收敛了锋芒，但反日色彩依然鲜明，比如后来刊登的潘孑农《尹奉吉》，以朝鲜爱国青年尹奉吉在上海虹口公园刺杀侵华日军上海派遣军总司令白川义则大将的真实事件为题材，充满民族主义情感。② 此外，王平陵等人的诗歌《前哨的急奏》《九一八之哀歌》等都流露出浓烈的抗日情绪。

　　《流露》与《华北月刊》都没有出现优秀作品与代表名家。但值得一提的是，《华北月刊》作为国民党河北省党部创办的文艺刊物，其民族主义立场格外强硬，对民族主义文学的鼓吹也更卖力；他们认为"民族文学，是代表全体国民的利益的，站在国家民族的立场上，表现全民族全国家人民的一切活动的，主张国民联合的，抨击阶级对立的。古典主义，写实主义，民族主义，法西主义，行动主义，是其指导的原理，创作的方法"。③ 此外还有《黄钟》《前途》《汗血》《民族》《民族文艺》《建国月刊》《社会主义月刊》《文化批判》、《火炬》旬刊和《奔涛》半月刊等杂志为民族主义文学助阵，使得民族主义文学不断前进，遂成为时代文学主潮。因此，不仅李长之在总结 1934 年的文艺主潮时将民族文艺放在首位④，日本学者池田孝甚至认为"一九三三至一九三四年，由于中央集权化领袖独裁化的主题之扩大加强，民族文学势力雄健，展开了民族主义的文艺理论，显示了进展的形势。一九三四年的中国文坛，一言以蔽之，可

---

　　① 裘柱常：《明日底文学》，《矛盾月刊》1932 年 4 月 25 日 "发动号"。
　　② 潘孑农：《从发动到今朝》，《矛盾月刊》1934 年 2 月 1 日第 2 卷第 6 期。潘孑农的民族主义情感是真挚而深沉的，他的《长城谣》谱曲后传唱至今，是著名的爱国歌曲。
　　③ 林国材：《一九三四年世界文坛的总清算》，《华北月刊》1935 年 2 月第 3 卷第 1 期。
　　④ 李长之：《一年来的中国文艺》，《民族》1935 年 1 月 1 日第 3 卷第 1 期。

以说是民族主义文艺之活跃与普罗文学之没落。"①

报告文学无疑发挥了抗战文艺轻骑兵的作用，芦焚《请愿正篇》《请愿外篇》、姚蓬子《白旗交响曲》、彬芷（丁玲）《多事之秋》、田汉《暴风雨中的七个女性》、彭慧《米》、白苇《火线上》、楼适夷《战地的一日》、戴叔周《前线来信》、叶以群《一个印象》等，不仅描写军民的抗战，也谴责政府的不抵抗行为。葛琴《总退却》② 热情歌颂了十九路军官兵的抗日爱国热情和英勇战斗的英雄气概，而正当十九路军杀敌御侮时，却接到"上级"命令，要求他们停止前进、全线撤退。张天翼《最后列车》③ 写东北军战士的抗战悲歌："九一八"事变后，政府不允许军队反抗，反而下令军队撤入关内，士兵们十分愤怒，他们请求长官与日本侵略者决战，但长官却枪杀了带头请战的士兵；战士们制服了长官，勇敢地迎击日本侵略军。"一·二八"事变后两个月，阿英即编辑出版《上海事变与报告文学》一书，收入二十八篇报告文学作品④，"这是中国现代文学史上第一部冠以'报告文学'的作品集。"⑤ 由报告文学即可以看出："控诉日本帝国主义的侵略暴行，表现中国人民奋起抵抗的爱国精神，是救亡文学的中心主题"，而"谴责政府的不抵抗政策，是救亡文学第二大主题。"⑥

1933 年 5 月，国民政府被迫签署《塘沽协定》，6 月又相继签订《何梅协定》《秦土协定》。11 月，日本操纵成立"冀东防共自治委员会"和"冀察政务委员会"。此时期的抗战文学已有所沉淀，可称道者是艾芜《咆哮的许家屯》，小说描写日本侵略者占领后东北农村的恐怖气氛，也描写了许家屯农民的英勇反抗。1935 年华北危机使得抗战文学受到高度重视，东北作家群整体亮相：穆木天、萧军、萧红、骆宾基、端木蕻良、舒群、白朗、罗烽等人创作了《别乡曲》（穆木天）、《八月的乡村》（萧

---

① 池田孝：《一九三零——九三四年中国文学的动向》，《华北月刊》1935 年 2 月第 3 卷 1期。

② 葛琴：《总退却》，《北斗》1932 年 5 月 20 日第 2 卷第 2 期。

③ 张天翼：《最后列车》，《文学月报》1932 年 7 月 10 日第 1 卷第 2 期。

④ 阿英编：《上海事变与报告文学》，上海：南强书局 1932 年 4 月。

⑤ 马良春、张大明主编：《中国现代文学思潮史》下册，北京：北京十月文艺出版社 1995年版，第 1163 页。

⑥ 同上书，第 1034、1035 页。

军）、《生死场》（萧红）、《边陲线上》（端木蕻良）、《大地的海》（端木蕻良）等反映中国人民反抗日本侵略的战争小说。

1936 年 5 月，"冀察政务委员会"与日本订立《华北防共协会》；6 月，内蒙古成立了由日本扶植的德王"军政府"；截至 1937 年上半年，日本不仅占领了整个东三省和内蒙古，还占领了热河、察哈尔、河北大部；日本在华北不断增兵，不仅制订出全部占领华北的军事计划，而且积极准备全面进攻和占领中国，战略方针也由蚕食扩张转向大举军事进攻。1936 年 12 月的"西安事变"及其和平解决，粉碎了日本帝国主义和国民党亲日派挑拨扩大内战的阴谋，为国共第二次合作、建立抗日统一战线创造了条件。文艺界则在国内和国际形势影响下走向联合："左联"自动解散并汇入此后成立的"中华全国文艺界抗敌协会"；市民文学、自由主义文学也转向表现抗战的宏大主题；"寻根文学"作家更是向传统文化和民间文化汲取资源，有的描写故乡草根阶层的生存原生态，有的则呼唤重建民族精神……"民族抗战"由此成为中国文学的共同主题，中国文学从"五四"时代的"无名"状态走向了"共名"。

第五节　文化中国，大地民间：20 世纪 30 年代 "寻根小说" 研究①

如果说 1917—1927 年主要是新文学"横向移植"和"全盘西化"的"拿来"十年，那么 1927—1937 年的新文学更加注重"纵的继承"和文化寻根，尤其是小说家们回归本土和传统，开掘出了"文化中国"与"大地民间"这两大主题。1927—1937 年形成的现代写意抒情小说可以说是文化民族主义文学的经典，代表着中国新文学对世界文学的独特贡献。

---

①　本节删节稿以《文化中国与大地民间：试论 30 年代的"寻根文学"》为题，刊于《文学评论》2006 年第 5 期。

一　文化寻根：中国古典艺术精神的再造

儒、释、道等传统文化长期浸润中国士人和百姓的日常生活礼俗，渐渐积淀为心灵深处的集体无意识。正如梁实秋晚年所说："道家思想支配我们民族性的养成，其影响力之大似不在儒家之下"，"一个道地的中国人大概是儒道释三教合流的产品了。"① 五四新文化运动虽然激烈反传统，却无法清除传统文化的深层影响，尤其在 20 世纪 30 年代反思现代性的潮流中，传统文化再次复苏，以京派为代表的一批现代作家力图从中国传统文化艺术中汲取营养，再造古典艺术精神。

儒学主要给中国传统文学带来"养吾浩然之气"的中正道德感。因此传统主流文学将道德"至善"与艺术"尽美"联结在一起，大约是为现实服务的文学。这种文学因为主张"放郑声"和"思无邪"而带有强烈的禁欲色彩，因为主张"文以载道"而难以使人得到感官娱悦。儒家思想在 1930 年代成为南京政府发动的"新生活运动"的道德标准，也成为陈立夫"文化建设派"的文化之根，在文学上也就有了"国家兴亡匹夫有责"的政治民族主义文学。然而政治民族主义文学作为教化式的主流文学使人如《礼记·乐记》所说"端冕而听古乐，唯恐卧"，因为单纯枯淡、缺少感官快乐与刺激而难免使人昏昏欲睡。

老庄哲学以其"精神的自由解放——游"补充了儒家文学的不足，成为中国古典艺术精神的哲学基础。"游戏"使人摆脱实用与求知的束缚，得到精神的自由，"除了当下所得的快感、满足外，没有其他目的"②，也即康德所说"纯粹无关心的满足"③。徐复观认为："庄子之所谓道，落实于人生之上，乃是崇高的艺术精神；而他由心斋的功夫所把握到的心，实际乃是艺术精神的主体。由老学、庄学所演变出来的魏晋玄

---

① 梁实秋：《岂有文章惊海内》，《梁实秋文集》第五卷，厦门：鹭江出版社 2002 年版，第 544 页。

② 徐复观：《中国艺术精神》，上海：华东师范大学出版社 2001 年版，第 36、37 页。

③ 徐复观《中国艺术精神》第二章第五节"游的基本条件——无用与和"中说："康德在其大著《判断力批判》中认为，美的判断不是认识判断，而是趣味判断。趣味判断的特性，乃是'纯粹无关心的满足'。所谓无关心，主要是既不指向于实用，同时也无益于认识的意思。这正是庄子思想中消极一面的主要内容，也即是形成其游的精神状态的消极条件及其效用。"徐复观：《中国艺术精神》，上海：华东师范大学出版社 2001 年版，第 38 页。

学，它的真实内容与结果，乃是艺术性的生活和艺术上的成就。历史中的大画家、大画论家，他们所达到、所把握到的精神境界，常不期然而然的都是庄学、玄学的境界。"① 老庄思想影响下的中国古典艺术精神以"无用"与"和合"态度实现了对生活的诗性观照，形成了超然的人生观和宇宙观。李泽厚也认为："就其实质来说，庄子哲学即美学，他要求对整体人生采取审美态度：不计利害、是非、功过，忘乎物我、主客、人己，从而让自我与整个宇宙为一体。"② 释、道融合的适世人生观使中国文人具有法天贵真、见素抱朴、少私寡欲、绝学忘忧的人性理想。道家文化一方面以忧生伤时的悲剧意识、孤傲超世的叛逆精神和回归自然的反异化态度来对抗主流社会，以期获得人性解放与精神自由，另一方面又以清高淡远的生命情调、寄情山水的自然意识、安时顺生的处世态度和超然旷达的齐物论思想，消除或引领人们走出在世苦闷与生存困境，为历代文人找到了释放苦闷、排解焦虑从而获得内心逍遥的渠道。这两方面是矛盾统一的，都指向了道家传统的精髓，即反抗体制化以确立个体本位，向往自然圆满而不忘人性本真。

在 20 世纪 30 年代的乱世中，周作人及其"苦雨斋"四弟子废名、沈启无、俞平伯、江绍原等都向着老庄思想、魏晋玄学、六朝之风和明朝遗趣进发，以隐士、狂士、真人的面目表达他们对社会的不满，同时在文学上致力于传统文化的现代转型。周作人早在 20 世纪 20 年代就曾说："中国现在所切要的是一种新的自由与新的节制，去建造中国的新文明，也就是复兴千年前的旧文明……舍此中国别无得救之道，……其实这生活的艺术在有礼节重中庸的中国本来不是什么新奇的事物。"③ 周作人对旧文明的召唤使人们看到了他骨子里的"绅士鬼"："他（周作人）虽然是一个新文坛上的人物，但实在却是穿上近代的衣裳的士大夫。（其实他到近来，连这件装幌子的衣裳也要脱下了。）他在《谈龙集》《谈虎集》序上，就自己说出'我原是一个中庸主义者'及'我的绅士气'等话，便

---

① 徐复观：《中国艺术精神》"自叙"，上海：华东师范大学出版社 2001 年版，第 2 页。
② 李泽厚：《中国思想史》上卷，合肥：安徽文艺出版社 1999 年版，第 193 页。
③ 周作人：《生活之艺术》，《自己的园地·雨天的书》，北京：人民文学出版社 1988 年版，第 293 页。

是最好的明证。"① 周作人实在不是一个烈士型的战士，而老友陈独秀在1927 年后"告别革命"回归文化研究，以及李大钊的遇难等事件，更促使他走向"中庸"。他在小诗《歧路》中说："而我不能决定向哪一条路去，/只是睁了眼望看，站在歧路的中间"，自叹"懦弱的人，/你能做什么事呢？"将这首《歧路》与1934 年的《自寿诗》② 加以对照就会发现：周作人从白话到文言，从歧路彷徨到专心吃苦茶，从"浮躁凌厉"到"思想消沉"，已完全放弃启蒙立场，从孔融走向陶渊明了，甚至是如庄子所说："予求无所可用久矣！几死，乃今得之，为予大用。"③

周作人喜爱晚明小品固然是为新文学寻找源流，其中也包含着他人生态度和文学兴趣的转变。周作人后期的人生态度的确很像袁宏道。袁氏曾概括人生的四种态度："有玩世，有出世，有谐世，有适世"，前三种依次代表道、释、儒的人生态度，他都不甚欣赏，而唯独欣赏"适世"的人生态度：

> 独有适世一种，其人甚奇，然亦甚可恨。以为禅也，戒行不足；以为儒，口不道尧舜周孔之学，身不行羞恶辞让之事，事业不擅一能，于世不堪一务，最天下不紧要人。虽于世无所忤违，而贤人君子则斥之惟恐不远矣。弟最喜此一种人，以为自适之极，心窃慕之。④

这种适世的态度是一种杂糅儒、释、道的人生观。无独有偶，林语堂1927 年后的人生态度与周作人相仿佛，他认为"孔子学说的本质是都市哲学，而道家学说的本质为田野哲学"；"道教为中国思想之浪漫派，孔教则为中国思想之经典派。确实，道教是自始至终罗曼斯的：第一，他主张重返自然，因而逃遁这个世界，并反抗狡夺自然之性而负重累的孔教文化。第二，他主张田野风的生活，文学，艺术并崇拜原始的淳朴。第三，

---

① 许杰：《周作人论》，《文学》1934 年 7 月第 3 卷第 1 号。
② 周作人 1934 年作五十自寿诗："前世出家今在家，不将袍子换袈裟。街头终日听谈鬼，窗下通年学画蛇。老去无端玩骨董，闲来随分种胡麻。旁人若问其中意，且到寒斋吃苦茶。"
③ 《庄子·人间世》，曹础基：《庄子浅注》，北京：中华书局 1988 年版，第 65 页。
④ 袁宏道：《徐汉明》，《袁宏道集笺校》，钱伯城笺校，上海：上海古籍出版社 1981 年版，第 218 页。

他代表奇幻的世界，加缀之以稚气的质朴的'开天辟地'之神话"；佛教在中国的影响更是无远弗届，"救济人类理性之穷"。①

　　释道互融的艺术观在周作人和其他"寻根派"作家身上都有突出表现。周作人认为"传统之力是不可轻侮的"，"坏的传统思想自然很多，我们应当想法除去他"，而那些"超越善恶而又无可排除的传统，却也未必少"，因此他主张采取"融化"的方式对文学传统加以分析与整合。由此出发，他提倡诗歌的"朦胧美"、散文的"涩味"、小说的"意境"与"古典趣味"，并提出了融化文学传统的具体方法②。废名参禅悟道、醉心老庄，迷恋于古典诗歌打破时空和因果联系的意象组合方式，因而他按照唐诗的写法来写小说，创作散文诗式的小说，自称"分明受了中国诗词的影响，我写小说同唐人写绝句一样"③。沈从文在小说创作中要"糅游记散文和小说故事为一"，做到笔有情感，文有光彩；他专注于"乡村抒情"，在"半叙景物，半涉人事"中安置"人事爱憎"与"情感纠纷"，营造一种特别的抒情氛围；他认为这样的写法无疑会成为"现代中国小说的一格"，能为现代小说创造"一个新的型式"④。梁宗岱虽然与罗曼·罗兰、瓦雷里多有交往且对后者心仪不已，但他明确地向徐志摩申诉："中国底诗史之丰富，伟大，璀璨，实不让世界任何民族，任何国度，因为我五六年来，几乎无日不和欧洲底大诗人和思想家过活，可是每次回到中国诗来，总是无异于回到明媚的故乡，岂止，简直如发现一个'芳草鲜美，落英缤纷'的桃源，一般地新鲜，一般地使你惊喜，使你销魂。"⑤朱光潜则在古希腊诗神阿波罗那里找到了与中国传统艺术精神相通的"静穆"："'静穆'是一种豁然大悟，得到归依的心情。它好比低眉默想的观音大士，超一切忧喜，同时你也可以说它泯化一切忧喜。……陶潜浑

① 林语堂：《吾国与吾民》，黄嘉德译，西安：陕西师范大学出版社 2002 年版，第 78、83 页。

② 周作人：《〈扬鞭集〉序》，钟叔河编：《知堂序跋》，长沙：岳麓书社 1987 年版，第 297 页。

③ 废名：《冯文炳选集》，北京：人民文学出版社 1985 年版，第 394 页。

④ 沈从文：《新废邮底存》二十二、二十三，《沈从文文集》第 12 卷，广州：花城出版社 1984 年版，第 64、68 页。

⑤ 梁宗岱：《诗论》，《诗与真》，商务印书馆 1935 年；《梁宗岱文集·评论卷》，北京：中央编译出版社 2003 年版，第 30 页。

身是'静穆'，所以他伟大。"①

可以说，释家与道家思想在那个乱世里为作家们提供了一个精神避难所，使他们得以保持灵魂的纯净。这种思想反映在文学创作中就是注重内心淡泊自由，主张性灵与闲适。这是释、道出世精神的一种现代转化形式，是作家寻求自由的方式，也是文学自觉的表现。这种深厚的历史诗学和"无用之用"的古典艺术精神在他们的创作中复活再生。

二　写意小说："中国小说学"的构建

后世研究者曾对京派小说做出过各种命名，如汪曾祺称之为"散文化小说"②，吴晓东称之为"心象小说"③，王德威称之为"抒情小说"④，王义军将其命名为"写意小说"并认为这是建构现代本土小说学的自觉尝试。我认同"写意小说"的命名。

回首新文学历史，如果说闻一多较早提倡新诗文体建设以救治新诗过于自由随意的弊病，周作人借鉴明代小品技法希图实现散文的现代化转型，那么以废名为代表的小说家则将传统佛道思想、古典诗画意境、古代散文语言和小说手法进行了有机融合，致力于中国现代写意小说学的创立。他们"承续中国古典美学传统，在自己的小说创作中，有意识地改变'五四'初期传入和确立的被正统化和经典化的西方小说的叙事方式，从而基本上形成了一种新型的叙事文学的特征。这就是，不以塑造人物为中心，而把人物当作意象来经营；淡化小说的故事和情节，不以时间为小说的结构核心，强化小说意象、意蕴与意境的创造，以空间为小说的结构中心；并在小说的修辞手法上，多借用意象、隐喻与象征、空白、白描等常被诗歌所运用的方法。写意小说因之常常在作品中营造深具魅力的意境，以此和西方小说中的典型并驾，形成世界美学之林上的两座耀眼的高

---

① 朱光潜：《说"曲终人不见，江上数峰青"——答夏丏尊先生》，《中学生》1935 年 12 月第 60 期；《朱光潜全集》第 8 卷，合肥：安徽教育出版社 1993 年版，第 396 页。

② 汪曾祺：《小说的散文化》，《汪曾祺全集》第 4 卷，北京：北京师范大学 1998 年版，第 79 页。

③ 吴晓东：《意念与心象：废名小说〈桥〉的诗学研读》，《文学评论》2001 年第 2 期。

④ 王德威：《现代中国小说十讲》，上海：复旦大学出版社 2004 年版，第 129 页。

峰。"① 写意小说区别于西方科学观基础上的现实主义小说，强调建立在"情感—表现"基础上的中国风格的写意审美观：它讲究情感的"中节"，遵循儒家"乐而不淫，哀而不伤"原则，在重视"文章之美"的同时，讲究意境的幽长深远；在将"情感客体化"的同时注重"宇宙的人情化"②；他们的小说不再追求人物性格的成长，而是将其变成一种抽象符号和抒情意象。在西方叙事作品中，情节是人物性格的发展史，"一切与性格无关的东西，作家都可以置之不顾。对于作家来说，只有性格是神圣的，加强性格，鲜明地表现性格，是作家在表现人物特征的过程中最当着力用笔之处。"③ 这是文艺复兴"人的发现"的结果，无论是人道主义还是人本主义作家都关注"人"，只不过"前者关注的是人的自我追求、人格独立、个性解放，关注人的社会形态与社会价值；后者则关注生命的冲动、酒神精神、存在本体，一句话，关注人的生命形态和生命价值。"④

　　五四新小说正是在对人物性格和故事情节的关注中出现了"洋八股"现象："种种的'欧化'语调，不是中国民众的口吻；种种崭新的思想，不是中国民众的脑筋所能了解的。只可说是变态的文人化；不能说是民众化。虽不能说全是'洋八股'，但至少有一部分是'洋八股'。"⑤ 与文化上反思现代化的思潮相同步，20 世纪 30 年代的写意小说家们重归本土传统，开始探索"中国小说学"。其创作不是为了"忠实于生活的现实性的一切细节、颜色和浓淡色度，在全部赤裸和真实中再现生活"⑥，也不是为了达到恩格斯所说"除了细节的真实之外，还要真实地再现典型环境中的典型性格"，相反，他们不再将塑造人物作为小说重心，正如芦焚所

① 王义军：《审美现代性的追求：论中国现代写意小说与小说中的写意性》，上海：上海文艺出版社 2003 年版，第 192 页。

② 朱光潜：《子非鱼，安知鱼之乐？——宇宙的人情化》，《朱光潜全集》第 2 卷，合肥：安徽教育出版社 1987 年版，第 24 页。

③ ［德］莱辛：《汉堡剧评》，张黎译，上海：上海译文出版社 1981 年版，第 125 页。

④ 程文超：《意义的诱惑》，长春：时代文艺出版社 1993 年版，第 73 页。

⑤ 胡怀琛：《中国小说"质"的方面的演变》，《中国小说的起源与演变》，南京：正中书局 1934 年。

⑥ ［俄］别林斯基：《论俄国中篇小说和果戈理君的中篇小说》，《文学的幻想》，满涛译，合肥：安徽文艺出版社 1996 年版，第 121—122 页。

说："我并不着意写典型人物。"① 他们在人物描写中注重的也不是人物个性及其生存状态，而是将人物当作审美对象以表达心象与意象，"小说中不再精心刻画具体可感的形象，而是将自己的意念化成一个个具体而形象的情境，小说的构思不再是由形象到观念，而是由意念到形象，由意念到具象。因此，小说中的情境就不再是对于现实的模仿，而是对于意念的拟想。"②

　　写意小说没有明晰的故事和情节，没有激烈的行动、冲突和高潮，甚至人物性格类型化扁平化，因此根本无法套用现实主义的手法加以分析；写意小说更"近乎一种风景画集成"，"人虽在这个背景中突出，但终无从自然分离，有些篇章中，且把人缩到极不重要的一点中，听其逐渐全部消失于自然中"③；这类小说常以"常与变""生与死"、偶然与必然为主题，表达作家内心的妙悟与感伤，人物与景物只不过是作家心象的传达；"由于人物性格的静态化，人物缺乏行动，这就必然使情节呈现静态，发展缓慢，甚至淡化情节。"④ 作家们在写作中只求神似与神会，只求美化生活："这一类小说的作者大都是性情温和的人。他们不想对这个世界作陀思妥耶夫斯基式的拷问和卡夫卡的阴冷的怀疑。许多严酷的现实，经过散文化的处理，就失去了原有的硬度。"⑤ 写意小说的修辞手法主要有隐喻与白描、意象与象征、空白与省略等，这些多来自于中国传统诗画艺术，也汲取了西方现代哲学及意象派诗歌的某些手法。从这种意义上说，写意小说的成功就在于小说背后巨大的隐喻性给读者留下了无穷的阐释空间。

　　由此可以看出，"写意小说"有三种传统资源：其哲学基础是老庄意

① 芦焚：《〈马兰〉书成后录》，《师陀研究资料》，北京：北京出版社 1984 年版，第 72 页。

② 王义军：《审美现代性的追求：论中国现代写意小说与小说中的写意性》，上海：上海文艺出版社 2003 年版，第 73 页。

③ 沈从文：《〈断虹〉引言》，《沈从文文集》第 11 卷，广州：花城出版社 1984 年版，第 61 页。

④ 王义军：《审美现代性的追求：论中国现代写意小说与小说中的写意性》，上海：上海文艺出版社 2003 年版，第 79 页。

⑤ 汪曾祺：《小说的散文化》，《汪曾祺全集》第 4 卷，北京：北京师范大学 1998 年版，第 79 页。

象与佛禅境界；其写意手法来自中国传统绘画技艺；文学资源则主要来自古典小说叙事方式以及诗歌散文文章之美。"寻根派"将未蒙教化的乡村世界当作对抗文明异化的最后圣地，寄托了他们对人类未来诗意栖居的渴望，为中国乃至人类指出了一条通向和谐生存的道路，更为中国知识分子提供了批判现实的精神武器和情感价值。

三　大地民间：民族品德的消失与重建

如果说以周作人为核心的早期京派创作群体具有明显的隐士风和贵族气，以创建民族化的中国文学为使命，以重构典雅、闲适、静穆的传统美学思想为己任，那么沈从文1933年的加入则将京派带向了一个新的方向，那就是民族品德的重建。从沈从文开始，以朱光潜的沙龙聚会为中心，后期京派努力扫除早期京派文学中的阴柔与"邪僻"①，走向民间发掘刚性血气以重塑民族精神。沈从文说："我们若承认儒墨道哲学思想，刚勇、朴实、超脱，与这个民族光辉不可分，有一点值得注意，即当前读书人中正如何缺少这种优美德性。"② 因此他提醒作家"努力从事于艺术，是为了使这个民族增加些知识，减少些愚昧，为这个民族的光荣，为这个民族不可缺少的德性中的'互助'与'亲爱'，'勇敢'与'耐劳'。特别重要的是一腔爱国热忱，加以铸像似的作品的制作。"③ 这是沈从文自觉后的思想基点，也是许多寻根派作家的写作目的。

随着民族危机的加深，20世纪30年代中国官方意识形态力图以传统文化与道统的追述唤起国民共同的德性。陈立夫的"中国文化建设运动"和王新命等"十教授书"均带有民族文化反思与精神重建的企图；梁漱溟、陶行知、晏阳初在民间的"乡村建设运动"则力图走出一条以乡村为中心的现代化道路。与之相连，中国作家也以自身力量推动民族品德的重建以适应全民抗战的要求。此时的民族品德重建工程不再是启蒙主义大

---

①　沈从文：《论穆时英》，《沈从文文集》第11卷，广州：花城出版社1984年版，第203页。

②　沈从文：《一种态度》，《沈从文文集》第12卷，广州：花城出版社1984年版，第360页。

③　沈从文：《禁书问题》，《沈从文文集》第12卷，广州：花城出版社1984年版，第329页。

旗下的批判国民性，而是着力唤醒那些正在消失的优美德性。朱光潜1932 年说："我坚信中国社会闹得如此之糟，不完全是制度的问题，是大半由于人心太坏。我坚信情感比理智重要，要洗刷人心，并非几句道德家言所可了事，一定要从'怡情养性'做起，一定要于饱食暖衣、高官厚禄等等之外，别有较高尚较纯洁的企求。要求人心净化，先要求人生美化。"① 这说明作家们看到了文学在重塑民族道德工程中的"寓教于乐"功能。

沈从文提出了以小说代替经典的观点，认为文学不仅能提供优美的人生还能促使社会得到根本改造。"我们得承认，一个好的文学作品，照例会使人觉得在真美感觉以外，还有一种引人'向善'的力量。"他进而指出了作家在民族性格重塑工程中的任务："作者在小小作品中，也一例注入崇高的理想，浓厚的感情，安排得恰到好处，即一块顽石，一把线，一片淡墨，一些竹头木屑的拼合，也见出生命洋溢。这点创造的心，就正是民族品德优美伟大的另一面。"② 因此沈从文着力描写隐藏在边地民风中的生命元气，"这种生命强力与民族责任感的交融，就使其人性内容有了深刻的意蕴。这种充溢生命力的人生是美的、健康的人生。"③ 他在给萧乾《篱下集》写的题记中说："我崇拜朝气，喜欢自由，赞美胆量大的，精力强的。一个人行为或精神上有朝气，不在小利小害上打算计较，不拘拘于物质攫取与人世毁誉；他能硬起脊梁，笔直走他要走的道路……这种人也许野一点，粗一点，但一切伟大事业伟大作品就只这类人有分。他不能避免失败，他失败了能再干。他容易跌倒，但在跌倒以后仍然即刻可以爬起。"④ 这促使他把揭示个人生命真谛、探索民族生存出路作为自己的使命，试图以"文"的努力来解构现代生活的病态历史，重建健全的人类生命史。

---

① 朱光潜：《谈美·开场话》，《朱光潜全集》第 2 卷，合肥：安徽教育出版社 1987 年版，第 6 页。

② 沈从文：《短篇小说》，《沈从文文集》第 12 卷，广州：花城出版社 1984 年版，第 114、125 页。

③ 彭晓勇：《民族生命元气的执着追求——沈从文小说论》，《贵州社会科学》1990 年第 4 期。

④ 沈从文：《〈篱下集〉题记》，《沈从文文集》第 11 卷，广州：花城出版社 1984 年版，第 33 页。

　　沈从文说自己是一个"对政治无信仰对生命极关心的'乡下人'"。这种"乡下人"的文化角色主要包含两个层面的内容：首先，这是作家对人类生命价值的体认："要表现的本是一种'人生的形式'，一种'优美、健康、自然而又不悖乎人性的人生形式'。"① 其次，"乡下人"又意味着其道德价值标准是属于"乡土中国"的，即"以原始野性嘲讽了文明病，反映了作家以边地民性作为制高点对城乡文化进行道德观照"；他使诚实坚韧的自然人性带上了浪漫超脱的神性："他们倒转历史，向往人类的童年，在时间坐标上带有逆向性。用他们的话来说，也许就是调整'心理距离'的一种独特的方式。这种独特的方式，沟通着古代和现代，城市和乡土，因而其艺术态度徘徊于入世与出世之间，在'心灵下乡'中隐含着心灵的开放。"② 至此我们可以发现，正如"沈从文很想借文字的力量，将野蛮人的血液注入老态龙钟颓废腐败的中华民族身上使它兴奋起来，好在二十世纪舞台能与别个民族争生存权利"③，"乡下人"对理想人性的追求和更为现实而迫切的重造民族品格的愿望，为 20 世纪 30 年代寻根派小说家的创作增添了极大热力。

　　寻根派作家重建民族精神的意图到 1935 年以后变得更为明显。东北作家群中的萧红和端木蕻良等显示出与五四新文学的现实主义风格大异其趣的风貌，他们对民族生活原生态的自然主义描写和对民族精神的呼唤给人以深刻印象；他们的作品并不注重圆形人物和立体性格的刻画，而是在尝试探索一种新的小说学。尤其萧红的小说，以细腻的感觉、丰富的细节、天才式的语言丰富了现代中国文学宝库：从文化人类学角度看，萧红没有如鲁迅那样带着启蒙心态去批判和改造国民性，也未像废名和沈从文那样以道德理想主义情怀缅想世外桃源，而是从女性自身的生命感受出发如实地记录所见所闻所感所思，而恰恰是这种散漫的素描将未加雕饰的民间原生态真实呈现给了读者，显示出一种真正的"大地民间"情怀。

　　五四新文化运动的主将们采取了决绝的反传统态度，对国民性进行了

----

① 沈从文：《〈从文小说习作选〉代序》，《沈从文文集》第 11 卷，广州：花城出版社 1984年版，第 45 页。

② 杨义：《杨义文存》第 4 卷，北京：人民出版社 1998 年版，第 476、496 页。

③ 苏雪林：《沈从文论》，《文学》1934 年 9 月第 3 卷第 3 号。

深刻批判，如果将这些批判汇集起来，可能会导致民族虚无主义与历史虚无主义。因此，随着第一次世界大战后全球范围内对于自由主义世界的怀疑，尤其是 20 世纪 30 年代德国民族主义的复兴，促使国内学术界对启蒙主义和新文化运动展开了反思，并力图通过对民族文化的整合来达到重建民族精神的目的。正如当代学者所说："体现民族精神的民族文化，乃是民族的慧命所在，也是民族生存发展的根据所在。民族、文化、历史这三个名词指的是同一实质。……针对西化派的数典忘祖和反传统，钱穆呼吁'用沉静的理智来看待自己以往的历史。中国历史知识的复活，才是中国民族精神的复活。而只有中国传统文化精神的复活，中国才能真正地独立自存'。一句话，中国的出路在于理解、体现和弘扬我们民族的历史文化精神，延续和光大我们民族的历史文化生命。"[1] 就此意义上说，20 世纪 30 年代的文化寻根派代表了一种"反思的现代性"，它对继承中国优秀传统文化、再造中国艺术精神、创建现代中国小说学起到了巨大的促进作用。

---

[1]　侯敏：《有根的诗学》，上海：上海人民出版社 2003 年版，第 22 页。

第 四 章

1937—1945：现代民族主义思潮的
高涨与文学创作

　　学者张中良为了给抗日战争正面战场"正名"而整理出了如下资料："抗战分为正面战场和敌后战场，……两个战场彼此需要，相互配合，协同作战，才最终赢得了抗日战争的伟大胜利。正面战场的大型会战有淞沪会战、太原会战、南京会战、徐州会战、武汉会战、南昌会战、随枣会战、三次长沙会战、桂南会战、枣宜会战、上高会战、中条山会战、浙赣会战、鄂西会战、常德会战、豫湘桂会战（豫中会战、长衡会战、桂柳会战）、豫西会战、鄂北会战（老河口地区作战）等22次，此外，还有远征军两次赴缅甸作战；重要战斗1100余次，小规模战斗近5万次。陆军伤亡、失踪达320万人，空军消耗飞机2468架，牺牲4000余人，海军几乎全军覆没。牺牲的少将以上高级将领150余名，如第三十三集团军总司令张自忠、第三十六集团军总司令李家钰、第二十九军副军长佟麟阁、第一三二师师长赵登禹、第九军军长郝梦龄、第二十九军军长陈安宝、第三军军长唐淮源、第四十二军军长冯安邦等。其中，生前有上将军衔和殉国后被追封上将军衔的至少有8位，将领以下团、营、连、排长数以万计。"① 这巨大的牺牲对于中国乃至全世界来说都是一场浩劫。在国难当头之际，国家主义者自然奋勇向前；自由主义者也因为"中国之大，无法安放一张书桌"而认同了开明专制，走向了为国效命之路，其中胡适与林语堂的转变可谓典型代表。而就八年抗战文学来看，主要有三种倾

---

　　① 张中良：《抗战文学与正面战场》导言，北京：社会科学文献出版社2014年版，第4—5页。

向：一是强调国家至上、为国牺牲，具有政治民族主义特征；二是批判国民劣根性，带有强烈的新民启蒙意识；三是通过书写历史英雄、描写文化风俗，激发民众的爱国主义情感，具有文化民族主义倾向。这三种倾向有一个共同目标即国家统一和民族复兴。抗战文学鼓吹"铁血精神"和"英雄史观"，致力于现代民族国家的统一和建设，在艺术上也吸收了时代文学的有益元素，因而具有不容忽视的思想史和文学史意义。

第一节　国之不存，自由何为：胡适在抗战时期的思想转变

20 世纪 30 年代中期以后，随着内忧外患日益加剧，民族主义思潮演化为一种以"开明专制""以党治国""军国主义"为核心理念的强国理想。当时的学界并非没有意识到蒋介石统治的弊病，但国难形势迫使他们进行权衡，从而将救亡图存当作首要任务。自由主义学者的态度变化可视为最佳例证：《独立评论》周围的学者在 1932 年还无一人担任政府官职，认为自由知识分子应留在政府之外，保持无偏无私姿态，这样对国家和社会发展更加有益。但随着华北危机的加深，自由主义学者群发生了分化，不少人意识到：国之不存，自由何为！因此不惜放弃自由理想和自由之身进入政府做事。至 1935 年，傅斯年、翁文灏、蒋廷黻、吴景超、陈之迈、钱端升等先后进入政府并身居要职。他们虽然保持着"无党无派"身份，却认同了新权威主义和中央集权独裁政体，服务于国家统一和全民抗战大业。

胡适在抗战期间的思想转变更具象征意味。本节以《胡适全集》日记与书信①部分为依据，参阅既有研究成果，分析胡适在抗战前后的思想转变过程及其原因，从而论证"国家至上"的民族主义思想是现代中国最重要的政治文化思潮。

---

　① 参看《胡适全集》第 24、25、32、33 卷，合肥：安徽教育出版社 2003 年。此节因引注胡适资料较多，故出自此版《胡适全集》者均用页内夹注方式注出卷数与页码。

一　国家大难临头，学术岂能独立？

胡适自 1917 年起一直是中国自由主义运动的精神领袖，将学术独立与教育发展当作国家振兴的百年大计。他虽然在 20 世纪 20 年代中期就打破了"20 年不谈政治"的戒律，却坚持以教育为职志，反对政府干预教育。比如胡适 1931 年 1 月 5 日为中国公学事南下上海，11 日"光华大学得教育部电令，要撤退罗隆基的教授。……光旦、全增嘏、沈有乾等都不平。今晚在光华教职员会上，争论甚烈。如教育部逼光华执行，必有一部分好教员抗议而去。此事是教育部的大错，可以引起大风波。"（卷 32，第 7 页）胡适意识到此事是国民党党化教育的新举措，事关教育独立和学术自由，因而立即致信陈布雷等欲行劝阻；但教育部态度强硬，于 13 日登报要求光华大学解除罗隆基教授职务（卷 32，第 8 页）。胡适 1 月 15 日致陈布雷信中对此事后果深表担忧：

> 鄙意以为大部电令光华大学辞退罗隆基君一事，实开政府直接罢免大学教授之端；此端一开，不但不足以整饬学风，将引起无穷学潮。……国中若无"以负责任的人说负责任的话"的风气，则政府自弃其诤友，自居于专制暴行，只可以逼人民出于匿名的、恶意的、阴谋的攻击而已。……至于因个人在校外负责发表的言论，而用政府的威力，饬令学校辞退其学术上的职务，此举尤为错误。私人发表的言论，只负法律上的责任，不应影响其在学术上的职务。教授在学校内，只须他能尽他的教授的职务，皆应受相当的保障。在法庭未判决他有罪以前，他是一个公民，应该享受职业上的自由。学校方面对他在校外发表的言论，皆不应加以干涉。学校只求他能担任他所任的教授任务而已。（卷 32，第 22—23 页）①

胡适援引哈佛大学校长洛威尔容忍心理学教授敏斯脱堡的反战言论，以及

---

① 胡适预言很快得到印证：教育部令光华大学辞退了罗隆基后，中国公学 1931 年 2 月 15 日被教育部接管，邵力子长校；4 月 1 日"电令北平师范大学，斥退教授余家菊，邱椿。"（《胡适全集》卷 32，第 102 页）从此，政府干预高等教育、党化高等教育进入了一个新阶段。

北京大学包容筹安会刘申叔、保守派辜鸿铭和民党人物王宠惠、陈独秀、石瑛诸人为例，说："这种风气，在大学以内，谓之'学术上的自由'（Academic Freedom）；在大学以外，谓之'职业之自由'（The Right of Profession）。在大学以内，凡不犯法的言论，皆宜有自由发表的机会。在大学以外，凡个人负责发表的言论，不当影响他在校内的教授的职务。"（卷32，第24页）应当说，此中有着胡适"学术独立、以法治校"的现代大学理念，更有着民主宪政精神。就此而言，后来美国多所大学授予胡适名誉法学博士，对胡适也算实至名归。

胡适此次南游过程中一面处理光华大学和中国公学事务，一面为北大物色人才。比如在上海劝说林语堂至北大任职；1月24日至青岛山东大学演讲则不忘拉拢杨振声、闻一多、梁实秋等到北大工作。及至回到北大，胡适立即协助蒋梦麟一起在全校推行院长制，在校政改革方面取得明显成效。胡适此时在政治理论方面仍然坚持"无党政治"即他七八年前提出的"好政府主义"（卷32，第136页）。等到"九一八"事变爆发，胡适多次在电信中与友人谈论时局，主张隐忍和谈判，以赢得和平建设时间；他坚持不参加政府，即使蒋介石邀他担任国民政府财政委员会委员，也委婉地以"病辞"。

胡适1932年日记大部分失记，仅存November27 – Dec. 6部分，但仍能看出他与政要人物的交往日渐增多。比如他南游武汉、长沙期间曾作数场演讲并会晤何键省长等人；再如蒋介石欲与胡适谈哲学并送他五册《力行丛书》，胡适则对蒋介石以阳明哲学解释孙文"知难行易"说不完全认同："阳明之说是知易行易。中山之说是知难行易。……然阳明之说先假定有此良知，故可以说'知行合一'。知善知恶是良知，行善去恶即是致良知。中山之说以'知难'属于领袖，以'行易'望之众人，必人人信仰领袖，然后可以'知行合一'。然既谓'行易'，则不必一定信仰领袖了。以吃饭说话等事譬喻'行易'，众人自然可以自信皆能吃饭说话了！所以必须明了'行亦不易'，然后可以信仰专家。"（卷32，第179—180页）胡适还写下《知难，行也不易》一文算是答复蒋介石咨问——而此文受到国民党右派的批判，认为有颠覆总理遗教之嫌。胡适不久还成为张学良座上客，1933年3月2日"晚上到张学良将军宅吃饭"并谈论时事，他对张学良直言："天津朋友看见滦东人民受的痛苦，人民望日本人来，人心已去，若不设法收回人心，什么仗都不能打。"（卷 32，第 187—188 页）3 月 3 日与傅作义将军晤谈，胡适听说"人民欢迎敌军。自朝阳到承德凡二百英里，日兵孤军深入，真如入无人之境。"（卷 32，第 190 页）极为愤慨；得知 3 月 4 日"进承德的日本先锋队只有一百廿八人，从平泉冲入，如入无人之境！"的消息，胡适不仅写下六千字长文《全国震惊之后》以及《给张学良将军的公开信》，还与丁文江、翁文灏联名致电蒋介石："热河危急，决非汉卿所能支持。不战再失一省，对内对外，中央必难逃责。非公即日飞来指挥挽救，政府将无以自解于天下。"（卷 32，第 188—189 页）蒋介石果然在 7 日即北上，9 日与宋子文、张学良在长辛店商谈应对局面事宜。13 日，蒋介石与胡适约谈两小时，蒋介石认为以中国军队目前的状况无法与日本对决："近代式的战争是不可能的。只能在几处地方用精兵死守，不许一个人生存而退却。这样子也许可以叫世界人知道我们不是怕死的。"（卷 32，第 195 页）——蒋介石所说并非借口也非怯于抗战，实在是中国太落后、太混乱了，胡适日记中有如下细节可为佐证：1933 年 6 月"南京的飞机场屋顶塌了，所有飞机只剩了三只，毁了三十余只。"（卷 32，第 201—202 页）首都机场屋顶塌方几乎将所有飞机砸毁，这看起来真像一个笑话，却反映出当时经济、军事状况之一斑。而胡适更担心的是民心士气，即他在日记中反复提到的华北平民"人人皆望日本来统治"状况①……而随着胡适与党政要人接触的增多，他对国计民生的理解也日益加深，渐渐体会到蒋介石的处境，也就不由自主地开始建言献策。

首先，胡适写信给好友、外交部长罗钧任（文干），希望他鼓励政府做好抗战准备。而 3 月 14 日罗钧任回信，以赌博来比喻对日政策："赌钱全靠气""输钱的时候，更要镇定，一声不响。如尚有筹码，好好地再来一下。如筹码不够，则慢慢地观察，俟庄家牌风转时，买他一个大头注。千万不可认输。""向来赌大钱的人，谁没有输过！"（卷 32，第 197—198

---

①　胡适 1934 年 1 月 24 日记又记道："第三十二军（商震）的一个秘书李遇之来谈，他说察哈尔'已非吾有'。人人皆望日本来统治，许多百姓把田契贴在门上，挈家逃往热河。牧羊的人，把羊赶到张家口，每只要纳税一元，还保不住能卖掉不。养五百羊，就须纳五百元，谁还能牧羊呢？"（《胡适全集》卷 32，第 284—285 页）

页）以此来比喻当下形势，劝胡适要有耐心。由此可知，罗文干虽然年纪不算老，但的确是一个老成的政治家。当然，由胡适与罗文干的书信往还中也不难发现一个政治家、实行家与一个思想者、知识分子之间的差别。

其次，胡适开始不失时机地表达对时政的态度。胡适 1933 年夏天"第三次出国"参加太平洋学会年会，6 月 22 日经过日本横滨时与美、日记者谈话，明确表达了不承认"满洲国"而主张"失地恢复"的严正立场（卷 32，第 221、224 页）；1934 年 1 月 31 日"到汪精卫的官舍，大谈外交内政问题。……回寓与吴达铨谈到夜深。达铨今夜在汪寓说他看中国对日本只可取'鬼混'政策，我甚失望。我对他说：即使鬼混，也要有个目的。无目的鬼混，必定被鬼混了去！"（卷 32，第 295 页）2 月 4 日评议说："南京政治的大病在于文人无气节，无肩膀。前夜我对精卫老实说，武人之横行，皆是文人无气节所致。今天我对（程）沧波谈，也如此说。他也同意。中国政治要上轨道，必须走这三步：第一，文治。第二，法治。第三，民治。"（卷 32，第 298 页）2 月 10 日又记道："我在南京的观察，可用四字来包括：'野无遗贤！'今日稍有才能的人，谁不有事做？往往还是用过其长。国家的致命伤也就在此四字。人才实在不够用。现在的最大危险，就在于一些人'求治太急'。一些人不满于现状，想要痛快干一下。他们如何干得了！此时第一要务在安定。"（卷 32，第 305 页）这大约就是胡适当时的主和、维稳态度，即使 1934 年 5 月 5 日应邀"试写华北第五十九军《抗日阵亡将士公墓碑》"（卷 32，第 364 页）①，仍主张隐忍、反省、自强。应当说这是实事求是的态度，是认清了国内国际形势后的观点，这种态度在他 1934 年 9 月 17 日为《东方快报》所作短文《"九·一八"的第三周年纪念　告全国的青年》中表现得更明确：

---

① 时隔一年，1935 年 7 月 5 日，胡适随傅作义看大青山"抗日阵亡将士公墓"，"当上月华北形势最危险时，小心的何应钦将军打了几个电报给傅宜生，叫他消灭一切'抗日'的标帜，尤其是这里的阵亡将士公墓。傅不得已，把塔上'抗日阵亡将士公墓'的'抗日'二字挖改成了'长城'二字，挖改的痕迹尚可认识。我的碑文也蒙上了一层沙石，另刻上了'精灵在兹'四个大字。全国送来的匾、联、铭、赞，凡有刺激性的，都设法迁毁了，只剩林主席的'河山壮气'一个匾。我站在这二百零三个国殇的墓前，真不胜感慨。"（《胡适全集》卷 32，第 496 页）

在这个惨痛的纪念日，我们应该最诚恳的反省，应该这样自省：

第一，为什么我们把东北四省丢了？是不是因为我们自己太腐败了？是不是因为我们自己太不争气了？是不是因为我们自己事事不如我们的敌人？

第二，在这三年之中，我们自己可曾作何种忏悔的努力？可曾作何种补救的努力？可曾作何种有实效的改革？

第三，从今天起，我们应该从什么方向去准备我们自己？应该如何训练磨练我们自己？应该怎样加速我们自己和国家民族的进步来准备洗刷过去的耻辱，来应付眼前和未来的大危机？

我们口头和笔下的纪念都是废话。我们的敌人不是口舌纸笔所能打倒的；我们的失地也不是口舌纸笔所能收回的。

我们的唯一生路是努力工作，是拼命做工。我们的敌人所以能够这样侵犯我们，欺辱我们，只是因为他们曾兢兢业业的努力了六十年。而我们只在醉生梦死里鬼混了这六十年，现在我们懊悔也无用了，只有咬紧牙根，努力赶做我们必须做的工作。

努力一分，就有一分的效果。努力百分，就有百分的效果。

奇耻在前，大难在后，我们的唯一生路是努力，努力，努力！

（卷32，第397—398页）

由此可以看出，胡适在用激将法激发民气，促人反省，但是有人把胡适言论当作"汉奸"思维，认为这是在长敌人士气。

最后，胡适开始为政府做对外宣传工作。胡适的思想主张虽然清醒，可是日本侵略者不给中国人反省努力的机会。1935年6月1日，胡适"听努生说天津日本兵队的暴行，气得不得了！这种国家是不能存在天地间的。"①（卷32，第461页）6月10日记道："连日华北风浪甚大，日本

---

①　联系1935年6月29日日记，也许是日本人贩卖鸦片事让胡适最为生气。王世杰回信中谈一细节："鸦片吗啡（此为最可恐怖之物；刘珍恒君为杰言，如日人在满洲及华北之散毒工作在全国继续二十年，中国民族之健康将永远不能恢复）之祸，更将广播。"（《胡适全集》卷32，第493页）关于日本人将天津建成世界鸦片制售中心的细节，可以参看林语堂《京华烟云》下卷。

军人的气焰高的不得了，报纸又不登真消息，故谣言极多。"（卷32，第469页）日本提出四事：（1）第二师及廿五师撤退；（2）于学忠的第五十一军撤退；（3）河北全省党部停止工作；（4）禁止全国一切排日运动。由此可知，日本在有意激化事态，其侵华步伐正在加快。面对这样的局面，为争取国际理解和支援，胡适于6月15、16日写作四千字长文《华北究竟发生了什么》，交《纽约时报》（*New York Times*）记者罗伯逊（Robertson）发表——这大约是胡适为政府做义务宣传员的开始。

二 为国建言献策，就任参政委员

面对华北危机和日本日益明显的侵华意图，胡适终于按捺不住，于1935年6月20日给教育部长王世杰（雪艇）写六千字长信，分析国策。此信的核心见解如下：

> 故我深思远虑，此时必须假定两个可能的局势，作我们一切国策的方针：
> ①在最近期间，日本独霸东亚，唯（为）所欲为，中国无能抵抗，世界无能制裁。这是毫无可疑的眼前局势。
> ②在一个不很远的将来，太平洋上必有一度最可惨的国际大战，可以作我们翻身的机会，可以使我们的敌人的霸权消灭。这也是不很可疑的。……（卷32，第485页）

6月27日，又写一封六千字长信给王世杰，做补充说明：

> 今画第二策，仍假定此二事。此策的主旨是如何可以促进那个"不很远的将来"的国际大战。如何可以"促其实现"？
> 今日我们决不能梦想坐待别国先发难。最容易发难者为俄国，但苏联是有组织的，有准备的，所以最能忍耐，最能弯弓不发。其余为英美，他们更不愿先发难，这是很明显的。此外只有两个可能：一是日本先发难，一是中国先发难。
> 日本早已发难了，因为我国不抵抗，故日本虽发难了四五次，而至今不曾引起国际大波澜。欲使日本的发难变成国际大劫，非有中国

下绝大牺牲的决心不可。

我们试平心估计这个"绝大牺牲"的限度，总得先下决心作三年或四年的混战，苦战，失地，毁灭。

我们必须准备：①沿海口岸与长江下游的全部被侵占毁灭，那就是要敌人海军的大动员。②华北的奋斗，以至冀、鲁、察、绥、晋、豫的沦亡，被侵占毁坏，那就是要敌人陆军的大动员。③长江的被封锁，财政的总崩溃，天津上海的被侵占毁坏，那就是要敌人与欧美直接起利害上的冲突。凡此三大项，当然都不是不战而退让，都是必须苦战力竭而后准备牺牲，因为只有如此才能引起敌人的大动员与财政上的开始崩溃。

……我们必须咬定牙根，认定在这三年之中我们不能期望他国加入战争。我们只能期望在我们打的稀烂而敌人也打的疲于奔命的时候才可以有国际的参加与援助。这是破釜沉舟的故智，除此之外，别无他法可以促进那不易发动的世界二次大战。……（卷32，第488—492页）

事实证明，此后八年抗战诸事皆被胡适不幸言中，甚至他后来出任驻美国大使，也是以此方针行事，可知胡适决非一个简单的书生，也就不难理解为什么"七七"事变后，胡适得以受邀参加蒋介石庐山谈话会并名列国防参政会十六人名单。

此时的胡适已不再像1934年那样大谈民主问题，也不再从蒋介石与汪精卫谈话中寻找漏洞而期望宪政，他开始认可蒋介石。胡适在1935年7月26日给罗隆基的四千字长信中说："依我的观察，蒋先生是一个天才，气度也很广阔，但微嫌近于细碎，终不能'小事糊涂'。"（卷32，第509页）胡适从实际救国的角度出发，认为此时中国仅有蒋介石一人可以担当抗战领袖之责，因而他开始走向新权威主义，主张拥蒋抗日而不是"逼蒋抗日"或"反蒋抗日"。胡适的这种思想变化可以从他在"一二·九"学运的立场中反映出来——

自1935年12月5日起，每天有9—18架日机在北平上空低飞侦察，北平陷于危机；宋哲元避去西山，何应钦也未有行动，于是北平各高校学生自12月9日起游行罢课，并在16日与军警激烈冲突。胡适一直劝阻学生，正告学生不做"无谓牺牲"。经过再三争取，全体学生会12月31日表决将于1936年1月4日复课，但胡适明显感觉到，"读书救国"论已不能得到学生认可：12月13日，胡适"上午下午的两班都有学生来，上午约有三十人，下午约有十五人"（卷32，第521页）；此后甚至有一天仅有周祖谟一人来上课，师生二人就从下午两点谈到四点；1936年1月6日"上课，初只有两个学生，后陆续来者约七八人。我讲了两点钟。"（卷32，第550页）胡适知道，1935年12月25日殷汝耕"冀东防共自治政府"成立后，华北已不能安放书桌，此时坐不住的已不只是一腔爱国热血的大学生，还有胡适的朋友们：翁文灏出任行政院秘书长，吴景超做翁氏助手，蒋廷黻出任行政院政务处长，周寄梅任实业部次长，任叔永任四川大学校长……《独立评论》派的朋友开始从政了！1936年1月21日，胡适写长信给翁文灏、蒋廷黻、吴景超和顾季高，谈国家危机，"希望他们四人莫作'伴食'之官员。我常说，我反对读经，但《孝经》中'天子有诤臣七人，虽无道，不失其天下'一章不可不读也。"（卷32，第564页）——因为忠心爱国，不辞"尊王攘夷"。这也可以看出胡适等自由主义者身上浓厚的中国传统文化的因袭。

据乱世，将何为？有人主张"无道则隐"，选择沉默或者"乘桴浮于海"，如周作人；也有人"知其不可而为之"，如胡适。有趣的是，1936年1月7日胡适接到周作人来信后的回复，很可以看出二人的不同选择。周作人劝胡适："鄙意对于国事、社会、学生诸方面我们现在可以不谈或少管，此即弟两三年前劝兄勿办《独立评论》的意思，现在却又提起来了而已，朋旧凋丧，青年无理解，尽足为'汔可小休'的理由，还不如专门讲学论学。你见冯班的家戒（《钝吟杂录》）有云：'家有四子，每思以所知示之，少年性快，老年谆谆之言非所乐闻，不至头触屏风而睡，亦已足矣。无如之何，笔之于书，或冀有时一读，未必无益也。'此语觉得甚有趣，鄙意大抵亦是如此。我们平常以为青年是在我们一边，这与青年学生以为农工是在他们那一边，实在一样错误。"（卷32，第552页）胡适则做五千字长信回答："我是一个'好事者'；我相信'多事总比少事好，有为总比无为好'；我相信种瓜总可以得瓜，种豆总可以得豆，但不下种必不会有收获。收获不必在我，而耕种应该是我们的责任。这种信仰已成一种宗教，——个人的宗教……'朋旧凋丧'，只使我更感觉任重而道远；'青年无理解'，只使我更感觉我不应该抛弃他们。……生平自称为'多神信徒'，我的神龛里，有三位大神，一位是孔仲尼，取其'知其不可而为之'；一位是王介甫（安石），取其'但能一切舍，管取佛欢喜'；一位是张江陵（张居正），取其'愿以其身为蓐荐，使人寝处其上，溲溺垢秽之，吾无间焉，有欲割取吾耳鼻者，吾亦欢喜施与'。嗜好已深，明知老庄之旨亦自有道理，终不愿以彼易此。……少年时初次读《新约》，见耶稣在山上看见人多，叹息道：'收成是很多的，可惜工作的人太少了！'我读此语，不觉泪流满面。至今时时不能忘记此一段经验。"（卷 32，第 557—558 页）此信可以说是胡适人生观的总概括：他是儒家进取的，是佛家普渡的，是基督慈悲的，绝不是老庄无为的。而这也正是他与周作人的人生观分野。

　　胡适是言行一致的。胡适 1936 年 7 月 14 日 "第四次出国" 参加 "太平洋会议"，至 11 月上旬由旧金山启程回国。胡适此行在美国演讲若干场，对美国政界有不小影响。不仅 1936 年 9 月 29 日《纽瓦克晚报》有报道《战争诱饵 敌人的蠢行——中国学者宣称下一步冲突将涉及美国》对胡适的演说给予较高评价（卷 32，第 594 页注），而且 1937 年 1 月 28 日 "王景春先生从伦敦来函，大夸我的 'Can China Survive' 一文。"（卷 32，第 616 页）这些都可以看出胡适为国宣传的作用。不仅如此，胡适对任何破坏政治统一局面的行为都持批评态度，比如西安事变第二天，胡适日记这样评价张学良："这祸真闯得不小！汉卿为人有小聪明，而根基太坏，到如今还不曾成熟，就为小人所误。他的勾通共产党，政府久已知之。……此次他往洛阳，把蒋接到西安，竟下此毒手！"（卷 32，第 595 页）可以说，胡适此时已变成了一个 "尊王攘夷" 论者①。另一个可以见出胡适思想重心转移的例证是《独立评论》复刊后的态度变化。1937 年 3 月 30 日，胡适与北平市长秦德纯、国民党元老居正吃饭，"席散后，秦市长与邓仲知送我到门，说，《独立评论》随时可以复刊了。"

---

①　胡适日记 1937 年 1 月 2 日记道："日本人清水安三的夫人带了六个日本人来访，谈了两个钟头。我很恳切的同他们谈，有几个似很受感动。我谈话时用铅笔在一个名片的背面写了 '尊王攘夷' 四字，他们临走时，有一个人向我讨此片带回去做个纪念。"（《胡适全集》第 32 卷，第 602 页）由此可见胡适当时的思想状况。

（卷 32，第 638 页）《独立评论》因为攻击傅作义而在 1936 年 12 月 2 日被叫停，此时允许复刊。但胡适 4 月 10 日为"编《独立》230 号的稿子……赶写一篇长文，题为《日本霸权的衰落与太平洋的新均势》。写到三点钟才睡。"（卷 32，第 641 页）——由此文可以看出，胡适言论重心已不再与国民党为敌，而是要同仇敌忾、共御外侮了。

　　"七七事变"后，胡适应邀于 7 月 11 日至庐山参加国民政府第一期谈话会；16 日开幕那天，蒋介石、汪精卫等党国要员宴请出席谈话会人士，胡适代表与会人士致词。胡适 7 月 28 日下山去南京，31 日"蒋先生约午饭。在座者有梅、伯苓、希圣、布雷、蒋夫人，极难谈话。……我不便说话，只能在临告辞时说了一句话：'外交路线不可断，外交事应寻高宗武一谈，此人能负责任，并有见识。'他说，'我知道他。我是要找他谈话。'下午汪精卫先生到了南京，找宗武去长谈。谈后宗武来看我，始知蒋先生已找他谈过了。"（卷 32，第 668 页）可见蒋介石对胡适建议的重视。8 月 6 日"回寓见蒋先生约谈话的通知，先作一长函，预备补充谈话之不足。主旨为大战之前要作一次最大的和平努力。"（卷 32，第 670 页）长函里谈了三点理由、两点目标、两个步骤[①]。从 8 月 14 日开始，敌机侦察、空袭南京，考试院、中央大学均被投下大炸弹，但胡适仍在 8 月 17 日晚"八点半，在汪宅开国防参议会第一次会议。[②]……今晚精卫先生主席，列席者有蒋作宾、王雪艇、吴达诠三部长及张岳军秘书长。周

---

　　①　从杨天石《1937：中国军队对日作战的第一年——从卢沟桥事变至南京陷落》可知：蒋介石拒绝徐永昌、蒋梦麟、胡适等人的"忍痛求和"主张，于 7 月 16 日起召开 158 人参加的庐山谈话会，讨论"应战宣言"，该《宣言》声称："如果战端一开，就是地无分南北，年无分老幼，无论何人，皆有守土抗战之责任。"由于胡适当时曾上蒋介石一个条陈，主张宁愿以承认东三省归满洲国，只图和平"喘息十年"而认真备战，蒋介石在谈话会上介绍时隐去其名，仅称这是"某学者"的观点，故遭到人们的反对。"参谋总长程潜甚至指责胡适为'汉奸'。会议决定'积极抗战与备战'。通过此次会议，抗战遂被正式确定为国策。"本来，蒋介石预想在华北与日本对战，并亲任华北战区司令长官，但由于日本进攻上海，遂开辟了第二战场，蒋介石衡量再三，决定保卫上海、南京，因为那里毕竟是首都。9 月 27 日，蒋介石决定四项抗战策略："一、引其在南方战场为主战场；二、击其一点；三、持久；四、（沿太行山脉侧面阵地）由晋出击。"可见，持久战等战略主张都是蒋介石提出的。参见杨天石《抗战与战后中国》，北京：中国人民大学出版社 2007 年版，第 4—10 页。

　　②　当天胡适日记记道："会员共十六人（有△者为今晚到的人）：△张伯苓、蒋孟邻、黄炎培、张嘉森、张耀曾、沈钧儒、曾琦△李璜△蒋方震△梁漱溟△陶希圣△傅斯年、毛泽东、马君武、晏阳初△胡适。"

恩来代表毛君出席。"（卷32，第671页）8月19日"希圣来谈。下午四点半我们去见蒋先生。谈话不很有结果。我们太生疏，有许多话不便谈。但我们可以明白，他是最明白战争的利害的，不过他是统兵的大元帅，在这时候不能唱低调。此是今日政制的流弊，他也不能不负其咎。（他不应兼任军与政）他要我即日去美国。我能做什么呢?"（卷32，第673页）9月7日再"去看蒋先生，布雷在座。谈半点钟。他说，他要电告王儒堂大使。今天谈话很中肯，也得体。"（卷32，第677页）[①]至少，胡适此时完全站在了蒋介石一边，支持蒋的政策，认同他的苦心，也同意了去美国考察兼作舆论宣传工作。

　　按照政府安排，胡适9月8日乘船出发，11日至汉口，13日飞香港，21日到关岛，26日抵旧金山，当天下午即赴大中华戏院演讲一点多钟（卷32，第689页）；29日至联邦俱乐部演说 *Can China Win?*［《中国能赢吗?》］（卷32，第690页）；30日在加利福尼亚大学演讲；10月1日"到 Columbia［哥伦比亚］广播电台说了十三分钟"（第691页），然后马不停蹄地会见各界人士；10月8日到华盛顿会见中国驻美大使王正廷（儒堂）。此后胡适在美国各地的演讲不断，重心围绕中国现状和抗战立场，比如1938年1月10日到克利夫兰演讲 *China's Struggle For Freedom*［《中国为自由而斗争》］（卷33，第7页）；11日在奥伯林（Oberlin）大学演讲 "*The War in China & the Issues Involved*"（卷33，第9页）；14日在"循序渐进教育联合会"讲 "*Education for Peace or War*"［教育面向和平还是战争］（卷33，第11页）；27日在芝加哥"中美友好联谊会"演讲 "*Can China Survive?*"［中国能幸存吗?］（卷33，第18页）；30日为东方学院演讲 "*Some Permanent Aspect of Chinese Civilization*"［中华文明的某些不变的方面］；2月1日在明尼苏达大学讲演 *Nationalist China*［国民党中国］（卷33，第23页）；2月4日早上"见新闻记者"，上午在东华盛顿教育学院讲演 "*Conditions in China*"［中国形势］，中饭后到

---

① 杨天石：《胡适曾提议放弃东三省，承认"满洲国"——近世名人未刊函电过眼录》说：胡适一度主和，但1937年秋天，在蒋介石的影响下，在军民士气的鼓舞下，胡适自淞沪抗战后，在1937年9月8日前后，转变了态度，开始主战。参看杨天石《抗战与战后中国》，北京：中国人民大学出版社2007年版。

Lewis & Clark High School［刘易斯及克拉克中学］演讲，晚上到西维克大厅讲演 "*Issues Involved in The War*"（卷33，第25页）。

胡适的演说极具感染力，博得了美国民众的同情。比如1938年2月5日"有一个白衣的雇役招我说话，他拿着三块银元给我，说要捐给中国救济。我接了他的银元，热泪盈眶，谢谢他的好意。他说：'I Wish I could do more'。他的名字是 I. E. Mauldin"；胡适记下了捐款人姓名、住址，自己也"把昨天所得的讲演费卅五元捐出，以陪衬此人的义举。"（卷33，第26页）胡适1938年2—3月在美国、加拿大的演讲反响极大，加拿大 *Winnipeg Free Press*［《温尼伯自由评论》］1938年3月3日刊出 *A Voice From China*，对胡适演讲内容进行了报道（卷33，第49页）；*Winnipeg Free Press* 编辑 Dafoe［达弗］感慨道："China is fighting our war."［中国在打我们的战争啊！］（卷33，第47页）胡适1938年3月1、16日的日记中记下了他这次美加之行的公里数和演讲次数：总计火车行程10600英里，"五十一天，共作五十六次演说：美国境内三十八次，加拿大境内十八次。"（卷33，第60页）

胡适身在美洲，却一直关注中国国内的抗战消息：徐蚌会战、山西抗战、灵石失陷、陇海线战事、武汉政府搬迁、广州溃败、汪精卫求和等；他同时关注着国际形势变化，尤其是德国、日本、英国和美国的外交态度，比如1938年2月20日希特勒发表演说承认满洲国并申明对日本的友谊；再如1938年5月5日日本施行"总动员法"及其国际反响等，这些都在他的日记中有清晰记载。

1938年4月8日哈佛大学来信邀请胡适"去教一年书，作 visiting professor［客座教授］，年俸八千元，讲授'中国文学史'或'思想史'"（卷33，第75页），但胡适拒绝了："由于战争形势在继续，所以对于这个经济上非常优厚，同样在道义上要求我全身心地投入到教学和研究中去的职位，我凭良心不能接受。我有理由肯定，我将无法拥有足够'平静的心灵'作出与你即将在协议中建议的慷慨俸禄相称的贡献。"（卷33，第76页）4月17日，胡适又辞了哥伦比亚大学的聘约，做此选择除了因为无法拥有"平静的心灵"之外，更重要的是他已经下定决心为国家做牺牲——这一点恐怕早在他出国之前已与蒋介石达成了意向，而4月27日傅斯年重庆来电则明确要求他"继续在美工作，不要接受美方的讲师职位"（卷33，第88页），这即是说政府对他另有重用。

此时的胡适逐渐同情、体认蒋介石，明确反对不抵抗主义。1938年6月23日，"李国钦兄从祖国飞回，来看我久谈。他告我国内形势，令人叹息。他说，'武人可算是尽了他们的责任，中国如不支，罪在文人'。此言可谓'一语破的'。他说，国内士气还好，军士真可敬爱；最可叹的是一班文人至今不知大体，不能合作。他说，蒋先生可怜，也真可佩服。他是能了解的，可惜无人辅佐他。"（卷33，第121页）虽然"七·七"事变后的一年中，中国军队败绩累累，但胡适仍然乐观，至少他一直用乐观态度进行对外宣传，比如他1938年7月6日在密执安大学四次哲学演讲间隙里对中国学生会演说：一年抗战的结果有三事可说，一是我们自己抗战的能力，超过预算；二是国际的援助，超过预算；三是日本弱点的暴露之速，超过预算（卷33，第127—128页）。7月14日在赴巴黎的船上，洛根·鲁茨主教向胡适请教《正气歌》，胡适答道：一方面理学认为每个人身上都有正气，都是"正气"的负荷者，故能与强权争斗，不忧不惧；另一方面"《正气歌》的作者，以状元宰相地位代表民族自卫的战争，受蒙古拘囚，终不屈服，其代表是中国的民族主义的精神。"（卷33，第132—133页）7月15日对鲁茨主教进一步表明了他对"国家第一"观念的认同："我不承认基督教运动在中国新运动中占多大势力。……不但现在，即在将来，基督教运动在中国实无发展可能。今日中国确有一个新宗教，其名为'民族主义'。"（卷33，第133页）这一段表述极能看出胡适态度的变化：他的"新宗教"已趋近了"民族主义"。

三　出任驻美大使，做了"过河小卒"

胡适1938年7月20日在巴黎收到纽约转来一电，"是蒋先生签名的，其意要我做驻美大使。"（卷33，第135页）此前，蒋介石等认为原驻美大使王正廷效率低下，尤其是王大使与一个美国人签订的六万万元借款合同更是荒诞，因为他信托的人竟是一个无业游民，"贫至半年不能付房租，屡为房主所逐"（卷33，第137页），简直是糊涂。胡适还曾为此发长电告知孔祥熙、顾维钧（少川）。

在顾维钧、郭祺泰（复初）等人劝说下，更在蒋介石、孔祥熙来电催促下，胡适终于在7月27日回电答复："国家际此危难，有所驱策，义何敢辞。惟自审廿余年闲懒已惯，又素无外交经验，深恐不能担负如此重任，贻误国家，故迟疑至今，始敢决心受命。"（卷33，第140页）一个意外事件更是刺激胡适为国效力：胡适在赴瑞士出席"史学会"途中，8月25日在安特卫普看法文报，"知昨日敌机五架击落中航客机，机师受伤，客人十二人恐都死或伤，其中一人为徐新六①！"（卷33，第157—158页）徐新六和丁文江是胡适最亲密的朋友，丁文江已去世，而徐新六在1938年8月23日还致信胡适，劝他"此时当一切一切以国家为前提也"（卷33，第164页），须有一日力，尽一日力，不要推辞驻美大使之任……此时，胡适出任驻美大使就不仅是道义使命，还多了一份朋友嘱托，于情于理绝无推卸借口，"以国家为前提"也就顺理成章了。

南京国民政府外交部1938年9月17日正式发布胡适任驻美大使，这个日子与胡适1910年9月9日到达旧金山留学的日子相隔28年；自1917年回国投身教育事业算起，"二十一年的独立自由的生活，今日起，为国家牺牲了。"（卷33，第171页）9月29日，胡适"得伦敦转来一电，介公来的，开示四事：①欧局变动中，如何促美助我。②中立法。③财政援助。④禁军用品售日。"（卷33，第174页）胡适到美国后的工作主要是促成这些事项，但他深知"谋事在人，成事在天"，外交大事尤其不能操之过急，何况美苏英法等西方大国也刚刚度过经济危机，加拿大甚至还背负大量国债，因而美国废止"中立法案"、援中抗日等均非易事。

胡适1938年10月3日到达纽约履职。此时正是抗战危急时刻，在得悉武汉退却、陈友仁攻击政府等坏消息后，陈光甫等同人甚感懊丧，胡适力劝他们不可灰心："我们是最远的一支军队，是国家的最后希望，决不可放弃责守。今早我同馆员说：我是明知国家危急才来的。国家越倒霉，越用得着我们。我们到国家太平时，才可以歇手。"（卷33，第182页）胡适在10月28日下午五点正式向美国递交国书，拜见Roosevelt［罗斯福］总统，六点接待新闻记者24人（卷33，第183页）；11月14日起拜会各国驻美大使，忙得不亦乐乎。10月31日，稍有小暇，陈光甫向胡适讨要照片作纪念，胡适在照片上题诗："略有几茎白发，心情已近中年。

①　《胡适全集》第24卷第132页注：徐新六（1890—1938），字振飞，祖籍浙江余杭，生于杭州，时任交通银行、中国企业银行董事、中华教育文化基金会董事等职。

做了过河小卒，只许拼命向前。"（卷33，第184页）这首小诗很好地表达了胡适此时的心态。后来他在给妻子江冬秀信中也说："我是为国家的事来的。吃点苦不要紧。我屡次对你说过，'留得青山在，不怕没柴烧'。国家是青山，青山倒了，我们子子孙孙都得做奴隶了。"（《致江冬秀》，卷24，第465页）清楚地表达了宁愿牺牲个人自由而服从大局、服从国家征用的意愿。

胡适此时坚定地站在"主战派"一面，因为只有抗战才能赢得民族独立和国家尊严，也只有抗战才能得到国际正义力量的同情和支持。因此，当他听到汪精卫等人主和时，于1938年11月13日给翁文灏发电陈述立场："六年之中，时时可和，但事至今日已不能和。六年中，主战是误国，不肯负责主和是误国，但今日屈伏更是误国。"（卷33，第186页）国际局势的变化让胡适多了几份信心：他在11月16日见到"罗总统发表甚短的宣言，痛斥德国最近排斥犹太人之举。美国驻德大使昨召回。"11月18日"拜德国大使，始知德国也召回大使。他明日即行。三日之中，德美竟成绝交状态，此五日前谁也不能料到的事。此可见国际关系最容易变化；只要有事实上的重大发展，就可以急转直下。"（卷33，第188页）胡适明白，只要美国放弃"中立"，在欧战中站在英法一方，最终必然会支持中国的抗战事业，因此他抱定了"苦撑待变"的决心。

由于过度劳累，胡适1938年12月5日心脏病发作，此后住院77天，直到1939年2月20日才出隔离室，其间只在病床上口述电信。他出院后遵守医嘱，基本处于休养状态，直到5月16日才第一次出门拜客（卷33，第218页），5月26日才免了医生的例行查体。由于这样的耽搁，联合通讯社7月12日就报道重庆消息说，曾在1929—1932年担任驻美大使的颜惠庆可能取代"健康状况不好的胡适博士"（卷33，第246页）。后来中国外交部否认了这个传闻。

正当人们对国际形势好转稍感希望之时，1939年8月23日苏德签定互不侵犯条约，欧洲局势立即严峻起来。苏联的表现令中国人失望，中国政府也更加将希望投放在英美国家身上。1939年8月31日欧战爆发，9月3日英法对德宣战，胡适认为这是一个转折点，因而他用四十多天时间写成一个长篇说帖，于10月15日呈送美国总统罗斯福，一谈借款援华事宜，二是表达中国抗战到底的决心（卷33，第286—295页）。有意思的是，胡适10月30日在"中国学社"演讲"We are Still Fighting"［我们依然在战斗］，"故意提出中日和议的必要条件：1. 必须满足中国人民建立一个统一的，独立的，有力的民族的国家的合理要求。2. 必不可追认一切用暴力违反国际信义造成的土地掠夺及经济优势。3. 必须恢复并加强太平洋区域的国际秩序，使此种侵略战争不得再见。"（卷33，第302页）虽然胡适一再声明这是个人观点，但他的演讲令日本人恼火，甚至1940年10月30日《纽约时报》刊发东京电讯《中国使节之旅引起东京怒火〈日本时报〉说胡适正在把美国引向战争》（卷33，第408页），这些都可以看出胡适演讲和说帖的宣传作用，也更加激起了他的演讲热情。

　　1940年5月23日《中国日报》又有消息说，邵力子出任驻苏联大使，颜惠庆可能接替胡适，政府也拟安排胡适担任中央研究院院长（卷33，第382页）。政府有此意向，一方面是因为蔡元培1940年3月5日在香港去世（卷33，第356页），需要有人接替中研院院长的职位。另一方面则恐怕与宋子文有关：宋子文作为蒋介石个人全权特使于1940年6月26日到达纽约，他急于事功，对与孔祥熙关系密切的胡适深表不满。胡适与宋子文的对话颇具象征意味——胡适忠告宋子文："子文，你有不少长处，只没有耐心！"（卷33，第386页）宋子文则讥讽胡适："你莫怪我直言。国内很有人说你讲演太多，太不管事了。你还是多管管正事罢！"（卷33，第387页）——按照"外交辞令"惯例，这个"有人"至少包括宋子文本人。而杨天石先生有文章对宋、胡矛盾做过较清晰、详实的论证，可作参考[①]。

　　1940年7月18日《基督教科学箴言报》再传消息称，胡适可能离开华府就任国民政府中央研究院院长（卷33，第388页）。小道消息满天飞，极不利于人心安定。胡适7月22日"发愤"写航空信给王世杰表明自己的态度：即使不做大使，也不就任中央研究院院长，因为"①我舍不得北大，要回去教书。②咏霓或朱骝先都比我更适宜。③我要保存

----

　　①　杨天石《排挤驻美大使胡适——宋子文档案管窥之五》证实：蒋介石驻美特使宋子文1940年10月14日即致电蒋介石，欲以施肇基（曾任英美大使、外交部长）来代替只会"高谈阔论"的胡适；此后又动员钱昌照、李石曾等进言蒋介石，欲去胡适。蒋介石虽未听宋子文意见，但还是在1942年免去胡适职，改任魏道明做驻美大使。参看杨天石《抗战与战后中国》，北京：中国人民大学出版社2007年版。

（或恢复）我自由独立说话之权，故不愿做大官。④大使是'战时征调，我不敢辞避'。中研院长一类的官不是'战时征调'可比。"（卷33，第389页）7月23日联合通讯社又发重庆消息称"中国否认召回驻美大使"（卷33，第390页）……此间的电信往来频繁，一是因为中央研究院的确需要人接手管理，二是宋子文与胡适的矛盾日益明显——1942年魏道明继任胡适职，明明是宋子文任外长后提名的，宋却对胡适伪装不知内情；但蒋廷黻、王文伯1943年11月5日来美国时带来傅斯年致胡适手信，证明宋子文是在有意"撇清"，这"只足使他（宋子文）成为一个说谎的人而已"。（卷33，第528页）由此可知，宋子文是典型的阳奉阴违、云雨其手的政客，胡适无力也不屑于与他玩伎俩，也只能激愤而无可奈何地称宋子文为"小人"罢了。宋子文后来做了国民政府行政院长，这样的"小人政府"恰与胡适的"好人政府"理想相悖，如何能撑持民族国家?!

　　但胡适此时为国家计，忍辱负重，隐而不发，仍努力于民间募款、演讲宣传等工作，并与陈光甫竭力争取到美国的第二批借款二千万、第三批借款二千五百万。而当第四批借款一亿美元成功时，宋子文则欲揽为自己的功劳，这令胡适、陈光甫为之气闷。1940年12月17日是胡适生日，他对自己一年来的工作做了如下总结：

　　　　这一年之内，我跑了不少的路，做了不少的演说，认识了一些新的朋友。读书的机会很少。做事的困难，一面是大减少了，因为局势变的于我们有利了；一面也可说是稍增加了，因为来了一群"太上大使"。但是我既为一个主张发下愿而下［来］，只好忍受这种闲气。我的主张仍旧不变，简单说来，仍是"为国家做点面子"一句话。叫人少讨厌我们，少轻视我们，——叫人家多了解我们。我们所能做的，不过如此。

　　　　至于政策，则此邦领袖早已决定，不过待时演变，待时逐渐展开而已。今年美国种种对我援助，多是这程序的展开，戋丝毫无功可言。其展开之形式皆为先有暴敌走一步，然后美国走一步或两步，历次皆是这样。（卷33，第414页）

这段话既表明了胡适的宽容，也说明他的外交策略和工作成绩是问心无愧的。1940 年 12 月 31 日，胡适"约了本馆同事，和他们的朋友眷属，到我寓中过年。有 Mr. Rey Scott［雷·斯科特先生］在国内照的几卷电影，我借来请大家同看。其中有 *Bombing of ChungKing*［《轰炸重庆》］一片，是本年八月十九，廿，两天重庆被炸的实写，大家看了都掉眼泪。S. K. H［霍恩贝克］夫妇在此同看。"（卷 33，第 419 页）可以看出，胡适作为外交家组织此次年终聚会至少有两层意义：一是借团拜之机鼓舞大使馆工作人员的士气；二是争取美国友人的支持：霍恩贝克是胡适好朋友，对美国总统罗斯福的外交政策有极大影响力，此时让他通过纪录影片了解中国情形，对于争取美国援助大有帮助。[①]

其实不仅霍恩贝克对胡适深有好感，美国财长摩根瑟也喜欢胡适而厌恶宋子文。胡适 1941 年 4 月 21 日记道："是日所见是一场大风波。［M. 摩根瑟］忽然大发牢骚，对 S［宋子文］大生气，痛责他不应该勾结政客，用压力来高压他！他说话时，声色俱厉，大概是几个月的积愤，一齐涌出来了。"（卷 33，第 442 页）而摩根瑟冲宋子文发脾气时，美国财政部次长贝尔、外交部远东司长汉密尔顿以及怀特、科奇兰和一个速记生均在。——此前，宋子文知道第三次借款一亿美元成功后，表现出极轻浮的政客嘴脸，而且自居其功。胡适由此更厌恶宋子文这个"太上大使"。及至 1949 年，宋子文看到蒋介石大势已去时，曾致电胡适支持胡适任行政院长，并自陈愿意辅佐胡适，也能显示出宋子文反复无常的政客嘴脸。

1941 年 7 月 31 日，胡适又感胸际不适，此后日记在 8 月 3 日至 12 月 22 日空缺。12 月 23 日，外交部长郭复初因为《大公报》指摘其私德有瑕而被迫去职。不久宋子文担任外交部长并于 1942 年 1 月 1 日代表中国政府签署二十六国共同宣言。宋子文有意架空胡适，但美国总统罗斯福仍对胡适保持良好印象，请他正式转达："可告知蒋先生，我们欢迎中国为'四强'之一（Four Powers）。"（卷 33，第 449 页）众所周知，1941 年 12 月 7 日珍珠港事件爆发，日本对美国不宣而战；而 12 月 9 日，美国和

---

① 余英时《从〈日记〉看胡适的一生》对霍恩贝克（台译"洪北克"）与胡适之间的交谊有很详细描述："胡适在大使任内，他的最得力的美国伙伴便是洪北克……胡适出任大使时，洪适为国务院的高级政治顾问，他们两人几乎每隔一二日便见面磋商有关事务。洪在政界的消息灵通，为胡提供一切必要的背景知识。胡在任内交涉顺利，得洪暗助之力极大。"余英时：《重寻胡适思想历程：胡适生平与思想再认识》，桂林：广西师范大学出版社 2004 年版，第 62 页。

中国政府同时发布文告，正式对日宣战，日本走向了必败的死路。至此，可以说胡适已出色地完成了驻美大使的外交使命。

胡适日记在 1942 年 2 月 11 日后很长一段时间失记，仅 5 月 19 日记道，宋子文已不让他看外交往来电信。这也就意味着胡适即将去职。胡适日记此后又失记，仅 1942 年 9 月 18 日记录卸任大使职，离开双橡园，离开华盛顿，同事颇为伤感。

胡适卸下驻美大使职务后，推辞威斯康辛大学邀请，转于 10 月 20 日接受了洛克菲乐基金的经费支持，继续研究"中国思想史"；郭复初给胡适来信也建议他继续留美讲学，"因在目前情况之下，兄果返国，公私两面或均感困难，于公于私，恐无何裨益。"（卷 33，第 471 页）故而胡适选择继续留在美国。1943 年 1 月 3 日有新闻报道了胡适担任"美国学术界协会"研究员和顾问的消息（卷 33，第 476 页），这似乎暗示着胡适决心重回学术道路。1943 年 1 月 30 日新印 200 字稿纸五千张（卷 33，第 488 页）送到，胡适感到高兴；2 月 3 日"晚上高兴起来，开始写一篇短文，题为《〈易林〉考》，到早四点半才写好，有四千字。这是我六年来第一次写成的一篇中文的考证文字，所以我要特别记在日记里。"（卷 33，第 489 页）此文后来经过数次修改，至 2 月 28 日成为一万四千字的长文（卷 33，第 496 页）。胡适还花巨资购资料弥补"书荒"，当 4 月 19 日收到赵元任寄来的《四部丛刊》后，他打电报说："I feel as rich as Indian Maharaja. A thousand thanks. "　［我觉得像印度王公一样富有。万分感谢。]（卷 33，第 505 页）但是由于与王重民书信探讨《水经注》，胡适自 1943 年 11 月开始专力研究《水经注》，搜求各种版本资料，至死进行此项研究工作①，因而他的《中国哲学史》下卷和《中国白话文学史》下册终未完成。不过，胡适对自己能重返学术之路深感高兴，他 1943 年 2 月 13 日在哈佛与麻省理工学院中国学生会演讲时说："做学问不光是为了救国，建国，等等；学问是要给我们一生一点无上的愉快享受。"（卷 33，第 492 页）这恐怕不仅是自我安慰，更是一个知识分子的真心话。因此 1944 年 12 月 5 日张其昀来信希望胡适回国担任中研院院长，胡适拒绝

---

① 　胡适与王重民的通信集中于《胡适全集》第 24 卷"书信"1943 年部分和第 25 卷 1944、1945 年部分。

说："我决不要干此事。我是一个有病的人，只希望能留此余生，做完几件未了的学术工作。我不能做应付人、应付事的事业了。"（卷33，第549页）这是胡适的真心话，一方面证明了胡适的学术决心，另一方面恐怕也是他踏入现实政治泥淖后的觉悟。

胡适1943年、1944年日记里还有两事可记，以证其心态。一是纽约市长1943年3月4日招待访美的宋美龄，邀请胡适参加会见；胡适"下午去见她，屋里有林语堂夫妇，有孔令侃，有郑毓秀（后来）。一会儿她出来了，风头很健，气色很好，坐下来就向孔令侃要纸烟点着吸！在这些人面前，我如何好说话？只好随便谈谈。……她一股虚骄之气，使我作恶心。我先走了……"（卷33，第498页）大约因为胡适讨厌宋子文的缘故，也一并恨屋及乌地对蒋夫人"作恶心"了。二是汪精卫1944年11月12日死于日本医院，胡适如此评价这位"老友"："可怜！精卫一生吃亏在他以'烈士'出身，故终身不免有'烈士'的complex［情结］。他总觉得，'我性命尚不顾，你们还不能相信我吗？'性命不顾是一件事；所主张的是与非，是另外一件事。此如酷吏自夸不要钱，就不会做错事，不知不要钱与做错事是两件不相干的事呵！"（卷33，第546页）可以说，胡适此时对中国政坛深感失望甚至厌恶。

四　有心教育救国，惜乎无力回天

胡适1945年日记缺失，但其书信显示出他对抗战胜利的巨大喜悦。1945年8月14日《致赵元任夫妇》信中说："我四月尾出门一次，就死了莫索里尼，就死了希忒拉，就结束了欧洲的战事！八月初又出门一次，就有了原子炸弹，就有了苏俄对日本宣战，就有了日本屈服求和！甚矣，夫门之不可不出也！"（卷25，第158页）8月24日草拟一封致毛泽东电文，劝其"痛下决心，放下武力，准备为中国建立一个不靠武装的第二大政党。……万不可以小不忍而自致毁灭。"（卷25，第160页）这是胡适为民主和平建国而想出的策略，在当时的情势下却是不可能达成的。——他离国数年，对国内形势尤其国民党内部政治已失去了准确判断。

1945年9月5日，蒋介石任命胡适为北京大学校长的令文正式发表（《致王重民》，卷25，第164页）。这是朱家骅、傅斯年的推荐，也是学界的期望，正如汤用彤来信所说："弟以为今后国家大事惟在教育，而教育之基础，尤在领导者具伟大崇高之人格，想先生为民族立命之心肠当一如往昔，必不至于推却万不应推却之事也。"① 教育救国、学术独立，一直是胡适的心愿，现在能回到北大长校，当然也是胡适所愿。但是胡适没有立即归来，而是让傅斯年代理了近一年时间，刚烈的傅斯年将"伪北大"的根基全部破除，为胡适施政扫清了道路。与此同时，胡适在美国一边考察高等教育与科学研究的最新动态，一边做着延揽人才的工作，比如他 1946 年 1 月 2 日的日记写道，钱学森来信说"现在加省理工航空系任事，与校方约定一两年后回国。故北大如定明春开办工学院，则学森无参加可能。"（卷 33，第 557 页）——1947 年，胡适专信给白崇禧和陈诚，提议在北京大学集中全国一流的原子能科学家，开展最新的物理学理论研究与实验，以为将来国家大用，并说已经联系了钱三强、何泽慧、胡宁、吴健雄、张文裕、张宗燧、吴大猷、马仕俊、袁家骝九人。可见胡适滞留美国一年，是有其谋划的。

胡适因为忙于收拾归国行李，1946 年 5 月 2 日心脏又发病，不仅吃了硝基甘油丸，而且打了半针鸦片全碱（pantopon）。5 月 7 日从行李中检得丁文江生平最爱吟诵的格言："Think as if you live forever. Work as if you will die tomorrow."［思维着，仿佛你永远活着。工作着，仿佛你明天就死。］（卷 33，第 587 页）——这是一个很有意味的插曲，让人想起胡适 1938 年 8 月就任驻美大使前读到徐新六书信时的许多感慨，仿佛冥冥之中存有某种机缘。胡适 1946 年 6 月 5 日离开驻留了"八年八个月"的美国（1937 年 9 月 26—1946 年 6 月 5 日，卷 33，第 591 页），7 月 4 日抵达上海，29 日回到北平就任北大校长。

他立志改革教育，重振北大雄风，建立没有党派、学术自由的大学。因此，他以身作则，在 1947 年 2 月 22 日坚辞国民政府委其担任考试院长和国府委员的动议："理由无他，仍是要请政府为国家留一两个独立说话的人，在要紧关头究竟有点用处。我决不是爱惜羽毛的人，……但我不愿放弃我独往独来的自由。"（卷 33，第 620 页）尽管蒋介石 3 月 13、18 日两次约谈，劝胡适即使不作考试院长也要担任国府委员，但胡适婉言拒

---

① 胡明：《胡适传论》下卷，北京：人民文学出版社 1996 年版，第 881 页。

绝："内人临送我上飞机时说：'千万不可做官，做官我们不好相见了！'"（卷33，第627页）

现在再来看看胡适为教育独立所做的工作吧。1946年11月12日，胡适联合朱经农等204位代表提出《教育文化应列为宪法专章》的提案；1947年8月26日在南京出席中研院会议时面见蒋介石，提出了"十年高等教育发展计划"，这就是著名的《争取学术独立的十年计划》雏形；各报刊登《胡适谈建国根本要图 大学应有十年计划》《胡适自京归来，畅谈学术自主计划》等，报道胡适提出以北大、清华、浙大、武大、中大为基础，用十年时间将中国高等教育质量提高到"至少世界上应承认这五所或十所大学的学位，比别国二等、三等甚至五等大学的学位有价值"（卷33，第650页）……

真是"时不利兮骓不逝"，从1947年5月开始，北平因为"反饥饿、反内战"而学潮汹涌。胡适5月19日日记粘贴有《经世日报》长篇通讯《李主任昨约平津教育界交换学潮意见 群贤咸集勤政殿激昂发言论结症》（卷33，第631—635页），胡适代表北京高校校长发言，一方面感谢李宗仁为公教人员配发一万五千袋美国面粉，另一方面又对学生罢课做了辩护，认为"古今中外有一条公律，凡是在政治不能令人满意的时候，没有正当合理机构来监督政府，来提倡改革政治的情形下，提倡改革政治，往往会落在青年身上，若汉宋的太学生请愿，明代东林党之攻击朝政，以及清之戊戌政变，乃至辛亥革命，'五四'运动，提倡政治改革的，都落在青年学生的肩上。再若一八四八年欧洲普遍的骚动，也是开始于学生，因为青年人血气方刚，有热情，又无身家之累，所以能勇往直前。……中国的现状，不要说青年人不满意，就是我们中年人也是感到不能满意的，他主张对于青年人应该给予合理的自由，他认为到现在，还有不合法逮捕的事，是一种遗憾。"（卷33，第632—633页）实际上，物价飞涨，生活窘迫，教授和学生在当时已经很难安心教学和读书。胡适自己就说自己的薪水在1946年是每月28万元国币，相当于100多美元；1947年的月薪名义上涨到了100万元国币，实际只相当于35美元，每天的薪水只有1.2美元，只好靠几位银行朋友的接济过活[1]。1947年9月23日"北大开

---

① 胡明：《胡适传论》下卷，北京：人民文学出版社1996年版，第887页。

'教授会'，到了教授约百人。我做了三个半钟头的主席，回家来心理颇悲观：这样的校长真不值得做！大家谈的，想的，都是吃饭！向达先生说的更使我生气。他说：我们今天愁的是明天的生活，那有工夫去想十年二十年的计划？十年二十年后，我们这些人都死完了！"（卷33，第658页）

在政坛动荡之际，1948年3月30日，蒋介石欲提名胡适为总统候选人。胡适日记记道："他（蒋介石）自己愿意做行政院长。我承认这是一个很聪明，很伟大的见解，可以一新国内外的耳目。我也承认蒋公是很诚恳的。"（卷33，第683页）胡适不明白这只是蒋介石的缓兵之计，何况国共两党都不会同意蒋介石这个提议的。果然，蒋介石4月4日在国民党临时中全会上提出让"无党派人士"候选总统议案时，"绝大多数人不了解，也不赞成蒋君的话。"（卷33，第684页）4月8日，蒋又劝胡适组党，胡适说"我不配组党"（卷33，第686页），不知胡适是赌气还是清醒过来了。

1948年10月28日，蒋约胡适吃饭（第698页），大约又说服了胡适，让其再赴美国。因而胡适12月4日对北大同事宣布，他12月17日过了五十周岁生日就不再做校长，要去做点别的事情。没想到，他12月14日就接到电话，让他飞往南京。1949年1月8日，胡适与蒋晚餐，"蒋公今夜仍劝我去美国。他说：'我不要你做大使，也不要你负什么使命。例如争取美援，不要你去做。我只要你出去看看。'"（卷33，第704页）实际上，国民政府的"抢救文化名人"工作已开始了。

1949年1月15日，共产党军队进入天津，国民党大势已去。胡适于1月21日送江冬秀去台湾；台湾方面则伸出橄榄枝，邀请胡适去台讲学，敦请傅斯年就任台湾大学校长。1月29日，中共公布战犯名单[①]，国共和谈已决无希望。1月31日，胡适取得出国护照，此后他的日记基本是备忘录，提醒自己何时何地需做何事。此时，中共提出8条和谈条件，又是国民党根本无法答应的。

---

① 中共公布的"第一批战犯"计有：蒋介石、李宗仁、陈诚、白崇禧、何应钦、顾祝同、陈果夫、陈立夫、孔祥熙、宋子文、张群、翁文灏、孙科、吴铁城、王云五、戴传贤、吴鼎昌、熊式武、张厉生、朱家骅、王世杰、顾维钧、宋美龄、吴国桢、刘峙、程潜、薛岳、卫立煌、余汉谋、胡宗南、傅作义、阎锡山、周至柔、王叔铭、杜聿明、汤恩伯、孙立人、马鸿逵、马步芳、陶希圣、曾琦、张君劢等。

胡适 1949 年 3 月 23 日至台湾，作短暂停留后于 4 月 6 日再次出国。4 月 21 日到旧金山，27 日到纽约。5 月 8 日记粘贴新闻剪报说，北平三大学（北大、清华、师大）已被中共方面收编改革；6 月 13 日，马歇尔向国民政府提出两点建议："第一，由蒋介石总统领导一个新的'最高政策委员会'；第二，由胡适博士出任外交部长"（卷 33，第 745 页下注）；胡适 6 月 21 日给国民政府行政院长阎百川（锡山）信，坚辞外交部长职务。胡适 6 月 19 日见到《陈垣①给胡适的公开信》，这位老朋友这么快就转变了方向，让胡适有些瞠目结舌。9 月 29 日，宋子文给蒋介石电报，推荐胡适回国任行政院长，蒋回电："甚望适之先生能先回国，再商一切也。"（卷 33，第 753 页）胡适此时心脏时常发"警报"，根本不可能回到国内政治是非圈里。何况 12 月 13 日，"代总统"李宗仁也流落美国了！

胡适从此再也没有回到北京，最终在 1958 年到台湾就任"中央研究院"院长，一为完成学术心愿，二是有着落叶归根的意思。他虽然名义上担任《自由中国》发行人，但在 1960 年雷震事件中表现乏力，这成为殷海光、李敖等人批判他软弱的原因。其实胡适在 1935 年华北危机时就已经放弃了自由主义立场，成为一个民族国家主义者或自由民族主义者。1960 年的胡适并非不想救出雷震，而是他的确心有余而力不足了！

胡适后期思想立场的转变，应当受到后人诟病吗？我想，研究者应先"代入"角色，设身处地想一下：假设你处在胡适地位，能做何选择？当"中华民族到了最危险的时候"，国之不存，自由何为？——恐怕只有知人论世地做此设问，入乎其内，才能有真正同情之理解；然后再出乎其外，才能发现其转型的不足和教训！

第二节 国家至上，刚道精神："战国策派"
到底说过些什么②

因为抗战需要，许多学者以"知识考古"的方式挖掘历史文化资源，

---

① 由《胡适全集》第 24 卷第 156—160 页可知，胡适 1933 年前后与陈垣多有书信往还，探讨"佛"字来源和《四十二章经》等问题。

② 本节删节稿以《战国策派：他们到底说过些什么？》为题，刊发于《中华读书报》2011 年 2 月 2 日。

以期古为今用；作家们则在文学创作中宣扬中华优秀传统，鼓舞抗战士气。因此，中国现代民族主义文学思潮在 1937—1945 年达至高潮。而"战国策派"① 则是当时最坚定的民族主义思想者。

"战国策派"又名"战国派"，得名于同名刊物《战国策》和《大公报·战国》副刊。1940 年 4 月至 1941 年 7 月，昆明数所大学的教授学者林同济②、陈铨③、雷海宗④、贺麟等人联合发起编辑刊物《战国策》半月刊，共出版了 17 期；从 1941 年 12 月 3 日起，每周三在《大公报》开办《战国》副刊，作为《战国策》半月刊的接续。他们之所以能聚合在一起是因为：他们宣喻"文化统相"历史观，坚信中国文化会浴火重生；他们弘扬"大夫士"精神，提倡中国轴心期的"刚道"文明；他们认为抗战时期乃是"战国时代的重演"，需要军国民主主义。因此当代学者认

---

① 战国策派思想观点可参见温儒敏等编《时代之波：战国策派文化论著辑要》，北京：中国广播电视出版社 1995 年版；江沛《战国策派思潮研究》，天津：天津人民出版社 2001 年版；许纪霖、李琼编选《天地之间——林同济文集》，上海：复旦大学出版社 2004 年版；雷海宗、林同济《文化形态史观·中国文化与中国的兵》，长春：吉林出版集团有限责任公司 2010 年版。云南人民出版社 2013 年 2 月出版的张昌山主编《战国策派文存》，收录了吴宓《改造民族精神之管见》，有人因此将吴宓也归于"战国策派"。徐茜《吴宓真的是"战国策派"吗？》（《中华读书报》2014 年 12 月 17 日 D7）对此事作了考证，认为"人们将'战国策派'的标签贴在吴宓身上是一场历史的误会。"

② 林同济（1906—1980），1928 年赴美留学，专攻国际关系和西方文学史，先后获得密西根大学学士和加州大学伯克利分校硕士、博士学位。1934 年回国后任教于南开大学、西南联大和复旦大学。1945 年应美国文化部之邀赴美讲学。1947 年游历英、法、德、意等国，拜会文史哲学者和作家。1948 年回国，在上海创办海光图书馆。1949 年后任复旦大学外文系教授，讲授英国文学史、英美小说、英国戏剧、莎士比亚读评、翻译理论等课程。林同济是才子型学者，既是哲学家和政治学家，又是莎士比亚戏剧研究专家，其"雄辩式英语"令钱锺书钦服不已。

③ 陈铨（1903—1969），1921 年 8 月入清华学校留美预备班。自 1928 年起先后留学美国、德国，学习哲学、文学和外语。1933 年在德国克尔（Kiel）大学获博士学位，博士论文探讨中国文学在德国的传播，是中国比较文学史上的重要论文。1934 年回国后在武汉大学、清华大学、长沙临时大学、西南联合大学教授英文或德文。1940—1942 年与林同济等人创办《战国策》杂志，编辑《大公报·战国》副刊，宣扬"战国重演""尚力政治"思想，是战国策派重要成员。1942 年 8 月去重庆，1943 年 2 月起任中央政治学校英文教授。1946 年 8 月到上海，执教于同济大学。1952 年后一直在南京大学外文系任教。1957 年被划为右派，1961 年摘掉右派帽子，1969 年病逝。解放后关于他的研究成果甚少，其著述多有散失。

④ 雷海宗（1902—1962），1922 年毕业于清华学校，后公费留学美国，在芝加哥大学攻读历史和哲学，1927 年获得哲学博士学位。返国后任教于中央大学、金陵女子大学、武汉大学、清华大学和西南联合大学。1952 年后任南开大学历史系教授，1962 年病逝。著有《中国通史》《中国通史选读》《西洋通史》《西洋通史选读》《中国文化与中国的兵》等。

为："如果说'民族主义文艺运动'是政治民族主义，那么，出现在20世纪40年代的'战国策派'则是文化民族主义。'战国策派'曾是一个被文学史误读的文学流派。"① "战国策派"的文学实绩除了陈铨的创作，还表现在陈铨1943年7月主编创刊的《民族文学》作者群的创作中。

　　林同济、雷海宗均认同施宾格勒《西方的没落》和汤因比《历史研究》的文化形态史观。斯宾格勒的历史观是一种文化历史哲学，一种文化形态学。在他们看来，历史之世界是一个不断生成的世界，其中的一切事物都处于生长、构造和变化过程中；历史之世界又是一个有机整体，一切存在都不是机械理性原则决定的，而是有着自己的土壤、血液、情感、意志和性格，它也不是由物质决定的，而是由整体的文化来决定的；对于历史的世界应当运用"观相的方法"（即艺术和审美的方法）加以认识；观相的方法要求人们对研究对象进行直观和直接的把握，设身处地"生活在对象之中"，并以内在之眼去体验、经历对象的生活；观相的方法主要有两种：整体的"俯瞰"和同源的"类比"……②文化形态史观与达尔文线性进化论史观、马克思主义唯物辩证法史观有所不同，正如林同济所说，文化形态史观是"非线性"也"非辩证"的历史观，而是注重文化统相的综合的历史观。基于这样的文化形态史观，林同济认为第二次世界大战是"文化战争"，而不能泛泛地称为"第二次世界大战"。③ 中华民族若想渡过这次波劫、走向复兴，就必须重新梳理中国历史，挖掘中国文化的优根性，而扬弃那些民族劣根性。

　　林同济与雷海宗从中国轴心期文明传统中寻找"力""刚道"和"大夫士"等精神资源，并系统批判了秦朝以后形成的官僚文化的皇权毒、文人毒、宗法毒与钱神毒四种毒质（《论文人》上），以期刷振国民精神，为中国文化的重建清理废墟。林同济认为"中国人的第一罪恶，就是太

　　① 王本朝：《从"民族主义文艺运动"到"战国策派"》，《河北学刊》2004年第2期。
　　② 吴琼：《历史的炼金术士与文化的先知——斯宾格勒及其〈西方的没落〉》，［德］斯宾格勒：《西方的没落》第一卷，吴琼译，上海：上海三联书店2006年版，第19—21页。
　　③ 林同济：《文化的尽头与出路——战后世界的讨论》。本文夹注引文出自下列两书，不另注出处：雷海宗、林同济：《文化形态史观·中国文化与中国的兵》，长春：吉林出版集团有限责任公司2010年；许纪霖、李琼编选：《天地之间——林同济文集》，上海：复旦大学出版社2004年版。

文了！"古老的中国文明若想重新焕发生机，就必须提倡"力"的哲学（《力！》）就此而言，战国策派思想是对维新时期"尚武说""崇力说"和鲁迅"摩罗诗力说"的翻新，在抗战背景下具有"鼓民气"的重要意义；甚至可以说，战国策派因为主张复兴先秦文明并对中世纪文化持决绝的批判态度而成为名副其实的"轨道破坏者"。

林同济认为第二次世界大战标志着新一轮"大战国时代"的来临，需要国力比拼："大战国时代的特征乃在这种力的较量，比任何时代都要绝对地以'国'为单位，不容局限于个人与阶级，也不容轻易扩大而侈言天下一体"；"你我的力必须以'国力'的增长为它的活动的最后目标，你我的力不可背国力而发展。"（《柯伯尼宇宙观》）正是在这种国族政治观、战争历史观支配下，林同济将"战""国""策"三字分别解释为"军事第一，胜利第一""国家至上，民族至上""意志集中，力量集中"。（《战国时代的重演》）与此同时，林同济对德国法西斯主义持严厉批判态度："希特勒的办法是以武力征服一切，把国家、个性与贵士遗风一概蹂躏起来而建立一个机械性的'车同轨，书同文，以法为教，以吏为师'的秦始皇式的帝国。这种一拳扑杀那三基本源泉（贵士传统、个性焕发和国命整合——引者注）的办法，终使文化走上颓萎的孽程。希特勒绝对要不得！"（《文化的尽头与出路——战后世界的讨论》）由此可见，战国策派虽然鼓吹尼采的"超人说"和英雄史观却反对纳粹集权统治。

雷海宗以历史学家特有的忧患意识为中国文化把脉，不仅总结先秦优秀文化传统，更将"注意力集中于传统文化的弱点"。《中国文化与中国的兵》集中了雷海宗20世纪30年代中期著述的10篇论文，"内中大半可说是非议与责难，但并不是无聊的风凉话；又有一部分是赏鉴与推崇，但并不是妄自尊大的吹嘘。"在他看来，中国"若要创造新生，对于旧文化的长处与短处，尤其是短处，我们必须先行了解"。（《总论——传统文化之评价》）因而，他以军人、家族、元首等为个案，入木三分地剖析了秦汉以来中国文化的诸多负面因素，及其对近代中国文化转型造成的困扰。他认为战国以前的"刚道文明"和"大夫士"精神值得认真继承；但这种刚道文明在秦汉以后渐趋消亡，中国文化也因此变成了一种"无兵的文化"；随着皇权统治日益巩固，民众地位严重下降，导致中国社会如一盘散沙般缺乏向心力；他进一步总结说，中国古代"秦以上为动的历史，历代有政治社会演化更革，秦以下为静的历史，只有治乱骚动，没有本质的变化。在固定的环境之下，轮回式的政治史一幕一幕地更迭排演，演来演去总是同一出戏，大致可说是汉史的循环发展。"（《无兵的文化》）这可以说是"中国封建社会停滞说"的代表言论，对于中国学界具有振聋发聩的警醒意义。

"兵"与抗战背景紧密相连，因而成为雷海宗分析中国文化历史的重要切口。在雷海宗心中，"兵"的基本概念是全体国民，"无兵的文化"则主要指秦汉以降两千年柔弱的国民精神和国民劣根性。他细数中国春秋、战国直至东汉的兵制变化：春秋之际，士"大概都是世袭的贵族，历来是以战争为主要职务的"，工商人士不能当兵，农民中也只有杰出者才能当兵，此时期"男子都以当兵为职务，为荣誉，为乐趣。不能当兵是莫大的羞耻。"各国上至首相、下至贵族都踊跃入伍，战争来临时国君也要亲自出战，所以在《左传》中"找不到一个因胆怯而临阵脱逃的人"；更重要的是，春秋时代以前的"战争并不以杀伤为事，也不以灭国为目的，只求维持国际势力的均衡。"但到了战国时代，传统的贵族政治被推翻，代之以国君专制，文武两兼的贵族教育制度遭到无形破裂，文武开始分离：凭借三寸不烂之舌而身兼数国相位的张仪，与专习武技却已无信仰、"谁出高价就为谁尽力，甚至卖命"的聂政与荆轲，标志着"文德"的盛行和"武德"的堕落；此时期军国主义盛行，战争以歼灭对方、夺取土地为目的，因此"斩首与大规模的坑杀"等惨案时现史籍记载。秦国统一六国后，收天下之兵，从此只有浪人当兵；汉武帝实行募兵制和屯田制，征发大批囚犯入伍甚至雇用外族人当兵，鄙视军人的心理也由此发生。因而可以说"旧中国传统的污浊、因循、苟且、侥幸、欺诈、阴险、小器、不彻底，以及一切类似特征，都是纯粹文德的劣根性。一个民族或一个人，既是软弱无能以至无力自卫，当然不会有直爽痛快的性格。"（《中国的兵》）这些劣根性导致了明哲保身、自私自利、不关心国家和公众利益等"恶德"。故此，当今中国必须铲除腐败堕落的"文德"，培养"武德"以彻底改造国民素质，最终"恢复战国以上文武并重的文化"。（《建国——在望的第三周》）由此不难发现：战国策派学人是地道的爱国主义者，是以"复古为解放"的文艺复兴者，也是会通中西的历史文化学者。"中国最后一个儒家"梁漱溟将雷海宗引为同调，认为"无兵的文化"思想触动了中国古典文化的一大症结：中国"地大人多，文化高于四邻，而历史上竟每受异族凭陵，或且被统治，讵非咄咄怪事。无论其积弱之因何在，总不出乎它的文化。看它的文化非不高，而偏于此一大问题，少有确当安排，则谓之'无兵的文化'，谓其积弱正坐此，抑有何不可？"① 可见雷海宗的思想在当时颇具影响力。

雷海宗还提出了"中国文化独具二周"说。他认为中国历史大致可划分为周而复始的两大周期：第一周期自殷周至公元383年淝水之战，可分为封建、春秋、战国、帝国、帝国衰亡与古典文化没落等阶段，这是纯粹华夏民族独立创造文化的时期，外来血统与文化没有重要地位，可称为"古典的中国"时期。公元383年之后，由于胡人血统的渗入，各民族融合，加之印度佛教传入，为中国文化带来新鲜血液与生机，从而形成了梵华同化的第二周，可视为"综合的中国"时期。那么为什么世界上其他文明古国都衰弱了，而中国文化独有第二周呢？这是因为中国文化由黄河流域扩展到了长江和珠江流域，"到明清时代，很显然的，中原已成为南方的附庸了。富力的增加，文化的提高，人口的繁衍，当然都与此有关。这个发展是我们第二周文化的最大事业。"基于此，雷海宗进而认为抗战是中国文化第二周的结束、第三周的开始。中国若想建设新的文化，就必须从古典传统中汲取刚道精神，同时从西方文化中汲取"列国酵素"，从而实现中国文化的伟大复兴（《此次抗战在历史上的地位》）……在这里，我们看到了雷海宗对中国现实的深沉忧患和对中国文化未来复兴的热切期望；而中国20世纪后半叶的历史也应验了他的见解与推想，令后来者不能不钦佩这位历史学家的远见卓识。

相关史料表明，雷海宗学识渊博，博闻强志。他在西南联大讲授《西洋中世纪史》和《中国通史》，上课从不带一张纸片，仅带一支粉笔；讲起课来旁征博引，就像说书一样声情并茂，相关历史人物、细节、时间、地点等都信手拈来，无一差错。学生们评价他："声音如雷，学问似海，自成一宗。"其实，不仅学生们佩服他，朱自清等大学者也对雷氏钦敬有加，《朱自清日记》1939年12月30日记录朱自清邀请雷海宗夫妇晚

---

① 梁漱溟：《梁漱溟全集》第3卷，济南：山东人民出版社1990年版，第160页。

餐，"交谈甚有趣，并暴露余甚无知。"由此可见雷海宗神采之一斑。但雷氏绝非书呆子。他时常臧否人物，指点时事，每有点评，入木三分。如他 1943 年曾告诉学生，在国民政府的众多败笔中，最大的败笔是蒋介石《中国之命运》的出版，其中的错误多如牛毛，连汉学家都能看出来。再如他 1946 年与朋友辩论时局，认为苏联出兵满洲是沙皇帝国主义的继续；辩论中，泪水从脸颊上滑下来，观者无不为之动容……他的爱国不仅表现在言论里，更表现在行动中：1943 年，美国高校与洛克菲勒基金邀请他去美国讲学，他婉言拒绝，因为此时正是抗战最艰苦的时候，西南联大需要他；1946 年 7 月 15 日，闻一多被暗杀，雷海宗以同学兼好友的身份主动提出参加治丧委员会，并将从闻一多体内取出的子弹保留下来，作为国民党特务杀人的罪证……

战国策派从 1940 年开始即受到左翼批评家的批判。1940 年 11 月 1 日《战国策》第十四期上刊发了林同济《第三期的中国学术思潮——新阶段的展望》，对以胡适为代表的"经验事实"的学术时代与以郭沫若为代表的"辩证时代"进行了扬弃，认为中国学术在全面抗战的时代应进入文化综合或文化统相的"第三时代"。此文连同他的《力！》等文章，受到胡绳、茅盾、潘梓年、汉夫和郭沫若的批评，甚至"《新华日报》发表了一篇大约题为'林同济说鬼话'之类的新闻报道"[①]。对林同济更大的打击来自郭沫若 1948 年的《斥反动文艺》，此文将文艺界分为红、黄、蓝、白、黑五类，并将战国策派归为蓝色，暗指其为国民党蓝衣社属下的文化特务，称其"宣扬法西斯主义""为国民党统治提供学理依据"。——这是左翼权威话语对战国策派做的历史定性，后来的思想史和文学史在谈起战国策派时均以此为评价标准。在此情形下，林同济的父亲劝他离开大陆去台湾或美国，但是林同济坚持留了下来，因为他要孝敬老父，更因为他深爱着自己的祖国。1952 年 1 月，中共中央下发《关于宣传文教部门应无例外地进行"三反"运动的指示》，林同济递交了一份《思想检讨报告》，对自己过去的思想言论进行了系统检讨，其中交代了自己 1943 年为蒋介石《中

---

① 林同奇：《"我家才子，一生命苦。可叹！"——与同济一起的日子》，丁峻译，陆谷孙校，许纪霖、李琼编选：《天地之间——林同济文集》，上海：复旦大学出版社 2004 年版，第 350 页。

国之命运》英译本做校改工作等细节，这为他后来的遭遇埋下了伏笔。

在文艺观方面，战国策派企图以"悲剧精神"来创造一种"提高鼓舞生命力量"的"盛世文学"，进而以"民族意识"来"奏起整部民族史的狂奏曲"，以改造中国文学艺术的柔弱平和风格，改造"个人缺乏活力"的国民精神状况："我劝你们不要一味画春山，春山熙熙惹睡意。我劝你们描写暴风雪，暴风雪冽冽搅夜眠。"① 在他们看来，"世界上第一流的文学，就是能够提高鼓舞生命力量的文学"，② 因而他们激烈反对贾宝玉出家，呼唤更多的萨亚涂师贾（查拉图斯特拉）下山："在太平盛世，一个国家，多有几位悲观遁世的贾宝玉，本来也无足轻重，在民族危急存亡的时候，大多数的贤人哲士，一个个抛弃人生，逃卸责任，奴隶牛马的生活，转瞬就要降临，假如全民族不即刻消亡，生命沉重的担子，行将如何担负？"③ 针对"民族缺乏活力"的善，战国策派大力提倡"民族意识"，希望把个体生命的活力纳入国家民族的轨道中："如果你们画中有诗，愿这诗不是三五字的推敲，而是整部民族史的狂奏曲！"更希望发动以"民族意识"为"根基"的"民族文学运动"。

但是，在"民族文学运动"口号之下，战国策派取得文学创作实绩的仅限于陈铨一人④。陈铨的著述集中在 1949 年前，主要有长篇小说《天问》（新月书店 1928）、《革命前的一幕》（良友出版公司 1934）、《死灰》（天津大公报出版部 1935）、《彷徨中的冷静》（商务印书馆 1935）、《再见冷荇》（上海大东书局 1947）、《归鸿》（上海大东书局 1947）、《狂飙》（上海大东书局 1949），戏剧《蓝蚨蝶》（商务印书馆 1943）、《婚后》（商务印书馆 1945）、《黄鹤楼》（商务印书馆 1945）、《野玫瑰》（商务 1946）以及《金指环》（出版时间、机构不详）、《衣橱》（出版时间、机构不详），文学理论《中德文学研究》（商务印书馆 1936）、《文学批评的新动向》（正中书局 1943）、《从叔本华到尼采》（在创出版社 1944）、《戏剧

---

① 林同济：《寄语中国艺术人》，《大公报·战国副刊》1942 年 1 月 21 日。

② 陈铨：《盛世文学与末世文学》，《文学批评的新动向》，重庆：正中书局 1943 年版。

③ 陈铨：《尼采与红楼梦》，《文学批评的新动向》，重庆：正中书局 1943 年版。

④ 陈铨生卒年限一般认为是 1903—1969 年。《杨义文存》第 2 卷（北京：人民出版社 1998 年）第 522 页称陈铨生卒年限为 1905—1967 年；另外杨著所说陈铨留学回国时间，也与叶隽《另一种西学》中的年月不同。

与人生》（上海大东书局 1947）等。早在 20 世纪 30 年代，朱自清就在清华大学国文系讲授《中国新文学研究纲要》的讲义中将陈铨小说作为新小说重要个案加以评点，认为陈铨小说受到了"旧小说的影响""情节有过巧处"，但"结构的谨严""感觉主义""技巧的注意"和"文笔之流丽"都是出众的。[1] 按说，以陈铨 20 世纪 40 年代的成就，应当成为中国现代文学史上的一个重要作家，但因为其剧作《野玫瑰》曾获得过当时"教育部"的"年度学术奖"[2]，他就有了永远洗刷不掉的罪名，其作品也在 1949 年后被雪藏了……面对这样的历史碎片，学人们不能不发出一声长叹。

当我们分析当前世界形势、构建"中华民族伟大复兴"的宏伟蓝图时，再次反观战国策派的言论，仍会得到很多启示，比如我们要复兴什么样的文化传统；是礼仪文化还是刚道文明；我们应汲取哪些"列国酵素"；综合国力的提高是依靠低成本的"人手"和"人口"，还是依靠科学、理性、民主与法制；等等。我由此想到：如果说塞缪尔·亨廷顿因为《文明的冲突与世界秩序的重建》而被称为"过去 50 年中世界上最有影响力的政治学家"，那么雷海宗、林同济的思想观点多有超越亨氏之处，且对中国文化建设更具针对性和指导意义。换句话说：中国 20 世纪文化思想史上并非没有大师，只是我们对他们缺少了起码的尊重。

另外需要提示的是，在 1937—1945 年的全民抗战氛围中，中国知识分子普遍发生了向国家主义的转向，"战国策"派只是其中最具有代表性的一脉而已，自由主义知识分子胡适、沈从文、老舍、林语堂等都意识到了国家与个人之间是"皮之不存，毛将焉附"的血肉关系；新鸳鸯蝴蝶派的代表张恨水也以小说和古体诗两副笔墨服务于抗战，塑造民族英雄形象……他们的"文章报国"行动很好地发扬了中国知识分子的爱国主义传统。即使那些处于沦陷区的有良知的作家，也有意识地描写逝去的民俗风情以反对日本侵略者的文化殖民，在客观上起到了文化抗战的作用。

---

① 朱自清：《朱自清全集》第 8 卷，南京：江苏教育出版社 1993 年版，第 109—110 页。

② 1942 年 4 月 17 日，"教育部"颁发年度学术奖：华罗庚《堆垒素数论》、冯友兰《新理学》获得一等奖；金岳霖《论道》、刘开渠雕塑获得二等奖；陈铨《野玫瑰》、曹禺《北京人》、常书鸿《油画》等获三等奖。但在左翼文人抗议下，"教育部"最终撤销了对《野玫瑰》的"嘉奖"。参见刘宜庆《绝代风流：西南联大生活录》，北京：北京航空航天大学出版社 2009 年版，第 92 页。

第三节　中国作风，中国气派："民族形式" 大讨论的实质与意义

如果说梁启超等维新派提出的"文界革命"是中国现代史上的第一次文学革命，"五四""白话文学革命"是中国现代文学的第二次革命，那么瞿秋白 1932 年前后发动了"第三次文学革命"，即"文腔革命""俗话文学革命"或"普洛大众文艺运动"。

"文腔革命"最早由刘大白于 1926 年提出，主要针对章士钊的古文复兴运动。章士钊曾任段祺瑞政府秘书长，并在段祺瑞下台后避居天津日租界，出版《甲寅》周刊，反对"欧化"运动和白话文学，这招致鲁迅等人著文痛骂其为"落水狗"。刘大白则在 1926 年冬至 1927 年初创作了一系列针对《甲寅》周刊的文章，将文言称为古话或鬼话，是"时间上的准外国话"，而白话取代文言首先是一种"文腔革命"；他称那些坚持"偷旧材料造新房子的鬼话文"作者是"第一等笨伯，超等笨伯，超超等笨伯"；认为在国民革命时期"更需要人话文和注音字母来做推行的利器。这样，训政训练民众的工作，才可以实施，才有可以完成国民革命的希望"。① 这基本上是在巩固五四白话文的成绩。

而瞿秋白则是在大众语层面提倡文腔革命的，他要否弃的是五四洋八股式的白话文腔。"左联"1930 年 3 月成立不久，左联执行委员会通过的《中国无产阶级革命文学的新任务》即强调："文艺大众化"问题应成为无产阶级文学运动的中心。此后瞿秋白发表《学阀万岁》《鬼门关以外的战争》《普洛大众文艺的现实问题》《我们是谁?》② 等文章，从"普洛大众文艺"与"民众革命"的关系角度，对五四"白话文学"的洋八股腔

---

① 刘大白：《白屋文话》，长沙：岳麓书社 2013 年版，第 2、10、13、72 页。章士钊被讽为"老虎总长"，故刘大白讽《甲寅》为《大虫报》。刘大白这些文章后来缉成《白屋文话》。可参见《白屋文话》，长沙：岳麓书社 2013 年版。其中附二为《文腔革命和国民革命的关系》。

② 关于"文艺大众化讨论"文章中，瞿秋白的论文影响最大：《学阀万岁》，《瞿秋白文集》第 3 卷，北京：人民文学出版社 1953 年版，第 593—618 页；《鬼门关以外的战争》，《瞿秋白文集》第 3 卷，北京：人民文学出版社 1953 年版，第 619—650 页；《普洛大众文艺的现实问题》，《瞿秋白文集》第 3 卷，北京：人民文学出版社 1953 年版，第 853—874 页；《我们是谁?》，《瞿秋白文集》第 3 卷，北京：人民文学出版社 1953 年版，第 875—878 页。

调进行了批评。这不仅标志着中国现代文学主题由"化大众"向"大众化"的过渡，也标志着知识分子从启蒙领袖到"向群众去学习"①"到群众中间去"甚至不惜做"工农豢养的文丐"②的转型；更重要的是，瞿秋白在《普洛大众文艺的现实问题》中提出了普洛大众文艺的五项重要任务即"第一，用什么话写。第二，写什么东西。第三，为着什么而写。第四，怎么样去写。第五，要干些什么。"③因而此文与《我们是谁？》可谓毛泽东《在延安文艺座谈会上的讲话》的"前传"。

瞿秋白认为五四新文学在语言革新和文体变革方面都存在弊病，远远不能满足大众的审美需求，无法达到启蒙效果。他说："五四运动的时候，胡适之有两个口号，叫做'国语的文学，文学的国语'。……（但）现在没有国语的文学！而只有种种式式半人话半鬼话的文学，——既不是人话又不是鬼话的文学。亦没有文学的国语！而只有种种式式文言白话混合的不成话的文腔。"④五四式的新式白话由文言、白话和洋泾浜语言杂凑而成，由于"欧西文思"、文白夹杂、脱离中国实际、精英色彩过于浓厚等原因，还仅仅是少数智识阶级的工具，是"不人不鬼的言语"，"仍旧是只能够用眼睛看，而不能够用耳朵听的。它怎么能够成为'文学的国语'呢，恐怕还是叫做新式文言妥当些罢！"⑤正是由于五四时期语言变革的失败，五四"文化革命也和一九二七年的革命一样，是失败了，是没有完成它的任务，是产生了一种"'不战不和，不人不鬼，不今不古——非驴非马'的骡子文学"⑥。这不仅给古文复活以可乘之机而且差不多断送了整个新文学运动，"古文大家林琴南没有返老还童，古文却返老还童了。古代中国文，现在脱胎换骨，改头换面，用了一条金蝉脱壳的妙计，重新复活了起来。总之，这次文学革命，和国民革命'大不相同'，差不多等于白革。"⑦因此当20世纪30年代"无产大众"崛起之

<hr />

① 瞿秋白：《瞿秋白文集》第3卷，北京：人民文学出版社1953年版，第855页。
② 同上书，第872页。
③ 同上书，第856页。
④ 同上书，第620页。
⑤ 同上书，第643页。
⑥ 同上书，第596页。
⑦ 同上书，第599页。

时，五四式白话和新文学已不合时宜，需要进行真正的大众化变革，"中国还是需要再来一次文学革命"①。但是，"左联"和瞿秋白倡导的这场旨在推动文学形式民族化、大众化的讨论并没有深入进行下去，直至抗战文学兴起之后才以"民族形式"大讨论的形式被再次提起，最终以毛泽东《在延安文艺座谈会上的讲话》作为总结。——从"民族形式"大讨论到毛泽东《在延安文艺座谈会上的讲话》，不仅促进了中国作风、中国气派的大众文学创作，而且中共文艺政策也与马克思主义具体理论相结合，极大地强化了无产阶级文学的内部机制。

从抗战爆发到 1938 年秋天，抗战初期文学创作热潮告一段落，人们开始反思此阶段文学创作中出现的问题，追究抗战文学不能深入民心的原因。"民族形式"大讨论正是在此背景下兴起的，讨论中提出了普及与提高、现代化与民族化等问题，更重要的是，这场大讨论深化了中国共产党与国民党在文艺战线上的斗争。②

"民族形式"大讨论涉及的区域十分广泛，由延安发起，扩展到了重庆、香港、桂林和晋察冀边区。

民族形式问题的论争始于延安。延安诸家的观点大体分为三类：第一类从宣传角度认识民族形式问题，认为创造民族形式应以旧文艺形式为基础。这一类观点以陈伯达、萧三、罗思为主；艾思奇、柯仲平、冼星海等人的观点相近，但多少肯定新文艺的成果，注重文学的艺术性。第二类观点认为民族形式创造的基础应是新文艺。持这类观点的有何其芳、沙汀、茅盾、王实味等。第三类属于折衷观点，以周扬、张庚等为代表，努力在前两类观点中保持均衡，但在具体问题上仍倾向于某一类观点。

南下香港的茅盾等人早在 1938 年 5 月就提倡建立适应新形势的新文艺，但香港地区正式讨论民族形式问题是在 1939 年 8 月以后。尤其《大

---

① 瞿秋白：《瞿秋白文集》第 3 卷，北京：人民文学出版社 1953 年版，第 857 页。

② "民族形式"讨论问题可参看徐迺翔《中国文学史资料全编：文学的"民族形式"讨论资料》，北京：知识产权出版社 2010 年版；石凤珍《文艺"民族形式"论争研究》，北京：中华书局 2007 年版；[韩] 金会峻《中国现代文学史上"民族形式论争"研究》，《中国现代文学研究丛刊》1996 年第 3 期；曹林红《民族、阶级与"形式"的政治——论抗战时期"文艺的民族形式"讨论》，《中国现代文学研究丛刊》2011 年第 3 期；金良守《论"民族形式"论争的发端问题》，《南京大学学报》（哲学社会科学版）1996 年第 2 期。

公报》文艺副刊自 1939 年 12 月起连续发表数篇文章，把香港地区的民族形式论争推向了高潮，但随后突然冷却，至 1940 年上半年告一段落。这主要是因为殖民当局的干预以及日本侵略威胁的降临。

重庆地区以"创造民族形式的中心源泉是什么"为争论焦点在 1940 年上半年至 1942 年上半年间形成了五个派别：第一派以向林冰、黄绳、方白、王冰洋等为代表，主张"民间形式中心源泉论"。向林冰认为创造新的民族形式的途径是运用民间形式，"民族形式的中心源泉，实在于中国老百姓所习见常闻的自己作风与自己气派的民间形式之中"，他对"五四以来的新兴文艺形式"持否定态度，指斥新文学是"以欧化东洋化的移植性形式代替中国作风中国气派的畸形发展形式"①。黄绳认为："新文艺形式是畸形发展的都市的产物，所以对于畸形发展的大学教授，银行经理，舞女政客，以及其他'小布尔'的表现是不错的；然而拿来传达人民大众的说话，心理，就出毛病。"② 第二派以葛一虹、梅林、艾青、戈茅、叶以群、胡绳、罗荪等为代表，主张"新文艺中心源泉论"。他们全盘肯定五四新文学，认为旧形式是封建"没落文化"③，完全否定民间形式具有批判继承的合理成分。第三派主张折衷的"无中心综合源泉论"，潘梓年、沙汀、光未然、张云远、力扬、高长虹等属于这一派④，其中高长虹的主张有些混乱⑤。第四派主张"现实生活中心源泉论"，以郭沫若、田仲济、姚蓬子等为代表。郭沫若的《"民族形式"商兑》认为"民族形式的中心源泉毫无可议的，是现实生活"⑥。最后是胡风和"七月派"。胡风的两本评论集《民族战争与文艺性格》《论民族形式问题》从现实主义角度深入探讨民族形式问题。胡风注意到了五四文学与世界文学的横向联系，却忽视了新文学与传统文学的历史联系，这就留下了理论缺憾；他的

---

① 向林冰：《论"民族形式"的中心源泉》，重庆《大公报·战线》1940 年 3 月 24 日。

② 黄绳：《当前文艺运动的一个考察》，《文艺阵地》1938 年 8 月 16 日第 3 卷第 9 期。

③ 葛一虹：《民族形式的中心源泉是在所谓"民间形式"吗?》，重庆《新蜀报》1940 年 4 月 10 日。

④ 《新文艺民族形式问题座谈会上潘梓年同志的发言》，重庆《新华日报》1940 年 7 月 4—5 日；梓年：《民族形式与大众化》，重庆《新华日报》1940 年 7 月 22 日。

⑤ 长虹：《民间语言，民族形式的真正的中心源泉》，《新蜀报·蜀道》1940 年 9 月 14 日。

⑥ 郭沫若：《"民族形式"商兑》，重庆《大公报》1940 年 6 月 9、10 日。《郭沫若全集》文学编第十九卷，北京：知识版权出版社 2004 年版，第 37 页。

"到处都有生活说""精神奴役创伤说"和"世界进步文艺支流说"，具有重要的文学理论价值，但在当时的语境中却不合时宜。

桂林地区的讨论在 1939 年 10 月以后全面展开，围绕具体艺术问题出现了三次小高潮：一是 1939 年 10 月至 1940 年年初讨论民族形式的一般问题，黄药眠、林山、艾芜等人积极参与，周行、周钢鸣、文宠、震撼、巴夫等人也发表了各自观点。二是在 1940 年上半年，集中讨论诗歌与音乐问题；黄药眠、宫草、陈迩冬等在诗歌形式讨论中较为活跃，绿永、陆华伯等更关注音乐创作的民族形式问题。三是在 1940 年年底到 1941 年初，集中讨论戏剧民族形式问题，杜宣、宋云彬、聂绀弩、易庸、夏衍、欧阳予倩、黄药眠、蓝馥心、姚平、许之乔等参与讨论。[①]

晋察冀地区针对新文艺普及和旧形式运用等方面遇到的实际困难，在 1939 年即开始讨论大众化和民族化问题，但真正的讨论是在 1940 年至 1941 年。田间以否定向林冰、肯定胡风、怀疑郭沫若的态度，批判了晋察冀地区在利用旧形式方面存在的问题[②]。左唯央、冯宿海、孙犁、康濯等就相关理论问题、秧歌剧改编问题等进行了论争……

为什么"民族形式"讨论产生了如此广泛深远的影响呢？这是因为这场大讨论的实质绝不只是文学形式问题，在更深层面上是一个政治话语问题，是国共两党意识形态斗争在文学领域的反映，也是中国共产党领导的无产阶级文学在特殊时期的发展延续。要理清这个问题必须注意这样的时代背景：1932 年 8 月，国民党中宣部拟定《通俗文艺运动计划书》，提倡通俗文艺运动，希望通过对民间艺术的改造和利用，实现对民众进行民族主义教育的目的，从而"激发民众应有之民族意识及民族自信力""灌输民众以牺牲个人自由及为民族及社会而工作之精神""指导民众以正确的反帝思想""激励民众使有继续抗日之耐心。"[③] 1934 年国民党文艺宣传会议通过《请中央推进民众文艺运动案》，提请政府注意"中国历来流

---

① 参看《戏剧的民族形式问题座谈会》，《戏剧春秋》1940 年 12 月 1 日第 1 卷第 2 期。

② 田间：《"民族形式"问题》，《晋察冀日报·晋察冀艺术》1941 年 2 月 25 日；田间：《〈"民族形式"问题〉补充——兼答左唯央同志》，《晋察冀日报·晋察冀艺术》1941 年 3 月 28 日。

③ 《通俗文艺运动计划书》（1932 年 8 月 25 日），中国第二历史档案馆编：《中华民国史档案资料汇编》第五辑第一编·文化（一），南京：江苏古籍出版社 1994 年版，第 33 页。

行民间之传奇、演义、歌谣、曲调之类"，以强化国民的民族文化认同感。1938 年 3—4 月召开的国民党临时全国代表大会上，通过了陈果夫等人关于文化建设原则纲领的提案，提案指出："建国文化之政策，即所以策进抗战之力量"，"而现阶段之中心建设，则尤应以民族国家为本位"，从而反抗殖民主义文化侵略，发扬民族文化和建设现代国家。[①] 更重要的是，国民政府的文化建设纲领与"新生活运动"互为表里，大力倡导儒家伦理道德和文学教化作用，宣传忠勇思想，这就具有了明显的舆论一律和党化文艺意图。有研究者认为，国民党提倡的通俗文艺运动"旨在从民间文艺形式的利用和内容的改造入手，实现民间的党化，在民众中树立民族国家意识，将农村整合进国家的政治生活之中。'通俗文艺运动'无疑是现代国家建设工作的重要部分，而'安内'与'攘外'则是被国民党视为现代化国家建设的两个重要政治前提。所以，'通俗文艺运动'从展开伊始，既是一场与左翼大众化运动针锋相对、与共产党争夺民众的政治斗争，也是一场抵抗外来侵略、统一国家的民族主义政治动员，'形式'的问题同时兼具了否定阶级斗争与倡导民族意识的两面性。"[②]

　　毛泽东清楚地认识到国民党文化建设纲领的实质，尝试回答文艺如何在阶级斗争与民族抗战之间取得平衡的问题。一个具有象征意味的场景是，1938 年 4 月，毛泽东在陕甘宁边区工人代表大会晚会上观看了秦腔《升官图》《二进宫》《五典坡》等传统戏曲，当时就对柯仲平说："要搞这种群众喜闻乐见的中国气派的形式。"[③] 毛泽东的建议很快在 5 月陕甘宁边区救亡协会发表的《我们关于目前文化运动的意见》中得到反映："文化的新内容和旧形式结合起来，这是目前文化运动所需要强调提出的问题，因此，新文化的民族化（中国化）和大众化，二者是不可分开的。"[④] 很明显，毛泽东对于国民党提倡的旧文化、旧内容是很警惕的，他要用新民主主义文化来取代旧民主主义文化，以无产阶级建国方略来取

---

　　① 中国第二历史档案馆编：《中华民国史档案资料汇编》第五辑第二编·文化（一），南京：江苏古籍出版社 1998 年版，第 1—3 页。

　　② 曹林红：《民族、阶级与"形式"的政治——论抗战时期"文艺的民族形式"讨论》，《中国现代文学研究丛刊》2011 年第 3 期。

　　③ 艾克恩编：《延安文艺运动纪盛》，北京：文化艺术出版社 1987 年版，第 77 页。

　　④ 艾克恩编：《延安文艺史》，石家庄：河北教育出版社 2009 年版，第 144 页。

代资产阶级建国方略——何况蒋介石政府提倡的多系封建传统文化。

延安的声音最先由重庆中共组织传播出去。周恩来和博古于 1939 年 7 月 8 日邀请文艺界知名人士座谈讨论民族形式问题，二人在发言中一方面认为"民族形式"讨论对于抗战宣传具有重要意义，同时指出"提倡民族形式须防反动复古派贩卖私货"。[①] 10 月，周而复在给《七月》的信中批评了把民族形式和旧形式"混为一谈"的错误观点，指出民族形式"是新文化要获得最广大最普遍发展所必须采取和必经的历史形式""从旧形式里还得创造新的，创造老百姓所喜闻乐见的新的形式。"[②] 中共中央宣传部给《新华日报》负责人董必武发去电报指示："民族形式就是人民的形式，与革命内容不可分，大后方很多人正利用民族口号鼓吹儒家与其他复古独裁思想，故党的报刊与作家对此更须慎重，不可牵强附和。"[③] 冯雪峰在《民族性与民族形式》一文中说得更清楚："我们所提的民族形式，是大众形式的意思""但大众形式，用了民族形式的名义而提出，也有它的具体的眼前的实践的意义，第一是含有对抗着帝国主义的文化的意义的，第二则上面已说过，为着革命的本质而自觉地忠实着民族战斗的特质，为着革命的内容而创着民族形式。""我们是在扬弃中国旧的民族文化，而创造着新的中国民族的文化的，正犹如我们在毁坏旧中国，却创造着新中国一样。"[④] 冯雪峰言下之意是："民族"和"大众"是指工农兵劳苦大众，是无产阶级的另一种说法，而民族革命的目标只能是共产党领导下的新中国。清醒的研究者立即会发现，这正是冯雪峰、鲁迅、茅盾和胡风等提倡的"民族革命战争的大众文学"口号的延续。这不仅可以反证鲁迅与冯雪峰在两个口号论争中的先见之明，也能使人明白为什么毛泽东 1937 年 10 月 19 日在延安陕北公学"纪念鲁迅逝世周年大会上的讲话"中总结鲁迅精神特点时，认为"鲁迅先生的第一个特点，是他的政治的

---

① 艾克恩编：《延安文艺运动纪盛》，北京：文化艺术出版社 1987 年版，第 145 页。
② 周而复信，见《七月》1939 年 10 月第 4 辑第 3 期。
③ 引自徐光霄《〈新华日报〉在文艺战线的斗争》，《抗战文艺研究》1982（1）。
④ 冯雪峰：《民族性与民族形式》，《冯雪峰论文集》上卷，北京：人民文学出版社 1983 年版，第 160 页。

远见。他用望远镜和显微镜观察社会，所以看得远，看得真。"① 毛泽东极重视鲁迅，主要就是因为鲁迅预见了阶级革命话语与民族国家话语间的歧义与冲突。

重庆的中共文艺团体很快统一了认识。1940 年 6 月 9 日《新华日报》邀请以群、胡绳、光未然、沙汀、潘梓年、葛一虹等重庆文艺界知名人士座谈民族形式问题。潘梓年在讲话中指出：民族形式问题首先是在一定的立场、由一定的革命阶级提出的；民族形式不能和通俗化、大众化混为一谈；民族形式问题不是从狭隘的民族主义立场提出的，而是从国际主义的立场提出的；形式离不开内容。② 可见，"民族主义"与"民族形式"问题反映了国共两党在民族国家立场上的意识形态差异，交锋重点就在于民族与阶级是否对立。既然"民族形式"的立场不是民族主义的而是国际主义的，那么它与无产阶级革命必然会发生深刻联系，因而中共提倡的"'民族形式'讨论从政治导向上突出了两个特点：一是'民族形式'不是旧形式，而是新形式的创造；二是'民族形式'不只是一个文艺问题，更是一个政治问题，'民族形式'与'民族主义'及文化复古主义要有明确的区分，这种区分反映了国共两个政权主导的两个中国前途的差异。"③ 或者说，这种差异就是新民主主义（文化）与旧民主主义（文化）的差别。

中国共产党提倡的"大众文学"在"写什么、如何写、什么人写、为什么人写"等问题上，由毛泽东做了总结和阐发。在 1942 年延安文艺座谈会之前，毛泽东已在《中国共产党在民族战争中的地位》《五四运动》《新民主主义论》等文章中提出了比较明确的文学主张。尤其《新民主主义论》系统阐述了新民主主义文化的性质、任务、特点、方向、领导阶级与服务对象："这种新民主主义文化是大众的，因而即是民主的。它应为全民族中百分之九十以上的工农劳苦民众服务，并逐渐成为他们的

---

① 中共中央文献研究室中央档案馆编：《建党以来重要文献选编（1921—1949）》第 14 册，北京：中央文献出版社 2011 年版，第 592 页。

② 参见蒋天佐《论民族形式与阶级形式》，《奔流文艺丛刊》1941 年 1 月 15 日第一辑《决》。

③ 曹林红：《民族、阶级与"形式"的政治——论抗战时期"文艺的民族形式"讨论》，《中国现代文学研究丛刊》2011 年第 3 期。

文化。""这种文化，只能由无产阶级的文化思想即共产主义思想去领导，任何别的阶级的文化思想都是不能领导了的。所谓新民主主义的文化，一句话，就是无产阶级领导的人民大众的反帝反封建的文化。"① 他又在《中国共产党在民族战争中的地位》中提出："洋八股必须废止，空洞抽象的调头必须少唱，教条主义必须休息，而代之以新鲜活泼的、为中国老百姓所喜闻乐见的中国作风和中国气派。"② 这一著名论断是关于"如何写"的阐述。

　　1942 年 5 月中共中央宣传部召开了 100 多位文艺工作者参加的延安文艺座谈会，毛泽东发表了著名的《在延安文艺座谈会上的讲话》，从此建立了比较完整的文艺思想体系。《讲话》明确提出："我们的问题基本上是一个为群众的问题和一个如何为群众的问题。"毛泽东认为："我们的文艺，第一是为工人的，这是领导革命的阶级。第二是为农民的，他们是革命中最广大最坚决的同盟军。第三是为武装起来了的工人农民即八路军、新四军和其他人民武装队伍的，这是革命战争的主力。第四是为城市小资产阶级劳动群众和知识分子的，他们也是革命的同盟者，他们是能够长期地和我们合作的。这四种人，就是中华民族的最大部分，就是最广大的人民群众。"这段论述中包含着对中国社会各阶层性质的认定，也对文艺的服务对象作了圈定。毛泽东接着对这一论述作了更简洁的概括："我们的文学艺术都是为人民大众的，首先是为工农兵的，为工农兵而创作，为工农兵所利用的。"③ 这就是人们熟知的"文学艺术的工农兵方向"。

　　对于"如何为"的问题，毛泽东把作家的改造思想、转变立场、深入工农兵生活等作为解决文艺新方向的关键所在："中国的革命的文学家艺术家，有出息的文学家艺术家，必须到群众中去，必须长期地无条件地全心全意地到工农兵群众中去，到火热的斗争中去，到唯一的最广大最丰富的源泉中去，观察、体验、研究、分析一切人，一切阶级，一切群众，

---

　　① 毛泽东：《新民主主义论》，《毛泽东选集》第 2 卷，北京：人民出版社 1991 年版，第708、698 页。

　　② 毛泽东：《中国共产党在民族战争中的地位》，《毛泽东选集》第 2 卷，北京：人民出版社 1991 年版，第 534 页。

　　③ 毛泽东：《在延安文艺座谈会上的讲话》，《毛泽东选集》第 3 卷，北京：人民出版社 1991 年版，第 853、855—856、863 页。

一切生动的生活形式和斗争形式，一切文学和艺术的原始材料，然后才有可能进入创作过程。"① 这种改造知识分子世界观的要求，以及对普及与提高、歌颂与暴露等问题的阐述，有着某种民粹民族主义倾向，在1949年以后很长一个时期内影响了中国的文艺创作。

在《讲话》精神指引下，解放区文学工作有了根本改观：文学作品充分表现和反映共产党领导下的社会生活翻天覆地的变化，塑造了大批新型工农兵形象；小说、诗歌、戏剧均以新的内容、新的风格出现在文坛，标志着无产阶级文学新阶段的到来；作家艺术家积极投身工农兵生活，创作出《小二黑结婚》《白毛女》等大众化文艺作品；群众性的文艺活动如墙头诗、枪杆诗、活报剧、秧歌剧、快板曲艺等也蓬勃兴起。

国民党文艺领导者对于"民族形式"讨论和毛泽东"延安文艺座谈会上的讲话"持反对态度，这在张道藩和王集丛的两篇文章中有明确表述。张道藩长文《我们所需要的文艺政策》论述了文学与政治之间的关系，明确了三民主义文学的国族至上等"四种基本的意识""五要政策"和"六不政策"，最后指出："现在是国家民族最危险的时候，同时，也是最需要文艺的时候，努力吧！文艺行里的同志们，我们自新文艺运动以来已经有数十年的光荣史，现在民族需要我们，我们需要民族，因此，使我们更认清了前途，更认清了方法。只要更往前进，伟大的作品即行出现，那时，我们不但在世界文艺上占一席，且要领导世界的文艺，我们的姓名，将同民族胜利而永垂不朽！"② 王集丛《三民主义文艺政策的提出和其意义》是对张道藩文章的补充诠释，批评中国文学与社会发展不一致的怪现象："五四以后，虽然产生了些'反帝反封建'的作品，但那些作品有的是由讽刺现实而否定国家的前途，而塞住民族的出路，只是'呐喊''彷徨'，甚至失望地走入'坟'墓；有的是逃避现实，走入'艺术之宫'去'沉沦'，去求'女神'，去讲三角恋爱。所谓'反帝反封建'的正确道路，在那些文艺作品中并见不到。北伐以后，国家正走

---

① 毛泽东：《在延安文艺座谈会上的讲话》，《毛泽东选集》第3卷，北京：人民出版社1991年版，第861页。

② 张道藩：《我们所需要的文艺政策》，《文艺先锋》1942年9月1日第一卷第一期；《中国新文学大系1937—1949·文学理论卷一》，上海：上海文艺出版社1990年版，第67—90页。

向统一，但文艺则走向反统一的道路，在那里制造阶级斗争，歌颂井冈山金家寨和红湖等地的英雄好汉，那情形正如章回小说家的称赞二龙山瓦岗寨和太湖上的那些英雄好汉一样。此种作风，实在是‘防空洞里吹出来的歪风’，但这歪风就是在抗战建国的今天，还在人们的‘整风运动’下发展，真叫人难于解释。——所有这些，都说明了我们的文艺运动未与社会要求或发展趋势一致。”此文还批判了西方文学思潮尤其是普罗文学和苏联文学对中国的影响，要求文艺家回到创造三民主义文学的正途上来。① 由此可以看出，所谓“民族形式”“旧瓶新酒”“延安整风”等都不仅是艺术形式问题，更包括“为了谁”“如何为”“写什么”与“怎样写”等深层问题，在根本上还是国共政治话语权的争夺。当然，我们必须承认，民族形式论争在客观上促使中国作家更加注重文学内容与形式的民族化、大众化问题，这有利于推动中国现代文学达到世界性、民族性与人性协调统一的思想与艺术高度。

第四节　抗战文学，民族绝叫：1937—1945 年民族主义文学概览

1937 年 7 月 7 日卢沟桥事变标志着日本侵华战争全面爆发。7 月 8 日，蒋介石即电令冀察当局：“宛平城应固守勿退，并须全体动员，以备事态扩大”；随后紧急部署华北军事防御，于12、13 日连续电示负责华北驻防的第二十九军军长宋哲元：“卢案必不能和平解决”，要以不屈服、不扩大之方针，就地抵抗日军，“运用全力抗战”。中共中央也于 7 月 8 日通电全国，号召国共合作、全民抗战；7 月 15 日，中共中央向南京国民政府递交了《中国共产党为公布国共合作宣言》，以全国动员、团结抗日、实现民主、改善民生为主旨，从全局出发做出四项保证：

　　一　孙中山先生的三民主义为中国今日之必需，本党愿为其彻底

---

　　① 王集丛：《三民主义文艺政策的提出和其意义》，《文艺论战》，正中书局 1944 年；见《中国新文学大系 1937—1949·文学理论卷一》，上海：上海文艺出版社 1990 年，91—102 页。“红湖”等字，原文如此，未加改动。

的实现而奋斗。

　　二　取消一切推翻国民党政权的暴动政策，及赤化运动，停止以暴力没收地主土地的政策。

　　三　取消现在的苏维埃政府，实行民权政治，以期全国政权统一。

　　四　取消红军名义及番号，改编为国民革命军，受国民政府军事委员会之统辖，并待命出动，担任抗日前线之职责。①

17 日，蒋介石在庐山会见中共代表周恩来、秦邦宪、林伯渠，表明了国共合作、全国抗战的明确态度。8 月 22 日，国民政府军事委员会宣布将红军改编为"国民革命军第八路军"；9 月 22 日，国民党中央通讯社发布《中国共产党为公布国共合作宣言》，翌日，蒋介石发表《对中国共产党宣言的谈话》，承认中国共产党的合法地位。——国共两党实行第二次合作，全国抗日民族统一战线宣告结成。

　　文艺界的抗战行动则更为敏捷，早在 1936 年 10 月 1 日即发表《文艺界同人为团结御侮与言论自由宣言》："主张全国文学界同人应不分新旧派别，为抗日救国而联合。……无论新旧左右，其为中国人则一，其不愿为亡国奴则一；各人抗日之动机或有不同，抗日的立场亦许各异，然而同为抗日则一，同为抗日的力量则一。在文学上，我们不强求其相同，但在抗日救国上，我们应团结一致以求行动之更有力。我们不必强求抗日立场之划一，但主张抗日的力量即刻统一起来。"② 这标志着文艺界初步达成了建立抗日统一战线的共识。卢沟桥事变后又是文艺界率先行动起来，"中国剧作者协会"于 7 月 15 日在上海成立，成立大会上就通过了集体创作话剧《保卫卢沟桥》的提案，剧本很快由于伶、王樵、张季纯、张寒晖、章泯、许晴、崔嵬、郑伯奇、张庚、王震之、马彦祥、凌鹤、姚时晓、姚莘农、孙师毅、宋之的、阿英、陈白尘、陈凝秋、舒非、夏衍等集体完成，冼星海、周巍峙等六人参与作曲；《保卫卢沟桥》全剧共三幕，

---

　　①　《中国共产党为公布国共合作宣言（一九三七年七月十五日）》，《解放》周刊 1937 年 10 月 2 日第 1 卷第 18 期。

　　②　《文艺界同人为团结御侮与言论自由宣言》，《文学》1936 年 10 月 1 日第 7 卷第 9 号。此宣言由茅盾起草，巴金等 21 人联署，又见《茅盾全集》第 21 卷，北京：人民文学出版社 1991 年版，第 190 页。

第一幕写暴风雨的前夕，第二幕写卢沟桥之战，第三幕写全民的抗战。阿英在为此剧作的序言中说："《保卫卢沟桥》是我们战时工作的开始，我们热烈的希望这个剧本能够广泛的上演于前后方，我们更希望看过这个戏的观众，能和我们——和剧中所有的民众士官们相共鸣，高呼：保卫卢沟桥！保卫华北！保卫祖国！一切不愿作奴隶的人们，起来呀！"① 《保卫卢沟桥》于 1937 年 8 月 7 日对上海市民公演，引起巨大轰动。上海"八一三"战事爆发后，中国剧作者协会立即组织了 13 支上海文化界救亡协会演剧队展开宣传演出活动，田汉的《卢沟桥》、张季纯的《血洒卢沟桥》、陈白尘的《卢沟桥之战》等剧作也随即诞生。抗战戏剧运动迅速发展，救亡演剧队、上海影人剧团、中国旅行剧团等分赴各地演出，不仅发挥了文艺抗战"轻骑兵"的作用，也促成了"中华全国戏剧界抗敌协会"的成立。中华全国戏剧界抗敌协会 1937 年 12 月 31 日在汉口成立时即发布宣言："我们的团结是为着抗战。……对于全国广大民众作抗敌宣传，其最有效的武器无疑的是戏剧——各种各样的戏剧。因此动员全国戏剧界人士奋发其热诚与天才为伟大壮烈的民族战争服务实为当务之急。"② 阳翰笙在成立大会上指出："在抗战的旗帜下，我们不仅已团结了最不易团结的话剧界，同时，我们也进一步团结了最不易团结的新旧剧界。"③ 1938年 3 月 27 日，"中华全国文艺界抗敌协会"成立，标志着中国文艺界有了统一组织，全国文艺工作者从此作为一支文艺部队投身抗战了。文学史家认为："'文协'是'五四'以来，也是有史以来最广泛的文艺组织，它不但超越了社团、流派的界限，超越了新文学与旧文学的界限，还超越了阶级的、党派的界限，达到了以抗日救国为共同目标的政治大联合。"④

全国文艺界抗战统一组织成立，文艺界新的精神领袖也应运而生。1937 年 7 月 27 日，郭沫若几经周折从日本回到上海。他在回国的客船上即慷慨赋诗："又当投笔请缨时，别妇抛雏断藕丝。去国十年余泪血，

---

① 阿英：《〈保卫卢沟桥〉代序》，《阿英全集》第 4 卷，合肥：安徽教育出版社 2003 年版，第 313 页。

② 《中华全国戏剧界抗敌协会成立宣言》，《抗战戏剧》1938 年 1 月第 1 卷第 4 期。

③ 阳翰笙：《我的祝词》，《抗战戏剧》1938 年 1 月第 1 卷第 4 期。

④ 马良春、张大明主编：《中国现代文学思潮史》下册，北京：北京十月文艺出版社 1995 年版，第 1028 页。

登舟三宿见旌旗。欣将残骨埋诸夏，哭吐精诚赋此诗。四万万人齐蹈厉，同心同德一戎衣。"另一首诗写道："此来拼得全家哭，今往还将遍地哀。四十六年余一死，鸿毛泰岱早安排。"① 8 月 24 日，上海市文化界救亡协会机关报《救亡日报》② 创刊，郭沫若任社长，夏衍任总编辑。《救亡日报》刊载《中国诗人协会抗战宣言》称："目前最迫切的任务，就是将我们的诗歌，武装起来：我们要用我们的诗歌，吼叫出弱小民族反抗强权的激怒；我们要用我们的诗歌，歌唱出民族战士英勇的战绩；我们要用我们的诗歌，暴露出敌人蹂躏我民族的暴行；我们要用我们的诗歌，描写出在敌人铁蹄下的同胞们的牛马生活。我们是诗人也就是战士，我们的笔杆也就是枪杆。拿起笔来歌唱吧，前方的战士正需要我们的诗歌，以壮杀敌的勇气！拿起笔来歌唱吧，后方的同胞们正需要我们的诗歌，以加强抗敌的决心！拿起笔来歌唱吧，全世界上我们的同情者，正需要听我们民族争自由平等的号叫！"③ 郭沫若在淞沪会战期间多次前往战地访问，高度赞扬前方将士的爱国情怀和牺牲精神。他在《抗战与觉悟》中说："我们这一次的抗战，替我们的国家、民族，争回了人格不少。北方佟麟阁、赵登禹的战死，南口杨方珪的一团人的战死，宝山姚子青一营人的枕城而死，飞机师阎海文因飞机受伤，用落下伞飞下，飞下了敌人的阵地，用手枪射杀了敌人，剩下最后一颗子弹，向着自己的太阳穴上一击而阵亡。这些可歌可泣的壮烈行为，在我们中华民族的历史上替我们增加了无数光荣的篇页。"④ 1938 年 4 月 1 日，国民政府军事委员会政治部第三厅正式成立，郭沫若出任厅长，阳翰笙任主任秘书；第三厅第五处掌管动员工作，胡愈之任处长；第六处掌管艺术宣传，田汉任处长；第七处掌管对敌宣传，范寿康任处长。洪深、郑用之、徐悲鸿、杜国庠、冯乃超、史东山、光未然、应云卫、马

① 郭沫若：《归国杂吟》之二、三，《郭沫若全集》文学编第二卷，北京：知识产权出版社 2004 年版，第 45—46 页。

② 《救亡日报》在沪出至 1937 年 10 月 22 日停刊；1938 年 1 月 1 日在广州复刊，广州沦陷后再次停刊；1939 年 10 月 10 日在桂林复刊，直到 1941 年 3 月 1 日因讨论皖南事变而被国民党查禁。

③ 《中国诗人协会抗战宣言》，《救亡日报》1937 年 8 月 30 日。

④ 郭沫若《抗战与觉悟》，上海《大公报》1937 年 9 月 13 日。《郭沫若全集》文学编第十八卷，北京：知识产权出版社 2004 年版，第 116 页。

彦祥、冼星海、张曙等著名作家和艺术家参与第三厅的工作，厅、处、科级负责人被分别授予中将、少将和上校军衔。"第三厅"由此成为联结全国文艺工作者投身民族革命战争的纽带，对抗战文学的发展起到了巨大的推动和指导作用，使中国现代文学步入了一个全新阶段。——一个象征事件是：1938 年"在重庆演出由曹禺、宋之的等编剧的《全民总动员》（又名《黑字二十八》），甚至连国民党要人张道藩都愿意与原左翼剧人同登舞台演出，这说明在抗日民族统一战线旗帜下，大家还能共同为抗敌救国来号召'全民总动员'。因此，这一时期剧作者都能以满腔热情从事抗战戏剧的写作并获得了广大观众的欢迎。"① "第三厅"虽然在 1940 年 9 月撤销②，但它在抗战初期的文艺运动中发挥了重要的领导组织作用，值得作为一个重要的文学史专题进行深入研究。

　　戏剧在抗战初期堪称文艺抗战的先锋和旗手。最初，一些剧作家急中生智，洋为中用，将国外相关戏剧题材移植过来，其中"《放下你的鞭子》《三江好》《最后一计》这三个根据外国作品改编的独幕剧，是演出最早、流传最广、影响最大的抗战宣传剧，被合称为'好一计鞭子'。"③稍后，作家们克服抗战初期剧作的概念化倾向，强化作品的艺术性，创作出一批优秀的抗战剧代表作，如夏衍《一年间》、曹禺《蜕变》、宋之的《雾重庆》、老舍《残雾》及其与宋之的合作的《国家至上》、章泯《故乡》、塞克《流民三千万》、洪深《飞将军》、吴祖光《凤凰城》等。由

---

① 陈白尘：《中国新文学大系 1937—1949·戏剧卷一》序，上海：上海文艺出版社 1990 年版，第 4 页。

② 接替"第三厅"工作的是 1940 年 11 月启动、1941 年 2 月正式成立却没有行政权力的"国民党中央文化运动委员会"（1945 年 3 月 30 日解散），张道藩任主任委员。文学史专家张中良这样评价张道藩："张道藩既是作家，又是政府当局的重要文化官员，1936 年任教育部常务次长（至 1939 年 8 月 18 日），1938 年 4 月 8 日至 1940 年兼任社会部副部长，身兼数职，其忙碌可想而知，但他还是与国民政府军事委员会副委员长冯玉祥一道积极参与'中华全国文艺界抗敌协会'成立大会，他担任总主席，发表演讲……""张道藩一方面作为当局文艺政策的阐释者与执行者，另一方面又是一名具有悲悯情怀的作家。他深知创作的艰辛与作家的敏感，既要执行既定文艺政策，又要尽量维系政府与作家的关系"，因而他以聘请"特约撰述""预付稿费"等方式给左倾人士补助，培养文艺人才，一直到台湾都是如此。张中良：《抗战文学与正面战场》，北京：社会科学文献出版社 2014 年版，第 41、49 页。

③ 马良春、张大明主编：《中国现代文学思潮史》下册，北京：北京十月文艺出版社 1995 年版，第 1170 页。

于剧作家普遍缺乏实际战斗经历和战场经验，因而部分作家向历史题材进发，书写中国古代民族英雄传奇故事，涌现出了阳翰笙《李秀成之死》《天国春秋》、欧阳予倩《忠王李秀成》、于伶《大明英烈传》、郭沫若《屈原》《孔雀胆》《虎符》、陈白尘《翼王石达开》、顾一樵《岳飞》等历史题材剧。甚至"孤岛"上海也排演了阿英《碧血花》《洪宣娇》《海国英雄》（又名《郑成功》）、顾仲彝《梁红玉》、周贻白《花木兰》等历史题材剧，这些剧作在客观上也起到了宣扬爱国主义精神的作用。"历史剧绝大多数都是政治剧、宣传剧，它们的总主题思想，就是坚持抗战，反对投降；坚持团结，反对分裂；坚持进步，反对倒退。这些作品，不仅思想性强，倾向鲜明，艺术性也普遍很高，规模宏大，情节复杂，故事生动，人物形象栩栩如生，有强烈的感染力量，能引起观众（读者）的共鸣。爱国人民欢迎历史剧，历史剧鼓舞了人民的抗日爱国斗争。"因而可以说，历史题材剧"是采用独特的表现方法的较为成熟的现实主义作品。"①

报告文学是抗战文学大军中的轻骑兵，在"七七"事变后涌现出了《第七连》《我们在那里打了仗》（丘东平）、《上海一日》（梅益主编）、《闸北七十三天》（阿垅）、《当南京被虐杀的时候》（汝尚）、《"我有右胳膊就行"》（骆宾基）、《杨可中》（曹白）、《游击中间》（刘白羽）、《西线风云》（范长江）、《中华儿女》（张周）、《诺尔曼·白求恩断片》（周而复）、《随军散记》（沙汀）、《七七二团在太行山一带》（卞之琳）、《北方的原野》（碧野）、《战地日记》（周立波）、《我看见了八路军》（黄钢）等抗战报告文学代表作。正如刘白羽所说："当中华民族史上拉开了决定命运的帷幕，形势遽变，国土沦丧，救亡图存，迫在眉睫，需要的不是低眉吟唱，而是奔走呼号。现实斗争召唤着文学必须作出迅速的、深入的反映，鼓舞全国军民同仇敌忾，为民族的独立与解放而战！大批文艺工作者，如丘东平、丁玲、骆宾基、楼适夷、卞之琳、萧乾、刘白羽、沙汀、曹白、何其芳、周立波、吴伯箫、姚雪垠、碧野、叶以群等，无论他们是诗人、小说家，还是散文家、剧作家，都怀

① 马良春、张大明主编：《中国现代文学思潮史》下册，北京：北京十月文艺出版社 1995年版，第 1197 页。

着强烈的历史使命感和高度的社会责任感，或投身前线，或参加救亡工作，自觉地运用报告文学的形式，将自己的所见所闻所感及时而生动地报道出来。"①

"中华民族正在血以肉创作空前的'史诗'，大时代的鼓手由来就数诗人第一位。诗歌活跃于今日之文艺界就正是极合理的事。"② 国家不幸诗家幸，大时代背景下的抗日救亡诗歌创作取得了辉煌成就。"七月派"诗人艾青的创作在抗战时期走向成熟并达到高潮，其《雪落在中国的土地上》《北方》《他死在第二次》《向太阳》《旷野》《火把》《反法西斯》《黎明的通知》《献给乡村的歌》等"代表着抗战诗歌的最高水平"③。时代鼓手田间出版了诗集《中国牧歌》《中国农村的故事》《给战斗者》等，他的"墙头诗"《假使我们不去打仗》字字击中人心，鼓舞爱国军民反抗侵略者的战斗热情。"雨巷诗人"戴望舒创作了《元日祝福》《狱中题壁》《我用残损的手掌》等爱国诗作，诗风发生了巨大变化。高兰的朗诵诗《是时候了，我的同胞》《起来吧！中华民族的儿女》《给姑娘们》《向八百壮士致敬礼》《我的家在黑龙江》等，充满热烈激昂的爱国情思。光未然的长篇朗诵诗《黄河大合唱》经冼星海谱曲后，传唱大江南北，激励人们保家卫国。

抗战小说将浪漫主义与现实主义精神结合起来，塑造英雄，鼓舞士气，凝聚民心，吹响了嘹亮的战斗号角。"1937 年 8 月 5 日出版的《中流》（第二卷第十期）发表了署名江羽的小说《白刃战》，描写了 7 月 8 日傍晚中国军人在卢沟桥与日寇的血战。小说在文末署的日期是'7 月 12 日晨'，此时距事变发生才四五天的时间，可以说是'七七'事变后产生的第一篇抗战小说。"④ 此后"一个时期内出现了许多正面描写国民党官兵尤其是下层官兵的战争小说。如《牛车上的伙伴》（王西彦）、《自由射手之歌》（万迪鹤）、《吹号者》（司马文森）、《我们的喇叭》（鲁

---

① 刘白羽：《序》，《中国新文学大系 1937—1949·报告文学卷》，上海：上海文艺出版社 1990 年版，第 2 页。

② 茅盾：《这时代的歌》，《救亡日报》1938 年 1 月 26 日。

③ 马良春、张大明主编：《中国现代文学思潮史》下册，北京：北京十月文艺出版社 1995 年版，第 1174 页。

④ 房福贤：《中国抗战文学新论》，北京：中国社会科学出版社 2012 年版，第 32 页。

彦）、《铁闷子》（吴组缃）、《王老虎》（亦五）以及《刘粹刚之死》（萧乾）、《军人的勇敢》（罗烽）、《欺骗》（荃麟）、《英雄》（荃麟）、《报施》（茅盾）、《祖国的伤痕》（舒群）等。其中影响最大的是萧乾的《刘粹刚之死》。这是一篇以真实的人物为主人公创作的纪实小说。"① 其他如于逢的中篇小说《冶炼》《乡下姑娘》，于逢与易巩合作的长篇小说《伙伴们》，萧曼若的长篇小说《解冻》、邵子南《李勇大摆地雷阵》、柯蓝《洋铁桶的故事》、马烽和西戎《吕梁英雄传》、吴组缃《山洪》（《鸭嘴涝》）、陈瘦竹《春雷》、王西彦《眷恋土地的人》《乡井》、巴金"抗战三部曲"之《火》、姚雪垠《差半车麦秸》《春暖花开的时候》、谷斯范《太湖游击队》、端木蕻良《大江》、碧野《风砂之恋》、郁茹《遥远的爱》、司马文森《雨季》、田涛《潮》、茅盾《第一个阶段的故事》等相继出现，这些作品不仅鼓励了人们的战斗意志，也将中国现代民族主义小说的创作逐步推向高潮。

"七月派"的抗战小说可谓抗战时期民族主义文学的一个高峰。丘东平《第七连》《一个连长的战斗遭遇》、吴奚如《萧连长》等作品令人读来血脉贲张。阿垅 1936 年从黄埔军校第 10 期毕业，曾任排长并参上海保卫战，他创作的《闸北打了起来》《从攻击到防御》等小说结集为《第一击》编入"七月文丛"；阿垅 1939 年在西安疗伤期间创作了报告文学体长篇小说《南京》，这部小说"曾在中华全国文艺界抗敌协会的征文中获奖，但因故（据说是'太真实了'）未能出版"②，直至抗战胜利 50 周年之际才易名《南京血祭》由人民文学出版社出版。"七月派"其他成员的作品如彭柏山《一·二八两战士》《一个义勇队员的前史》、力群《"他们全开到前线去了"》、倪受乾《我怎样退出南京的》、羽田《血战宣店子》、黄明《雨雪中行进》、平羽《第一枪》等也是抗战小说的代表作品。

全面抗战为民族主义文学注入了新的生机和动力，抗战文学期刊也不断创办。《文学》《中流》《文季》《译文》四大同人杂志先后自筹资金创办；茅盾和巴金主编的《呐喊》（后改为《烽火》）于 1937 年 8 月 22 日

---

① 房福贤：《中国抗战文学新论》，北京：中国社会科学出版社 2012 年版，第 82 页。

② 绿原：《南京血祭》序，北京：人民文学出版社 1995 年版。

创刊；胡风自筹经费创编《七月》文学周刊（后改为半月刊、月刊）9月 11 日在上海创刊；田汉、马彦祥编辑的《抗战戏剧》1937 年 11 月 6日在汉口创办；老向编辑的《抗到底》1938 年 1 月 1 日于武昌创刊；臧云远、孙陵编辑的《自由中国》1938 年 4 月 1 日于武昌创刊；茅盾主编的《文艺阵地》1938 年 4 月 16 日于广州创刊；周扬主编的《文艺战线》1939 年 2 月在延安创刊；"文协"会刊《抗战文艺》1938 年 5 月 4 日于汉口创刊，由王平陵、田汉、安娥、朱自清、朱光潜、成仿吾、老向、老舍、吴组缃、宋云彬、周文、郁达夫、胡风、胡秋原、茅盾、徐炳昶、姚蓬子、冯乃超、夏衍、陈西滢、张天翼、舒群、阳翰笙、叶以群、叶绍钧、楼适夷、郑伯奇、郑振铎、穆木天、锡金、钟天心、丰子恺、罗荪等33 人组成编委会，《抗战文艺》出至 1946 年 5 月 4 日第十卷第六期时发表《启事》说："本会机关杂志《抗战文艺》，自二十七年创刊，迄今已有八年，兹因抗战结束，本期《抗战文艺》即为终刊号，今后易名《中国作家》，随本会迁沪出版。"可以说《抗战文艺》是抗战文学期刊中影响最大、出版时间最长的期刊。

八年抗战文艺运动留下了许多感人至深的故事：

——流亡的"孩子剧团"鼓舞抗战士气。"孩子剧团"1937 年 9 月 3日在上海成立，22 个成员年龄最大的 19 岁，最小的 9 岁；剧团宣言说："我们是一群流浪儿。我们是一群不愿跟着爸爹妈妈逃难享福的孩子。在从前，我们就相信抗日战争一定要爆发，我们曾经发过誓，不逃、不躲，要同日本鬼子拼。现在抗日战争真的开始了，我们虽然没有了爹妈，没有了家庭，成了流离无靠的孤儿，但是我们没有哭，没有伤心，相反的，只有快活，只有怨恨，只有振作。我们大部分是沪东战区里的孩子，爱演剧，爱唱歌，过去也曾演过一些戏，唱过一些歌，在抗日战争开始了的时候，我们知道我们不能上前线去同鬼子拼，不能做大规模的事情，我们只有以我们所有的力量，团结起来，以过去所爱好的工作来为国家服务，为民族尽力。……"[①] 这个宣言以情动人，直抵人心，无疑能起到巨大的宣

---

① 《孩子剧团宣言》，重庆《新华日报》1938 年 1 月 25 日。又见李滨荪、胡婉玲、李方元编辑《抗日战争时期音乐资料汇集·重庆〈新华日报〉专辑》，重庆：西南师范大学出版社 1985 年版，第 166 页。

教作用。孩子剧团 1938 年 1 月上旬到达武汉，《新华日报》自 1 月 24 日起连续三天刊出专刊宣传孩子剧团，鼓舞抗战士气。

——幽默的老舍不再幽默。1938 年 3 月 28 日中华全国文艺界抗敌协会成立，老舍当选为常务理事兼总务主任，从此把主要精力投入"文协"日常工作中，还在工作之余创作了庄重严肃的《残雾》《国家至上》《张自忠》《剑北篇》《火葬》等作品；尤其是由 1943—1945 年完成的《四世同堂》三部曲，全书 100 章 80 余万字，"是 20 世纪三四十年代中国规模最大的战争小说""它既是战时抗战小说中的最后一部杰作，也是战后抗战小说中的最初一部巨著。它是中日战争文学由战争化走向文学化过程中的一座里程碑。"① 郭志刚说："在三十年代反映抗日题材的小说中，真正对那一时代中国人民的伟大业绩作出了高度艺术概括的作品还是太少，也许因为有了这部《四世同堂》，才在一定程度上弥补了我们的缺憾。"②

——"鸳蝴派"作家为抗战英雄塑像。"蝴蝶派小说家"张恨水当选为"文协"理事，满怀激情地创作了《热血之花》《石头城外》《大江东去》等抗战小说。其 30 万字的《虎贲万岁》是受到七十四军五十七师将士的精神感染而创作的：七十四军副军长兼五十七师师长余程万中将率部守卫常德，8000 将士战死者达 90% 以上；余程万幸存下来却受到军法处治，获刑两年；"两位幸存的五十七师军官一方面要为五十七师扬名，另一方面要为余程万师长正名，他们再三请求张恨水以小说形式来描写常德保卫战，并带来一批材料，有军事地图、油印品，有贴报册子、日记本、相片本，有《五十七师将士特殊忠勇事迹》《五十七师作战概要》等，不下三四十种，并口述活的材料。张恨水被深深打动了，……《虎贲万岁》1945 年 5 月间动笔，1946 年 4 月 18 日杀青。"③

---

① 房福贤：《中国抗战文学新论》，北京：中国社会科学出版社 2012 年版，第 124、129 页。

② 郭志刚：《论三四十年代的抗战小说》，《文学评论》1995 年第 4 期。

③ 张中良：《抗战文学与正面战场》导言，北京：社会科学文献出版社 2014 年版，第 38 页。

——《新华日报》声讨文化汉奸。《新华日报》① 是中共在抗战期间公开出版的最具威望的报纸。《新华日报》1938 年 5 月 6 日发表短评《文化界驱逐周作人》。5 月 14 日《新华日报》又发表茅盾、郁达夫、老舍、冯乃超、王平陵、胡风、胡秋原、张天翼、丁玲、舒群、奚如、夏衍、郑伯奇、邵冠华、孔罗荪、锡金、以群、适夷等联合署名的《给周作人的一封公开信》，对周作人做出"最后一次忠告"，提醒他不要作"民族之大罪人，文化界之叛逆者。"6 月 5 日《新华日报》刊载边区文化界救亡协会声讨周作人等的通电，主张"肃清文化汉奸"，对附逆文人是一计重要的警示。

——一批女作家成长为文化战士。比如丁玲是"文抗"延安分会领袖，创作了《一颗未出膛的枪弹》《我在霞村的时候》《在医院中》等抗战文学名篇，将女性命运与抗战主题紧密结合起来。谢冰莹 1938 年担任第五战区司令部中校秘书，创作了《随军散笔》《在火线上》《新从军日记》《女兵十年》等作品，一纸风行，脍炙人口。女诗人刘雯卿随广西学生军开赴前线，创作了长篇报告文学《广西学生军在广西》以及诗集《战地诗歌》（春秋出版社 1942 年）；刘雯卿在昆仑关大战后不仅创作了《昆仑关的生命力》《宾阳突围》等纪实散文以再现昆仑关战役的战斗场面，还留下了《血战昆仑关》《高峰坳之战》等新诗，讴歌爱国将士的牺牲精神。

——"战士作家"的纪实作品不断涌现。陶雄的空军题材作品集《0404 号机》塑造了空军英雄群像，突入了一个前所未有的中国现代文学题材，被列为"七月文丛"之一；刘毅夫《衡阳四十七天——空军一孤军陈祥荣的经历》在 1944 年 9 月 13、14 日重庆《大公报》连载，通过奉命飞行侦察敌情、坠机受伤的陈祥荣分队长的亲历和目击，表现衡阳军民四十七天的殊死抗战和惨烈牺牲；臧克家在正面战场从事新闻宣传工作四年有余，他采访台儿庄战役将士后创作了报告文学《津浦北线血战记》、散文集《随枣行》、长诗《走向火线》《古树的花朵》等；诗人张泽厚的长篇叙事诗《昆仑关》（新三书店 1943 年）共分七章，"带有现代

---

① 《新华日报》1938 年 1 月 11 日在武汉创刊，1938 年 10 月 25 日迁到重庆，至 1947 年 2 月 28 日停刊，共出版 3231 期。

战争史诗的韵味"①；中央军校第 16 期毕业生黄仁宇②，根据亲身体验和对抗战全局的把握，创作了《密支那像个罐头》等报告文学，还在 1946 年出版了反映缅甸雨季作战实况的《缅北之战》；阿垅在淞沪会战中担任少尉排长，负伤后离开火线到后方治疗，为了纪念阵亡弟兄而创作了《闸北打了起来》《从攻击到防御》《斜交遭遇战》等，他 1939 年创作的 30 万字长篇小说《南京》曾荣获中华全国文艺界抗敌协会长篇小说征文一等奖。

专家总结说："据国民政府官方统计，中国人民的抗日战争历经了 22 次大型会战，1117 次大型战斗，28931 次小型战斗。国民革命军人伤亡 322 万余人。按官方统计，八路军、新四军、游击队伤亡 58 万余人。此外，还有 1700 万余平民死于战火及其他原因。按目前官方的统计，抗日战争期间，中国军民伤亡总数越过 3500 万人。又据近年调查研究不完全统计，在抗日战争中中国财产损失 600 余亿美元（按 1937 年美元计算），战争消耗 400 余亿美元，间接损失 5000 亿美元。日本学者服部卓四郎在《大东亚战争史》一书中，记录第二次世界大战中日本军人平民伤亡 251 万余人，日军侵华军人死亡 48 万余人。抗日战争之残酷和惨烈实属人类发展史之空前！中国军民奋起抗战，其悲壮和艰巨也属人类发展史之空前！抗战文学就是对抗日战争的这种特殊性的形象展示！"③ 在这巨大的牺牲中，也有一批中国作家。比如 1944 年 5 月 23 日，28 岁的剧人江村病

①　张中良：《抗战文学与正面战场》，北京：社会科学文献出版社 2014 年版，第 138 页。

②　黄仁宇（1918—2000），湖南长沙人，1936 年入天津南开大学电机工程系就读，抗日战争爆发后辍学，在长沙《抗日战报》工作，后入中央军校第 16 期步兵科，毕业后分至陆军步兵第 14 师任少尉排长、中尉代理连长。1943 年加入中国驻印军，1944 年以上尉参谋职务参加第二次赴缅甸作战，在密支那战役中右腿中弹负伤，荣获陆海空军一等奖章。抗战胜利后不久考取留学资格，赴美国雷文沃思堡的陆军指挥参谋学院学习，学成回国后任国防部第五厅科员、中华民国政府驻日本军事代表团团长朱世明将军的副官。1950 年朱世明涉嫌与中共来往而被解职，黄仁宇也退出军政界，赴美国攻读新闻专业，1957 年获硕士；其后转攻历史学并于 1964 年获博士学位，是余英时在密歇根大学指导的唯一博士生。先后在南伊利诺伊大学、纽约州立大学、哥伦比亚大学、哈佛大学任教。曾参与英国剑桥大学李约瑟博士主持的《中国的科学与文明》集体研究工作，亦参与《明代名人传》和《剑桥中国史》的写作。著有《万历十五年》《中国大历史》，以"大历史观"享誉华人学界。

③　靳明全：《抗战文学与中日比较文学论稿》，北京：中国社会科学出版社 2013 年版，第 1 页。

逝于成都传染病院。这位江苏南通人在内地没有一个亲戚，贫病交加，生病期间的医药费全由同行捐助。中国胜利剧社演出《两面人》，拟将所得款项捐出一万元给江村做药费，但他没来得及用这笔钱就与世长辞，这笔钱就作了他的安葬费。江村去世后，《新民报》《新华日报》发表了一组纪念文章。而"文协"发起关注作家生存状况的行动，也反映出作家们在抗战期的奉献与牺牲，比如"文协"在《新华日报》1945 年 7 月 15 日发布筹募援助贫病作家基金缘起："敬启者：抗战七年，文艺界同人坚守岗位，为抗建之宣传，勖军民人人忠勇，曾未少懈。近三年来，生活倍加艰苦，稿酬日益低微，于是因贫而病，因病而更贫；或呻吟于病榻，或惨死于异乡，卧病即全家断炊，死亡则妻小同弃。政府当局虽屡屡垂念，时赐援助，而一时之计，未克转死为生，而粥少僧多，亦难广厦尽庇。苟仍任其自生自灭，则文艺种子渐绝，而民族精神之损失或且大于个人之毁灭，因特发起筹募，援助贫病作家基金，由本会组织委员会妥为保管，专作会员福利设施之用。一元不薄，百万非奢，爱好文艺者必乐为输将！捐款祈交重庆张家花园六十五号本会，或重庆各报换取收据；自即日起，至十月三十一日截止。"① 同日报载：《新华日报》捐款一万元，"文协"成都分会捐献稿费，昆明分会召开全体会员大会商定了募集基金的 11 个办法。王鲁彦 1945 年 8 月 26 日病逝于桂林，享年 44 岁；10 月 1 日《新华日报》"读者园地"发表署名"向天"的短文《作家生活为什么这样惨》，不仅讲述王鲁彦之死，而且称洪深曾因贫病不堪而服毒自杀一次，经友人急救才得复生。截至 1945 年 11 月 25 日，"文协"共得捐款二百六十五万二千一百五十五元，第一批发放五十八万五千零一十二元，重点补助鲁彦遗属、蔡楚生、艾芜、荃麟、葛琴、余所亚、黄药眠、杨晦、郑延谷、吴似鸿、孟昌、张煌等贫病作家，钱款少则一万元，多则五万五千元（鲁彦），另有 28 人获得三千元到五千元的补助。在抗日战争期间，除了病逝的作家，还有丘东平、赵曙等战死疆场的作家。因此可以说，作家们不仅是以笔为旗的文士，也是实际战斗的英雄。

　　既有的抗日战争史多将八年抗战划分为战略防御（1937. 7. 7—

---

　　① 文天行编：《国统区抗战文艺运动大事记》，成都：四川社会科学院出版社 1985 年版，第 249 页。

1938.10）、战略相持（1938.10—1945.8）和战略反攻（1945.8—
1945.9.2）三个阶级，因而不少文学史也呆板地将抗战文学运动划分为
三个阶段，其实这种划分是不合乎历史真实的，仅就抗日文学而言，至少
自济南"五三惨案"时就有杨振声《济南城上》等作品发表，而"九一
八"事变后东北作家群的创作则是抗战文学兴起的标志；至于1937—
1945年的抗战文学，则只宜划分为"昂扬乐观的全民抗战文学（1937—
1938）"和"苦闷沉郁的抗战中后期文学（1939—1945）"两个阶段。

"七七"事变后，爱国知识分子都形成了一个观念："中华民族到了
最危险的时候，每个人被迫着发出最后的吼声！"新文学的立人启蒙、个
性解放和阶级革命主题都让位给救亡图存的民族国家主题；许多作家响应
文协"文章下乡，文章入伍"的号召或投笔从戎或深入群众，用文学吹
响了全民抗战的时代号角；爱国主义主题、英雄主义基调、高度统一的思
想、鲜明单纯的色彩，成为抗战初期文学创作的主要特征；为了宣传民
众、鼓舞士气，发挥文学的"轻骑兵"作用，文学创作出现了小型化、
轻型化和速写化倾向：报告文学、新闻通讯、人物特写成为最热门的体
裁；诗歌追求通俗、鲜明、昂扬的基调，创造出墙头诗、传单诗、枪杆诗
等便于宣传鼓动的新形式；话剧创作注重古为今用、洋为中用，大众化的
秧歌剧、活报剧则有力地配合抗战宣传工作。总体来看，抗战初期的文学
服从和服务于救亡图存这一中心任务，强调文学的工具性、纪律性和战斗
性，表现出现代文学与国族命运血肉联系的特质。与此同时，文学的多样
性和独创性逐步丧失，出现了公式化、概念化倾向，满足于廉价地发泄感
情或传达政治立场。

1938年武汉失守后，抗战速战速胜的可能性破灭，进入艰苦卓绝的
消耗相持阶段；1941年的皖南事变则标志着国内政治形势、社会心理与
时代气氛的重大变化，文学创作出现了"新的苦闷和抑郁"[1]。1937—
1945年的抗战文学中有五大强势派流：一是反映现实抗战的作品持续涌
现，尤其老舍《四世同堂》在创作题材和艺术技法上实现了创新突破；
二是历史题材文学创作成绩突出，代表作有阿英《碧血花》（1939）、《海
国英雄》（1940）和《杨娥传》（1941）等八部历史题材剧，阳翰笙《天

---

[1]　臧克家：《我的诗生活》，重庆：读书出版社1943年版。

国春秋》（1941），欧阳予倩《忠王李秀成》（1941），郭沫若《棠棣之花》（1941）、《屈原》（1942）、《虎符》（1942）、《高渐离》（1942）、《孔雀胆》（1942）和《南冠草》（1943），陈白尘《翼王石达开》（1943）等，主要开掘民族优根性，同时对现实有着明显的影射性；三是乡土文学出现了经典作品，如萧红《呼兰河传》、芦焚《果园城记》《无望村的馆主》等；四是讽刺文学出现创作热潮，这一题材热以张天翼1938年的《华威先生》为起点，以沙汀《淘金记》《困兽记》《还乡记》、艾芜《山野》《春天》《故乡》、张恨水《八十一梦》、萧红《马伯乐》、陈白尘"怒书"《升官图》、吴祖光《捉鬼传》、袁水拍《马凡陀的山歌》等为代表，表达了对黑暗的诅咒和对腐朽现实的否定；五是"知识分子写作"的深化，其中既有路翎的《财主底儿女们》那样的精神成长之作，也有《未央歌》那样的新古典主义小说。

　　另外，不同于国统区"抗战相持阶级文学"的灰暗郁闷，中共领导的"延安文学"呈现出明朗素朴的色彩。尤其是1942年毛泽东发表的《在延安文艺座谈会上的讲话》，解决了文学"为什么人"以及"怎么为"的问题，成为解放区文艺运动的法典。从此解放区文学以赞美新社会、新生活为重点，热情描绘群众斗争生活，聚焦普通民众，向民族化和大众化方向发展。在20世纪40年代中后期，赵树理被树为解放区文学的新典范；孙犁《荷花淀》、丁玲《一颗未出膛的枪弹》、马烽和西戎《吕梁英雄传》、邵子南《地雷阵》、柯蓝《洋铁桶的故事》、华山《鸡毛信》等成为解放区抗战文学的代表作。当然，解放区文学被要求成为"革命的齿轮和螺丝钉"，强调配合与服务于政治斗争，相对忽视了文学自身的审美律；过分强调了普及与工农兵方向，造成了表现手法的单调和艺术水准的平面化；强调了对农民传统艺术形式的继承而放松了对艺术多样化手法的自觉追求；强调了文艺的通俗性而忽视了文艺的"提高"问题；注重政治功利性而忽略了文学的艺术本体追求，因而缺少意蕴丰厚的艺术典型，艺术创新不足，艺术个性模糊，现代感匮乏；由于放弃了对外国文学的"拿来"，形成了当时和以后一段时间内文学和文化的固步自封。

　　台湾自1895年即成为日本的殖民地，其抗战文学一直持续不断（详见本章第五节的论述）。大陆的沦陷区文学深受日伪文化政策制约，一部分尚有爱国心的作家或转向乡土文学创作以揭示沦陷区人民真实的生存困境与不屈不挠的生存意志，或在日常生活叙事中书写苍凉的人生和永恒的人性，并走出了古今融通、雅俗共赏的艺术道路，为中国文学艺术的本土化做出了贡献。钱锺书、杨绛、张爱玲、苏青、刘云若、秦瘦鸥、师陀、袁犀、山丁等人的部分作品具有文化民族主义和新古典主义气质，有的已成为中国现代文学史上的经典。

总之，"民族主义是强化民族自尊心、自强心和自信心的最有力的工具，有助于民族独立，唤起人们维护国家主权、统一和领土完整。民族主义提倡英雄主义和牺牲精神，可以在社会中造就一种向上、奋进、自强、团结一心，甚至是同仇敌忾的民族情感和民族凝聚力。"① 1937—1945 年的抗日战争是中华民族伟大复兴的历史转折点，而八年抗战文学自觉担负起了为民族救亡鼓呼的使命；"战时特殊的政治文化氛围，包括思维方式与审美心态，促成了许多唯战时所特有的文学现象；战争直接影响到作家的写作心理、姿态、方式以及题材、风格。即使是某些远离战争现实的创作，也会不自觉地打上战时的烙印。"② 在此情形下，抗战文学就出现了夏志清批评的"天真的爱国主义""政治第一、艺术第二"等问题，但不可否认的是，八年抗战文学中也涌现出了《呼兰河传》《未央歌》《四世同堂》《亚细亚的孤儿》等文学经典，她们真正做到了较大的思想深度、丰厚的历史内容与高度的艺术创新性的完美融合。

第五节　英雄立梦，汉魂不灭：台湾现代 民族主义文学摭论（1895—1945）

在现代中国，"民族主义作为一种思想运动和广泛的意识，很清楚只是在 1895 年以后才出现的"③，这固然与西学东渐以及新式学堂、报刊的兴起有关，更直接的原因则是将台湾及其附属岛域割让给"蕞尔小国"

---

① 刘军宁：《民族主义四面观》，李世涛主编：《知识分子立场：民族主义与转型期中国的命运》，北京：时代文艺出版社 2000 年版，第 12 页。

② 钱理群、温儒敏、吴福辉：《中国现代文学三十年》，北京：北京大学出版社 1998 年版，第 445 页。

③ ［美］费正清、刘广京编：《剑桥中国晚清史 1800—1911》，中国社会科学院历史研究所编译室译，北京：中国社会科学出版社 1993 年版，第 389 页。

日本。日本占领台湾的五十年，是台湾人民武装反抗殖民侵略的五十年，也是台湾人民抵抗日本文化殖民的五十年。台湾现代民族主义文学忠实地记录了台湾人民武装抵抗与文化反抗的历史，因而特别值得关注，正如研究者所说："台湾的抗日文学，深受日本帝国主义的压迫和摧残，在日寇统治的血腥日子里，台湾的抗日爱国作家，并没有被残酷的剿杀所压倒，也没有被日寇的威胁利诱所屈服。他们为维护民族与人性的尊严，祖国的独立与解放，人民的自由与幸福，以笔为武器，与日寇进行了坚韧不屈的斗争，抒写出了大批不同形式的抵抗文学作品。这些优秀作品，生动形象地揭露了日寇的残酷与横暴，反映了台湾同胞的痛楚与血泪，展示了不愿做奴隶的台湾优秀儿女的大无畏的反抗精神，凝聚了台湾文艺家们的民族主义与对乡土故国的挚爱和对台湾同胞手足、骨肉的深情。它是血泪凝铸的一簇鲜花，是不屈历史的有力佐证。它也可以说是台湾同胞的一部血泪史，一部为寻求自由解放挣脱殖民主义枷锁的奋斗史。"[1]

　　本节将概要梳理台湾现代民族主义文学的流脉，并重点以赖和、吴浊流小说为例进行个案解读，感受那种剥离母体的创深痛巨的撕裂感，感受那种"亚细亚的孤儿"的精神无依感，而正是这种文化抵抗与精神流浪，更能体现台湾现代民族主义文学的史诗价值和审美特质。

一　台湾现代民族主义文学流脉

　　"1895 年甲午战争结束，清廷不得不割让台湾和澎湖列岛给日本，从此台湾沦为日本的殖民地。在台的清朝官员和本地士绅阶层期望列强出面干涉，在承认清朝宗主权下，宣布'台湾民主国'的建国，组织义军抵抗日军入侵，可惜在强大的侵台军炮火之下，义军节节败退，在台清朝官吏纷纷离台逃回原乡。"[2] 日本割占台湾后，固然大陆精英文人表达了痛惜之情，但因为彼时大陆流行"泛亚洲主义"或黄种人"同种同源"的种族论，故而真正有灭顶陆沉之感的还是台湾本土文人，当时绝大多数反日文学也出自台湾文人之手。——台湾文学由此成为中国现代民族主义文

---

　　① 粟多桂：《台湾抗日作家作品论·自序》，重庆：西南师范大学出版社 1991 年版，第 1—2 页。

　　② 叶石涛：《台湾文学史纲（注解版）》，高雄：春晖出版社 2010 年版，第 20 页。

学运动的重要一翼。

　　在武力抵抗失利之后，台湾著名士绅丘逢甲、许南英、林维源、施士洁、汪春源等流亡到内地，用行动表达了对日本侵略者的强烈不满。但由于故土难离，丘逢甲不久即返回故乡嘉应；丘逢甲对台湾沦日的哀恨表达一刻也没有停止，他把怀乡之情、家国之恨抒发在诗集《岭云海日楼诗钞》之中，这部诗集遂成为近代台湾爱国诗歌经典。光绪十六年进士许南英奉刘永福之命防守台南，兵败后从安平港乘船内渡，此后任徐闻、阳春等地知县，其《窥园留草》也是爱国诗集名作，其子许地山后来成为中国现代文学史上的重要作家。除了返回内地的文人之外，更多的台湾士绅选择留居故土、守护家园，著名者如洪弃生（1867—1929）自居遗民，杜门不出，不剪发辫，拒讲日语，对日本人"不接触、不往来、不妥协"，也不许儿子接受日本教育；他把台湾社会历史镌刻在诗文中，留下了《寄鹤斋诗话》《寄鹤斋古文集》《中西战记》《中东战记》等诗文集，尤其是他1895年后结集的《披晞集》《枯烂集》中，多有爱国诗文，表达"痛失山河"之苦。"文狂"胡殿鹏创作了三千言的《长江曲》《黄河曲》表达文化乡愁。他们的作品不仅在当时发挥了积极的文化抵抗作用，也给后人留下了"以诗证史"的资料。林痴仙、林献堂、林幼春、蔡启运、连雅堂、蔡惠如组织发起的"栎社"（1898），提倡"台湾诗界革新"，出版《台湾文艺丛志》等刊物，努力保存民族文化，具有浓厚的反日色彩；他们对于游戏文学和"变态之诗学"加以抨击，主张诗歌要服务于现实人生；连雅堂[①]激烈反对文化同化主义，提倡乡土文学和台湾语创作，对台湾民族主义文学的发展起到了重要助推作用。"栎社"逐渐成为台湾文化抗战的堡垒，此后台湾的抗日运动和政治结社多源于"栎社"成员的帮助和推动。另外，梁启超、黄遵宪等人一直与丘逢甲保持联系，章太炎于1898年10月赴台担任《台湾日日新报》汉文栏记者，梁启超1911年2月28日至3月13日在台湾各地游历演讲，这些也对台湾民族主义文学和抗日爱国运动的开展产生过积极影响。

　　台湾人民的武装反抗运动虽然不断遭到日本殖民者的残酷镇压，却一

---

　　①　连雅堂（1878—1936），名横，字天纵，号慕陶、剑花，1897年曾入上海圣约翰大学读俄文。著有《台湾通史》《台湾语典》《台湾诗乘》《剑花堂诗集》《剑花堂文集》等。

直未曾停歇，代表事件有：1896 年的台北巷战和武装收复台北和淡水，1915 年余清芳等人领导的西来庵起义，1930 年高山族的反日大暴动，1939 年高雄千余名被日寇强征的壮丁大哗变，1944 年"台北帝国大学"蔡忠恕等 200 百余人秘密集会抗击日寇……在台湾的武装反抗运动中被杀害的台湾民众多达 60 万人，几乎占到台湾总人口的 12%，其中 1915 年余清芳（1879—1916）领导的台南西来庵起义失败后有 903 人被判处死刑，实际上有两千余人被处决。不过，西来庵起义失败"以后台湾的运动由武力转换成由台湾文化协会所代表的文化运动。"①

有识者深深懂得，所谓亡国灭种不仅是肉体消灭，更是语言文化、传统风俗和历史记忆的灭绝，因此台湾爱国文人坚持用汉语创作诗文以抵抗日本的文化殖民。"日据时期台湾诗社大盛……全台湾汉诗社约有 370 多个，最早的成立于 1894 年，最晚的则在 1943 年创办，贯穿了整个日据时期……汉文诗在台湾被殖民时期始终不绝如缕，自然在于'汉文'既与日据时期所谓'国语'（日语）相对立，也联系着台湾的历史传统。而汉文诗也的确起着保存民族历史记忆和关注台湾现实人生的双重作用。"②这些汉诗社之所以能存在，一方面因为爱国文人的坚守，另一方面则因为日本对台政策的变化，即从暴力征服转向文治化俗，汉诗社甚至因此得到了日本总督府的支持。台湾总督府 1900 年倡建"扬文会"，发起联吟唱和活动，奖励台人建立诗社，并且每年举办大型诗会和评奖活动，这反而使汉诗运动逐渐被同化，走入绝境，吴德功（1850—1924）等人的诗作表现出明显的媚日情态，引起人们对旧诗文的反感，新文学运动也就应运而生了。

1919 年前后，台湾新文化运动先驱者多次在东京讨论"台湾今后将如何努力"的问题，认为应发起改革社会运动，倡导台湾地方自治，谋求民族平等和自决。这意味着台湾反殖民主义斗争进入了以政治斗争和文化斗争为主要形式的新阶段。1920 年 1 月，台湾学界仿照大陆新文化运动组织成立"启蒙会"和"新民会"；基督教徒蔡培火则在 1920 年创立《台湾青年》（1922 年更名为《台湾》），主张言文合一的文学创作，并号

---

① 叶石涛：《台湾文学史纲（注解版）》，高雄：春晖出版社 2010 年版，第 33 页注 5。
② 黄万华：《多源多流：双甲子台湾文学（史）》，广州：花城出版社 2014 年版，第 8 页。

召台湾青年"追慕光明""反抗横暴""一起前进"，以建设一个新台湾。这是台湾抗日文学思想启蒙运动的开端，也是台湾新文学摇篮期的起点，显示出台湾新文学在开创期就与民族主义紧密联系在了一起。

针对日本殖民者的怀柔政策和同化运动，林献堂、蒋渭水、林幼春等人于 1921 年 10 月 17 日发起成立了民族主义文化启蒙运动大本营"台湾文化协会"，林献堂被选为总理，协会会员一度发展到 1032 人。文协"以助长台湾文化之发达为目的"，除了发行会报，还以白话杂志《台湾民报》为宣传工具，强调文化启蒙的重要性；他们在各地设置读报社、举办文化讲演、开办夏季学校、成立书局、设立文化剧团、巡回放映影片，大力推广普及近代知识，主张台湾人要脱离奴隶命运就要积极追求新知、迈向世界进步文化之流。总体来看，"台湾文化协会采用的是渐进、温和、迂回的方式，以便灌输民众以民族精神、打破迷信和陋习，改革台湾社会以造就拥有新知识、有近代性格的民众。……去接受和吸收世界新思潮，发扬民族精神，摆脱日本殖民统治，进入文化抗日新阶段。"[①]

台湾新任总督明石元二郎 1922 年主持修订的《台湾教育令》明确规定："台湾之教育，在于观察现时世界之人文发达程度，启发岛民能顺应之知能，涵养德性，普及国语（日语——引者注），以具备成为帝国臣民之资质与品性。"[②] 针对这一状况，台湾文化协会在 1922 年 4 月 15 日将蔡培火创办的《台湾青年》改组为《台湾》，作为机关杂志；1923 年 4 月 15 日又创办白话《台湾民报》作为机关报，宣传"非武装抗日"，开展文化抵抗运动，主张采取和平请愿、议会斗争方式来争取台湾自治权。这虽然形同与虎谋皮，但其启蒙工作产生了重大影响，各地纷纷成立"青年会"和"读书会"等文化抵抗团体，提出了"台湾者中国人之台湾"的口号。因为以上的功绩，台湾文化协会负责人林献堂后来被尊称为"台湾迷惘年代的掌灯人"。

台湾文化协会创办的《台湾青年》《台湾民报》《文化协会会报》等报刊不仅是鼓吹民族思想、形塑舆论、启蒙民众的利器，也是新文学运动的花圃：台湾白话文学呼声由陈端明发表于《台湾民报》的《日用文鼓

---

① 叶石涛：《台湾文学史纲（注解版）》，高雄：春晖出版社 2010 年版，第 34 页。
② 杜武志：《日治时期的殖民教育》，台北：北图文化出版社 1997 年版，第 175—176 页。

吹论》首倡；谢春木在《台湾青年》发表的日文小说《她往何处去》是台湾第一篇新文学小说；蒋渭水在《文化协会会报》发表的诊断台湾社会的《临床讲义》及其在治警事件（1923）后发表的《快入来辞》等多篇牢狱文学作品，竖立了蒋渭水式抗议文学的型范；1924年张我军发表《糟糕的台湾文学界》，激起新旧文学之争，其《乱都之恋》则是台湾第一本现代诗集；赖和《斗闹热》、施文杞《台娘悲史》、张我军《买彩票》、杨云萍《光临》、柳裳君《犬羊祸》等作品为台湾新文学的发展积蓄了后续实力；赖和第一篇散文《无题》发表于《台湾民报》，是"台湾新文学运动以来，头一篇可纪念的散文，其形式清新，文字婉约"①——此文既是台湾新文学摇篮期的终点，也预告了台湾文学开花结果的日子即将到来。而台湾新文学摇篮期即在"精神上与祖国发生交流，也可以说是台湾向祖国的'文化的归宗'，予台湾民族运动上的意义是非常重大的。"②

台湾文化协会在台北、台南、彰化、员林、新竹成立了五个支部，彰显出新文化运动的磅礴气势，这使得台湾总督府高度紧张，因而以台北师范事件（1922）、公益会事件、治警事件（1923）和台北商工事件（1926）为借口多次加以压制。这反而激起了更加激烈的社会运动（青年、妇女、工人、农民、新剧、教育、经济、政治运动）的狂飙浪潮：李应章率先成立二林蔗农组合（1925），继而扩展为台湾农民组合，他们集结台北青年会的激情热血，使左翼路线气势高涨，这导致台湾文化协会在"走向实际运动"的呼声中走向分裂（1927）——连温卿、王敏川掌控分裂后的"新文协"改走阶级斗争路线，以台湾农民组合为外围团体；蔡培火、蒋渭水另组台湾民众党，推展实际政治运动，以台湾工友总联盟为外围团体；谢雪红1929年领导台湾共产党掌控文化协会后更加激进，这导致总督府当局1930年大举逮捕台湾共党员，实际上等同于解散了台湾文化协会；日趋左倾的台湾民众党也随之被禁止（1931），蔡培火、杨肇嘉只好另组"台湾地方自治联盟"（1930），但随着"九一八"事变之

① 杨云萍：《台湾新文学运动的回顾》，《台湾文化》1949年9月创刊号。

② 李南衡主编：《日据下台湾新文学·明集5：文献资料选集》，台北：明潭出版社1979年版，第220页。此新文学集分为"明集"和"潭集"，前者为中文，后者为日文。

后中日关系的激剧恶化，台湾总督府对岛内管控更加严酷，"台湾地方自治联盟"争取设立台湾议会的行动失败，也在 1937 年宣告解散。——"台湾文化协会"的年代终结了。

台湾新文学的"成熟期"恰处于"台湾文化协会"时代，以 1926 年赖和《斗闹热》、杨云萍《光临》、张我军《买彩票》发表在《台湾民报》为起点，至 1937 年台湾总督府全面禁止使用汉文、杨逵主编的《台湾新文学》停刊和"七七"事变为终止。在此期间，杨守愚、蔡愁洞、朱点人、虚谷、郭秋生、杨华、王锦江（诗琅）、张深切、黄得时、巫永福、杨逵、赖庆等作家趋于成熟，而张文环、吕赫若、龙瑛宗、吴浊流等人的创作也开始起步。在台湾新文学的成熟期里，有几件重大文化事件值得记录：

——《台湾民报》1931 年改为《台湾新民报》；《台湾新民报》1932 年 4 月由周刊改为日报，文艺栏目相应扩大，极力鼓励新进作家的创作。

——1931 年秋天，赖和等作家成立"南音社"并于 1932 年创刊《南音》文艺半月刊，重金征稿，成为台湾新文学重镇。

——1932 年 3 月，张文环、巫永福、王白渊、吴坤煌、刘捷、苏维熊等欲"以文化形体，使民众理解民族革命"，遂以"台湾文学及艺术的向上为目的"，在东京成立"台湾艺术研究会"，发行《福尔摩沙》，以期创建独立性的"台湾人的文艺"。但因为缺少民众基础，仅出版三期就与《台湾文学》合刊了。

——1932 年 10 月 25 日，郭秋生、廖汉臣等在台北发起"台湾文艺协会"并于 1934 年推出《先发部队》，但因为具有明显的民族反抗精神而受到殖民当局的密切关注，不得不在 1935 年更名《第一线》。

——1935 年 5 月 6 日，以赖和、张深切为首的台湾著名文学艺术家 82 人发起成立了"台湾文艺联盟"，并决定出版《台湾文艺》杂志。这是一个类似大陆"中国左翼作家联盟"的政治性文学组织，标志着台湾文艺家们从分散走向有组织的反抗斗争。

——台湾新文学成熟期最有价值的事件是，黄石辉、郭秋生等在 20 世纪 30 年代发起了乡土文学和台湾话文建设运动。"所谓乡土文学就是只描写'台湾事物'的文学。为了文学能够激发感动广大民众——劳苦大众，文学语言不能采用统治者的语文——日文，也不能采用属于封建地主阶层的古文，也不好采用贵族化的新知识分子提倡的白话文，而一定要使用劳苦大众惯用的台湾话文。台湾话文的文法、文字都可以应用汉文建立起来，这样乡土文学必定会往写实主义的路上跑。"①

——伴随着乡土文学运动，台湾民谣运动走向"文化寻根"。台湾民谣经过长期流传已累积了包含民间小调、传统戏曲与说唱念谣的诸多类型，各地流传的民谣经过文人搜集整理后被称为"台湾国风"或"蓬莱小品"。随着 20 世纪 20 年代"非武装抗日运动""台湾议会期成运动"以及"台湾文化协会"和"台湾民众党"等活动的次第展开，涌现出了广为传唱的社会运动歌曲，如蔡培火创作的《台湾议会期成运动歌》《美台团团歌》《台湾自治歌》《咱台湾》等。《台湾新民报》曾刊载过赖和作词、李金土谱曲的《农民谣》和蔡培火作词作曲的《作穑歌》；蒋渭水做过《台湾文化协会会歌》《五一劳动节歌》，"文协"人士如李应章、林幼春等人也有民谣创作。② 这些民谣既有鼓呼阶级革命的现实宣教价值，又有着文化民族主义和文化人类学意义。

在日本统治最严酷的 20 世纪 30 年代，仍不乏持守民族文化尊严的台湾作家运用讽刺手法批判国民劣根性。比如朱点人（1903—1949）创作的《脱颖》（1936）对日本发起的"改姓"运动以及由此暴露出来的某些台湾人的"奴性"进行了入木三分的讽刺：出身贫寒的陈三贵暗恋日本同事、上司之女犬养敏子，他做梦都想成为一个完完全全的日本人，在入赘成为犬养的女婿后，陈三贵见人就声称"我是犬养，不姓陈！"毫不在乎别人嘲讽他："唔，犬养的……"杨云萍的诗集《山河》则多以隐喻手法表达对"皇民化"政策的不满，其中《月夜》恰似一个传播民族文化之夜：

> 于是，开讲嫦娥的故事；
> 然后再讲荆轲的故事。
> 讲着那样的故事，蓦然间，

---

① 叶石涛：《台湾文学史纲（注解版）》，高雄：春晖出版社 2010 年版，第 42 页。
② 关于"台湾民谣运动"可参看李洋慧：《追想台湾歌谣》，《文讯》2014 年 3 月号总第 341 期。

也许嫦娥真的从月里出来，

奏起了霓裳羽衣曲，

而那荆轲，也许真的来到了大地上，

舞动宝剑、笑声频传。

这些诗文连接中国文化传统，直通大地民间，可以看作文化抵抗的典范之作。

但是好景不长，随着日本侵华战争的全面爆发，台湾也进入"战时体制"，全面推行"皇民化"运动。"从一九三七年七月卢沟桥事变开始，日本帝国主义者为了完成侵略战争，在殖民地朝鲜、台湾加紧言论统制，推动皇民化运动，以期确立积极的战时体制。一九三七年'台湾自治同盟'解散，同年十二月日军占领南京发生大屠杀事件。一九三八年台湾总督小林宣布，将要实施台湾人志愿兵制度。一九三九年九月第二次世界大战开始，次年台湾掀起改姓名运动，以及'寺庙神升天'，殖民者进一步地从根要挖掉台湾人的民族意识，一九四一年皇民奉公会成立，积极加强台湾人的'日本化'。同年十二月太平洋战争发生。一九四二年'大东亚文学者大会'在东京举行，一九四三年'日本文学报国会台湾支部'成立。一九四三年征兵制度实施，使台湾青年充当日本侵略军的炮灰。一九四五年四月冲绳本岛被美军攻占，同年广岛、长崎遭受原子弹攻击，夷为平地。八月十五，日本接受波茨坦宣言，无条件投降。"① 这是台湾新文学的"战争期"。

台湾新文学的"战争期"起自 1937 年 4 月 1 日台湾总督府全面禁用汉文的命令：报刊禁用汉字，广播禁用台语。因而汉语杂志从此几乎绝迹，《台湾新民报》也被迫废止汉文栏。日本推行日语教育的"成果"是：1930 年懂日语的台湾人仅占全台人口的 12.4%，1940 年增至 51%，1944 年达到 71%。台湾保留汉文创作的杂志仅有 1937 年 9 月 19 日创办的中、日文并刊的《风月报》，此报 1941 年后改称《南方》，直到战后停刊。——此报能够存在是因为它吟风咏月，鼓吹风雅，无关政治和革命，仅是殖民文化的装饰而已。台湾的其他杂志则在"皇民化"运动中全部

① 叶石涛：《台湾文学史纲（注解版）》，高雄：春晖出版社 2010 年版，第 113 页。

改为日文杂志，很多作家也只好改写耽美作品，这使台湾文学的现实主义精神和反抗精神大受挫折。更有甚者，日本作家西川满牵头拉拢一批台湾变节文人在 1940 年 1 月成立了"台湾文艺家协会"，发行《文艺台湾》杂志，举办"大东亚文学者会"，标榜"文艺至上"和"文艺奉公"，服务于"大东亚共荣圈"的梦想，其实已变成了日本殖民者的文化帮凶。

在"战争期"恶劣的政治体制下，"一般来说，台湾作家因各自的意识形态不同，遭遇不同，资质不同而分别走上了四条途径：其是一辍笔不写，做沉默的抵抗。这类作家大多数为中文作家，既已失去了发表的园地，又被禁用汉文写作，当然他们都无法从事文艺工作了。不过，台湾作家之中既能用日文又能用中文的人也不少，可是面对铲除民族的根为目的的皇民化运动汹涌势力，他们宁愿保持沉默。赖和在一九四一年被捕入狱，备受虐待之后，一九四三年一月三十一日去世。中文作家失去了精神领袖，这给中文作家带来的影响很大。……其二是始终坚决地拥护反帝反封建的路线不妥协、不屈服的作家。像杨逵这种虽表面上虚与委蛇，其实骨子里头仍反对侵略战争的，他在战争期中所写的《剿天狗》，藉着扑灭恶性疟疾的主题，其实写的是反日反封建的故事。其次有吴浊流，他在一九四三年至一九四五年写成《亚细亚的孤儿》，战后才得以发表。（其三）战争期中出现的日文新作家寥寥无几。这些年岁二十岁左右的作家涉世未深，受日本帝国主义教育的影响很大，纵令对民族的历史有些认识，但缺乏坚强的抵抗精神，因此他们的作品都是耽美的，逃避现实的。如杨千鹤的《花开时节》、叶石涛的《林君的来信》《春怨》等。（其四）战争的黑暗愈来愈深，皇民化运动的浪潮越来赵汹涌的时候，有些作家在理念上认同了殖民地政府的政策，走向亲日的路。如周金波的《志愿兵》《水癌》等。"① 因此，少数台湾作家在这种情势下仍然坚持民族意识，就格外令人敬佩，比如 1941 年 5 月由张文环主编发行的《台湾文学》，以民族意识凝聚台湾作家，坚持台湾"本土文学"立场，隐含文化抵抗意识，"这份战时唯一的台湾人文学杂志""不仅提供了创作园地以延续台湾新文学运动的命脉"，更以"文化的民族立场，与甚嚣尘上的皇民化运动相

---

① 叶石涛：《台湾文学史纲（注解版）》，高雄：春晖出版社 2010 年版，第 110—111 页。

抗衡"。[①] 此杂志之所以能书写本土故事，是因为日本殖民当局在 1941 年前提出了"地方文化新建设"的怀柔政策，以推进"日台融合"，协力政局，这也是张文环的《台湾文学》能在夹缝中书写台湾民俗故事的原因。更难能可贵的是，"人道的社会主义者"杨逵（1905—1985）对殖民腐蚀保持着高度警惕，其《泥娃娃》对奴化教育的后果深表忧虑——太平洋战争刚刚爆发，放学归来的孩子在家院里用泥巴玩攻占新加坡的游戏，作者写道："不，孩子，再也没有比亡国的孩子去亡人之国更残忍的事了……"这是对坐稳奴隶位子的人们的警示。吕赫若（1914—1951）的《风水》《庙庭》《月夜》《财子寿》、张文环的《山茶花》等作品以及此时期的家族小说和风俗小说，记录祭祀、风水、节庆等台湾民间风俗传统，富有地道的中国特色，在抵抗日本殖民同化政策方面发挥了重要作用。

吴浊流的小说代表了台湾"抗战期"文学的高峰。《先生妈》中的母亲对儿子钱新发的"日本语家庭"行动深表反感，坚持用台语讲话寒暄，还用菜刀把和服剁碎，担心"留着这样的东西，我死的时候，恐怕有人给我穿上了，若是穿上这样的东西，我也没有面子去见祖宗。"她临终遗嘱："我不晓得日本话，死了以后，不可用日本和尚。"表现出极强的文化抵抗意识。吴浊流 1943—1945 年创作完成的自传体长篇小说《亚细亚的孤儿》则反映了那一代台湾知识分子的孤儿意识和在民族国家认同中的困惑，小说结尾时，主人公胡太明在题壁诗写道："志为天下士，岂甘作贱民？击暴椎何在，英雄立梦频。汉魂终不灭，断然舍此身！"表达了最终的民族文化归宗认同。

赖和与吴浊流是 1895—1945 年台湾现代民族主义文学史上的杰出代表，有必要对其生平与经典作品进行重点评述和深入研读。

二 "台湾新文学之父"：赖和其人其文

赖和[②]不仅是尝试汉语白话文创作的台湾现代文学先驱者，而且是运

① 张建隆：《生息于斯的"滚地郎"》，《台湾文学全集·张文环集》，台北：远景出版社 1991 年版，第 259 页。

② 赖和研究资料参看陈建忠编选《台湾现当代作家研究资料汇编·赖和》，台南：国立台湾文学馆 2011 年版。

用闽南语创作台湾乡土文学的第一人。① 文学评论家施淑说："在台湾现代文学史上，赖和一直享有'台湾新文学之父'和'台湾的鲁迅'等尊称。前一个称号，凸显了赖和在台湾新文学运动中的崇高地位；后一个称号，则概括了他的文学精神。在赖和的所有作品中，能够把上述的双重意义完足地表现出来的，应该是他的小说。"②

　　赖和（1894—1943）原名赖河，字懒云，台湾彰化人，1909年考入台湾总督府国语（日语）学校医学科读书，1914年毕业后在嘉义医院实习两年，1916年回家乡开办"赖和医院"，1917—1919年赴厦门博爱医院工作，其间受到大陆五四新文化运动的洗礼，认识到争取民族自决的前提是启迪民众思想和改造国民劣根性。他1920年返台后，一面悬壶济世行医桑梓，一面大量选购鼓吹科学、民主、自由的新文化报刊，放置在医院大厅供人自由阅读。赖和医术高明且平易近人，平时不收贫苦百姓的诊费，年底则烧掉病人赊账的账本，还慷慨解囊捐助抗日斗争，因此赖和去世时身后留下一万余元的债务。高尚的医德、精湛的医术和儒雅的风度，使赖和在民众中赢得极高声望，人们亲切地称他为"诗医""和仔仙"和"彰化妈祖"③，民间甚至盛传他转世为"城隍爷"，坟头野草都能治病救人④……

　　1921年，台湾进步知识分子组织成立"台湾文化协会"，赖和当选理事。1923年12月至1924年1月，赖和等49名爱国人士被殖民当局以"治警事件"⑤为借口抓捕入狱，他在狱中创作了《文天祥》等旧体诗，以"天地至今留正气，浩然千古见文章"的气节自励，表达了"心地无私坦率真，杀身未敢讽成仁"的壮志豪情。赖和的反帝爱国、忧世伤生情怀由此定型。

---

　　① 参看陈万益《从民间来·到民间去——赖和的文学立场》，《台湾现当代作家研究资料汇编·赖和》，台南：国立台湾文学馆2011年版，第225—238页。

　　② 施淑：《赖和小说的思想性质》，《台湾现当代作家研究资料汇编·赖和》，台南：国立台湾文学馆2011年版，第217页。

　　③ 杨云萍：《追忆赖和》，《民俗台湾》1943年4月5日第22号。

　　④ 一刚（王诗琅）：《懒云做城隍》，《台北文物》1954年8月20日第3卷第2期。

　　⑤ "治警事件"是发生于1923年12月16日政治运动事件，历史上称为"《治安警察法》违反检举事件"。

1925 年 8 月，赖和发表白话散文处女作《无题》①，书写一位失恋青年的内心独白；同年 12 月发表第一首新诗《觉悟下的牺牲——寄二林事件的战友》②，歌颂台湾第一个蔗农团体"二林蔗农组合"领导的抗日事件；1926 年元月发表了台湾第一篇白话小说《斗闹热》③，2 月又发表代表作《一杆"秤仔"》④。随后他受邀成为《台湾民报》文艺专栏主编。由于赖和的作品主要发表在《台湾民报》，并以此为基地大力扶植台湾新文学青年，因而《台湾民报》被誉为"台湾新文学的摇篮"。

赖和既是医生又兼作家和编辑，自然要付出超人的心血。他每天接待上百个病人已经非常辛苦，文字工作则常常从晚上 10 时开始；他除了自己的创作，还要为文坛新秀删改稿件。这样长期通宵达旦的透支工作终于使赖和积劳成疾。台湾作家杨逵在赖和逝世后曾作《忆赖和先生》深情回忆他初入文坛、尝试白话文写作时，赖和为他精心改稿的情形，不仅杨逵的代表作《送报伕》经由赖和之手发表，甚至"杨逵"的笔名也由赖和改定，因此杨逵称赖和为"命名之父"⑤。另外，杨守愚、陈虚谷、吴浊流、吕赫若、叶石涛等也是赖和提携下成长起来的作者，在文学思想和创作技法方面深受赖和影响。

1937 年日本侵华战争全面爆发，殖民当局禁止台湾民众的"非（日本）国民之言动"，并强制推行"皇民化"运动。赖和医院被勒令停业整顿半年，他便借此机会于 1938 年先到日本考察，再赴中国东北和北平游历，所见所闻更激发了他的爱国情感，返台后继续以笔为枪反对日本文化侵略和政治统治。1941 年 12 月 8 日，赖和因为"思想问题"再次被捕入狱，健康状况在 50 多天的囚禁中急剧恶化，直到 1942 年 1 月才因心脏病加重而被保释出狱，不幸于 1943 年 1 月 31 日在彰化家中逝世，终年49 岁。

赖和公开发表的白话文作品主要有小说 16 篇，其中《斗闹热》

---

① 赖和：《无题》，《台湾民报》1925 年 8 月第 67 号。
② 赖和：《觉悟下的牺牲——寄二林事件的战友》，《台湾民报》1925 年 12 月第 84 号。
③ 赖和：《斗闹热》，《台湾民报》1926 年 1 月第 86 号。
④ 赖和：《一杆"秤仔"》，《台湾民报》1926 年 2 月第 92 号。
⑤ 杨逵：《忆赖和先生》，《台湾文学》1943 年 4 月 28 日第 3 卷第 2 号"赖和先生悼念特辑"。

（1926.1）、《一杆"秤仔"》（1926.2）、《不如意的过年》（1928.1）、《蛇先生》（1930.1）、《雕骨董》（1931.5）、《归家》（1932.1）、《丰作》（1932.1）、《惹事》（1932.1）、《善讼人的故事》（1934.12）、《一个同志的批信》（1935.12）和《赴了春宴回来》（1936.1）等最为人熟悉。另有新诗《觉悟下的牺牲》等12首，散文随笔等14篇。赖和作品在台湾结集有《赖和小说集》（施淑编，台北：洪范书店1994年）和《赖和全集》（林瑞明编，台北：前卫出版社2000年）。台湾出版的赖和研究资料集有《台湾现当代作家研究资料汇编·赖和》（陈建忠编选，台南：国立台湾文学馆2011年）。在大陆，则早在1984年就由时事出版社出版了《赖和短篇小说选》，后来又有多种选本；大陆赖和研究的代表论文是中国社科院文学所赵稀方的《在殖民地台湾，"启蒙"如何可能？——赖和对于台湾文学史叙述的挑战》（《中国社会科学院文学研究所学刊》2007年12月）；江苏学者刘红林著有人物评传《台湾新文学之父——赖和》（北京：作家出版社2006年版）。

赖和不仅为后人留下了文学名篇，也有着较清晰的新文学思想，因而他与张我军①、杨云萍②并称为"台湾新文学三杰"。在台湾文坛新旧文学论争中，赖和始终与张我军站在同一战线，发表了《答复〈台湾民报〉特设五问》《读台日报〈新旧文学之比较〉》《谨复某老先生》等文章阐明自己的文学主张。其主要文学观念有如下几条：（一）以进化论观点为新文学鼓呼。他指出：台湾"文学革命之呼声渐起，新旧思想之冲突日烈""现在的台湾虽尚黑暗，却也有一缕的光明可睹，若说到礼教文物的中华，那旧殿堂久已被陈独秀的七十二生的大炮所轰废了。"旧文学的价值虽然不能"一切抹杀"，但"其对象在士的阶级""以众人所不懂为艰

---

① 张我军（1902—1955），原名张清荣，台湾台北县人，作家、文艺理论家、台湾新文学开拓者。1922—1924年在北京师范大学求学，1926年后陆续发表小说《买彩票》《白太太的哀史》《诱惑》等，揭露和批判社会黑暗，有"台湾的胡适""台湾新文学清道夫"之称。作品结集有《张我军全集》（张光正编，北京：台海出版社2000年版）。

② 杨云萍（1906—2000），原名杨友濂，1924年开始发表小说和新诗，1925年与江梦笔创办《人人》杂志，1946年与王白渊等创立台湾文化协进会，创办《台湾文化》杂志，兼任台湾编译馆台湾组组长，1950年后任台湾大学历史系教授。著有小说《光临》《罪与罪》《青年》等，新诗集《山河》，旧诗集《吟草集》，人物传记《台湾史上的人物》及论著《日本殖民体制下的台湾》等。

深，一字有来历为刻苦，那也不见得有什么价值"，因此旧文学已沦为
"受人余唾的'痰壶'"了，因而旧文学不可避免地会走向没落。（二）
强调现实主义精神，呼吁关注社会民生。与旧文学不同，新文学应以
"民众为对象"，反映"现社会待解决、顶要紧的问题"；他呼唤"现代的
台湾杜甫放翁，请勿吝惜，把石壕吏那样的作品，来解解……文学上的饥
渴"；他要求《台湾民报》"忠忠实实替被压迫民众去叫喊，热热烈烈吹
奏激励民众前进的歌曲"，成为"民众的先锋，社会运动的喇叭手"。至
于那些"优游自得，啸咏于青山绿水之间，醉歌于月白花香之下"的
"歌功颂德、粉饰太平的文学"，则"真值得一骂！"这是因为他把文学看
作改造国民性的武器，欲以文学唤醒人们的民主革命精神。（三）呼唤
"有台湾色彩的文学"。面对日本殖民者推行的"皇民化"运动，台湾有
识之士自觉地以中华文化、台湾文化来对抗日本文化，以期使台湾本土文
化传承下去。赖和始终抓住民间、乡土之"根"不放，并联合同代作家
一起保存台湾原著民生活、风俗、文化的原生态，使之成为一种纸上的非
物质文化遗产，使台湾文化薪火得到传承。（四）汲取民间文学资源，创
造平民文学。赖和认为"苦力也是人，也有灵感，他们的呐喊，不一定
比较诗人们的呻吟，就没有价值"，因而应当认真收集和整理那些"老妪
能解的诗文，乞丐走唱的词曲""有思想的俚谣、有意态的四季春、有情
思的采茶歌"等，"因为每一篇或一首故事歌谣，都能表现当时的民情、
风俗、政治、制度；也都能表示着当时民众的真实的思想和感情，所以无
论从民俗学、文学，甚至于语言学上看起来，都具有保存的价值"。由此
可知，赖和的作品之所以深受人民喜爱，除了因为其忧国爱民的思想、取
自现实的题材之外，还与其运用为大众喜闻乐见的艺术形式直接相关。

　　今天看来，赖和的小说是其新文学思想的具体表现，也是他对台湾新
文学最重要的贡献。

　　首先，赖和小说最引人注目的是始终如一的反帝爱国主题。赖和出生
于1894甲午年，一生主要在日据台湾度过。台湾人民在政治上"终岁何
曾离水火"，经济上被"剥尽膏脂更摘心"。赖和本人耳闻目睹殖民者对
中国人的欺凌与侮辱，内心无比激愤。但若要将这些感受形诸文字发表出
来，则须有敢于斗争、善于斗争的策略，也就是说他既要达到批判殖民统
治、揭露社会黑暗的目的，又须机警地绕过殖民当局的言论检查，因而他

必须讲究斗争艺术，以避开法西斯文网。读者会发现：赖和的作品往往在隐忍曲笔中潜伏着犀利的反抗锋芒，他把批判对象集中在日本警察和巡警身上，这些被百姓称为"查大人"的巡警多是泼皮无赖之徒，却拥有生杀予夺的大权。赖和通过巡警与百姓的冲突来"小题大做"、管中窥豹，揭露殖民统治的黑暗本质。小说《一杆"秤仔"》描写"勤俭、耐劳、平和、顺从的农民"秦得参在失去土地、生活无着的情形下，向邻居借了一杆"秤仔"去贩售蔬菜，却被巡警以违犯"度量衡规则"为由，把秤杆"打断掷弃"，还将秦得参监禁三日。秦得参悲愤交加："人不像个人，畜生谁愿意做？这是什么世间？活着倒不若死了快乐！"他在新年之夜杀死一个巡夜警吏然后自杀。小说以"秤仔"命名，隐喻殖民统治者标榜的"法制平等"只不过是骗人的口号，台湾民众的尊严和生存权利随时都会被剥夺，这就揭露了日据当局的压迫掠夺本质。《不如意的过年》写"查大人"认为老百姓送的"御年暮"（"年礼"）比往年少，便"以为这是管辖内的人民不怕他，看不起他的结果"，于是向百姓滥施淫威，走街串巷寻衅闹事，将怒火烧向一个柔弱的儿童，狠抽嘴巴并将那个孩子拉进衙门罚跪；"查大人"饮酒作乐之际听到孩子啼泣，还咒骂他："畜生！搅乱乃翁的兴头。"小说虽然主要运用动作和语言描写，但"查大人"的凶暴与老百姓的屈辱却溢满字里行间。《惹事》写"查大人"家的鸡群肆意糟蹋百姓菜园，种菜人虽然气愤却投鼠忌器，只能小声咒骂、谨慎追撵；但灾难最终落到一位寡妇身上，有只小鸡仔被母鸡弄翻的篮子罩在底下，"查大人"不问青红皂白认定寡妇是小偷，怒斥殴打，不由分说将其关进衙门。《丰作》① 揭露日本制糖会社对蔗农的剥削欺诈：添福凭借诚实辛勤的超量劳动换来了甘蔗大丰收，他幻想能得到会社最初允诺的奖金，改善极度贫困的生活，没想到会社在收购甘蔗的磅秤上做了手脚，50多万斤甘蔗仅称得30多万斤，被克扣了将近一半，连种蔗成本都无法收回；群众骚动了，但会社早有准备，其豢养的爪牙注视着蔗农的举动，前去交涉的蔗家代表"像羊群一般被几个大人押返来"，添福"不禁在心里骇叫着，身躯也有些颤战，他本能地回想起二林事件的恐惧"，因此他虽

---

① 赖和的《丰作》由杨逵译为日文刊于东京《文学案内》，是首篇译介到日本文坛的台湾现代文学作品。

然受到会社玩弄，但除了暗暗叫苦，别无他法……赖和小说揭示日本殖民者在政治、经济、文化上对台湾人民的压迫，具有浓郁的民族主义思想，因而有评论说："赖和先生是台湾史上一个重要的人物。在政治方面，他是日本殖民统治下一位热爱祖国的民族主义者；在文学方面，他是日据时期最早使用中国白话文从事创作的作家之一。他的作品技巧高超，内容深刻，强烈反映了日本帝国主义者在殖民地一切不合理的压迫。"①

其次，以现实主义态度直面生活真实，批判国民劣根性，"揭出病苦，引起疗救的注意"。台湾民间的反殖运动如"二林事件""雾社事件"和"甘蔗采取区域制度"等，在赖和《惹事》《阿四》《善讼人的故事》等作品中都有直接或间接反映，具有以诗证史的意义。《阿四》写阿四毕业后到嘉义医院实习，在火车上即认识到了殖民者与台湾人之间的待遇等差，从而产生了身份认同："我是本岛人，我是台湾人，不是日本人"；在医院里，日本医生和台湾医生的天壤之别使阿四猛醒，决定去从事争取民族平等权利的社会运动。《惹事》中的青年知识分子"我"，目睹日本警察诬陷穷苦寡妇"偷"鸡并滥施刑罚，遂挺身而出揭露警察的恶行。《善讼人的故事》写知识分子林先生看到农民"生人无路，死人无土，牧羊无埔，耕牛无草"的悲惨遭遇，毅然渡海到福州为民申冤并打赢官司——这篇小说以历史故事隐喻现实生活，歌颂了民间战斗精神。赖和的小说还对国民劣根性进行了反思与批评。比如《可怜她死了》不仅反映了日据时期合法化的"养女"制度和"蓄妾"制度，也揭穿了这些封建陋习对妇女身心的摧残：阿金12岁被卖做童养媳，五年后其未婚夫和公公在一次罢工斗争中被警察打伤致死；婆媳二人相依为命，拼命劳动却无法维生，婆婆无奈之下只好同意将18岁的阿金长期租典给土财主阿力，但阿金不久就因"没有那销魂荡魄的手段，蛊惑狐媚的才思"而遭到遗弃；已有身孕的阿金在一个月明之夜"跌下河去"结束了年轻生命。小说写到阿力对女性的看法："阿金很年轻很娇媚，而且困苦惯了，当然不怎么奢华，所费一定省，比较玩妓女便宜到十倍。"这就揭示了台湾女性的卑贱地位，而这只不过是殖民地受压迫的台湾原著民境遇的一个缩影和

① 陈建忠：《赖和及其文学研究评述——一个接受史的视角》，《台湾现当代作家研究资料汇编·赖和》，台南：国立台湾文学馆2011年版，第83页。

象征。赖和通过小说既对台湾贫民表示了同情，又对其愚昧无知和国民劣根性进行了批判。

再次，地方性与风俗画。赖和有意识地保留台湾乡土文化的原生态，因而总是选择具有本土性的风俗画展开细致描写，比如《斗闹热》中对于迎神赛会、弄香龙、妈祖祭祀等风俗的描写，颇有人类学价值；同时，小说通过老人的回忆，将十五年前的盛会与今日的萧条加以对比，从侧面反映了台湾民间社会在殖民者重重盘剥下的凋敝。不仅如此，为更好地突出地域性与风俗性，赖和还尝试着把台湾方言土语引入小说，从而为小说打上了深深的台湾本土烙印，这与刘庆邦在《海上花列传》中尝试把吴越方言引入小说一样具有开拓性价值。

最后，丰富多样的小说创作手法。赖和的每篇小说都有一个完整故事，情节环环相扣，丰富的细节不仅增强了现实主义特质，人物性格也因之更加丰满；他除了长于以讽刺、白描、象征、嘲讽、夸张、对比、议论、抒情等传统小说技法塑造人物以外，现代小说技法也运用自如：有时侧重人物心理描写，如《不如意的过年》中对"查大人"的心理刻画；有时用浓墨重彩进行环境描写，如《善讼人的故事》中描画"观音亭"；有时通过个性化的对话或独白揭示人物性格，如《丰作》结尾处添福与乡亲的对话；有时不惜笔墨进行细节描写，如《善讼人的故事》中细描那位神秘乞丐的小茶壶，暗示出其主人有非同一般的见地；有时又通过场面描写来烘托气氛，如《惹事》中写人鸡交战，以显示"查大人"的飞扬跋扈……所有这一切都让人感到，"在驾驭小说写作的多种技法时，赖和总是那么得心应手，娴熟自如，甚至能达到出神入化的地步。"①

"总之，赖和小说充满了对被压迫者和被损害者的人道关怀，反对殖民统治，具有强烈的民族意识和现实主义精神。在艺术表现方面，赖和小说注重乡土风格。小说题材大都是台湾人民的生活与感受。赖和小说注重故事的完整性和情节的复杂性，善于运用反讽手法和戏剧性场面。这无疑是受到了中国传统叙事艺术的影响，也使得其小说表现形式近似民间的

---

① 郭蕴斌：《赖和散论》，《北京师范大学学报》（社会科学版）1996 年第 4 期。

'讲古'说唱与戏曲，带有鲜明的乡土色彩。"① 在语言运用上，他尝试书面语与口头语的融合，"他是一丝不苟的作家，写作时先用文言文写，再写成白话文，然后修改成接近台湾话的文章。据说有时也反过来写。所以他的作品字字珠玑，井然有序。"② 赖和的小说创作经历了台湾文学从文言到白话，再到台湾方言的转换过程，这就为研究台湾现代文学发展史留下了一个典型样本。台湾的"抗议文学"及"农民文学"皆始于赖和，而赖和对民生问题的关切、对社会制度的批判、对平民百姓的悲悯以及对国民劣根性的省思，也使他博得"台湾鲁迅"的称号，成为台湾新文学的一个象征符号。2010 年，台湾彰化市宣布将 5 月 28 日订为"赖和日"，以纪念这位"台湾新文学之父"，因为在人们心中，赖和一手拿听诊器行医救苦，一手握如椽笔关怀弱小，是一位真正做到了职志合一的文学家。

三 精神流浪与文化归宗：吴浊流《亚细亚的孤儿》的文化隐喻

吴浊流（1900—1976），原名吴建田，祖籍广东蕉岭县，生于台湾新竹；1916 年入台湾总督府国语（日语）学校师范部学习，1920 年毕业后担任小学教师，1928 年参加了"以汉学来延续汉节"的栗社；1936 年初在朋友鼓励下创作处女作《水月》，6 月以《泥沼中的金鲤鱼》参加《台湾新文学》征文比赛并获得首奖；1940 年因不满日本人在运动会上侮辱台湾教员而愤然辞职，赴南京任《大陆新报》记者；1941 年又因不满汪伪政权而返回台湾，此后任《日日新报》《台湾新闻》《新生报》《民报》记者；他在 1943—1945 年创作了《先生妈》《陈大人》等短篇小说精品和长篇小说杰作《亚细亚的孤儿》，作品富有地方色彩、乡土气息和炽烈的爱国情感，是台湾现代民族主义文学经典。陈映真称赞吴浊流等台湾前行一代的文学家"毫不犹豫地、英勇地反映了殖民地人民反抗帝国主义的悲壮主题，……用利笔做刀剑，和日本压迫者做面对面的战斗。也因为这样，先行一代的台湾文学，便与中国文学合流，而为近代中国文学中一

---

① 李诠林：《台湾现代文学史稿（1923—1949）》，博士学位论文，福建师范大学，2006 年，第 101 页。

② 王锦江：《赖懒云论——台湾文坛人物论（四）》，涂翠花译，陈建忠编选：《台湾现当代作家研究资料汇编·赖和》，台南：国立台湾文学馆 2011 年版，第 122 页。

个光荣而英雄的传统。……这种反对帝国主义，追求国家的独立，民族的自由的主题，使台湾日治时代的抵抗文学，与整个中华民族抗日救国的文学主流合而为一，而具有中国的性格。"①

　　吴浊流的自传体长篇小说《亚细亚的孤儿》② 以纯朴生动的笔法，描绘了台湾人民在日据时期的辛酸生存状况，书写了知识分子胡太明的精神流浪与文化寻根。今天的读者如果从叙事学、后殖民理论等角度审视《亚细亚的孤儿》，会觉得它存在种种不足和缺陷，比如想象匮乏、平铺直叙、浮光掠影、章节不匀、情节突兀（如第 29、30 节的"囚禁"与"越狱"），甚至有些人物性格不统一；但从文学史角度来看，《亚细亚的孤儿》可谓台湾现代知识分子写作的开山，不仅形塑了台湾流亡文学模式，而且具有浓烈的文化批判意识，在思想内容与艺术形式方面均代表了那个时代台湾长篇小说的最高水平，因而在 1999 年香港《亚洲周刊》评选的"20 世纪中文小说一百强"中列第 23 位。

　　《亚细亚的孤儿》③ 正文由五篇 48 节构成。第一篇（第 1—12 节）写胡太明的青少年时期，他由读私塾而入公学，从师范学校毕业后任小学教师，因为感到知识不足而决定去日本留学。第二篇（第 13—21 节）写胡太明到日本留学，他一心向学，拒绝参加朋友蓝与詹的政治宣传活动；但他学成回台后却就业无门、创业无路，转而与朋友黄去搞实业，最终归于失败。第三篇（第 22—31 节）写胡太明在朋友曾的介绍下到大陆任中学教师，他觉得"人生的幸福就是健康，以及和志趣相投的可爱女性过着和平的生活。"④ 他与金陵大学毕业生淑春结合并育有一女，但由于日本

---

① 艾邓（陈映真）：《孤儿的历史和历史的孤儿——读吴浊流〈亚细亚的孤儿〉》，《台湾文艺》1976 年 10 月第 53 期"吴浊流纪念专辑"。

② 吴浊流《亚细亚的孤儿》原名《胡志明》，用日文写成，1943 年起笔，1945 年杀青脱稿，1946 年 9 月起以《胡志明》之名在台湾发行日文版，不久被封存。在上野重雄奔走下，1956 年 4 月以《亚细亚的孤儿》之名由日本"一二三书房"印行，"书中主角胡志明因与当时越共总书记同名，为了避免误会，乃改名为'胡太明'，也从此定名。"1959 年由杨召憩翻译为中文，以《孤帆》之名由高雄的黄河出版社刊行，此后又有多种中文译本。参见张恒豪《从高音独唱到多元交响："吴浊流学"的接受过程》，《台湾现当代作家研究资料汇编·吴浊流》，台南：国立台湾文学馆 2011 年版，第 69 页。

③ 参见吴浊流《亚细亚的孤儿》，《吴浊流小说选》，北京：广播出版社 1981 年版，第 145—368 页。

④ 吴浊流：《亚细亚的孤儿》，《吴浊流小说选》，北京：广播出版社 1981 年版，第 254 页。

加紧侵华，台湾人被怀疑是日本间谍，胡太明被国民政府警察特高科逮捕，幸得学生帮助才越狱逃回台湾。第四篇（第32—39节）写胡太明目睹日本在台湾推行"皇民化"政策的恶果，描写殖民者以"圣战"名义对台湾人民的压榨与管制；他被征为海军通译来到广东，耳闻眼见了日本士兵烧杀奸淫的罪恶，受到巨大精神刺激而病倒，被遣返台湾。第五篇（第40—48节）写太平洋战争爆发后，日本在台统治濒临崩溃边缘；胡太明先是到台北与反战志士佐藤创办杂志宣传和平；及至佐藤返回日本，胡太明也重回家乡；在经历了兄弟志南的死难后，胡太明发疯。小说结尾暗示：胡太明前往大陆，在昆明成为对日反战广播节目的主持人。

　　《亚细亚的孤儿》是一部流浪汉小说，也是台湾流亡文学的奠基之作。联系吴浊流的生平就会发现，《亚细亚的孤儿》是作者的自叙传，故事发生的地点就是他学习、生活和游历过的地方，包括台湾的新竹、基隆和台北，日本的京都和东京，中国大陆的上海、南京和广州；小说涉及诸多人物、地域与风俗，虽有浮光掠影之感，但从一个侧面记录了大时代的风云变幻及其对个人命运的影响。读者可以感受到：在胡太明的流浪过程中，最可怕的不是物质匮乏或居无定所，而是失去了精神归属与身份认同。这一点在《亚细亚的孤儿》中被反复提起：最初有前辈告诉胡太明："台湾人到任何地方去，依旧是台湾人，到处受人歧视，尤其是中国大陆，因为排日风气甚盛，对于台湾人也极不欢迎。"① 他到日本留学，朋友蓝郑重提示："你在这儿最好不要承认自己是台湾人"，由于台湾人讲日本话口音像九州福冈人，因而建议太明自称福冈人，以免被歧视②；当胡太明随蓝参加东京"中国同学会"时，大陆学生知悉太明是台湾人，立即怀疑他是"日本间谍"③；当太明到大陆工作，朋友曾又提醒他："我们无论到什么地方，别人都不会信任我们，命中注定我们是畸型儿。"④抗战爆发前，太明被大陆警察逮捕，日本"情治单位"也将上海租界内的台湾人当作"不顺从分子"逮捕遣返；胡太明逃回台湾后，立即被台

---

① 吴浊流：《亚细亚的孤儿》，《吴浊流小说选》，北京：广播出版社1981年版，第188页。
② 同上书，第199页。
③ 同上书，第206页。
④ 同上书，第240页。

湾警察特高科跟踪盯梢……小说还放大了一个细节来阐释胡太明的身份焦虑：他在由台湾赴大陆的客船上口占七律一首，其中一句"岂为封侯归故国"，但转念想到自己是"日本国民"，这"归故国"三字不甚相宜，遂改为"游大陆"①。当然，小说还通过胡太明的"问题意识"来展现他的这种身份焦虑，他总是在追问和思考：为什么？怎么办？走什么样的路？而一旦开始了这样的诘问，就有了丰富的痛苦。

《亚细亚的孤儿》以胡太明的生活经历与思想历程为个案，记录了台湾知识分子在大变动时代的心路历程，可以说是一部知识分子的心灵史和启蒙书。矛盾、彷徨是胡太明最显著的性格特点。在小说第一篇中，胡太明在传统汉学与现代教育之间"宛如漂流于两种不同时代激流之间的，无意识底扁舟"②；他向往新式教育，但在接受了现代教育并担任公学教师后，却发现日本人根本不可能给台湾人真正的平等，因而他放弃了教育救国梦；第二篇中，他前往日本留学，学习物理以期走科学救国之路，没想到学成后百无一用，反而遭到保正徐新伯等人的嘲讽；他想与志同道合的黄一起办实业，但很快就发现，以乡民之愚弱，加上日本人的压榨，根本不可能实业救国。第三篇中，胡太明在日渐沉沦和迷惘之际，朋友曾介绍他去大陆中学担任教员，他此时的梦想已缩小为个人婚姻家庭的幸福；但由于战争危机扩大，他被怀疑为日本间谍而遭到逮捕，只能逃回台湾，从而他的家庭幸福梦也破灭了；第四篇中，胡太明逃回台湾后不仅目睹了台湾人民的苦难，而且自己被征为海军通译，承受了痛苦的精神煎熬，个人命运完全不能自主。第五篇中，在胞弟死后，胡太明发疯发狂了，而从某种意义上说这也是他彻底清醒了：他终于意识到覆巢之下不可能有完卵；他所遇到的问题，"无论是孔子、释迦、耶稣基督，以至于康德、黑格尔，谁也不曾给他解答"③；他必须如好友曾所说，"空虚的理论再绝对行不通了，……只有实际的行动才能救中国。希望你赶快从幻想的象牙塔中走出来，选择一条自己应走的路，这不是别人的事，而是与你自己命运

①　吴浊流：《亚细亚的孤儿》，《吴浊流小说选》，北京：广播出版社 1981 年版，第 237 页。
②　同上书，第 161 页。
③　同上书，第 218 页。

有关系的问题！"① 因此，他在佯疯之中发出了"狂人"的心声——

> 志为天下士，
>
> 岂甘作贱民？
>
> 击暴椎何在？
>
> 英雄入梦频。
>
> 汉魂终不灭，
>
> 断然舍此身！
>
> 狸兮狸兮（日本人对台湾人的辱称）
>
> 意如何？
>
> 奴隶生涯抱恨多，
>
> 横暴蛮威奈若何？
>
> 同心来复旧山河，
>
> 六百万民齐蹶起，
>
> 誓将热血为义死。②

进而大胆揭露日本人对台湾的殖民统治是"人剥皮／树剥皮／山也剥皮"……胡太明的疯话起到了警世觉民的效果："他的话，句句刺痛众人的心"③。胡太明的经历和思考启示人们：对于侵略者，想以隐忍、和平和法律手段来争取权利，无异于与虎谋皮；在国家危亡的紧急关头，所谓科教兴国、实业救国和个人幸福均不可得；只有以实际行动来反抗殖民统治，赶走外敌，才可能赢得国家的独立与个人的尊严。胡太明从歧路彷徨到决绝反抗的过程，恰是一部知识分子的心灵觉醒史。

《亚细亚的孤儿》是一部爱国启蒙书，促使人们对自己的道路做出选择。吴浊流笔下的人物有着各自的取舍，也让读者做出是非判断与道路选择：是像蓝和詹那样不避牢狱之灾、投身政治革命，还是像徐新伯那样认

---

① 吴浊流：《亚细亚的孤儿》，《吴浊流小说选》，北京：广播出版社1981年版，第279页。
② 同上书，第366页。
③ 同上书，第367页。

同"'有钱有理'，有了钱就可以左右公理"①？是像广东的游击队长那样为国捐躯、从容赴死，还是像志刚那样甘心为奴、全心全意推行"国语家庭"、改姓运动、为"圣战"捐金？是像曾那样坚持正义、勇于挑战，还是像李老师那样规规矩矩为日本服务一生？是像淑春那样走出家庭、共赴国难，还是选择像墨子那样反战或像陶渊明那样隐居退避？是像黄那样兢兢业业为百姓找一条生存之路，还是像志达那样投机取巧、仗势欺人？……对于这些人的道路，胡太明不是没有是非判断，但由于他有着知识分子的往返质疑与彷徨延宕，尤其是他受传统文化的影响颇深，因而总是持守中庸、犹豫不决，这反而真实地呈现出了知识分子的特性；当他的科育救国、科学救国、实业救国和个人幸福梦想——破碎之后，才最终走向了抗战救国的道路。胡太明的思虑延滞了他的行动，而理想最终促成了他的行动，因而可以说胡太明是那个时代台湾知识分子乃至中国知识分子的典型。

《亚细亚的孤儿》是知识分子写作的典型，也是文化民族主义文学的代表。小说中有较多关于台湾民俗风情的描写，这些风俗画不仅具有抒情、写意和象征功能，更具有文化抗战意味。比如小说第二节写过新年、迎"年驾"：

> 太明家里每年除夕都要杀一头猪来祭祀玉皇大帝的，到了那天，院子里设着祭坛，上座供着糖果、五香、酒食、长钱和金银纸等，下座供着鸡和肉类，两旁供着牲礼猪羊，从早晨四点钟开始，全家便齐集在院子里拜祭神明。胡老人和他的儿子穿着长礼服行"三献礼"，向玉皇大帝、观音菩萨、关帝爷、妈祖和伯公一一许愿，祈求家道昌隆，并且感谢过去一年的平安。

> 元旦的早晨天还没有亮，到处爆竹齐鸣，家家户户都在祭祀祖先和神明。每人都放下了工作，男人兴高采烈地去拜年、赌博，女人则回娘家或到庙宇去烧香，大家在新春欢乐的气氛中，一直要继续到正月十五。大红春联和鞭炮虽然年年依旧，但也象征太平景春气象。

> 正月初三俗称"穷鬼日"，照例须烧些门钱打发穷鬼的，而且那

① 吴浊流：《亚细亚的孤儿》，《吴浊流小说选》，北京：广播出版社1981年版，第231页。

天人们都不出门。……①

过年是中国人最重要的民俗节庆，但小说第四篇第 37 节交代，由于日本人推行公历，中国阴历春节连同其他民俗都被取消了：

> 战时一年的时间，几乎等于平时的一百年，一切事物都以惊人的速度和压力在改变，连历史传统根深蒂固的台湾民俗、风俗，也不能例外。首先，义民庙的"拜拜"已经废止了。平时每逢七月中元，十四个乡镇的数万居民，都聚集在枋寮的义民庙，供上一千多头牺牲猪羊，热热烈烈地举行"拜拜"。但今年却连地方戏也不准上演，就象烟消云散似地显得冷落凄凉。其次，农历已经改为阳历。太明的家庭也为了配合时代激流，改为非常时期的阳历新年，但那仅是形式上的新年，毫无真正新年的情趣。母亲心里总觉得有些不满，因此到了农历新年，她又私下做了一些年糕，重新祭祀祖先和妈祖。②

在日本文化侵略之下，台湾风俗的消失是本民族文化之根被撼动的表征。当台湾人在"皇民化"运动中穿和服、说日语、改日姓、争当"日本国民"的时候，吴浊流刻意书写中国传统风俗，就有了深层的文化抵抗意图。再如元宵节游行时，花灯、火把、喇叭队、小唱班、化装游行、仙人仙女台阁等充满台湾特色，元宵节本应是快乐祥和的，但是日本警察殴打民众，胡老人也被打一棍，跌倒在地："胡老人咬紧下唇，俯看太明。太明觉得非常悲痛，眼泪直流，怎么样也止不住。快乐的元宵节就为这件事弄得兴味索然，二人已无心再看花灯，各自怀着无限颓废心情，怅然而返。"③ 更有意味的是，元宵节灯会"最后的行列是载着歌妓的高台"，提着"太阳徽"的警察和壮士在旁护卫，他们呵斥台湾群众为"马鹿"……毫无疑问，这隐喻着日本文化在武力护卫下对中国传统文化的强横插入，是真正文攻武卫的殖民侵略。但是，吴浊流对民间文化的反抗

---

① 吴浊流：《亚细亚的孤儿》，《吴浊流小说选》，北京：广播出版社 1981 年版，第 155 页。
② 同上书，第 317—318 页。
③ 同上书，第 159 页。

精神充满信心，正如他借胡太明之口所说：

> "皇民化运动"固然是台湾人的致命伤，表面上看起来，台湾人也许会因此而遭受阉割，但事实上并不如此，因为中了这种政策毒素的，毕竟只有一小部分利令智昏的台湾人，其余绝大多数的台湾同胞，尤其在广大的农民之间，依然保存着未受毒害的健全民族精神。他们虽然没有知识和学问，却有和乡土发生密切关系的生活方式，而且那与生俱来的生活感情中，具有不为名利、宣传所诱惑的健全气质。他们唯其因为与乡土共生死，所以决不致为他人所动摇。①

当然，吴浊流绝非传统文化的僵化保守者，相反，他不时借助小说人物之口对传统文化进行反思：父亲胡文卿是中医，却承认中医多有不如西医之处，比如西医能利落地处置矿难救护工作，而他只能束手旁观；西医对传染病的治疗也比中医更有效；在小说第五篇第47节中，当志南生命垂危之际，胡文卿毫不犹豫地请西医来诊治，也说明了他的开明。再如，太明觉得"（现代）学校里的气氛，究竟和私塾不相同，校内朝气蓬勃，运动场和教室都是那么宽敞和明亮，使太明顿感眼界为之豁然开朗。"② 对于剪发，一些老人固守"身体发肤不可毁伤"的原则，认为断发等于断头，还说若照古时候的习惯而言，断发是对通奸者的一种私刑③，胡太明对这种守旧观念也提出了批评。另外，胡太明还批评山地乡民封建迷信思想严重，妇女难产时宁死也不让男医生来接生④……事实上，时代在发生着悄然变化，连胡老人也承认："千百篇八股文，也抵不上一颗炸弹，现在是科学时代，舞文弄墨已经无济于事了。"⑤

　　说《亚细亚的孤儿》是一部知识分子写作，还因为它运用了诗歌的意象与隐喻手法。首先，"亚细亚的孤儿"意象就是一个巨大的文化寓言，是对台湾文化归属与身份焦虑的隐喻。其次，小说中的人物之死多有

---

① 吴浊流：《亚细亚的孤儿》，《吴浊流小说选》，北京：广播出版社1981年版，第328页。
② 同上书，第161页。
③ 同上书，第166页。
④ 同上书，第220—223页。
⑤ 同上书，第181页。

象征意味：彭秀才是传统文人的象征，他在"斯文扫地、吾道衰微"之际，坚守汉学传统，主持"云梯书院"，谈论"春秋大义，孔孟遗教、汉唐文章和宋明理学等辉煌的中国古代文化"①，但随着公学普及，他逃避现实，拒不担任公立学校的汉文教师，而宁愿到蕃界的一所书房任教席。——彭秀才之死似乎象征着传统中国的终结。志达煽动人们分割祖祠的祭产，胡老人因此失去了精神领袖和宗族祭司之位。——胡老人的抑郁去世象征着传统家族制度和宗法道统的解体。志刚担任保正后，全心全意为"圣战"服务，在征米运动中诘责母亲的藏米行为，母亲怒骂抢粮者为"白日土匪"，骂志刚"短命鬼，吃日本屎的！"② 并且不久即辞世。——母亲之死象征着日本殖民运动对中国传统家庭伦理和亲情慈孝的毁弃。小说另外写到的两处"死"则形成了对比意象：弟弟志南被抓丁参加劳动服务队，过劳而死，留下一句"我……真恨！"而广东游击队长因抗战被捕，从容就义、慷慨赴死。——正是这两种不同选择与结果刺激太明最终选择了为抗战而奋斗，为死难的亲人去报仇……

　　称《亚细亚的孤儿》是知识分子写作，也因为小说具有强烈的批判精神。比如胡文卿认为日本的殖民统治"简直比秦始皇的时代都不如"：

　　　　秦始皇采用的商鞅的法则，企图达到"富国强兵"的目的；实行"焚书坑儒"的愚民政策；驱使人民建筑万里长城；又实施所谓"保甲制度"的铁锁政策；可说是中国有史以来从未曾有的暴政。胡文卿把当时民间流传着描述建筑万里长城的民谣"三丁抽一五抽二，单丁独子也须行"讲给太明听，那民谣的意思是说：有三个男人的家庭，须有一人服役；有五个男人的家庭，须有二人服役；独身汉或独子也须服役。那时的壮丁是利用"保甲连坐制度"征抽的，所以任何人都无法逃避。③

相比之下，日本人的统治远比秦政更残暴。胡文卿进而从历史经验做出判

　　① 吴浊流：《亚细亚的孤儿》，《吴浊流小说选》，北京：广播出版社 1981 年版，第 157 页。
　　② 同上书，第 322 页。
　　③ 同上书，第 343 页。

断：残暴者绝不可能武运长久。——这是对殖民统治者的批判。再比如反战志士佐藤称台湾大学已沦为"豺狼的大本营"，因为"近年的官吏，大都由这所大学里造就出来的，'皇民奉公会'的顾问，也是从这里的教授中聘请的，这大学真不愧为促使合理榨取殖民地的精神武装根据地。这里的教授只知忠于政策而不忠于学术和真理的事实，只须从以前强制全省实施大众都认为不合理的'正条密植'及'寺庙废止'政策时，此间农学院及文学院竟毫不表示异议的一点上，即可获得佐证。这里的学术精神早已灭亡，他们唯一的使命，就是为当局政策担任开路工作，也就是挂了'学府'的招牌，以达成'思想侵略'的目的。"① ——这是对少数知识分子败类的批判。再如志刚的儿子达雄被"圣战"宣传洗脑，愿"立志为十亿东亚人民的解放作中流砥柱"，成为"被训练成机械化、傀儡化的青年们"的典型②。太明通过批判纳粹国家主义来破除达雄的迷梦，指出"国家的基本观念上有矛盾存在的一点""近代的国家更是堕落不堪，纳粹德国侷踞于狭隘的宇宙观中，犯征服世界的迷梦，建立在自己民族最高的错觉上"；而"战场上大规模的杀人，是日本人用国家的名目而把它合理化、英雄化起来。一切的矛盾，胚胎于此。历史以国家为前提，而歪曲事实，教科书不过是把国家的存在正当化起来，而拥护其权利的宣传文字而已。由小学至大学的教育的过程，总之是其宣传的一贯过程而已。因这种教育，使人们习惯于国家生活，由因袭而更成为制度，制度就把人类硬收入那铸型里面去。不愿被嵌入这种铸型的人，就被视为异端或叛徒。"③ 从而使达雄从迷梦中清醒过来——这是对纳粹国家主义思想的批判……

　　总体来看，吴浊流的《亚细亚的孤儿》成功塑造了胡太明这一人物形象，堪称知识分子写作的经典：胡太明具有知识分子本色，他思考"我从哪里来""我到哪里去""我选择怎样的道路"等问题，因而延宕犹豫，成为"丰富的痛苦"的担承者；他曾恸哭和沉沦，也曾迷惘与彷徨，但最终直面现实，以"疯狂"方式走向清醒，走向了决绝的反抗与行动之路；他不仅为个人幸福而奋斗，也为中国文化如何弃旧图新而沉

---

① 吴浊流：《亚细亚的孤儿》，《吴浊流小说选》，北京：广播出版社1981年版，第356页。
② 同上书，第361页。
③ 同上书，第362页。

思，他是现代台湾知识分子的典型。同时，《亚细亚的孤儿》也因其象征性意象、风俗画描写、文化抵抗意图和文化批判精神，成为中国现代文化民族主义文学的代表作品。更有文学史家认为："《亚细亚的孤儿》上自甲午之战后的台湾割让，下迄太平洋战争爆发后的日据后期的叙事，开启了台湾'大河小说'的源头，触发了日后台湾作家对于台湾历史的无穷想象，使他们'不断写出'探寻台湾历史的'大河小说'。"①

　　总体来看，抗战时期是中国现代民族主义思潮和民族主义文学创作的高潮期。在此时期，全中国人民达到了空前团结，正如徐复观所说："一九三七年的对日抗战，这是以'弱'抗'强'的救亡圣战。此圣战的另一意义，是全国知识分子空前的大团结。共产党发表了实行三民主义，拥护政府的宣言，军队接受了政府所给予的番号。过去因内战，因思想等分歧而四分五裂的个人、团体，都响应政府的号召，向领导中心集中。迫近战区的学校、工厂，教员、学生、工人、技师，都走上漫漫的崎岖道路，冒着轰炸、突击、饥寒、死亡的危险，坚韧的移向作战的准备位置。几千年民族所蓄积的精灵，显现为前方的血肉与后方的血汗。这是民族非常艰苦的时代，也正是民族亘古未有的伟大而辉煌的时代。"不过，徐复观也清醒地意识到，"由抗战迄今的中国政局，乃是逸脱了历史发展常态的非常变局"，在这样的变局中，爱国报国成为知识分子最重要的责任与担当，这当然具有时代的合理性，但"站在根据知识作独立判断的知识分子（立场）而言，是遇到亘古未有的绝望的悲剧历史。国家的命运以外，没有知识分子的命运。"② 之所以称之为知识分子的命运悲剧，是因为民族危机一方面很容易被专制者利用来制造"舆论一律"和新权威主义，另一方面很容易使知识分子一心为民族救亡、国家图存而奋战呼号，亢奋激情会使其失去更为重要的批判现实和理性反思的能力。由此不难发现，中国现代知识分子思想转型过程中存在着合理性与悲剧性相交织的悖论，值得后世者深思自警。同理，当抗战时期的民族主义文学创作走向了"国家至上"和"政治标准第一"，也就不可避免地出现了夏志清所说的

---

① 黄万华：《多源多流：双甲子台湾文学（史）》，广州：花城出版社 2014 年版，第 47 页。

② 徐复观：《在非常变局下中国知识分子的悲剧命运》，《中国知识分子精神》，上海：华东师范大学出版社 2004 年版，第 9、3、13 页。

"爱国的功利主义"或"宣传八股"现象："文学已变成一种机械的宣传方式所采取的手段"①，变成了政治附庸。因而，在中国现代民族主义文学中的确存在值得人们认真思考的"政治与文学""传统与现代"的辩证关系等重大问题，而这也正是中国现代民族主义文学思潮研究所衍生出的社会学、文化学与学术史价值所在。

---

① ［美］夏志清：《中国现代小说史》，刘绍铭等译，上海：复旦大学出版社2005年版，第324页。

中　编

中国现代政治民族主义文学个案研究

从发生学层面来看，民族主义思想在现代中国发生、发展、高涨，成为中国人民反帝爱国运动的思想旗帜和行动指南；"民族国家想象"作为中国面临的最严峻的现代性焦虑，也成为新文学产生的前提语境和发展动力。因此可以说，"20世纪的中国文学乃是现代中国的民族文学"[①]。从符号学层面来说，梁启超、刘鹗、陈天华可谓现代中国政治民族主义文学的开山者，黄震遐等可谓政治民族主义文学的发扬光大者，而老舍《四世同堂》则代表了20世纪40年代中国现代政治民族主义文学的极致。本著"中编"选取刘鹗、陈天华、黄震遐和老舍四人为代表，对中国现代政治民族主义文学作家作品进行个案研读，意在诠释政治民族主义文学的合理性与合法性，同时揭示其独有的艺术魅力和文学史价值。

---

① 钱理群、黄子平、陈平原：《二十世纪中国文学三人谈·漫话文化》，北京：北京大学出版社2004年版，第20页。

第 一 章

棋局已残，同悲同哭：刘鹗
《老残游记》新论

　　刘鹗是中国近代著名的思想家、学问家和小说家。刘鹗的长篇小说《老残游记》是晚清四大谴责小说之一，"以深刻的思想意义、别具一格的艺术构思、不同于传统模式的叙事方式，在中国近代小说史上占有重要的地位"①，其中不仅有着深沉的忧国忧民思想，而且表达了作者对于现代民主政治的想象性建构。

　　刘鹗（1857—1909），字铁云，号老残、鸿都百炼生，祖籍江苏丹徒；其父刘成忠是咸丰进士，曾任河南汝宁、开封、归德知府，在治理黄河水患方面多有建功，光绪元年（1875）被加封布政使衔②；刘鹗少年时即对西学深感兴趣，研修数学、医学、水利等经世致用之术；成年后曾在淮安开烟草店，又往上海行医，后赴河南投身黄河治理事业，因治河有功而获赏知府，但他无意功名，不守绳墨，将功名让于其兄。清朝末年，河南安阳考古发现大量甲骨，多被人作为"龙骨"药引收购，金石学家王懿荣因病购药，发现"龙骨"上刻有古老文字，意识到是珍贵文物，遂重金收购并考证出这些"甲骨文"是"殷人刀笔文字"；1900 年八国联军攻陷北京，王懿荣义愤自尽，所收藏甲骨由其子转售刘鹗。刘鹗辨认甲骨文字，集成《铁云藏龟》六册，为甲骨文研究留下了宝贵资料，罗振玉、王国维等都是因为在刘鹗处第一次见到甲骨而引发了研究兴趣，因而

---

① 郭延礼：《中国近代文学发展史》第二卷，北京：高等教育出版社 2001 年版，第 410 页。

② 刘鹗生平见刘德隆、朱禧、刘德平《刘鹗小传》，天津：天津人民出版社 1987 年版。

刘鹗被称为"中国甲骨文之父"。刘鹗不久被山东巡抚张曜橄调，任黄河下游提调官，他在多年治理黄河的过程中对山东政事民情多有了解，这为他创作《老残游记》积累了素材。

刘鹗深受新学思潮影响，曾多次上书进言借贷外资修筑铁路、引进外资开采矿业，还应张之洞、王文韶等封疆大吏邀约到河南、四川、北京、浙江等地治理矿务。1900 年八国联军侵入北京，市民饥馑。俄军占领太仓（国家粮仓），但俄国士兵不吃米，遂准备焚毁；刘鹗知悉，遂与俄人交涉，购米赈灾，活人无数；他还办理掩埋局和施医局，向百姓施药，处置无名尸骨，维持北京秩序……但这一切都被保守派视为"通洋""汉奸"和"卖国"行为。不过，刘鹗获罪并被流放的深层原因则来自《老残游记》的创作。

《老残游记》前十回初刊于李伯元主编的《绣像小说》半月刊第9—18 期（1903 年 9 月 21 日至 1904 年 1 月 31 日）；1906 年《天津日日新闻报》重新连载全书 20 回，成为《老残游记》祖本。由于《老残游记》影射太明显，引起小说原型人物的嫉恨。比如刚毅（即《老残游记》中的刚弼）就参奏他"通洋"，请"明正典刑"。恰好刘鹗时在上海，因而幸免。但刘鹗最终被宿敌袁世凯以"擅为外人购地，勾结外人盗卖仓米营私图利"等罪名查办，流放新疆，一年后客死他乡。① 由于刘鹗反对义和团盲目排外，《老残游记》也一度在极左政治年代被视为"反动小说"而屡遭批判。

刘鹗还曾在光绪三十一年（1905）至三十三年（1907）间创作《老残游记》"续集"九回，但直到 1934 年才在《人间世》半月刊刊发了续集的前四回，次年良友图书公司出版续集六回单行本，1962 年中华书局出版《老残游记资料》时收录了最后三回。续集前六回虽然也有对官僚子弟肆意蹂躏妇女恶行的揭露，但主要通过泰山斗姥宫尼姑逸云的恋爱故事及其细微的内心活动，以及赤龙子的言谈行径，宣传了体真悟道的妙理。后三回描写老残游地狱，以寓其惩恶劝善之旨。此外还有《老残游记》"外编卷"残稿 4700 余字，应是写于光绪三十一年以后。

---

① 关于刘鹗被捕的原因可参看汪叔子《近代史上一大疑狱——刘鹗被捕流放案试析》，《明清小说研究》2000 年第 4 期。

刘鹗除《老残游记》外，还有天算著作《勾股天元草》《弧角三术》，治河著作《历代黄河变迁图考》《治河七说》《治河续说》，医学著作《人命安和集》（未完稿），金石著作《铁云藏龟》《铁云藏陶》《铁云泥封》，诗歌创作《铁云诗存》等。

第一节　一部批判现实的谴责小说

《老残游记》被称为"中国的第一本政治小说"①，在思想和艺术上都代表了近代小说的成就，具有重要的思想史和文学史价值。

小说讲述自号"补残"的江湖医生铁英游历山东时见闻的怪现状，以寓言形式对清末政治进行了强烈谴责和无情讽刺。铁英自江南游历到山东，治愈了黄瑞和的痼疾，又在济南府治好了姚云松夫人的沉疴，姚云松是庄宫保的秘书，铁英因此而受到保举；宫保爱其才，欲留为用，但是老残淡然功名，趁夜逃去。他听说曹州知府玉贤到任一年就把当地治理得路不拾遗，因而想一探究竟；他通过深入了解发现，这里的"清明世界"全因官吏大逞淫威而造成，实是一座人间地狱：玉贤因为"才能功绩卓著"获补曹州知府，在署理曹州府不到一年的时间里，衙门前12个站笼便站死了2000多人，其中九分半是良民。比如于朝栋一家因与强盗结冤而被栽赃，玉贤不问青红皂白，一口咬定于朝栋是强盗，父子三人命丧站笼，其儿媳只能以自杀的方式鸣冤。又如董家口杂货铺掌柜的儿子，酒后随口批评了玉贤几句，被密探侦知，便被抓进站笼站死。东平府书铺老板一针见血地道出了玉贤施政的真相："无论你有理没理，只要他心里觉得不错，就上了站笼了。"而玉贤的逻辑是："这人无论冤枉不冤枉。若放下他，一定不能甘心，将来连我前程都保不住，俗语说的好，'斩草要除根'。"因此这位"清官"实是"赛过活阎王"的酷吏，甚至有的犯人死了他还想打两千板子；他急于立大功，要打出一个清平世界，严刑酷法使老百姓噤若寒蝉、道路以目。而在"求贤若渴"的庄宫保看来，玉贤是个能人，因而一再推举。老残得知实情，不禁题下诗句："冤埋城阙暗，

---

① ［美］夏志清：《〈老残游记〉新论》，《刘鹗及〈老残游记〉资料》，成都：四川人民出版社1985年版，第477页。

血染顶珠红"，深刻揭示了"清官"本质："官愈大，害愈甚：守一府则一府伤，抚一省则一省残，宰天下则天下死！"——中国老百姓一向有"清官"情结，老残一反既往，写出了"清官害人"的一面，可谓发人之未发。

那么如何才能使吏治清明呢？老残有意楔入了一个故事：新任城武县官申东造派其弟子去请民间高人刘仁甫，并着重描写两位世外隐居的奇人玙姑和黄龙子，由此引出太谷学派的主张，也表达了老残的治世方法与理想。

老残游历到东昌府，访藏书家柳小惠不遇，欲返济南，被黄河凌汛阻断，邂逅老友黄人瑞，闻知一桩惊天大案，引出另一个酷吏刚弼。刚弼是一位"清廉得格登登"的官吏，曾拒绝巨额贿赂；而今他倚仗不要钱、不受贿的"清名"，一味臆测断案，枉杀许多百姓。比如他审讯贾家十三条人命的巨案就完全主观臆断，认为魏氏父女是凶手，大搞有罪推定，严刑逼供，铸成骇人听闻的冤狱。

老残路见不平，上书庄宫保，同时请断案高手白子寿来重审此案，使冤狱得雪。老残还侦知那十三个人并非被真正毒死，而是被吴二浪子下了"千日醉"，老残访得青龙子，以"返魂香"救活了这些人，而后悄然离开济南，带着新纳的小妾环翠下了江南……

刘鹗是一位富有真知灼见的思想家，其小说也充满忧患意识。因此《老残游记》绝非消遣娱乐之作，而是"伤心人别有怀抱"的醒世之书。正如他在"自叙"中所说：

> 《离骚》为屈大夫之哭泣，《庄子》为蒙叟之哭泣，《史记》为太史公之哭泣，《草堂诗集》为杜工部之哭泣；李后主以词哭，八大山人以画哭；王实甫寄哭泣于《西厢》，曹雪芹寄哭泣于《红楼梦》。王之言曰："别恨离愁，满肺腑难陶泄。除纸笔代喉舌，我千种相思向谁说？"曹之言曰："满纸荒唐言，一把辛酸泪；都云作者痴，谁解其中意？"名其茶曰"千芳一窟"，名其酒曰"万艳同杯"者：千芳一哭，万艳同悲也。
>
> 吾人生今之时，有身世之感情，有家国之感情，有社会之感情，有种教之感情。其感情愈深者，其哭泣愈痛；此鸿都百炼生所以有

《老残游记》之作也。

　　棋局已残，吾人将老，欲不哭泣也得乎？吾知海内千芳，人间万艳，必有与吾同哭同悲者焉！①

他还在第一回"自评"中交代自己的创作动机："举世皆病，又举世皆睡。真正无下手处，摇串铃先醒其睡。无论何等病症，非先醒无治法。具菩萨婆心，得异人口诀，铃而曰串，则盼望同志相助，心苦情切。"② 正因为有如此深沉的忧国爱民、觉世启蒙之心，所以他不可能无视社会黑暗、国是民瘼；他要倾吐的心事太多，而当时的封建统治又不允许他直抒胸臆，所以他只能用"小说家言"这一寓言的酒杯来浇胸中块垒——

　　首先，小说多处运用象征手法来表达作者的忧患意识、爱国思想和改良立场。比如第一回对黄河水患进行了象征性图解。山东有个大户黄瑞和，患有一种奇病：浑身溃烂，每年总要溃几个窟窿，今年治好这个，明年别处又溃几个窟窿，多年来没有人能治得这病；这病每每发生在夏天，一过秋分就不要紧了……清醒的读者都会明白这是隐喻黄河水患，老残治好了黄瑞和的病也暗示出作者"治河者"的身世。随后小说又借老残梦境把当时的中国比作一艘漂浮海上、行将倾覆的破旧帆船："这船虽有二十三四丈长，却是破坏的地方不少：东边有一块，约有三丈长短，已经破坏，浪花直灌进去；那旁，仍在东边，又有一块，约长一丈，水波亦渐渐侵入；其余的地方，无一处没有伤痕。"但是从船长到水手或无动于衷或手足无措，而"那管船的人搜刮众人外，又有一种人在那里高谈阔论的演说"，指责人们："你们这些没血性的人，凉血种类的畜生，还不赶紧去打那个掌舵的吗？……你们还不去把这些管船的一个一个杀了吗？"甚至鼓励大家自相残杀，其真实意图不过是"用几句文明的话头骗几个钱用用罢了！"——这是讽刺当时的"革命派"置国家于不顾，只管自己敛钱而叫别人流血。老残向船主献上罗盘和纪限仪，但是"下等水手"却咆哮起来："船主！船主！千万不可为这人所惑！他们用的是外国向盘，一定是洋鬼子差遣来的汉奸！他们是天主教！他们将这只大船已经卖与洋

---

　　① 刘鹗：《老残游记》自叙，济南：齐鲁书社1985年版，第1—2页。
　　② 刘鹗：《老残游记》第一回"原评"，济南：齐鲁书社1985年版，第9页。

鬼子了，所以才有这个罗盘。"——这是讽刺义和团之类愚昧者不肯学习西洋新学和盲目排外……由此可知，老残持守改良派立场，认为能挽救这艘行将覆灭的大船的唯一办法就是给它送去一个象征现代科技的"最准的"罗盘，使之驶向正确的方向。

其次，小说猛烈抨击了封建吏治的残酷。刘鹗批评玉贤和刚弼，实是批评"清官"的刚愎自用、诱民入罪和滥用酷刑。小说第十六回"原评"道："赃官可恨，人人知之；清官尤可恨，人多不知。盖赃官自知有病，不敢公然为非；清官则自以为不要钱，何所不可，刚愎自用，小则杀人，大则误国。吾人亲目所睹，不知凡几矣。"[①] 小说借白子寿之口说："清廉人原是最令人佩服的。只有一个脾气不好，他总觉得天下人都是小人，只他一个人是君子。这个念头最害事的，把天下大事不知害了多少！"而刘鹗塑造刚弼形象也是有意为之："历来小说皆揭赃官之恶，有揭清官之恶者，自《老残游记》始。"不仅如此，小说还揭露了貌似贤良的山东巡抚庄宫保表面上礼贤下士、爱才若渴，其实是个不辨属吏的善恶贤愚也判断不出谋议的正确与否的昏官；庄宫保的"爱才"给山东百姓带来了一系列灾难："办盗能吏"玉贤是他赏识的，刚弼也是他倚重的，更为严重的是他竟错误地采用史钧甫的治河建议，废济阳以下民埝，退守大堤，致使两岸十几万生灵遭受涂炭……据严薇青等考证，《老残游记》所写人物和事件多有原型，如玉贤指毓贤，刚弼指刚毅，庄宫保为张曜，姚云松为姚松云，王子谨为王子展，申东造为杜秉国，柳小惠为杨少和，史钧甫为施少卿等；至于废除济阳以下民埝，乃光绪十五年（1889）实事，当时刘鹗正在山东测量黄河，亲睹其惨状[②]。正如小说第十三回"原评"所言："野史者，补正史之缺也。名可托诸子虚，事须征诸实在。"[③] 如此看来，《老残游记》颇有现实主义精神，深具以诗证史的价值；而小说讽刺意味明显，也正是刘鹗被勾罪流放的主因。

最后，作者站在改良派立场上对"北拳南革"进行了批评。作者不仅在第一回中对高谈阔论的"革命派"进行了影射批评，更在第十一回

---

① 刘鹗：《老残游记》第十六回"原评"，济南：齐鲁书社1985年版，第203页。
② 刘鹗：《老残游记》第十四回"原评"，济南：齐鲁书社1985年版，第180页。
③ 刘鹗：《老残游记》第十三回"原评"，济南：齐鲁书社1985年版，第169页。

中借申子平与黄龙子的谈话对"北拳南革"进行了严厉抨击。黄龙子认为："今者，不管天理，不畏国法，不近人情，放肆做去，这种痛快，不有人灾，必有鬼祸，能得长久吗？"玙姑也称"北拳南革都是阿修罗部下的妖魔鬼怪了。"黄龙子阐释道：

> 北拳以有鬼神为作用，南革以无鬼神为作用。说有鬼神，就可以装妖作怪，鼓惑乡愚，其志不过如此而已。若说无鬼神，其作用就很多了：第一条，说无鬼就可以不敬祖宗，为他家庭革命的根原；说无神则无阴谴，无天刑，一切违背天理的事都可以做得，又可以掀动破败子弟的兴头。他却必须住在租界或外国，以骋他反背国法的手段；必须痛诋人说有鬼神的，以骋他反背天理的手段；必须说叛臣贼子是豪杰，忠臣良吏为奴性，以骋他反背人情的手段。大都皆有辩才，以文其说。就如那妒妇破坏人家，他却也有一番堂堂正正的道理说出来，可知道家也却被他破了。南革诸君的议论也有精采绝艳的处所，可知道世道却被他搅坏了。①

刘鹗的见解存在主观性和时代局限性，或有值得商榷之处，但深思细想却会发现其中具有启蒙觉世之意，更具有现实批判精神。

第二节　一部"在路上"的自叙传

刘鹗不仅将那些与自身有关的人事景物写进《老残游记》，还在作品中传播自己信奉的太谷学派思想，以期"为天地立心，为生民立命，为往圣继绝学，为万世开太平"。这明显表现在《老残游记》第八回至第十一回申子平入桃花山与玙姑等人相遇论学的言论中。

太谷学派渊源可追溯至宋代理学，属于周敦颐、张载、程颢、程颐、朱熹一脉。虽然太谷诸贤博学多览，常援引老佛解释儒典，但本质上仍以儒典尤其是《易经》为依归，注重身心性命、格物致知，屡言"河图"

---

① 刘鹗：《老残游记》第十一回，济南：齐鲁书社 1985 年版，第 140 页。

"洛书""易象"①；儒家"内圣外王"理念在太谷诸贤思想中居于重要地位，他们不仅强调格致诚正、修养道德，也强调推己及人、"人饥己饥人溺己溺"的"民胞物与"精神。这是儒家经世思想的具体体现，也是刘鹗养民思想的由来。相关史料证明，小说中的黄龙子即刘鹗的师兄黄归群，是当时太谷学派的掌门人。② 因此刘鹗以玙姑和黄龙子来阐述他所信仰的太谷思想，可以说是微言大义，借题发挥。

太谷学派也对宋明理学进行了扬弃，这一点在小说中也有表现。比如当申子平提到宋儒的"理""欲""主敬""存诚"观念时，玙姑发表一段议论来攻击宋代理学"存天理去人欲"的错误。她认为压抑人欲是违反人性的，而古代圣贤对于"爱"或"欲"的看法在《诗大序》"发乎情，止乎礼义"中已有清楚表达；她甚至直指宋儒和踵随宋儒者为"乡愿"。这番议论可视为太谷学派对宋代以降正统理学思想的正面攻击，正符合刘鹗的改良派立场。由此可知，《老残游记》是一部自叙传小说。

《老残游记》是现代中国文学史上第一部以游记命名的小说。游记原本是描述人与自然关系的一种散文文体。在中国古代游记作品中，"自我"一般不扮演重要角色，比如唐玄奘《大唐西域记》描写取经历程，本应以自己作为衡情量物的主体，进而描写风景民俗，书写感想情思；但《大唐西域记》却采用史家视角，仅将所游历的130多个国家或城邦的风土民情做了纲要式的记闻，玄奘内心的喜怒哀乐、是非评点都付之阙如。这种"无我"和"客观"的史传模式甚至影响到明代《徐霞客游记》的写作，即使《西游记》那样的长篇章回体小说也同样没有作者主体的介入。基于上述，刘鹗《老残游记》的文体创新价值得以显现：刘鹗采用了游记形式，却不专注于探询和纪录自然地理，而是意在探索现实社会和生命意义；他在游记中充分表达对人事、社会和家国的感触及看法，其中不仅有他信奉的太谷思想，还用个人抒情方式来呈现这些观点理念，这种个人的主观抒情模式正是刘鹗对现代游记小说的独特贡献。

《老残游记》大量引入游记散文笔法，改变了小说的艺术结构、叙事角度和审美情趣。小说中对游记散文笔法的运用首先表现于大段的景物描

---

① 刘蕙苏：《太谷学派政治思想探略》，《文汇报》1962 年 10 月 11 日。

② 参看严薇青注《老残游记》"前言"，济南：齐鲁书社 1985 年版，第 10—18 页。

写中，如对千佛山、大明湖、四大名泉的细致生动又富有情趣的描写，以及对黄河冰塞和雪山白云的描写，这些都是脍炙人口的写景文字。中国传统小说一向不重视自然景物描写，一般都把主要精力用于编织曲折动人的故事情节，对景物描写既不重视也很少用力，所以古典小说写景的文字大都袭用陈词套语，千篇一律，表现不出不同景物的特点。而刘鹗在《老残游记》中彻底抛弃一切俗语滥调，采用新鲜活泼的白话口语，根据自己的深入观察和切身体会，对景物进行了准确细致、生动形象的逼真描写，不但写出了旅游者眼中之景物，更写出了观察者对景物的独特感受和心境，使人读来恍如身临其境。因而《老残游记》中的景物描写不再是可有可无的枝节，也不仅仅是烘托人物情绪的辅助文字，而是小说重要的描写对象和审美对象，寄托着作者的审美理想和生命情趣，从而获得了独立存在的艺术价值。

第三节　一部注重抒情的写意小说

中国传统章回小说往往以曲折动人的故事情节吸引读者，为了保证故事以适当的推进速度抓住受众注意力，作者必须强化小说的动作性，通过人物的行动、矛盾的激化来推动小说的进展，尽力避免那些动作性不强、容易使受众倦怠生厌的静态描写，因而极少有细致入微的环境描写、心理描写、对话描写和议论抒情。而《老残游记》却在叙事中插入大段景物描写、心理描写和长篇对话，这种非情节化因素在小说中大量出现，必然使小说在叙事空间上得到拓展而大大延缓了叙事时间的进展速度，从而削弱和破坏了小说以故事为中心的传统叙事模式，呈现出崭新的叙事艺术魅力。

《老残游记》的心理描写非常细腻，这与传统小说通过人物行动或对话来展示人物心理活动的做法大相径庭。比如老残在黄河大堤上面对雪月交辉的景致时，想到谢灵运"明月照积雪，北风劲且哀"的诗句，由北斗七星斗杓东指想到岁月蹉跎，又由此想到国家前途的黯淡……这段近乎意识流式的心理活动层次分明、摇曳多姿，与老残身份、修养、个性非常吻合，使人物变得立体丰满。第六回写老残在雪天看到树上的乌鸦和檐下的麻雀忍饥避寒的情状时，联想到曹州百姓在酷吏玉贤治下的命运连乌雀都不如，其忧国忧民之情令读者感动。

《老残游记》中的议论之多、对话之长，在中国传统长篇章回小说中是极为罕见的。老残关于清官虐民的精彩议论，桃花山玙姑关于儒释道同异的议论以及对宋明理学的抨击，黄龙子关于"北拳南革"和宇宙形成的见解，篇幅都相当长。这些议论和对话有时固然使人感到冗长，但大都因为其见解的新鲜独特、耐人寻味而深深吸引读者，让人并不觉得烦琐。

此外，小说中对音乐的描写历来为研究者所注意，像第二回写白妞说书一节，已不断为评论者引述。申子平在桃花山听玙姑弹琴，听玙姑与胜姑、扈姑、黄龙子演奏箜篌等，亦堪称绝调。在中国现当代文学作品中，对无形音乐进行具体形象描绘的小说，《老残游记》即使不是独有，至少应是拓荒启林者。

研究者指出，《老残游记》"对布局或多或少是漫不经心的，又钟意貌属枝节或有始无终的事情，使它大类于现代的抒情小说，而不似任何形态的传统中国小说。"[①] 的确，刘鹗钟意于有始无终的非情节化生活片断的描写并借此抒情寄意，但这些不相连属的片断和枝节恰如散珠碎玉般晶莹明澈，虽然没有精心安排和布局，但经过作者的情感浸润和智慧点化，已足够赏心悦目；它使读者在情节、人物之外获得崭新的欣赏元素。刘鹗以散文和诗化笔法写小说，有意破坏以故事情节为中心的传统小说结构模式和叙事模式，与西方现代小说散文化、诗化的发展趋势是一致的，因而在现代中国小说艺术发展史上具有革新意义，对于中国现代小说叙事美学的创立也有着奠基和启示意义。而更值得关注的是，刘鹗的《老残游记》似乎标志着中国现代文学在开创期就与民族主义思想紧密联系在了一起。

---

① ［美］夏志清：《〈老残游记〉新论》，《刘鹗及〈老残游记〉资料》，成都：四川人民出版社 1985 年版，第 477 页。

第 二 章

警世黄钟，觉民木铎：陈天华创作论①

陈天华（1875—1905）死难时刚过而立之年，但无愧为资产阶级革命的宣传家、文学家和活动家。自 1903 年春天官费留学东京弘文书院起，陈天华就投身爱国运动，积极参与组织拒俄义勇队和军国民教育会，"日作书报以警世"，其《猛回头》和《警世钟》两书风行于世，《警世钟》更是在正式印刷前就被翻刻数十版。陈天华还在 1903—1904 年参与组织华兴会、策动江西军队起义、与黄兴密谋长沙起义等，又于 1905 年协助孙中山发起中国同盟会，此后在同盟会书记部工作，不仅是会章起草员，而且同盟会著名文告《革命方略》也出自陈天华之手；此外，陈天华还担任同盟会机关报《二十世纪之支那》（后称《民报》）编辑，发表了《国民必读》《中国革命史论》《狮子吼》等作品。1905 年 12 月 7 日，为抗议日本《清国留学生取缔规则》，更为了抗议《朝日新闻》诋毁中国留学生 "放纵卑劣"，陈天华连夜手书《绝命辞》，第二天蹈海自杀。其言行堪称烈士，足以彪炳史册。

陈天华的著述被后人辑为《陈天华集》，除《述志》《致留学生总会诸干事书》和《致湖南留学生书》等 3 篇为语录或短简之外，真正的著述共 17 篇（部）约 16 万字，主要包括政论文、说唱弹词、政治小说三类文体，整体风格沉郁雄宕，格调悲壮刚烈，布局奇警新颖。陈天华著述以旧形式容纳新思想，将爱国救亡主题与种族革命、新民立人思想有机融会于文本之中，尤其是对国民劣根性和入主出奴心理的批判，促生了

---

① 本节删节稿以《陈天华创作论——20 世纪 "寻根小说" 之视角》为题，刊发于《理论学刊》2012 年第 2 期。

"五四"新文学的启蒙主题。陈天华的著述集思想性、抒情性与现实性于一体，可谓警世黄钟、觉民木铎、醒狮初吼。

第一节　警世黄钟：陈天华的政论文

陈天华的政论文篇篇皆为指点江山、评说时事的雄文，颇得中国传统文章学三昧。比如《论中国学生同盟会之发起》是一篇政治宣言，观点奇警，振聋发聩，起承转合，深具法度。文章开篇点题："中国之亡，亡于学生。"出奇制胜，高起低落，让人想起谢榛《四溟诗话》所谓："起句当如爆竹，骤响易彻"。"承论"部分论述中国学生素质之低，仅把求学当作晋身之阶梯，毕业后甘为官场之傀儡，因而其"学生证书，仅奴隶证书也"。此部分纵深论证，合并归谬，有理有据。"转论"部分指出：中国学生的实力已初步显现，只需更好地组织与引导。此部分条分缕析，对举立论，情理交融。文章结尾则"下一转语曰：中国之兴，兴于学生"，与开篇形成对应，并以奥地利、意大利、俄罗斯为例，畅谈学生在推进社会变革中的重要作用。① 此部分转论新旨，横陈己见，高屋建瓴，又让人想起谢榛所说："结句当如撞钟，清音有余"。——由此文可知，陈天华深谙中国文章学肯綮。

更重要的是，《论中国学生同盟会之发起》等文章提出了一个极富启蒙意味的话题：学生（知识分子）干政。《论中国学生同盟会之发起》将学生置于国家"主人"地位②，认为学生的觉醒是中国内政重振、外交崛起与民众觉醒的关键。《复湖南同学诸君书》对清政府压制留学生抗俄行动极为愤慨，表达了"若真有死之一日，则弟之万幸也"的誓死报国决心；此信还将康梁维新派称为"留学生所最轻最贱而日骂之人也"，显示出作者走向革命的决绝之志。——其实陈天华"一度同梁启超等发生联系，并在其怂恿下，于一九〇五年一月，发行《救亡意见书》于留学界，'提议由留学生全体选派代表归国，向北京政府请愿，立即颁布立宪，以救危亡'。他正准备北上陈情之际，因黄兴和宋教仁坚决反对，并多次进

---

① 刘晴波、彭国兴编校：《陈天华集》，长沙：湖南人民出版社1958年版，第20页。
② 同上书，第19页。

行劝说与辩论，陈天华才终于取消了原来的打算。此后他进一步坚定了反清的革命立场。"① 此中透露出陈天华从维新走向革命的历程，也可洞见其小说《狮子吼》受梁启超《新中国未来记》影响的原因。

《论湖南官报之腐败》论述公共舆论的重要性。此文举重若轻，运用纵横对比手法，将是与非、优与劣"客观"呈现在读者面前。首先，文章从横向上将国际惯例与国内报刊进行了对比。按国际公例，公共舆论、新闻报刊代表民意，是行政、立法、司法之外的"第四种权力"，起着监督政府的作用，故拿破仑说："有一反对报馆，其势力之可畏，比四千毛瑟枪尤甚焉。"而"湖南官报"却只会"献其狐媚、忍其狼心、为虎作伥、视民如寇"，如此情形真是"太阿倒执，杀尽国民之权利，死尽国民之生气，使中国国亡，万劫不能复者，皆此报之罪也。"② 其次，从纵向上将湖南《湘报》与《官报》进行对比。陈天华赞美由熊希龄主办、唐才常和谭嗣同任主笔的《湘报》，称誉此报倡新学、谈民主、抨击时弊，堪称湖南狮子吼；而王莘田主办的《官报》却"软宽其膝盖，倾注其凉血，呕吐其秽杂陈腐之心肝，而昂然为主笔"③，可谓斯文扫地。陈天华在纵横对比中对"湖南官报"进行了辛辣讽刺。另外，陈天华深受"时务文体"影响，与梁启超一样"笔锋常带情感"，有时甚至不惜将自己的态度直接暴露，比如他说："吾他日无杀人之权利则已，若有杀人之权，不杀此种官报之奴才，誓不立于社会。"④ 总之，《论湖南官报之腐败》显示出陈天华等革命家对公共舆论的关注，是现代中国最早系统论述报刊与社会变革、国民性改造关系的政论文之一。

《敬告湖南人》号召湘人乃至全体国民起而抗击列强，宁愿"抵抗死"，勿做顺民任人宰割。他鼓吹革命牺牲精神，奉告国人"不要畏死"。他以历史事实为据加以论证："元人不畏死，而始能以渺小之种族，奴隶我至大之汉种。我中国数千年来为外人所屠割如恒河沙，曾无一能报复之者，则何以故？以畏死故。……是故畏死者，中国灭亡一大原因也。诸君

---

①　刘晴波、彭国兴：《陈天华生平简介》，《陈天华集》，长沙：湖南人民出版社1958年版，第3页。

②　刘晴波、彭国兴编校：《陈天华集》，长沙：湖南人民出版社1958年版，第15页。

③　同上书，第16页。

④　同上书，第17页。

278 中国现代民族主义文学思潮（1895—1945）

于此等关头尚未打破，则中国前途真无望也。"① 文章指出，今日中国之亡又不同于历史上的朝代更替，不仅是亡国更是亡种，中国人将沦为奴隶、牛马、草芥，因而切不可"开门揖盗"，更不能"亡而甘之"。他提醒湖南诸君："此际不为同种人排外族，他日必为异种人诛同族。"至那时，中国人沦为列强傀儡，自相残杀，列强则"凭轼而观"，得其渔利，亡国者再恭顺也不能免遭杀戮……《敬告湖南人》比较典型地体现了陈天华政论文的特点：一是缜密的逻辑性：层层递进，条分缕析。二是强烈的鼓动性：棒喝交驰，打破执迷，以拒俄、爱国和救亡为主旨，号召人民奋起挽救国家危亡。三是炽烈的情感性：晓之以理，更动之以情，利用书信体的抒情特质，开篇即说："某敬告于所至亲至爱至敬至慕之湖南人：呜呼！我湖南人岂非十八省中最有价值之人格耶！何以当此灭亡之风潮而无所动作也？吾思之，吾重思之而不能为诸君解也。"② 宋代爱国诗人陆游《金错刀行》云："楚虽三户能亡秦，岂有堂堂中国空无人。"陈天华的文章所要激发的正是这种爱国抗敌精神。总之，此文典型地体现了陈天华政论文情理兼济的特质。

政论文最重要的文体特征就是针对重大时事做出犀利评点。《绝命辞》是陈天华留给世人的最后文字，是针对日本取缔留学生活动自由的诸规则而作，一方面劝告大家"坚忍奉公，力学爱国"，另一方面直陈自己对政治革命、利权回收、对日问题、宗教问题的看法，所谈都是重大时事，观点清晰，文笔冷峻。《奉劝一般国民要争权利义务》针对中国缺乏民主权利和公民意识，简论国民的八权利、三义务、四条件。其中八权利为：政治参与权、租税承诺权、预算决算权、外交参议权、身命财产权、地方自治权、言论自由权、结会自由权。三义务为：纳税、当兵、借钱给国家。四条件为：要学问、要武力、要合群、要坚忍。这些可以说是中国实现民主政制的前提。《论中国宜改创民主政体》则是一篇政治启蒙书，论述中国政体改革的必要性与可行性。《中国革命史论》批驳梁启超《中国历史上革命之研究》，以进化论眼光谈革命之必要，从三权分立、自由和民主学说的高度，比较中西革命之异同，认为"始皇之政策首在剥夺

---

① 刘晴波、彭国兴编校：《陈天华集》，长沙：湖南人民出版社1958年版，第11页。
② 同上书，第10页。

人民言论、著述、集合三大自由"①，中国自此再无民权可言；法国路易十四施行"朕即国家"的专制，人民则以"不自由，毋宁死"而奋起反抗；当下中国仍然施行封建专制，人民也当起而"革命"，因为"革命者，救人世之圣药也。终古无革命，则终古成长夜矣。"② 民主、自由、人权、爱国等，兹事体大，恰是政论文的鹄的标靶、命义所在。

　　总之，陈天华政论文如同解剖刀一般锋利无比，直指封建专制和国民劣根性，倡导爱国救亡和民权自由，剖疮去脓，刮骨疗毒，在 20 世纪初叶吹响了政治启蒙的号角。

第二节　觉民木铎：《猛回头》和《警世钟》

　　如果说陈天华的政论文主要针对知识精英而作，具有警世钟的作用，那么其通俗弹词和白话演说则主要面向普通民众，宣传民族革命思想，可谓觉民的木铎。

　　弹词③《猛回头》创作于 1903 年夏。同年 10 月湖南留日学生主办《游学译编》月刊第十一期刊登的《再版〈猛回头〉广告》称："是书以弹词写述异族欺凌之惨剧，唤醒国民迷梦，提醒独立精神，一字一泪，一语一血，诚普渡世人之宝筏也。初版五千部，不及兼旬，销罄无余，因增订删改（视原本约增加四分之一）再版。"既指出了作者"唤醒国民"的政治启蒙主旨，也透露出此书在当时的受追捧程度。《猛回头》以韵白相间、说唱结合的通俗文学样式，讲述了一系列重大问题：评述中国历史，分析现实局势，批评保皇立宪，痛陈亡国之耻，列举印度、波兰、安南、

---

　　① 刘晴波、彭国兴编校：《陈天华集》，长沙：湖南人民出版社 1958 年版，第 219 页。

　　② 同上书，第 215 页。

　　③ 权威工具书释义说："弹词，也叫'南词'。曲艺的一个类别。表演者大多一至三人，有说有唱。乐器多数以三弦、琵琶或月琴为主，自弹自唱。有苏州弹词、扬州弹词、四明南词、长沙弹词、桂林弹词等。其他如绍兴平胡调等也属这一类。传统曲目多为长篇。明中叶已有弹词演出的记载。"（《辞海》1999 年版缩印本，上海：上海辞书出版社 2002 年版，第 1636 页。）又："弹词，一种把故事编成韵语，有白有曲，以弦索乐器伴唱的说唱文学。流行于南方。宋末有西厢记传奇，只谱词曲，尚无说白。明杨慎有二十一史弹词。清代更为盛行，如天雨花、笔生花、再生缘、凤双飞、珍珠塔，都是分成章回的大部弹词。参阅清毛奇龄《西河词话》。"（《辞源》，北京：商务印书馆 1983 年版，第 1056 页。）

犹太、非洲、南洋、澳洲等国的亡国灭种史实，以期唤起国人反满复汉的斗志。作者提出了"十要""四学"和"四莫学"：建设国家"要学"那法兰西、德意志、美利坚和意大利；做人做事"莫学"张弘范、洪承畴那样的卖国贼，莫学曾国藩为仇尽力，莫学叶公超弃甲丢枪……字里行间充溢着强烈的资产阶级民族革命思想。

《猛回头》回望汉民族历史，饱含着政治民族主义思想和文化民族主义深情，其"历史叙事"具有强烈的现实影射性，因而做到了历史性与时代性、文学性与政论性的有机结合。比如"猛回头"一节中的弹词唱段长达124句，简要概述汉族历史，从以下引文可窥其题旨要义：

> 自此后，我汉人，别无健将；
> 任凭他，屠割我，如豕如羊。
> 元鞑子，比金贼，更加凶狠；
> 先灭金，后灭宋，锋不可当。
> 杀汉人，不计数，好比瓜果；
> 有一件，俺说起，就要断肠！
> 攻常州，将人膏，燃做灯亮；
> 这残忍，想一想，好不凄凉！
> 岂非是，异种人，原无恻隐；
> 俺同胞，把仇雠，认做君王。
> 想当日，那金元，人数极少；
> 合计算，数十万，有甚高强！
> 俺汉人，百敌一，都还有剩；
> 为什么，寡胜众，反易天常？
> 只缘我，不晓得，种族主义；
> 为他人，杀同胞，丧尽天良。
> 他们来，全不要，自己费力；
> 只要我，中国人，自相残伤。
> 这满洲，灭我国，就是此策；
> 吴三桂，孔有德，为虎作伥。
> 那清初，所杀的，何止千万；

哪一个，不是我，自倒门墙！①

这段文字不仅讲明了"种族主义"在推翻满清革命中的作用和意义，而且指出了汉人之所以在"以多敌少"的战斗中屡屡失败的原因，那就是"中国人，自相残伤"，以及好死不如赖活的苟且畏死的奴隶性，这就具有了批判国民劣根性的指向。另外，《猛回头》还指出："汉人做满洲人的奴隶是做惯了的，自然安然无事，我们是奴隶的奴隶，各国是主人家的主人家，何等便当。"② 因此可以说，鲁迅继承了陈天华的这一思想，总结出中国历史就是"一，想做奴隶而不得的时代；二，暂时做稳了奴隶的时代"的结化，从而唤醒人们争取"人"的资格和"第三样时代"的到来③。我们由此可以发现五四新文化运动批判国民性思想所来有自。

值得注意的是，《猛回头》的唱词部分还综合运用了律诗、弹词、戏曲、评书等传统文学手法，许多段落合辙押韵，朗朗上口，易于传唱，比如开篇"黄帝肖象后题"一节是一篇押韵的诗文，分为"哭一声我的始祖公公！"和"哭一声我的同胞弟兄！"两段，铿锵有力，动人心魄，在追述祖先圣迹的过程中续接民族精神血脉。尤其在上引段落中，每一句都保持了整饬的句式和"三、三、四"的音节，如同进行曲的节奏或行进队列的步伐，铿锵有力；更令人惊喜的是，这是一种白话叙事诗体，颇有史诗韵味，不仅有叙事而且有思想、有意象，因而具有文体学价值。陈天华之所以能熟练运用弹词等通俗文学形式，除了其政治启蒙意图和较高的艺术天赋外，也与他自幼喜欢长沙弹词、戏曲等民间艺术有关。

陈天华 1903 年秋天完成的"最新新闻白话演说"《警世钟》是其另一部重要作品。此时的中国面临瓜分豆剖之势，他写就这篇大痛哭、大感叹的文章，意在唤醒国人的民族心。"演说"第一句就道出了全篇主旨：洋人来了，"这是我们大家的死日到了！"④ 此后层层推进，历数洋人给中

---

① 刘晴波、彭国兴编校：《陈天华集》，长沙：湖南人民出版社 1958 年版，第 33—34 页。

② 同上书，第 30 页。

③ 鲁迅：《灯下漫笔》，《鲁迅全集》第 1 卷，北京：人民文学出版社 2005 年版，第 225 页。

④ 刘晴波、彭国兴编校：《陈天华集》，长沙：湖南人民出版社 1958 年版，第 60 页。

国人带来的苦难，列举国人应采取的对策，提出了"十须知"和"十奉劝"的警世之语，而每一层意思都由三个叹词起兴，比如"苦呀！苦呀！苦呀！""恨呀！恨呀！恨呀！""真呀！真呀！真呀！""痛呀！痛呀！痛呀！""耻呀！耻呀！耻呀！""杀呀！杀呀！杀呀！""奋呀！奋呀！奋呀！"极为醒目提神，也标示出文章层次。

陈天华知道，在通俗演说中，一个浅显的实例所包含的震撼人心的力量，远远大于高蹈凌虚的空洞说教，因此他罗列诸多史实来阐明意图，比如在"耻呀！耻呀！耻呀！"部分除了举出"狗与华人不得入内"、日本人和印度人侮蔑中国人的言行之外，还举了一个"极讲公理"的美国人对待中国人的例子，来激发国民的知耻之心：

> 耻呀！耻呀！耻呀！你看堂堂中国，岂不是自古到今四夷小国所称为天朝大国吗？为什么到如今，由头等国降为第四等国呀？外国人不骂为东方病夫，就骂为野蛮贱种。中国人到了外洋，连牛马也比不上。美国多年禁止华工上岸。今年有一个谭随员，无故被美国差役打死，无处申冤；又梁钦差的兄弟，也被美国巡捕凌辱一番，不敢作声。中国学生到美国，客店不肯收留。有一个姓孙的留学生，和美国一个学生相好。一日美国学生对孙某说道："我和你虽然相好，但是到了外面，你不可招呼我。"孙某惊问道："这话怎讲？"美国学生道："你们汉人是满洲的奴隶，满洲又是我们的奴隶，倘是我国的人知道我和做两层奴隶的人结交，我国的人一定不以人齿我了。"孙某听了这话，遂活活气死了。……①

这样的演说与举例自然会引发同仇敌忾的义勇，达到"知耻而后勇"的激励效果。而陈天华过人之处在于他将救亡爱国与盲目排外做了区分，正如在"十须知"第七条至第九条指出："第七，须知要拒外人，须要先学外人的长处""第八，须知要想自强，当先去掉自己的短处""第九，须知必定用文明排外，不可用野蛮排外。"这些言论具有辩证性与现代性。而他所的"十奉劝"至今仍具有警世意义：

---

① 刘晴波、彭国兴编校：《陈天华集》，长沙：湖南人民出版社1958年版，第69页。

第一，奉劝做官的人，要尽忠报国。

第二，奉劝当兵的人，要舍生取义。

第三，奉劝世家贵族，毁家纾难。

第四，奉劝读书士子，明是会说，必要会行。

第五，劝富的舍钱。

第六，劝穷的舍命。

第七，劝新、旧两党，各除意见。

第八，劝江湖朋友，改变方针。

第九，劝教民当以爱国为主。

第十，劝妇女必定也要想救国。

这些苦口婆心、焦唇干舌的奉劝，透露出作者忧国忧民、心怀天下的热情衷肠，由此可知陈天华已将国家复兴、种族革命与新民立人的主题联系在一起，对中国政治、文化以及文学的现代化起到了继往开来的推动作用。

第三节　醒狮初吼：小说《狮子吼》

谭人凤是辛亥革命领导者之一，他称赞"陈天华小说动众"[1]，这主要是指陈天华的《狮子吼》。后世读者见到这个题目，往往想起拿破仑1817年会见英国出使中国使团团长阿美士德时说过的话："中国是一头沉睡中的狮子。狮子睡着了，连苍蝇都敢落到它的脸上叫几声。但中国一旦被惊醒，世界都会为之震动。"那么我们不妨说，陈天华的《狮子吼》就是20世纪初叶的中国发出的第一声狮吼。

《狮子吼》是陈天华唯一的小说，也是一部未完成稿。陈天华蹈海自杀后，其好友宋教仁于1906年1月22日至东新译社查询陈天华遗文时，得到了《狮子吼》原稿，宋教仁日记写道："……至东新译社访曾拚九，询陈星台遗文存者有几，遂得其《狮子吼》小说及所译《孙逸仙传》，余皆欲为之续竟其功者，遂持回。拚九欲再刻其《绝命书》，乃偕拚九至秀

---

① 谭人凤：《石叟牌词》，《谭人凤集》，长沙：湖南人民出版社1985年版，第337页。

光社，嘱该社用《民报》中该书之纸型印刷焉。"① 《狮子吼》立即在此年《民报》第2、3、4、5、7、8、9号"小说"栏内分七期载完。

《狮子吼》原有一个精密的艺术构思和详细的写作计划，这可从"楔子"中看出端倪：陈天华计划全书约30万言，分为前后两部，前部"言光复的事"，后部为理想之言——这显然是一部宏大的长篇小说架构。可惜陈天华仅完成了前八回，只是关于革命现实的书写。由此可以推想，陈天华当时可能并不急于发表此作，至少他想做一个中国革命历史的纪录者，待革命成功后再发表此小说。但即使仅此八回，依然内容异常丰富，情节曲折动人。

小说"楔子"部分夹着一个单折杂剧《黄帝魂》，由一个"新中国之少年"的说唱，展开浪漫幻想，以倒叙手法回首"当年"革命者反封建反帝国主义侵略的勋绩，歌颂先驱们为中国独立自由和建立共和国所做出的牺牲……可以说这里有作者关于新中国的蓝图，表达了充沛的革命激情、对祖国未来的憧憬向往及其乐观的必胜信念。读者由此也不难看出，《狮子吼》的开篇结构与梁启超《新中国未来记》有着相似性，也留下了陈天华从早期维新思想最终走向革命的印迹。

《狮子吼》最精彩之处是描述现实社会的部分，具有"自叙传"意味。从戊戌变法失败、八国联军侵略中国、自立军起义、苏报案，至作者亲身经历的拒俄运动、参加"华兴会"并联络会党首领马福益、留学日本从事资产阶级革命活动，乃至作者出身家世、求学历程与交谊关系，都能在小说中找出线索。可以说既描写了广阔的时代背景，也汲取革命党人和爱国志士的种种事迹，还结合自身经历和生活体验，从而合成了"狄必攘"这一典型环境中的典型人物，真实地反映了辛亥革命以前中国社会转型时期的严酷现实，表现了资产阶级革命派最为激进的反满反帝的民族主义思想。

《狮子吼》第二回是全书发扬种族主义思想的总纲，厘清了"为什么革命"的问题。首先，作者重点描述清王朝的残酷统治，大段引录《扬州十日记》，追述清朝建国之初大肆残杀汉人的史实，同时表彰一批反清志士的事迹。其次，重点叙说道光以来西洋列强的侵华战争及清政府的腐

---

① 宋教仁：《我之历史》，《宋教仁集》，北京：中华书局1981年版，第566页。

败无能，尤其是那拉氏擅政，丧权辱国，割地赔款，民穷财尽，国势日危，中华民族遭受无尽灾难，人民蒙受奇耻大辱，水深火热，备受煎熬，等等。

《狮子吼》第三、四、五回描写了作者心中的乌托邦"民权村"，勾画"建什么样的国"的蓝图。不仅书写了民权村的反清壮举，更描写孙念祖为代表的新一代在老师文明种教育下形成了国家思想、民权思想、反封建思想，其思想武器则是《民约论》和黄宗羲著作。——在第四回中，孙念祖提倡地方自治，狄必攘鼓动道德自律和尚武精神，隐然就是作者的"革命方略"。

第六回写孙念祖、孙女钟等留学美国德国，而狄必攘则深入内地联络会党，以期展开民族主义革命，所揭示的是"如何革命"问题。狄必攘因为"平日听说上海是志士聚会之所"，因而先到上海，却大失所望，原来这里的所谓"志士"已与政府同流合污、沆瀣一气，被世人讥为"鹦鹉志士"，毫无反满爱国之志。他乘船去了汉口，这里会党如林、风气大开，他结识了陆地龙、张威、饶雄、石开顽、周秀林、杨复清、王必成、陈祖胜等头领，各路头领召开秘密会议，公推狄必攘为总头领，成立"强中会"，立下十条新会规，宗旨为"富强中国"，会规明确指出："会规中所谓国家，系指四万万汉人公共团体而言，非指现在之满洲政府"，还确定了"严禁保皇字目，有犯之者，处以极刑"等规定，以及"设立学堂、报馆，或立演说会、体操所"等会员义务。随后，狄必攘去四川联络康镜世、马世英等，大家达成共识："要自强，必先排满，要排满自强，必先讲求新学，这是至断不移的道理。"两会遂合并，共谋大计。此后，狄必攘带文明种回到汉口，商议开设工厂、办半日学堂、开时事新报馆、设体育会等事宜。第八回结束时描述道：

> 从此无业游民，化为有用，绿林豪杰，普及文明，五千里消息灵通，数十万权衡在握，诚为梁山上一开新面目了。不上半年，联络了十几起会党，东西洋的留学生，都联为一气。在美洲的留学生领袖，就是念祖，在欧洲的留学生领袖，就是肖祖。这两处的领袖，都是必攘的同学，不要讲是常常通信的。东洋的留学生领袖，名叫宗孟、祖黄。这两人与必攘平日没有交情，就在近今几个月内，慕了必攘的

名，和必攘订交的。留学生空有思想，没有势力，所以都注目必攘身上。必攘的声势，就日大一日。五个工厂，添到十个，报馆也十分发达。①

　　小说第八回写至狄必攘突然接到东洋留学生来信戛然而止，《狮子吼》也因为陈天华的蹈海自杀而中断，给读者留下了巨大空白。但是从残存的八回中仍可看出：一，《狮子吼》是晚清资产阶级民主革命思想的宣言书。它虽然受到梁启超《新中国未来记》的文体结构方面的影响，但思想却迥然不同，比如它明确反对保皇派，批判义和团式的盲目排外，主张学习西方先进经验，抨击张献忠和李自成的滥杀无辜等，保持了人文主义的清醒立场，具有同时代的文学家所难以企及的前瞻性、启蒙性。二，《狮子吼》是一部现实主义与浪漫主义相结合的政治小说。它一方面具有大开大阖的史诗结构和全方位纪实的构想，小说中的许多史实都真实可考，另一方面又塑造了狄必攘这一理想化的人物，他具有流浪汉气质，其经历则充满浪漫化的巧合。这使得小说具有历史和审美的双重价值。三，《狮子吼》将中国传统小说艺术手法进行了创造性整合，比如继承了章回体式、花开两朵各表一枝的叙述手法、"故事中心"的结构与说教功能等手法，将通俗性贯穿始终，使贩夫走卒均可读懂。这种扎根于中国本土民间艺术的"旧瓶装新酒"做法，极有利于民众的接受。只不过小说"所载之道"已非传统封建思想而是资产阶级革命思想。——相比较而言，五四新文学在语体上以"硬译"的西方语法为标准，与中国人的阅读习惯不符，反而妨碍了新文学的传播。

　　总之，忧患意识是中国文学的优秀传统，这种传统在现代中国文学中得到了传承与发扬，而陈天华可谓 20 世纪中国政治民族主义文学的开山者。陈天华的文章著述和爱国行动在当时起到了极大的鼓呼作用，因而被称为"革命党之大文豪"。其《警世钟》《猛回头》等著作因为"咸用白话文或通俗文，务使舆夫走卒皆能了解，故文字小册散播于长江沿岸各省，最为盛行，较之章太炎《驳康有为政见书》及邹容《革命军》，有过

---

① 刘晴波、彭国兴编校：《陈天华集》，长沙：湖南人民出版社 1958 年版，第 168 页。

之而无不及。"① 当然，陈天华也有时代局限性，比如他的大汉族主义思想，再如他因为反对游牧文化对中原文化的侵略而未将元、清版图内的疆土列为中国领土，又如多处称满族、蒙古族、藏族为野蛮人等。这是时代留给作者的烙印，后世者不可求全责备。

---

① 冯自由：《〈猛回头〉作者陈天华》，《革命逸史》上册，北京：新星出版社 2009 年版，第 272 页。

第 三 章

反对内战，共御外侮：黄震遐创作论

目前进行黄震遐①研究仍然非常困难，因为他是鲁迅与茅盾批评的国民党"御用文人"或"鹰犬"作家②；大陆当代仅有的一篇论文仍延续"左联"话语，认为"《陇海线上》：'国家'就是南京政府""《黄人之血》：大亚细亚主义背后的反苏意识"，质问"《大上海的毁灭》：是赞扬抗日英雄，还是为对日妥协政策辩护？"③而没有联系"中东路事件"来做出知人论世的评价。而当我们从生态文化学角度重审黄震遐的创作，就不难发现其时代合理性、审美的创造性。

第一节 《陇海线上》：一部反对内战小说

《陇海线上》是一部反内战小说，具有以诗证史的意义。作者以自己的亲身经历揭开了 1930 年中原大战的真相一角，客观真实地描述了战争

① "黄震遐（1907—1974），笔名，东方赫，广东南海人，1907 年（清光绪三十三年）生。曾任上海《大晚报》记者。1930 年与潘公展等提倡民族主义文学。抗日战争期间，奔走于陕西、甘肃、新疆等地，曾作《新疆日报》社社长。1949 年往香港，先后任《香港时报》主笔，《中国评论》社副社长。1973 年任美国兰德公司顾问。1974 年在九龙病逝。终年 67 岁。著有《陇海线上》《黄人之血》《大上海的毁灭》等。"徐友春主编：《民国人物大辞典》，石家庄：河北人民出版社 1991 年版，第 1130 页。黄震遐主要作品有：长篇小说《陇海线上》（《前锋》月刊第 5 期）、《大上海的毁灭》（大晚报馆发行，1932 年初版）、诗剧《黄人之血》（《前锋》月刊第 7 期）、史著《中日俄战争评论》（现代书局 1934 年 7 月 20 日初版）和《迦太基之国史》（中央航空学校 1937 年版）。

② 石崩（茅盾）：《〈黄人之血〉及其他》，《文学导报》1931 年 9 月 28 日第 1 卷第 5 期；《茅盾全集》第 19 卷，北京：人民文学出版社 1984 年版，第 282—292 页。

③ 钱振纲：《论黄震遐创作的基本思想特征》，《中国文学研究》2002 年第 3 期。

的血腥残酷。而战争的酷烈程度是绝非躲在书斋中的文人所能想象的。在总攻之夜，"震天动地的铁炮声，便是从夜间十时开始，一直打到天明，其间所用的炮弹，恐怕总在一万发以上，步兵的冲锋也总有十余次，天暗地惨，鬼哭神嚎，雄壮，悲厉，恐怖，激愤，紧张，凄颤，似乎世界的末日已到，似乎人类都变成了发狂的疯狗。"① 他用"零度情感"描写出了战斗结束后的死亡气息：

　　黯灰色的沙地上堆满了死人，于黑蓝色的破衣中，显出黄蜡般的脸与手，许多半睁着的眼睛也是青灰色，坚硬有如石头的胸部上停了许多乌鸦，在奇妙的晨光之中，闪烁着它们那小而亮的红眼睛，丑态百出地啄食着死人半干的血和肉块。一个胸口打碎了的伤兵慢慢爬到水边，突然发起狂来，睁大他那含着雾的眼睛，伸出枯枝般的冰手指着天上的红云，力竭声嘶，发出秋虫般的声音，愚笨地叫着，"上海！上海！"

作者闻到了"战争的臭味"："许多灰色的土堆的上面都插着一块牌子，上面写着某某班长或士兵的名字，下面泥土松处，又显露出一副破烂的棺材，从那被野狗咬开了的薄板里呕出凶臭的衣服、一片片的腐肉和青灰色的骨头来。"可以说，在中国战争文学史上从未有过如此真实刻露的死亡叙事。

　　兴，百姓苦；亡，百姓苦。由于长期内战兵燹，老百姓痛恨一切"兵"；他们分不清什么"主义"，但有着切身的生命感受。自1927年起，河南境内先是张宗昌和冯玉祥打仗，后是蒋介石与冯玉祥交火，老百姓们经受的屠杀焚烧、奸淫掳掠之事已不知有多少，他们对军队恨之入骨，一望见穿制服的人就想动手收拾掉；民众或加入土匪，或组织黄龙会、红枪会等民间团体，与军队周旋以保护自己，甚至形成了不爱钱财而更爱武器的彪悍民风：

_____

　　① 黄震遐：《陇海线上》，《前锋》月刊第5期。本节所引《陇海线上》引文均出于此，不再注。

民国十六年曾经出了一件事，当张宗昌退却的时候，后卫的一营人，十余架机关枪，竟完全被老百姓掳去。据说在纷乱的战斗中，许多小脚老太婆，每人都背了四五根抢来的步枪往家里奔跑。

因此，国民军在进入河南境内之后，无论巡逻、作战还是休整时，都小心翼翼，唯恐被百姓抢去武器，"每天晚上站在那闪烁的群星之下，手里执着马枪，耳中听着虫鸣，四周飞动着无数的蚊子，样样都使我想起法国'客军'在非洲沙漠里与阿剌伯人争斗流血的生活"。但晚上仍有三个大刀队来袭，"我"第二天带领七人搜索村子，却被村民在高粱地里冲开，"罗敏"被杀，另一人屁股中弹……

上文中关于"客军"一笔，最为左翼批评家诟病。但深入体味就能发现其中另有秘密：首先，真实地揭示了战士的紧张恐惧与厌战心理，这是只有亲历战事的人才能体会到的。其次，反映了当时军民之间的隔阂，让人联想到杨人楩《论内战》中的论述："战争是集体的犯罪，内战尤然。……一、生命的伤害——伤亡、疬疫，与屠杀；二、物质的毁灭；三、经济的崩溃；四、人权遭受蹂躏（贤如林肯，亦曾取消人身权）；五、外力的干涉；六、文化衰落；及七、道德堕落。有些史学家认为战争有沟通文化的功用；内战却连这一点用处也没有，因为它是发生在同一文化的民族中。道德堕落是无形的损害，然而也是最足以断丧元气的损害。参加内战的一方，为着要克服其敌人，不免要猜疑、嫉妒、虚伪、欺骗、阴谋，甚至有丧失人性的残暴。处于夹攻中的人民，为着生存不能不降低其道德水准，以期逃过炮火与猜疑的二重威胁。人生态度非流于厌世与玩世，便是投机取巧以苟活，敢于坚持一己的操守而与现实斗争的，定是少数中的少数。内战时期愈久，好人愈不易生存，留下的纵非全是坏人，却可能是些懦夫与乡愿。"① 由此可以看出《陇海线上》对于内战对国民性的摧残。再次，"客军"一笔是黄震遐"知识分子写作"的习惯使然。黄震遐因为熟悉西方文学和历史典故，因而常在小说中信手拈来以营造"异域情调"。不仅《陇海线上》有"客军"一笔，还有对白俄雇佣兵的描写，这都是知识分子写作的用典惯例。而这种习惯到他写作《大上海

---

① 杨人楩：《内战论》，《观察》1948 年 3 月 20 日第四卷第四期，第 3—18 页。

的毁灭》时已显露出其弊病，比如女主人公露露最爱看埃及艳后"克柳巴得腊传"，并常将自己想象成女皇："闭上眼睛，身体仿佛躺在尼罗河的画舫里，香风阵阵，笙歌在金波玉液里浮荡着。向上望去，那是又蓝又黑的埃及天，有成千眼睛似的星宿闪烁着，向左边望，金字塔巍峨的黑影矗立在银色的沙上，狮芬克司静穆地瞪开它那永无光采的大眼，向右边望，那是西奈的旷野，有棕色的山与深黑的柏树悬亘着，红海浮着珊瑚岛赤色的水草，滚滚地向尼罗河岸扑来。接着，踏着黑奴的身体与紫花的残瓣走回宫去，大理石柔滑的石阶在她那站起来的，女皇的长袍之下逐渐后退，于是，鱼膏灯在殿前辉煌着，文武百官挟来罗马进步的消息，她就独自站在高坛之上，长而白的纱裳在地中海的风里飘舞着，望着她的那些雪亮的戈矛，黑色的军队，无数的战马以及骆驼。再远些，在碧绿的海港里，又有那些数不尽的，红的，黄的，白色的帆，准备到产生人鱼的海琴海里去抵抗。"[1] 黄震遐喜欢化用外国历史典故，使其小说具有了"知识分子写作"意味，然而对异国情调的追求一方面使作品失去了"民族主义文学"的民族性，另一方面也在"知识卖弄"中暴露出许多为人诟病的漏洞。

　　总体来看，《陇海线上》是一部有才华的小说，尤其是在题材上填补了现代中国文学战争小说的空白，也启动了万国安、黑炎等战争小说的写作。如果更进一步分析，我们可以将其看作报告文学、战地采访录或日记体小说。它有些粗糙，却对新文学文体具有开拓意义。难能可贵的是，小说不仅状写了战争的残酷，而且字里行间充满了对底层士兵与民众百姓的悲悯之情，因而可以说：写战争是为了反战争，这是黄震遐的过人之处。

第二节　《大上海的毁灭》：一个人的抗战

　　《大上海的毁灭》[2] 因遭到"左联"批评家的讽刺而"臭名昭著"；

---

　　① 黄震遐：《大上海的毁灭》，上海：大晚报馆 1932 年初版；上海书店 1989 年影印版，第 115 页。

　　② 黄震遐：《大上海的毁灭》，上海：大晚报馆 1932 年初版；上海书店 1989 年影印版。本节页内夹注均出自此版本。

但后世学者将其列为"海派作家的代表性作品"①。那么这究竟是一部怎样的作品呢？我们应做的是知人论世并触摸原作！

《大上海的毁灭》除"小引"之外，主体包手三部分："旷野与都会"，"某便衣兵的日记"和"一切毁灭"。"旷野与都会"主要通过十九路军罗连长与女友阿英的通信，将上海租界内的奢华生活与十九路军的战斗场景进行了对比描写②。战争描写充满了力量，而闺闱描写则无限春光，的确是海派的风格，但又超越了海派的局限。

"一·二八"会战至3月1日结束。3月4日，十九路军六十师五团三营的官兵担任掩护主力撤退的任务。小说开篇就显示出宏大视野，这可以说是黄震遐作品的一贯作风。而黄震遐笔下的官兵都是真实的"人"，而非脸谱化的英雄或忘我无私的人："一种柔和的情感——生命的贪恋，就不禁流露在各人的眉宇上；尤其是，那些有家室的人"。连长罗毅心脸上挂着笑容，是因为他"马上就要结婚了"，他深爱着的阿英姑娘时时写信向他表达思念之情……这样的描写凸显了人性的丰富、生命的可贵。其实黄震遐不仅在小说中这样描写人性，他还在稍后出版的《中日俄战争评论》中这样描写十九路军战士："爱钱，爱赌，喜欢女人，打扮得干干净净，这是真正的十九路军；打仗一定要胜，打胜仗一定要冲锋，最爱听前进号，这也是真正的十九路军。"③ 因此可以说，在现代中国文学史上对军队做如此描写的，黄震遐的小说可谓绝无仅有。小说没有将那些战士

---

① 魏绍昌主编"海派小说专辑"不仅将黄震遐《大上海的毁灭》归为"海派小说"，而且排在此专辑第一位。此辑中的其他"海派小说"有崔万秋《新路》、林徽音《花厅夫人》、李同愈《忘情草》、予且《两间房》、苏青《结婚十年正续》、丁谛《凤仪园》、东方蝃蝀《绅士淑女图》、潘柳黛《退职夫人自传》、严良才《惆怅》、叶鼎洛《男友》、叶灵凤《灵凤小说集》、倪贻德《东海之滨》、罗皑岚《招姐》、陶晶孙《音乐会小曲》、王独清《独清自选集》、周全平《苦笑》、张资平《爱之焦点》、穆木天《旅心》等。

② 黎锦明著《战烟》（天马出版社1933年版）在结构上明显受到黄震遐作品影响。六万字《战烟》以少尉排长李雅亭为中心人物写前方的战备、最初的接触、八字桥大战以及受伤后而往后方医院就医，伤愈回故乡，看到农村的破产。中间穿插富人玉娜、琇娜一家逃难，以及侵略者对战区人民的惨杀；还有外国老绅士安斯坦的沪战目击。陆春霖在《现代》1934年1月1日第4卷第3期发表的同题书评说："一·二八"事变过去两年了，但是除了一些片断，没有什么像样的写作"为这一回的伟大的革命民族战争，在文学领域上，竖立一座不朽的纪念碑"，"这真是中国文学的界的一个耻辱"。书评在此基础上肯定了《战烟》的意义，却有意忽略了黄震遐作品的意义。

③ 黄震遐：《中日俄战争评论》，上海：现代书局1934年7月初版，第53页。

塑造成"不死的英雄"，相反，小说第一节就将处于热恋中的罗毅心送到了死神手里。这是将人生最有价值的事物撕毁给人看，因而是一种真正的悲剧手法，这也为小说全篇奠定了沉郁悲壮的叙事基调。

黄震遐有意将战争前、后方的情形进行对比，一方面描写前方战士的浴血奋战，另一方面批判租界区里那些醉生梦死的人。黄震遐在描写租界生活时展示地道的海派"新感觉"风格。比如交际花露露的生活舒适慵懒，俨然末日狂欢：

> 十一点半的时候，露露才从她那温软的，洒过上等香水精的床上起来。
>
> 阳光又懒又醉，她也又懒又醉。
>
> 站起来，走近窗口去，刺目的午光穿过淡红的窗帘停留在她的胸脯上。她把这窗帘拉开，外面正摇摆着春天的，新嫩的绿叶，其上是炎热的，淡青的天，她望了望，感觉到这宇宙是充满了生之欢乐。
>
> 依旧醉着，用力地伸了伸懒腰，把她那新近烫过的，乌亮的头发披散在圆圆的肩后，随即，很快的跳到隔壁的浴室里去。当她这样迅速的一转身时，她那丰满的胸脯是有如花之颤动（第17页）。

根据后文的介绍，露露原是教会学校的学生，后来当了舞女、交际花、姨太太，最后成了买办卢耀明的太太。"一·二八"事变后，卢耀明失踪若干天，她却并不为此忧伤，依然快乐地生活着，并与米司特张、草灵等异性展开闪电式恋爱；也正是她引导纯洁的阿英走上了另一条路，最终被米司特张诱奸。在露露心中，"女人最重要的，是姿态，再进一步要研究怎样给人以幻美的，梦的感觉了"（第18页）；她是一位带有严重自恋倾向的"妖丽的，魅人的女性，在她那深黑的眸子里正闪着青春的火花，此外，又有那细长的，一半是人工的眉毛，那悦目的，圆而小的鼻孔，还有，这两片猩红的，抖动着肉情的嘴唇，多少的奴隶曾经跪着要求接近它？望下去，这滑腻的，微长的头颈，它是这魅人的蟒首的架子。接着——胸脯，自由发展着的，女性的胸脯，谁有这样完整活泼，听话的乳头呢？"（第18—19页）《大上海的毁灭》这类"颓加荡"的描写丝毫不比穆时英"新感觉"小说逊色，这恐怕正是它被归为"海派小说代表作"

的原因吧！

阿英来看望露露，她们聊起了罗连长，也聊起了露露的新情人草灵的失踪。小说至此，关于"草灵"还是一片空白，这样的悬念吸引着读者往下读。而小说在这一对美女谈天说梦之际，倏然冰冷地插入一句："这时候，黄渡车站一只黑而大的野狗，正啃着罗连长的脑袋"（第22页）。这是波特莱尔式的冷酷力量，巨大的反差令读者心悸不已。

阿英得知罗连长牺牲的消息后伤心欲绝，而露露也从林医生处取到失踪了的草灵的日记。露露在百无聊赖之时开始阅读"某便衣兵的日记"。小说由此进入第二部分——一个隐秘的内心世界[1]。"某便衣兵的日记"通过草灵的个人经历和所感所思倒叙了"一·二八"事变后的上海故事。上海战事爆发时，草灵正跟林医生做学徒，他激于爱国心和责任感而要求参军，但战时没有征兵机构，只能以便衣兵身份参加"决死队"，在敌后扰乱敌军并在我军反攻时截断敌人后援。"决死队"按计划在午夜12点开始行动以配合翁旅长的反攻。但由于战略部署变更，翁旅长换防到他处并且没有及时通知"决死队"。于是"决死队"按原计划做了一次无援的冒险："西装的，短打的，在屋顶上跨来跨去，无论是洪门，三点会，国民党，共产党，国家主义者，现在都是同志，而且是不欺不骗的共生死的同志"（第153页）。"决死队"数百人最后弹尽被俘，当晚有200多人被杀，另有50多人被俘并在第二天被押至"俭德储蓄所"。此时又有一位西装革履的男子被抓进来——他是露露的丈夫卢耀明，他到储蓄所取钱时，被当作抗日分子抓了进来。不久，日本陆战队开始斩杀俘虏。当卢耀明被日军陆战队拖出去时将皮夹和名片遗失在地上。就在关键时刻，十九路军的一个战术性反攻解救了草灵等人，草灵回到租界，按卢耀明名片上的地址去送钱夹，但那位太太（露露）并不太关心丈夫的安危而只在意皮夹里的钱——草灵那身又脏又破的衣服使她怀疑草明另有所图，草灵感到受了侮辱，愤然离去。露露此时才明白草灵是一个少有的正人君子。

---

① 《大上海的毁灭》运用日记体也留下了缺憾，比如小说最后，日记全部抄录罗连长写给阿英的一封长信，这本身就应是一个漏洞，何况日记最后又变成了第三人称叙事，不仅记下了草灵的出走，还有他在路上遇到汽车抛锚的密司脱张和露露。但相比于这些疏漏，"日记体"通过人物内心的心理流程而构成了一种心理现实主义，有利于反映海派物质化生活造成的"新感觉"。

草灵怀着满腔忠诚、义勇和责任心，想在租界里继续抗日活动，但租界内的"抗日行动"只不过是演说、争辩、谩骂，全无真诚可言；他开始怀疑自己的牺牲是否值得，并陷入了矛盾与苦闷之中；他渐渐与露露走到了一起：逛公园、聊天、吃饭、约会，picnic、游泳。露露向草灵灌输金钱第一、物质至上的人生哲学，并用精心策划的天方夜谭似的"神迹"与"鬼影"来诱惑草灵。草灵的日记写道：

> 世界尽管轰轰烈烈地转动着，与我有什么关系呢？在这巴格达式子的 HAREM（闺房——引者注。）里，黑暗弥布着甜蜜以及幽静……
>
> 时间，它好像帮助我们似的，只是慢慢地爬着，不时，我觉得露露那温白的，滑腻的手臂围绕着我的头颈，又疲乏地放下，微喘着，而我的手也自由而放纵地抚摩着她，大胆好比那些森林中的 SATYR（希腊罗马神话中的半人半兽的森林之神——引者注。）似的。……天方夜谭的神迹又在我心中活跃着。于是，当我望着那红纱灯的时候，就联想到方才那绛色的魔光下，枕畔散乱着海浪似的柔发，她那蔷薇色的肉体是怎样在色情的火焰里抖动着……
>
> 在魔术的红光之下，有时，她又变得极端地放纵，像"酒神节"里的那些 NYMPH（希腊罗马神话中居于山林水泽中的仙女——引者注。）似的，半浸在鲜红的葡萄液里，婉转地撑拒着，一声声吐出那魅人的呼喊。有时，我又看见她那细长的，灵巧的眉毛微微扬起，圆而小的鼻孔因呼吸过急而颤动着，更其是，眼睛，她那澄清的，发亮的，黑而大的眼睛，现在，在色情的焚烧里变做了一条出水的，多毛的缝……最后，那百合精的妖气又窒息了我，于是，我就睡倒在那起伏着的胸脯上，梦着。
>
> 黑暗而甜蜜，不知过了多少时候，梦中的我，像一个迷途的阿剌伯人似的，怀抱着明月睡在沙漠里（第 231—232 页）。

在随后的几天里，他们陷于疯狂的爱欲昏热之中，草灵甚至把他们的关系想象成"女皇与面首""贵妇与她的宠物小狗"；而露露也在狂热之中表示愿与卢耀明离婚而与草灵结合，并计划第二天去杭州。草灵回林老医生处道别，但当他回来找露露时，却发现她已随卢耀明去了杭州——原来卢耀明回来了，露露只给草灵一纸短笺："我虽然是爱你，却没有勇气去过贫困的生活，请你原谅我吧……"

爱情幻灭后的草灵开始寻找自己的理想：他到了工人间，但工人们都认为他不属于这个群体，"沉默，我觉得我不必辩白，也没有资格辩白，在这群以劳力换取食粮，用鲜血争取自由的人前，我依旧是一个陌生的，代表着其他团体的外人，一个专会说话写字的骗子，一个没用的废物"（第299页）；他去少年宣讲堂，但这里的人们忙于演讲与辩论，甚至荒唐到忘了最初为什么而辩论，只是互相指斥对方是"新军阀资产阶级□□党的走狗！""卖身投靠□□党的走狗！"他们散会后"就分解为三四个团体走出去，彼此恶狠狠地对望着，然后，到了马路上，又重新解散，化为一个个单独的都市少年，涌进和潮里去，各自奔向生活，情欲，野心的创造。啊，摩登的春秋战国，辩士的世界，依旧是那些苏秦张仪的后裔啊！"（第302—303页）

草灵回到蜗居，痛苦地思考着，并明白了这场实力悬殊的战争"结果却不像战争，只像屠杀而已"（第309页）。然而普通市民们却还"读着那些意气冲天的报纸，迷信着关羽张飞式的大刀，时时刻刻被那些山海经似的捷音所鼓舞着，又安能了解在近代战术运用下的屠杀场里，前方的小军队是正在力竭声嘶地支撑着？"（第312页）作者批评说："一方面，政府的不争气，固然也是出乎意外地使我们心惊胆跳，然而，民众的偷安，苟且，而尤其是智识阶级的空谈大论，永远打倒，永远反对，个个都是不值得死的英雄，领导者，嚷着：'打呀，打呀'，而人却连影子都看不见，也是多么地使人感到灰黯幻灭。"（第316页）这段文字批评了政府、民众、知识分子和纸醉金迷的小市民的灰色人生，如田间一样揭出了"如果我们不打仗/敌人杀死了我们/还会用刺刀指着我们的尸体——看，这就是奴才"的道理。

他决定离开上海去找部队。但军队早已转移，日军也正在猛烈的炮火掩护下进入上海城区。壮怀激烈的草灵从一个死去的兵士手里取过一支步枪，爬上了东方图书馆的顶楼，当日军陆战队经过时，他高喊着"滚回去，这是中国的领土，不许你们进来！"他射杀了一名日军陆战队员，也被敌人乱枪打死……

"大上海的毁灭"不仅是物质形态的毁灭，更是文化的没落、人心的沦丧。这"一个人的抗战"，是痛苦的挣扎、孤独的呐喊，也是悲愤的绝叫，令人重读时仍激动不已！

第三节 《黄人之血》：浪漫主义诗剧创作的尝试

《黄人之血》[1] 是中国现代文学史上的一部大型浪漫主义诗剧，一部有关蒙古西征的史诗，是黄震遐进行中国式诗剧创作的尝试。这部作品无论从思想还是艺术角度来看，都不像"左联"批评家们苛责的那样拙劣，相反，它应在中国现代文学史上占有一席之地。

由《写在〈黄人之血〉前面》可知，黄震遐"在几年以前，就想拿元朝蒙古人西征的事迹来做一篇小说，但因材料的缺乏，时间的不允许，尤其是关于出版的困难，遂一直拖延下去没有动笔。"（第 1 页）但是他因为阅读了"浩华德的《蒙古史》，《俄罗斯的浪漫故事》，《成吉斯汗传》，《马哥保罗游记》，《鞑靼人及其享乐》，《中世纪的俄罗斯》（以上英文），《元史》，《元史学》，《外蒙古一瞥》，《新元史》，等等（以上中文）"（第 4 页），加上朋友傅彦长的鼓励，所以下定决心进行诗体创作的尝试，此后"经营三月，竟写成三万多字"，形成了这部约一千九百行的"诗体故事"（第 2 页）。

《黄人之血》由七部分组成：一、贴尼博耳河畔；二、沙漠之魂；三、四骑士；五、倾倒了众城之母；五、白奴；六、大戈壁之途中；七、黄人之血。这个诗体故事的历史背景是：公元 1240 年蒙古军西征平定"计掖甫"（基辅）"叛乱"，元史记载："斡罗斯计掖甫叛服无常，太宗十二年，命拔都西征，夷为平地"；1242 年，蒙古远征军在十字军反攻与内部变乱中溃败。黄震遐说："这故事是披了一件五角恋爱的外衣，但它的主要点却是'友谊'与'团结的力量'。"（第 3 页）可以说黄震遐并没有主题先行，刻意在为主流意识形态服务，诗作中也没有直露的"大亚细亚主义"或种族主义思想；他没有进行历史本质主义的演绎，相反，"为爱

---

[1] 黄震遐：《黄人之血》，《前锋月刊》1931 年第 1 卷第 1 期，第 1—167 页。本节页的内夹注引文均出于此。

复仇"成为战争成败的主因，也成为黄震遐浪漫主义故事的叙事动力。

《黄人之血》书写了"爱与死"的文学母题。毋庸置疑，古今中外文学最重要的原型母题就是爱与死。这个母题用正能量的说法叫"英雄与儿女"，负能量的说法是"欲望与惩罚"。"爱与死"这一母题早在希腊神话、荷马史诗中就反复出现，其中以特洛伊之战最为典型，它将"战争爱情""英雄美人""命运悲剧"的故事演绎得淋漓尽致：战争因为爱情（帕里斯与海伦）而触发，也因为爱情（阿喀琉斯与女祭司）而终止；海伦的爱使帕里斯由一个懦弱者蜕变成英雄，最终为兄长赫克托尔报仇；阿喀琉斯为了爱情而赴死，既表达了对诸神的反抗也获得了自我精神救赎。后来西方文学中多有以此为原型重述战争与爱情神话的故事，其中以莎士比亚悲剧最为著名。在中国文学史上，《封神》中有妲己故事，《史记》中有霸王别姬纪事，这都是战争与爱情的传奇。只是在"罢黜百家，独尊儒术"之后，在中世纪封建道统中，"江山"开始重于"美人"，让人们牢记："肉林酒池"和"烽火戏诸侯"固然是荒淫亡国的镜鉴，平民百姓更须节制欲望。"儿女情长"由此成为隐私禁忌、不登大雅；加之女性在理学盛行时代被锁进深闺，足不出户，因而"战争情爱"在中世纪中国几成绝响，所谓"中国古代四大女英雄"只是民间想象、稗史传说而已。在此情形下，封建社会鼓吹的"男人殉国、女子殉节"，就具有了明显的政教宣喻意图。近代以来，随着"人的觉醒"和女性解放运动，思想启蒙先驱开始以文学为突破口探讨这一"社会问题"。严复认为，茫茫宇宙，古今中外，凡为人类，莫不有"公性情"：一曰"英雄"，二曰"男女"[①]，男女与英雄相倚俱生，动浪万殊，令人荡气回肠。陈独秀的表达更为简洁："人生最难解之问题有二，曰死曰爱。"此后人们更是认为爱与死"确乎是古往今来的文艺总缠绕着的两个永恒主题"。[②] 20 世纪的中国，兵燹不断而英雄辈出，"战争情爱"故事分外引人瞩目。在现实中，参加黄花岗起义的林觉民，在《致妻书》中表达了甘愿为民族"大爱"而牺牲家庭"小爱"的烈士情操，这种"以天下人为念，当亦乐牺

---

① 严复、夏曾佑：《本馆附印说部缘起》，陈平原、夏晓红编：《二十世纪中国小说理论资料》第 1 卷，北京：北京大学出版社 1997 年版，第 22 页。

② 李泽厚：《中国思想史论》下卷，合肥：安徽文艺出版社 1999 年版，第 1040 页。

牲吾身与汝身之福利，为天下人谋永福"的牺牲精神，饱含着一个现代英雄的脸胆琴心。石萍梅深爱"中国青年革命的健将"高君宇，高君宇死难后，石萍梅以泪祭坟，殉情而死，共谱一场"我是宝剑，我是火花，我愿生如闪电之耀亮，我愿死如彗星之迅忽"的革命爱情壮剧。在文学作品中，南社成员徐枕亚在革命报刊《民权报》连载《玉梨魂》，通过白梨影、崔筠倩与何梦霞三人的爱情悲剧，反映了辛亥革命前后知识青年对恋爱自由的追求和个性意识的觉醒，被夏志清称为中国《少年维特之烦恼》①；不仅如此，《玉梨魂》还关注"坟墓革命"、国民教育、民族革命等国是民瘼，并以"何梦霞牺牲于武昌起义"的结局开启了"恋爱＋革命"这一现代小说的重要叙事模式……可以说，自20世纪伊始，"战争情爱小说"这朵"战地黄花"就开得分外妖娆，它将鲜血与奉献、青春与爱欲、生命与牺牲、壮烈与温情、暴烈与温柔、纪律与个性等对撞元素融合在一起，如多棱镜一般折射出丰富的人性和广大的社会历史内容。被封建礼教桎梏封闭了两千年的中国女性，走出家门，走向战场，与男性并肩奔赴革命，也迎来了女性的解放，这本身就已是一件"创世纪"的大典，而当儿女情长裹入英雄事业中，就产生了一种暴力美学，生成了现代战争情爱文学。就此而言，《黄人之血》继承和发展了"爱与死"的文学母题。

　　黄震遐似乎特别钟情战争爱情的暴力美学。其《大上海的毁灭》固然如此，其《黄人火血》亦复如此。西征军统帅拔都手下有四员大将——蒙古人哈马贝、女真人白鲁大、汉人宋大西和罗英；他们西征到贴尼博耳河畔后，从"海中人"（地中海居普罗司岛的王）口中知道了"欧罗巴之月"华兰地娜，而"健泼西"（吉普赛）姑娘慕尼玛则爱上了"爱普罗"（阿波罗）式的将军罗英，但罗英不为所动；西征军攻下计掖甫，哈马贝杀死了华兰地娜的情人彼德罗侬；罗英救下华兰地娜，惊为天人，内心深爱，但是拔都将华兰地娜作为俘获的"白奴"敬献给了"和林大汗"窝阔台，这不仅让罗英大失所望，"海中人"也决定回故乡领兵来为"欧罗巴之月"雪耻。三年后，窝阔台升天，华兰地娜依例要成为大汗的殉葬品，恰好被罗英救下；罗英不顾宋大西和慕尼玛的劝说，要带

①　夏志清：《〈玉梨魂〉新论》，香港《明报月刊》1985年第9期。

华兰地娜逃走，去往沙漠之洲。这是对大汗的极大不敬，因此哈马贝领兵
来诛杀罗英等人。——其实，这是华兰地娜的复仇之计，目的是要让西征
军将士产生内乱。哈马贝与罗英等一场激战，慕尼玛趁乱杀死华兰地娜，
自己也从战场消失；罗英五百汉兵被哈马贝追杀七天七夜后，仅剩九十
人，哈马贝也损兵折将、人疲马乏。此时，"海中人"带着十字军精锐之
师杀到，四位将军方知中计：四骑士再次团结起来，为了亚细亚的荣耀做
最后一次冲击。"海中人"虽然取得胜利，但他回到家乡后放弃王权和军
队，再回到爱情之地……由此可以说，《黄人之血》讲述了一个典型的战
争爱情故事，同时也以寓言形式告诉人们：唯有团结一致才能抵御外侮。

　　《黄人之血》是一部浪漫主义诗史。浪漫主义文学在题材上具有奇特
幻想、向往中世纪、喜欢妖魔和精灵、倾心大自然、偏爱原始荒芜等特
点。尤其在追求神秘和神奇这一点上，浪漫主义者认为"除了神秘的事
物外，再没有什么美丽、动人、伟大的东西了"。何况黄震遐《黄人之
血》是受到《俄罗斯的浪漫故事》启发而产生的创作冲动。因而读者能
明显感受到《黄人之血》的浪漫主义情调：首先，蒙古秘史引人思古幽
情。作品取材于元代蒙古秘史，书写戈壁瀚海，大漠雄兵，远征东欧，这
个题材本身就神奇幻美，引人遐思。其次，异域题材激发阅读期待。无论
是俄罗斯、地中海、十字军还是希腊和希伯来文明，混搭冲突，神秘新
鲜。再次，英雄儿女无不个性鲜明。无论是粗莽的哈马贝、忧郁的罗英，
还是为爱痴狂的"海中人"、吉卜赛少女慕尼玛，每个人的出场之歌都极
具个性；尤其是忍辱复仇的华兰地娜就像一匹隐入特洛伊城的"木马"，
集智慧、美貌与忠贞于一体。因而可以说诗剧中的每个人物都具有夸张性
和符号性。最后，文辞绚丽具有强烈抒情性。不妨选取诗剧中的两个段落
为例：

　　　　上帝已逃，魔鬼扬起了火鞭复仇；
　　　　黄祸来了！黄祸来了！
　　　　亚细亚勇士们张大吃人的血口。

　　　　　一千二百四十年充满了月色的一个夜间，
　　　　　蒙古西征的大军驻在贴尼博耳河畔。

　　　　远处的山岗卷出发光的烽烟；

　　　　计掖甫城中跪着祈祷的红颜；

　　　　鞑靼人的铁蹄是丝毫没有哀怜；

　　　　堆积着的尸骸上飘着残酷的九尾旗竿。

　　　　胡笳悲厉的音波在空中震颤，

　　　　表现出沙原战士们虎狼般的心胆。

　　　　二百万马蹄奏着天下最雄武的音乐；

　　　　五十万喉咙唱着沙漠的悲歌；

　　　　跟着我大戈壁的骆驼；

　　　　踏平了布尔加三千的村落；

　　　　毁灭了里雅桑坚固的城廓；

　　　　渡过了乌拉江的血波；

　　　　一把烈火烧干净了莫斯科。（第6—8页）

　　如果说这一段是英雄情怀的描写，是一种暴力美学的抒发，那么下面
一段是"海中人"赞美"欧罗巴之月"华兰地娜，极尽婉约之能事：

　　　　圣苏非亚巍峨的空际奏着晚钟；

　　　　计掖甫宫前华光闪闪，人影幢幢。

　　　　蔷薇丛里徘徊着柔媚的南风；

　　　　华兰地娜郡主哟，正在做着神秘的春梦。

　　　　透明的轻纱帐里，湖色的被中，

　　　　玉体横陈，露出丰腻的酥胸，

　　　　多情的樱唇微笑，润湿而嫣红。

　　　　玉臂交叉着粉颈，醉眼惺忪；

　　　　散在枕畔的秀发越显得蓬松。

　　　　她幻想中的仙境是神妙而朦胧；

　　　　成群的小燕含笑跳跃着欢送，

　　　　桃色的浮云里微闻爱之歌颂。

　　　　她乐极了，不觉微微一动，

　　连忙又按着自己微颤的乳峰。

　　这一双丰腻乳峰哟，是多么的白而红！

　　那轻软的肉体呀，是多么香浓！

　　这一个天边的故事，旎旖的艳梦，

　　便是我歌丐之魂，心中的爱宠。

　　为了她那圣洁的美，我才摒弃掉死去的悲痛，

　　无论是天地变了白的严冬，

　　或是沙漠里刮着埋人的风，

　　我总是弹着我的琴儿哟，步步而东，

　　渴慕的眼睛望着天涯，口里唱着爱之歌颂。（第35—37页）

　　这长长的咏叹，音韵与音节均和谐无违，适合朗诵、谱曲或者舞台表演；这是爱神的颂歌，仿佛《圣经》中的"雅歌"，令人"思无邪"。可以说：黄震遐有一种为中国打造现代歌剧的冲动或构想；而他初次创作大型诗剧就能在短时间内完成一篇如此华丽、大气的作品，更显示出了他的过人才情。

　　《黄人之血》绝非一部旨在宣扬军国主义、帝国主义和大亚细亚主义的作品，更不是鼓吹种族冲突论的作品。正如作者所说："这书里的后几章遂有各民族纷起反抗之事；他们反抗的结果虽然失败，却已暗示了'军国主义'的大不可靠。这里虽然尽力地表现出蒙古人的伟迹，却只是就其民族整个的努力而言，至于他们努力成功以后一变而为'帝国主义'，那却是政治上的问题，历史上也有大家见得到的明显的报应。"（第3页）从这个角度来看，黄震遐保持了他的反战立场。

　　当然，作者也会忍不住站出来歌颂一下"亚细亚之魂"：

　　谁说你没做过世界的主人？

　　谁敢说你就此一蹶不振？

　　在那将来的时候，严冬或是晚春；

　　无论是何年，何月，何晨；

　　你这充满了耻辱的尸身，

　　你这金色民族的公坟，

再也用不着这么退避，坚忍，

就会突然地灌满了新血，新生。

太阳没有你光明，烈火没有你兴奋，

到了那时哟，我再看铁血的飞滚！（第50页）

但是这类对"过去的光荣"或"未来的复兴梦"的书写，在诗剧中所占篇幅极小。即使作者借此进行现实反讽和影射也并不过分——只要稍稍了解一点历史就会发现，在西方列强中，只有俄国曾侵占了中国近两百万平方公里土地；而在1929年还发生了"中东铁路事变"：斯大林统制下的苏联不仅没有如列宁允诺的那样废弃不平等条约，反而力图将中国变成它的一道防线；此外，苏联还同时与北京北洋军阀政府、广州国民政府、东北奉系军阀势力签订协约，承认它们"合法"或"独立"，实际上欲陷中国于分裂局面……在这种情形下，一个作家有表达自己的民族主义思想情感的自由。如果读过黄震遐的《中日俄战争评论》，也许会对他为何写作《黄人之血》有别一种评价。当我们了解了这些背景，也就能体认：《黄人之血》有一点现实影射、宣泄一点民族主义情绪，又算得了什么?!

我个人认为，黄震遐《黄人之血》在当时受到左联批评家的激烈抨击，主要有三点原因：首先，虽然中华民国是汉、蒙、回、满、藏"五族共和"，但"大汉族主义"者对待"元朝"依然持双重标准，一方面以蒙古人入侵中原为耻，另一方面又以元代疆土为傲。黄震遐写蒙古西征，仿佛是揭开汉族人曾经的"亡国"之耻。其次，"黄人之血""黄祸"论和"亚细亚的荣耀"，容易让人联想到日本人的"东亚共荣"说，甚至有挑起种族矛盾的嫌疑。最后，也是最重要的，当时的中国共产党作为苏联党的小兄弟，还没有认清苏联"红色帝国主义"的本质，对其言听计从，甚至打出了"全世界无产者联合起来""保卫苏联"等口号，因而不能容忍任何"反苏"言行，而批判《黄人之血》正是"左倾幼稚病"大爆发的表征。

今天，我们站在历史的、艺术的角度重新审视《黄人之血》，不能承认这部作品多有开创性：《黄人之血》是一部具有极高想象力的浪漫主义史诗，是一部以"英雄儿女"为主题的大型诗剧，是一部宣扬"爱、友谊和团结的力量"的反战之作；就"诗剧"艺术来说，《黄人之血》无论在场面的宏大、激情的浪漫、想象的超凡、悲剧的收束方面，还是对史料的占有、语言的华丽、结构的把握方面都值得重新评说；诗剧贯穿了"铁血军国"思想，对刷振软弱的国民性有振聋发聩之效，堪称现代中国"诗剧"中最具民族主义史诗品格的宏大作品。当然，《黄人之血》还是一部未加雕饰完善的作品，这不是因为作者自谦"觉得精彩毫无""仿佛是一堆垃圾"（第2页），而是因为诗作有的地方过于欧化，比如开篇就有如下句子："月光化成了水银般的精液……"（第5页）这恐怕一下子就打破了很多读者的审美容忍度，很容易把它当作一部低俗作品，再难认真细心地对待它。雪上加霜的是，《前锋月刊》编校质量极差，这部三万余字、篇幅167页、近两千行的诗剧，竟有存在小标题错误、页眉错误、误植漏植等50余处，令《黄人之血》这部"民族主义文学"样板之作变成了"不合格印刷品"，这也就难怪《前锋月刊》及其他民族主义文学刊物办不下去了！

　　总之，就我的阅读体验来说，黄震遐批判的重点是国民性的愚昧与政府的软弱无能，从未对中共或其他党派进行直接批判，同时对所有抗战军民都加以赞颂。而综其一生来看，黄震遐是一位极具民族自尊心和责任感的作家，他在抗战期间在山西、新疆从事新闻工作以唤起民众抗战，也说明他绝非"反动"作家。另一个证据是，自由主义知识分子和新儒学大师徐复观在黄震遐去世后写有《黄震遐先生之死》[①]，对黄震遐多有褒奖。由这正反两个方面的证据出发，也许能更好地正本清源，给黄震遐一个公允的评价，至少能够肯定其文学创作具有如下意义：首先，他开创了中国现代民族战争小说题材。像《陇海线上》这样对现代战争做出客观细致描写的，前所未有；像《大上海的毁灭》这样将中日战争的实力公布于众，并奉劝国民团结一心共御外侮，作好长期抗战的心理准备的，难能可贵。其次，黄震遐的作品将批判现实主义与浪漫主义结合起来。如果说《黄人之血》充满浪漫主义色彩和瑰奇的想象力，那么《陇海线上》与《大上海的毁灭》则越来越具有批判现实主义的品格，具有以诗证史的价值。再次，黄震遐的作品吸纳现代哲学思想，借鉴现代主义文学及电影艺术手法。他的作品既具有卡莱尔式的英雄史观，也融入了尼采的超人哲

---

① 徐复观：《黄震遐先生之死》，《华侨日报》1974年1月22日。

学，宣扬尚力、铁血的英雄主义精神；他对现代主义文学与电影艺术技巧的借鉴在《大上海的毁灭》中有突出表现：在露露与阿英聊天的浪漫氛围中，作者一个"蒙太奇"将镜头拉到惨烈的战场——"这时候，黄渡车站一只黑而大的野狗，正啃着罗连长的脑袋"（第22页），让人联想起波特莱尔"恶之花"式的《死尸》。复次，黄震遐的作品具有"知识分子写作"特点。注重营构异域情调，化用众多西方文学典故，显示出明显的知识分子写作的特征。知识的炫耀固然增强了小说的华丽妖冶，但无关宏旨的卖弄既损伤了小说的严肃性，也招致了激烈的批评，从而给"知识分子写作"留下的一面宝鉴。最后不能不指出的是，黄震遐的民族主义思想还存在模糊性，既有混合着种族情绪的"文化民族主义"因素（《黄人之血》），又有强调统一的"政治民族主义"情感（《陇海线上》），立场上则近似梁启超式的"自由主义民族主义者"。

第 四 章

塑造"地道的中国人"：论《四世同堂》人物形象及老舍的小说美学①

依照新批评理论的说法，一个语象在一个作者的同一作品或多部作品中再三重复，即会渐渐累积起象征意义，不再是无情之物，而成为凝结着作者深度经验与情绪细节的主题语象，也就成为打开作者精神世界之门的钥匙。老舍《四世同堂》在塑造人物时用了十余处"地道"，如"地道北平人""地道的中国人""地道的中国读书人""地道中国式的'辩证法'"以及"地道的汉奸胎子"等，主要用于祁老人、钱默吟、祁瑞宣、韵梅、李四爷等正面人物和冠晓荷、蓝东阳等反派形象的描写，因而"地道的中国人"就有了复调多义：一方面以之勾画正面人物形象以呈现民族优根性，从而起到宣传教育的作用，达成了文化民族主义意图；另一方面则通过反面人物的刻画来揭示国民劣根性，延续了老舍的文化批判和思想启蒙主题。

《四世同堂》让老舍回到了他熟悉的北京市民生活和民俗文化题材，作品主要以中国传统文学技法塑造符号化的类型人物，讲述抗战时期沦陷区的中国故事，堪称 20 世纪中国新古典主义小说代表作。因此，分析《四世同堂》"塑造了怎样的'地道的中国人'""为何塑造这些人物""如何塑造这些人物"以及"这些人物形象的美学价值与局限"等问题，不仅能够更好地确立《四世同堂》在中国现代小说史上的地位，也能为20 世纪中国新古典主义小说美学的建构提供经典的个案证据。

---

① 本章以《塑造"地道的中国人"——论〈四世同堂〉人物形象及老舍的小说美学》为题，刊发于《山东师范大学学报》（社会科学版）2016 年第 3 期。

第一节　家国叙事与文化抗战：《四世同堂》的创作意图

学界对《四世同堂》在现代中国文学史上的地位存在歧见。比如，《四世同堂》在 1999 年 6 月香港《亚洲周刊》评选出的"20 世纪中文小说 100 强"榜单中列第 25 位；而夏志清《中国现代小说史》则认为《四世同堂》犯了"天真的爱国主义"，"可以说是一本大大失败之作"①。两者都算是权威评价，但差之霄壤。那么到底应当如何看待《四世同堂》呢？笔者认为，仅从新批评理论出发进行内部研究，或仅以西方文学标准来衡定中国作品，显然是不够的；当读者进行知人论世的评价时，《四世同堂》的多重意义才能清晰凸显出来。

（一）从煮字疗饥到"人民艺术家"：老舍创作历程述略

舒庆春（1899—1966）② 自幼家贫，幸得刘寿绵先生资助，方得以接受中等师范教育，即使 1918 年参加工作后生活仍不宽裕。他业余喜爱写作古诗文，直到 1921 年 5 月 15 日，才有"第一篇白话文小说《她的失败》在日本广岛高等师范中华留广新声社编辑发行的《海外新声》第 1 卷第 3 期发表。"③ 他在 1922 年一场大病后"加入基督教，并在北京缸瓦市基督教福音堂任'知事'，做些'社会服务'工作。老舍在这里结识了

---

　　① ［美］夏志清：《中国现代小说史》，刘绍铭等译，上海：复旦大学出版社 2005 年版，第 239、240 页。夏著关于老舍评论部分存有错误，比如第 116 页：老舍在英国任教时间及回国时间；第 240 页：《四世同堂》创作与出版时间。水晶的翻译也未与老舍原作对照，故有细节错误，比如第 241 页："一个寡妇跟她的白痴孙子，白天在街上拉洋琴。还有旗人后裔的一双恩爱夫妻······（大赤包）谋取到一个有油水可捞的职位——妓女检验局长。"这段文字的第一句不通，主谓宾不搭，而且长顺既非白痴也非拉洋琴，而是放留声机；小文夫妇不是旗人；大赤包是"妓女检查所所长"。

　　② 老舍生平资料参考：舒济、郝长海、吴怀斌编撰：《老舍年谱》，《老舍全集》第 19 卷，北京：人民文学出版社 2008 年版，第 499—669 页；曾广灿、吴怀斌编：《老舍研究资料》上下卷，北京：知识产权出版社 2010 年；蒋泥：《飞扬与落寞：老舍的沉浮人生》，北京：东方出版社 2008 年。

　　③ 舒济、郝长海、吴怀斌编撰：《老舍年谱》，《老舍全集》第 19 卷，北京：人民文学出版社 2008 年版，第 502 页。

著名作家许地山。"① 在福音堂主事宝广林和燕京大学教授艾温士推荐下，舒庆春自 1924 年 8 月起担任伦敦大学东方学院中文讲师，教授口语、翻译、历史、道教、佛教和唐代爱情小说等课程，业余进行小说创作；他创作小说固然为了排解寂寞，更直接的动机应是煮字疗饥、赚取稿费②。他的第一部长篇小说《老张的哲学》被许地山推荐给郑振铎，于 1926 年 7 月起在《小说月报》连载，小说刊至中途改署笔名"老舍"。老舍 1926 年夏天完成了第二部长篇小说《赵子曰》，并由许地山介绍加入文学研究会，正式进入中国现代文学主流圈。1928 年，《老张的哲学》和《赵子曰》由商务印书馆出版单行本，引起评论界关注：朱自清 1929 年在清华大学讲中国新文学时就评述了老舍作品并发表了《老张的哲学》《赵子曰》评论——这是最早的老舍研究文章。

1929 年春完成的《二马》标志着老舍形成了自己的风格特色：小说固然引入了康拉得的倒叙法、狄更斯式的俏皮等技艺，他也意识到"心理分析与描写工细是当代文艺的特色"③，但为适应中国读者审美需要而保留了评书、相声和戏剧元素，并运用正宗鲜活的老北京语言进行创作，彻底摆脱了中国新文学初期"翻译语体"的生冷僵硬，标志着适合市民阅读习惯的中国现代小说语体的成熟。

在伦敦大学东方学院合同期满之际，老舍于 1929 年 6 月向校方申请了 80 镑回国旅费，并用两个月时间"穷游"荷兰、比利时、瑞士、德国、意大利、法国等国，也曾想在巴黎找份工作却未能如愿。等他离开欧洲时，身上钱物仅能购买一张到新加坡的三等船票。老舍 1929 年 10 月到

---

① 舒济、郝长海、吴怀斌编撰：《老舍年谱》，《老舍全集》第 19 卷，北京：人民文学出版社 2008 年版，第 502 页。

② 老舍在多篇文章中表达过经济拮据的压力。1924 年 7 月伦敦大学东方学院正式任命老舍为中文讲师，"从 1924 年 8 月 1 日起，任期 5 年，年薪 250 镑，按月支付。"这薪水极其微薄，远低于当时英国学生的消费水平。老舍自 1926 年 6 月 16 日致信东方学院院长请求增加工资："要支付我目前在伦敦的生活费用和帮助我在中国的寡母，我现在的 250 镑年薪是不够用的。"他的请求得到批复，此后年薪定为 300 镑，并规定合同终了时学校支付其返国路费。舒济、郝长海、吴怀斌编撰：《老舍年谱》，《老舍全集》（第 19 卷），北京：人民文学出版社 2008 年版，第 504、506、507 页。

③ 老舍：《我怎样写〈二马〉》，《老舍全集》第 16 卷，北京：人民文学出版社 2008 年版，第 170 页。

达新加坡后，暂时在一家华侨中学任教以挣够回国船票，还于此创作了《小坡的生日》。关于这部小说，老舍说："最使我得意的地方是文字的浅明简确。……我没有算过，《小坡的生日》中一共到底用了多少字；可是它给我一点信心，就是用平民千字课的一千个字也能写出很好的文章。"①可以说，老舍已成为一个自觉走雅俗共赏之路的小说家。

老舍 1930 年 3 月回国，4 月 19 日回到北平。不久结识北京师大学生胡絜青，二人开始交往恋爱。老舍自 1930 年夏天起担任齐鲁大学②国学研究所文学主任兼文学院教授，开设《高级作文（代小说作法）》《欧洲文艺思潮》《世界名著研究》《文学概论》等课程，兼编综合学术刊物《齐大月刊》。他于 1931 年夏天完成了长篇小说《大明湖》③，寄给《小说月报》。郑振铎说，《小坡的生日》刚连载完，《大明湖》明年再登。不幸的是，商务印书馆毁于 1932 年"一·二八"炮火，《大明湖》手稿也被焚毁，老舍在痛心之余，仅依据创作《大明湖》时的印象写成一部中篇小说《月牙儿》。

1933 年，老舍出版了《猫城记》（现代书局）和《离婚》（良友图书印刷公司）。寓言体小说《猫城记》似乎是《大明湖》的变形表达，隐有作者对"五三惨案"后的济南人的批评，正如夏志清所说："《猫城记》这部旅游火星的寓言，虽算不上是精品，却对中华民族提出了最无情的控诉。"④《离婚》则被认为是老舍"第一本完美的作品"，一部现代小说杰

---

① 老舍：《我怎样写〈小坡的生日〉》，《老舍全集》第 16 卷，北京：人民文学出版社 2008 年版，第 178 页。

② 齐鲁大学（Cheeloo University）前身由 1864 年美国长老会创办的登州"广文会馆"与 1866 年英国浸礼会在青州设立的"广文书院"联建；1917 年迁到济南，与济南医学院、青州神学院合并为齐鲁大学。1925 年，中国政府按"教育收归国有"的法令将该校改制。老舍到齐鲁大学时，朱经农任校长，林济青任文学院长。

③ 《大明湖》的写作与济南"五三"惨案有关。老舍《我怎样写〈大明湖〉》中说："我每走在街上，看见（济南城）西门与南门的炮眼，我便自然的想起'五三'惨案；开始打听关于这件事的详情；不是那些报纸上登载过的大事，而是实际上的屠杀与恐怖的情形。有好多人能供给我材料，有的人还保存着许多像片，也借给我看。半年以后，济南既被走熟，而'五三'的情形也知道了个大概，我就想写《大明湖》了。《大明湖》里没有一句幽默的话，因为想着'五三'。"老舍：《老舍全集》第 16 卷，北京：人民文学出版社 2008 年版，第 181 页。

④ ［美］夏志清：《中国现代小说史》，刘绍铭等译，上海：复旦大学出版社 2005 年版，第 117 页。

作①，似乎是中国人精神状况的缩影：生命只是妥协、敷衍、含混、怯懦、折衷和鬼混，从一片灰色的背景中走出了一群灰色的人。不难看出，老舍的幽默讽刺背后隐含着国民性批判和文化省思主题。

1934 年，在完成了长篇小说《牛天赐传》后，老舍于 6 月 29 日正式向齐鲁大学提交辞呈，转而接受山东大学②聘书并于 9 月移家青岛。但老舍久有作职业作家的念头，遂于 1936 年夏辞去教职，在青岛潜心创作《骆驼祥子》。夏志清认为《骆驼祥子》"可以说是到那时为止的最佳现代中国长篇小说。……不失为一本感人很深、结构严谨的真正写实主义小说。"③ 老舍在此时期创作的《我这一辈子》和《老字号》等，为传统风俗唱起挽歌，写正派、规矩、讲信用的人正变得不合时宜，显示出新古典主义气质。

"七七"事变后，北京沦陷，青岛危机，老舍不得已又接受齐鲁大学聘书，全家迁往济南。但是山东省主席韩复榘采取不抵抗政策，并于 1937 年 11 月 15 日炸毁黄河铁桥。老舍眼看济南不保，遂抛妻别子离开济南去武汉。他在周恩来和冯玉祥支持下筹建"中华全国文艺界抗敌协会"并被推为常务理事兼总务部主任，主持"文协"工作直到抗战结束。老舍在抗战时期除了做各种宣传、组织和编辑工作，还创作了《国家至上》《大地龙蛇》《残雾》等剧本、《火葬》《蜕》等小说以及三千余行的诗作《剑北篇》④……长期营养不良加上透支性工作，终于使这个"文界小卒"积劳成疾。

1943 年 11 月，胡絜青在处置完婆母丧事后，带着孩子来到重庆。这让老舍喜忧参半，喜的是家人分离六年后团聚了，忧的是自己已是贫病不堪，现在又须为家人糊口而努力。值得庆幸的是，胡絜青讲述的北平故事

---

① 常风：《论老舍〈离婚〉》，天津《大公报》1934 年 9 月 12 日。

② 山东大学原为省立大学，济南惨案后停办。后来国民政府委派蔡元培负责筹备改建为国立大学，总校设在青岛，杨振声任校长，洪深、张道藩先后任教务长，闻一多任文学院长兼中文系主任。

③ ［美］夏志清：《中国现代小说史》，刘绍铭等译，上海：复旦大学出版社 2005 年版，第 131—132 页。

④ 罗常培说："抗战以来的作品，还得算《剑北篇》魄力最大——虽然有人说：'It is anything but poetry.'"罗常培：《我与老舍——为老舍创作二十周年》，《中国人与中国文》，重庆：开明书店 1945 年版，第 120—121 页。

激发了老舍的创作灵感，他于 1944 年初动笔写作《四世同堂》三部曲，先在报刊连载，后出版单行本，使家小得以温饱。抗战结束后，由美国驻华新闻处长费正清推荐并经美国国务院邀请，老舍与曹禺一起到美国讲学。期间，老舍除周游演讲、会见同行外，还阅读了福克纳的作品并深受启发，遂在《四世同堂》第三部《饥荒》里中强化"风俗—心态史"描写，把过去、现在融会一体，着重表现人物内心情感真实。①

曹禺于 1946 年年底如期归国，老舍继续居留美国。他在 1947 年夏天至 1948 年 6 月完成了《四世同堂》第三部《饥荒》，与郭镜秋女士一起写译《鼓书艺人》，还与篡改《骆驼祥子》和《离婚》的译者伊文·金打了近一年官司。1949 年，老舍接受周恩来邀请，离开美国，取道香港、仁川，于 12 月 9 日到达天津，12 日回到北京。老舍受到新政权的高度礼遇，自 1950 年 5 月起担任北京市文联主席。

老舍在 1949 年后创作了近两百个剧本，但发表的不多，堪称经典的有两部：一是 1951 年 1 月由大众书店出版的《龙须沟》，老舍因此被北京市人民政府授予"人民艺术家"称号；二是 1954 年开始动笔创作的三幕剧《茶馆》，被称为"东方舞台的奇迹"……

老舍一度计划创作包括《康熙大帝》在内的三部满族史诗，并于 1961 年着手写作《正红旗下》，但仅写了 8 万字就难以为继，因为一个"以阶级斗争为纲"的时代到来了。老舍虽然仍想跟上"文化大革命"的政治形势，但是红卫兵的侮辱击破了他的人格底线，1966 年 8 月 24 日，他像《四世同堂》中的祁天佑那样跳湖自杀。② ——1966 年"4 月 4 日，快板《陈各庄上养猪多》在《北京文艺》4 月号发表，这是老舍生前发表的最后一篇作品。"③

综观老舍创作历程可以发现，虽然《四世同堂》在艺术上不是老舍最精致的作品，却是他用时最长久、规模最庞大、思想最深沉、结构最复杂、人物最繁多、技法最多样的小说；它宣扬了现代民族国家观念，填补

---

① 克莹、侯堉中：《老舍在美国——曹禺访问记》，《新文学史料》1985 年第 1 期。
② 李钧：《老舍："我没说完……"》，《粤海风》2000 年 10 月号。
③ 舒济、郝长海、吴怀斌编撰：《老舍年谱》，《老舍全集》第 19 卷，北京：人民文学出版社 2008 年版，第 668 页。

了沦陷区抗战小说的题材空白；它将思想启蒙与文化批判融为一体，具有文化民族主义情怀；它将西方现代小说技艺嫁接到中国戏剧、相声和评书等传统艺术形式上，运用了纯正的北京语言书写中国故事，因而成为中国新古典主义小说经典。

（二）像爱母亲那样爱北平：《四世同堂》的创作动机

《四世同堂》由《惶惑》《偷生》和《饥荒》三部100章组成。

第一部《惶惑》共34章，自1944年11月10日起在《扫荡报》副刊连载，至1945年9月2日载毕，共179期；1946年1月、3月由良友复兴图书印刷公司分上下册出版。

第二部共33章（第35—67章），先于1945年5月1日至12月15日在《世界日报》连载，后于1946年11月由晨光出版公司各分为上下册出版。

第三部《饥荒》共33章，1947—1948年在美国写成。其中第68—87章于1950年5月至1951年1月在上海《小说》月刊①第4卷第1—6期连载；第88—100章中文原稿已毁，胡絜青1981年得到英文节译本The Yellow Storm，交由马小弥译为中文，发表于1982年《十月》杂志第2期。由英文缩写本译回中文本，虽然译者努力靠近老舍的语风，但许多细节、味道以及删除的内容都已无法恢复原貌，又为现代中国文学史留下了一部"残稿"。

老舍创作《四世同堂》的契机是听胡絜青讲述北平故事。老舍与胡絜青于1931年4月4日订婚，7月成亲，此后二人在山东安家，老舍先后在齐鲁大学、山东大学任教，胡絜青也追随到济南和青岛。1937年9月日军进犯山东，老舍思虑再三决定留下妻子和三个孩子（一个4岁，一个2岁，一个才3个月），只身于11月15日逃往武汉，一家人从此分离。1942年冬天老舍母亲在北平去世，胡絜青处理完老人丧事，才在1943年秋天，带着三个孩子，辗转数千里，历时五十多天，于11月17

---

① 《小说》月刊1948年7月创刊于香港，由茅盾、巴人、葛琴、孟超、蒋牧良、周而复、以群、适夷八人组成编辑委员会；1949年6月出版第2卷第6期后，由于周而复、楼适夷等编委陆续离港而停刊。1949年10月1日，《小说》月刊在上海复刊，成为新中国文坛第一家纯文学刊物，比《人民文学》的出版还早了24天。《小说》以半年6期为一卷，出至第6卷第5、6期合刊后停刊。

日到达重庆，他们至此时已分离了整整六年。胡絜青在北平沦陷区居留了五年，当了四年中学教员。她将自己在北平的所见所闻所思所感讲给老舍听，前后讲了两三个月，这使老舍获得了极大的创作灵感。

只要我们稍做一点知人论世的功课，就不难理解老舍创作动机萌生的原因。

首先，讲述家国故事，回到精神故乡。老舍父亲舒永寿死于八国联军进北京，母亲则死于日本占领北京之时，这使老舍很自然地将家与国联系在一起，诠释"没有国就没有家"和"覆巢之下安有完卵"的理念。自古忠孝难两全，老舍在国家危难之时舍小家而为大家，既未尽孝为老母送终也未能照顾妻子儿女，心中不免愧疚，他要讲述自己"尽忠"的理由。而由于胡絜青的讲述，老舍又回到了他的精神故乡，找回了自己文化之根：北平风物、胡同杂院、市民社会……而老舍的这种题旨自觉至少始于1935年，老舍在他最喜爱的作家康拉得去世后，写了一篇文章纪念这位"近代最伟大的境界与人格的创造者"，称康拉得为"海王""海上的诗人"、一个为艺术而"受着苦刑的诗人"、一个"最会说故事的人"。[1] 老舍说自己"永忘不了康拉得的恩惠"，这艺术恩惠是多方面的，但最重要的应是启发他在选材上要找到自己的"海"：老舍的"海"就是北平，因为他对北平的爱就像对母亲的爱一样[2]。——老舍最好的作品《骆驼祥子》《四世同堂》和《正红旗下》均取材于北平，这不仅使老舍成为北平的代言人，而且是"使'京味'成为有价值的风格现象的第一人"。[3]

其次，迫于物质匮乏，挣钱糊口养家。老舍在《我怎样写短篇小说》中说："钱与朋友也是不可得罪的。……累死还倒干脆而光荣，饿死可难受而不体面。"此文1936年1月1日刊于《宇宙风》第8期，1944年编入《老牛破车》时增补了一个尾巴，交代自1940年冬到1944年春"始

① 老舍：《一个近代最伟大的境界与人格的创造者——我最爱的作家——康拉得》，上海《文学时代》月刊创刊号（1935年11月10日）；老舍：《老舍全集》第17卷，北京：人民文学出版社2008年版，第88、89、90页。

② 1936年6月16日，老舍散文《想北平》在《宇宙风》第19期发表，第一次公开倾诉他与北平的血肉之情："我爱我的母亲。怎么爱？我说不出。……我之爱北平也近乎这个。"老舍：《老舍全集》第14卷，北京：人民文学出版社2008年版，第55页。

③ 赵园：《北京：城与人》，北京：北京大学出版社2002年版，第9页。

终患贫血病。每年冬天只要稍一劳累，我便头昏"，所以没写出"好东西"，但是"病稍好时所写的坏东西再不拿去换钱，我怎么生活下去呢?"① 老舍一个人即为生存发愁，现在如何让妻儿四人免于饥饿呢? 一个作家身无长物，只有凭一支笔来挣稿费养家。因而老舍的匮乏性创作动机得到激发。而在抗战最艰难的时期，"著书为稻粱"绝不是可耻的事，何况《四世同堂》还有文学、教育、社会和历史等多方面的价值。

最后，已有全面积累，集成现代史诗。老舍担任中华全国文艺界抗敌协会常务理事兼总务部主任八年，而"文协"俨然一个信息集散中心，使他一方面对全国政治文化形势了然于胸，另一方面也收集了大量人物和故事素材。在听取了胡絜青讲述的北京故事后，他头脑中的人物形象找到了可以附丽的、迥异于抗战八股的鲜活题材，遂构思成了宏大的故事梗概，努力创作一部全面展现自己小说美学的史诗巨著。——这一点从他最初就计划写三部曲、100 段的框架中显现出来。

（三）国族至上，文化抗战：《四世同堂》的史诗意图

我们有必要结合时代和作品，重点论述老舍《四世同堂》的家国情怀和史诗意图。

首先，国族至上，服务抗战。稍通抗战史即可知道，中国的抗战自1942 年起进入最艰难的时候。中国军队经过与日军数十计的大会战、近千次的重要战役、数万计的小战斗，虽然"迫使日本人在中国保持一支大约 100 万人的军队"，但"大约从 1942 年起，大部分国民党军队已丧失了战斗意志，它实际上再也不能采取有效的军事行动了。"② 加之各地农民暴动多不胜数，可以说军心涣散、民怨沸腾。在此情形下，政府当局对文学艺术提出了新要求。这些要求在张道藩《我们所需要的文艺政策》里有清晰表述。此文明确了抗战文学"四种基本的意识"即（1）谋全国

---

① 老舍：《我怎样写短篇小说》，《老舍全集》第 16 卷，北京：人民文学出版社 2008 年版，第 192、197 页。1944 年 4 月 1 日又在《作家生活自述》中说："为一家吃饭，此后当勤于写作。"到了 1945 年，"由于物价飞涨，老舍的生活越来越困难，不得不戒酒、戒烟、戒茶。"舒济、郝长海、吴怀斌编撰：《老舍年谱》，《老舍全集》第 19 卷，北京：人民文学出版社 2008 年版，第 557、580 页。

② ［美］费正清、费维恺编：《剑桥中华民国史 1912—1949》下卷，刘敬坤等译，北京：中国社会科学出版社 1993 年版，第 665 页。

人民的生存,(2)事实定解决问题的方法,(3)仁爱为民生的重心,(4)国族至上;提出了"五要政策"即(1)要创造我们的民族文艺,(2)要为最苦痛的平民而写作,(3)要以民族的立场来写作,(4)要从理智里产作品,(5)要用现实的形式;同时为"批判现代文艺的歧途"而提出了"六不政策"即(1)不专写社会黑暗,(2)不挑拨阶级的仇恨,(3)不带悲观的色彩,(4)不表现浪漫的情调,(5)不写无意义的作品,(6)不表现不正确的意识。文章最后说:"现在是国家民族最危险的时候,同时,也是最需要文艺的时候,努力吧!文艺行里的同志们,我们自新文艺运动以来已经有数十年的光荣史,现在民族需要我们,我们需要民族,因此,使我们更认清了前途,更认清了方法。只要更往前进,伟大的作品即行出现,那时,我们不但在世界文艺上占一席,且要领导世界的文艺,我们的姓名,将同民族胜利而永垂不朽!"① 此文固然是对于中共延安文艺座谈会的批评,却主要是对抗战文学的鼓呼,号召作家们为民族国家的复兴而创作。而老舍早在抗战初期就提倡国家至上:"国家是我们今日的爱人,我们必须为她死,为她流血。"② "有国家,全好;亡了国,全完。"③ 他鼓动全民抗战,精忠报国,做今天的岳武穆、文天祥:"有骨头的人才肯为国捐躯,有骨头的人才肯死里求生;有骨头的今日死,有骨头的明日生;这就是民族的复活。"④ 可以说,"国家至上"的爱国意识、为国捐躯的民族精神,成为老舍抗战时期文学创作的中心主题。不仅如此,"为国家、民族献身只是老舍抗战文化心理的核心价值的一个重要层面,还有一个重要层面就是老舍对民族复兴'梦'的追寻。在民族危亡之时,老舍常常'默祷民族的复兴'(《到武汉去》)。"⑤ 老舍的这些观念已在《剑北篇》《火葬》《蜕》和《国家至上》等作品中有了形象

---

① 张道藩:《我们所需要的文艺政策》,《文艺先锋》1942 年 9 月 1 日第 1 卷第 1 期;《中国新文学大系1937—1949·文学理论》卷一,上海:上海文艺出版社1990 年版,第 67—90 页。

② 老舍:《新气象新气度新生活》,《老舍全集》第 14 卷,北京:人民文学出版社 2008 年版,第 139 页。

③ 老舍:《善心》,《老舍全集》(第 14 卷),北京:人民文学出版社 2008 年版,第 85 页。

④ 老舍:《是的,抗到底!》,《老舍全集》第 14 卷,北京:人民文学出版社 2008 年版,第 106、107 页。

⑤ 谢昭新:《老舍抗战散文中的文化心理透视》,《中国现代文学研究丛刊》2015 年第 9 期。

表达，而今政府的号召更激发了他创作一部大型抗战史诗的意图。

其次，文化批判，精神再造。赵园认为："对于中国知识分子，北京是熟悉的世界，属于共同文化经验、共同文化感情的世界。北京甚至可能比之乡土更像乡土，在'精神故乡'的意义上。它对于标志'乡土中国'与'现代中国'有其无可比拟的文化形态的完备性，和作为文化概念无可比拟的语义丰富性。……北京把'乡土中国'与'现代中国'充分地感性化、肉身化了。"① 因此，北京题材最适合民族文化主义书写，也最适合进行中国文化批判和民族精神再造。而在中国现代作家中，老舍应是最了解和热爱北平文化的，《四世同堂》不仅取材于北京，而且延续了从《二马》《离婚》开始的文化批判和国民性改造主题，因而杨义说："老舍作品蕴涵着文化学。……直到《四世同堂》时期，仍锲而不舍地剖析着存在于小胡同、大杂院中的层次丰富的文化'千层糕'，强调一个文化的生存，必赖于它的自我批判，警戒'泥古则失今，执今则阻来'，关注民族文化古往今来的文化生命。而北京平民生活，是带着他胎记的生活，他从这个胎记人生中，剖析着民族文化的生命基因。"②

最后，独辟蹊径，耻辱史录。与那些书写正面战场和战争英雄的小说不同，《四世同堂》在题材上独辟蹊径，要书写一部"被征服者的愤史"③，一部耻辱者的精神受难史。这一意图正如《四世同堂》里瑞宣所说，意在"给历史留下点儿'扬州十日'里的创痕和仇恨"。④ 事实上，《四世同堂》真如一部北平的"生死场"：那些蚁子似的市民，从不知有国，苟且偷生，到感受"亡国惨""亡国奴"的耻辱，再到以各种方式投入抗战，终于迎来胜利的曙光。小说采用了辐射结构，以祁家为中心，串起胡同各家各户各行各业各色人等，以四时变化以及"七七"事变、青岛之战、石家庄轰炸、保定沦陷、南京陷落、华北政府成立、安庆失陷、广州陷落、欧战爆发、珍珠港事件、意大利投降、原子弹爆炸、日本投降

①　赵园：《北京：城与人》，北京：北京大学出版社 2002 年版，第 5、6 页。

②　杨义：《老舍与二十世纪文学》，《民族文学研究》1999 年第 4 期。

③　吴小美：《一部优秀的现实主义作品——评老舍的〈四世同堂〉》，《文学评论》1981 年第 6 期。

④　老舍：《四世同堂》，《老舍全集》第 4 卷，北京：人民文学出版社 2008 年版，第 225 页。

等为时间节点，勾勒出北平政治、经济、文化等各个领域在日据八年里的变化。因此，《四世同堂》不仅"是战时北京日常生活的生动缩影"，侵略者的残暴和亡国奴的惨境在小说中皆有充分展示，而且"其意义还在于，在中国现代文学史上，写沦陷区城市生活的作品本少，此著则有着如此深广的社会内容，展示了多样性的人物，填补了空白，丰富了文学史的内容。"① 从这个意义上说，《四世同堂》"是20世纪三四十年代中国规模最大的战争小说"，"是一部厚实的大书。它用北平人民八年充满血泪的沦陷生活，为中国文化作了一次生动的、艺术的诠解。""它既是战时抗战小说中的最后一部杰作，也是战后抗战小说中的最初一部巨著。它是中日战争文学由战争化走向文学化过程中的一座里程碑。"②《四世同堂》不仅完成了"一个中国现代知识者以其心理的全部丰富性对北京文化的理解、认识、感受与传达"③，而且真正写出了北京人的亡国之痛、精神凌迟：相比于引头成一快的逞气血勇，真正艰难的是沦陷区平民的生活：他们忍受饥荒病痛、惶惑恐惧、内疚不安，他们的"不走"有着万千种理由，但是贴着"亡国奴"的标签，承受的是难以言说的煎熬和折磨。那么如何描写这种苦难人生才是对作家艺术水准的挑战和考验，《四世同堂》人物群像及其艺术价值因此而格外引人瞩目。

第二节　"小说家的第一项任务"：《四世同堂》的人物形象塑造

一部小说的故事乃至其中蕴含的哲学必须由人物形象担负起来，因而人物塑造就成为小说的中心，正如老舍所说："文艺所要揭发的事实必须是人的事实，······文艺去揭发事实，无非是为提醒我们，指导我们；我们

---

① 蒋泥：《飞扬与落寞：老舍的沉浮人生》，北京：东方出版社2008年版，第200、202页。

② 房福贤：《中国抗战文学新论》，北京：中国社会科学出版社2012年版，第124、129页。

③ 赵园：《北京：城与人》，北京：北京大学出版社2002年版，第20页。

是人，所以文艺也得用人来感动我们。"① 老舍高度重视小说人物的塑造，认为"创造人物是小说家的第一项任务。把一件复杂热闹的事写得很清楚，而没有创造出人来，那至多也不过是一篇优秀的报告，并不能成为小说。"② 而《四世同堂》在人物塑造方面的艺术成就超越了老舍此前的作品，为中国现代文学人物画廊留下了一群不朽的形象。

（一）外国人与中国人：《四世同堂》人物类型论

《四世同堂》中的人物，按国籍可分为日本人、英国人、意大利人和中国人。如果说日中双方是侵略与被侵略的冲突两极，那么英国人和意大利人则充当了观察员与评说者。

老舍在刻画日本侵略者时用足了讽刺和漫画手法，揭穿侵略者的非理性与变态心理，整体上描画其小、狂、假、恶。

日本侵略者被贬称为"小日本"，不仅因其国土小身材小，更因为其言行如同"细心捉虱的小猴，小老鼠！"③ "日本人爱小便宜，说不定是看上了卢沟桥……桥上有狮子呀！"④ 虽然这是祁老人的一句玩笑话，但是一些细节证明日本人的确形同小偷：冠晓荷给日本兵点烟，日本兵就把烟盒一起放进了自己口袋；日本兵到祁家搜查就顺手拿走了韵梅的簪子；日本宪兵释放瑞宣出狱时就扣下了他的钱包；日本人趁着天高风黑夜撬走所有人家的门环；日本士兵坐车不给钱，妇女上街抢菜……小说最终给日本侵略者贴上了这样的标签：他们"是'文明'的强盗"⑤ "历史上将无以名之，而只能很勉强的把他们比作黄鼬或老鼠。……老鼠是诡诈而怕人的。"⑥ 日本人体形小故而被老舍讽为"矮子"和"板凳狗"："北平人不喜欢笨狗与哈巴狗串秧儿的'板凳狗'——一种既不像笨狗那么壮实，

---

① 老舍：《人物的描写》，《老舍全集》第 16 卷，北京：人民文学出版社 2008 年版，第 216 页。

② 老舍：《怎样写小说》，《老舍全集》第 17 卷，北京：人民文学出版社 2008 年版，第 322 页。

③ 老舍：《四世同堂》，《老舍全集》第 5 卷，北京：人民文学出版社 2008 年版，第 594 页。

④ 老舍：《四世同堂》，《老舍全集》第 4 卷，北京：人民文学出版社 2008 年版，第 20 页。

⑤ 老舍：《四世同堂》，《老舍全集》第 5 卷，北京：人民文学出版社 2008 年版，第 1021 页。

⑥ 老舍：《四世同堂》，《老舍全集》第 4 卷，北京：人民文学出版社 2008 年版，第 74 页。

又不像哈巴狗那么灵巧的，噘嘴，罗圈腿，姥姥不疼舅舅不爱的矮狗。他们看日本人就像这种板凳狗。他们也感到每个日本人都像个‘孤哀子’。板凳狗与孤哀子的联结，实在使北平人不能消化！”在中国民间，丧父者是孤子，丧母者称哀子，父母俱丧称孤哀子。因而这一段话就是在嘲骂日本侵略者是无父无母的杂种。可笑的是，明明人小心胸小，偏偏妄自尊大自称“大日本帝国”，“以为自己是‘最’字的民族，这就是说：他们的来历最大，聪明最高，模样最美，生活最合理……他们的一切都有个‘最’字，所以他们最应霸占北平，中国，亚洲，与全世界！”① 这就揭穿了侵略者人心不足蛇吞象的贪婪。

小而贪婪故“狂”。对于日本人的贪婪，瑞全作为一名大学生一言中的：“他们要北平，要天津，要华北，要整个的中国！”“有田中奏折在那里，日本军阀不能不侵略中国；有九·一八的便宜事在那里，他们不能不马上侵略中国。他们的侵略是没有止境的，他们征服了全世界，大概还要征服火星！……日本的宗教，教育，气量，地势，军备，工业，与海盗文化的基础，军阀们的野心，全都朝着侵略的这一条路子走。”② 日本近代侵华史让它产生了错觉：一是“中日甲午战争（1894—1895 年）之后，作为胜利者的权利，日本除要求割让台湾、澎湖列岛之外，还要求中国赔偿 2 亿两白银。按当时日元计算，加上利息，共计 3.6 亿日元。这笔巨额赔款相当于当时日本 4 年的国家预算额。这些钱是怎么用的呢？是按照军事费用 84.7%，皇室费用 5.5%，教育基金 2.8% 及其他部分来分配的。”③ 这使日本认为军事掠夺最易“致富”，因而法西斯军国主义大盛。日本人的第二个错觉是，中国内战和不抵抗说明中国可欺，有机可乘，因而有了得陇望蜀的贪念：日本在占领了朝鲜半岛后，又于 1904 年发动日俄战争染指中国东北地区；1931 年强占中国东北后又觊觎华北，七七事变后甚至叫嚣“三个月灭亡中国”……不能不说，狂妄产生幻觉，也更映现出日本侵略者不知天高地厚的自大狂本性！

---

① 老舍：《四世同堂》，《老舍全集》第 4 卷，北京：人民文学出版社 2008 年版，第 547 页。

② 同上书，第 21、24 页。

③ ［日］金子道雄：《日本的战争赔偿责任》，毛惠玲译，林代昭校，《抗日战争研究》1995 年第 4 期。

自大而虚伪故"假"。《四世同堂》通过一些象征性细节揭穿了日本文化的虚伪。在"华北文艺作家协会"大会上，"曾经一度以宣传反战得名的日本作家井田"说："日本的是先进国，它的科学，文艺，都是大东亚的领导，模范。我的是反战的，大日本的人民都是反战的，爱和平的。日本和高丽的，满洲国的，中国的，都是同文同种同文化的。你们，都应当随着大日本的领导，以大日本的为模范，共同建设起大东亚的和平的新秩序的！"① 这种建构论的假设推定正如希特勒《我的奋斗》中的立论方式："我们今天所看到的一切人类文化，一切艺术、科学和技术的成果，几乎完全是亚利安人创造。这一事实本身证明下述推论不是没有根据的：只有亚利安人才是一切高级人类的创始者，因此是我们所谓的'人'这个名称的典型代表。他是人类的普罗米修斯。从他的光芒四射的额头，永远飞迸出神圣的天才的火星，永远燃点着知识的火焰，照亮了默默的神秘的黑夜，推动人类走上征服地球上其他生物的道路。"② 这种言论将自己放到了不证自明的准宗教地位，但只要稍作前提追问就能明白这是一个巨大的伪命题，荒诞不经不值一驳。瑞宣由井田身上"看到日本的整部的文化；那文化只是毒药丸子上面的一层糖衣。他们的艺术，科学，与衣冠文物，都是假的，骗人的；他们的本质是毒药。……井田若成了功——也就是全体日本人成了功——世界上就须管地狱叫作天堂，把魔鬼叫作上帝，而井田是天使！"③ 对日本作家井田的讽刺有多重意义：首先是影射日本"笔部队"④，其次是这一细节与日本人派到各学校的督察员一样都是文化殖民的象征，再次是揭穿日本战争文化和宣传的虚伪。

暴行而文过故"恶"。老舍通过众多细节揭穿日本人在"亲善""共荣"旗帜下的灭绝中国文化的祸心。日本人在占领北平后，扶植汉奸，以华治华，滥杀无辜（如小崔之死和"消毒"行动）、掠夺财富（用伪

① 老舍：《四世同堂》，《老舍全集》第 5 卷，北京：人民文学出版社 2008 年版，第 641 页。

② ［美］罗伯特·唐斯：《影响世界历史的 16 本书》，缪军编译，上海：上海文化出版社 1986 年版，第 68 页。

③ 老舍：《四世同堂》，《老舍全集》第 5 卷，北京：人民文学出版社 2008 年版，第 642—643 页。

④ 参看王向远《日本对中国的文化侵略》，北京：昆仑出版社 2005 年版；王向远《"笔部队"和侵华战争》，北京：昆仑出版社 2005 年版。

币、卖鸦片）、灭绝文化（焚中国书、推行日语、将北大校舍改造成监狱）。老舍写到的这些细节可与历史互参，有着以诗证史的价值：历史学家认为"日本人发现大学生和培养大学生的院校是反日情绪的根源"，因而在"七七"事变后开始了"对中国大学校园的野蛮破坏"，"战争开始时以南开大学为目标的轰炸使它沦为一片废墟，这一破坏已广为人知，但几乎所有的其他学校在日本占领期间也因轰炸或破坏性使用，而蒙受财产损失。"①《四世同堂》还通过钱默吟和祁瑞宣入狱后的所见所闻展示了日本人的酷刑、凶残和变态心理：日本宪兵将中国女学生强暴致死；"优待室"的"墙上舒舒展展的钉着一张完整的人皮。……有一张裱好的横幅，上边贴着七个女人的阴户。"② 从女性主义角度看，在殖民侵略中"强暴女性"不仅是对女性身体的凌辱，也有着种族灭绝的隐喻；而从文化学角度看，将大学改成监狱，变成人间地狱，则是文化灭绝的象征……

当然，老舍也着意塑造了一个有世界眼光的日本老妇人的形象，她热爱和平，坚信"日本必败"，却不得不跟随着孩子来到北平；她看着孩子上战场当炮灰，看着媳妇去当军妓，痛苦无处言说……从这个角度说，《四世同堂》又诠释着"丧钟为谁而鸣"的道理。

在《四世同堂》中，英国人是西方现代国家、国际社会乃至国际联盟的象征。英国驻北平领事馆领事富善热爱平和古典的中国文化，数十年积累资料要著述一部《北平》；他作为祁瑞宣大学时代的老师，一方面帮助瑞宣，表现出友好态度，另一方面则对中国政府的不抵抗以及抗战能力表示怀疑；他固然不希望日本人在中国取得胜利从而伤及列强在中国的共同利益，但也不会轻易向中国伸出援手以得罪日本人："他不希望中国富强起来，谁知道一个富强了的中国将是什么样子呢？同时，他也不喜欢日本人用武力侵略中国，因为日本人占据了中国，不单他自己会失去最可爱的北平，恐怕所有的在中国的英国人与英国势力都要同归于尽。"③ 这实

---

① ［美］费正清、费维恺编：《剑桥中华民国史1912—1949》下卷，刘敬坤等译，北京：中国社会科学出版社1993年版，第469、470—471页。

② 老舍：《四世同堂》，《老舍全集》第5卷，北京：人民文学出版社2008年版，第590页。

③ 老舍：《四世同堂》，《老舍全集》第5卷，北京：人民文学出版社2008年版，第713页。

际上代表了西方人对中国抗战的暧昧态度。《四世同堂》还以诺蒙坎战役为背景，指出苏联虽然在此次战役中取得了胜利，但很快与日本签订了互不侵犯条约，一方面谋求苏联的地缘安全，另一方面则预谋趁日本侵略中国之机再扶植几个卫星国以建立战略缓冲区。——《四世同堂》一再强调英国和苏联等国的态度，一方面凸显了"民族主义"比"社会主义"或"资本主义"更重要，是一个国家最核心和最重要的问题，而"社会主义"或"资本主义"只不过是各个国家的政治修饰而已；① 另一方面也告诉中国人"你能自救，上帝才会救你"的道理，不能指望任何西方列强。正如瑞宣所领悟到的：在危患中"只有行动能够自救与救人。"② 当然，富善在小说中的结构性功能不限于此：他是瑞宣的辩难者，令瑞宣始终处于精神困境与省思之中；他是大赤包和冠晓荷的镜子，照出了中国人的国民劣根性；他最终被捕并被关押进集中营，则隐寓见义不施、袖手旁观必遭株连……可以说，老舍对于富善形象的设置是经过深思熟虑的。

《四世同堂》还勾勒了意大利天主教补习学校的窦神父形象。意大利作为德日意同盟国成员，其国家意志自然也会通过窦神父传达出来：他对瑞宣（中国人）冷淡、高傲而轻蔑，把日本侵略中国看作寻常事："我只知道改朝换代是中国史上常有的事！"这使瑞宣"从神父的脸上看到人类的恶根性——崇拜胜利（不管是用什么恶劣的手段取得的胜利），而对失败者加以轻视及污蔑。""连神父都这样看不起咱们，别人更可想见了！我们再低着头装窝囊废，世界上恐怕就没一个人同情咱们，看得起咱们了！"③ 这不仅揭穿了宗教家的伪善，而且揭示了"优胜劣汰、适者生存"社会进化学说的悖论：一方面在人类社会实行庸俗机械的森林法则有失人道主义原则，另一方面又对落后国家有着警示意义，激发国人振兴中华、复兴国族的壮志。

中国人群像是《四世同堂》人物谱系的主体，举凡工农商学兵、艺僧医乞娼等三教九流都有涉及。这些人物如同珠子被祁老人、瑞宣、韵

---

① ［美］本尼迪克特·安德森：《想象的共同体——民族主义的起源与散布》，吴睿人译，上海：上海人民出版社2011年版，第3页。

② 老舍：《四世同堂》，《老舍全集》第4卷，北京：人民文学出版社2008年版，第215页。

③ 同上书，第66、72页。

梅和瑞丰这四条主线串联起来：祁老人是老市民的代表、小羊圈胡同的寿星，他串起了胡同与北平历史；瑞宣是一个既有传统思想又接受了现代教育的知识分子，担当了观察者与反思者的角色；韵梅则作为家庭妇女，成为过渡时代北平女性和女德的一面镜子；瑞丰因为无聊和喜欢热闹而走入了汉奸群体……他们各自作为一条线，串起了"地道的中国人"群体。

（二）"地道的中国人"：《四世同堂》中的正面人物群像

如果说《四世同堂》中的日本侵略者是"小狂假恶"的典型，那么作为正面形象的"地道的中国人"就是"美"的意象群。

祁老者具有朴拙混沌之美。他是安分守己的老北平市民的代表，是近代北平变乱历史的见证者；面对日本侵略，他在八年时间里由一个顺民变成了民族尊严的捍卫者。"七七"事变爆发时，这位75岁的"安分守己的公民，只求消消停停地过着不至于愁吃愁穿的日子。即使赶上兵荒马乱，他也自有办法：最值得说的是他的家里老存着全家够吃三个月的粮食与咸菜。这样，即使炮弹在空中飞，兵在街上乱跑，他也会关上大门，再用装满石头的破缸顶上，便足以消灾避难。"① 他没想什么民族国家、世界政治的大局，更没想家破人亡、亡国灭种的危机，心中装着的全是自己的生日宴。无独有偶，程长顺的外婆马寡妇也持同样的市民哲学："'咱们还是老老实实地过日子，别惹事！反正天下总会有太平了的时候！日本人厉害呀，架不住咱们能忍啊！'老太太深信她的哲理是天下最好的，因为'忍'字教她守住贞节，渡过患难……"② 可以说，祁老人的安分守己和马寡妇的"多一事不如少一事"，正是老北平市民的处世之方和活命哲学。因此，当钱默吟因为冠晓荷出卖而被日本人抓走时，祁老人认为这是"命当如此"，也"绝不愿因救人而连累了自己。在一个并不十分好对付的社会中活了七十多岁，他知道什么叫作谨慎。"③ 这就揭示出老北京市民的特质：事不关己，高高挂起。但是，日本人改变了一切并渐渐触及祁老人的心理底线：日本人不仅三个月没走、三年没走，而且一待就是八

① 老舍：《四世同堂》，《老舍全集》第4卷，北京：人民文学出版社2008年版，第3页。
② 同上书，第143—144、147页。
③ 同上书，第130页。

年，祁老人不得不在惶惑、饥荒中偷生；他家的祖坟要保不住了，儿子天佑受辱投河自杀，长孙瑞宣被捕，二孙子瑞丰当了汉奸，三孙子瑞全从军抗日了，重孙女小妞子也被饿死——他四世同堂的梦想破灭了，渐渐认同瑞全的预言："国破，家就必亡"①，更意识到破缸顶街门的老法子是拦不住日本人的。于是他出离了愤怒，不仅敢用胸口迎向特务的枪口，而且彻悟："活了快八十岁了，永远屈己下人，先磕头，后张嘴；现在，我明白了，磕头说好话并不见得准有好处！硬着点！"② 此时他已在精神上变成了一个老黄忠。小说以祁老人这一人物形象说明"压迫与暴行大概会使一只绵羊也要向前碰头的"③ 道理，因而他是北平人觉醒的一个象征个案。——与祁老者类似的是"窝脖儿"李四爷，这个"地道的中国人"刚强、正直、仗义，可以说是《四世同堂》刻画得最好的人物。老舍设置这样一个以给人搬家、办白事为生的人物形象有着深刻用意：李四爷亲手处置了小胡同各色人物如钱孟石、钱太太、小崔、天佑等人的死事，不仅将中国人顺生重死的民俗活化了，更见证了中国平民在日本侵略下的横死，见证了不得善终的亡国惨。而这样一个见过世面、能屈能伸的老江湖最终忍无可忍，在回击日本宪兵后遭受羞辱抑郁而死。这就象征性地告诉人们：日本人给北平人带来的不仅是屠杀、酷刑和恐惧，更多的猥亵、侮辱和骚扰，令人"头疼，恶心，烦闷"④。这些细节让人联想到田间的枪杆诗："假使我们不去打仗，／敌人用刺刀／杀死了我们，／还要用手指着我们骨头说：／'看，／这是奴隶！'"

　　钱默吟兼具隐逸和沉郁之美。钱默吟在"七七"事变时已五十七八岁，他屋里"除了鲜花，便是旧书与破字画。他的每天的工作便是浇花，看书，画画，和吟诗。"⑤ 他足不出户，一派隐士作风。但日本人来了，他不能不关注，正如他自评："我是不大问国事的人，可是我能自由地

---

① 老舍：《四世同堂》，《老舍全集》第 4 卷，北京：人民文学出版社 2008 年版，第 72 页。
② 老舍：《四世同堂》，《老舍全集》第 5 卷，北京：人民文学出版社 2008 年版，第 896 页。
③ 同上书，第 600 页。
④ 老舍：《四世同堂》，《老舍全集》第 4 卷，北京：人民文学出版社 2008 年版，第 547 页。
⑤ 老舍：《四世同堂》，《老舍全集》第 4 卷，北京：人民文学出版社 2008 年版，第 13 页。

生活着，全是国家所赐。……假若北平是树，我便是花，尽管是一朵闲花。北平若不幸丢失了，我想我就不必再活下去！"① 一朵"闲花"却抱了殉国的死志，这是典型的传统士人操守。他的儒者气节随后逐渐显现出来：他感佩二儿子钱仲石"在国破家亡的时候用鲜血去作诗"的勇气，当仲石摔死了一汽车的日本鬼子后，② 他"等着镣铐加在身上而不能失节"；他被日本人抓入监狱后饱受酷刑折磨，其硬骨头精神感动了一位"在帮"的义士才得以获救出狱。可是在被捕后的短短几天里，他已经家破人亡：生病的长子孟石被日本兵打得吐血而亡，妻子悲愤地撞死在儿子棺材上。钱先生的耿介刚毅、视死如归精神被激发出来：他回到胡同后即面折冠晓荷；伤病初愈就将怀有身孕的儿媳托付给亲家，自己走出家门从事宣传与暗杀工作，声言"我们今天唯一的标语应当是七杀碑，杀！杀！杀！"③ 从而实现了由"不肯损伤一个蚂蚁的""最老实的，连个苍蝇都不肯得罪的"诗人到一个敢投炸弹的勇士、"由饮酒栽花的隐士变成敢流血的战士"的转变。——日本入侵使"整个的北平变成了一只失去舵的孤舟，在野水上飘荡！……北平的一切已都涂上耻辱与污垢！人们的眼都在相互的问：'怎么办呢？'"④ 钱默吟首先用他的行动给出了答案。他既然成了一个抗日的宣传者和行动者，因而小说第50章安排他对瑞宣做了一个"长篇演讲"。这看似有违现代小说意蕴模式，却符合人物功能设定，也符合当时主流意识形态对文学宣教作用的期待，让人们明白"人是鱼，国家是水；离开水，只有死亡。"⑤ 更重要的是，钱默吟是知识分子的一面镜子，照出了不同选择与结果：牛教授苟且附逆，最终落入日本人牢狱；陈野求软骨求生，无法得到四个儿子的谅解，在自责与愧悔中吸食鸦片而沉沦。而相比于钱先生的拼命

---

① 老舍：《四世同堂》，《老舍全集》第4卷，北京：人民文学出版社2008年版，第23页。

② 《四世同堂》第27章提到上海工人"胡阿毛"的故事：胡阿毛是上海运输工人，1932年2月27日，日军4人押解胡阿毛驾驶装满军火的卡车开往公大纱厂；胡阿毛佯为允许，在经过黄浦江边时，开足马力，横转车头，直冲浦江，英勇献身，与车上的日军同归于尽。——这应是钱钟石人物原型或灵感来源！

③ 老舍：《四世同堂》，《老舍全集》第5卷，北京：人民文学出版社2008年版，第632页。

④ 同上书，第48—49页。

⑤ 同上书，第697页。

硬干、向死而生，诚实正派的祁天佑在遭受日本人侮辱后蹈水自尽，就显得窝囊不值，也远不如小文夫妇和尤桐芳死得暴烈绚烂！总之，钱默吟由淡泊自守的隐士，经受住了"苦其心志，劳其筋骨，饿其体肤，空乏其身，行拂乱其所为"的考验，成为一名舍生取义的勇士，一位"富贵不能淫，贫贱不能移，威武不能屈"的大丈夫，一个大写的"地道的中国人"。

瑞宣具有延宕之美。瑞宣无疑是《四世同堂》的核心人物。他不仅是重大事件的叙述人，而且是一个哈姆雷特式的思想型人物①，甚至带有卡拉马佐夫兄弟式的自审意识②。小说始终将瑞宣置于两难困境之中，因而他总是处于与人辩论或自我辩难之中，是沦陷区北平那个典型环境中的典型人物：作为一个现代知识青年，他知道恋爱自由，却接受爷爷的安排，娶了并没有多少文化的韵梅，而且两人在生活中从没红过脸；作为长子长孙和实际上的家长，他照顾长辈也宽忍瑞丰的毛病，"总求全盘的体谅"，有着"自我牺牲的骄傲"；抗战爆发后，他在尽忠与尽孝之间矛盾，支持三弟瑞全逃出北平为国家做点事，"只好你去尽忠，我来尽孝"③，却又为自己不能投身抗战而自责；作为一名中学英语教师，当日本人接管了学校教育后，他在是否继续任教这一问题上有着矛盾，及至辞去教职到英国使馆工作后，又自嘲并不比汉奸高明多少……瑞宣就这样瞻前顾后，歧路彷徨，左右为难，进退失措，精神备受煎熬，思考也越来越深；他在现实的教育下，在钱默吟的引领下，从日本人的焚书坑儒、文化侵略、舆论控制等暴行中看出了其文化灭绝意图，看清了北平正变成"但丁的地狱"，而侵略者和汉奸们如魑魅魍魉一样

---

① 老舍 1936 年在山东大学的演讲《文艺中的典型人物》中对典型人物尤其是 Hamlet 形象做了细致分析，认为"这个典型即通常被称为优柔寡断的。"老舍：《文艺中的典型人物》，《老舍全集》第 17 卷，北京：人民文学出版社 2008 年版，第 98—102 页。

② 老舍《文学概论讲义》和《老牛破车》多处论述莎士比亚戏剧与陀斯妥耶夫斯基作品。老舍认同英国评论家本内特对陀氏《罪与罚》的评价，一方面认为某些章节是"独立无匹的。它们达到了小说家所能及的最高与最可怕的感情。"另一方面又认为"杜思妥亦夫斯基的作品——一切作品——都有大毛病。它们最大的毛病是不完全。"老舍：《老舍全集》第 16 卷，北京：人民文学出版社 2008 年版，第 106 页。

③ 老舍：《四世同堂》，《老舍全集》第 4 卷，北京：人民文学出版社 2008 年版，第 36 页。

"还能把它弄得十分热闹"①；他渐渐明白，对待"负数"的办法是"杀"②，而"爱和平的人而没有勇敢，和平便变成屈辱，保身便变成偷生"③；他意识到"面向着枪弹走的才是真的人。活得自由，死得光荣。"④ 瑞宣对于知识分子的背叛最为痛心和敏感，不仅对日本作家井田充当"笔部队"表示惋惜，更对牛教授的附逆感到愤懑："以牛教授的学问名望而甘心附逆，这个民族可就真该灭亡了！""他有学问，而没有常识。他有脑子与身体，而没有人格。"⑤ 正是在这样的反思与警醒之中，瑞宣守住了知识分子的良心和清白，经过惶惑和偷生，找到了自己在民族解放事业中的位置。就此而言，瑞宣当得起"地道的中国读书人"。

韵梅具有温良贤淑之美。韵梅是一个典型的中国女性，其性格极似《正红旗下》中的大姐，可以说是老舍特别钟情的女性类型。起初她与祁老人一样只知有家不知有国，在"七七"事变爆发后，认为"反正咱们姓祁的人没得罪东洋人，他们一定不能欺侮到咱们头上来！"⑥ 直到全家因为战事而缺衣少食、典当度日甚至要变卖房产时，她才看到了国与家、与每个人的关系。但她没有抱怨，对于胖菊子的炫富毫不羡慕，而是忍辱负重、养老抚幼、相夫教子、夫唱妇随，她"帮助他（瑞宣）保持住一家的清白。这，在他看，也就是抗敌，尽管是消极的。她不只是她，而是中国历史上好的女性的化身——在国破家亡的时候，肯随男人受苦，以至于随着丈夫死节殉难。"⑦ 这的确有着中国传统的"男人殉国，女人殉夫"的节烈观，读者不能不同情而钦敬这个坚忍的女性："一个没有出过北平的女人，在几年的折磨困苦中，把自己锻炼得更坚强，更勇敢，更负责，而且渺茫的看到了山与大海。她的心宽大了许多，她的世界由四面是墙的

---

① 老舍：《四世同堂》，《老舍全集》第4卷，北京：人民文学出版社2008年版，第64页。
② 同上书，第374页。
③ 同上书，第426页。
④ 老舍：《四世同堂》，《老舍全集》第5卷，北京：人民文学出版社2008年版，第598页。
⑤ 同上书，第655、658页。牛教授的不问国事及其在1938年冬遇刺，应是影射周作人。
⑥ 老舍：《四世同堂》，《老舍全集》第4卷，北京：人民文学出版社2008年版，第7页。
⑦ 老舍：《四世同堂》，《老舍全集》第5卷，北京：人民文学出版社2008年版，第971页。

院子开展到高山大海，而那高山大海也许便是她的国家。"① 值得注意的是，《四世同堂》在塑造韵梅时，突出了她一天天"瘦"下去、"眼睛越来越大"等细节，从而与大赤包、胖菊子的"胖"形成了鲜明对比，更显出她"香中别有韵，梅瘦不畏寒"的沉静之美来。就此而言，韵梅堪称那个时代地道的中国贤良女性的样板。

小文夫妇具有"夏花秋叶之美"。文爷不是旗人，只因袭了爵位而承袭了旗人文化。"小文是中华民国元年元月元日降生在一座有花园亭榭的大宅子中的。"这本身就是一个引人注目的极具象征性的文化道具，而《四世同堂》在刻画小文夫妇时还有一段描写八旗文化的经典文字：

> 在满清的末几十年，旗人的生活好像除了吃汉人所供给的米，与花汉人供献的银子而外，整天整年的都消磨在生活艺术中。上自王侯，下至旗兵，他们都会唱二簧，单弦，大鼓，与时调。他们会养鱼，养鸟，养狗，种花，和斗蟋蟀。他们之中，甚至也有的写一笔顶好的字，或画点山水，或作些诗词——至不济还会诌几套相当幽默的悦耳的鼓儿词。他们的消遣变成了生活的艺术。他们没有力气保卫疆土和稳定政权，可是他们会使鸡鸟鱼虫都与文化发生了最密切的关系。他们听到了革命的枪声便全把头藏在被窝里，可是他们的生活艺术是值得写出多少部有价值与趣味的书来的。就是从我们现在还能在北平看到的一些小玩艺儿中，像鸽铃，风筝，鼻烟壶儿，蟋蟀罐子，鸟儿笼子，兔儿爷，我们若是细心地去看，就还能看出一点点旗人怎样在最细小的地方花费了最多的心血。②

这段关于八旗子弟的描写后来在《正红旗下》里有更细致的展开，集中反映着老舍对满族文化既爱又憎的矛盾心理和文化反思。不过，老舍让小文夫妇在没落中保持着自尊和从容："他们小两口都像花一样的美，只要

---

① 老舍：《四世同堂》，《老舍全集》第5卷，北京：人民文学出版社2008年版，第988页。

② 同上书，第244页。

有个屋顶替他们遮住雨露，他们便会像一对春天的小鸟那么快活"；他们"用歌唱去维持生活。他们经历了历史的极大的变动，而像婴儿那么无知无识地活着；他们的天真给他们带来最大的幸福。"小文更是"没有骄气，也不自卑，而老是那么从容不迫地，自自然然地，眼睛平视，走着他的不紧不慢的步子。"①　就是这样一对看尽繁华、与世无争的伉俪，在那样的乱世之中注定不能成为闲云野鹤、神仙眷侣，他们不仅要忍受冠晓荷和祁瑞丰的无聊，还要忍受汉奸戏霸的威逼利诱，屈辱地赴堂会演出。当若霞被日本军官无故枪杀时，小文内心的刚强暴烈才爆发出来，抢起椅子砸死了那个日本军官……他们的生与死可谓"生如夏花，死如秋叶"，令人扼腕叹息。

老舍评价康拉得时说："他的人物，正像南洋的码头，是民族的展览会。……不仅仅描写了他们的面貌与服装，也把他们的志愿，习惯，道德……都写出来。"②《四世同堂》在塑造老北京人时也不仅描画其言行举止，更抒写了北平人的风俗文化、伦理道德、精神气质和人生哲学，因而这些人物都活在中国历史环境和时代氛围之中，因而成为"地道的中国人"。

（三）这也是中国人？——《四世同堂》中的汉奸走狗形象

《四世同堂》中的汉奸走狗是群丑形象。"丑的审美价值主要有两个方面：一是丑可以显现生活的本来面目，因为实际生活中不仅有美的、健康的、光明的东西，同时也有丑的、病态的、阴暗的东西；二是丑常常最能显现一个人的个性特征，例如奇特、怪异、缺陷、任性，以及生理上的畸形，道德上的败坏，精神上的怪癖，等等。……'丑'使人感受到历史和人生的复杂性和深度。"③　在老舍看来，如果说"日本人是狼"，那么汪精卫、冠晓荷、大赤包、祁瑞丰、李空山、蓝东阳、大菊子、冠招弟之流就是"狐狸""疯狗"和"苍蝇"；如果说这些汉奸走狗也是"地道的

---

① 老舍：《四世同堂》，《老舍全集》第 4 卷，北京：人民文学出版社 2008 年版，第 245 页。

② 老舍：《一个近代最伟大的境界与人格的创造者——我最爱的作家——康拉得》，上海《文学时代》月刊 1935 年 11 月 10 日创刊号；《老舍全集》第 17 卷，北京：人民文学出版社 2008 年版，第 92 页。

③ 叶朗：《美学原理》，北京：北京大学出版社 2009 年版，第 373 页。

中国人"，那么他们是中国人的负面典型，是病态的中国人，而且都丑得有个性；他们同样是由中国文化养成的，因而这"文化是应当用筛子筛一下的，筛了以后，就可以看见下面的是土与渣滓，而剩下的是几块真金。钱诗人是金子，蓝东阳们是土。"① 由此可知，老舍在塑造群丑时包含着深广的文化批判意识。

小说让冠晓荷、蓝东阳和祁瑞丰三人立下投名状、结义为兄弟，又让大赤包和胖菊子拜为金兰姊妹，使这些臭味相投的丑角聚拢为一丘之貉。

冠晓荷这个"地道的中国人"② 是从中国文化厚黑学的酱缸里浸泡出来的毫无信仰的小丑："冠晓荷在军阀混战的时期，颇作过几任地位虽不甚高，而油水很厚的官。他作过税局局长，头等县的县长，和省政府的小官儿。"他赋闲在家就"学着念佛，研究些符咒与法术"，至于其研究所得的妙不可言的东西，就是"把西王母请下来了，还给她照了个像。"③他表面上道貌岸然，是个漂亮人物，骨子里却男盗女娼、官迷心窍、唯利是图。他当初娶大赤包是图她家的钱财，现在为了当官而钻营投靠。当得知钱仲石摔死了一车日本鬼子的小道消息后，大赤包鼓动冠晓荷"去报告！这是你的一条进身之路！"因而冠家夫妇出卖了钱默吟；当钱默吟的亲家金三爷怒打冠晓荷时，从不吃眼前亏的冠晓荷"知道北平的武士道的规矩，他叫了：'爸爸！别打！'"④ 然而他并不因这教训而收敛悔改，仍然想方设法通过新民会、慈善会去巴结日本人，彻底变成了"体面的苍蝇，哪里有粪，他便与其他的蝇子挤在一处去凑热闹；在找不到粪的时候，他会用腿儿玩弄自己的翅膀，或用头轻轻的撞窗户纸玩，好像表示自己是普天下第一号的苍蝇。"还恬不知耻地"觉得自己有作头等顺民的资格与把握。"冠晓荷之所以如此，是因为"二三十年的军阀混战，'教育'成像晓荷的一大伙苍蝇。他们无聊，无知，无心肝，无廉耻，因为军阀们不懂得用人，而只知道豢养奴才。在没有外患的时候，他们使社会腐烂。

---

① 老舍：《四世同堂》，《老舍全集》第 4 卷，北京：人民文学出版社 2008 年版，第 475 页。

② 老舍：《四世同堂》，《老舍全集》第 5 卷，北京：人民文学出版社 2008 年版，第 686 页。

③ 老舍：《四世同堂》，《老舍全集》第 4 卷，北京：人民文学出版社 2008 年版，第 28 页。

④ 同上书，第 204 页。

当外患来到,他们使国家亡得快一点。"① 冠晓荷是闲人,所以无事生非,他"'无聊',假若详细一点来解释,便是既不怕白费了自己的精神,又不怕讨别人的厌。冠先生一生的特长便是无聊。"② 在联络蓝东阳以通过新民会晋身的企图破灭后,冠晓荷又巴结李空山,结果反而是大赤包当上了妓女检查所所长,于是他转而仰赖大赤包的鼻息,即使被呼来喝去也依然腆着笑脸。在求官无路之际,他感叹"白亡了会子国,他妈的连个官也作不上,邪!"③ 随后降格以求地当了小羊圈胡同的里长,变着法坑害邻里,发一点国难财。及至大赤包倒台、房产被查封时,冠晓荷仍死不改悔地认为这只是日本人的"误会";他毫无谋生能力,在破产后就想让女儿高第"去卖",因为他的哲学就是"幼年吃父母;壮年,假若能作了官,吃老百姓;老年吃儿女。高第是他的女儿,她应当为养活着他而卖了自己的肉体。"④ 小女儿招弟为救出大赤包而被骗入日本特务机构,冠晓荷得知消息后似乎找到了新希望,他四处张扬,结果被日本特务机关抓起来。虽然经过测试,冠晓荷对日本天皇的忠诚度达到了"超等顺民""百分之百的顺民"⑤ 级别,但因为他的嘴巴就像一个小型广播台,无法严守秘密,因而日本人并未收留他当特务。于是,这"都市文化的一个蛔虫,只能在那热的,臭的,肠胃里找营养和生活"的家伙,最终在骗吃骗喝中得了传染病被日本人"消毒"活埋了⋯⋯小说不仅通过冠晓荷的发迹史反思中国近代史,更对以之为代表的国民劣根性进行了文化寻根和病理把脉:"他要雅,尽管雅的后面是男盗女娼。'雅'是中国艺术的生命泉源,也是中国文化上最贱劣的油漆。晓荷是地道的中国人。"⑥ 冠晓荷因之成为"想做奴隶而不得"的国民劣根性的经典注脚,成为一个奴在心、奴在骨的典型。

蓝东阳是真正"识时务的俊杰"。他惯于嫖娼,也是一个有奶便是娘

① 老舍:《四世同堂》,《老舍全集》第 4 卷,北京:人民文学出版社 2008 年版,第 234 页。

② 同上书,第 255 页。

③ 同上书,第 443 页。

④ 老舍:《四世同堂》,《老舍全集》第 5 卷,北京:人民文学出版社 2008 年版,第 882 页。

⑤ 同上书,第 900 页。

⑥ 同上书,第 686 页。

的文娼，因为写了一些无聊诗文而当了教务长；他的内外特征就是臭和丑："他自己的心眼儿是一团臭粪，所以他老用自己的味儿把别人在他的思索中熏臭。……他的口很臭，因为身子虚，肝火旺，而又不大喜欢刷牙。他的话更臭，无论在他所谓的文章里还是在嘴中，永远不惜血口喷人。"① 日本人来了，他加入了新民会，发挥自己的专长为日本人歌功颂德，这类人"不晓得哪是中国，哪是日本。只要有人给饭吃，他们可以作任何人的奴才。他们像苍蝇与臭虫那样没有国籍。"② 蓝东阳发迹的秘诀就是"报告上去"，他不仅举报抗日分子，连自己的狐朋狗友祁瑞丰、大赤包也一并出卖。因而小说称"这是蓝东阳的时代。他丑，他脏，他无耻，他狠毒，他是人中的垃圾，而是日本人的宝贝。"③ 可以说，蓝东阳是一个反道德的典型：他担任汉奸卖国组织新民会的宣传处长；他与朋友妻胖菊子勾搭成奸；他靠"报告上去"而兼任了铁路学校校长，克扣学生粮食，大发国难财；胖菊子拿走了他的全部工资，他却自我安慰"只拿她（胖菊子）当作妓女好啦！嫖妓女不也要花钱吗？"④ 及至锄奸队的瑞全给他寄来一颗子弹时，他变得惶恐不安，想到日本躲起来；恰好牛局长被日本人逮捕下狱，蓝东阳成为教育局长的候补人选，得以到日本考察，却死于原子弹爆炸……小说给蓝东阳盖棺定论："蓝东阳和中华民族五千年的文化毫不相干。他的狡猾和残忍是地道的野蛮。他属于人吃人，狗咬狗的蛮荒时代。日本军阀发动侵略战争，正好用上他那狗咬狗的哲学，他也因之越爬越高。他和日本军阀一样，说人话，披人皮，没有人性，只有狡猾和残忍的兽性。他从来不考虑世界应该是什么样子，他不过是只苍蝇——吸了一滴血，或者吃块粪便，就心满意足。世界跟他没关系，只要有一口臭肉可吃，世界就是美好的。"⑤ 蓝东阳认贼作父、投靠叛卖、寡廉鲜耻、丑恶之至，可谓独步于中国现代文学反

① 老舍：《四世同堂》，《老舍全集》第 4 卷，北京：人民文学出版社 2008 年版，第 237 页。

② 同上书，第 235 页。

③ 老舍：《四世同堂》，《老舍全集》第 5 卷，北京：人民文学出版社 2008 年版，第 701 页。

④ 同上书，第 709 页。

⑤ 同上书，第 1089—1090 页。

面人物之林。

　　相比而言，祁瑞丰只是个"小三花脸儿"①，还算不上大白脸的汉奸。在瑞宣看来，如果说"蓝东阳无聊而有野心，老二无聊而没心没肺"②，所以瑞丰跟着蓝东阳之流鬼混只能吃亏。他与胖菊子恋爱结婚，与冠晓荷、蓝东阳交往，所作所为一直糊糊涂涂，但有一点很明确——吃喝玩乐、好逸恶劳，"他永远不和现实为敌。亡国就是亡国，他须在亡了国的时候设法去吃，喝，玩，与看热闹。"③ 他因为喜欢热闹，所以参加新民会组织的庆祝国土沦陷的游行；因为喜欢热闹，他去小文家里贪看若霞；因为喜欢热闹，他到冠家打四十八圈麻将；因为喜欢热闹，他参加日本特使欢迎大会却惦记着下午看京剧名角唱戏；因为喜欢热闹，父亲天佑死了，还大张旗鼓弄执仗、开流水席……身无长物的祁瑞丰在胖菊子舅舅的帮助下当上了北平教育局的庶务科长，却由于不做善事、人缘极差而在牛局长上任后被除名，老婆也跟着蓝东阳跑了，他无计可施，变成了哭泣的阿斗；随后他到亲戚家骗吃骗喝，又与特务们混在一起，最终被蓝东阳陷害，落得死无葬身之地……他一辈子喜欢热闹、追求享乐、趋炎附势，自己却变成了一个可悲可怜的笑话。

　　如果说"三结义"的冠晓荷、蓝东阳和祁瑞丰是无赖之徒，代表了中国负面文化的虚伪、丑陋与无聊，那么李空山就是一个无恶不作的"混世魔王"和"时代英雄"。李空山曾在军阀里做过师长，他"赤手空拳的打下'天下'，所以在作着官的时候，他便是肆意横行的小皇帝；丢了'天下'呢，他至多不过仍旧赤手空拳，并没有损失了自己的什么，所以准备卷土重来。他永远不灰心，不悔过。他的勇敢与大胆是受了历史的鼓励。他是赤手空拳地抓住了时代。人民——那驯顺如羔羊，没有参政权，没有舌头，不会反抗的人民——在他的脚前跪倒，像垫道的黄土似的，允许他把脚踩在他们的脖子上。历代，在政府失去统制的力量，而人民又不会团结起来的时候，都有许多李空山出来兴妖作怪。只要他们肯肆

---

　　① 老舍：《四世同堂》，《老舍全集》第 4 卷，北京：人民文学出版社 2008 年版，第 365页。

　　② 同上书，第 330 页。

　　③ 同上书，第 261 页。

意横行，他们便能赤手空拳打出一份儿天下。他们是中国人民的文化的鞭挞者。……中国的人民创造了自己的文化，也培养出消灭这文化的魔鬼。"① 既然是混世的，因而"他必须避免硬碰，而只想不卑不亢的多捞几个钱。他不懂什么是屈辱，他只知道'混'。"② 他在谋得了特高课科长的位子后，就为虎作伥，抓捕抗日青年，而且敲诈敛财，欺男霸女，变成了地道的流氓恶棍。他的经典口头禅就是："白玩了女人，这个买卖作得不错！"③ "白玩了一位小姐，而还拿点钱，这是不错的买卖。"④ 流氓嘴脸显露无余。虽然李空山最终失去了科长的位子，却没有落得恶有恶报、死有余辜的下场，相反，他和高亦陀一样安全出走。——小说是否在隐喻李空山之类的混世魔王将会谬种不绝，仍会伺机兴风作浪？！

　　高亦陀是个两面三刀的太监式小人。他早年走江湖卖草药，到日本混了些日子镀了金回来，就"中西兼用，旧药新方，正如同中菜西吃，外加叫条子与高声猜拳那样。高亦陀先生便是这种可新可旧，不新不旧，在文化交界的三不管地带，找饭吃的代表。"⑤ 他做了妓女检查所秘书兼医生，对大赤包的知遇之恩感激不尽，这使他一来好卖治花柳病的草药，二来得到免费吸鸦片的机会。他一度替大赤包放账收钱，逼良为娼，但在结识了李空山之后又想傍李空山的大腿，为其保媒拉纤甚至想趁机取代大赤包。他无耻地称李空山是"我一个人的爷爷"，怂恿李空山先娶了招弟，"在真玩腻了的时候，你满可以把她送给日本朋友啊！"⑥ 他眼看大赤包要倒台，就建议她建一个"烟，赌，娼，舞，集中到一处"的"体面的旅馆"，趁机骗得了大赤包八万元钱，临了还跑到长顺家喝了杯喜酒讨好卖乖："长顺，恭贺白头到老！别再恨我，我不过给人家跑跑腿；坏心眼，

---

① 老舍：《四世同堂》，《老舍全集》第5卷，北京：人民文学出版社2008年版，第678—679页。

② 同上书，第681页。

③ 老舍：《四世同堂》，《老舍全集》第4卷，北京：人民文学出版社2008年版，第520页。

④ 老舍：《四世同堂》，《老舍全集》第5卷，北京：人民文学出版社2008年版，第681页。

⑤ 老舍：《四世同堂》，《老舍全集》第4卷，北京：人民文学出版社2008年版，第430页。

⑥ 同上书，第527、528页。

我连一点也没有！请坐了，诸位！咱们再会！"① ——小说似乎在暗示，这样的人在中国是不会绝迹的，他一定会与我们"再会"的，正如丁约翰这样的"百年来国耻史的活证据——被外国人打怕，而以媚外为荣"②的西崽、洋奴，也不会因为抗战结束而消失。

如果说《四世同堂》中的男性汉奸走狗内外皆丑、令人发指，那么大赤包和胖菊子这两个牝鸡司晨的"女光棍"则更加令人作呕，她们毫无礼义廉耻，违反人道五伦。

若按戏曲行当脚色分工，"大赤包"应属于彩旦丑行，这类鸨母、媒婆、晚娘或丑小姐、傻丫头之类脚色在戏剧中一般由男性演员串演，或凶狠或滑稽，招人厌恨。若按植物科属分类，"大赤包"是葫芦科植物赤匏的果实，成熟时肥肥胖胖鲜赤大红，里面一泡稀糊酱汁夹杂着黑色种子。《四世同堂》之所以把这个坏女人称作"大赤包"，不仅因其外形神似，而且指其肥胖光鲜的外表下一肚子坏水黑心。及至她"变成全城的妓女的总干娘……更发了福，连脸上的雀斑都一个个发亮，好像抹上了英国府来的黄油似的。她手指上的戒指都被肉包起来，因而手指好像刚灌好的腊肠。随着肌肉的发福，她的气派也更扩大。"③ 她与胖菊子、招弟模仿妓女打扮，引领北平女性的时尚；她通过高亦陀放钱敛财，诱迫良家妇女做暗门子；她让高第去敷衍李空山，让招弟去逗弄蓝东阳，没想到李空山强占了招弟，这令邻居们解恨："你往家里招窑姐儿，你教人家做暗门子，你的女儿也就会偷人！老天爷有眼睛！"④ 日本特使被抗日分子暗杀，所有参加欢迎会的人员都要脱衣搜身，她也"打了赤背，露出两个黑而大的乳房"⑤，却若无其事，不知羞耻。正如钱默吟所说："大赤包们不是人，而是民族的脏疮恶疾，应当用刀消割了去！不要以为他们只是些不知好歹，无足介意的小虫子，而置之不理。他们是蛆，蛆会变成苍蝇，传播

---

① 老舍：《四世同堂》，《老舍全集》第 5 卷，北京：人民文学出版社 2008 年版，第 833 页。

② 老舍：《四世同堂》，《老舍全集》第 4 卷，北京：人民文学出版社 2008 年版，第 475—476 页。

③ 同上书，第 435 页。

④ 同上书，第 538 页。

⑤ 同上书，第 576 页。

恶病。"① 在读者的阅读期待中，大赤包这样的人是不应有好下场的，于是小说就设置了大赤包被冠晓荷构陷、疯死在日本人狱中的结局。

胖菊子原名玉珍，日本人来了，瑞丰和大赤包一起根据电影《菊子夫人》给她改了这个时髦的名字："菊子好！像日本名字！凡是带日本味儿的都要时兴起来！"② 胖菊子的特点是馋、懒、肥、贪："越胖，她越自信。摸到自己的肉，她仿佛就摸到自己的灵魂——那么多，那么肥！肉越多，她也越懒。"③ 她以大赤包为榜样，一心做她的门徒；她爱财如命，像个"胖大的扑满，只吞钱，而不往外拿。"④ 她与瑞丰在一起时，取走瑞丰的所有工资；及至瑞丰丢了科长位子，她还没与瑞丰离婚就和东阳同居了，这让瑞丰觉得"菊子也是汪精卫！"⑤ 菊子与蓝东阳勾搭在一起后，先是在铁路学校克扣学生、疯狂敛财，后又想取代大赤包成为妓女检查所所长、做北平的"西太后"，因而她与蓝东阳组成了"讨赤团"——这是大赤包被拘押并疯死在日本人监狱的直接原因。锄奸队的祁瑞全出现后，她才害怕起来，裹挟了蓝东阳的钱财逃往天津。小说同样给了她一个烂污下场：她在天津最下等的落马湖窑子混生活，"她带的东西都给没收了，只好卖她那身胖肉度日。她长了一身烂疮，手指头缝都流着脓。"⑥

值得注意的是，小说结局并非正面人物取得了一边倒的绝对胜利和大团圆结局，相反，小说结局弥漫着惨胜氛围：日本投降后，北平人似乎因为缺席正面抗战而羞惭不已，而非欣喜若狂，与有荣焉。这就使《四世同堂》成为一部沉郁的意境小说。尤其是当正反两类"地道的中国人"都成为中国文化场域中的象征意象时，一方面让人慨叹"卑鄙是卑鄙者的通行证，高尚是高尚者的墓志铭"，另一方面则使人们在辩证反思中国文化时产生悲欣交集之感，文化省思由此而深入。

---

① 老舍：《四世同堂》，《老舍全集》第5卷，北京：人民文学出版社2008年版，第635页。

② 老舍：《四世同堂》，《老舍全集》第4卷，北京：人民文学出版社2008年版，第364页。

③ 老舍：《四世同堂》，《老舍全集》第5卷，北京：人民文学出版社2008年版，第693页。

④ 同上书，第708页。

⑤ 同上书，第712页。

⑥ 同上书，第1088页。

第三节 扁平人物的审美价值与老舍
小说美学的建构

在上文论述人物类型时已初步涉及《四世同堂》人物塑造手法，而当我们系统探讨这些扁平人物的塑造手法和审美价值时，也就抵近了老舍的小说美学。

（一）符号化与漫画化：《四世同堂》人物塑造手法

《四世同堂》共写了一百三十多个人物，最令人叫绝的还是那些中间人物和老北平市民形象，其中又以李四爷、小崔和程长顺等人最为饱满。但小说中的多数人物是扁平性格，其中尤以钱默吟和祁瑞全最为单薄。这一方面因为老舍很少接触英雄典型，所以在塑造正面人物形象时不免向壁臆造，主题先行，也就使正面人物概念大于形象，有了脸谱化倾向；另一方面因为正面人物要负起宣教使命，不免性格单一。——钱默吟的"演讲"最足以说明这类符号化人物的功用，尤其小说第 84 章钱默吟对瑞宣讲述个人对待战争的态度时，最能体现主流意识形态的主张："假若第一阶段是个人的英雄主义或报仇主义，这第二阶段是合作的爱国主义。前者，我是要给妻儿与自己报仇，后者是加入抗敌的工作，忘了私仇，而要复国雪耻。现在，我走到第三阶段。……由复国报仇看到整个的消灭战争。这就是说，我们的抗战不仅是报仇，以眼还眼，以牙还牙，而是打击穷兵黩武，好建设将来的和平。这样，我又找到了我自己，我又跟战前的我一致了。"① 但细细斟酌就会发现，这不仅表现了钱默吟思想的渐次进步，符合小说对其性格的设定，也符合中国以战止战、热爱和平的文化传统，更传达出中国政府抗战复国的政治主张。

实际上，老舍为了达成《四世同堂》的史诗意图，几乎使每个人物都担负起了结构性的功能任务，也具有符号化的象征意义。比如祁老人是中国传统市民形象，忍辱负重；祁天佑是中国商人的代表，诚信却软弱；钱默吟是传统文人的代表，穷独达兼；瑞宣是中国当代知识分子的代表，

---

① 老舍：《四世同堂》，《老舍全集》第 5 卷，北京：人民文学出版社 2008 年版，第 1009 页。

承前启后，掮起黑暗的闸门；瑞全是"中国青年的代表——象征着勇敢，强有力的中国"，是中国未来的希望；韵梅是中国贤良女性的代表，温良恭俭让……他们几乎是礼义廉耻的化身。同样是"地道的中国人"，冠晓荷、蓝东阳、祁瑞丰、李空山则是中国文化的负面代表，是厚黑学的象征；高亦陀、丁约翰则是中国"活的耻辱史"的代表……因而《四世同堂》在人物塑造中包含了作者对中国近代史以及中国传统文化的深刻反思与理性批判，甚至可以说《四世同堂》就是《猫城记》的现实版：猫城人贪婪、懒惰、古老、腐败、混乱、愚蠢、好逸恶劳、不讲卫生、怕水不洗澡、怕外国人、不吃饭而只吃一种叫作"迷叶"的毒品，喜欢看热闹，不遵守规矩，有钱就娶妻妾；年轻人麻木，学者糊涂，和外国人打仗就作鸟兽散，最后被"矮人"灭绝……尽管老舍认为《猫城记》是失败之作，悲观情绪过重，人物塑造概念化脸谱化，语言既也不幽默也少含蓄，但当他带着文化忧思和国族情怀创作《四世同堂》时，还是忘记了幽默和含蓄，而更直接地强化了讽刺手法，使人物形象符号化、漫画化，使人物结局遵循因果报应律，从而满足了中国读者的审美心理需求。

1. 对比与漫画：两极化对比是老舍在塑造正反面人物形象时的主要手法，比如韵梅在苦难中是"瘦"下去，大赤包和胖菊子等反面人物则是"胖"起来、"肥"起来；正面人物衣衫褴褛、食不果腹，反面人物衣冠光鲜、钟鸣鼎食；钱默吟向死而生，走向抗日，陈野求和牛教授苟且偷生，屈膝附逆……小说除了正反人物形象的对照，章节内部也运用了对比手法，如第16章写中秋节，小羊圈胡同各家都面临饥荒，钱家更因失去亲人而大放哀声，只有冠家还忙碌着拜节、打麻将；第32章写到南京陷落，瑞宣哭了，大赤包和祁瑞丰们却高兴开怀，以为升官发财的机会来了……对比还被运用于揭示一个人的美丑、善恶、真伪的辩证之间，比如冠晓荷外形美好，衣饰整洁，连白头发都被他小心地一根根拔掉，而他的内心是丑陋的；他参加慈善会，研究佛学，但内心里男盗女娼，念念不忘升官发财。同样，冠招弟的外表越来越美，内里却"把花容月貌加上一颗铁石的心，变成比妈妈还伟大许多的女光棍。"[①] 对比不仅凸显了人物

---

① 老舍：《四世同堂》，《老舍全集》第5卷，北京：人民文学出版社2008年版，第878页。

立场的对立冲突，而且使人物性格两极分化，互为映衬，相得益彰，给人以深刻印象。

在刻画反面人物时，老舍将漫画讽刺手法运用得淋漓尽致。关于讽刺和幽默，老舍的见解与林语堂不尽相同，他反对笼统地用"幽默"来取代中国传统的"滑稽"："'滑稽'这个中国古老的名词，在马溺式的外国文里，可以找出相当的四个代表字，那就是：Humor、satire、irony、wit。他认为 Humor 是'自然的滑稽'，satire 是'讽刺的滑稽'，irony 是'似非的滑稽'，wit 是'透视的滑稽'。"[1] 因此可以说老舍有着自己的幽默讽刺观，并在 1930 年 6 月 11 日的演讲《论滑稽》中自承其小说十分之七是讽刺。这就不难理解为什么老舍的滑稽中包含着反讽和荒诞感：比如日本人占领了华北，在政治、经济、文化上进行全面统制，却说是为了亲善和大东亚共荣；日本宪兵酷刑杀人，却说中国人体育不行，体质不好，经不起拷打。再比如称冠晓荷是"地道的中国人"，并让他与各怀鬼胎的蓝东阳、祁瑞丰"桃园三结义"。另外，高亦陀替大赤包放高利贷欺骗长顺，却对长顺说"处世为人，信义为本！人而不信，不知其可也！"接下来还逼迫小崔媳妇做暗娼："女人方便，她们可以赤手空拳就能谋生挣钱。女人们，呕，我羡慕她们！她们的脸，手，身体，都是天然的资本。只要她们肯放松自己一步，她们马上就有金钱，吃穿，和享受！"[2] 这就明显增强了滑稽、反讽和荒诞的效果，使人一见惊心，无法弃去。

李长之早在 1934 年就对老舍的讽刺专长作了如下论述："与其说老舍的小说以幽默见长，不如说是讽刺。······在老舍的小说中，智的（Intellectual）成分多于情绪。处处表现出的，是作者迅捷的思想，和丰富的观念（Full of Ideas）。······讽刺终是老舍的擅长，成功确是在这一方面。老舍所常讽刺的是什么东西呢？妥协，敷衍。······拆开来，是灰色的人物，凑起来，是灰色的社会。这是老舍讽刺的总目标，大中心。"[3] 可谓精辟见解。而老舍认为，讽刺"必须用极锐利的口吻说出来，给人一种极强

① 老舍：《谈幽默》，《老舍全集》第 16 卷，北京：人民文学出版社 2008 年版，第 202 页。

② 老舍：《四世同堂》，《老舍全集》第 5 卷，北京：人民文学出版社 2008 年版，第 794 页。

③ 长之：《〈离婚〉》，《文学季刊》1934 年 1 月创刊号。

烈的冷嘲。……一本讽刺的戏剧或小说，必有个道德的目的，以笑来矫正或诛伐。……讽刺因道德目的而必须毒辣不留情。"① 因此，老舍在讽刺反面人物时总不免夸张到畸形的程度，比如称"冠家李家（空山）的联姻，简直是一个划时代的……空前之举。"② 再如说大赤包是"西太后"（共用了 15 次），是"全城的妓女的总干娘"。另外，丁约翰是英国领事馆的摆台仆人，口口声声"英国府"，模仿英国绅士做派，却老是偷拿黄油、威士忌、啤酒、点心；他因为在"英国府"做事而瞧不起日本人，但当日本人抄了英国领事馆，立即接替冠晓荷担任小羊圈的里长并且陷害了不肯与日本人"交朋友"的白巡长；及至听说抗战胜利了，二话不说，扭头就跑："我——我上英国府去。"③ 一个洋奴、西崽的典型形象就由这几个言行不一的细节里活脱刻露出来。读者每读到这样的地方，似乎能看到老舍满脸激愤和鄙夷的神情。

　　2. 脸谱与拟物。我个人认为，老舍在描写反面人物时有意运用了京剧塑造丑角的脸谱化手法。比如日本人审问钱默吟时像"绿小鬼"；大赤包是老鸨脸、"母夜叉"脸、西太后脸；招弟是水性杨花脸；冠晓荷总是一副谄媚笑脸；蓝东阳是"绿脸"、歪脸、吊眼丑脸；瑞丰是"小三花脸儿"；高亦陀是两面三刀的太监脸；李空山是色厉内荏、为虎作伥的混世魔王泼皮脸……脸谱化使反面人物有了极高的辨识度，读者一见而内心作呕，从而达到了极好的讽刺效果，取得了良好的教育意义。

　　拟物中有着"此辈非人类"的隐喻。比如说冠晓荷是"乌龟""死狗""苍蝇""暑天粪窖的蛆"；祁瑞丰由一只"格外讨好的狗"沦落成了"癞皮狗"；"大赤包"的名字本身就是拟物的，及至她入狱发疯之后则像"发了狂的母猩猩""疯狗""母夜叉""要断气的母猪"；菊子乳名"毛桃儿"，她贪婪像"扑满"，体形似"肥猪"，"干脆是一块肉。……

---

　　① 老舍：《谈幽默》，《老舍全集》第 16 卷，北京：人民文学出版社 2008 年版，第 203—204 页。

　　② 老舍：《四世同堂》，《老舍全集》第 4 卷，北京：人民文学出版社 2008 年版，第 536 页。

　　③ 老舍：《四世同堂》，《老舍全集》第 5 卷，北京：人民文学出版社 2008 年版，第 1103 页。

很像一个啤酒桶。……头发烫得像鸡窝，便更显得蠢而可怕。……她不只是那么一块肉，而且是一块极自私的肉。她的脑子或者是一块肥油，她的心至好也不过是一块像蹄髈一类的东西。"① 诸如此类的标签似乎已把人物形象的内涵道尽了，与小说这一文体的意蕴模式相违背，更有违马克思论文学"作者的见解越隐蔽，对艺术作品来说越好"的原则，更可以将之归为"席勒化"的作品。

按照一般文学理论来说，"席勒化"的作品多从观念出发，为一般寻找特殊，结果把个人变成了时代精神的传声筒，为了观念的东西而忘掉现实主义的东西。因此评论家甚至认为"在老舍创造的那个形象王国中，两极——正面理想人物和反面人物——是最苍白、最少光泽的部分。"② 不过，人们似乎忘记了马克思也充分肯定了席勒的成就："方法正确他会有更大成功，而且他的倾向性是对的，与时代精神相吻合。他的作品充分突出、鲜明体现了德国时代精神。同时，他具有艺术天赋、修养，情感充沛，他艺术上的特长掩盖了创作方法的缺陷。"③ 而黑格尔对席勒更是褒扬备至，也特别看重文学作品的"席勒化"倾向。④ 近年来的德国文学研究成果更是将"席勒戏剧"与"莎剧世界"称为双峰并峙的两种审美形态，认为"文学艺术的发展，不太可能有'非此即彼''你对我错'的绝对尺度与衡量标准。在莎剧世界与席勒戏剧中，也同样是这样的关系。"⑤ 由此反观老舍就会发现，其艺术天赋高而修养厚，《四世同堂》最初就有大众化和"传声筒"的诉求，那些脸谱化、漫画化的扁平人物不仅极好地体现了时代精神，而且极符合读者心理需要，因而受到好评。

3. 因果与报应。《四世同堂》中的恶人大多不得其死或不得善报，从而以中国传统的因果报应下场让读者心理得到平衡：大赤包被蓝东阳当替

---

① 老舍：《四世同堂》，《老舍全集》第 4 卷，北京：人民文学出版社 2008 年版，第 84 页。

② 赵园：《老舍——北京市民社会的表现者与批判者》，《文学评论》1982 年第 2 期。

③ 《马克思致斐·拉萨尔（1859 年 4 月 19 日）》，马克思、恩格斯：《马克思恩格斯选集》第 4 卷，北京：人民出版社 1972 年版，第 341 页。

④ 毛崇杰：《席勒的人本主义美学》，长沙：湖南人民出版社 1987 年版，第 267 页。

⑤ 叶隽：《史诗气象与自由彷徨：席勒戏剧的思想史意义》，上海：同济大学出版社 2007 年版，第 375、379 页。

罪羊举报而疯死在日本人监牢里；"三结义"的长兄冠晓荷被日本人"消毒"活埋了，蓝东阳在日本死于核爆，祁瑞丰由于蓝东阳的举报而被日本人处死；冠招弟被瑞全"除奸"；胖菊子堕入最下等的妓院，染上脏病溃烂而死……"人在作，天在看"，"不是不报，时辰没到"，中国传统的果报思想在《四世同堂》里得到了运用；也正是因为坏人得了恶下场，读者的情绪才得以抒解宣泄，正义才得以想象性伸张。

　　总体来看，《四世同堂》中的人物多是类型化、脸谱化、符号化的扁平人物，其性格几乎都是可以一句话概括出来的；小说在艺术手法上也"后退"到了传统评书、相声和京剧①的层面，叙事语言运用平实鲜活的京白，小说主题也被作者用透彻的语言从不同层面进行了反复表达，因而可以说做到了大众化普及与化大众启蒙的结合，既迎合时代主题也适合读者口味。从接受美学角度来看，适合的就是最好的。就此而言，《四世同堂》是成功的。但这绝不是说老舍不懂现代小说技艺，相反，老舍对福克纳、陀斯妥耶夫斯基等人最具先锋性的小说手法都有辩证认识，因此他的回归传统艺术手法是有意为之的。对于老舍的取今复古，可以《四世同堂》第49章李四爷看到小崔无头尸体时的心理描写为例：

　　　　越看，老人的心里越乱。这是小崔吗？假若他不准知道小崔被杀了头，他一定不认识这个尸身。看到尸身，他不由的还以为小崔是有头的，小崔的头由老人心中跳到那丑恶黑紫的脖腔上去。及至仔细一看，那里确是没有头，老人又忽然的不认识了小崔。小崔的头忽有忽无，忽然有眉有眼，忽然是一圈白光，忽然有说有笑，忽然什么也没有。……老人吓了一跳似地揉了揉眼。小崔的尸首更显明了一些，一点不错这是小崔，掉了头的小崔。老人叹了口气，低声的叫："小

---

　　①　《四世同堂》有23处提到京剧；提到《水浒》《三国》《红楼梦》《施公案》《三侠五义》等传统小说各1种；关于相声，则有"黑毛"方六直接参与。关于老舍小说语言与相声艺术之间的关系，梁实秋在《忆老舍》中说："老舍的作品处处都有相声的味道"；相声"要不时诅咒自己，挖苦自己，作践自己，这样才可以一方面不得罪人，一方面招大家一笑。""我只知道他有一个悲天悯人的同情穷人的态度。他基本上是一个自由主义者。"另外，吴组缃在《〈老舍幽默文集〉序》（《十月》文学双月刊1982年第5期）中也说："老舍的幽默往往挖苦或嘲弄自己"，这是得自相声的"自嘲"手法。

崔！我先埋了你的身子吧！"说完，他到派出所去见巡长，办了收尸的手续。而后在附近的一家寿材铺定了一口比狗碰头稍好一点的柳木棺材，托付铺中的人给马上去找杠夫与五个和尚，并且在坛西的乱死岗子给打一个坑。把这些都很快的办妥，他在天桥上了电车。电车开了以后，老人被摇动得有点发晕，他闭上眼养神。偶一睁眼，他看见车中人都没有头；坐着的立着的都是一些腔子，像躺在破砖堆上的小崔。他急忙地眨一眨眼，大家都又有了头。他嘟囔着："有日本人在这里，谁的脑袋也保不住！"①

我个人认为，写小崔之葬的第 49 章是《四世同堂》最好的章节之一，小说描写李四爷的恍惚、幻觉和自言自语，做到了外在真实与心理真实、生活真实与艺术真实、现实主义与现代主义的统一，这样偶尔露峥嵘已足以让人感受到老舍的深厚功力。而老舍在描写瑞宣的矛盾心理时让他始终处于哈姆雷特式的焦虑之中，也可以说是极其"莎士比亚化"甚至是陀斯妥耶夫斯基式的。但老舍知道，这样的现代主义手法不能用得太多，否则就难以做到大众化并发挥宣传教育作用。因此可以说，老舍在创作《四世同堂》时的艺术"后退"与其创作意图密切相关，是在古今中西艺术技法融通后的战术性撤退。

（二）文章报国：《四世同堂》的宣教目的及其合理性

老舍主动进行艺术手法的战术性撤退，先出于化大众的宣教目的。抗战使中国文学界走向了文章报国的共名时代。正如历史学家所说："由于战争，中国现代文学正在丧失其城市精英的特点。城市的作家投身于抵抗侵略的全国性运动，情愿或不情愿地抛弃了有保障的生活，到乡村和前线的自己同胞中去。有两个主导性的口号足以显示他们的爱国热忱，'文章政乡，文章入伍！''宣传第一，艺术第二！'有些狂热的作家甚至主张'上前线'，完全放弃文学。"② 老舍作为中华全国文艺界抗敌协会的总干

---

① 老舍：《四世同堂》，《老舍全集》第 5 卷，北京：人民文学出版社 2008 年版，第 623 页。

② ［美］费正清、费维恺编：《剑桥中华民国史 1912—1949》下卷，刘敬坤等译，北京：中国社会科学出版社 1993 年版，第 533—534 页。

事，不仅是"爱国铁血"文学的倡导者而且是文学大众化的实践者，因而在"运用'旧形式'表现'新内容'"方面"老舍是劲头最足的实践者之一"①，其创作的首要目的就是教育群众认识这场民族自卫斗争。老舍对自己的角色定位有着清醒认识："我是文艺界中的一名小卒，十几年来日日操练在书桌上与小凳之间，笔是枪，把热血洒在纸上。可以自傲的地方，只是我的勤苦；……在我入墓的那一天，我愿有人赠给我一块短碑，刻上：文艺界尽责的小卒，睡在这里。"② 他一再申明愿意为抗战服务，"报酬，艺术，都不算一回事了；抗战第一。……人家要什么，我写什么。我只求尽力，而不考虑自己应当写什么……抗战第一。我的力量都在一枝笔上，这枝笔须服从抗战的命令。……横扫倭寇，还我山河！"③所以，遵政府命、服务抗战、教育群众，是老舍抗战文学的主旨。老舍的这些主张在《四世同堂》中通过瑞宣表达出来："国亡了，……诗也得亡！连语言文字都可以亡的！……诗算什么东西呢！"④ 也如钱默吟所说："旧的历史，带着它的诗，画，与君子人，必须死！新的历史必须由血里产生出来！"⑤ 抗战文学不一定精致，但一定要鼓舞人心，正如瑞宣阅读钱默吟写在神符上的抗战诗时的感受："这不是一首好的诗，可是其中的每一个字都像个极锋利的针，刺着他的心！"⑥ 这应是抗战文学的首要目标，既来自国家的号召，更来自作家的忧患意识和道义担当。在特殊时代，"诗"必须发挥宣教作用才更具社会价值和历史意义，因此当时就有评论家指出了《四世同堂》的时代价值："老舍这部创作，可以作为中国革命过程中小资产阶级知识分子底意识形态的剖示和刻画，这和高尔基的《四十年代》描写俄国革命前夜的知识分子底心理动态，有着相似的创作意图"，它深刻揭示了"爱和平的人而没有勇敢，和平便变成屈辱，保身

---

① ［美］费正清、费维恺编：《剑桥中华民国史1912—1949》下卷，刘敬坤等译，北京：中国社会科学出版社1993年版，第537页。

② 老舍：《入会誓词》，《老舍全集》第14卷，北京：人民文学出版社2008年版，第135页。

③ 同上书，第156—158页。

④ 老舍：《四世同堂》，《老舍全集》第4卷，北京：人民文学出版社2008年版，第193页。

⑤ 同上书，第225页。

⑥ 同上书，第473页。

便变为偷生"这一主题。①

　　如果知人论世，站在今天回望抗战"现场"，那么《四世同堂》的时代意义会更加突出。1943 年前后，中国面临着绝大的民族主义信仰危机：一方面是汪精卫伪政府的成立似乎是政府投降的信号；另一方面是国民政府军与日军经过数年缠斗，进行了十余次大会战、近千次重要战役和数万次小战斗之后，大部分国民党军队大约从 1942 年起已丧失了战斗意志，再也不能采取有效的军事行动了；而日本人的长期占领和掠夺，加上中国军队的征兵和徭役，使得老百姓发生动摇甚至倒向日本，历史学家曾举出如下例证：河南省 1940 年、1941 年连年歉收，又逢 1942 年大旱，遂于"1942—1943 年冬天发生了全面的饥荒，许多人吃树皮、草根和牲畜的饲料。据报道有吃人肉的。大约有两三万人死于这场灾难；另外有 300 万人逃难到省外。"在此情形下，国民党军队还征集几十万农民送军粮、筑公路、挖战壕，不仅没有工钱还须自备饭食，因而到 1944 年春"当中国士兵在日本的一号作战面前撤退时，农民们凶猛地攻击他们。他们用农具、匕首和土炮武装起来，解除了 5 万名本国士兵的武装，杀了一些——有时甚至把他们活埋了。1943 年在湖北，一位中国司令官抱怨说：'乡民……偷偷地穿越战线，把猪、牛肉、大米和酒送给敌人。乡民情愿让敌人统治，却不想在自己的政府下当自由民。'"② 而各地的农民暴动更是多不胜数，反抗政府征兵和苛捐杂税……在此情势下进行民族主义文学创作，宣传"国家至上"就显得异常重要。

　　在认清时代任务和创作命意之后，接下来的问题是如何贯彻落实，将国家意志真正传达到民众中去。这就需要从接受美学角度分析受众的接受能力；读者的知识水平是限制文学创作的至关重要的因素；若想达到宣传教育的目的，文学创作就必须适合读者的认知水平。而当时中国人的受教育程度极低：假如以"认识几百个中国汉字"为识字标准，那么 20 世纪 40 年代"全国范围内的妇女识字率估计为 2%—10% 。男性的识字率占男性总数的 30%—40% 。"而"最低数字是 1939 年共产党主要根据地陕甘

---

　　① 宗鲁：《评〈偷生〉》，上海《大公报》1947 年 2 月 21 日。

　　② ［美］费正清、费维恺编：《剑桥中华民国史 1912—1949》下卷，刘敬坤等译，中国社会科学出版社 1993 年版，第 692—693 页。

宁边区闭塞地带的比率，即1%"；卜凯对22个省308个县87000人进行的抽样调查数据显示，"7岁以上的人口中，只有30%的男性和1%的女性具有能够读懂一封简单信件的文化水平"。另一组数字显示，1949年时，文盲占全国54000万人口的80%，达43200万人。① 在这样的读者水平线上，要想落实宣传教育目的，作家只能努力在大众化、普及化方面做出尝试，除了利用中国传统的评书戏曲艺术手法，语言文字上也不能佶屈聱牙。好在老舍1929年创作《小坡的生日》时已对语言的通俗化充满信心："最使我得意的地方是文字的浅明简确。有了《小坡的生日》，我才真明白了白话的力量；我敢用最简单的话，几乎是儿童的话，描写一切了。……有人批评我，说我的文字缺乏书生气，太俗，太贫，近于车夫走卒的俗鄙；我一点也不以此为耻！"②

　　老舍在1943年前后不仅事务缠身而且贫病交加。胡絜青与孩子们的到来，既给他带来养家的困难，也为他提供了创作题材；老舍在《四世同堂》结构之初就意识到它既能宣传主流思想又能赚取稿费养家，还可以建构自己的小说美学，可谓一举多得。经过七年的创作，他终于完成了一部北京史诗，一部沦陷区城市的"生死场"。因此，后世评论家高度赞赏老舍的"爱国主义精神与国家至上理念。在中国现代文化领域，老舍是广为人知的杰出爱国者。其各类作品之上，无不跳动着忠贞爱国、锐意报国的赤子心律。当日寇大举进犯，'中华民族到了最危险的时刻'，他以堪称楷模的卓越担当，连续多年出任中华全国文艺界抗敌协会总负责人，将满腔心血港湾于中华民族神圣的救亡事业。'国家至上'，曾是他在抗战岁月与朋友合作的一部戏剧的题目，也是老舍民族观最光辉部分的自我写照。"③ 因此可以说，《四世同堂》中的类型化人物形象刻画及其功能定位，正是从接受美学角度出发给出的设定，这既符合大众化与化大众的宣教要求，也与老舍的小说美学建构思想相契合。

---

① ［美］麦克法夸尔、费正清编：《剑桥中华人民共和国史·革命的中国的兴起》，北京：中国社会科学出版社1990年版，第194、195页。

② 老舍：《我怎样写〈小坡的生日〉》，《老舍全集》第16卷，北京：人民文学出版社2008年版，第178页。

③ 关纪新：《老舍民族观探赜》，《中国现代文学研究丛刊》2015年第4期。

（三）新古典主义：《四世同堂》与老舍小说美学建构

古今中外，只有极少数作家具有建构小说美学的自觉意图，也只有以文学经典为参照、具有比较鉴赏的批评眼光且拥有自己的文学理论体系的写作主体，才有建构小说美学的审美创造能力。老舍作为一位学者型作家，至少他在《文学概论讲义》中反复谈到"中国没有艺术论""对于美学，中国没有专论"①的时候，就已经开启了建构小说美学的自觉，而当他创作《四世同堂》时也已拥有了建构小说美学的坚实基础——

老舍有着各种文体创作的丰富经验。其文集《老牛破车》中的文章陆续发表于1935年9月至1936年12月的《宇宙风》杂志，1937年4月由人间书屋初版，其中关于《老张的哲学》《赵子曰》《二马》《小坡的生日》《猫城记》《牛天赐传》的数篇创作谈以及《我怎样写短篇小说》等，对其小说创作方法进行了揭秘，从中可以看出，老舍在不断总结创作经验，寻找方法创新与文体突破。抗战爆发后，老舍创作了大量戏剧、诗歌、散文和曲艺，可以说已成为中国现代作家中最富各种文体创作经验的作家。我个人认为，老舍的《四世同堂》是在总结了《蜕》《火葬》教训后的题材与艺术的回归，正如其《离婚》是对《大明湖》《猫城记》教训的总结："这次要'返归幽默'。《大明湖》与《猫城记》的双双失败使我不得不这么办。附带的也决定了，这回还得求救于北平。北平是我的老家，一想起这两个字就立刻有几百尺'故都景象'在心中开映。"②

老舍有着深厚的文学理论修养。他1930—1934年在齐鲁大学教授《文学概论讲义》，对于中外古今文论、文学特质和风格、形式与倾向、各文体的优势与不足都有自己的见解和辩证。而《景物的描写》《人物的描写》《言语与风格》等文章则是其实践经验的总结和理论的升华，从而为其完成《四世同堂》这样一部史诗性巨作做足了理论准备。

老舍对小说发展趋势有着清醒认识和深刻洞察。仅其《文学概论讲义》和《老牛破车》中论及的西方作家和美学家就有亚里士多德、苏格拉底、阿里斯托芬、贺拉斯、莎士比亚、但丁、彼特拉克、卢梭、巴尔扎

---

① 老舍：《文学概论讲义》，《老舍全集》第16卷，北京：人民文学出版社2008年版，第40页。

② 老舍：《老舍全集》第16卷，北京：人民文学出版社2008年版，第188页。

克、福楼拜、左拉、都德、莫泊桑、陀斯妥耶夫斯基、萨克雷、梅瑞狄斯、狄更斯、屠格涅夫、契诃夫、丹纳、费尔丁、奥斯卡·王尔德、欧·亨利、爱伦·坡、奥尔德斯·赫胥黎、克罗齐、马修·阿诺德、厨川白村、小泉八云、有岛武郎、托尔斯泰、康拉得、劳伦斯、哈代、辛克莱、迪福、亨利·詹姆斯等，这不仅可以部分反映出老舍的阅读视野与鉴赏品味，而且其精彩点评更显示出他对各文体尤其是小说各流派优势与不足的精深把握。

综上可知，《四世同堂》隐有老舍小说美学建构的自觉，堪称中国20世纪新古典主义小说的艺术样板。

《四世同堂》具有史诗性和人民性。胡风曾指出：抗战文学存在五个显著弱点即公式化或概念化倾向、烦琐冷淡倾向、传奇倾向、匮乏伟大史诗和现实主义精神、缺少人民性。[①] 而《四世同堂》在题材的独特性、思想的主流性、故事的史诗性、人物的经典性、语言的大众性方面，都弥补了抗战小说的不足，可以说是一部里程碑式的大河小说。——老舍晚年曾计划创作三部满族史诗，而就其《正红旗下》残稿来看，史诗性和人民性在延续着，已成为老舍小说美学的重要构成要素。

《四世同堂》注重故事性和传奇性。老舍在《四世同堂》中像康拉得一样"按着古代说故事的老法子"讲述北京沦陷时期的故事，将写实性与传奇性、传统性与现代性做了有机结合；小说以一家人为中心，以辐辏结构串起各个行业、城内城外，故事时间横跨八年抗战并述及过往历史和风俗，从而使北平市民社会的"世界与生命都成了整的"[②]；一百段的故事起伏跌宕，悬念不断，极符合中国读者的阅读审美习惯，令人不能释卷。

《四世同堂》具有民族性和地方性。《四世同堂》固然借鉴了《神曲》《哈姆雷特》《罪与罚》和康拉得《胜利》的艺术手法，但读者明显感受到老舍有意撤回到民族文学土壤和地方性知识：首先是叙事结构上回

---

① 胡风：《民族革命战争与文艺——对于文艺发展动态的一个考察提纲》，中国现代文学馆编《胡风代表作：吹芦笛的诗人》，北京：华夏出版社1999年版，第103—104页。

② 老舍：《一个近代最伟大的境界与人格的创造者——我最爱的作家——康拉得》，上海《文学时代》月刊创刊号（1935年11月10日）；《老舍全集》第17卷，北京：人民文学出版社2008年版，第91、92页。

归传统，至少显在层面上有着《红楼梦》的家族叙事手法和《三国演义》的史诗构架。其次是依照中国传统评书和小说方式讲故事塑造人，尤其是艺术手法重新找回了讽刺，并将之嫁接到京剧、相声和评书的艺术枝干上。再次是题材选择上回到故乡，讲述故都北平的市民生活，书写平民的悲剧。最后是小说加入大量风土民俗描写，从而使"地道的北平人"活在他们独有的文化环境中：新年（第35章）、端午（第38章）、夏至（第41章）、中秋（第14章）等节令，婚礼、寿诞、丧葬、庙会等节庆，衣食住行等习惯，言行、做派、交际、礼节等风俗，无不弥漫着地道的北平味道。而这些北京风俗逐渐被日本侵略者毁坏、风化、消失，就切实揭示了亡国惨，构成了"亡了国便是不能再照着自己的文化方式活着"的隐喻。就此而言，老舍的风俗描写与赖和《斗闹热》写迎神赛会、弄香龙、妈祖祭祀等风俗的消失一样，与《善讼人的故事》写农民"生人无路，死人无土，牧羊无埔，耕牛无草"的民生凋敝一样，既有文化抗战意义，也具有文化人类学价值。

《四世同堂》的人物形象具有符号性与扁平性。《四世同堂》中的人物多为类型化、功能性的扁平人物。扁平人物在现代小说中具有独特审美价值，正如福斯特所说，扁平人物"现在有时被称作类型人物或漫画人物。他们最单纯的形式，就是按照一个简单的意念或特性而被创造出来。……扁平人物的一大长处是容易辨认，他一出场就被读者那富于情感的眼睛看出来。……一个作家如果想竭尽全力去扣动读者的心扉，扁平人物对他是十分有用的。原因是这类人物不用重新介绍，不会离开正道，以致难以控制。它自成气候，宛似早已安排在太空或繁星之间的光环那样，不管放到什么地方都会令人满意。第二个长处是他们事后容易为读者所记忆。"[1] 因此，评论者须从接受美学角度，从时代要求和读者水平等场域元素出发判断扁平人物的审美价值。《四世同堂》中的符号化人物能够激发国人的爱国热情，让人们明白"没有反抗精神的自然会堕落"[2]，领悟

---

① ［英］福斯特：《小说面面观》，苏炳文译，广州：花城出版社1984年版，第59、60页。

② 老舍：《四世同堂》，《老舍全集》第4卷，北京：人民文学出版社2008年版，第523页。

"亡国就是最大的罪"①，具有极高的教育、认知、社会价值和审美意义。能做到这样一举多得，那么即使人物形象类型化扁平化，又有何值得诟病的呢?!

《四世同堂》具有多义性和复调性。这主要表现在老舍对待中国传统文化的态度上，他对中国文化既有文化民族主义的深挚热爱，期望中国文化经历抗战浴火重生，达到中国精神再造的目的，同时又延续着国民性批判和文化反思主题。他看到"当一个文化熟到了稀烂的时候，人们会麻木不仁的把惊魂夺魄的事情与刺激放在一旁，而专注意到吃喝拉撒中的小节目上去。……（因而）应当先责备那个甚至于把屈膝忍辱叫作喜爱和平的文化。"② 他发现中国传统文化"有个像田园诗歌一样安静老实的文化作基础。这个文化也许很不错，但是它有个显然的缺陷，就是：它很容易受暴徒的蹂躏，以至于灭亡。会引来灭亡的，不论是什么东西或道理，总是该及时矫正的。"③ 他认为"中国确是有深远的文化，可惜它已有点发霉发烂了；当文化霉烂的时候，一位绝对良善的七十多岁的老翁是会向'便衣'大量的发笑，鞠躬的。"④ 类似这样的文化批判在老舍《正红旗下》里仍然继续着，而难能可贵的是，他没有给出标准答案，也没有正义的火气与致命的自负，这反而启发读者深入思考，细细玩味。至少从这个意义上说，《四世同堂》不仅符合小说文体的意蕴模式，更具有复调性和多义性，这也成为老舍开启的京味小说的显著特点。

总而言之，《四世同堂》以其深巨的思想价值、丰厚的历史内容、独特的题材选择、多样的人物塑造、宏大的叙事架构、创新的技法运用以及地道的京味语言，在"世界性、民族性和人性"三维度上都达到了1940年代长篇小说艺术的巅峰，无愧为抗战文学的扛鼎之作，堪称20世纪中国新古典主义小说的典范样本。

---

① 老舍：《四世同堂》，《老舍全集》第5卷，北京：人民文学出版社2008年版，第597页。

② 老舍：《四世同堂》，《老舍全集》第4卷，北京：人民文学出版社2008年版，第283—284页。

③ 同上书，第297页。

④ 同上书，第314页。

下　编

中国现代文化民族主义文学个案研究

　　日本学者吉野耕作认为："所谓的文化民族主义是指民族的文化自我认同意识缺乏、不稳定，在受到威胁时，通过文化自我认同意识的创造、维持、强化，争取民族共同体再生的活动。"民族自我认同意识有两种表现类型，即抽象的、整体论式的把握方式，和具象的、制度论式的把握方式，前者是"整个民族共有的文化意义上的内核用民族性、国民性或民族精神这类抽象的概念来表现"，后者是"通过艺术、文学作品、习惯、礼仪、制度等具象性的文化项目来表现的场合"。文化民族主义往往发生于多民族国家，目的是建构整体而具象的制度论式的民族自我认同意识。① 在中国近现代思想文化史上，文化民族主义者通过历史、文化研究而形成了"文化中国"这一想象共同体，既有对民族"劣根性"的反思与批判，也有对中华民族"优根性"的梳理与总结。其中对于传统文化的批判仅于五四新文化运动前后几年中在精英知识分子中居于主流地位，在绝大多数时间内尤其民族国家危机之时，文化民族主义思想主要表现为对民族优秀传统的挖掘与整合。中国现代文化民族主义文学也在内容和形式上加强了民族化和本土化建设，以达到古为今用、刷振国民性的目的。

　　相对于中国现代政治民族主义文学研究，文化民族主义文学研究更为困难。因为文化民族主义主张文化寻根与认同，这就不可避免地产生"向后看"的文化守成倾向，从而与新文化运动的"全盘反传统"思想形成悖论。其实，中国现代文化民族主义者有一部分经历了一个从"趋时"到"复古"的过程，比如严复、辜鸿铭、林语堂等，从知人论世角度看，他们的文化选择有着各自的语境与合理性；而更多的文化民族主义者则是在民族危机到来之际，自觉地从传统中寻找民族优根性，接续民族精神血脉，表达文化抵抗意图。文化民族主义文学除了思想内容上的

----

① ［日］吉野耕作：《文化民族主义的社会学——现代日本自我认同意识走向》，刘克申译，北京：商务印书馆2004年版，第70、71、81页。

回归本土之外，也在艺术形式上进行取今复古的探索，从民族文学、民间文化中汲取有益营养，从而创造出具有中国气派和中国风格的文学作品。因而从某种意义上说，他们才是代表现代中国文学实绩的中国新古典主义文学。

　　本编选取辜鸿铭、萧红、林语堂和鹿桥为个案，探讨其作品在形式与内容上透露出来的文化民族主义情感，并揭示其思想与艺术魅力。

第一章

文化英雄，不朽传奇：
辜鸿铭其人其文①

辜鸿铭是中国近代文化思想史上的一个箭垛式人物。他对于中西文化传统的著述，他对于人物时事的评论，都立场鲜明，切中肯綮。而反对他的人无法在体系上颠覆他，便进行人身攻击，丑化诋毁，以致他被涂抹成了一个文化小丑、一个顽固守旧的老古董，后世流传下来的似乎只剩下"茶壶茶碗"论、"小脚之美，美在其臭"论和小辫子之类的趣闻轶事②，以及"怪杰、疯子、狂士"之类的标签，而很少做出严谨的前提追问：他为什么狂怪？他到底说过什么？他是在什么背景下说这些话的？他的学说有道理吗？……笔者认为：研究者对于历史人物即使不抱敬畏之心，起码也要做到"同情的理解"，把他当作一个"人"来看待，而不能以"事后之明"求全责备，更不能把他简化成一个符号。

阅读黄兴涛等译编《辜鸿铭文集》，黄兴涛《闲话辜鸿铭》，伍国庆等编《文坛怪杰辜鸿铭》和高令印、高秀华合著《辜鸿铭与中西文化》

① 本章以《文化英雄 不朽传奇——辜鸿铭其人其文》为题，刊发于《东方论坛》2013年第3期。

② 如陈福郎《国学骑士辜鸿铭》（北京大学出版社2010年）竟然"想象"出如下故事：辜鸿铭逛八大胡同、新加坡华商李华庆的夫人梦琴是辜鸿铭初恋情人、古德诺之女凯莉是辜鸿铭与法国女郎露娜的私生女、凯莉与辜鸿铭的儿子辜自强发生不伦之恋、辜氏父子易娶、北大学生性解放、女记者姚佩珍是一个交际花而且认梁士诒为"干爹"、姚佩珍还是一个性冷淡者等。这样低俗的"传记"既无学术价值更无文学价值，既无"国学"更无"骑士"精神，有的尽是对传主的歪曲和对读者的误导。

等著述，虽然其中关于辜鸿铭生平事迹的记述多有冲突歧见之处①，但综合起来却能使人对辜鸿铭有一个较全面的了解，最终觉得：辜鸿铭是一个真正有操守、有风骨的文化英雄，其思想是中国现代思想史进化链条上的重要一环，其著作则在文学、文化与思想史上具有超越时代的不朽价值。

第一节　多彩的生，暗暗的死

辜鸿铭 1856 年 6 月②生于马来西亚槟榔屿，1928 年 4 月 30 日殁于北京寓邸。生时轰轰烈烈，死时穷愁寂寞，那种"暗暗的死"，让人不禁心生英雄末路之叹。

辜鸿铭幼年时就表现出超强的记忆力。其父辜紫云先生为涵养他的道德操守，曾带他记诵《大悲咒》，父亲读一句，他背一句，辜鸿铭竟然笑眯眯地全部背诵下来。这给辜紫云的好友、橡胶商布朗（Forbes Scott Brown）留下极深印象。1870 年，辜鸿铭随布朗去欧洲游学。临行时父亲对他说："'只有两件事我要叮嘱你，第一，你不可进耶稣教会；第二，你不可剪辫子。'……我想着父亲的教训，忍着侮辱，终不敢剪辫子。"③——这说明，辜鸿铭留发辫首先是因为"孝"。而资料显示，他并非一直留辫：他去欧洲后，因为发辫不合风俗，一度剪发，西装革履。重留发辫很可能在他 1881 年从新加坡回中国后，可以说他是一个懂得"入乡随俗"之人。至于他在辛亥革命后仍保留辫子，原因有以下几点：一是他自称是个人的"审美观"，二是胡适所说"立意以为高"，三是表达反抗社会的意志，四是忠于传统文化（但绝不仅是忠于清廷）。——何况清政府 1910 年就下诏允许百姓剪辫子，而民国政府成立不久即不再强行

---

① 黄兴涛等译编：《辜鸿铭文集》，海口：海南出版社 1996 年；黄兴涛：《闲话辜鸿铭》，海口：海南出版社 1997 年版；伍国庆等编：《文坛怪杰辜鸿铭》，长沙：岳麓书社 1988 年版；高令印、高秀华：《辜鸿铭与中西文化》，福州：福建人民出版社 2008 年版。其中《辜鸿铭与中西文化》在校对方面有瑕疵。《文坛怪杰辜鸿铭》所收胡适、温源宁、罗家伦等人的回忆文章存在事实舛误与歧义；兆文钧所记也有辜氏自我美化之嫌。因此，要想从字缝间看清历史真相，并非易事。

② 多数著述称辜鸿铭生于 1857 年，而震瀛《记辜鸿铭先生》等认为他生于 1856 年；《辜鸿铭与中西文化》考证认为辜氏生于 1856 年 6 月。

③ 胡适：《记辜鸿铭》，《文坛怪杰辜鸿铭》，长沙：岳麓书社 1988 年版，第 5 页。

剪辫。另据 1928 年 9 月 16 日《申报》载文统计：截至当时（辜鸿铭已于此年 4 月去世），仅北京各色人中就有男辫子 4689 条。[①] 因此，后人实在没必要揪住辜鸿铭的辫子不放！

与所有留学生一样，辜鸿铭首先要过语言关。布朗教授辜鸿铭学习语言的方式"很中国"，那就是让辜鸿铭强记《浮士德》《莎士比亚戏剧》《法国革命史》和《伊利亚特》等西方经典著作，等背熟之后再给他讲评。辜鸿铭的语言天赋令人咋舌：仅一年时间，他不仅掌握了德、英、法和希腊等语言，而且领悟了欧美诗歌、戏剧和散文艺术真谛。——后来他回国学习汉语，据说遵奉张之洞建议从背诵《康熙字典》开始；他深研汉学，则是在沈曾植引导下从背诵儒学经典开始的。——由此可见，以"死记硬背"方式来学习语言，中外同理，概莫能外。辜氏成才案例也让人得到如下启示：聪明人而肯下笨功夫研习经典，方能成就大器。

布朗在教授辜鸿铭语言的同时，还教他学习数学、物理和化学。布朗家有实验室，所以辜鸿铭学习数理化等学科能知行合一，自然能学得好、记得牢。因之，辜鸿铭到欧洲一年后便入莱比锡大学工科学习[②]，1874 年获土木工程学文凭。毕业之际，布朗带辜鸿铭游历巴黎、伦敦、柏林、爱丁堡等地，一是增加他的见闻，二是让他选择自己喜欢的学校。辜鸿铭最终选择入爱丁堡大学文科，师从《法国革命史》和《英雄与英雄崇拜》的作者卡莱尔。因为布朗与卡莱尔熟识，辜鸿铭得以常去卡莱尔家，聆听卡莱尔父女谈话并深受其影响。

1877 年 4 月，辜鸿铭从爱丁堡大学毕业获得文学硕士学位，当年 5 月即入巴黎大学学习法学与政治学，1880 年取得博士学位。很多人说，辜鸿铭在欧洲游历 11 年，精通 9 种语言。笔者认为这是可信的。至于说他一生获授 13 个博士学位，则无从考证，据说辜鸿铭对文凭满不在乎，统统弄丢了。

---

① 黄兴涛：《闲话辜鸿铭》，海口：海南出版社 1997 年版，第 13 页。

② 多数文章称辜鸿铭初赴欧洲即至英国，而兆文钧《辜鸿铭先生对我讲述的往事》说辜鸿铭先至德国，高令印、高秀华著《辜鸿铭与中西文化》也从此说。兆文钧跟随辜氏学习六七年，因而此文较为可信。否则，辜鸿铭 1870—1874 年的生平事迹将是一段空白。当然，兆文钧《辜鸿铭先生对我讲述的往事》也有不合史实处，如关于瓦德西曾在巴黎流浪的记载，应是辜鸿铭的自我美化或者借机嘲讽瓦德西。

　　辜鸿铭 1880 年回到槟榔屿，被派到新加坡海峡为殖民地政府服务。不久，留法回国的马建忠途经新加坡①，与辜鸿铭谈中国文化，辜氏由此对中国心向往之，遂辞职，弃穿西装革履，改服长袍马褂。1882 年辗转至香港专心学习汉语，研读中国经籍，深为陶醉，并匿名在 1883 年 10 月 31 日至 11 月 7 日的《字林西报》连载《中国学》札记，批判多位西方汉学家对中国传统文化的误读。——辜鸿铭捍卫中学的思想文化路径由此奠基。

　　1885 年，辜鸿铭在杨玉书（汝澍）和赵凤昌引荐下，入张之洞幕府，任洋文案和税务督办，协助兴建学堂，处理海关事务和中外讼事，推荐汉阳兵工厂专家，收集西方信息，所做工作不一而足，展示出多面才华。张之洞此后历任两广总督、湖广总督、两江总督和军机大臣等职，辜鸿铭除 1905—1908 年任黄浦江治河督办三年在外，都伴随张之洞左右。而辜鸿铭入张之洞门下后，最感幸运的就是遇到了沈曾植。沈曾植引导辜鸿铭研读儒学经典，辜氏因此而学造渊源，道升堂奥，不禁喟然兴叹："道固在是矣，无待旁求。"眼高过顶的辜鸿铭，唯独对沈曾植极为谦恭："有人说我聪明，殊不知我的聪明，何能与沈老前辈相比。中国有三个聪明人——周公、纪晓岚、沈曾植。"②他的"狂"与"谦"在这段话中委婉地传达出来。

　　辜鸿铭一直保持着好学精神，即使入幕张之洞门下之后，还订了 30 多份外国报纸和 500 余种各国杂志③，以便收集西方列强的动态信息，为张之洞剖析时局，讲因应之道。同时，辜鸿铭的外交才能也渐渐显露出来，比如 1891 年，俄储与希腊世子至鄂访张之洞，间以法、俄、希腊语私语，"欲避人知"，不料辜鸿铭皆明察，令客人"大益骇"，敬佩不已，临别时以镂皇冠的金表相赠。可以说，辜鸿铭已成为张之洞的贴身智囊，

---

　　① 洪治纲主编《辜鸿铭经典文存》（上海大学出版社 2008 年版）"前言"第 3 页说：辜鸿铭在新加坡海峡殖民政府任职"三年后"遇到马建忠，也就是说至少是 1883 年才遇到马建忠。后文又说辜鸿铭 1882 年"转往香港数载"。在时序、时差上前后冲突。史料记载，马建忠 1880 年（光绪六年）由法国回到中国天津，在李鸿章幕府办理洋务。所以，辜鸿铭遇见马建忠应是 1880 年的事。这样的常识错误，恰好证明了辜鸿铭研究的薄弱。

　　② 兆文钧：《辜鸿铭先生对我讲述的往事》，《文坛怪杰辜鸿铭》，长沙：岳麓书社 1988 年版，第 91 页。

　　③ 王成圣：《突梯滑稽辜鸿铭》，《文坛怪杰辜鸿铭》，长沙：岳麓书社 1988 年版，第 59 页。

后世研究者认为"张之洞的中体西用说确实是主要来源于辜鸿铭的思想"①，应非虚妄之说。

辜鸿铭一生最辉煌的时段当数他在庚子事变前后的外交活动。他不仅与张之洞、刘坤一共同商定"东南互保""江南独立"（"不是独立，而是备战"）大计，而且代为拟订和战计划书，计划书最后一条明确指出："调动全国军、民、男、女、老、少，小孩也要教育他们，仇视敌人，效法当年西班牙组织游击队对付法国拿破仑的办法。无论战争打多少年，有多大损失、牺牲，也不能向敌人投降。如果投降了，中国就要被瓜分，神州大陆将永远沦陷为各国的殖民地。"② 可以说，这是中国现代"持久战""游击战"军事思想的滥觞。

为了完成庚子和谈，张之洞将辜鸿铭推荐给李鸿章和奕劻，令其与八国联军总司令瓦德西直接洽商。辜鸿铭因此而逐步升迁外务部员外郎、侍郎、左丞等职。辜鸿铭向李鸿章分析联军内部的矛盾，主张运用缓兵计和离间计，从内部瓦解敌军的联盟；他揭破了俄国人的阴谋，将列强原计划索取七亿两白银的赔款数额一再压低，显示出高超的外交智慧。虽然辜鸿铭已谋求到了降低联军索赔要求的机会，但李鸿章病体不支，想尽快结束这场耻辱而漫长的谈判，遂于 1901 年 9 月 7 日与十一国代表签署了四亿五千万两白银的赔款协议——李鸿章在签字后回到家就大口吐血，捱至11 月 7 日病殁。

和议已定，无法更改，但辜鸿铭并未罢休，而是通过著文立说争取国际舆论。他批判列强行为有违国际法例，更失道德底线，特别指出德国人坚持树立克林德碑是对中国人的极大侮辱，并预言德国必遭报应："辜氏虽然普通极佩服德人之优点，但是据他意思早晚德国必亡于这武力主义。这种主义发生一种罪恶，在中国人眼光比任何罪恶还坏，这就是蛮横，不识轻重，一味恃强，有伤恕道。"③ 这种诅咒式的预言，果然报在德国在一战、二战的失败上，真是一语成谶，报应不爽。

---

① 高令印、高秀华：《辜鸿铭与中西文化》，福州：福建人民出版社 2008 年版，第 360 页。

② 兆文钧：《辜鸿铭先生对我讲述的往事》，《文坛怪杰辜鸿铭》，长沙：岳麓书社 1988 年版，第 94 页。

③ ［丹麦］勃兰得斯：《辜鸿铭论》，林语堂译，《文坛怪杰辜鸿铭》，长沙：岳麓书社 1988 年版，第 241—242 页。

　　由于辜鸿铭为张之洞做了大量工作，张之洞就有意给辜一个肥差，让他出任黄浦江治河督办。但辜鸿铭 1905—1908 年任此职期间拒不受贿，且以法理惩办中外贪污者。因为他一贯廉洁，所以"生平无积蓄。国变后，贫不能自存"。[①] 同僚赵凤昌更称其"服膺古训，言理财必先爱民，言图功必先律己。严操守，尚气节，诋物质享用者为贱种，醉心西籍者为喜其费解而自欺"。[②] 在"三年清知县，十万雪花银"的时代，辜鸿铭能如此清正自守，真是难能可贵。

　　1910 年，清廷鉴于留洋回国杰出人员的贡献，赏严复、辜鸿铭、伍光建等文科进士，詹天佑、魏瀚等工科进士。但张之洞 1909 年去世后，辜在仕途上失去了依凭，加上他对袁世凯等大人物多有嘲讽，得罪了无数权要，致使自己陷于孤立无援之地，遂于 1910 年辞去外务部职务，就任南洋公学（上海交通大学前身）校长。但好景不长，辛亥革命爆发后，辜因为反对暴力革命而与师生发生龃龉（详见下文），遂辞去校长，居留青岛、北京等地，一来避祸，二来闭门著述。

　　辜鸿铭这样自绝于"革命"，也就等于自绝于时代潮流，此后的他可谓一路"下坡"。1913 年辜鸿铭担任英俄日法德"五国银行团"翻译；也是从 1913 年起，辜鸿铭被聘至北京大学任教，[③] 1917 年又被蔡元培续聘。辜鸿铭在北大先后教授英国文学、拉丁文、易经、世界史等课程。在罗家伦等北大学生回忆中，辜的"课堂里有趣的故事多极了。"[④]

　　蔡元培离开北大后，辜鸿铭也于 1920 年辞去教职，担任日本人在北京创办的《英文北京日报》总编辑，兼任日本人在天津办的《华北正报》

---

　　① 罗振玉：《外务部左丞辜君传》，《文坛怪杰辜鸿铭》，长沙：岳麓书社 1988 年版，第150 页。

　　② 赵凤昌：《国学辜汤生传》，《辜鸿铭文集》下卷，海口：海南出版社 1996 年版，第 577页。

　　③ 辜鸿铭应是在胡仁源任北大校长期间（1913 年 11 月代理校长，1914 年 1 月至 1916 年12 月任校长）正式获聘为教授。高令印、高秀华《辜鸿铭与中西文化》称辜 1913 年即被聘为北大"教授"似乎不确。笔者认为辜鸿铭 1913 年即可能在北大兼职任教，一是因为其"同年"严复于 1912 年 2 月至 10 月间担任北大校长，可能对辜鸿铭有举荐；二是严复之后胡仁源之前，章士钊和何燮侯曾短期代理北大校长，这些留学生出身的校长对辜鸿铭有延揽的可能。其中的真实情况，恐怕只有查证北京大学教师档案才能确认。

　　④ 罗家伦：《回忆辜鸿铭先生》，《文坛怪杰辜鸿铭》，长沙：岳麓书社 1988 年版，第 14页。

"特约撰述"。① 有学者称辜鸿铭曾不无伤感地说："中国人不识得古董，所以要卖给了外国人。"② 其实，北大并未与他闹到不相往来的地步，反而是礼遇有加，直到 1923 年还请他到北大演讲。而 1920 年前后，辜鸿铭在西方学界声誉正隆，毛姆 1921 年来中国访问时，特意登门拜访他并写下《辜鸿铭先生访问记》。

1924 年 10 月到 1927 年秋天，辜鸿铭因《华北正报》主办者鹫泽推荐、日本大东文化协会邀请，赴日本讲演东方文化。辜鸿铭一度想定居日本，因为他觉得日本"完全继承唐之文化，迄今犹灿烂地保存着，是以极望日本能肩负发扬东洋文明之大任。"③ 但没想到日本大不易居，辜鸿铭去日本不久即遭冷遇，到 1927 年时已贫不能自存，于是决定去台湾依其族人。当他从横滨乘船离开日本时，仅有萨摩雄次一人送行。其中缘由，萨摩雄次的文章避而不谈④，似有难言之隐，这也留下了辜鸿铭生平研究的一个空白点。

辜鸿铭本想到台湾投奔族人辜显荣，但因事不谐而返回北京。张宗昌得知辜鸿铭返国，意欲聘其出任山东大学校长，但辜因病未能到任，1928 年 4 月 30 日病殁于北京寓所。辜鸿铭晚年几乎到了清贫的地步，去世后幸有溥仪赏银治丧，才不致显得过分寒酸。《大公报》等报刊 5 月 1 日虽载其传略和遗像，但仿佛只给人们一点茶余饭后的谈资罢了。

第二节　捍卫传统，抨击西学

中国 20 世纪初的思想主潮是唯新唯西，辜鸿铭却"反其道而行之"，始终如一地捍卫中国传统，输出中国文化。作为一个立场坚定的文化守成主义者，他已成为中国近代文化思想史上的一道别样风景，他以融通中西的异见卓识为自己树起了一座文化英雄的雕像。

---

① 关于《英文北京日报》和《华北正报》的研究，可参看冯悦《日本在华官方报：英文华北正报（1919—1930）研究》，北京：新华出版社 2011 年版。

② 震瀛：《记辜鸿铭先生》，《文坛怪杰辜鸿铭》，长沙：岳麓书社 1988 年版，第 152 页。

③ 孟祁：《记辜鸿铭》，《文人剪影》，重庆：重庆出版社 1986 年版，第 32—33 页。

④ ［日］萨摩雄次：《追忆辜鸿铭先生》，《辜鸿铭文集》下卷，海口：海南出版社 1996 年版，第 332—342 页。

辜鸿铭之所以高度赞扬中国文化，与卡莱尔和布朗的影响有关。辜鸿铭在爱丁堡大学求学时，与卡莱尔父女过从甚密。卡莱尔所说"人类的一线光明是中国的民主思想""西方徒有民主制度，没有民主精神"以及"革命越艰难成功越伟大，社会越进步"等观点，对辜鸿铭一生思想起到了决定性影响。① 而布朗也与卡莱尔一样抨击欧洲资本主义制度，认为"伦敦、巴黎、华盛顿、纽约是世界上最大的强盗大本营，什么英皇、英后、法国总统、美国总统，他们都想掠夺世界的资财，奴役世界的人民，包括本国人民。"② 辜鸿铭在后来的著述中，常以中国传统思想为武器，辅之西哲卡莱尔、罗斯金、歌德、莎士比亚、阿诺德、纽曼、爱默生和伏尔泰等人的理论，来批判西方社会制度乃至黑格尔等人的哲学思想。加之他对自由主义、社会主义等西方最新潮的政治哲学能如数家珍，因而总能一语中的，切中肯綮。——就此而言，罗家伦说辜氏"善于运用中国的观点来批评西洋的社会和文化，能够搔着人家的痒处，这是辜先生能够得到西洋文艺界赞美佩服的一个理由"③，语带嘲讽。而另一位当代学者说，辜鸿铭著作"震动欧美汉学界，风行一时，正好适应了西方人对自身文化传统的怀疑心理和向东方寻求精神解脱之路的需要，甚至还影响了俄国大文豪列夫托尔斯泰的思想。"④ 此说也有揶揄之意。须知：会通中西，方有真知灼见；唯有共识通识，才能令人折服。当年德国人不仅译刊辜的著作，而且组织辜鸿铭俱乐部和研究会研究其思想；不仅奥斯瓦尔德·施宾格勒的《西方的没落》是受了辜鸿铭的影响而写出的，而且有的德国学者这样要求他们的学生：不懂辜鸿铭就不能参加学术讨论会。而德国学者奈尔逊教授这样称赞辜鸿铭："他鄙弃一切高官厚禄，只为科学研究、信仰自由而生，在受压抑的大多数愚昧无知的芸芸众生中以'极少数'自处，现在他仍然在一如既往地为真理、正义和人道而斗争。"⑤ 也就是

---

① 兆文钧：《辜鸿铭先生对我讲述的往事》，《文坛怪杰辜鸿铭》，长沙：岳麓书社1988年版，第81、82页。

② 同上书，第83页。

③ 罗家伦：《回忆辜鸿铭先生》，《文坛怪杰辜鸿铭》，长沙：岳麓书社1988年版，第18页。

④ 陈子善：《梁实秋写辜鸿铭》，香港《明报月刊》1989年5月，第79页。

⑤ ［德］奈尔逊：《〈呐喊〉译者前言》，《辜鸿铭文集》上卷，海口：海南出版社1996年版，第489页。

说，辜鸿铭学说是因为深藏着"真理、正义与人道"，才令西方人信服的。我想这才是本质性的评价。那么，中国学界对辜鸿铭的贬抑，是否出于"自我怀疑"的潜意识?!

在批判西学的同时，辜鸿铭大赞中国古代政治制度以及"十三经"等诸子典籍。他对中国文化是如此自信：

> 欧洲宗教要教育人们："做一个好人"；而中国的宗教则要人们："做一个识礼的好人"；基督教叫人"爱人"；而孔子则叫人"爱之以礼"。这种义礼并重的宗教，我称之为良民宗教。我相信，对于欧洲人民，特别是那些正处于战争灾难之中的欧洲人，那些不光要制止战争而且要拯救欧洲文明乃至世界文明的欧洲人来说，良民宗教将是一种使其受益无穷的新宗教。不仅如此，他们还会发现这种新宗教就在中国——在中国的文明中。[1]

我认为，在那样的时世中，辜鸿铭坚持"尊王"和文化输出，绝非"保守"一词可以涵盖，因为这实在是一个关乎文化自信、提振民心民气的大事。他的爱国情怀、民族自尊，令后人心生景仰。

辜鸿铭不仅认为中国政治、文化比西方各国高明得多，而且认为中国人心灵完美和谐，具有良好的道德宗教。他说"中国人的性格和中国文明的三大特征，正是深沉、博大和纯朴（deep，broad and simple）"，而西方人性格远没有这样优美和全面。他 1901 年的《尊王篇》（即《总督衙门论文集》）、1911 年的《中国牛津运动故事》、1915 年的《春秋大义》（即《中国人的精神》）和 1917 年的《怨诉的声音》（黄兴涛译为《呐喊》）等，都传递出了中国传统文化的精髓和密码。他还在 1898 年以英文译述了《论语》，1906 年译述了《中庸》，为中国儒学经典的输出做出了重要贡献。——在辜鸿铭之前，王韬曾协助传教士雅理各（James Legge）翻译了《论语》《中庸》《大学》《孟子》《尚书》《诗经》《春秋左传》等七种儒学经典，但这些都是有学问的汉学家的"硬译"，因为缺

---

① 辜鸿铭:《〈中国人的精神〉序言》，《辜鸿铭文集》下卷，海口：海南出版社 1996 年版，第 16 页。

少对中国文化、人性的深切感悟而难以做到"信达雅"。而辜鸿铭采用译述方式，证以西哲名家之语，从而成为一种人类共享的精神资源，便于西方人理解中国文化真谛。

辜鸿铭极力褒扬中学而贬抑西学，可谓"语不惊人死不休"。今天看来，他的言论的确存有偏颇，但仍然可以当作别样的镜鉴。试述评其要点如下。

——他说中国不需要宪法，因为中国人民有极高的道德宪法——廉耻观念；中国只适合君主专制，而不适于议院制和报馆制①……这是辜鸿铭对中国政治传统的过度美化，他不察：正是所谓"以德治国"才导致中国古代政制成为"一笔胡涂君子账"。关于这一点，只需看看黄仁宇《万历十五年》即可明了。

——他将东西文明对立起来，认为欧洲人性本恶，而中国人性本善；中国人重心，西方人重脑；中国文化是道德的，而西方文化是拜金主义、军国主义的，是世界大战之源。他说西方的民主自由思想是由中国传播到欧洲，再由欧洲传播到美洲的；西方的议院制和报纸等政治形式，在中国古已有之……这种"西学中源"说是他深受诟病之处。

——他1896年写《上湖广总督张书（丙申）》，1908年写《上德宗景皇帝条陈时事书》，反对行西法和新政，认为这是欲以魔鬼接引中国人进天堂。他在《义利辨》中更是明确谈道："今夫新学也，自由也，进步也，西人所欲输入吾国者，皆战争之原也。"他1911年在《字林西报》发表文章，称辛亥革命为"新学"拳民暴乱；他认为"革命者憎恨满人，因为他们认为满人妨碍了这种发展。然而，满人并不是真正的障碍。正真的障碍是治体缺乏活力，和当权者的无能。……盛宣怀及其同伙的寡头政治集团才是导致这一障碍的真正原因。"② 还认为辛亥革命带来的"真正的灾难，我说过，不是这场革命，而是革命以袁世凯当上共和国总统而告

---

① 辜鸿铭：《宪政主义与中国》，《辜鸿铭文集》下卷，海口：海南出版社1996年版，第175—192页。

② 辜鸿铭：《关于时局致〈字林西报〉编辑的信》，《辜鸿铭文集》上卷，海口：海南出版社1996年版，第481页。

终，因为它意味着群氓已经将整个中国踩在脚下。"① 中国人将因此变得粗俗、丑陋、庸俗……这些观点中有"片面的深刻"，却也具有启示意义。

——他在"五四"运动时期反对学生罢课，又于 1919 年 7 月 12 日发表《反对中国文学革命》，认为文言文绝不是"死文字"，进而质疑胡适等人的学养。在他看来，"汉语是一种心灵的语言、一种诗的语言，它具有诗意和韵味，这便是为什么即是古代中国人的一封散文体短信，读起来也像一首诗的缘故。所以要想懂得书面汉语，尤其是我所谓的高度优雅的汉语，你就必须使你的全部天赋——心灵和大脑、灵魂和智慧的发展齐头并进。"② 他认为，语言的"合理的分法"，应当是简单欠修辞的语文，通行的语文和高级优雅的语文三类（按日本鱼返善雄的日译本作"平服语言、制服语言和礼服语言"三种），或者"普通会话的或日常事务用语""低级古典汉语"和"高级古典汉语"，各取所需即可，实在没有必要使白话文独活。③ 这样的多元语言观，避免了二元区分"白话与文言"而造成的"你死我活"的争论以及"现代与传统"之间的对立。

——辜鸿铭不仅反对"文学革命"之类的话语炒作，也反对"拉大旗作虎皮"式的拜孔教。孔教会于 1913 年在曲阜正式成立，以康有为为总会长，标榜"昌明孔教，救济社会"。辜鸿铭看透了这是为袁世凯政府服务，因而颇不以为然。他在一次宴会上对胡适说："我上回听说□□□（康有为——引者注）的孔教会要去拜孔子，我编了一首白话诗：'监生拜孔子，孔子吓一跳；孔会拜孔子，孔子要上吊。'胡先生，我的白话诗好不好？"④ 由此可知，辜鸿铭尊重中国传统文化，却绝不"迂"。从相关史料可知，辜鸿铭虽然与新文化主将们在观点上相左，但胡适、罗家伦、林语堂等并未将其视作死敌，反而觉得他是一个风趣可爱之人；林语堂更是于 1934 年 9 月在《人间世》杂志第 12 期上推出了一期辜鸿铭纪

---

① 辜鸿铭：《中国牛津运动故事》，《辜鸿铭文集》上卷，海口：海南出版社 1996 年版，第 286 页。

② 辜鸿铭：《中国语言》，《辜鸿铭文集》下卷，海口：海南出版社 1996 年版，第 94 页。

③ 同上书，第 91—92 页。

④ 胡适：《记辜鸿铭》，《文坛怪杰辜鸿铭》，长沙：岳麓书社 1988 年版，第 3 页。

念专集，征求辜氏传志和英文著作，还亲译了勃兰兑斯（林译为"勃兰得斯"和"勃兰德司"）和温源宁的文章。——林语堂 1935 年去美国后，同样用英语写"中国故事"，评介中国优秀传统文化，不知是否受了辜鸿铭的启发和影响?！

今天重读辜鸿铭著述，越来越觉得陈寅恪所撰《王国维纪念碑文》中的几句话高度概括了那个时代的文化守成主义者，也最适合评价辜鸿铭："先生之著述，或有时而不章；先生之学说，或有时而可商；惟此独立之精神，自由之思想，历千万祀，与天壤而同久，共三光而永光。"后世学人可将这段话作为评判辜鸿铭这类历史人物时的参照圭臬。

第三节　赋性疏野，动触时讳

辜鸿铭赞扬中国传统文化，却绝不爱屋及乌地祖佑当世人物。相反，他抨击时政，疾恶如仇；臧否人物，不遗余力。辜鸿铭自谓"赋性疏野，动触时讳"，[①] 可说有自知之明；《清史稿》称其"好辩，善骂世"，亦可谓识人之论。由此也可以发现辜鸿铭不受时人欢迎的原因：他像《皇帝新装》里的那个孩子，时时戳破真相；他有学问却不世故，什么事情只要看透了就口无遮拦地说出来。这样的性格在酱缸式的中国，是混不下去的。

我们不妨看看他骂了谁，为什么而骂——

他在张之洞的宴会上大骂皇帝与太后。其《爱民歌》曰："天子万岁，百姓花钱；万寿无疆，百姓遭殃。"——要知道这是 1902 年的事情，其罪可诛九族。

他批评李鸿章和奕劻。他在庚子和谈这一重大的外交活动中，认识到"李鸿章实在是个庸人"。[②] 但是很不幸，当时的中国形成了"李鸿章及其

---

① 辜鸿铭：《〈张文襄幕府纪闻〉弁言》，《辜鸿铭文集》上卷，海口：海南出版社 1996 年版，第 411 页。

② 辜鸿铭：《中国牛津运动故事》，《辜鸿铭文集》上卷，海口：海南出版社 1996 年版，第 314、332 页。

粗鄙不堪、腐败至极的寡头政治集团"。① 辜鸿铭更在李鸿章签署庚子赔款协定后说："卖国者秦桧，误国者李鸿章。"而庆王则"是一个大悲观主义者，因而也是一个玩世不恭的犬儒"，不仅没有思想，而且结党揽权，纳贿卖官，"对钱财本身怀有卑鄙无耻的贪婪之心"。② ——辜没有像中国人那样"畏大人"。

他批评上司张之洞。辜鸿铭认为圣人之道以民为本，要藏富于民，而张之洞"帅天下以富强，而富强未见，天下几成饿殍，此盖其知有国而不知有身，知有国而不知有民也。此即可见其学之不化处。"其病在"舍理言势"，本末倒置。③ ——一派"吾爱吾师，吾更爱真理"的气概。至于端方等人更是不入辜氏法眼，遂作《翩翩佳公子》等文加以讽刺。

他依西人之例，判定袁世凯是"贱种"。西人说"凡我西人到中国虽寄居日久，质体不变，其状貌一如故我，此贵种也。若一到中国，寄居未久，忽尔质体一变，硕大蕃滋，此贱种也。"因为"贱种"是贪得无厌的，而袁世凯这样的暴发户正是"嗜欲深者"。④ 他又说"袁世凯的所作所为，表明他连一般的道德品质、一般的廉耻和责任感都不具备，甚至连小偷和赌徒也不如。""那些骨子里卑鄙无耻的人，如袁世凯，他们那无良心的，乃至于荒淫无度的生活，只能使他们变得越来越肥，油腻腻，矮墩墩。"⑤ 正因如此，卫礼贤称"辜鸿铭是袁世凯最伤脑筋的死对头。"

他批评康有为等维新派人品卑劣，虚夸不实。"这些人自称是爱国主义者，其实浮躁、贪图名利，野心勃勃，既没有治事经验，又缺乏判别能力。他们要求连根带枝一块的改革和飞速的进步，毫不顾及可能会遇到的困难，甚至于连毁灭帝国也在所不惜。其目的，只是为了满足自身的虚荣和野心。他们愚蠢地想象，由此便可以轻而易举地获至西方民族那般的富

---

① 辜鸿铭：《中国牛津运动故事》，《辜鸿铭文集》上卷，海口：海南出版社1996年版，第315页。

② 同上书，第332页。

③ 辜鸿铭：《廉史不可为》，《辜鸿铭文集》上卷，海口：海南出版社1996年版，第427页。

④ 辜鸿铭：《贱种》，《辜鸿铭文集》上卷，海口：海南出版社1996年版，第434页。

⑤ 辜鸿铭：《中国牛津运动故事》，《辜鸿铭文集》上卷，海口：海南出版社1996年版，第289、356页。

强和繁荣。这就是康有为及其党徒的那一派。"①

他批评北洋军阀政治，认为这是群氓时代到来了。事实证明，所谓"民国"实在是"民不聊生的国度"：1912 年至 1927 年的 16 年，北京政府先后换了 13 位总统，46 任内阁；地方军阀拥兵自重，在北方形成了由英美支持的直系军阀和由日本培植的皖奉军阀；在南方则有英美扶植的滇桂集团。这些军事力量相互倾轧，一时间中国大地上内战频仍，仅大规模的军阀混战就有 1918 年段祺瑞征西南，1920 年直皖战争和粤桂战争，1922 年第一次直奉之战，1924 年第二次直奉大战和江浙战争等等，连绵不断的战争加上军费苛捐、匪乱天灾……再反观辜鸿铭的言论，不能不佩服他的先见之明。

当"世界潮流浩浩汤汤，顺之则昌逆之则亡"之时，大多数人会随波逐流，被裹挟也好，主动投身也罢，不可否认大多数人都是"识时务者"。辜鸿铭却始终坚持一个立场，更重要的是，这个立场是他在古今中西的坐标上做了比较后的自觉认同，而非像绝大多数人那样是被灌输的。辜鸿铭说："现在中国只有二个好人，一个是蔡元培先生，一个是我"，②因为前者始终革命，而他自己则始终保皇。——实际上，这句话是在讽刺中国人"无特操"，而他用一生书写了"风骨"两个大字。

第四节　道德文章，镜鉴来者

有一个流传颇广的传说：辜鸿铭曾于 1913 年与泰戈尔一起被提名诺贝尔文学奖候选人，最终泰戈尔得了奖。且不论这传说是否属实，单就辜鸿铭的文笔而言，的确有过人之处，尤其是他处于中国文学由古典进入现代的关节点上，实在是"进化链条"上的重要一环。但既有的研究成果却很少评论"作为文学家的辜鸿铭"，因而本文对辜鸿铭的文章略加点评。

---

① 辜鸿铭：《我们愿为君王去死，皇后呀!》，《辜鸿铭文集》上卷，海口：海南出版社 1996 年版，第 22 页。

② 罗家伦：《回忆辜鸿铭先生》，《文坛怪杰辜鸿铭》，长沙：岳麓出版社 1988 年版，第 18 页。

　　辜氏文章属于大散文范畴，大体可以分为三类：第一类是纪实（历史）散文。辜鸿铭有着强烈的历史意识，自身又参与中国近代史上的诸多大事件，经历丰富，阅人无数，其《尊王篇》和《中国牛津运动故事》将近代中国的重大事件进行了细致书写，极具历史价值。辜鸿铭的纪实散文深受卡莱尔《法国革命史》的影响，同时吸收了《史记》和《资治通鉴》手法，赓续了中国传统文学"文以载道"思想，形成了独特的艺术风格：就思想而言，他坚持英雄史观，以大人物、大事件为主线纪事，着实比稗官野史、今古传奇之类更加吸引读者；就叙事技巧来说，辜鸿铭因为视通古今故而能纵横捭阖，因为学贯中西故而能旁征博引，因为时有新见故而常夹叙夹议——他的纪实散文中常有类似"太史公言"的"余曰"，温源宁称辜"好用 I say 二字"① ——他的议论有着不为尊者讳的"强项令"风骨，"善善而恶恶，褒正而嫉邪"，显示出过人的史才、史学、史识与史德；就文笔而言，则流畅晓易，论由史出，逻辑绵密，言之成理，发人深省；就立场而言，他对中国文化的自信恒定如一，当得起"道德文章"之论。——相比于近世的那些"多变""善变"的大人物来说，辜鸿铭"慎终如始"的立场真值得尊敬。

　　第二类是文化散文。其文集《呐喊》《中国人的精神》《辜鸿铭论集》以及《读易草堂文集》中的大部分文章即属于此类。辜鸿铭的文化散文具有体系性：他通过评述"中国文明的历史发展"，阐扬"中国古典的精髓"，辨析"东西文明异同"，坚信"中国文明的复兴"；他立意在捍卫中国传统，旨归在输出中国文化，优势在于中外比较研究。其文化散文具有如下特点：一是善于大题小作，借题发挥。从一个小的切入口入手，却能得出根本性的文化发现。二是善于知识考古，探赜发微。比如考证"道""义""帝""妾""妇"等字的起源，以论证自己的观点。三是善于"近取譬"，抓住实质，创新命名，形象生动。比如他将"中庸"译为"人生指南"，将"春秋大义"译为"中国人的精神"，将"洋务运动"译为"中国牛津运动"；再如他将欧洲那种只重视数量而不重视质量的现代教育体制称为"不完善的半教育"：

---

　　① 温源宁：《辜鸿铭》，林语堂译，《文坛怪杰辜鸿铭》，长沙：岳麓出版社 1988 年版，第 9 页。

目前欧洲现代半教育制度的一般产品——实际上乃是魔鬼的化身。魔鬼最显著的特性，正如我们从弥尔顿那里所得知的，其积极面表现为：高傲、狂妄、自负、野心勃勃、放肆、不服管制，根本不承认和敬畏道德法则或别的什么东西。所有这些特性你们都可以在不完善的现代教育体制的一般产品中找到，如果你碰巧遇上一个强悍的性格粗暴者的话。魔鬼本性中的消极面则表现为：卑鄙、无情、嫉妒、猜疑，以及对于人、人的本性和动机乃至通常一般事物的悲观主义。所有这些特征，你们同样可以在现代不完善的教育体制的一般产品中找到，如果你碰巧遇上一个性情软弱者的话。……就像今天我们在欧洲见到的、正在进行的"科学残杀"，那被称之为文明产物的战争一样。导致当今一切事务陷入巨大困境之中或缺乏道德社会秩序的真正道德原因，如果人们追本溯源，将发现它正是理智的退化、不完善和衰落的产物。这种理智的退化、不完善的衰落，又是现代由国家支持的然而却是错误的教育体制，或更确切地说不完美教育制度，即过分地重视教育数量而不求教育质量的必然结果。①

这样的观点至今仍有借鉴价值。我可以大胆地说："五四"新文化运动主将如陈独秀、李大钊等人那些比较东西文明的论说文，远不及辜鸿铭的文章更能抓住实质，原因就在于辜鸿铭更加博学多闻，正如凌叔华的评价："他大概是没出娘胎，就读了书的，他开口老庄孔孟，闭口歌德、伏尔泰、阿诺德、罗斯金，没有一件事，他不能引上他们一打的句子来驳你。别瞧那小脑袋，装的书比大英博物院的图书馆还多几册吧？"②

第三类散文则是随笔杂文。这类如匕首投枪的"随想录"式的文章集中在《张文襄幕府纪闻》中。辜鸿铭用这类散文讽刺时政，臧否人物，

---

① 辜鸿铭：《孔教研究之三》，《辜鸿铭文集》上卷，海口：海南出版社1996年版，第549页。

② 凌叔华：《记我所知道的槟城［摘录］》，《文坛怪杰辜鸿铭》，长沙：岳麓书社1988年版，第138页。

比如他面折盛宣怀贪赃枉法①，或讽刺官商、买办、阔绅："盖今日中国，大半官而劣则商，商而劣则官。此天下之民所以几成饿殍也。《易传》曰：'损上益下，谓之泰；损下益上，谓之否。'"② 这些言论即使放在今天也若有所指。他的随笔散文嬉笑怒骂皆成文章，讽刺揶揄妙语连珠，如他批评中国官员的浮夸不实："中国之亡，不亡于实业，不亡于外交，而实亡于中国督抚之吹牛屁也。……今日欲救中国之亡，必从督抚不吹牛屁做起。"③ 他因为精通法学、哲学，故其随笔散文逻辑性强，层层递进，令人折服，如《翩翩佳公子》写道：

> 学问有余而聪明不足，其病往往犯傲；聪明有余而学问不足，其病往往犯浮。傲则其学不化，浮则其学不固。其学不化则色庄，其学不固则无恒。色庄之至，则必为伪君子；无恒之至，则必为真小人。张文襄学问有余，而聪明不足，故其病在傲。端午桥（端方）聪明有余，而学问不足，故其病在浮。文襄傲，故其门下幕僚多伪君子；午桥浮，故其门下幕僚多真小人。昔曾文正曰："督抚考无良心，沈葆桢当考第一。"余曰："近日督抚考无良心，端午桥应考第一。"或曰："端午桥有情而好士，焉得为无良心？"余答曰："朱子解善人曰：'质美而未学。'端午桥则质美而未闻君子之道者也，聪明之人处浊乱之世，不得闻君子之道，则中无定主，故无恒，无恒之人虽属有情，亦如水性杨花之妇女，最易为无良心事。吾故谓督抚考无良心，端午桥所以当考第一也。……虽然，既曰质美，端午桥亦可谓今日之翩翩浊世之佳公子也。"④

就近代逻辑散文而言，辜鸿铭比法学家章士钊的文章更明晰；就批判的胆

---

① 辜鸿铭：《王顾左右而言他》，《辜鸿铭文集》上卷，海口：海南出版社1996年版，第430页。
② 辜鸿铭：《官官商商》，《辜鸿铭文集》上卷，海口：海南出版社1996年版，第430—431页。
③ 辜鸿铭：《不吹牛屁》，《辜鸿铭文集》上卷，海口：海南出版社1996年版，第438页。
④ 辜鸿铭：《翩翩佳公子》，《辜鸿铭文集》上卷，海口：海南出版社1996年版，第436—437页。

识和文风的犀利而言，辜鸿铭的随笔比鲁迅更胜一筹——鲁迅是不与政府、达官为敌的。

辜鸿铭一生持守"兄弟阋于墙，外御其侮"的立场，对内批判政治弊病和吏治腐败，对外则捍卫中国文化和民族尊严；他有清正自守的风骨，不贪不腐，不为五斗米折腰，所以无欲则刚；他遵循"君子不党"的原则，不奉迎，不虚伪，"不拜客"①，所以至察无友——他不无自傲地说："我既不是旧党之人，也不是所谓新党，如果有人问我属于什么党，那我的回答是：'我属于中国党。'"② 他口快心直，无所顾忌，可谓树敌多矣。——他杀入了一个无物之阵，俨然一个中国的唐吉诃德。

卡莱尔曾将英雄分为六类，其中有"作为文人的英雄"一类："真正的'文人'必定有一种神圣，不论这个世界是否承认它：他是世界之光，是这个世界的'教士'——像一个神圣的火柱，引导世界在其黑暗的漫长途程中穿过'时间'的荒野。"③ 卡莱尔还将英雄的性格特质归结为"忠诚"。依此标准，辜鸿铭无愧为一个忠诚的文化英雄。有学者说："鸿铭毕竟一代奇才，虽其恃才玩世，之无可疵，但此正如浮云之掩月，无所损其光辉。只是以其才学，竟于国计民生无所裨益，而至穷愁伲街，以终其生，这就不能不令人为之惋惜！"④ 可谓"同情之理解"。

郁达夫曾说："一个没有英雄的民族是可悲的奴隶之邦，一个有英雄而不知尊重英雄的民族则是不可救药的生物之群。"那么，"我们今天如何看待辜鸿铭"这个问题似乎与辜氏本人无多大关系，却能考量出后来者的精神高度：我们当然不必固守传统，坚执"祖宗之法不可变"，但也不必自我矮化，事事"唯新唯西"；我们固然不用美化辜鸿铭，但也不能佛头着粪，将其涂抹成一个小丑、简化为几则笑话，因为那只能照出自己不学无术、无知无畏。

----

① 辜鸿铭：《不拜客》，《辜鸿铭文集》上卷，海口：海南出版社1996年版，第473页。

② 辜鸿铭：《中国文明的历史发展》，《辜鸿铭文集》下卷，海口：海南出版社1996年版，第298页。

③ ［英］卡莱尔：《英雄与英雄崇拜》，何欣译，沈阳：辽宁教育出版社1998年版，第179页。

④ 陈彰：《一代奇才辜鸿铭》，《文坛怪杰辜鸿铭》，长沙：岳麓书社1988年版，第42页。

第 二 章

乡愁叙事，回忆美学：《呼兰河传》
与萧红的小说学①

　　萧红因其"越轨的笔致"而成为最难索解的现代作家之一，其《呼兰河传》受到的误读最多。这主要因为"《生死场》的巨大成功，影响了人们对萧红思想的全面理解，特别是限制了人们对她后期思想的研究"，因而对她的评价"基本停留在抗日作家这一结论上。"②《呼兰河传》的内容似乎与如火如荼的抗战无关，这无异于自我边缘化。而它那特异的体制与当时主流的文学理论格格不入，令评论家难以置喙。加之她与端木的结合令众多朋友非议，令胡风等人认为他们"秘密飞港，行止诡秘"③，故而《呼兰河传》出版之初，大都保持沉默。茅盾 1946 年为重版的《呼兰河传》作序加以推介，却产生了"误导"，比如后来评论者多认为《呼兰河传》"表现了一个共同的主题思想——封建主义束缚下的中国农村是愚昧落后的，人们的思想是麻木和守旧的，劳动人民不仅经济、政治上被剥削压迫，更为令人痛心的，是他们精神上的被毒害。从而揭示出这种社会悲剧的原因，是中国几千年封建社会遗留下来的思想和习惯。我们的祖国，也就是在这封建传统观念的束缚下，停止了前进的脚步，使自己长久

---

　　①　本章以《乡愁叙事与回忆美学——从〈呼兰河传〉看萧红的小说学》为题，刊于《名作欣赏》2012 年 9 月上旬刊。

　　②　季红真：《叛逆者的不归之路——自序》，《萧红传》，北京：北京十月文艺出版社 2000年版，第 7 页。

　　③　萧红 1940 年 7 月 7 日致华岗信，《萧红全集》下卷，哈尔滨：哈尔滨出版社 1991 年版，第 1309 页。

处于愚昧落后的泥潭中。"① 这种以偏概全的社会学解读几乎是对茅盾《〈胡兰河传〉序》的翻版，反映出萧红研究的薄弱。

其实，《呼兰河传》不仅有着多义主题而且有着多重叙事视角；它不仅形成了萧红小说"回忆诗学"，而且具有重要的中国叙事学价值；它将萧红与鲁迅、沈从文等乡土作家的写作立场区分开来，确立了"大地民间"的文化人类学意义。在此前的萧红研究中，葛浩文虽然认识到"《呼兰河传》是中国当代文坛上一部非常独特的小说""是她那注册商标个人'回忆式'文体巅峰之作。"② 但蜻蜓点水，未作深论。吴晓东将《呼兰河传》作为其"现代小说诗学研究"的一个例证③，却未进行专文论述。本文认为，如果说《生死场》以"大地民间"、女性立场和"混沌美学"奠定了萧红小说学的基础，那么《呼兰河传》以乡愁叙事、儿童视角、对话机制和忏悔意识，成就了萧红的"回忆美学"，这不仅具有中国叙事学的创新意义，更有着现代哲学价值和宗教救赎意味。

第一节　心理代偿：《呼兰河传》的创作动机

《呼兰河传》创作起于 1936 年 9 月，萧红在东京创作的《家族以外的人》成为《呼兰河传》第六章的雏形。《呼兰河传》最终完成于 1940 年 12 月，此时萧红寄身香港，暂避日本疯狂的侵华烽火。也就是说此小说前后历时四年数易其稿方告完成，是萧红精雕细刻的杰作。

文学研究应知人论世。那么在 1936—1940 年，萧红生活发生了哪些重要事件？这些经历对其心理产生了怎样的影响？是什么触发了萧红写作《呼兰河传》的动机？对这些问题的追踪应是研究《呼兰河传》的逻辑起点。

萧军萧红 1934 年 11 月初到达上海，并于 11 月 30 日与鲁迅初次晤面。鲁迅于 12 月 19 日宴请二萧并将他们介绍给胡风、叶紫、聂绀弩等文友，同时劝告二萧不要加入"左联"，鼓励他们保持写作的独立性，免受文坛风气

---

① 彭珊萍：《略论〈呼兰河传〉的艺术结构》，《萧红研究》，北方论丛编辑部内部发行 1983 年版。

② ［美］葛浩文：《萧红评传》，哈尔滨：北方文艺出版社 1985 年版，第 144 页。

③ 吴晓东、倪文尖、罗岗：《现代小说研究的诗学视阈》，《中国现代文学研究丛刊》1999 年第 1 期。

影响。此后，萧红于 1935 年 12 月自费出版中篇小说《生死场》，奠定了其文坛地位；其散文集《商市街》也于 1936 年 8 月作为巴金主编的"文学丛刊"之一由文化生活出版社出版。鲁迅对萧红的创作给予高度评价，他在 1936 年 5 月 31 日回答埃德加·斯诺的提问时，先后三次把萧红列入"自 1917 年的新文学运动以来，中国涌现出来的最优秀的作家"的行列，并强调指出："田军的妻子萧红，是当今中国最有前途的女作家，很可能成为丁玲的后继者，而且她接替丁玲的时间，要比丁玲接替冰心的时间早得多。"[1] ——这对萧红来说是极大的鼓励，对自己的创作也已有了清晰的判断，这就是要坚持写自己熟悉的生活，坚持地方性与民族性，坚持女性意识与大地民间立场，因为这是一切文学灵感的源泉，也是她区别于其他作者的秘诀。这标志着萧红的文学自觉。

流亡生活的艰难，理想与现实的差距，使萧红越来越想念故乡，"乡愁"由此产生。可以说自 1929 年后，萧红就失去了乐园：一是 1929 年她失去了世界上最疼爱她的人，祖父的去世使她失去了唯一的亲情温暖；二是"九一八"事变使萧红感受到了"亡国"之痛；三是由于反抗父母之命媒妁之言，离家出走，其父张廷举与四叔张廷惠在 1935 年 8 月创修《东昌张氏宗谱书》，萧红因"大逆不道，离家叛祖，侮辱家长"而被剔除族谱——她成了一个真正意义上的无家可归的流浪者。

按照马斯洛人生五大需求理论指标（生理需求、安全需求、社交需求、尊重需求、自我实现需求）来衡量萧红的状况，她匮乏得太多了。萧红在流亡过程中不仅饱受贫困、疾病和生产之痛，而且缺乏精神安全感。这种不安全感首先来自萧军。萧军没有给她理想的爱情生活，不仅因为萧红的体弱多愁[2]与萧军的孔武强壮极不和谐，造成萧军多次移情别

---

　① 丁玲 1933 年被捕后一直处于幽禁之中，鲁迅以为她已被难牺牲，故有此言。

　② 萧红长年患有头痛、失眠、胃病、肺病、痛经、痔疮、贫血等病症，身体瘦弱，双腿细到无法登上青岛崂山，自嘲为"小麻雀"。她一度为缓解疼痛而吸烟、喝酒甚至服食鸦片。萧军回忆说："记得在上海有一次横过'霞飞路'，我因为怕她被车辆撞倒，就紧紧握住了她的一条手臂。事过后，在她的这条手臂上竟留下了五条黑指印。"（萧军：《萧红书简辑存注释录》，哈尔滨：黑龙江人民出版社 1980 年版，第 204 页。）萧军对萧红更多的是同情，他说："我从来没把她做为'大人'或'妻子'那样看待和要求，一直把她做为一个孩子———一个孤苦伶仃，瘦弱多病的孩子来对待的"，因为"我爱的是史湘云或尤三姐那样的人，不爱林黛玉、妙玉或薛宝钗……"（同上第 103、114 页）

恋，他在上海对陈涓的追求直接影响到二萧的关系，萧红负气东渡日本疗养、写作、学习日语，希望双方冷静下来。随后，萧军在为鲁迅守灵期间与好友黄源之妻许粤华交往过密，做出不义之事。这对于任何一个女性来说都是难以承受的，因而萧红1937年1月回国后不久便与萧军发生争吵，在4—5月去北京周游，但这没有减轻她的忧郁症。从萧红在上海、东京和北京致萧军信中可以看出，萧红对萧军有着过度依恋，出现了依附性人格，变得日益敏感甚至神经质——这样的现实情感生活对双方都是折磨。

她开始靠回忆来取暖，回忆似乎成了她生命存在的确证。继1936年9月的《家族以外的人》之后，她又完成了《呼兰河传》的第一、二章。大约1937年9月，萧红对朋友蒋锡金说"我要写《呼兰河传》了"，并把完成的部分拿给蒋锡金看。[1] 1939年10月，鲁迅逝世三周年之际，萧红创作了《回忆鲁迅先生》，这篇大散文在经许广平过目后于1940年7月由重庆妇女生活社出版。——这篇散文虽然与《呼兰河传》无关，但是女性细腻的笔致、回忆文体所特有的琐碎叙事、反本质主义的态度，却迥异于宏大叙事，与《呼兰河传》多有神似之处。也就是说，"萧红语体"已经成熟定型。

萧红的这种写作手法虽然为端木蕻良所不喜欢[2]，但她意识到了其独特性，因而不顾"教授作家"端木的反对，扎扎实实地向前推进。最重要的是，萧红此时的写作不再是为了生计、为了发表、为了别人的写作，

---

[1]　蒋锡金：《萧红和她的〈呼兰河传〉》，王观泉编：《怀念萧红》，哈尔滨：黑龙江人民出版社1984年版，第40—41页。

[2]　靳以《忆萧红》中记道：他有一次去看萧红，那时她正在写回忆鲁迅的文章，端木用"略带轻蔑的语气说：'你又写这样的文章，我看看，我看看……'他果真看了一点，便又鄙夷地笑起来：'这也值得写，这有什么好写？……'他不顾别人的难堪，便发出奸狡的笑来，萧红的脸就更红了，带了一点气愤地说'你管我做什么，你写得好你去写你的，我也害不着你的事，你何必这样笑呢？'他并没有再说什么，可是他的笑没有停止。……没想到她会遇见这样一个自私的人。他自视甚高，抹却一切人的存在，加在文章中也还显得有茫昧的理想，可是完全过着为自己打算的生活。而萧红从他那里所提到的呢，是精神的折磨。他看不起她，他好像更把女子看成男子的附庸。"（王观泉编：《怀念萧红》，哈尔滨：黑龙江人民出版社1984年版，第74—75页）这可以理解为端木对萧红写法的不满，也可以理解为对她写回忆鲁迅文章的不满。

而是"为己"的写作①——这种写作姿态是十分重要的，在现代文学史上寥寥无几②。

综上可知，萧红在1936—1940年经历了流浪东京、导师逝世、与萧军分手、与端木结合、孩子夭折、移民香港等重大变故，而这一切都发生在抗战最艰苦的岁月。当她在1940年1月与端木飞到香港时，她终于有了一个驿站，可以静心写作了。此时，她的小说观成熟了，语体和文体定型了，写作态度明确了。1940年4月，她创作了《后花园》（是《呼兰河传》第七章的雏形）等短篇，此年12月《呼兰河传》终于完稿。——不能不说，端木1939年在重庆复旦大学任教授以及1940年后在香港主编《时代文学》，为萧红提供了较优裕的物质生活和安静的写作环境，为《呼兰河传》的顺利完成提供了重要保证。

至此，我们可以对萧红《呼兰河传》的创作动机作如下分析：首先，心理代偿，寻找温情。心理代偿是一个人在遇到挫折、损失或面临困境时，将对某一对象的需要转向其他对象，从而进行置换、升华，从而达到"失之东隅，收之桑榆"的心理平衡。回忆体小说往往缘于现实的匮乏，是理想受挫后的心理代偿，是"失乐园"后的"寻梦"。萧红在现实中得不到的亲情温暖，就寄情小说以得到虚拟性的满足。十年流浪生活使萧红对理想与情感产生了怀疑，与她关系密切的男性都没能给她安稳可靠的生活，而真正可以给她精神支持的鲁迅先生也去世了，她变成了一个"孤儿"③，甚至会因此反思：假如当初没有仿效娜拉离家出走会怎样?! 也许她就是带着这样的思考来回望故乡的，所以《呼兰河传》的基调是温馨的，即使呼兰城东二道街上的那个泥坑，在她回忆中也是"有趣"的。——所以，小说的主旨绝不是批判"国民劣根性"。

其次，怀土念人，别有怀抱。鲁迅1931年2月18日致李秉中信中对

---

① 1939年，萧红果断地推掉孙寒冰请她给复旦大学讲文学课的邀请（季红真《萧红传》第357页），也断然拒绝了周鲸文请她主编《时代妇女》的邀请（周鲸文：《忆萧红》，《时代批评》1975年12月第33卷12期。）。

② 张爱玲清贵如同临水自照的水仙，也屈尊纡贵地对上海人说自己是"小市民"，以扩大其图书销量。萧红却从不讨好读者，这似乎是萧红生活能力不高的表现。

③ 萧红给柳亚子诗册题诗时自称"天涯孤女"，可见其孤独感。曹革成：《天涯孤女有人怜——柳亚子与萧红的忘年交》，《北方论丛》1986年第3期。

"不忍去国"的原因作出自嘲："眷念旧乡，仍不能绝裾径去，野人怀土，小草恋山，亦可哀也。"① 人同此情，概莫外之。《呼兰河传》所写的是乡土亲情，是萧红最熟悉的题材，因而写起来如鱼得水，不时有神来之笔，尤其是描写祖父的时候，口吻俨然一个娇憨任性的孩子，仿佛真的回到了祖父身边。同时，我们也不能不注意到中国文学这样的一个传统："失国"的"遗民"写故国山水、文化风物或亡人旧雨，往往是因寄所托，别有怀抱。比如李煜亡国后的《虞美人·春花秋月何时了》等诗词创作②，比如李清照南渡后怀念故人故土的《〈金石录〉后序》《菩萨蛮·风柔日薄春犹早》等，再比如明末清初张岱写故交旧游的散文（巧合的是，萧红闯关东的高祖也叫张岱），而"日据时期"的台湾作家反对"皇民化"的策略也是书写台湾土著民俗文化以便留下文化的根。所有这些，都是一种隐喻式的写作。因而可以说，萧红的《呼兰河传》也包含着一种变相的"抗战"与"复国"情怀。

最后，文学理想：回忆美学。萧红反对模式化写作，努力创造着自己的小说诗学。她说："有一种小说学，小说有一定的写法，一定要具备某几种东西，一定写得像巴尔扎克或契诃甫的作品那样。我不相信这一大套，有各式各样的作者，有各式各样的小说。若说一定要怎样才算小说，鲁迅的小说有些就不是小说。"③ 她对自己的创作指向十分清醒，不仅与聂绀弩讲过，更对骆宾基谈起，比如当骆宾基谈到《战争与和平》是一部伟大的杰作、艺术的高峰时，萧红重申了自己的见解："在艺术上是没有什么高峰的。一个有出息的作家，在创作上应该走自己的路。有人认为，小说要有一定的格局，要有一定的要素。不写则已，一写就要像托尔斯泰、巴尔扎克那样，否则就不是小说。其实有各式各样的生活，有各式各样的作家，也就有各式各样的小说。"④ 可以说，萧红此时已确立了自

---

① 这是鲁迅对孔子言论的反讽。《论语·里仁篇第四·十一》："君子怀德，小人怀土；君子怀刑，小人怀惠。"

② 萧红《商市街》中记录，他们当时读的书里有《离骚》《李后主词》和《石达开日记》等，由此也可以印证《呼兰河传》的潜在创作目标。

③ 聂绀弩：《回忆我和萧红的一次谈话》，《高山仰止》，北京：人民文学出版社1984年版，第102页。

④ 刘慧心：《老作家骆宾基》，《西湖》1982年第8期。

己的小说诗学，有着自己的小说美学，她通过《呼兰河传》建立起了有别于鲁迅、废名的第三种乡土文学叙事策略：萧红没有站在鲁迅等精英启蒙立场上以"精神导师"的身份批判国民劣根性，也没有像废名和沈从文那样以道德理想主义情怀将乡村美化为世外桃源，萧红以"大地民间"的立场，以散点透视的素描呈现了东北人民原生态的生存状况。①

第二节　乡愁叙事：《呼兰河传》的创作题材

茅盾《〈呼兰河传〉序》对萧红的解读存在偏差和误解，但至少有一句颇为精当："这是一篇叙事诗，一幅多彩的风土画，一串凄婉的歌谣。"②《呼兰河传》无疑是关于大地民间的一部经典的乡愁叙事，是一幅1920年代中国东北小县城的风俗画，它色彩单纯、朴素而又美丽；它在七章15万字的篇幅里，留下了萧红欢乐又寂寞的童年记忆。

小说第一章写呼兰城人"卑琐平凡的实际生活"③。这种生活卑琐到许多孩子的理想就是长大了"开豆腐房"，平凡到将"看火烧云"当作娱乐，东二道街上的那个大泥坑成为人们快乐的源泉……乍看起来，第一章语言轻松、诙谐幽默，但细细体味就会发现，这是萧红清醒时的怀想，隔着广大的时空回望故乡，她站在中国最南端的繁华都市怀想中国最北端的民间乡村，身处亚热带的香江岸边却要从寒冷的呼兰河里汲取热量，她在冰冷无情的世上奔波挣扎了十年，没有得到向往的幸福和快乐，相反只得到了痛苦与伤害，故乡和童年成为她生命中最温馨美好的记忆……

第二章写呼兰河人精神生活的"盛举"。新年跳大秧歌、人病了跳大神、四月十八娘娘庙大会、七月盂兰节放河灯、秋收后唱野台子戏……逢到这样的盛举，往往连瞎子都来"看"，人们的脚步"把街道跑得冒了烟了"。这些风俗描写具有浓郁的地方风情和人类学意义。

---

① 李钧：《文化中国与大地民间：试论30年代的"寻根"小说》，《文学评论》2006年第5期。

② 茅盾《〈呼兰河传〉序》，《萧红全集》下卷，哈尔滨：哈尔滨出版社1991年版，第704页。

③ 萧红：《呼兰河传》，《萧红全集》下卷，哈尔滨：哈尔滨出版社1991年版，第734页。本文下引《呼兰河传》文字均出自此版本，所出页码只加页内注。

　　第三章写慈祥温厚的祖父。萧红关于祖父与后花园的精细描写，堪称优美温馨的抒情诗，可谓色彩明丽的写意画，将一个天真烂漫、自由放任甚至刁蛮顽劣的女孩子，和诗礼耕读、宽容和善而又闲适自在的祖父，刻画得栩栩如生，呼之欲出。"童年"是一个人的"黄金时代"，懵懂迷离却无忧无虑。当萧红置身 1940 年的香港回忆呼兰河畔的美好童年，压抑的心胸似乎吸入了新鲜的氧气一样舒畅，人也似乎变得自由起来。更值得注意的是，第三章至第七章的童年视角、赤子情怀，对中国小说产生了重要的叙事学意义。

　　第四章写"我"家的院落布局。因为院子特别大，所以有些房子就租给了粉房、拉大车的和磨房（这也是家庭败落的征兆）。粉房毁败欲倾，四处透风，祖父几次要拆了这房子，但是粉房的人们坚持不搬，甚至因为房顶上长满蘑菇而得意扬扬，毫不觉得可怜。租房户中有一家姓胡的赶大车的，胡家有两个儿子，两个儿子又各有一个儿子。大孙媳妇已娶进了门，二孙子的"团圆媳妇"也来到家里——由此引出了小说第五章。

　　第五章写小团圆媳妇之死。老胡家的小团圆媳妇 12 岁就长出了 14 岁的个子，"太大方""头一天来到婆家，吃饭就吃三碗""一点也不害羞，坐到那儿坐得笔直，走起路来，走得风快"。这就招来了杨老太太、周三奶奶等邻居说三道四，于是婆婆决定给她个下马威：吊起来打，拧她的大腿，烙她的脚心……小团圆媳妇抑郁生病了，婆婆就请人抽帖、跳大神，还动用了各种偏方，但都无济于事。"跳大神的"就说小团圆媳妇是"狐仙"，要用滚烫的开水给她洗澡驱除邪魔。如此洗了三次，小团圆媳妇昏死过去，七天后死去。不久，两个儿媳一个哭瞎了眼，另一个疯了，大孙媳妇则与别人私奔了……萧红没有鼓励人们起而反抗，没有发出"救救孩子"之类的呼号，更没有对"看客"做出批判。读者明显感到萧红早期作品中的激愤减弱了，增添的是凄凉与哀怨。这反而使《呼兰河传》具有了多义复调主题，具有了阐释地无限性，也因之成为现代文学经典之作。

　　第六章就写有二伯。有二伯 30 岁时来到"我"家，他曾在老毛子来犯时替"我"家看守家园，所以对这个家族是有功的。他现在已 60 多岁，仍孤身一人、居无定所，由于贫苦开始偷东西，并对一切都不满，他的口头禅是"介个年头是啥年头？"——有二伯与《红楼梦》里贾府的焦大有着三分神似。

第七章写磨倌冯歪嘴子的爱情。冯歪嘴子与王大姑娘同居有了孩子，就成了人们的谈资和围观对象。王大姑娘生第二孩子时死了，人们估摸着冯歪嘴子会上吊自杀，又判定这个刚出生的孩子必死无疑。"东家西舍的也都说冯歪嘴子这回非完不可了。那些好看热闹的人，都在准备着看冯歪嘴子的热闹。"但是冯歪嘴子好像下定了决心要在这个世界上生根，喂着大的带着小的，坚强地活着，小的不仅没死，而且"会笑了，会拍手了，会摇头了，给分东西吃，他会伸手来拿，而且小牙也长出来了。微微地一咧嘴笑，那小白牙就露出来了。"（第877—888页）——小说至此戛然而止，给人意犹未尽之感。

总体来看，《呼兰河传》没有中心情节与主角人物，呼兰小城才是小说的主角。如果稍作知人论世的评判，就仿佛看到一个独在异乡的女性，凭窗远眺，思念家乡，那故园虽然落后、穷困、荒芜，那里的人们在"现代人"眼里也许是愚不可及的，但那毕竟是故乡。就题材而言，《呼兰河传》以儿童与成人的双重视角，分三个层次展开了书写：第一、二章分别写呼兰河人平凡卑琐的物质生活与精神盛举；第三、四章写祖父和"我"的家园；第五章至第七章写小团圆媳妇、有二伯和冯歪嘴子三个人的故事。很多读者会觉得《呼兰河传》结构过于散漫，其实其内在结构十分明显：前四章写故乡和亲人，后三章写三个"失家的人"——这三章正是萧红身世之感的投射。

《呼兰河传》是一部真正的乡愁叙事小说。首先，这乡愁来自"侨寓"。鲁迅说，乡土文学是"侨寓"在城市的知识分子在面对现代化时回望故乡时所产生的乡愁。对于萧红来说，自从她离开哈尔滨就一直侨寓他乡，更重要的是她没有安全感和归属感，没有可依靠的臂膀，萧军等人带给她的只是伤害；她1940年流浪到了中国的最南端，这是再典型不过的侨寓。其次，对于萧红来说，乡愁包含着"失乡""失乐园"与"失国"等多重意味。童年的自由、幸福、祖父的亲情都失去了。萧红在散文《失眠之夜》中写道："家乡这个观念，在我本不甚切的，但当别人说起来的时候，我也就心慌了！虽然那块土地在没有成为日本的之前，'家'

在我就等于没有了。"① 这种一无所有的感觉最是孤单。乡愁的第三层意思是"过客"的身世之感。李白说："光阴者，万物之逆旅；天地者，百代之过客。而浮生若梦，为欢几何？"对萧红来说，自身的病痛、祖父的亡故、导师的去世、世事的无常等使她过早感受到自己是时间的过客，人世间对她来说是真正的"羁旅"，对一个病弱多思的女作家来说，这种凄惶的感受一定超过常人。乡愁的第四层意思是因为"水土不服"。萧红这个精灵般的女性，不是为了战争、革命而生，更不是为了洋场、都市而生，然而她却不得不生于这样的污泥浊水中，这是怎样的不堪？！

　　因为是一种乡愁叙事，故而《呼兰河传》具有典型的地方性与民族性；因为忠实地记录了 20 世纪早期中国东北地区的民间生存状态，故而极具有文化人类学意义；因为持守大地民间的立场，故而萧红没有如鲁迅那样带着启蒙心态去批判和改造国民性，也没有像废名那样以道德理想主义情怀去缅想世外桃源、美化乡土社会、诗化民间社会，而是从女性自身的生命感受出发，如实地将所见所闻、所感所思用心记录下来，将未加雕饰的民间原生态呈现给了读者。——这是有别于鲁迅和废名的第三种乡土叙事，这是萧红在文学史上成为独特的"这一个"的原因。

第三节　回忆诗学：《呼兰河传》的艺术哲学

　　《呼兰河传》漫漶着浓郁的乡愁情怀，形成了独特的回忆美学。童年视角与成人视角的交叉构成了小说的叙事动力，串起了小说的全部内容和多重主题，正如小说"尾声"所说："以上我所写的并没有什么幽美的故事，只因他们充满我幼年的记忆，忘却不了，难以忘却，就记在这里了。"（第 878 页）《呼兰河传》不仅让人想起"虽信美而非吾土兮，曾何足以少留"（王粲《登楼赋》），"回首望乡落泪，不知何处天边"（庾信《怨歌行》），"世态十年看烂熟，家山万里梦依稀"（陆游《过野人家有感》）等古诗词，叙事内容也因为回忆的过滤而变得如此富有诗意。吴晓东高度评价《呼兰河传》，认为"《呼兰河传》堪与奠定了回忆美学的大师普鲁斯特的巨著《追忆逝水年华》相比"，它不仅"为一个代表着老中

---

① 萧红：《失眠之夜》，《萧红全集》下卷，哈尔滨：哈尔滨出版社 1991 年版，第 1059 页。

国的乡土生存形态的小城在文化学、民族学乃至人类学层面立传"，而且"预示着一个更深层的母题的生成，即回忆中固有的生命与存在的本质。"① 那么，是哪些因素构成了萧红"回忆美学"的独特结构呢？

（一）儿童视角，赤子情怀

王富仁认为："所有杰出的小说作品中的'叙述者'都是一个儿童或有类于儿童心灵状态的成年人。"② 这与李贽的"童心说"可谓同出而异名，这是说伟大的作者都有一颗赤子之心，他们因为"童心"而有了超出常人的发现与创新。儿童视角正是这种赤子情怀的表现，具有重要的叙事学功能。

所谓儿童视角，是指以儿童的眼光探究世界，以儿童的思维呈现情节，以儿童的口吻叙述故事，进而塑造儿童形象、反映社会现实的叙述角度。"儿童视角极大丰富了中国现当代文学的文学表现力。儿童视角以儿童为叙述者，通常运用稚嫩活泼、清新自然的口吻，脱离是非价值评判的客观态度，表现儿童眼里的成人世界。另外，儿童叙述者担当起第一人称、第三人称限制性的叙事功能，有力地改善了传统的全视角的单一叙述状态。儿童视角着眼于自然、生命个体的原初本能深度拓展了文学的表现空间。"③ 在现代中国文学中，对不可复返的童年的追忆成为作家们寻找精神家园的最基本内容之一，这是对现实不满的反映，也是对逝去的美好情感的追溯。从现代哲学意义上，回忆是对线性时间的折叠与回溯，是对虚妄现实的反抗与拒斥。就《呼兰河传》来说，第一、第二章主要是成人视角，第三章至第七章是典型的儿童视角，在后五章里既写了祖孙亲情和"我"的家园，也写了三个"家族以外的人"（失乡的人）的悲惨生活。

儿童视角必然带来叙事的碎片化。这一方面是由于儿童还未形成对世界整体观察与理性分析的能力因而过分关注细节，另一方面是由于儿童对时间的忽略。比如"我"在后花园里会瞬间转移注意力：正锄着草，"一

---

① 吴晓东、倪文尖、罗岗：《现代小说研究的诗学视阈》，《中国现代文学研究丛刊》1999年第1期。

② 王富仁：《鲁迅小说的叙事艺术》，《中国现代文学研究丛刊》2000年第3期。

③ 王黎君：《儿童的发现与中国现代文学》，北京：中国社会科学出版社2009年版，第4页。

抬头看见了一个黄瓜长大了，跑过去摘下来，我又去吃黄瓜了。黄瓜也许没有吃完，又看见了一个大蜻蜓从旁边飞过，于是丢了黄瓜又去追蜻蜓去了……采一个倭瓜花心，捉一个大绿豆青蚂蚱，……玩腻了，又跑到祖父那里去乱闹一阵……"（第 757 页）这些断片式的描写实质上是包含着一种散漫叙事，一种生活诗学，不仅将一个儿童的任性性格表现得淋漓尽致，更重要的是远离了宏大的社会和时代主题，它不是逻辑的理性的体系化建构，而是一种散点透视。从叙事学角度讲，这种碎片化是对线性时间的破坏和消解，它使得叙事向空间层面发展，呈现出散文化或诗化结构，从而使小说叙事具有了高度的抒情性。

回忆的逆时性使小说具有了现代哲学意味。古典小说曾被视为故事的代名词，时间是故事的主角，"时间征服了整个世界，它上升着，成了至尊之神。"（《吠陀经》）。人们之所以尊重时间，因为牛顿意义上的"绝对时间"是不可逆的，这也就意味着生命是一去不复返的。"无神论"使现代人形成了巨大的时间焦虑，"生—死"流程（而非"轮回"）构成了巨大的心理压迫。因而现代艺术往往是对时间的反抗，正如萨特指出，福克纳《喧嚣与骚动》包含着"时间的哲学""故事时间被打乱，把一个个片断安排得七颠八倒。"[①] 因而可以说，小说家们关于"假如一切可以重来"或"假如时间可以停止"的想象，成为向时间挑战的重要方式。萧红《呼兰河传》里的时间与事件是并置的，其间没有时间秩序、逻辑因果，时间的线性在回忆中被切割、扭曲、停滞甚至倒流；小说还有意抹除了具体的时代背景，这种"对时间刻度的模糊则能为文本带来一种象征效果"[②]。时间刻度的模糊化不仅是萧红挽住生命流逝的主观愿望，而且有着"拒绝长大"的时间哲学——这是儿童对永远留驻在"天堂"的愿望，也是作家批判现实的一种重要艺术手法，正如君特哥拉斯《铁皮鼓》中的奥斯卡身体永远停止生长，象征着对成人世界的不满。

儿童世界是物我一体、主客混淆的，他们感受世界的方式是直观、和谐、百无禁忌的。儿童的各种感官因为未被规驯，故而常常"通感"，"童言无忌"带来了混搭式的妙喻，造成了言语的"陌生化"。在《呼兰

---

① 李文俊编：《福克纳评论集》，北京：中国社会科学出版社 1980 年版，第 158 页。

② 徐岱：《小说叙事学》，北京：中国社会科学出版社 1992 年版，第 254 页。

河传》里，破草房是活的："可曾有人听过夜里房子会叫的，谁家的房子会叫，叫得好像个活物似的，嚓嚓的，带着无限的重量。往往会把睡在这房子里的人叫醒。"儿童听到声音是有颜色的，比如粉房的歌声"就像一朵红花开在了墙头上"。儿童的喻象是接近自然的，比如"太阳一出来，大榆树的叶子就发光了，它们闪烁得和沙滩上的蚌壳一样了。"儿童的孤单也会通过具体的意象投射传达出来，比如"说也奇怪，我家里的东西都是成对的，成双的。没有单个的。砖头晒太阳，就有泥土来陪着。有破坛子，就有破大缸。有猪槽子就有铁犁头。像是它们都配了对，结了婚。"而唯有"我"是单个的，这就泄露了"我"内心的寂寞。孩子的语言有着"近取譬"的特点，因而在"我"眼里，"大黄狗的头像盆那么大，又胖又圆，我总想要当一匹小马来骑它。"总之，儿童感受世界的方式是直接的，因为本真所以百无禁忌，因为发现所以创造，儿童将那些陈旧的语词擦拭得新鲜而干净。

　　儿童视角也限定了叙事时必须符合儿童口吻。儿童在表达时的一个重要特点就是自言自语和重复。在文学作品中，反复重复一个具象的手法就是"重复赋形"。这些被重复的具象就变成了有意味的形象，具有了象征意蕴。《呼兰河传》对重复赋形手法的运用所在多有，比如小说第一章多次重复"严寒把大地冻裂了"。其后又以多种具体物象形象强化"寒冷"意象，从而形象了一种弥漫性的、诗化的寒冷氛围。再如第四章第二节至第五节开篇第一句重复"我家是荒凉的"或"我家的院子是很荒凉的"，从而将一个孩子的寂寞与家族的衰败显露出来。第六章里重复"有二伯的性情真古怪"以及有二伯的口头禅"介个年头是个啥年头"。这两句话引导人们注意有二伯古怪的言行，更注意他之所以古怪的原因……重复赋形在文学作品中有着制造"文眼"、编织"活扣"的功能，在反复叙说中泄露作者的"天机"，这种泄露如同有二伯的行李一样"是零零碎碎的，一掀动他的被子，就从被角往外流着棉花，一掀动他的褥子，那所铺着的毡子，就一片一片地好像活动地图似的一省一省的割据开了。"（第839—840页）儿童表达的重复与自言自语，恰与重复赋形手法大相符契。

　　儿童的心理时间感是淡薄的，其信息密度不高，因而更容易集中于某些事物，这也就形成了"回忆美学"特有的意象性、抒情性，而不是典型的现实主义小说的人物性格塑造。《呼兰河传》里有一些萧红独有的意象——说其独有，是因为人们一提起某些文学意象，人们会立即想到萧红，比如呼兰河、寒冷、火烧云、后花园、储藏室、停摆的座钟、祖父、黄狗、鸭子、跳大神、小团圆媳妇、野台子戏、放河灯、扎彩店等，这些意象在其他作家的作品里也能看到，但是从没有人写得如同星束般密集而繁茂，它们在《呼兰河传》中不断重复，变成了萧红和呼兰城独有的符码，变成了某种象征。比如"储藏室"如同"停摆的座钟"一样是一个象征："家里边多少年前放的东西，没有动过，他们过的是既不向前，也不回头的生活，是凡过去的，都算是忘记了，未来的他们也不怎样积极地希望着，只是一天一天地平板地、无怨无尤地在他们祖先给他们准备好的口粮之中生活着。"这些物件让祖父母发出恍若昨日的感叹，也让读者觉得呼兰河的时间仿佛是停止的。再比如"我"第一次看到呼兰河的时候，感受到了世界的大："我第一次看见河水，我不晓得这河水是从什么地方来的？走了几年了。那河太大了，等我走到河边上，抓了一把沙子抛下去，那河水简直没有因此而脏了一点点。"（第774页）整部小说里，以"我"之眼看呼兰河的仅此一次，就因为看了河，发现了自己的渺小，因为眼界大开而对外面的世界深深向往；这条河又是时间之河，是"逝者如斯夫"的逝川，人的生命就如抛投进去的沙子，不能激起一点波浪。于是，"我竟变聪明"了，于是这段话就变成了一首咏叹诗，于是产生了一个生命哲学命题、一个巨大的成长悖论。

儿童视角意味着对世界的非理性认同——这也是文学艺术异于自然科学之处。应之于文学，"非理性"的现代文学是对建立在"科学万能"基础上的现实主义文学的反叛与超越；应之于人生哲学，就是反抗绝望、抵抗虚无的一种艺术认识论。儿童的非理性认知是一种现代艺术视角，与卢梭的回归自然说异曲而同工，一切健康而自由的事物都与大地、阳光相亲近：

太阳在园子里是特大的，天空是特别高的，太阳的光芒四射，亮得使人睁不开眼睛，亮得蚯蚓不敢钻出地面来，蝙蝠不敢从什么黑暗的地方飞出来。是凡在太阳下的，都是健康的、漂亮的，拍一拍连大树都会发响的，叫一叫就是站在对面的土墙都会回答的。

花开了，就像花睡醒了似的，鸟飞了，就像鸟上天了似的。虫子叫了，就像虫子在说话似的。一切都活了，都有无限的本领，要做什么，就做什么。要怎么样，就怎么样。都是自由的。（第758页）

这就是萧红的梦想和乐园。而成年的萧红、流浪的萧红失去了童年，也就失去了这种自由、健康和欢乐，意味着"失乐园"。

儿童视角拒绝世俗的功利，具有"非道德化"倾向。这就使文学的价值更趋近了游戏、愉悦的本质。比如"我"在储藏室里与有二伯分享偷盗秘密的一节：

> 他的肚子前压着一个铜酒壶，我的肚子前抱着一罐黑枣。他偷，我也偷，所以两边害怕。
>
> 有二伯一看见我，立刻头盖上就冒着很大的汗珠。他说：
>
> "你不说么？"
>
> "说什么……"
>
> "不说，好孩子……"他拍着我的头顶。
>
> "那么，你让我把这琉璃罐拿出去。"
>
> 他说："拿罢。"
>
> 他一点没有阻挡我。我看他不阻挡我，我还在门旁的筐子里抓了四五个大馒头，就跑了。（第844页）

"我"偷储藏室里的东西以及馒头，都不是为了独享，而是为了与邻居小朋友们同乐。这毫无机心、天真无邪的心灵，与成人世界形成了鲜明对比。《马可福音》第十章说："天国在孩子们中间。凡要进天国的，若不像小孩子，断不能进去。"陀斯妥耶夫斯基认为，每一个人都会接触到心地非常纯洁、心灵里闪现出某种神圣光辉的人，儿童就是这样的人，就是未成年的基督。儿童无忧无虑，"只要有暖和的太阳就高兴了，他们像一群小鸟似的……他们的嗓音像铃声一样清脆。"（《少年》）儿童身上没有道德上或审美上的令人憎恶的东西，他们是没有"原罪"的（《罪与罚》）。儿童对成年人的爱，是对他们的罪孽的宽恕——"我"与"有二伯"之间就是这样的关系。

（二）对话机制，复调主题

时间如同河流，而回忆是镜子。当小说中引入了儿童视角，"回忆"的镜像照见了现实的残酷。在回忆体小说中，"小说是叙事者'我'的回忆的产物，叙事者是通过回忆来结构整部小说的，回忆因此成为小说主导的叙事方式"，其叙事视角注重"过去的'童年世界'与现在的'成年世界'之间的出与入。'入'就是要重新进入童年的存在方式，激活（再现）童年的思维、心理、情感，以至语言（'童年视角'的本质即在于此）；'出'即是在童年生活的再现中暗示（显现）现时成年人的身份，对童年视角的叙述形成一种干预。""回溯性叙事中再纯粹的儿童视角也无法彻底摒弃成人经验与判断的渗入。回溯的姿态本身已经先在地预示了成年世界超越审视的存在。"① 因而，回忆本小说"回到童年"并非完全放弃成人视角，事实上这也是不可能的，它必然有一个成年人在照镜子，而"故事中的时间如果在向度上属于'过去'，便常会赋予文本一种感伤色彩。"② 回忆体小说又因为时空距离形成了"隔"，因而具有了审视、反思与过滤的功能，对话机制与复调主题也由此产生。

所谓对话，是指儿童视角文本中往往存在着两种声音：儿童身份叙述者的声音和隐含作者（成人身份）的声音，其能指与所指都因而具有了隐喻性。因为存在着"双声"叙事，因而《呼兰河传》文本内外形成了鲜明对照：呼兰河的"寒冷"与亚热带香港的"温暖"、故乡与异乡、城市与乡村、战争与和平、外在文化动力与内在情感动机等，能指与所指在对照和对话中形成了一种悖论。比如"我"随祖父读古诗，贺知章《回乡偶书》"少小离家老大回，乡音未改鬓毛衰。儿童相见不相识，笑问客从何处来"是被引用了两次而且是唯一"开讲"的诗篇，"我"因有所感而反问："我也要离家的吗？等我胡子白了回来，爷爷你也不认识我了吗？"这就不仅是一首有趣的诗了，而是有着身世影射的：写作《呼兰河传》时的萧红，不仅失去了亲爱的爷爷而且失去了故乡家园，真所谓"我有家园归不得"。因而，《回乡偶书》就与《呼兰河传》中的童年乐

---

① 吴晓东、倪文尖、罗岗：《现代小说研究的诗学视域》，《中国现代文学研究丛刊》1999年第1期。

② 徐岱：《小说叙事学》，北京：中国社会科学出版社1992年版，第254页。

事及现实的荒凉心境形成了互文。再比如，萧红在以儿童视角创作了一段往事后，往往会从成人角度加以点评，比如写粉房的歌声"就像一朵红花开在了墙头上，越鲜明，就越觉得荒凉"，简直就是她个人生平际遇的写照。再如刚写完童年的热闹，却来了一个荒凉的结句："每到秋天，在蒿草的当中，也往往开了蓼花，所以引来了不少的蜻蜓和蝴蝶在那荒凉的一片蒿草上闹着。这样一来，不但不觉得繁华，反而显得荒凉寂寞。"以成年人的眼光看童年是评判、抚慰，也是悼念和祭奠，这是《呼兰河传》显层面上的对话。

《呼兰河传》还有一个隐性对话层，即作为成年女性的萧红与"无性别意识"儿童"我"之间的对话。比如"我"以孩子的口吻叙述着故事，小团圆媳妇在"我"眼里只是一个孩子，直到死前还与"我"玩玻璃球——这是一种"看山是山，看水是水"的自然之境。而"成人萧红"面对小团圆媳妇受到的虐待，毫不犹豫地插入叙事中来，记录下了一大段婆婆言论：

> 她来到我家，我没给她气受，哪家的团圆媳妇不受气，一天打八顿，骂三场。可是我也打过她，那是我要给她一个下马威。我只打了她一个多月，虽然我打得狠了一点，可是不狠哪能规矩出一个好人来。我也是不愿意狠打她的，打得连喊带叫的，我是为她着想，不打得狠一点，她是不能够中用的。有几回，我是把她吊在大梁上，让她叔公用鞭子狠狠地抽了她几回，打得是有点狠了，打昏过去了，可是只昏了一袋烟的工夫，就用冷水把她浇过来了。是打狠了一点，全身也都青了，也还出了点血。可是立刻就打了鸡蛋清子给她擦上了。也没有肿得怎样高，也就是十天半月地就好了。这孩子，嘴也是特别硬，我一打她，她就说她要回家。我就问她："哪儿是你的家？这儿不就是你的家吗？"她可就偏不这样说。她说回她的家。我一听就更生气。人在气头上还管得了这个那个，因此我也用烧红过的烙铁烙过她的脚心……（第807页）

一个小孩子是不可能记下这位婆婆的此类"长篇演讲"的，萧红之所以跳出来写这位婆婆对待儿媳妇的言行，一方面弥补儿童叙事的不足，另一方面意在批判"道德机会主义"的虚伪性——"道德机会主义"的伦理规范往往具有两面性，在对人、对己的不同层面实施双重标准，其伦理诠释总是朝向于己有利的一面，总能为自己的行为找到道德依据，从而为其合理性进行"道义辩护"。萧红不仅批评了这位婆婆，对老胡家的破落奉上了恶的诅咒（老太太死了，一个儿媳瞎了，一个疯了，大孙媳跟人私奔了），而且批评了围观者与善心的乡邻：正是周三奶奶、杨老太太、有二伯、老厨子等人的"善心"，才使婆婆下决心给小团圆媳妇一个"下马威"并最终致其死亡的。同样，"成年萧红"对人们关于冯歪嘴子与王大姑娘的流言飞语，表现出愤激与厌恶，与"我"的无是非观形成了鲜明对比。再比如写四月十八娘娘庙会，本来是一段极具民俗性的书写，"成年萧红"却按捺不住宕开来插入了议论：

> 塑泥像的人是男人，他把女人塑得很温顺，似乎对女人很尊敬。他把男人塑得很凶狠，似乎男性很不好。其实不对的，……那就是让你一见生畏，不但磕头，而且要心服。就是磕完了头站起来再看着，也绝不会后悔，不会后悔以为头是向一个平庸无奇的人白白磕了。至于塑像的人塑起女子来为什么要那么温顺，那就告诉人，温顺的就是老实的，老实的就是好欺侮的，告诉人快来欺侮她们吧。
>
> 人若老实了，不但异类要来欺侮，就是同类也不同情。
>
> ……所以男人打老婆的时候便说：
>
> "娘娘还怕老爷打呢？何况你一个长舌妇！"
>
> 可见男人打女人是天理应该，神鬼齐一。怪不得那娘娘庙里的娘娘特别温顺，原来是常常挨打的缘故。可见温顺也不是怎么优良的天性，而是打的结果。甚或是招打的原由。（第 752—753 页）

这种点评里既有对男权主义的反抗，更有着萧红自身遭遇的折射，表达出对于男性的失望和愤怒，她仿佛忆起了被萧军虐打的经历，她或许又记起了身体的伤痕与疼痛。因此当她写到男性的时候，就会抑制不住内心的情绪，把现实投射到记忆与小说中。她告诉人们：女性的天空是低的，羽翼是稀薄的，男女是永远不会平等的。于是，小说要乡愁主题之外，生发出了女性话语这样一个隐性的复调主题。

　　《呼兰河传》最深层面的对话是启蒙话语与大地民间话语的辩难。萧红认为："鲁迅以一个自觉的知识分子，从高处去悲悯他的人物。他的人物，有的也曾经是自觉的知识分子，但环境却压迫着他，使他变成听天由命，不知怎样好，也无论怎样都好的人了。这就比别的人更可悲。我开始也悲悯我的人物，他们都是自然的奴隶，一切主子的奴隶。但写来写去，我的感觉变了。我觉得我不配悲悯他们，恐怕他们倒应该悲悯我咧！悲悯只能从上到下，不能从下到上，也不能施之于同辈之间。我的人物比我高。这似乎说明鲁迅真有高处，而我没有或有的也很少。一下就完了。这是我和鲁迅的不同处。"① 也就是说，鲁迅持精英启蒙话语，而萧红主要站在"大地民间"立场，因而萧红对笔下人物不是抱着"哀其不幸"的心理，而是觉得"我的人物比我高"，因而仅仅从启蒙立场上说《呼兰河传》是批判国民性的启蒙文学，显然是以偏概全的。但如果说萧红完全是无原则地呈现原生态生活，也显牵强，因为她对男权、愚昧等有着清醒的批判意识，萧红也自承："作家不是属于某个阶级的，作家是属于人类的。现在或者过去，作家的写作的出发点是对着人类的愚昧。"正因如此，《呼兰河传》里有着启蒙话语与民间话语的"双声"和"复调"。也正因如此，季红真认为，萧红独立的创作原则显然"超越了当时救亡的时代主题，也超越了鲁迅改造民族灵魂的文学主张。"萧红对女性生命的关注、对男权文化的反抗、对人生和人性隐秘的探求，都"游离在主流的政治思潮和意识形态话语之外，并因此受到同时代人的质疑乃至于批评和谴责。"②

　　《呼兰河传》的多层次的对话性是萧红的作品常常被人误解的原因所在，但今天看来，这也是其魅力所在。正如评论家所说，《呼兰河传》"在童真的抒情诗的笔调和成熟的散文漫叙笔法的结合中来展开不同生命的对话，在女性的情绪'记忆'中来呈现内心世界的真实，以交织眷恋、讽刺、批判的乡土情感将叙事'呵'成整体。"③ 《呼兰河传》的儿童视

---

　　①　聂绀弩：《回忆我和萧红的一次谈话》，《高山仰止》，北京：人民文学出版社1984年版，第103—104页。

　　②　季红真：《叛逆者的不归之路——自序》，《萧红传》，北京：北京十月文艺出版社2000年版，第8、9页。

　　③　黄万华：《中国现当代文学》第一卷，济南：山东文艺出版社2006年版，第238页。

角、限制叙事、对话机制构成了回忆美学的主要叙事学意义。

（三）忏悔意识，自我救赎

在阐释《呼兰河传》的"回忆诗学"过程中，仅仅止于儿童视角的叙事学和生命哲学意义似乎还不够，因为小说中具有现代中国作家所稀缺的忏悔意识和自我救赎意味。

中国是一个没有宗教的国家，指导人生的主要是儒家、道家思想构成的实践理性。这种实践理性讲究"未知生，焉知死"，是不讲"来世"的，所以缺少西方宗教的原罪意识与救赎观念。但是萧红《呼兰河传》里却有着一种宗教感，即忏悔与救赎——这是对于任性的青春的忏悔，而写作就是她的救赎。这一层更超越了回忆美学的价值，值得深深体悟。

指出萧红的忏悔意识并非牵强附会，大体可以从下列事件中找到线索：其一，萧红1934年在青岛时，邻居白太太信奉基督教，萧红觉得她善良、是个"有灵魂的人"，这对她多少有所浸染。其二，1937年5月4日前后，她又出现了"夜里骇怕的毛病，并且在梦中常常生起死的那个观念。痛苦的人生啊！服毒的人生啊！"[1] 世事无常之感常会使人转向宗教。其三，萧红在1937年5月11日前后读卢梭《忏悔录》。其四，1937年12月，萧军、萧红与端木同住在蒋锡金家里，特务把他们作为激进分子实施逮捕，端木临走还不忘从蒋锡金书架上抽了一本《新旧约全书》，萧红注意到这个细节颇有意味。其五，1941年8月，萧红在病房里读完了《圣经》[2] ——也就是说，萧红内心里产生了一种忏悔与自赎意识。

从某种意义上说，回忆体小说、童年叙事，不仅是对生命存在的确证、对生命意义的再审视，更是灵魂的自我救赎，这使得小说隐有"忏悔录"和"告解书"的意味。从这样的角度看，《呼兰河传》的深层主题透露出了某种宗教意味：活着，平静地活着，像一个赤子那样活着，顺其自然地活着。应该像粉房里的人们那样逆来顺受地承受生命，应该像冯歪嘴子和他孩子那样坚强地活下来。因而萧红对于故乡的人们那种生死达观抱有敬意：

---

① 萧军：《萧红书简辑存注释录》，哈尔滨：黑龙江人民出版社1980年版，第117页。

② 参看季红真《萧红传》第175、277、304、381页。萧红看《圣经》也许与塑造《马伯乐》中的马老太爷形象有关，但并不妨碍她从正面获得一种自审意识。

他们这种生活，似乎也很苦的。但是一天一天的，也就糊里糊涂地过去了，也就过着春夏秋冬，脱下单衣去，穿起棉衣来地过去了。

生、老、病、死，都没有什么表示。生了就任其自然地长去；长大就长大，长不大也就算了。

老，老了也没有什么关系，眼花了，就不看；耳聋了，就不听；牙掉了，就整吞；走不动了，就瘫着。这有什么办法，谁老谁活该。

病，人吃五谷杂粮，谁不生病呢？

死，这回可是悲哀的事情了，父亲死了儿子哭；儿子死了母亲哭；哥哥死了一家全哭；嫂子死了，她的娘家人来哭。

哭了一朝或是三日，就总得到城外去，挖一个坑把这人埋起来。

埋了之后，那活着的，仍旧得回家照旧地过着日子。（第723—724页）

这不是无情与愚妄，笔者宁愿看作萧红与"生死"达成了和解。

如果说《呼兰河传》中有宗教观，那么这是一种民间宗教、佛教与基督教的杂糅。比如她写小团圆媳妇死后变成了一只很大的白兔，隔三岔五就到东大桥上哭，人们一安慰她"明天带你回家"，她就拉过自己的大耳朵来擦擦眼泪，就不见了——这是民间宗教的说法。再比如上文中所说的"生老病死"正是佛教"四苦谛"说——佛教使人生死都要坦然。至于基督教的影响，我们可以从"乐园"的象征性、博爱的精神中，隐约可以看出其内在联系。这种宗教性虽然不系统，但是对萧红来说是一种安慰和精神解脱。就此而言，如果说鲁迅的乡土文学站在启蒙立场注重"现实人文关怀"，废名的乡土文学以道德理想主义立场关注"道德伦理关怀"，那么萧红的《呼兰河传》关注的是"生命终极关怀"，一种返归本原的终极关怀①。弘一法师临终前写下四个字："悲欣交集"。萧红在

---

①　终极关怀是人类超越有限追求无限以达到永恒的一种精神渴望，希望寻求人类精神生活的最高寄托以化解生存和死亡尖锐对立的紧张状态，这是人的超越性的价值追求和哲学智慧。张岱年指出：古今中外的终极关怀有三种类型：1. 皈依上帝的终极关怀；2. 返归本原的终极关怀；3. 发扬人生之道的终极关怀。参看张岱年《中国哲学关于终极关怀的思考》，《社会科学战线》1993年第3期。

《呼兰河传》中回忆故乡时一定也是"悲欣交集"的——谁能带她回家呢?!

总之，面对《呼兰河传》，妄图以社会学、启蒙主义、女性主义、历史本质主义、进化论或其他主流文学理论去生硬套解，必然捉襟见肘，这就是评论家们认为它不像小说的原因——比如蒋锡金1939年读了《呼兰河传》第一、二章原稿后，有点纳闷，不知她将怎样写下去，因为从第一章直到第二章开头几段，她一直在抒情，对乡土的思想是那样深切，对生活的品味是那样细腻，情意悲凉，好像写不尽似的；人物迟迟地总不登场，情节迟迟地总不发生……①这提醒评论者，只有放弃死板的立场和灰色的理论，从叙事学、文化诗学、生命哲学乃至宗教学的角度对《呼兰河传》做综合性研究，才能发现它多层性的深度诗学和创造之美。只有如此才能发现，《呼兰河传》的美学创造不仅是"语言的诗化与结构的散文化，小说艺术思维的意念化与抽象化，以及意象性抒情，象征性意境营造等诸种形式特征"② 等为特质的文体创新，更包含深层的生命哲学与宗教救赎。

---

① 蒋锡金：《萧红和她的〈呼兰河传〉》，王观泉编：《怀念萧红》，哈尔滨：黑龙江人民出版社1984年版，第40页。

② 吴晓东：《现代"诗化小说"探索》，《文学评论》1997年第1期。

第 三 章

吾国吾民，斯文在兹：林语堂 《京华烟云》创作意图论[①]

　　林语堂（1895—1976）是现代中国文学和文化史上的一位百科全书式的伟大人物。称其伟大，是因为他的每一项成就都令后来者难以企及。首先，他是杰出的编辑家和语言学家，不仅创办了《论语》《人间世》和《宇宙风》等杂志，为汉语言和中国文学的现代化做出了重要贡献，而且编辑了《开明英文文法》《当代汉英辞典》等工具书，搭建起汉语国际化的桥梁。其次，他是中国文学的翻译家和中国文化的宣传家，他两脚踏中西文化，以英文创作了《吾国吾民》《生活的艺术》《老子的智慧》等随笔集、《苏东坡传》等传记以及"林氏三部曲"等小说，重塑了文化中国形象，为西方世界打开了一扇了解中国文化的窗口。再次，他是一位奇思妙想的发明家，他用十年时间发明了第一台中文打字机，从而使中文录入进入编码时代。最后，他是一位杰出的文体家，他的长篇小说、幽默散文、人物传记、政论随笔等丰富了现代中国文学文体，这些文本至今仍是文学史研究的热点，其中《京华烟云》名列"20世纪中文小说100强"第61位，从而使林语堂跻身现代中国经典作家殿堂。

　　林语堂又是一个"一捆矛盾"的复杂存在。除了他对宗教的纠葛态度外，他的复杂性还在于以下三点：一、他与鲁迅兄弟关系复杂；二、他与蒋介石夫妇关系密切；三、他是中国自由主义知识分子在特殊语境中走向民族主义的一个标本。这几点原因使林语堂自20世纪40年代起即遭到

---

　　① 本章删节稿以《吾国吾民，斯文在兹：林语堂〈京华烟云〉创作意图论》为题，刊发于《都市文化研究》2014年12月第11辑。

中国和美国左翼评论家的猛烈攻击，在 1949 年之后更是被大陆编写的现代中国文学史"雪藏"起来，至今未得到应有的公正评价。

第一节　从自由主义到民族主义

林语堂与鲁迅、蒋介石的关系变化，不仅标志着其立场发生了从自由主义向民族主义的位移，也使他成为中国 20 世纪文化史上最难评说的人物之一。

林语堂与鲁迅的关系有一个由亲密到疏远的过程，但从未恶化到反目成仇的地步；而他们的逐步疏远主要源于鲁迅的误解。关于这一点，只要查阅一下《鲁迅日记》①，再细读几遍林语堂的《悼鲁迅》即可感知②。

任何时代，文人都会有这样那样的圈子。林语堂游历美、法、德等国，在 1923 年取得博士学位后回国，任教于清华学校和北京大学，加之他在留学期间曾得到过胡适两千元的资助③，按常理说应进入与胡适、陈西滢等人的圈子。但有意思的是，林语堂因为担任北京女子师范大学教务长兼英文系教授之故，反而与周氏兄弟及女师大校长许寿裳等人越走越近。并且在反对"老虎总长"章士钊和"驱杨运动"中言行最为激烈。林语堂在 1925 年 11 月 28、29 日"加入学生的示威运动，用旗竿和砖石与警察相斗。警察雇用一班半赤体的流氓向学生掷砖头，以防止学生出第三院而游行。我于是也有机会以施用我的掷棒球技术了。"④ 倒是女师大学生运动风潮的主谋者鲁迅，在"民国以来最黑暗的一天"，知道学生游行示威的危险，不仅自己没有参加游行而且阻止许广平参加学生运动。⑤ ——林语堂对这桩公案不会没有看法，但他从未因此对鲁迅做出恶评，这只能证明林语堂宅心仁厚。不仅如此，由于林语堂是《语丝》主

---

① 《鲁迅全集》第 17 卷第 142—143 页"林语堂"注释显示：鲁迅日记和文章中关于林语堂的记述多达 127 次。

② 参看李钧《生态文化学视野中的鲁迅林语堂学案》，《东方论坛》2008 年第 3 期。

③ 《林语堂自传》，工爻、谢绮霞、张振玉译，北京：群言出版社 2010 年版，第 221 页。

④ 《林语堂自传》，工爻、谢绮霞、张振玉译，北京：群言出版社 2010 年版，第 24 页。

⑤ 陆建德：《"民国以来最黑暗的一天"——鲁迅与许广平的"三一八"记忆》，《东方早报·上海书评》2013 年 7 月 28 日。

要作者，所以那时的文风也极似鲁迅，"初期的文字即如那些学生的示威游行一般，披肝沥胆，慷慨激昂，公开抗议。"① 这更说明他与鲁迅关系的亲密。

"三一八"事件后，邵飘萍和林白水等公共知识分子因文获罪，分别于 1926 年 4 月 26 日和 8 月 6 日被张作霖、张宗昌逮捕杀害。林语堂也上了奉系军阀的黑名单，被迫躲入同乡林可胜②医生家中避难，后经林可胜推荐于 1926 年秋天出任厦门大学文科主任。林语堂为厦门大学引进了鲁迅、沈兼士、顾颉刚、罗常培、张颐、张星烺、陈万里、孙伏园、章川岛等名家，学校因之声名鹊起。1926 年 10 月 10 日，厦门大学国学研究院成立，林语堂出任总秘书长，这一天恰是他 31 岁生日。林语堂与同人为国学院拟订了庞大的学术计划，包括十个短期研究选题和一个十年学术规划——那个雄心勃勃的长期规划是编纂包括春秋、地理、医学、金石等13 类书目的《中国图书志》。

不过，林语堂 1927 年 3 月即离开了厦门大学。按笔者的推想，其中原因有如下几点：一是文科经费拮据。人文学科很难快速产生经济社会效益，因而不受学校重视，加之理科主任刘树杞等人暗中作梗，致使文科经费大幅削减，这让林语堂大失所望，感到难施抱负。二是人事关系复杂。比如刘树杞对鲁迅等人颇有成见，处处作对，致使鲁迅多次搬家，大受其苦；校长林文庆偏听刘树杞的意见，甚至要不让国学院"聘请理科各主任为国学院顾问以'联络感情'"③，鲁迅表示反对。而林语堂大哥林景良

---

① 《林语堂自传》，工爻、谢绮霞、张振玉译，北京：群言出版社 2010 年版，第 26 页。

② 林可胜（1897—1969），祖籍福建厦门，中国生命科学之父，中国现代医学奠基人之一。其父林文庆是新加坡华侨，曾任孙中山私人医生，是厦门大学创建者。林可胜在海外长大，取得英国爱丁堡大学医学博士学位，1924 年回中国担任北平协和医学院生理学系教授和系主任。抗战期间，林可胜投身抗战救亡事业，创建和领导了中国军队救护系统：1937 年"八一三"淞沪会战打响后，领导红十字医疗队参与救援；他在汉口组织的 20 多个医疗队成为中国红十字会主力；他在贵阳主持中国战时最大的医学中心，培训了 15000 多名医疗技术人员；1941 年后出任政府军队医疗系统的军医署长，亲赴缅甸前线参加救护工作；1942 年当选美国科学院外籍院士，并担任中华医学会会长等职；1943 年荣获罗斯福总统颁授的荣誉勋章（Legion of Honor），1946 年荣获自由勋章（Medal of Freedom）。1948 年，林可胜作为中国生物医学的领袖，对中央研究院的设立和院士制度的完善发挥了重要作用。林可胜 1949 年赴美，在迈尔斯药厂研究部门（Miles Lab）任实验室主任多年，1955 年当选美国科学院院士。1969 年去世。

③ 鲁迅：《鲁迅全集》第 15 卷，北京：人民文学出版社 2005 年版，第 652 页。

在厦门大学国学院任职，二哥林玉霖此时担任厦大外语系教授兼学生指导长，因此他投鼠忌器，不能与校方搞坏关系，这让林语堂左右为难①。三是书生报国情怀。武汉国民政府外交部长陈友仁请林语堂出任外交部秘书，林语堂也有报国之志，遂于 1927 年 3 月离开厦门大学。——鲁迅则在此之前就决绝推掉厦门大学的聘书，不顾校长林文庆再三挽留，于 1927 年 1 月 18 日离开厦大，前往中山大学。今天看来，鲁迅离开厦门大学去中山大学，主要原因不是刘树杞排挤，非因林语堂引进胡适派的顾颉刚等人，不是因为向往革命，甚至不是反感校长林文庆治校无方，更大程度上应是因为许广平在广州，他要去那里与她团聚。

　　在经历了"7·15"事变之后，林语堂对政治黑暗有了深切认识，遂打算回归教学、写作和翻译的本职，于是在 1927 年 9 月回到上海。而鲁迅作为中山大学教务长因为"4·12"事变后无力营救被捕师生，对"革命"及"革命大学"深感失望，遂坚拒校长朱家骅的挽留，辞去中山大学一切职务②，与许广平于 10 月 3 日中午抵达上海，林语堂与孙伏园等人则在当天晚上就往访鲁迅，"谈到夜分"③。1927 年年末，南京国民政府大学院④院长蔡元培敦聘鲁迅为特约撰述员。1928 年 4 月 23 日，中央研究院成立，蔡元培兼任院长，又聘林语堂为中研院英文秘书（《林语堂自传》称是"英文主编"）。由于蔡先生的缘故，鲁迅和林语堂都得到一份稳定收入，他们之间的交往重新恢复，配合默契一如北京《语丝》时期，不仅林语堂在鲁迅和郁达夫合编的《莽原》上发表了《子见南子》等作品，而且当孔氏家族于 1928 年 10 月对《子见南子》发难时，鲁迅

---

　　①　林语堂大哥林景良曾就读于鼓浪屿救世医院医科学校，后在厦门大学国学院任职；二哥林玉霖毕业于上海圣约翰大学，任厦门大学外文系教授兼学生指导长；三哥林憾（原名林和清）是一位作家，与鲁迅、巴金过从甚密，林语堂去美国后，林憾接编《宇宙风》。林憾与林语堂不同，主要致力于乡土诗歌创作，虽然未有太大影响，但在厦门新文学史上留下了重要一页。

　　②　1927 年 4 月 15 日，蒋介石要求各地"清党"。中山大学有 40 多名师生被捕，鲁迅在当天的各系主任紧急会议上发表意见，主张营救师生，未果，遂提出辞呈。鲁迅日记中可以看到校方的挽留：4 月 18 日，朱家骅校长来。22 日，上午学生代表来挽留，不见；夜，朱校长来。24 日校长来。4 月 29 日，还聘书并辞一切职务；下午朱校长来送聘书。5 月 3 日，再还聘书。5 月 9 日，校方又送聘书来。11 日，鲁迅又寄回聘书……校方直到 6 月 6 日才函知允辞。

　　③　鲁迅：《鲁迅全集》第 16 卷，北京：人民文学出版社 2005 年版，第 39 页。

　　④　"大学院"1927 年 6 月成立，1928 年改称教育部。

也大力声援林语堂。

鲁迅与林语堂关系的恶化出现在 1929 年 8 月。8 月 12 日，鲁迅委托律师杨铿"向北新书局索取版税之权"，准备起诉北新书局老板李小峰。李小峰闻讯立即请郁达夫、章廷谦等人出面协调，称因为书局经费周转困难，版税只能分期偿付。双方于 8 月 28 日庭外和解，众人在上海南云楼聚会，郁达夫、杨骚、章衣萍、李小峰和林语堂夫妇都到场。宴会中间究竟发生了什么，各种材料语焉不详，但这一天的《鲁迅日记》记道："席将终，林语堂语含讥刺，直斥之，彼亦争执，鄙相悉现。"① 不管原因是什么，当时场面肯定很是尴尬。后来由文坛"好好先生"郁达夫出面调解，鲁迅与林语堂才达成谅解，但从此很少见面。这种情形持续了近三年时间。

1932 年 12 月，宋庆龄和蔡元培发起"中国民权保障同盟会"，鲁迅、林语堂同为该会上海分会执行委员。1933 年 1 月 11 日，鲁迅日记中再次提到林语堂的名字，说开会的时候"胡愈之、林语堂皆不至"。至 2 月 16 日，鲁迅得林语堂信，通知他参加 2 月 17 日宋庆龄、蔡元培等宴请萧伯纳、史沫特莱、伊罗生的宴会，宴会后众人一起留下了合影。

由于林语堂的忍耐，他与鲁迅关系一度有所缓和。比如 1934 年 5 月 10 日晚上，鲁迅赴林语堂家宴；鲁迅 7 月 6 日得林语堂寄赠《大荒集》；8 月 28 日，林语堂还给鲁迅送来请柬……但从此日后，鲁迅日记再未出现林语堂的名字。至于坊间所说徐訏婚宴上，姗姗来迟的鲁迅看到林语堂在座，稍作踌躇掉头便走，以及此后只要有林语堂参加的聚会鲁迅都设法避开云云，均无确证。

在我看来，他们关系走到尽头的关键原因是林语堂在 1934 年 4 月 5 日《人间世》② 创刊号上为周作人庆祝 50 大寿。林语堂不仅在杂志第一期上登载了周作人自寿诗以及林语堂、刘半农、沈尹默的唱和诗，而且在第二期上又刊出了蔡元培、钱玄同等人的唱和诗。周氏兄弟失和是 1923 年的事，但是林语堂却一直与周作人相往来，这使鲁迅心中耿耿。此时的

---

① 鲁迅：《鲁迅全集》第 16 卷，北京：人民文学出版社 2005 年版，第 149 页。

② 《人间世》半月刊由林语堂任主编，陶亢德和徐訏任编辑，1934 年 4 月 5 日创刊，1935 年 12 月 20 日终刊。

鲁迅终于忍不下去，决定与林语堂断交。所以鲁迅在 4 月 7 日收到《人间世》创刊号和约稿信时，鲁迅回信委婉拒绝了。

更重要的是，林语堂此时受赛珍珠之邀，开始创作《吾国与吾民》等，盛赞中国国民性和中国人的生活方式，这与鲁迅批判国民性的观念是截然不同的。随后林语堂去往美国，与倾向苏俄的左联领袖鲁迅"道不同不相为谋"，渐行渐远，也是情理中的事。——自由即选择，选择即责任。鲁迅与林语堂选择了不同的道路，都尽心尽力地进行探索，都担当起了自己的时代责任。就此而言，他们都是伟人，后人实在没有资格责难任何一方。

至于林语堂与蒋介石夫妇关系密切，则是一拍两合的事①。林语堂一生中与蒋介石夫妇交往的关节点大体如下——

1939 年《吾国吾民》再版，林语堂删去旧"跋"，新写长文《新中国的诞生》，文章指出：日本侵略激起了中国人的民族主义精神，"中国必胜"的原因之一是"中国最佳希望在于已拥有一位杰出的领袖，他近乎超人般地冷静、超人般地坚定。"该文第六节"蒋介石其人及其谋略"介绍了蒋介石的成长道路，称他"意志坚定、手腕一流、坚韧、有远见、说一不二、固执、冷静、冷酷无情、精于计谋、狡猾、雄心勃勃、绝对爱国"，认为蒋介石在举国危难之时完全有资格成为"伟大的民族领袖"。——这说明林语堂已由一个自由主义者变成了国家主义者、新权威主义者。

1940 年 5 月，林语堂由美返国，回重庆第二天便晋见蒋介石和宋美龄。他在北碚盘桓一段时日后，觉得还是在美国为国家作宣传更有用，于是致信宋美龄征求意见。5 月 30 日，宋美龄回信表示完全同意，林语堂随后获得"蒋介石侍卫室顾问"身份。离开重庆前，蒋介石和宋美龄再次宴请林语堂全家。

1940 年 10 月 13 日，林语堂致华尔希和赛珍珠的信中说，他前一天刚收到蒋夫人一封长信，附有重庆遭日机轰炸的照片。1941 年 2 月 4 日又在给华尔希信中提到，早上刚收到蒋夫人一封"热情洋溢的信"，随信

---

① 参看香港城市大学中文翻译和语言学系教授钱锁桥《林语堂眼中的蒋介石和宋美龄》，《书城》2008 年第 2 期。

还附有照片。——宋美龄寄重庆遭受日军轰炸照片的意图十分明显，旨在鼓舞林语堂多向西方介绍中国抗战情况，争取美国支援。

1941 年 4 月 21 日，林语堂致信宋美龄，谈到亨利·卢斯夫妇即将访华，提醒蒋夫人注意相关事宜。1941 年 8 月 18 日，林语堂致信宋美龄谈《风声鹤唳》创作进展，说从报章看到重庆天天遭轰炸，自己感到既内疚又无助，对中国在物资供应上受到不公待遇义愤填膺，希望重庆多刊发中国抗战实况报道。

1942 年 5 月，宋子文和熊式辉访美洽谈美援事宜。林语堂与他们私谈甚多，主张要用新思维搞外交。宋子文建议林语堂把这些想法写下来，于是林语堂 1942 年 10 月 10 日写了一封 3000 余言的"上蒋委员长外交方策意见书"，提出 20 条建议，主张改变此前委曲求全之软弱外交，要展现大国风范，对盟友要据理力争。意见书和 1942 年 10 月 11 日致蒋夫人信一并寄出，林语堂信中强调："我对中国的用处完全基于这一事实，即我可以以非官方发言人的角色，为中国普通民众自由发言，一旦我戴上任何官方色彩，我的用处便毁掉了。"——以此声明自己绝无非分之想。

1943 年 9 月，林语堂回国，巡游考察六个月，其间六次晋见蒋介石夫妇。1944 年 3 月，林语堂回到美国不久即创作了《枕戈待旦》，以游记的形式全面描述在中国六个月的见闻，剖析中国时局，并与美国左翼人士斯诺、史沫特莱、拉铁摩尔等发生激烈争论。林语堂认为：美国舆论对中国政府一边倒的批评指责是不公平的，是美国人对中国的傲慢与偏见；重庆政府确实存在腐败现象，但毕竟是战时代表中国的政府；说重庆是法西斯政府而延安是民主天堂，这完全是误读。《枕戈待旦》遭到美国左派抨击，华尔希要求林语堂今后闭口不谈政治，否则其书再难畅销。

林语堂 1944 年 4 月 29 日给宋美龄写了封长信，谈及美国舆论的恶劣气氛，并指责中共的做法："我向来对共产党都是公平的，但我现在看到他们不遗余力地抹黑中国政府，只为了自己一党之私，忘了现时政府毕竟是代表中国的政府，这样抹黑政府结果也抹黑了整个中国，我真的没法再把他们当成爱国者了。"12 月 23 日，林语堂致信宋美龄并寄上新书《枕戈待旦》，劝慰宋美龄注意休息，并说："共产党在玩一个很聪明的游戏，你相信他们居然希望国家和平统一吗？我不相信，因为我不会被他们这种游戏玩弄的。迟早这场骗局会被揭穿，要是政府不来揭穿，我也要来揭穿。"

1945 年 11 月 26 日，林语堂致宋美龄信，信末提出想请委员长赐书"文章报国"四字："它可以表明我在这场战争中也出了一分力。"

1947 年，蒋介石《中国的命运》英文译本在美国出版，林语堂作序。序文简要介绍各章重点，并说：中国人评价历史上的伟人要知人论世，"在我看来，读这本书不光要看其文字，还要结合作者一生的经历，一辈子孜孜不倦只有一个目标，即为了中国的统一并把它建成一个现代民主的国家。"——很少有人知道的是，林语堂还为毛泽东《新民主主义论》英译本写过评论：1945 年，美国新世纪出版社出版毛泽东《新民主主义论》英文译本，美国共产党主席 Earl Browder 作序；林语堂认为该译本故意掩盖中国共产党本质，于是根据 1944 年延安版（第五版）摘译了其中片断，并与 Browder 序文译本做对照，分两期发表于 China Magazine（1947 年 4 月号和 5 月号）。林语堂希望美国读者通过阅读毛泽东的文章，看清中共跟其他国家共产党一样，同样信奉苏俄路线。

林语堂 1948—1953 年任职联合国科教文组织，居住巴黎，此时与蒋介石夫妇甚少通信。1953 年林语堂出版小说《朱门》，寄了一本给宋美龄，宋美龄 11 月 6 日回信说小说收到，已经拜读，称赞小说写得很好，以另一种方式增进中美了解，并希望林语堂和夫人不久能访问台湾。林语堂 12 月 19 日回信谈家常，并解释说至今没有访问台湾是因为没有钱——他为发明中文打字机花销 12 万美元，已近倾家荡产。1964 年林语堂夫妇第一次访台却未能会晤蒋介石夫妇，宋美龄 1964 年 10 月 12 日致信林语堂夫人，称林语堂夫妇在台时没能见面，甚为抱歉。林语堂夫妇 1966 年到台湾定居，台湾政府在阳明山上为他建了一座养老别墅。别墅建好后，林语堂写信给蒋介石夫妇，邀请他们来做客喝茶并拍了很多照片。这些照片现在挂在台北林语堂故居墙上，但墙上没有林语堂当年想要的"文章报国"条幅。

总体来看，蒋介石看重林语堂有着他的理由：一方面，在国难当头之际，蒋介石需要林语堂在美国发挥宣传作用。这需要我们了解相关中国现代外交史实：袁世凯及北洋政府主要倾向日本；孙中山一度倚仗苏联；蒋介石 1927 年发动"4·12"政变后，不再与苏联交好，转而投向德国和意大利，希望借用德国"国家社会主义"的军事化组织方式，汇集全国之力超常规实现国家现代化；1937 年后，随着日本侵华以及德日结盟，中国只能另寻国际战略伙伴，首选的当然是美国和英国。而要消除美国人对中国的成见与误解进而争取美英的物资和精神援助，蒋介石太需要林语堂这样的"美国通"了。另一方面，林语堂作为一个知识分子，希望能够"文章报国"，他也正是这样做的：1940 年根据回国见闻创作的《风声鹤唳》，充满抗战之声，宣扬了中国的民心士气；1943 年在美国出版《啼笑皆非》，批评英美在远东战略和对华政策上的失误，并鼓励中国人自力更生，相信抗战一定能取得胜利。加之林语堂对于中国共产党多有批评，因此他不仅在国内遭到郭沫若等左翼人士的重点攻击，在美国也受到斯诺、史沫特莱等人的激烈批评。

正是由于以上原因，大陆出版的中国现代文学史在很长时期内未给林语堂一个应有的地位。而林语堂作为一个自由知识分子，在抗战时期转变成为一个民族主义者，正与胡适、陈西滢的抉择相同，这种转变是一个值得认真研究的重大问题。今天，我们放下意识形态的成见，从文学艺术的角度、从传统文化与现代小说的关系角度来重新审视林语堂的小说创作，可能会得出更为客观公允的结论。

第二节　《京华烟云》的译本与梗概

本章之所以重点研读林语堂的《京华烟云》①，首先是因为林语堂对这部小说特别用心，他要借此传达出对北京风物和中国文化的热爱，小说题材具有极高的历史价值和文化人类学价值；其次是因为这部小说不仅为现代中国文学人物画廊增添了一系列独特的人物，而且使中国传统小说技法和抒情传统实现了创造性转化；最后，《京华烟云》是一部情理结合的新古典主义小说，在西方世界引起了极大反响，标志着中国文学重新获得了文化自信和艺术自觉。当然，《京华烟云》也是林语堂所有小说中最杰出的一部，这一点只要将其与"林氏三部曲"中的其他两部作品进行一下比较，就会发现《风声鹤唳》和《朱门》虽然更具故事性和传奇性，

---

① 林语堂：《京华烟云》，张振玉译，北京：群言出版社 2010 年。本章所引《京华烟云》文字、夹注页码均出自此版本。

却不同程度地存在艺术瑕疵。

《风声鹤唳》被誉为"中国版《乱世佳人》"，塑造了一个具有传奇经历的女性崔梅玲（彭丹妮）形象，同时以老彭为象征符号来宣扬佛教文化；小说通过这两个人物揭示出中国人外柔内刚的民族性格，更表达了全民抗战和中国必胜的信心；小说中的博雅、木兰、阿非、宝芬等人物，续接了《京华烟云》，从而显示出林语堂创作"大河小说"的史诗意图。但是，《风声鹤唳》不仅人物脸谱化而且过分追求故事的传奇性，致使情节显得逻辑混乱；更重要的是，小说主题先行的痕迹十分明显，行文中夹杂了大量的时事评论，更有大篇幅抨击日本、赞美"民族领袖"蒋介石的文字，这固然起到了"文章报国"的作用，但是政治意识形态性太强烈，时代精神和历史价值远远大于文学艺术价值。

《朱门》讲述上海新公报驻西安记者李飞与大家闺秀、女子师范学院学生杜柔安跨越门第界限的爱情传奇，并以李飞的采访经历状写了1936年前后西安、兰州、迪化（乌鲁木齐）的动荡时局和城市风貌；其中对于好色的满洲将军（张学良化身）和无能的陕西省杨主席（杨虎城化身）的漫画式描画，似乎是为了证明蒋介石"攘外必先安内"政策的合理性与合法性。这就使小说多少带上了"反共小说"的味道，因而不能见容于大陆文学史。另外，小说具有浓郁的流浪汉小说模式、"战争＋恋爱"模式和善恶报应模式，更近乎通俗小说。

林语堂1961年出版的《红牡丹》大胆运用弗洛伊德心理学手法，在人物心理描写方面有巨大突破，塑造了性观念开放的女性梁牡丹形象。除了丈夫费庭炎之外，还有情人金竹、翰林梁孟嘉、北京青年傅南涛和诗人安德年等深爱着梁牡丹，梁牡丹也每每投怀送抱、热情似火，并感叹"金竹之爱，如令人陶醉之玫瑰。德年之爱，如纯白耀目之火焰。孟嘉之爱，如淡紫色之丁香……"小说似乎是要告诉西方社会：中国人的性观念不仅不保守，反而很自由开放。但在中国人看来，牡丹终不免有放浪形骸、水性杨花之感，尤其是牡丹和素馨姐妹都爱上同族堂兄梁孟嘉翰林，给人以乱伦之感，完全悖离中国人的道德观念。① 总体来看，《红牡丹》

---

① 考虑到林如斯和林太乙都在抗战期间担任林可胜的英文秘书，让人觉得《红牡丹》中可能有林可胜、林如斯、林太乙三个人的影子。

奇诡怪诞，沦为妄想，不能揭示普遍人性，简直是一部失败之作。

相比之下，《京华烟云》虽然有明显的史诗意图，但因为包含"怀念与致敬"的个人情怀，并刻意将主观态度隐藏在人物描写与故事叙述之中，故而其艺术价值和文化价值更高，堪称现代中国写意小说经典。

《京华烟云》动笔于 1938 年 8 月，完稿于 1939 年 8 月，由美国 John Day Company 出版。小说很快便有了几个中文节译本，但都不能令林语堂满意。在林语堂心中，郁达夫才是翻译这部小说的最佳人选："一则本人忙于英文创作，无暇于此，又京话未敢自信；二则达夫英文精，中文熟，老于此道；三，达夫文字无现行假摩登之欧化句子，免我读时头痛；四，我曾把原书签注三千余条寄交达夫参考。如此办法，当然可望有一完善译本问世。"① 所以林语堂在小说英文稿完成后即写信给郁达夫说："知吾兄允所请，肯将弟所著小说译成中文，于弟可无憾矣……"② 此后还分两次寄去一千美元作为翻译费。但遗憾的是，郁达夫当时正与王映霞闹离婚，无此心境，只开了个头就再无下文。后来郁达夫远赴印度尼西亚，在日本人治下工作，更不宜翻译这部"纪念全国在前线为国牺牲之勇男儿"的作品了。

人们现在读到的《京华烟云》（《瞬息京华》）中译全本有三个：第一个中译全本由郑陀、应元杰合译，1941 年由上海春秋社出版，分上、中、下三册；这个译本在抗战后期影响甚大，但问题很多，林语堂特意在《宇宙风》半月刊第 113 期上发表《谈郑译〈瞬息京华〉》，指出其中的部分错误。第二个中译全本是 1977 年 3 月由台湾德华出版社出版的张振玉译本，也是至今流传最广的译本。第三个中译全本是郁达夫哲嗣郁飞译的《瞬息京华》，1991 年由湖南文艺出版社出版，订正了张振玉译本的一些错漏，却又有其他不足，读者可将之与张译本互参对读。——郁飞译本是半个世纪后"父债子还"的译作，这至少为文坛留下了一段佳话。

本书采用张振玉译本，一是因为此版本影响最大，读者最众；二是此版本 1977 年初版后，多次勘误，1988 年再次修订；三是张振玉不仅是翻

---

① 林语堂：《谈郑译〈瞬息京华〉》，《宇宙风》半月刊 1942 年第 113 期，第 113—116 页。
② 林语堂 1940 年 9 月 4 日致郁达夫信《关于〈瞬息京华〉》，见郁飞译《瞬息京华》附录，湖南文艺出版社 1991 年。

译家，而且是翻译理论家，在翻译过程中有所创新，比如为每一章加上一个标题，使小说更具有中国小说传统风致。①

《京华烟云》讲述北平曾文璞、姚思安、牛思道三大家族从 1900 年义和团运动到 1937 年抗日战争爆发近 40 年间的悲欢离合和恩怨情仇；家族故事中穿插了袁氏篡国、张勋复辟、直奉大战、军阀割据、五四运动、"三·一八"惨案、青年"左倾"、二战爆发等重大国事，全景展现了古代中国向现代社会转型过程中的变幻风云，既在浩荡的文学画卷中描写了不同阶层的历史抉择，又尝试展现传统文化在时代大潮中的浴火重生，从而传达出中国不死的坚定信念。因此，《京华烟云》虽然"是一部好几篇小说连成的长篇小说，但不因此而成一部分散漫无结构的故事，而反为大规模的长篇。"② 小说由三卷 45 章构成——

上卷"道家女儿"共 21 章：光绪二十六年（1900），北京富商姚思安一家为避八国联军之难，启程返回杭州老家。由于义和团战败，流兵四窜，辕马受惊，导致木兰小姐丢失，全家出动寻找未果，遂沿途贴出寻人启事。木兰被义和团残余拐带至德州，幸好姚家老友、京官曾文璞看到寻人启事，遂动用黑白两道力量解救了木兰。木兰随曾文璞至其山东泰安老家，不仅与平亚、经亚、荪亚三兄弟建立了友谊，还与美惠的曼娘订下金兰之好。

由于逃难经历，加上家教严格和才貌出众，木兰几年后已出落成京城名媛。其兄长体仁却由于母亲娇惯，不学无术，俨然纨绔子弟。平亚已与曼娘订有婚约，曼娘父亲去世后，平亚遂以女婿身份守灵。曼娘知恩图

---

① 当然，张振玉译笔也存在瑕疵。首先，张振玉与"京话"有隔膜，有些翻译不够到位。比如现译文"就弯着辫子躺在地上，成了死尸一条了"（第 2 页）可译作北京口语"翘辫子"。其次，张振玉的"硬译"留下了不少硬伤。比如把"甘草"误译为"干草"（第 119 页），把少女"羞涩"译成"羞惭"，把"纨绔子弟"译成"腐败子弟"（第 75 页），把"运河"译成"运粮河"，把"鸳鸯"译成了"彩色的鸭子"（第 160 页）等，这样的硬伤所在多有。最后，有时候一字之差造成意境全失。比如在翻译描写"中国古典型小姐"曼娘的一段 200 字的文字时，三次用了"狡猾"而没用"黠慧"等褒义词；他直译出"她吃东西，但是不知道自己是吃饭"（第 27 页），而没有译成"食不甘味"。另外，张振玉虽然给每章加了一个标题，但是对仗平仄水准较低。比如"长舌妇恃恩行无状，贫家女倾慕富家郎"（第 76 页），题文不符，文采欠佳，水准远低于徐枕亚、张恨水乃至梁羽生……尽管如此，在总体水平不高的中国翻译界，张振玉的译本算好的了。

② 林语堂：《京华烟云》，北京：群言出版社 2010 年版，第 11 页。

报，当平亚罹患伤寒一病不起时，她接受曾家要求，与平亚结婚为其冲喜。在木兰帮助下，曼娘的婚礼才不致显得过于潦草。

平亚的婚宴只请老友姚、牛两家。牛思道新任财政部长，是曾文璞上司，意态骄横；牛太太欲将女儿素云嫁给经亚，算计着将来掌管曾家内务。体仁因惦记丫环银屏，宴会中途离席回家；姚思安对体仁的失礼败德甚是愤怒，对其严加惩戒。

曾老太太从泰安来北京，带来家乡粽子。平亚身体刚有起色，脾胃极弱，因贪吃粽子而丧命。曼娘矢志守节，收养义子阿瑄。木兰为抚慰曼娘而经常出入曾家，其人品、女红和才华越来越受到好评，荪亚对她更是痴情暗恋。

姚思安带全家与傅增湘先生游西山，巧遇孔立夫一家；木兰、莫愁对立夫产生了同龄人的好感，随着交往加深，姐妹二人对立夫愈加钦佩。

姚思安受到傅先生启发，决定把体仁送往英国读书。体仁走后，姚太太出于门第之见，要把银屏嫁出去，以免后患；没想到这个性格泼辣的宁波姑娘，逃出姚家，租住在华太太家，等待体仁回来。

体仁因为迷恋香港而未去英国，把盘缠用光后返回北京，又因银屏之事与家里吵翻，被责令跟随冯舅爷学习生意。体仁悄悄与银屏取得联系，二人重新交往。姚家知道消息后，将银屏的孩子博雅强行抱走，并且不准银屏进入姚家，银屏愤而自杀。

随着清政府施行新政，女学开放，木兰姐妹去天津女子师范学校读书；一年后莫愁因病辍学回京，木兰也放弃了学业。由傅增湘先生做媒，莫愁与立夫订婚。木兰则在 1909 年与荪亚成婚，木兰的婚嫁规模成为北京一时之盛，牛素云则因木兰婚礼的隆重而心存嫉妒。

——"上卷"就这样书写了一个"姚家有女初长成"的故事，同时也为开启"中卷"做好了铺垫。

中卷"庭园悲剧"共 13 章（第 22—34 章）：辛亥革命爆发，清政府倒台，牛思道财长本来就因收纳贿赂、盘剥重利而受人指责，加之家教不严、纵子横行，引起民愤，尤其是二少爷牛东瑜不仅诱拐良家妇女而且企图绑架尼姑，玷污尼庵，导致舆论大哗。在遭到御史弹劾后，牛东瑜被处斩，牛思道被革职，京中家产皆被抄没，势焰顿失，移去天津租界寓居。

曾文璞思想正统，明哲保身，眼见一个乱世到来，不再恋栈仕途，婉拒袁世凯之请，隐居家中；经亚和荪亚则在政府部门担任职员。木兰先后生下女儿阿满、儿子阿通，接管曾家事务；她经营有方，全家倒也其乐融融。更让木兰喜出望外的是，曾家为她增添了一个女仆，而这个女孩竟是当年和木兰一同被义和团拐带的暗香。

姚体仁在华太太引导下弃恶从善，改过自新，戒除大烟，经营生意。但好景不长，体仁在骑马时摔伤致死。

随着清政府倒台，没落贵族开始出售家产。姚思安购得一处王府花园，更名静宜园。姚家邀请牛家、曾家、孔家来新居欢宴。牛怀瑜之妾莺莺，本是天津名妓，作派俗不可耐。一群儿女在宴会上做联对游戏，冯舅爷的女儿红玉尽显才华，夺得头筹。红玉和阿非两小无猜，但红玉心窄，见阿非和丽莲玩耍，顿时气闷。

莺莺与牛怀瑜妻子雅琴争夺家业，雅琴极受欺凌。经亚随怀瑜去山西勘采石油，莺莺便带素云住在天津。天津租界物欲横流、金钱崇拜，"社会上的成功的标准也很轻易地建立起来——总而言之，有钱的人受到尊敬，受尊敬的人一定有钱。"[1] 在这种唯利是图的氛围中，素云不仅与股市经纪人老金鬼混，还投入股票市场，损失一万块钱。曾先生知悉后勃然大怒，素云以死威胁，曾家只得分家。素同治好了曾先生的糖尿病，曾先生不仅因此开始相信西学，而且将女儿爱莲许配给他。

1915 年，立夫与莫愁举行婚礼后到日本留学，但莫愁不久即因母亲病重提前回国。木兰因入股华太太的古玩店而结识了画家齐白石，生命中又多了一个忘年交。立夫暑期回国探亲时，莫愁已诞下儿子肖夫；陈妈被派来照顾立夫，陈妈有一个心愿就是找到当年被抓丁的儿子陈三。

1917 年，爱莲与素同在上海结婚。木兰与家人趁机去上海、南京游玩，阿非一路上对红玉呵护备至。恰好立夫留学回国，与他们在上海汇合，然后一行人从杭州经泰安回到北京，度过了一段难忘的快乐时光。立夫回到北京，对混乱的社会状况十分不满，转到北京大学教书。陈妈寻子七年，立夫为她的故事感动，写了一篇小说刊在报纸上。

华太太给姚府带来一个丫鬟宝芬，阿非对宝芬深有好感；红玉对阿非产生误解，自伤身世，跳湖自尽；姚太太受到红玉自杀的刺激，一命呜

---

[1] 林语堂：《京华烟云》，张振玉译，北京：群言出版社 2010 年版，第 336 页。

呼；宝芬本来是被派到王府花园寻找埋藏的宝物的，没想到与阿非日久生情；阿非与宝芬结婚后，携妻去英国留学。

姚老先生觉得自己的俗世使命已经完成，要外出云游修行，相约十年后再见。

下卷"秋季歌声"共 11 章（第 35—45 章）：姚家女佣陈妈外出寻子，一去不返，陈三却来到姚家并留了下来。陈三当过警察，有一手好枪法，更有一手好书法，故而担任静宜园看护兼任立夫的书记员。立夫之妹环儿对陈三深有好感，立夫作主，将妹妹许配给陈三。

立夫著文批评时政，揭露莺莺、素云与直系军阀吴俊升的鬼混丑行，曾家震怒，经亚与素云离婚，改娶暗香。不幸的是，曾文璞中风身亡。

1926 年，军阀统治黑暗，学生举行示威游行，阿满中弹身亡，木兰悲痛不已。牛怀瑜攀附吴将军，暗诬立夫是共产党，立夫被捕。姚家上下为此事奔走；最后在傅增湘先生帮助下，立夫获得减刑，仍被判监禁三月。木兰勇敢机智地与警察司令周旋，使立夫得以赦免。立夫与莫愁迁居苏州，专心研究甲骨文。

阿非留学归来，入禁烟局工作。体仁之子博雅已长大成人，为母亲银屏举行祭礼，并将其灵位请入家祠。姚思安游历归来，木兰执意离开北京这个伤心之地，遂与父亲落户杭州，过起简朴生活。没想到荪亚喜欢上了艺专学生曹丽华。在姚思安帮助下，木兰与曹丽华开诚布公地谈话，不但和解而且成为朋友。荪亚也意识到自己的错误，更觉得木兰识大体。

阿非和宝芬接姚先生回北京。此时，立夫进入政府监察部门工作。由阿非介绍，陈三以及曼娘义子阿瑄分别进入海关和禁烟局缉私队工作。阿瑄在缉拿毒贩时发现，其幕后老板竟是素云。素云在姚先生感召下，决定担负起刺探日本情报的工作，为陈三等游击队员提供日军机密。姚思安平静去世，姚家举行了一场隆重葬礼。

日本为发动侵华战争做着准备。卢沟桥事变后，陈三等参与天津保卫战，但因为国军撤退而失败。素云身份暴露被日本人杀害。陈三和锄奸队的黛云欲刺杀已在北平傀儡政府任职的怀瑜，但仅除掉莺莺。他们转到山西参加共产党。

日军攻占北京，曼娘受辱自杀。阿瑄埋葬母亲，怀着家仇国恨参加了游击队；经亚与阿非在美国友人帮助下逃到上海。上海保卫战已经打响，木兰之子阿通、莫愁之子肖夫投笔从戎，参加淞沪保卫战。立夫一家随政府部门迁往重庆，木兰一家也在南京陷落后迁往内地，她一路上收养了四个孤儿，虽然身处逃难的人群之中，但看到高唱战歌、奔赴前线的战士，她的灵魂仿佛升华了，对中国的抗战充满必胜信念……

——可以说，在当时主战派与主和派之间，林语堂站在了主战派一边；他不仅再也没有像"语丝时期"那样批评政府，而且毫不犹豫地站出来维护政府形象。他的小说没有像当时的绝大多数抗战文学那样变成标语口号式的宣传工具，而是将抗战主题融入生动细致的人物描写和故事讲述之中，将思想性与艺术性进行了有机结合，是一部"文化抗战小说"。

第三节　怀念：《京华烟云》创作意图之一

如果仅按现实主义小说所重视的故事、人物、细节、环境等要素来欣赏《京华烟云》，那么读者会觉得：小说故事情节不算吸引人；主要人物如姚思安、曾文璞、牛思道、姚木兰、孔立夫、曾苏亚、孙曼娘等均属于扁平性格，一出场就基本定型；除了北京的社会风俗和时代环境给人留下深刻印象之外，《京华烟云》会给人一种散漫冗长之感。但读者细读后会发现：《京华烟云》是一部拟《红楼梦》的写意小说，一部"小题大作"的文化小说，一部通过家族故事表达爱国情思的史诗性作品，它旨在记录中国从传统向现代的过渡历史，同时向西方介绍中国文化，也可以说是林语堂《吾国与吾民》的文化思想的形象化表达。具体来说，林语堂的创作意图是：通过《京华烟云》来怀念几位亲人，怀念故都北京，同时向《红楼梦》和中国文化致敬。

（一）怀念几个人物

《京华烟云》不仅为大儒傅增湘、怪杰辜鸿铭、画家齐白石画了写生素描，而且简笔勾勒了一代枭雄袁世凯、张宗昌乃至蒋介石的画像，但他们只是小说叙事的背景浮雕，而不是林语堂真情怀念的人，在此不必过多分析。林语堂真正的创作动机源于怀念陈锦端、曼娘等几个真实的人物原型，他不仅带着浓烈的情感为她们画出精致的彩色绣像，甚至想为读者铸造几座立体而丰满的人物雕塑。

笔者个人认为，林语堂创作《京华烟云》的最大动力来自陈锦端。

有研究者对《京华烟云》的三个主人公进行了索引式研究，将《京华烟云》与《林语堂自传》、林太乙《林语堂传》和万平近《林语堂评传》中的相关细节进行了认真比对和合理论证后，认为：立夫、木兰与莫愁的关系与"林语堂、陈锦端、廖翠凤三者的感情相似。陈锦端是林语堂的初恋情人，廖翠凤是林语堂的妻子。如果三者在《京华烟云》中寻找原型，立夫就是林语堂本人，廖翠凤是姚莫愁，木兰就是陈锦端。"① 这一看法颇有道理，至少小说三位主人公的原型都有了着落。

首先，林语堂本人得到岳父支援赴国外留学，回国后在大学任教，同时也具有公共性；他以笔为旗，参与到启蒙与救亡工作中去，青年时代"基本上走的是一条'摇旗呐喊'的激进之路，这就是紧跟鲁迅、周作人，充当了政治、文化与文学急先锋和斗士的角色。在文学风格上也是如此，林语堂的文章虽有自己的个性，但总体说来是《语丝》式的，是与鲁迅等人一样，以批判的锋芒、高调的呐喊、政治的修辞、急峻的节奏见长的。"② 结果他上了北洋军阀的黑名单，只得南下厦门，再进入国民政府外交部。再看孔立夫，他在岳父姚思安帮助下留学日本，回国后在大学任教并著文抨击黑暗势力，后被逮捕，释放后移居苏州，随后进入政府监察部门……可以说孔立夫就是以林语堂本人为原型的。

其次，林语堂在读大学时深爱圣玛丽女校的陈锦端。陈父陈天恩是厦门富商，而林语堂父亲不过是一个乡间牧师，虽然林家几个男孩都有出息，但陈天恩仍认为门不当户不对，希望为女儿觅得一个金龟婿。林语堂闻知消息，"痛苦万分"，竟然在母亲面前"哭得瘫软下来"③。陈天恩过意不去，有意将邻居、钱庄老板廖悦发的女儿廖翠凤介绍给林语堂。廖母告诉女儿林家没有钱，廖翠凤却坚定地回答说："穷有什么关系？"④ 这让林语堂大为感动，二人遂于1915年订婚。林语堂1917年从圣约翰大学毕业后到清华学校任教，随后考取半官费留学资格，学费还差一大半。廖家

---

① 柳世平：《〈京华烟云〉中"姚木兰"的现实原型探讨》，《名作欣赏》2012年第5期。
② 王兆胜：《林语堂正传》，南京：江苏文艺出版社2010年版，第62页。
③ 林语堂：《林语堂自传》，工爻、谢绮霞、张振玉译，北京：群言出版社2010年版，第218页。
④ 林语堂：《林语堂自传》，工爻、谢绮霞、张振玉译，北京：群言出版社2010年版，第218页。

同意支援，条件是林语堂尽快完婚并带廖翠凤出国陪读。林语堂遂于1919年8月9日与24岁的廖翠凤举行婚礼。在启程出国离开上海之前，林语堂对妻子说："把婚书烧了吧，因为婚书只是离婚时才用得着。"这不仅是白首偕老的承诺，更有感恩的成分在其中。——而考察《京华烟云》中孔立夫、姚木兰与莫愁的因缘，大抵相似。

事实上，廖翠凤并不像《京华烟云》中的姚莫愁那样知书达理。比如林语堂在西安领养义女金玉华并在抗战胜利后将其接到美国，廖翠凤得知金玉华有心脏病后，便将她送回大陆。这对林语堂打击很大，毕生不能释怀。廖翠凤也并非"不爱钱财"，"在三十年代末，林语堂相信中国银行，他将两万三千美元兑换成十三万银圆，分别以七年、十年、十四年投了定期存款，这样，每个女儿到二十二岁后，都可得到十万银圆的嫁妆。但没有想到，抗战胜利后，物价飞涨，通货膨胀惊人，所以，林语堂存入中国银行的钱几成泡影。这么多钱几乎在一夜间打了水漂，林语堂夫妇接受不了，那是他多年的心血和女儿的希望啊！廖翠凤受了刺激，精神几近崩溃，她一边骂日本人一边埋怨丈夫。"[①] 之后性情大变，喋喋不休地说着钱钱钱的事。所以，林语堂对廖翠凤越来越像履行责任，情感则是越来越淡薄。——虽然这些是林语堂创作《京华烟云》以后的事，却能反证林语堂不能忘怀陈锦端的原因。

在《京华烟云》中，姚木兰简直就是一个完美的人，兼具儒道、中西、内外之美，综合了《红楼梦》中林黛玉的才智、薛宝钗的美貌和史湘云的风姿，她像饱满的月亮一样美丽，像下凡的神仙一样幽雅；她是"道家的女儿"，又是儒家的媳妇，因此可以说是中国文化的理想组合；她又像《浮生六记》中那个浪漫风趣的芸娘，既有爱小脚、顺从父母之命等传统的一面，又因为接受了新文化，而敢于在心灵中为情人孔立夫保留一席之地。——林语堂就这样把现实中无法实现的理想交给了"姚木兰"或者说交给了他想象中的完美的陈锦端。林太乙回忆说，林语堂闲来无事画画消遣，画来画去总是同一个女孩子，她漂亮温柔，两只大眼睛闪闪放光，露出甜美而清纯的笑意，瀑布般的长发夹在后面。太乙问爸爸

---

① 王兆胜：《林语堂正传》，南京：江苏文艺出版社2010年版，第118页。

画的是谁？林语堂告诉女儿："这是你陈锦端阿姨，她很美的。"① 直到林语堂晚年已经坐轮椅了，偶然听人说起陈锦端的名字，竟然从轮椅上站起来说："锦端在哪里，我要去看她。"廖翠凤说："语堂，你疯了。你已不能走了。"而现实中的陈锦端红颜多舛：陈天恩为女儿订的那门亲事并未成功，陈锦端遂去美国密西根州霍柏大学攻读西洋美术，归国后在上海教会学校中西女塾教美术；她不时到林语堂家做客，每当她来，林语堂都显得十分紧张；陈锦端直到 32 岁才嫁给厦门大学方锡畴教授，但终生未育，后来抱养了一男一女。

　　林语堂怀念的另一个人物是曼娘。林语堂的祖父被抓了劳工，祖母因为无法独立养活孩子，就把孩子过继给厦门一位姓吕的医生。而林语堂兄弟在鼓浪屿读书时，"都是他们吕家的女人的教子。我被给与曼娘，我在《京华烟云》里写的曼娘就是她的影子。她的未婚夫死了，她就成了未嫁的寡妇，她宁愿以处女之身守'望门寡'，而不愿嫁人。吕医师挑选了两个孩子，打算抚养长大。在我看来，这位处女寡妇不愧为中国旧式妇女中的理想人物。我到她屋里去时，她常为我梳头发。她的化妆品极为精美，香味高雅不俗。她就是我所知道的'曼娘'。'平亚'的死，在《京华烟云》里记载得很忠实。曼娘和木兰二人常常手拉着手。在《京华烟云》这本小说里，曼娘我最熟悉。"② 正是因为有如此的深情在其中，所以《京华烟云》中的曼娘就被塑造成完美的古典型小姐形象，她在日本军队袭来时自杀殉节，但仍遭日本兵辱尸猥亵。林语堂把最美好的事物撕碎给人看，给了曼娘一个悲惨的结局，意在让国人认清日本人的侵略本质绝不像《大日本皇军布告第一号》宣称的"只求在远东建立和平，增加中国民众之幸福，但求中日合作，共存共荣。此外，别无所求。……对本皇军毫无敌意之善良百姓，皆视为本军之亲友，决不迫害，且为彼等谋永久之幸福。希望居民慎勿惊扰，明辨是非，深体本军之诚意，各安本业，静待福祉之来临。"③ 女性主义学者认为："强暴是对国家进行羞辱和污蔑的策

---

① 王兆胜：《林语堂正传》，南京：江苏文艺出版社 2010 年版，第 125 页。
② 林语堂：《八十自叙·法国乐魁索城》，《林语堂自传》，工爻、谢绮霞、张振玉译，北京：群言出版社 2010 年版，第 227 页。
③ 林语堂：《京华烟云》，张振玉译，北京：群言出版社 2010 年版，第 697 页。

略。很清楚，国家是一个女人的身体，或者说它就是一个女人。人们认为，女人'不仅是女人'，还是国家的人格化象征。"① 因此"女性的身体在民族解放战争中其实是战场的一部分，侵犯民族主权或自主性与强暴女体之间、占领土地与'占领'妇女子宫之间，似乎可以画上一个等号。换句话说，入侵者强行对'他者'领土的'进入'（penetration）可以理解为一种'阳具'霸权行为。"② 就此而言，曼娘殉节对激发国人奋起抗战的作用，在某种意义上不逊于田间《假使我们不去打仗》：诗歌固然令人激昂而有血勇，小说则使人深思而得神勇！

综上可知，林语堂在 44 岁时创作《京华烟云》的直接动机就是怀念故人，因而《京华烟云》也就成为一部变相的自叙传小说。

（二）怀念故都北京

林语堂热爱北京远胜过他游历过的纽约、巴黎、维也纳、莱比锡、上海、南京、西安、杭州、兰州、重庆、厦门、武汉、漳州等城市。北京是中国的故都，是林语堂的第二故乡，更是中国文化的象征符号。因此，卢沟桥事变刚刚发生，林语堂即于 1937 年 8 月 15 日在《纽约时报》发表《说北平》一文，称"北京是一个'珠玉之城'，一个人眼从未见过的珠玉之城。"表达他对北京的思念，也传达出对日本侵略中国的愤慨。而在1939 年完成的《京华烟云》中，林语堂留下了许多赞美北京城的段落，比如第十二章《北京城人间福地 富贵家神仙生活》有一半篇幅写北京风俗人文和市居之美：

> 在北京，人生活在文化之中，却同时又生活在大自然之中，城市生活极高度之舒适与园林生活之美融合为一体，保存而未失，犹如在有理想的城市，头脑思想得到刺激，心灵情绪得到宁静。……既富有人文的精神，又富有崇高华严的气质与家居生活的舒适。……那种丰富的生活，对当地的居民就犹如伟大的慈母对儿女的请求，温和而仁厚，对儿女的愿望也无不有求必应，对儿女的任性无不宽容包涵。又

① 克内则威克：《情感的民族主义》，北塔、薛翠译，见陈顺馨、戴锦华编《妇女、民族与女性主义》，北京：中央编译出版社 2004 年版，第 143 页。

② 陈顺馨：《强暴、战争与民族主义》，《读书》1999 年第 3 期。

像一棵千年老树，虫子在冬枝丫上做巢居住，各自安居，对于其他各枝丫上居民的生活情况茫然无所知。……在那个地方，常人家里也有石榴树、金鱼缸，也不次于富人的宅第庭院。在那个地方儿，夏天在露天茶座儿上，人舒舒服服地坐在松柏树下的藤椅子品茶，花上两毛钱就耗过一个漫长的下午。在那个地方儿，在茶馆儿里，吃热腾腾的葱爆羊肉，喝白干儿酒，达官贵人、富商巨贾，与市井小民引车卖浆者摩肩接踵。有令人惊叹不止的戏院，精美的饭馆子、市场、灯笼街、古玩街……①

这还不够，他还让《朱门》与北京发生种种关联，让《风声鹤唳》《红牡丹》以北京为叙事背景，借机一而再再而三地为北京献上赞歌。比如《红牡丹》第十章中把北京比作"慈母"："一个城市之可爱，全在这个城市的居民的生活情调儿。对北京的居民而言，北京就犹如一个聪明解事宽容体贴的慈母，或者像一棵供给各种蚂蚁、苍蝇和其他昆虫居住的巨大的榕树。……晚上静静的，夜里的胡同里自有其音乐声。在外面夜色沉沉中，卖馄饨，冬天卖冻柿子，卖脆萝卜，卖干瘦花生'空儿'等清脆幽扬的叫卖声，穿透了深夜，悦耳可听。半夜里吃碗热馄饨做点心，真是舒服。"这使得梁牡丹在北京居住了不长时间就喜欢上了这座城市，即使离开后，"每逢她一想到北京，她就想到宽阔、阳光和蔚蓝的天空，以及那精神奕奕、笑口常开、悠闲自在的居民。全城都是那么清洁爽快、大气淋漓的北方的刚劲味儿，虽然有千百年的文化，却仍然出污泥而不染，历久而弥新。"——读者可以感受到林语堂在书写这些文字时，是多么怀念北京的市井人声和风俗文化。

　　林语堂在小说里这样描写北京仍嫌不足，索性又创作了《辉煌的北京》，全书十一篇，合成一本关于北京和北京文化的集子，寄托思恋之情，活画出"老北京的精神"：

　　　　有三个重要因素，结合起来便赋予了北京独有的个性：自然、艺术以及人们的生活。大自然提供了良好的自然环境；人类艺术体现于

————————————

① 林语堂：《京华烟云》上，张振玉译，北京：群言出版社2010年版，第156—158页。

装饰北京的那些塔楼、宫殿；人们的生活方式、贫富状况、风俗习惯和节庆活动决定了城市生活是舒适、闲逸、富有朝气，还是充满了斤斤计较的、赚钱狂似的商贩们的喧嚣与粗俗。幸运的是北京的自然环境、艺术与人们的生活协调地结合在一起。北京的魅力不仅体现于金碧辉煌的皇朝宫殿，还体现于宁静得有时令人难以置信的乡村田园景象。就是从这样的城市中，人们既为它的艺术格调、建筑风格和节日风采而兴奋不已，同时也会享受到一种宁静的乡村生活。①

他这样赞美"北京的品格"：

对北京的第一印象是它的气候。冬季，天蓝得让人无法置信，阳光灿烂，却又干燥寒冷；夏季，雨水充足，凉爽。其次是鳞次栉比、蔚然壮观的建筑群。再次就是在传统习俗影响下的北京人所独具的幽默感、耐性和彬彬有礼。天空澄澈，令人心旷神怡。殿阁错落，飞檐宇脊纵横。黄包车夫们滔滔不绝地说着笑话，幸灾乐祸地拿人开心。宽厚作为北京的品格，融于其建筑风格及北京人的性情之中。人们生活简朴，无奢求，易满足——大约在几百年前就是如此。这种朴素的品质源于北方人快乐的天性和粗犷的品格，快乐的天性又源于对生命所持的根本且较现实的认识，即生命是美好而又短暂的，人们应尽情享受它。现代商业活动的喧嚣吵嚷在北京却少为人知。在这种简朴的生活与朴素的思想的熏陶下，人们给精神以自由，创造出了伟大的艺术。②

北京是中国的文化古都，怀念北京在更深层次上就是怀念中国文化。不能不说的是：赛珍珠（1892—1973）激发了林语堂向西方介绍中国文化的热情。赛珍珠描写中国民间生活的《大地》于1932年获得普利策文学奖。但她意识到，即使像她这样在中国生活了多年的外国人依然难以担当阐释中国的重任，她一直想寻找一位英文水平高、写作能力强、文化积

---

① 林语堂：《辉煌的北京》，赵沛林等译，北京：群言出版社2010年版，第5页。
② 同上书，第6—7页。

淀厚的中国人，来创作一部全面介绍中国文化的书。1933 年，她在《中国评论》周刊上读到林语堂的文章，激赏不已。在赛珍珠之前，外国人笔下的"中国这民族，因为人种语言地理习惯等等多样的歧异向来是被误会着，被诬蔑，'神秘之国'简单还不是万恶之源，外国人写游记，写小说，画画，演电影只要有中国人便把许多卑贱，龌龊，奸险等坏习惯点缀成一种类型，总是拖发辫（不消说女的是缠小脚）挂鼻涕，伛偻其形，卑污其貌，所作之事，总离不了窃盗，强奸，暗杀，毒谋，等等，看了让人毛骨凛凛的举动。"[①] 而中国作家的作品所描画的情形也好不了多少，"前几年中国新小说的题材，大多描写些恋爱问题，半西洋式的男女奸情，家庭革命，全部的调子是类乎病态的，决非适合于中国底国情，艺术和其他文学所表现的内容有过之而无不及。"[②] 赛珍珠认为这不符合中国国情，希望有中国人"可以替我们写一本中国的自我说明，它必须要是一本有真价值的书，浸满以本国人的根本精神"。[③] 而在她看来，林语堂正是最合适的人选。

林语堂应赛珍珠之约，用十个月完成了《吾国与吾民》，这让赛珍珠觉得中国文学界"健全状态终于渐渐抬头了，这是出于朴素的平民生活的健全性。知识青年开始发掘自己的群众的内容了。他们开始明了小市镇中的生活、农村里的生活，才是中国的真实而原来的生活。……它是怡情的、幽默的、值得保有的，总之，是纯粹中国的。"[④] 在赛珍珠眼里，《吾国与吾民》"是历来有关中国的著作中最真实、最钜丽、最完备、最重要的成绩。尤可宝贵者，它的著作者，是一位中国人，一位现代作家，他的根蒂巩固地深植于往昔，而丰富的鲜花开于今代。"[⑤] 此书 1935 年在美国出版后再版七次，进入了畅销书单，也为林语堂赢得了名声。

随后赛珍珠邀请林语堂去美国专心写作。于是林语堂携家人 1936 年8 月到了美国，住在赛珍珠位于宾西法尼亚州的青山农场。有一天，赛珍

---

① 庄心在：《布克夫人及其作品》，《矛盾月刊》1933 年第 1 期，第 82 页。
② 《赛珍珠序》，林语堂：《吾国与吾民》，黄嘉德译，北京：群言出版社 2010 年版，第 3 页。
③ 同上书，第 4 页。
④ 同上书，第 3 页。
⑤ 同上书，第 4 页。

珠丈夫、出版商华尔希造访林语堂，华尔希说，根据他的调查，《吾国与吾民》一书在美国最受欢迎的是"人生的艺术"一章，它让美国人发现了遥远的东方有一种艺术化的人生态度：不为权力、金钱、名利所左右，更不为时尚所动，而是以超然的态度面对世界和人生。可惜的是，因为要全面反映中国人的社会、政治、家庭、文学、艺术、思想，所以"人生的艺术"一章没能展开。因此他希望林语堂能将这一章扩而大之，专门为西方人尤其是美国人写一本关于中国人"生活的艺术"的著作。华尔希说："到底中国人如何艺术化地生活，如何品茗，如何行令，如何观山，如何玩水，如何看云，如何赏石，如何莳花、养鸟、赏雪，听雨、吟风、弄月，这可能是美国读者最困惑也是最感兴趣的地方。"① 林语堂觉得华尔希言之有理，于是写作了《人生的艺术》，此书再次成为畅销书并引发美国人热议。

当抗战爆发后，林语堂自觉担负起了向西方译介中国文化的责任。他与当时许多文人一样，认为只要文化不死，那么中国必有重振复兴之时，必有凤凰涅槃之日。正是在这样一点信念支撑下，他一改五四新文学"批判国民性"的作风，转而提取中国传统文化和现实人性中的优秀元素，不仅译介了《老子》《论语》等典籍，而且创作了《吾国与吾民》《辉煌的北京》等文化随笔，不仅写作《苏东坡传》等人物传记，而且要以更加生动多彩、更具传统意味的小说手法来讲述中国近代史和中国人的生活，从而让西方人对中国有更全面而深刻的认知。于是，《京华烟云》就在他的酝酿之中了。

第四节　致敬：《京华烟云》创作意图之二

当抗战到来之际，林语堂觉得再像五四文学那样批判国民性已不合时宜，不利于唤醒民众、鼓舞民气、团结御侮。因此，他转而挖掘中国人的"优根性"，这一方面出于对民族文化的热爱，另一方面则出于民族自尊和抗战需要。《京华烟云》就是他向中国传统文化和古典文学致敬的作品。

---

① 参看王兆胜《林语堂正传》，南京：江苏文艺出版社 2010 年版，第 83 页。

（一） 向《红楼梦》致敬

林语堂平和坂仔时期开始接受西方文化启蒙，在厦门、上海求学时期则深受西方文化熏陶。而他从上海圣约翰大学毕业后在清华学校任教的三年，则是充实和钻研国学基础进而重新认识中国传统文化的“补课”阶段。在这三年时间里，他阅读了《人间词话》《说文玉篇》《广韵》《骈字类编》等国学书籍，尤其钟爱《红楼梦》。

众所周知，林语堂终生痴爱《红楼梦》并著有《平心论高鹗》《说晴雯的头发兼论〈红楼梦〉后四十回》《续论〈红楼梦〉后四十回问题》《说高鹗手定的〈红楼梦〉稿》《〈红楼梦〉人物年龄与考证》《论大闹红楼》《新发现曹雪芹订百二十回〈红楼梦〉》等文章，他也因此成为名副其实的“红学专家”。《平心论高鹗》长达六万余言，大胆假设，小心求证，纠正了俞樾、胡适、裕瑞、鲁迅、谭正璧、周汝昌等人关于高鹗“续补”《红楼梦》之说，以大量资料证明《红楼梦》120 回均为曹雪芹“披阅十载，增删五次”的原作，只是后 40 回未能删改“校正”定稿；如果曹雪芹只写了前 80 回，那么《红楼梦》只有“风月繁华”而无“沉痛故事”，那么“故事尚未转入紧张关头，中心主题尚未发挥；全盘结构尚未写出；初回伏线，未见呼应”，也就不能成其伟大；而“假使曹雪芹所写仅是风花雪月，吃蟹赏菊，饮酒赋诗之事，而无世情变化沉痛经验，雪芹之才，只见一半，未见芹才，难称为第一小说大家。”① 林语堂在经过细致考证和逻辑辩驳后得出结论：“我相信高本四十回系据雪芹原作的遗稿而补订的，而非高鹗所能作。”② 高鹗只不过用了一年时间修补、补订《红楼梦》，而“非‘补续’‘增补’之‘补’，更非‘补作’‘续补’之‘补’，更非‘作’，更非‘作伪’。”③ 同时林语堂考证出一个别样的曹雪芹形象：“雪芹是一位谈笑风生，神采奕奕的人，不是多愁善病，萎靡慵懒的人。他能诗能画，好饮如狂（敦诚、敦敏诗），且高声阔谈（敦敏《懋斋诗抄》‘隔院闻高谈声，疑是曹君’）。在逝世之前一年，犹与敦诚纵饮作长歌，似非病体缠身者。……裕瑞去雪芹未远，虽未见其人，亦

---

① 林语堂：《平心论高鹗》，北京：群言出版社 2010 年版，第 30 页。
② 同上书，第 95 页。
③ 同上书，第 33 页。

不详其家世，但他曾记，'闻前辈姻戚有与之交好者（言），其人身胖头广而色黑，善谈吐，风雅游戏，触景生春。闻其奇谈，娓娓然令人终日不倦。'"① 林语堂对《红楼梦》好之乐之爱之研之，以至于此，其创见也非泛泛"红学家"皓首穷经所能取得的，着实令人叹服！

1938 年春，林语堂欲将《红楼梦》译为英文，又觉得"《红楼梦》与现代中国距离太远"，翻译此书非其时也，才索性决定创作一部《红楼梦》式的小说。② 因而可以说《京华烟云》是一部向《红楼梦》致敬的作品，也因此而被西方学界称为"中国现代《红楼梦》"。③

《京华烟云》有多处谈论或引用《红楼梦》，比如木兰引薛宝钗咏蟹诗"眼前道路无经纬，皮里春秋空黑黄"，两次引用"世事洞明皆学问，人情练达即文章"等。《京华烟云》还化用了《红楼梦》中的一些细节，比如体仁"像贾宝玉一样，把银屏嘴唇上的口红舐着吃下去了"（第 253页），再如木兰喜欢黛玉、莫愁喜欢宝钗、珊瑚喜欢李纨、立夫喜欢探春（第 266—267 页），甚至静宜园也绘制了"《红楼梦》大观园二十四景"，小说描写园林艺术的手法也类似《红楼梦》（第 384 页）。《京华烟云》第16 回仲秋蟹宴中，众人的笑语作派以及红玉对对子夺状元旗等，更明显留有《红楼梦》的痕迹。尤其是红玉的言行、性格、肺病、焚稿等都极似黛玉，唯与黛玉不同的是结局，红玉投水而死（第 490 页），落得个"质本洁来还洁去"。当然，林语堂有他的创造与发展，比如他写完红玉之死时流下同情的泪水，并称"古今至文皆血泪所写成，今流泪，必至文也"④，但读者仍可以发现林语堂对红玉在同情之中略含微讽，暗示这类娇弱的人物已不合时宜，阿非不是很快就与宝芬成婚、出国留学了吗?！——因而可证，《京华烟云》绝非照搬《红楼梦》。这也就提醒读者：尽管林语堂称"大约以红楼人物拟之，木兰似湘云（而加入陈芸之雅素），莫愁似宝钗，红玉似黛玉，桂姐似凤姐而无凤姐之贪辣，体仁似薛蟠，珊瑚似李纨，宝芬似宝琴，雪蕊似鸳鸯，紫薇似紫鹃，暗香似香

① 林语堂：《平心论高鹗》，北京：群言出版社 2010 年版，第 33—34 页。
② 林如斯：《关于〈京华烟云〉》，《京华烟云》，北京：群言出版社 2010 年版，第 13 页。
③ 张振玉：《译者序》，林语堂：《京华烟云》，北京：群言出版社 2010 年版，第 9 页。
④ 林如斯：《关于〈京华烟云〉》，林语堂：《京华烟云》，北京：群言出版社 2010 年版，第 11 页。

菱，喜儿似傻大娘，李姨妈似赵姨娘，阿非则远胜宝玉。"① 但读者绝不能按图索骥地进行索引式研读，《京华烟云》与《红楼梦》中的一些细节固然相似，但林语堂笔下的人物和故事都有着鲜明个性和时代特征。

《京华烟云》的结构章法更显示了林语堂向《红楼梦》等中国传统小说致敬的意图。首先，在结构上，《京华烟云》始于逃难（八国联军入侵），终于逃难（日本入侵），形成了圆形结构，这是中国传统小说习用的结构模式。其次，小说在基调上是悲凉起，悲壮终，在调式上是统一的；这虽然不同于传统的喜剧大结局，也异于现代的悲剧或荒诞，但小说在悲壮中深含希望，做到了哀而不伤，具有中和之美。最后，小说以家写国，家国同构，延续了《红楼梦》的家族叙事模式。"由于中国家族形态最为持久最为发达，所以中国的家族小说最能代表和反映中国的民族精神和民族文化，是中国历史社会的一个缩影。"② "用家族作为基本的叙事单元，网络化地囊括社会生活的内容，并塑造出生动的艺术形象，是十分恰切的。所以，家族描写模式，以家族的兴衰作为结构的依据，不仅显得不枝蔓，不芜杂，并且内在的空间十分阔大。一方面，由于写个体与社会内容不可分，这样的个体创造必将以内涵的丰富著称；另一方面，写社会而不离开个体描写，这样的社会的表现必将充满感性的力量，从而更易引起读者的兴趣。家族描写模式，虽然是以静态为其主要特征的，但因为一者它以兴衰为主线，二者它以家族与社会的关联为延伸，三者以个人的命运为描写对象，这一模式就以静态的方式把握到了动态的人生内容，从而成为一个符合表现中国传统社会基本特征与个体发展的文学创造方式。"③《京华烟云》一方面以三家三代人的遭际来反映时代变迁、历史兴衰、家

---

① 林语堂 1940 年 9 月 4 日致郁达夫信《关于〈瞬息京华〉》，见郁飞译《瞬息京华》"附录"，长沙：湖南文艺出版社 1991 年版。

② 杜云南：《20 世纪中国家族小说之历史变迁》，《北方论丛》2009 年第 4 期，第 51—53 页。

③ 刘锋杰：《承继与分离：〈京华烟云〉对〈红楼梦〉关系之研究》，《红楼梦学刊》1986 年第三辑。刘锋杰以曾家的衰败和姚家的崛起来证明"体现了作者对于中国文化的一个根本看法，即老庄的道学精神比起孔孟的儒学精神来，更有生命与激情，更能适应生活的变化。"显得有些牵强，比如：姚木兰对孔立夫的爱说明了什么？当木兰及其子女走向抗战的时候，是否象征庄老对于儒家传统的归复？姚思安无法解决体仁之事，是否说明道家只可修身而不足以齐家、治国、平天下？

仇国恨，完成了小说的史诗架构，与《红楼梦》形成了一种互文关系；另一方面《京华烟云》又对家族叙事模式有所拓新，至少在格调上不像《红楼梦》那样虚无消极，而且最终超出了"家族"走向了"国族"，尤其在日本侵华战争全面爆发之际，林语堂让他笔下的主人公走向了奋起抗战、民族救亡之路。

《京华烟云》与《红楼梦》一样具有史诗意识。林语堂让笔下的人物与义和团、五四运动、军阀混战、三一八惨案、济南惨案、天津保卫战、淞沪会战等重大历史事件发生关系，在亦史亦文、似与不似之间掀开历史的一面，从而再现了20世纪上半叶"中国处于十字街头"的典型环境：外强凌辱使中国沦为半殖民地，内乱频仍使生灵惨遭涂炭，可以说"中华民族到了最危险的时候"。《京华烟云》记下了赛金花、傅增湘、袁世凯、辜鸿铭、林纾、俞曲园、孙中山、齐白石等人的掌故，这不仅是逸事雅趣，更具有历史价值。《京华烟云》还着力描绘风俗画卷，从北京、天津、泰安等北方城市到上海、杭州、苏州等江南水乡，因而具有文化人类学的价值。但是林语堂写这些绝不是为了唱挽歌，而是为了励士气；他显然不是主和派、投降派，而是坚定的抗战派，因此《京华烟云》没有像《桃花扇》那样唱起挽歌："眼看他起朱楼，眼看他宴宾客，眼看他楼塌了。"也没有像《红楼梦》那样大放悲声："忽喇喇似大厦倾，昏惨惨似灯将尽。"林语堂没有走向虚无主义，而是相信中国会否极泰来浴火涅槃，为此他努力发掘民族优根性：姚思安以出世精神做入世事业，不仅在辛亥革命前后支持革命党，而且料定中日之间必有大战并劝勉子女做好准备；孔立夫虽然因为批评军阀暴政被构陷入狱，但是一有机会仍然出任监察官员，打击腐败，有着"道之所在，虽千万人吾往矣"的精神；姚木兰虽然因为女儿阿满死于学运而伤心难过，但当抗战爆发时仍然支持儿子阿通从军抗敌……他们因为走向了民间，认识了现实，而获得了信念和力量。

《京华烟云》与《红楼梦》一样具有潜在的女性主义思想。林语堂笔下的女性主人公如木兰、莫愁、曼娘等都是完美形象，即使如银屏、曹丽华、桂姐等次要人物也都性格圆满。林语堂在描写女性时擅用抒情写意手法，从而让这些女性承载起丰富的文化意蕴，比如第三章写木兰被曾先生解救，在船上第一次见到桂姐时，林语堂一笔宕开去，以木兰的眼来看桂姐，写她高挑颀长骨肉匀停的身材，写她极具时代感的衣饰打扮，写她"纤小、周正、整齐、浑圆、柔软"的小脚儿以及她的妇德、女容……小说用几千字集中写桂姐这样一个"配角"，不仅以散文笔法写出了少妇之美，透露出林语堂的审美趣味，也显示出林语堂对于中国文学抒情传统精髓的深度把握。在写女性命运时，林语堂常故设迷踪，伏线千里，比如第六章关于平亚与曼娘订婚的描写极为详尽，第七章开篇即说"曼娘与平亚在泰安的琐事这样详细叙述，也有其必要，因为在桂姐回京之后那年的春天，平亚忽然身染重病，曾家把曼娘接到北京与平亚完成了亲事。"这就抛出了悬念，激起读者的欲望阅读。有的时候，林语堂在人物出场时就用细节暗示出其性格、命运和宿命结局。比如银屏出场是在全家逃难时，她"浓施胭脂，衣服穿得太鲜艳"，[①] 不仅引起青霞等人妒恨，更招来女主人责骂，于是，银屏爱出风头、个性轻佻、不识大体的性格就显示出来，也暗示出她最终的结局；但细心的读者又会对银屏有"同情的理解"：一个宁波女孩子来到北方，早熟，没有依靠，又想出人头地，那么引诱少东家体仁就成了她的终南捷径，而在这样的行动中又多少含有向门第意识、阶层观念挑战的意味。——一个世俗女子的性格就这样含而不露、由外而内地刻画出来，让人觉得银屏固然有着性格缺陷，却又有着其合理性。也正是在这样的个案中，可以看出林语堂在女性塑造方面的机巧，及其潜在的女性主义思想倾向。

《京华烟云》像《红楼梦》一样善用对比映衬、烘云托月之法。比如以"门第"折射出时代变迁。小说开篇写姚家的北京住所，"大门口儿并没有堂皇壮观的气派，只不过一个小小的黑漆门，正中一个红圆心，梧桐的树荫罩盖着门前。"[②] 而与之形成鲜明对比的是，曾家泰安祖宅和北京官第都极为奢华，作者通过曼娘的眼来写曾家大门："白墙有一百尺长，门口是高台阶，有二十五尺宽，左右两边儿的墙成八字状接着大门，门是朱红，上有金钉点缀。……门口儿高台阶前面摆着两个做张嘴狞笑的石狮子。……曼娘在山东从来没有见过这种气派。"[③] 这就是有石狮子的朱门

---

① 林语堂：《京华烟云》，北京：群言出版社 2010 年版，第 4 页。
② 同上书，第 1—2 页。
③ 同上书，第 92 页。

大宅、华府官邸、豪庭深院。至于北京曾府内宅到底有多大，林语堂又通过曼娘的丫头小喜儿在大院儿里迷了路、"走迷糊了""过了二十分钟才回来"等细节，来侧写曾家院落之大。① 人们也由此可以感到，中国在清朝末年依然延续着传统的"士农工商"观念，即使像姚家身为巨贾富商，仍然低调奢华，无法与官家地位相比。但随着清朝的覆亡、民国的建立，姚家买下了一处前清王府花园，读者读到众人游园观赏"曲水抱山山抱水"的景致时，会感到这是一个隐喻：商人地位的上升，封建势力的没落。林语堂还将这种对比映衬手法运用到了姚、曾、牛、孔几家人物的内部比较当中，如木兰的活泼与莫愁的沉稳，红玉的忧郁与丽莲的开朗，莺莺的机心与雅琴的守拙，牛怀瑜的夸夸其谈与孔立夫矜持自重等。而当作者写孙曼娘之美时，则如古诗描写罗敷一般用了映衬手法："曼娘出现在大厅之中，真是光艳照人，连严肃矜重如曾文璞先生者，也不由顾盼几次"②……

有学者说："在中国现代小说中，最明显与《红楼梦》有对应关系、显示出'红楼'血缘的长篇，当首推巴金的《家》和林语堂的《京华烟云》。"③ 但《家》有些概念化，革命气息过浓，妨碍了审美；《京华烟云》才在章法、模式、手法、修辞乃至"梦中梦"等方面真正神似《红楼梦》又发展了《红楼梦》！

（二）向抗战勇士致敬

林语堂在谈到创作《京华烟云》的意图时说："纪念全国在前线为国牺牲之勇男儿，非无所为而作也。"④ 后来在给谢冰莹的信中又写道："此书系以大战收场，暴露日人残行（贩毒走私奸淫杀戮），小说入人之深，较论文远甚。"⑤ 显示出林语堂"文章报国"的深层意图！

作为一介书生，林语堂为自己不能战场杀敌而深感愧疚。他所能做的

---

① 林语堂：《京华烟云》，北京：群言出版社2010年版，第99页。
② 同上书，第109页。
③ 阎浩岗：《具有"红楼"血缘的两部中国现代小说——〈红楼梦〉与〈家〉及〈京华烟云〉之比较》，《红楼梦学刊》2002年第1期。
④ 林语堂1940年9月4日给郁达夫的信《关于〈瞬息京华〉》，见郁飞译《瞬息京华》"附录"，长沙：湖南文艺出版社1991年版，第784页。
⑤ 谢冰莹：《忆林语堂先生》，《传记文学》（台北）1977年1月第32卷第1期。

除了捐款捐物，就是决心以笔代刀、文化抗战。1937 年 11 月，他就在《亚洲》杂志发表《中国人与日本人》一文，掊击日本军国主义缺乏明理精神和自我批判意识，断言那种狭隘的岛国心态必将使日本陷入自我毁灭的深渊！1938 年 7 月 1 日，林语堂发表六千言长文《日本必败论》，引用大量最新数据，从政治、军事、经济、外交等方面详论"日本必败"："日本军力万不足征服中国，财力不足以长期作战，政治手段又不足以收服人心。卢沟桥事起，日本非有实力足作长战，特以为中国内部分裂，不久即必求和而已。今则进退两难，而成外强中干局面。"① 在"亡国论"甚嚣尘上之时，林语堂的言论对于鼓舞国人士气功不可没。1939 年，在《吾国与吾民》第 13 版中，林语堂专门加入了长达 80 多页的《中国战争之我见》，以几个小标题抒发己见：1. 一个民族的诞生；2. 旧文化能拯救我们吗？3. 新民主义；4. 酝酿中的风暴；5. 压力、反压力、爆发；6. 蒋介石其人其谋；7. 为什么日本必败；8. 中国未来的道路。林语堂表示：中国正以一个新的民族国家的面貌成长起来，正在走上求生进步之路。

　　而《京华烟云》是林语堂对上述观点的形象化表达，也从一个侧面反映出：中国所谓自由主义者、民主主义者、阶级革命者，在底子上都是爱国者，都是国族主义者。作家作为知识分子的重要组成部分，在外敌入侵、民族存亡之际，不可能不做出"国家兴亡，匹夫有责"的主动选择。正如陈铨所说：

> 　　第一个观念，就是国家至上，民族至上。……没有民族，没有国家，个人根本就不能存在。国家不是人民组成的，人民乃是靠国家存在的。而且国家是永久的，人民是暂时的，个别的人民，可以死亡，国家永远要继续存在。个人可以牺牲，国家不能牺牲。国家不是人民的契约，乃是人民的根本。②

民族主义"作为一种精神需求，它体现出人类的一种普遍的情感指向、

---

①　林语堂：《日本必败论》，《宇宙风》1938 年 7 月 1 日第 73 期。
②　陈铨：《德国民族的性格和思想》，《战国策》1940 年 6 月 25 日第 6 期。

精神归宿，是长期的文化传统和人们跟本民族的自然感情联系而培养起来的文化心理结构，具有巨大的历史延伸性和精神魅力。……这一心理基础是民族主义文学绵延不绝的根本保证。"①

虽然林语堂仅在《京华烟云》最后几章的几个段落里正面描写了战场与战士，但是那嘹亮的军歌和昂扬的士气已给人鼓舞，显示出了他致敬的用心。读者和评论家没必要苛求他更多描写正面战争，因为毕竟那不是林语堂熟悉的题材。相反，我们从林语堂的这些片断中已能感受到：在那个特殊时代，固然有"民族主义文学"呼吁抗战，沈从文、老舍、陈铨、林语堂等自由知识分子也服务于国家统一、民族独立，他们都创作出了"家国文学"，向积极抗战的全军民致以崇高敬意。

（三）向中国文化致敬

林如斯认为"《京华烟云》在实际上的贡献，是介绍中国社会与西洋人"②，其中"有佳话，有哲学，有历史演义，有风俗变迁，有深谈，有闲话。加入剧中人物之喜怒哀乐，包括过渡时代的中国，成为现代的中国的一本伟大小说。"③ 林语堂自序则说："本书对现代中国人的生活，既非维护其完美，亦非揭发其罪恶。因此与新近甚多'黑幕'小说迥乎不同。既非对旧式生活进赞词，亦非为新式生活做辩解。只是叙述当代中国男女如何成长，如何过活，如何爱，如何恨，如何争吵，如何宽恕，如何受难，如何享乐，如何养成某些生活习惯，如何形成某些思维方式，尤其是，在此谋事在人、成事在天的尘世生活里，如何适应其生活环境而已。"④ 因此，在某种程度上，《京华烟云》是20世纪30年代的"寻根小说"，是一部向中国文化致敬的"文化小说"。

中国文化既包括精神文明、典籍制度，又有建筑器物文化和民间非物质文化，容纳了中国人数千年物质和精神文明创造的精华。而中国精神文明最重要的代表则是儒释道文化。"林氏三部曲"形象化地重点介绍了这三种文化思想：《风声鹤唳》通过居士老彭之口对佛家文化、禅林古迹进

---

① 朱德发：《穿越现代文学多维时空》，济南：山东文艺出版社2004年版，第39页。

② 林如斯：《关于〈京华烟云〉》，林语堂：《京华烟云》，北京：群言出版社2010年版，第11页。

③ 同上。

④ 林语堂：《京华烟云》，北京：群言出版社2010年版，第2页。

行了介绍；梅玲（丹妮）在老彭感召下开始阅读《楞伽经》《六祖檀经》，悟得"大佛脸上有同情，眼里有智慧，安神中自有一股勇气"，她在红十字会更是赢得了"观音姐姐"之称。《朱门》中的三个主要人物杜忠、杜柔安和李飞都是"知其不可而为之"的儒者，他们在战乱年代仍然持守节操，认为"真正的遗产是好名声"，他们身上有一种杀身成仁、舍生取义精神；此外，《朱门》还写到了穆斯林文化，并让范文博与崔遏云姑娘承担起墨家侠义精神。《京华烟云》是儒释道浑一的，以此阐释中国人为何能享受"进退有据"的人生：傅增湘是真正具有中和精神的硕儒导师，他"学而优则仕，仕而优则学"；孔立夫是孟子式的儒者，入则孝，出则忠，嫉恶如仇，有入世精神，径行直取，有浩然正气；姚思安则杂糅儒释道精神，有道则现，无道则隐，随遇而安，"相信谋事在人，成事在天，要听天由命，要逆来顺受"，相信"物各有主，没有人能永远占有一件物品"，相信"天理循环"、无往不复、生死相续，相信"天之道，损有余而补不足"……因此可以说"林氏三部曲"有着求真、明善、审美精神，既印证了儒家文学"文学即人生""文心即人心"的本质，也传达出了林语堂对儒道佛的基本认识："道家及儒家是中国人灵魂的两面"，"道家和儒家不过是在民族的灵魂中交替的情调……道家的影响，比儒家更常发生作用"，"中国可说每个人都是佛教徒"……①

　　既然写中国文化，就必须有一些中国特有的文化符号来承载中国文化。在《京华烟云》中，既有甲骨文、宋词、书法、西冷印社、园林艺术等雅文化，也有中医中药、北京风俗、西山风景、古典小姐、妇德妇言、妇容妇工、守节守贞、贞节牌坊等民间文化，还有小脚、冲喜、中式婚礼、新妇绣鞋献婆母等民俗甚至陋习；既有梦示、卜卦、算命等神秘文化，也有青红帮、白莲教、义和团等江湖帮会文化……新旧杂陈、泥沙俱下，如同一部原生态的民俗风物志略，一部形象化的文化百科全书，具有极高的文化人类学意义。

　　林语堂热爱中国优秀传统文化，也深深惋惜中国文化在近代的没落与损毁，并通过小说揭示了造成中国文化损毁的原因。

---

　　① 林语堂：《从异教徒到基督徒》，《林语堂自传》，北京：群言出版社 2010 年版，第 101、102、129 页。

首先，列强入侵尤其是日本侵略，不仅使中国的物质文明遭受了极大破坏，更使中国人的生命和精神受到巨大创伤。《京华烟云》清晰地记录了日本1931—1937年机关算尽、步步进犯中国的过程（第676页），以揭示其处心积虑、狼子野心；更描写了日本人无耻地向中国贩运鸦片的行径，揭示其亡我之国、灭我之种的险恶居心：所谓"日本洋行"之内，除了毒品没有别的货物；日本人把中国民宅变成制毒工厂和批发商行；大街上甚至警察局旁边都是吸毒场所；更有甚者，"在天津，一个外国医生在日本租界附近一个中国小学旁边，向一个小贩买了些糖果，化验的结果，证明那糖果里有麻醉剂。"① "天津日本租界是世界海洛因的大本营，是日本、大连、沈阳、朝鲜的鸦片输往南北美的中心。世界最大的海洛因工厂设在唐山。仅止在张家口的一家日本工厂，即日产海洛因五十公斤，也就是全世界合法需要量的十五倍。司徒·福乐在他为国际联盟禁毒委员会提供的报告上说：'日本势力在东方进展所及之处，与之同时共进者何？贩毒。'"② ——在中国现代文学史上，真实记录日本向中国贩运鸦片的文学作品首属《京华烟云》，这不仅具有极重要的历史文献价值，更让人看到了日本侵略对中国道德文明的严重腐蚀。

其次，内战的耗损和愚昧的排外使中国文化蒙羞受辱。比如义和团的反文化运动使中国仿佛倒退回蒙昧时代：

> 义和团一旦进了城，在慈禧太后与端王暗中庇护之下，行凶作恶得人人战栗，全城震惊。他们各处游荡，寻找"大毛子""二毛子""三毛子"，全都予以杀害。"大毛子"指洋人，"二毛子""三毛子"指信教的，在洋行做事的，以及说英语的中国人。他们各处去烧教堂，烧洋房子，毁坏洋镜子、阳伞、洋钟、洋画。杀的中国人倒比杀的洋人多。他们一个证明中国人是否是"二毛子"的方法很简单：让有嫌疑的人在大街上跪在义和团的神坛前面，向他们的神烧一张黄表，人有罪无罪就看纸灰是向上飞，还是向下落而定……③

---

① 林语堂：《京华烟云》，北京：群言出版社2010年版，第669页。
② 同上书，第671页。
③ 同上书，第7页。

义和团民把"香水当酒喝"，认为"电话是妖魔地雷，装在那儿要炸死他们，就把电话砸烂，把电话线割断了"①，他们不仅把北京变成了"修罗场"，更把天津变成了"大地狱"。——在现代中国文学史上，像《京华烟云》这样呈现义和团真相并作出批判反思的文学作品，实属罕见，可见林语堂对传统文化中的糟粕是持辩证扬弃态度的，而非顽固保守。即使进入了民国，中国内部仍是内政不平、内乱不断，史料显示：1912—1927年的 16 年，北洋政府换了 13 位总统 46 任内阁；地方军阀则拥兵自重，在北方形成了由英美支持的直系军阀和日本培植的皖奉军阀，在南方则有英美则扶植的滇桂集团，这些军事力量相互倾轧，仅大规模的军阀混战就有 1918 年段祺瑞征西南、1920 年直皖战争和粤桂战争、1922 年第一次直奉之战、1924 年第二次直奉大战和江浙战争等，这些连绵不断的内乱和战争加上军费苛捐、匪乱天灾，给中国文化造成了无法估量的破坏。如果说外战给中国造成了"外伤"，那么内乱造成的则是"内伤"，内乱使中国文化"元气大伤"。这也正是大多数国人渴盼国家统一、和平安定而反对暴力革命的重要原因。

　　不过，林语堂坚信中国文化会如凤凰涅槃般浴火重生。正如《京华烟云》中的姚木兰在逃难中感受到一个"伟大的史诗时代"的来临："她感觉到自己的国家，以前从来没有感觉得这么清楚，这么真实；她感觉到一个民族，由于一个共同的爱国的热情而结合，由于逃离一个共同的敌人而跋涉万里；她更感觉到一个民族，其耐心，其力量，其深厚的耐心，其雄伟的力量，就如同万里长城一样，也像万里长城之经历千年而不朽。"②正因林语堂热爱中国文化、礼赞中国文化，所以有学者称《京华烟云》为"文化小说"并具有三个方面的重要价值："一是以道家的情怀进行小说创作，这在中国现代小说史上并不多见，尤其是姚木兰和姚思安的形象塑造，填补了中国现代文学人物形象系列的空白。比较而言，姚木兰这一女性形象更有意义，因为她是一个完美型的人格理想，即现代与传统文化融通的一个伟大女性，这在中国现代文学史上是绝无仅有的。二是与政治

---

① 林语堂：《京华烟云》，北京：群言出版社 2010 年版，第 12 页。
② 同上书，第 743 页。

小说和社会小说不同，它主要是一部文化小说，一部将北京文化、家庭文化、民间文化融为一体的小说，这就决定了其丰厚的历史文化内蕴、地域文化特色和民俗文化风情。三是突破了对于西方小说技巧的崇拜，接续和发展了中国传统小说的表现方法。"[1]"文化小说"在特殊年代里是典型的文化民族主义思想的表现：《京华烟云》把人物的个性自由追求与民族国家的独立自由追求统一起来，尽量滤除国民劣根性而弘扬民族性格中的优秀部分，重塑了"自强不息、厚德载物"的中国形象，创造了一个儒释道精英文化与民间文化和谐共生的文化中国。——这可以说是林语堂创作风格发生重大变化的标志，他走过了注重幽默、性灵和个人趣味的小品文时期，走向了"严肃道德与严肃艺术"的文化民族主义时期。这个过程发生于 1926 年至 1937 年，正如同姚木兰走出自我、走向抗战爱国一样，其转变是那样自然而然、顺理成章。

　　更重要的是，《京华烟云》使中国"言志抒情"与"文以载道"的文学传统实现了创造性转换，纠正了五四文学革命对文学"载道"与"言志"的机械二分。其实在中国文学传统里，"言志"与"载道"并非截然对立、格格不相容，"文以载道"和"诗以言志"主要是规定各种文体的职能功用，即使同一个作家也能以"文载道"、以"诗言志"、以"诗余"的词来传达诗里说不出的"志"。[2] 就此而言，《京华烟云》做到了言志与载道的统一、意蕴与意境的结合，发展了中国古典文学"人生的艺术化"抒情传统，是一部经典的现代写意小说、诗化的"文化寻根"小说、格调高雅的新古典主义小说，也是中国现代文学重获艺术自觉与文化自信的一部标志性作品。

---

① 王兆胜：《林语堂正传》，南京：江苏文艺出版社 2010 年版，第 93 页。
② 钱锺书：《中国诗与中国画》，《国师季刊》1940 年 2 月第 6 期。

第四章

大学叙事，理想之书：鹿桥
《未央歌》的小说美学[①]

吴讷孙（鹿桥，1919—2002）的《未央歌》是一部关于"爱与美"的成长小说，是 20 世纪中国最唯美的校园文学经典，是一部"以情调风格来谈人生理想的书"。[②] 它对人的生存状态的诗意呈现，对人格完善的深入探讨，对心灵痛苦的关怀抚慰，对人生艰辛的嗟呼浩叹，都达到了较为深广的境界；同时作者以深厚的文化修养、融通古今中西艺术思想，创造出一种优美自由的文体，堪称一部现代写意小说经典。

《未央歌》题名取自汉代瓦当文"千秋万世，长乐未央"。在烽火战乱的背景下，《未央歌》意在祝福中华文明赓续不绝，也祝愿同学友谊地久天长。小说完稿于 1945 年（"尾声"自署"三十四年初夏正值二十六岁生日"），但直到 1959 年才由香港人生社出版；台湾版于 1967 年由台北商务印书馆发行；1990 年，孔范今主编的《中国现代文学补遗书系》小说卷第八卷收录了《未央歌》，大陆读者得以读到这部传奇之书；大陆版 2008 年 1 月由黄山书社正式推出。

《未央歌》在海外华文圈享有极高声誉。司马长风《中国新文学史》

① 本章以《大学之道，止于至善——鹿桥〈未央歌〉的小说美学》之名，刊于南京大学《中国现代文学论丛》2016 年第 1 期。

② 鹿桥：《再版致未央歌读者》，《未央歌》，合肥：黄山书社 2008 年版，第 17 页。此版加入了"出版赘言""前奏曲""缘起"和"国立西南联合大学纪念碑文"等，其中"昆明西南联大回忆图"可以起到导游图的作用，帮助读者了解故事发生的人文地理环境。

把巴金"人间三部曲"①、沈从文《长河》、无名氏"无名书"系列②与鹿桥《未央歌》称作20世纪40年代长篇小说"四大巨峰"，而"《未央歌》尤使人神往"，因为它代表着"民族风格的圆熟和焕发。从某种意味说，《未央歌》使中国小说的秧苗，重新植入《水浒传》、《红楼梦》和《儒林外史》的土壤，因此，根舒枝展、叶绿花红，读来几乎无一字不悦目，无一句不赏心。"③ 1990年台湾《中国时报》评出"四十年代影响我们最深的书"，《未央歌》位列第一；1999年《未央歌》入选《亚洲周刊》评选的"20世纪中文小说100强"，列第73位……

《未央歌》之所以深受欢迎，是因为它是一部人生之书，能指导年轻人顺利涉过青春的沼泽。翻译家李赋宁记得，吴讷孙1939年在西南联大读二年级时，一度感到生命空虚，甚至想自杀。后来知道冯友兰先生④开设修身课，遂前去请教人生真谛。经过冯友兰先生劝导，又读了冯友兰的《新世训》⑤ 等著作，吴讷孙改变了悲观厌世的人生态度。而正是有感于大学阶段对人生观形成与人格成长的重要性，吴讷孙在《未央歌》里集中探讨了一个人在大学时代应如何追求人格完善的问题。不仅如此，吴讷孙因为从中国文化、大学教育中找到了人生的意义，故而在这部书里集中书写中国文化的精髓、大学教育的真义和现代学统的核心，这部小说也就理所当然地成为大学生必读的"大学生活指南"。

西南联大，是烽火中的桃花源，是乱世里的象牙塔。《未央歌》充满

---

① 巴金"人间三部曲"即《憩园》《第四病室》和《寒夜》。

② "无名书"系列包括《野兽·野兽·野兽》《海艳》和《金色的蛇夜》。

③ 司马长风：《中国新文学史》下卷，香港：昭明出版社1978年版，第112页。

④ 冯友兰（1895—1990）在1939年到1946年七年连续出版了六本书，合称"贞元之际所著书"，希望起到"贞下起元"的作用：《新理学》（讲纯粹哲学，商务印书馆1939年版）、《新事论》（谈文化社会问题；商务印书馆1940年版）、《新世训》（论生活方法，上海开明书店出版1940年版）、《新原人》（商务印书馆1943年版）、《新原道》（商务印书馆1945年版）、《新知言》（商务印书馆1946年版）。冯友兰通过"贞元六书"创立了新理学思想体系，成为中国当时影响最大的哲学家。1946年，冯友兰先生赴美讲授中国哲学史，并将讲稿整理成《中国哲学简史》一书于1947年由纽约麦克米伦公司出版。

⑤ 可参看冯友兰《贞元六书》（华东师范大学出版社1996年）之《新世训》（又名"生活方法新论"）。从"自序"可知，此书完成于"民国二十九年二月，旧历元旦"。全书除"自序""绪论"外，共十篇正文：第一篇尊理性、第二篇行忠恕、第三篇为无为、第四篇道中庸、第五篇守冲谦、第六篇调情理、第七篇致中和、第八篇励勤俭、第九篇存诚敬、第十篇应帝王。

爱与美、诗与歌，乐而不淫，哀而不伤，给人一种静穆之美；它做到了"甜美"与"有用"的统一（贺拉斯语），不仅给人历史之真，更教人道德之善，予人诗意之美，可以说是一部人生启示录，一部现代写意小说经典。

第一节　中和之美："以情调风格　来谈人生理想的书"

《未央歌》全书 17 章 60 万字。就叙事而言，小说讲述了一个散淡、清浅的校园故事，具有浓郁的浪漫主义色彩和古典主义的抒情性。小说以西南联大和战时昆明为背景，描写了抗日战争时期联大师生的生活情境与精神风貌。不过，鹿桥淡化了背景而着意凸显青春校园生活的"爱与美"主题，状写联大师生弦歌不辍、融融泄泄的人际关系，它让人们懂得：在这个世界上，没有一种邪恶势力能够与"爱与美"的力量抗衡。鹿桥的诗意浪漫与古典情怀，主要通过余孟勤、伍宝笙、蔺燕梅、童孝贤这四个人物传达出来，在他们身上寄托了美好的人格理想。

余孟勤就像一株迎风独立的大树。他外形高大健美，内心沉着坚定，有极高的组织能力和雄辩口才；他严于律己，诚以待人，卓异自励，修炼苦行；他发愤忘食，惜时如金，不允许自己有一点点懈怠，甚至为此不愿坠入情网；他怀抱兼济天下的理想，督促同学，提携后进，影响到朱石樵、冯新衔等同学从事学术研究和文学创作；在国难当头之际，他组织救护医院，参与劳军和宣传工作，表现出"天行健自强不息"和"知其不可为而为之"的儒家理想人格，所以大余被同学们目为"圣人"。但另一方面，他又受到尼采"超人"哲学影响，不仅一度抱有独身主义思想，而且对女性求全责备。他的"完美主义"追求存在着不完美的缺陷：其责己也严，责人也苛，他的大男子主义严重伤害了别人。最终他从乔倩垠的批评、童孝贤的提醒和伍宝笙给他的信中认识到了自己的局限，人格走向了更加健全的境界。——人非圣贤，孰能无过；知错能改，善莫大焉！

伍宝笙是一个完美无瑕、光彩照人的女性形象，是一位"慈爱的牧羊人"。她美丽温婉，娴静平和，又有极高的学识才情；她有一颗博大仁慈、普度众生之心；她的言行如春风吹拂沉睡的大地，如母亲呼唤迷途的孩子，给人间以温暖；她调理小童，救助燕梅，开导大余，使他们走过人生的拗口；她对史宣文、乔倩垠的情谊，对梁家姊妹的爱护，对范家兄妹、桑荫宅等人的宽容，无微不至又恰到好处；她热爱阳光、自然，她养花养兔养羊；她张弛有道，与小伙伴们喝茶、听书、看电影、玩桥牌，但不废学业，功课优秀——她的圣洁与完美俨然观音大士，又是"地势坤，厚德载物"的象征。她与余孟勤的结合，似乎是儒释的结合与互补。

蔺燕梅天生丽质，绝顶聪明，又有极好的家教。她一出场就无一处不美，一切言行都得体而自然。她有曼妙的歌喉、优美的舞姿，她是全校瞩目的玫瑰；校园的风景装点了她，她也装点了人们的梦。她受到全校师生的宠爱，却没有放任自己、逞才使性，相反她稳重谦和，渴求普通人的快乐生活，更渴望传之久远的事业。但是，忧郁感伤的"出世情结"经常缠绕着她，使她陷入悲天悯人的孤独寂寞之中，几次想去教堂做修女。由于心灵盛有太多的爱，所以她总想要找一个可以依靠的臂膀，这个人先是伍宝笙，后是余孟勤，最终蓦然回首，在灯火阑珊处发现了童孝贤。——她像一个堕入人间的天使。

童孝贤是一个赤子，单纯厚道：单纯中透着灵气，厚道里藏着聪明。他从不固守成法，不迷信权威。他真诚地关心和帮助每一个朋友，唯独常常忘记了自己：忘记穿袜子，甚至忘了洗脸。他无忧无虑，快人快语，心地坦然，从善如流，痛恨装腔作势。他主张一切顺乎自然，也不看轻人的主观能动作用，要"用出世精神，作入世事业"。他说："我有生命一天，便要为正义斗争一天"，他主张："大家一起认真起来，梦也像是真事了"[①]；他认为"校风好比宫殿或纪念碑"，要大家维护而不能亵渎；他要人们在学校中努力造成一阵"披靡一切，除垢扫污的大风"，因而读者能从他身上感受到一种乐观和生气，这也是最吸引蔺燕梅的地方。小童从一个天真稚气的青年，经历种种磨砺与考验，以极高的悟性接近人生的真谛，走向成熟。在小童身上，寄托着作者的道家思想，一派纯真，毫无机心。

其他人如史宣文、晏取中、冯新衔、朱石樵、范宽湖、桑荫宅、薛令超、蔡仲勉等，也都是不可多得的人才。当然，西南联大也存在不良现

---

① 鹿桥：《未央歌》，合肥：黄山书社 2008 年版，第 252 页。

象，比如宋捷军辍学从商，富有之后常在家中设赌局，一夜就能输掉三辆汽车；再比如邝晋元的浮躁调皮、阴私多诈、胆小贪婪；以及范宽怡猎人式、占有式的爱情……但是这都是附属的，反而更好地烘衬出"爱与美"的可贵。

每个时代的莘莘学子都可以从《未央歌》中得到一些启示——

首先，优良的校园文化和大学精神，有赖全体师生的共同呵护。校园文化孕成校风校格；校风校格是无形的软环境，起着春风化雨、润物无声的作用，因而学生们能"今日爱校，明日爱人，今日是尽心为校风，明日协力为国誉。"① 西南联大"教授治学、职员治事、学生自治"、自由与民主的治校传统，连同西南联大学子们"穷且益坚，不坠青云之志"的精神风貌，"位卑未敢忘忧国"的忧患意识，构成了中国现代学统的范型，至今仍是中国大学建设的目标。

其次，要改造社会，先需要完备自己的人格。中国文化传统有立德、立功、立言"三不朽"之说。冯友兰《论命运》一文对"三不朽"有新的见解：

> 人生所有的成就有三：学问、事功、道德。即古人所谓立言、立功、立德。而所以成功的要素亦有三：才、命、力，即天资、命运、努力。学问的成就需要才的成分大，事功的成就需要命运的成分大，道德的成就需要努力的成分大。……完成道德，不必做与众不同的事，只要就其所居之位，做自己应该做的事，尽伦尽职即可。……做官发财是"求之有道，得之有命"，惟有道德是"求则得之，舍则失之"，做不做的权全在自己。……学问的成就需要才，事功的成就需要幸运的遭遇，道德的成就只要努力。（所以我们可以说"人皆可以为尧舜"，但不能说"人皆可以为李杜"或"人皆可以为刘邦、唐太宗"。）②

中国传统士人都将道德人格视作人生修为的重心，正如司马光在《资治

---

① 鹿桥：《未央歌》，合肥：黄山书社2008年版，第643页。
② 冯友兰：《论命运》，昆明《中央日报·星期专论》1942年11月29日。

通鉴》中所说："夫聪察强毅之谓才，正直中和之谓德。才者，德之资也；德者，才之帅也。……是故才德全尽谓之圣人，才德兼亡谓之愚人，德胜才谓之君子，才胜德谓之小人。"到了现代，人们注重"独立之人格，自由之精神"，但并不是让人们成为原子式的、自私的个人，而要做"健全的个性主义者"，仍然要注重人与人、人与社会、人与自然的关系。在胡适看来，一个人要想对社会有所贡献，必须"先把自己铸造成器"；而所谓"成器"，不仅是指要有学识和体魄，更要完备自己的道德与人格。《未央歌》把传统人格修养与现代人精神做了融会贯通：

> 生命本身是没有意义的。而一个人一生所完成的使命给予生命以意义。生命本身是空虚的，没有斤两的。他所做的功绩充实了他，给了他身份。有了目标的生命，是有根的树，没有目标的生命是无根的浮萍。有了劳绩的生命如同发电的水力。没有劳绩的生命如泛滥的洪流。有使命的人死去，他觉得是如释重负，得到了休假。醉生梦死的人，才觉得是一场春梦。自私自利的人死时，才知道他什么也不能从这世界带走。①

在动荡的时代里，"人生的意义"成为人们思考的一个重要命题。《未央歌》借助中国传统文化，为人们纾解精神的痛苦，使人能保持安贫乐道、奋发有为的人格力量。

最后，小说给一代代大学生留下了重要命题：如何度过大学时光？如何顺利涉过青春的沼泽？大学时代是一个人一生中最为躁动不安、踌躇四顾的时期，也是创造力、想象力最旺盛的阶段。在大学期间，一个人要求知、求职、求爱、求胜、求发展，也在种种探求与尝试中给自己重新定位。每个人都有追求卓越的权利，却不是每个人都能做到"伟大"；然而每个人都需牢记：一个人可以不崇高，却一定要有做人的底线。冯友兰在《新世训》中指出：人之所以异于禽兽者，即在他是理性的，所以他能有文化："说人是理性底动物，此'是理性底'，可以兼此二义。人之所以异于禽兽者，在其有道德底理性，有理智底理性。有道德底理性，所以他

---

① 鹿桥：《未央歌》，合肥：黄山书社2008年版，第290页。

能有道德底活动。有理智底理性，所以他能有理智底活动，及理智的活动。"① 有了这个"底线"，青春方能有目标、有指向。也正是因为这样的"理性之美"，《未央歌》才做到了独具格调，能为一代代年轻学子指示人生道路，也才具有了"乐而不淫、哀而不伤"的古典之美。

总之，读者从《未央歌》里，能深切感受到作者那遍被华林的爱心，那宽阔博大的胸襟，那"少年听雨歌楼上"的欢乐向上又略带矜持的情怀，以及"那份黄金也似的美好"！这是一种青春的情绪，也是成长的律动。为了完整地保存这种青春的情调和风格，作者淡化了时代背景，因而得以从容而集中地探讨人生理想和成长道路。于是，浓郁的哲理性便成为这部"以情调风格来谈人生理想的书"的重要结构因素和美学氛围。

第二节　抒情写意：创立现代中国叙事学

读者在阅读《未央歌》的过程中可以感受到：如果以现实主义文学理论从故事情节、典型环境中的典型人物等方面来论述《未央歌》，恐怕会失效；如果想明白无误地从小说中找到某种主题，也可能会失望；甚至小说中人物都是扁平化、符号性的，而非圆形的、成长的性格……也就是说，如果从传统的现实主义文学理论来看，《未央歌》几乎是一部"失败之作"。但是掩卷深思，《未央歌》却像你对某种花香的记忆一样，捕捉不到却挥之不去；那种韵味，瞻之在前，忽焉在后。于是你会发现，《未央歌》的"主角"就是一种氛围、一种气场，它蕴含着中国诗画精神，有一种氤氲的诗意。黄宾虹先生认为："中国文艺，贯于舒展，不尚激烈，宜于委曲，非重刚强。"② 这是说中国文学艺术在总体上趋于优美、婉约，多以意象来抒情，并通过意境的营造来达到令人神往的、可意会而不可言传的境界。

就中国现代文学而言，自20世纪30年代开始，废名、沈从文等在对"全盘西化"进行反思的基础上，自觉继承和发扬中国艺术的写意抒情传统，探求中国文学精神的现代转型，从而使中国现代写意小说走向成熟；

---

① 冯友兰：《贞元六书》，上海：华东师范大学出版社1996年版，第390页。
② 黄宾虹：《建设新文艺的各界宏论》，北京《中国文艺》1940年1月1日第1卷第5期。

时间证明，这是现代中国文学对世界文坛最独特的贡献。鹿桥在20世纪40年代延续了"中国化"传统，留下了《未央歌》这样一部新古典主义小说经典。写意小说区别于西方科学观基础上的现实主义文学，强调建立在"情感—表现"基础上的中国风格的写意审美观：它讲究情感的"中节"，遵循儒家"诗教"原则，在重视"文章之美"的同时，讲究艺术境界的幽长深远；在将"情感客体化"的同时，注重"宇宙的人情化"。①《未央歌》具有这样的写意性：小说中的四个主要人物都是中外优秀文化的象征符码；小说从标题到行文处处注意凝练意象、提升意境，使人过目难忘；它的每一处情景的点染，每一次心理的描写，每一个形神的勾勒，都具有浓郁的写意性、抒情性与文章之美，从而实现了古今杂糅、中西合璧的艺术整合与创新。读者不妨从下面这段文字中体会其写意之美与哲思之深：

　　……几株苍老的松树直挺挺的拔起地面多高，站在那里，显得比散在田野的油加利树尊贵得多，又比那路边上排得整整齐齐长得又粗又大的浓荫白杨清闲得多。下面田里稻子已经是灿烂的金黄色的了。前一个月尚在田中辛勤车水的老农夫，此刻正躺在草坡上休息了。躺在松声，水声里，慢慢地燃吸着他那长长黝黑的烟袋。身边站着他的小孙女，一片绿油油的芳草正衬着她大红布袄，光泽而是古铜色的小腿，小手。（她）拖着一条乌亮的发辫，闪着一双圆圆大大的眼睛，眸子清明黑亮得又和她头发一样……这老人心上必是什么都很适意罢？身后一块砺石上刻着是他祖先的名氏，这字是他所不认得的。但是这又有什么关系？不久他也要躺在那底下，也顶上一块青色石碑。不用车水也不用吸烟去睡他的大觉去了。接近土地的人是多么善视死亡和世代啊！在他手里稻子已传下去六十多代了。旧的翻下土去，新的又从这片土里长了出来。任他再看得仔细，摸得轻巧，或是放到嘴里去咀嚼，他都查不出这些谷子和他年轻时的、小时的，及经他父亲、祖父手中耕出收获的有什么不同。他躺在那里，和他的祖先只隔

---

　　①　朱光潜：《子非鱼，安知鱼之乐？——宇宙的人情化》，《朱光潜全集》第2卷，合肥：安徽教育出版社1987年版，第24页。

了一层土，他觉得安适极了。正如同稻子生长在那片田地里一样舒服。又正像他的小孙女偎依在他身边一样快活。他有时也想起来，他的祖父是他看着他父亲埋下去的。他的父亲也是他自己抬来，深深地埋在这肥沃的，有点潮湿，也有点温暖的土壤里去的。①

这种情景交融、诗情画意的描写，是中国古典诗歌最基本的"赋—兴"手法，不仅状写出中国人土地崇拜、安土重迁的民俗，也培植出一片情感的浓郁绿荫，使人的灵魂得到诗意安居；它像一首乡土中国最深情的田园牧歌：土地是生者的依傍，也是逝者的归属；逝者化为泥土，这泥土上又会像树木、稻谷一样长出苗壮的一代；在这里，人与自然是和谐的，生与死绝不可怕，而是自然的代谢；生命就这样生生不息，中国精神也绵延不绝。——另外需要指出的是，这是小说第一章中童孝贤眼中的乡村一景，不仅与作者赋予童孝贤的"赤子"角色相吻合，更具有发人深思的中国民间宗教文化意味。

中国传统艺术主张诗文书画一体同构，其艺术手法也是调和互补的。鹿桥是一位艺术史专家，对中国传统艺术尤其是绘画艺术十分熟稔（小说中提到的明代仇英《秋山行旅图》等都是中国山水画巅峰之作），因而，中国绘画中天人合一、天大地大的思想，以及工笔—泼墨、写生—写意、皴擦—白描等技法就无形中渗透到鹿桥笔下，使小说充满了中国情调。鹿桥又对西方油画的透视技巧和色彩运用了然于胸，因而又给这写意山水着上了明丽的色彩。比如小说第一章中的一段：

> 昆明的九月正是雨季的尾巴，雨季的尾巴就是孔雀的尾巴，是最富于色彩的美丽的。新校舍背后，向北边看，五里开外就是长虫峰，山色便是墨绿的。山脊上那一条条的黑岩，最使地质系学生感兴趣的石灰岩，是清清楚楚地层层嵌在这大块绿宝石里。山上铁峰庵洁白的外垣和绛红的庙宇拼成方方正正的一个图形，就成为岩石标本上的一个白纸红边的标签。四望晴空，净蓝深远，白云朵朵直如舞台上精致的布景受了水银灯的强光，发出炫目的色泽。一泓水，一棵树，偶然

① 鹿桥：《未央歌》，合肥：黄山书社 2008 年版，第 13—14 页。

飞过的一只鸟，一只蝴蝶，皆在这明亮、华丽的景色里竭尽本分地增上一分灵活动人的秀气。甚至田野一条小径，农舍草棚的姿势，及四场上东西散着的家禽、犬马，也都将将合适地配上了一点颜色。一切色彩原本皆是因光而来。而光在昆明的九月又是特别尽心地工作了。①

郁郁峨峨，厚重浑沦；丘陵寺宇，林麓森森；构景之妙，可云独至。从山，到天空，再到云树、农舍与家禽，这个顺序正是中国山水画的绘画与欣赏顺序，鹿桥写来极其自然。上文这段描写出现在小说开篇之际，定下了这支"未央歌"的浪漫抒情基调，也在艺术手法上呈现出古今中西的糅合与整合创新的特点；而这种光与影的明灭变幻在小说中所在多有，显示出鹿桥在绘画艺术鉴赏方面的极高修养。

乐观的情调、浪漫的情怀和抽象的理想，是《未央歌》的主旨追求，这使之与当时主流的现实主义小说区别开来。鹿桥说："《未央歌》另外有更重要的任务，它要活鲜鲜地保持一个情调，那些年里特有的一种又活泼，又自信，又企望，又矜持的乐观情调。那情调在故事情节人物个性之外，充沛于光线、声音、节奏、动静之中。要写出这个来，故事不但次要，太写实了、太热闹了反而会喧宾夺主，反之，一个情调可以选多少不同的故事来表达。"② 这里所说的情调不仅是情趣、格调，还包括意境、境界。这种境界是什么呢？作者做了这样的交代："《未央歌》既是一本重情调及风格的书，里面的角色及故事又多是为了方便抽象地谈一种理想而随笔势发展的，因此自始至终虽然写的都是这个'我'，反而全书精神是真正'无我'的。"③ 因此可以说：余孟勤、伍宝笙、蔺燕梅、童孝贤这四个人物，合起来是一个完美的"我"，一个抽象的"我"；这个抽象的"我"就是西南联大，就是现代大学精神，就是博大包容的中华文化的象征；这是"我"（小我）与"无我"（大我）的辩证，其中有着"美善相乐"的境界和"进乎道"的追求。

---

① 鹿桥：《未央歌》，合肥：黄山书社 2008 年版，第 12 页。
② 鹿桥：《再版致未央歌读者》，《未央歌》，合肥：黄山书社 2008 年版，第 16 页。
③ 同上书，第 19 页。

总之，写意小说不再追求人物性格的成长，而是将其变成一种抽象的抒情符号和意象；也没有曲折奇崛的故事和惊心动魄的情节，更缺少强烈的行动、冲突和高潮，甚至人物性格类型化、扁平化；更重要的是，我们根本无法套用现实主义的手法来分析《未央歌》，借用沈从文的话来说，这种小说"近乎一种风景画集成"，"人虽在这个背景中突出，但终无从自然分离，有些篇章中，且把人缩到极不重要的一点中，听其逐渐全部消失于自然中。"① 这显然是不同于西方小说叙事学的中国叙事学。

第三节　杂糅古今：深具文章之美

写意小说的修辞手法主要有隐喻与白描、意象与象征、空白与省略等，从而以其巨大的隐喻性给读者留下了无穷的阐释空间。

首先，作者追求言外之意、象外之境。读者不妨把《未央歌》中的人物视为意象而非性格，因而作者看重的是"隐喻"而非"成长"。小说里的人物几乎都是类型化的，其性格一出场基本就是定型的，少有成长和质变。这是因为作者的意图并非塑造单个的性格和独特的"这一个"，而是写一个大写意的"人"。作者曾反复讲到小说中的隐喻，并责怪"新旧朋友都多少为故事所掩没，没有看出《未央歌》所写的心情是寄托在许多人身上的。最明显的是在四个人身上。这四个人合起来才是主角。这主角就是'人'。是你，是我，是读者，也是作者。"② 又说："这个'我'小的时候是'小童'，长大了就是'大余'。伍宝笙是'吾'，蔺燕梅是'另外'一个我。"③ 由此可知，作者要传达的是弥漫在这些人物身上的文化格调与理想境界。

其次，作者追求神似的写意，而非逼真的写实。写意小说往往运用中国传统小说和绘画的飞白、写意笔法，追求韵外之致、言外之意，只求神似与神会，只求美化生活，"这一类小说的作者大都是性情温和的人。他

---

① 沈从文：《〈断虹〉引言》，《沈从文文集》第 11 卷，广州：花城出版社 1984 年版，第 61 页。

② 鹿桥：《再版致未央歌读者》，《未央歌》，合肥：黄山书社 2008 年版，第 17 页。

③ 同上书，第 18 页。

们不想对这个世界作陀思妥耶夫斯基式的拷问和卡夫卡式的阴冷的怀疑。许多严酷的现实，经过散文化的处理，就失去了原有的硬度。"[1] 作者在刻画人物时，并不注重逼真的肖像描写也少有典型环境的细节描写，人物的美好和形神都必须经过读者的想象予以重建；这些人物身上隐含的文化意蕴更需要读者慢下来细细体味。又"由于人物性格的静态化，人物缺乏行动，这就必然使情节呈现静态，发展缓慢，甚至淡化情节"[2]，于是，慢、婉、散、淡，这些原本属于散文和诗歌的文体特征就在《未央歌》等新古典主义小说里显露出来，这也正是这类小说被称为"散文化小说""诗化小说"或"写意小说"的原因。

最后，追求借景抒情、借物言志，而非开门见山、直抒胸臆。《未央歌》时常荡开去，用散文诗般的语言去写风景、写环境，极尽铺陈排比之能事，从而为抒情言志做好铺垫。第五章写雨季的一节，很能体现这种徐舒优雅的抒情笔调和优美风致：

　　转眼间，季节便更换了。晚春把节令传递给了初夏。原来是生长着的，此刻是葳蕤茂盛的了。发狂似地茁长的小树及野草，在原野里挤得满满地。公路两旁浓厚的杨树绿荫及校舍建筑受光与背光的阴阳面，全是强烈的光与暗的对比图案。雨季慢慢地就要来了。先遣的阵雨常常突然来袭，可是又常常不等躲雨的行人站稳它又倏地晴了。青蛙的卵得到了水便流出他们藏躲的地方成了蝌蚪，在春天求到了配偶的雄鸟就把他的妻室在蜜月旅行之后，领到卜居的地方来阿谀她筑巢的技巧。屋脊上的猫儿们早已不再出来吵人，而在哺下一代小猫的奶了。花朵都盛开着，笑脸迎接阵雨。蜜蜂、蝴蝶急促地扑着翅膀，飞到叶下去躲一阵雨，又出来晒一阵太阳。田里的稻子变成深深的。卷心菜的心也摸得出是实实的了。一阵雨过去，就如魔法的棒一挥，所有的植物都长大一些。四野山上红色的土壤便为绿色马尾松的针叶或

---

① 汪曾祺：《小说的散文化》，《汪曾祺全集》第 4 卷，北京：北京师范大学 1998 年版，第 79 页。

② 王义军：《审美现代性的追求：论中国现代写意小说与小说中的写意性》，上海：上海文艺出版社 2003 年版，第 79 页。

是高大的橡树叶子遮满。油加利树那可笑的会脱皮的白树干，也为新生的小圆圆叶子遮住，看不见了。

……

雨水下在山尖上，下在树叶上，淌在山洞里，也从草根旁滑过去。雨滴雨珠撞在一起，嘻嘻一笑，谁都再也分不出谁了。两支小溪流撞在一起更连笑都来不及地又要赶路了。他们流下高峰，流过了无人到过的深谷，故意擦过稀见的黄萱花，又激越过耸立中流的石块。河道转弯时，又偏要碰那面的堤岸一下。最后终于像顽皮逃学的学生，逃不过教师的手，捉住了小小衣领，带回学校去那样，一齐汇注在昆明湖里。

水在什么地方都是那样顽皮。他们流过土壤，惹得小草忍不住要生长。流进池塘招得小鱼耐不得要跳跃。他们是无处不去的。待他们果真到了一个地方，又是谁也指不出哪一滴水，是从什么地方赶来的了。

雨季的开始，在昆明是五月。

在草木随了阵雨生长时，校园里纵横的小河沟也就涨满了水，那干渴了一季的小池塘，就又充满了。池塘中一个半岛边沿上那一片野生玫瑰的枝条，便开始绿了，拳曲的五片成组的小叶带了嫩红的叶边与柔软细小的刺，便慢慢地可以被察看得到。不久就舒展开来，有的还举着小花蕾呢！①

这样的段落如同小提琴演奏的华彩片段，而一连串的转喻和大量的举隅，则如同跳跃的音符，同那雨声、溪流的声音是合拍的。作者之所以花费这么多的笔墨，并非为写景而写景，而是为了渲染气氛：这是五月的云南，这是初夏的昆明，这是学生们毕业前的游园氛围，一派生机盎然，具有浪漫主义小说的诗情画意，但读者并不感到矫揉造作。至于那些华丽、绚烂的抒情之笔，比如"范宽湖的歌声便如春阳下解冻的山泉。蔺燕梅的娇

---

① 鹿桥：《未央歌》，合肥：黄山书社 2008 年版，第 155—156 页。

嫩就如同东风里出谷的乳莺"①，或如"掌声便如惊醒了蔷薇花的春雷"②，则让读者时时有惊艳之感，不能不返回来一读再读，吟哦再三，耽于这美与爱的氛围里，禁不住感叹：品读这样的文字，真是赏心乐事。

在抗日战争最艰难的时期，中华民族真的到了最危险的时候。中国知识分子都怀着深重的忧患意识，既然不能上战场打仗，那么就进行文化抗战吧！他们相信只要一个国家的传统文化不亡，民族精神就会不死。鹿桥的小说无疑想为中国文化保留火种，有着文化寻根的意味。《未央歌》里积蕴着深厚的中国传统文化。鹿桥说："《未央歌》本着进取的乐观精神，及与自然接近所得的活力，正是主张援儒入禅，也援儒入道的"。③ 作者的境界是博大的，正如他对中国传统文化的自信：

> 中国人在天圆地方的结构之下，在自然的大圈子里面划出人的方的世界，一规一矩，给幻想、神奇与理智仪节以互不妨碍而互相激励的发展，生生无尽。人在中央，以恻隐之心、忠恕之道调节他的世界。"不语怪力乱神"也不受"原罪"的迫害。他在家族与社会里找感情的坐标点，在历史上追求他的评价，在他人的心目中照着自己一举一动的影子。在这种情形下演化而出的大同思想会是狭义的一个中国的么？谁不可以到这个世界中来，面南正坐、想人生个体的崇高理想与群体的永恒协调？这种观念的"人"，正是与《未央歌》里面抽象的"我"是一样：是"人人"，不但是今日各国各地的人，而且是近人、古人，及将来的人。这个大同世界理想中的国度，是宇宙的"中国"。④

相信中国精神不死，相信"周虽旧邦，其命维新"，相信中国文化之根不会枯竭，那么文化中国的薪火就将永传。这是那个时代的中国知识分子坚执的信念，这也是鹿桥深受冯友兰先生《贞元六书》影响的一个表征。

---

① 鹿桥：《未央歌》，合肥：黄山书社 2008 年版，第 159 页。
② 同上书，第 162 页。
③ 鹿桥：《再版致未央歌读者》，《未央歌》，合肥：黄山书社 2008 年版，第 18 页。
④ 同上书，第 22—23 页。

《未央歌》不仅通过四个象征人物呈现儒、释、道、耶的真善美境界，而且记录了浓郁的民俗风情，比如云南的春节习俗、拜火舞会、边民山歌，以及云南米线、茶馆文化等饮食习俗。这些风俗在现代化过程中，在 20 世纪的连绵战乱与政治动荡中渐渐风化消失，但是因为有了《未央歌》，我们得以悉心领略。小说附志的"散民舞曲"也至少为我们保留了一些怀想的空间。这些非物质文化遗产会随着时间推移而愈加显示出其文化人类学价值。

第四节　取今复古：根植中国艺术传统

司马长风说："《未央歌》使中国小说的秧苗，重新植入《水浒传》《红楼梦》和《儒林外史》的土壤，因此，根舒枝展、叶绿花红，读来几乎无一字不悦目，无一句不赏心。"① 而当读者阅读这部小说时，的确能发现它对中国传统小说艺术的继承。

《未央歌》深受《儒林外史》影响，这主要表现在结构艺术上。鲁迅说《儒林外史》"虽云长篇，颇同短制"，因为它全书没有一线到底的人物和情节，而仅以同一主题贯串全书；有时这一回的主要人物到下一回就退居次要，真正是"事与其来俱起，事与其去俱迄"；这种独特的艺术形式主要源于作者的艺术构思，他要运用自如地安排各类人物和故事，从而较广泛地表达某一主旨。因此，尽管这种结构形式有些松散，但与它所反映的特定内容是和谐的。此外，《儒林外史》的楔子和尾声还构成了一个首尾呼应的回环式结构。我们在阅读《未央歌》时，不难发现其结构手法在上述几个方面与《儒林外史》暗相契合。

《未央歌》得益于《红楼梦》的艺术启发，首先是"烘云托月"手法，这在描写余孟勤、伍宝笙时多有运用，常是未见其人，先通过他人之口进行烘托，比如余孟勤卓尔不群，却格外尊重伍宝笙，这就勾起人们对伍宝笙的审美期待，小说也顺水推舟地引出了伍宝笙。其次是"横云断岭"手法，用之于大余与蔺燕梅之间：小说第一章就写到了大余初见蔺燕梅并颇有好感，小说也交代大余看了燕梅演出后写了长达一千行的诗

---

① 司马长风：《中国新文学史》下卷，香港：昭明出版社 1978 年版，第 112 页。

歌，还与金先生谈起对燕梅的引导等问题，但余孟勤与蔺燕梅的真正相识要等到第六章。可以说很好地运用了中国传统小说的悬念、延宕手法。最后，《未央歌》对蔺燕梅、伍宝笙等女性形象和言行的细致描写，颇有《红楼梦》的印迹，有时会觉得那些女孩子像是从"大观园"中走出来的。

《水浒传》"草蛇灰线"等艺术手法，也在《未央歌》中得到运用。比如小童对燕梅的情感：他在燕梅刚入校时就有惊艳之感；他最早于陆先生花园里结识了燕梅；夏令营里，大余带燕梅去看拜火会时，小童也偷偷去了；燕梅在伤兵医院受大余批评后去呈贡，小童也立即赶来；小童约燕梅郊游长谈，给她以鼓励等，但直到小说最后才由伍宝笙的一番话点醒了他……这些都是"伏线千里"的手法，暗示着小童对燕梅的爱是"情不知其所起，一往而情深"，是真正的爱。

至于惜墨如金的飞白与泼墨淋漓的写意等艺术辩证手法，作者更是得心应手。比如前文写景，一定是与内心的情感相呼应的，而借景抒情造成的蕴藉含蓄之美，更是令人叹服。

中国传统的"文章之美"在《未央歌》中体现为"新文言"的运用。鹿桥说："《未央歌》是我主张、提倡、力行实验我所谓'新文言'的一篇试作。文言是中国文学的宝贵的遗产，不是包袱，各国文字也都有它的文言。我不爱辩，且容我简单说一下。《未央歌》每在情感一上升的时候文字就往新文言方向走。到了第十三章，全书最短的一章，文字还是可以上口，可是离口语就越来越远，或化成散文诗或是带了韵。"[1] 第十三章写蔺燕梅的梦，以下四小节最能体现"新文言"之音韵之美：

　　"好，你听着。你是个多么幸福的角色！我的镜子所说的话从来不假。我的容颜谁能说比不上春天的花朵？多少人的心上为我漾着微波，我却偏容你一个来傍了我坐。

　　"可是我不是一朵花。我有心，我也有忧郁。我觉得人生像是一篇散文诗，或是抒情歌。它就在这儿，在我心里。它不必是什么能感

① 鹿桥：《再版致未央歌读者》，《未央歌》，合肥：黄山书社 2008 年版，第 20 页。

动千古人心的巨作，却一定不可不调和。

　　"我怕我的歌有些棱角，欠点折磨。也许是这题目特别难做，总觉得不平妥。我想不出它的词句，押不准它的韵脚。它只是哽在喉咙里，一句半句，三拍两拍，不能舒舒坦坦，浩浩落落。我性情也就是这样，不能随和，难得满足，常不快乐。

　　"但是我虽然说不出来，我却分明地觉感到，将来早晚有一天会碰上机遇，竟而唱了出来。那节奏必然流丽，可是一定唱出了我的灵魂，我仅有的生命，呕出了我的心血，因为它是从我心上出来的。我又不免感到空虚的重压，无涯的寂寞。"①

这些文字具有诗歌之美，秾丽可爱，真无愧"一篇散文诗，或是抒情歌"；这又是一个人的抒情独白，具有莎士比亚戏剧语言的动作性。

　　另外，《未央歌》第十三至第十七章每章都有一句诗或词作为"引子"：

　　　　"孤城回望苍烟合。记得歌时，不记归时节。"——［宋］苏轼《醉落魄》

　　　　"缠绵丝尽抽残茧，宛转心伤剥后蕉。"——［清］黄仲则《绮怀》

　　　　"无奈归心，暗随流水到天涯。"——［宋］秦少游《望海潮·洛阳怀古》

　　　　"曲终人不见，江上数峰青。"——［唐］钱起《湘灵鼓瑟》

　　　　"且纵歌声穿山去，埋此心情青松底，常栖息。"——吕黛（鹿桥别名）

这就更加重了小说的新古典意味。《未央歌》把散文、诗歌乃至戏剧的技艺与语言引入小说，对小说文体、语体都是一种挑战，更是对一元"故事"、线性秩序的破坏，它让时间慢了下来，停了下来，变叙事时间为叙事空间，以抒情代替了故事，以意境代替了情节，于是"韵味"和"神

---

　　① 鹿桥：《未央歌》，合肥：黄山书社 2008 年版，第 493 页。

思"来了！——这就是中国叙事学的魅力。

　　既有的中国现代文学史过分强调白话文的意义，以之为"现代"与"古典"的分水岭，其实白话与文言只是文学的皮相和工具而已。周作人在《中国新文学的源流》第五讲《文学革命运动》中，将白话文的应用归功于明末诸贤："今次的文学运动，其根本方向和明末的文学运动完全相同，……我以为：现在的用白话的主张也只是从明末诸人的主张内生出来的。这意见和胡适之先生的有些不同。"他还反驳了胡适"古文是死文字，白话是活的"等论断，认为"中国的文学一向并没有一定的目标和方向"，而且"古文和白话并没有严格的界线，因此死活也难分"，"文字的死活只因它的排列法而不同，其古与不古，死与活，在文字的本身并没有明瞭的界限。"冯友兰先生在《新世论》第八章"评艺文"中对于"欧化"文学提出了批评："一个民族，只有对于它自己'底'文学艺术才能充分欣赏。只有从它自己'底'文学艺术里，才能充分地得到愉快。就文学说，一个民族的文学是跟着它的语言来底。一个民族的语言，只有一个民族内底人，才能充分了解。一个民族的语言，是一个民族的整个历史、整个生活所造成。"① 而"在民初，所谓新文学，即是要立一种新文体，文学的一种新花样。……不过民初以来，新文学家的毛病，是专在西洋文学中找花样。他们不但专在西洋文学中找花样，而且专在西洋文学中找词句。于是有些人以为，所谓新文学，应即是所谓欧化底文学。"这种文学简直就像"很坏底翻译"，"令人作三日恶"，根本无法使人"感动"。② 如果说鹿桥的人生态度受到了冯友兰《新世训》的影响，那么还可以说，鹿桥《未央歌》在新文言运用方面也受到了冯友兰的影响，并做出了成功的尝试。

　　总之，《未央歌》是一部以情调、理想为追求的新古典主义佳作，它通过四个理想化的人物来歌咏人性之美，构成了一个以情调、理想和唯美为基调的抒情小说。《未央歌》又是一部中国现代写意小说经典：之所以说它"现代"，是因为作者并非刻意复古，也非全盘否定现代思想与艺术

---

　　① 冯友兰：《新世论》，《贞元六书》（上），上海：华东师范大学出版社1996年版，第313页。

　　② 同上书，第316页。

手法，相反，小说中既有意识流手法（如第十三章写蔺燕梅的梦），也有莎士比亚戏剧般的诗化语言；既有古典浪漫的绚烂与浓墨重彩的描写，也有尼采的思想和基督教精神，而正是这种"取今复古、别立新宗"的糅合，使《未央歌》成为一部集"民族性、现代性与人性"于一体的文化民族主义文学佳作。

　　"文化民族主义就是一种以文化为旗帜的民族主义，就是通过对本民族文化独特性的强调和对民族文化自我认同意识的创造、维持及强化，以增加民族的凝聚力，并谋求民族文化保留、复兴与壮大的一种心理状态与行为取向。"① "回顾中国近代文化的曲折演变历程，人们不难发现，这种'文化民族主义'曾不止一次地在一些文化思潮或学者、思想家身上反复演示过，导致这类现象产生的现实依据主要在于：当近代中国在遭受列强侵侮之时，为求振作，一方面自不能不效法西方以图富国强兵；另一方面，'西化'潮流的逼视又使民族文化面临着丧失根本的危机。正是这一危机，促使 20 世纪以来国粹派、东方文化派、现代新儒家等不断举起'文化民族主义'的旗帜，试图在争取国家独立富强的同时，发扬传统，重建起独立的民族新文化。"② 文化民族主义在过去和现在都具有正反两方面的作用："正面作用是保持多样性；反面作用是阻碍统一性。"③ 正如陈晓明所说："中国的文化民族主义，试图使中国走出西方设定的现代化道路，摆脱现代化这个西方帝国主义强加给中国的梦魇，走中国自己的道路"；但"民族主义一方面可以推进'民族—国家'参与到现代性的普遍历史中去，另一方面又努力去保持自身的特殊文化认同，由此使得现代化的世界体系趋于复杂化和多元化。"④ 这种矛盾性和复杂性在中国现代文化民族主义文学中有着同样的表现，这就是世界性与民族性的悖论、现代

---

　　① 王春风：《中国文化民族主义研究》，呼和浩特：内蒙古大学出版社 2010 年版，第 36—37 页。

　　② 徐春夏：《钱穆"文化民族主义"史观疏解》，《南都学坛》（人文社会科学学报）2002 年第 4 期。

　　③ ［法］埃德加·莫林、安娜·布里吉特·凯恩：《地球 祖国》，马胜利译，北京：生活·读书·新知三联书店 1997 年版，第 103 页。

　　④ 陈晓明：《回归传统与文化民族主义的兴起》，《天津社会科学》1997 年第 4 期。

性与传统性的分歧；基于此，文化民族主义文学的"文化中国"与"大地民间"这两大主题，与"世界话语"和"现代焦虑"之间也就形成了歧见和悖论。好在，文学作为一种"审美的现代性"，不需要像政治学那样给出现实解答或是非标准，只要能引起人们的审美愉悦进而起到"熏浸刺提"作用，她的"无用之用"就已经达成了。

余 论

正统文学，主导价值：当代
民族主义文学及其展望

　　中国现代民族主义思想是在西方列强暴力入侵的刺激下产生的，其主旨是建立一个独立、富强且具有高度文化自信的新中国；中国现代民族主义思想在发展过程中，既得到政府官方的政策引导，也获得知识精英的理论支持，更有民间大众的响应行动，逐步形成了政治、经济和文化三个层面相互支持的内源结构体系，并演化为中国现代思想史上最重要的思想流派，也深刻影响着中国现代文学创作的走势。本课题通过对中国现代民族主义文学思潮（1895—1945）的历时性梳理和对中国现代民族主义文学经典个案的解读，发现民族主义文学在现代中国主要呈现为政治民族主义文学和文化民族主义文学两大支流，这是由当时的国家政治危机与文化危机所决定的。至于经济民族主义文学的匮乏，一是因为民族经济危机并未像政治和文化危机那样剧烈，二是因为作家往往缺乏与经济领域的深度关联，其经济生活阅历和视野十分拘限；一般知识分子一旦进入经济研究则会变成政治经济学专家，又远离文学艺术创作，故而经济民族主义文学主题仅在储安平和茅盾等人的个别小说中偶有表现，并未形成影响巨大的文学创作流派。

　　民族主义文学思潮既然是中国现代文学主潮，其云涛风浪绝不可能在当代中国涛息浪止、烟消云散，相反它在不同时期和领域中得到了强化和激化：首先，20世纪50年代以后的"反帝文学"、20世纪80年代的自卫反击战文学、1990年以来的"体育文学"、至今仍红红火火的"抗战文学"，可视为当代政治民族主义文学发展的最好例证；其次，随着人们对社会经济现代化和后殖民主义的反思，寻根文学、新历史小说、生态文学以及"重述神话"项目等，标志着当代文化民族主义文学的勃兴崛起；最后，伴随着网络文学的发展壮大，民粹民族主义文学逐渐显形。因此，"当代中国民族主义文学思潮研究"将是一个更加重大而复杂的文学思潮研究课题，至少可以预见的是，民族主义思想在未来很长时期内仍将主导国际政治、经济和文化事务，而中国民族主义思想赖以存在的外部刺激也将长期存在：国家统一问题、海疆争端问题、对外开放问题、文化强国问题等因素都将使中国当代民族主义思想会以爱国主义和改革开放的时代主题、以"中国梦"的表述方式获得创新转化，并担负起中国主流意识形态的角色使命，而附着于民族国家意识之上的民族主义文学也仍将是中国当代文学的主旋律文学。

笔者个人对于中国21世纪民族主义文学的发展大体有如下预期：

——政治民族主义文学仍将大行其道。只要大同世界没有来临，只要政治民族主义思想还是世界政治事务的主导因素，那么政治民族主义文学就仍将是主旋律文学，尤其在外交文学、军事文学和体育文学方面值得期待。

——经济民族主义文学方兴未艾。作为对全球经济一体化趋势的反驳与省思，经济民族主义将成为文学创作的热点题材，至少在报告文学领域会有重大作品出现。其前提则要求作者是对经济学、民族学与文学均有深厚功底的复合型人才。

——文化民族主义文学将以新古典主义文学的面貌示人，并成为中国文学对世界文坛独特而重要的贡献。文化民族主义文学将会出现以下四个亮点：一是中国传统"天人合一"思想为生态文学提供文化资源和理论支点；二是世界范围内的"非遗"保护行动将会促动文化民族主义文学创作；三是文学将以其审美现代性自觉对经济现代性和货币哲学进行反思，从而使人们"慢下来""向后看"；四是对后殖民主义理论的反思将会把文化民族主义文学带入"后现代状态"。

笔者对文化民族主义文学或新古典主义文学的未来发展抱有高度期待，还基于以下文化学的考量。

首先，文明冲突论与文化多元主义。亨廷顿认为，虽然民族国家仍将在世界事务中发挥主导作用，但未来的全球性冲突将主要是不同文明的冲

突，而文化民族主义将是文明冲突的主要动力。① 费正清指出：进入 20
世纪以来，中国人"对自身文化或'文化素养'的世代相传的自豪感，
已经激起了一股新的'文化民族主义'，这在将来很可能会胜过那发生在
欧洲的单纯政治上的民族主义"。② 中国学者认为，文化民族主义的"基
本内容包括：首先，它相信世界分为不同的国家和民族，每个民族国家
都有自己独特的传统文化，文化是区分不同民族国家的本质特征；其
次，文化民族主义是处理不同文化之间相互关系的原则，它对历史和现
实中国家间文化关系的状况有一个基本的估计和定性；再次，文化民族
主义把文化作为民族和国家认同的核心依据，目标是保留、复兴和壮大
自己的民族文化。"③ 因此，文化民族主义必将是 21 世纪民族主义理论
和实践中最活跃的一个领域，它将是一个国家文化软实力的表征，也必
将面对一系列重大问题：各国文化会否随着经济全球化而走向文化一体
化？文化多元主义具有怎样的合理性与合法性？文化现代化会否与社会
现代化形成悖论？等等。我相信，只要世界语言不统一，只要各国风俗
不同化，那么文化民族主义文学必将承担起民族主义思想代言人的责
任，也一定会通过民族集体记忆和文化符号来呈现各民族国家的文化主
体性！

其次，审美现代性与"讲述中国故事"。文学史经验和未来发展
都将证明：政治民族主义文学和经济民族主义文学都会直接服务于政
治经济形势，因而具有思辨性、政论性、灌输性、概念化、口号化等
显著特点，它可以鼓民气、新民德、起到很好的宣传教育作用，但其
审美价值会受到较大限制。相比较而言，文化民族主义文学是一个国
家文化自觉的表现，无论是文化乡愁还是民间情结，无论是思古幽情
还是挽悼"最后一个"，作家都会从传统文化与民间风俗中汲取精神
资源和叙事题材，从而讲述真正具有民族风格和地域特色的中国故
事，塑造出具有中国性格和中国气质的人物形象；而在艺术形式上，
文化民族主义文学将赓续古典诗书、绘画和音乐的抒情方式与意象模

---

① 王缉思主编：《文明与国际政治》，上海：上海人民出版社 1995 年版，第 3—7 页。
② ［美］费正清：《美国与中国》，北京：商务印书馆 1987 年版，第 87 页。
③ 钱雪梅：《文化民族主义刍论》，《世界民族》2000 年第 4 期。

式，也会像莫言那样从《庄子》《聊斋》中得到想象启迪与叙事智慧，从而取今复古、别立新宗，创作具有中国气派、中国作风的文学作品。

最后，文化积淀说与集体无意识。文化传统需要层累积淀，中国传统文化和风俗在演进过程中已成为中国作家的文学母题和集体无意识，这种文化脐带与血缘基因具有不可思议的幽深力量，无法轻易割断。试举以下三例为证。

——文化传统足以使先驱者"复古"。20 世纪初叶的文化先行者严复、梁启超、王国维等人在青年时代一度锐意于"疑古"探索，晚年却由"信古"而趋向"复古"了：严复走向了道德救国之路甚至反对白话文，梁启超相信中国文化可以拯救西方文明，王国维转向研究甲骨文以追述商周文明甚至为中国传统文化殉身……

——"非遗"和民俗研究直通大地民间。五四新文化先驱重视民俗研究不仅因为民俗学是一个新兴学科，更因为民间"活的语言"有利于创造"文学的国语"和"国语的文学"，有利于创造"人的文学"和"平民文学"，有利于"新的'民族的诗'的产生"①，刘半农甚至认为"这语言、风土、艺术三件事，干脆说来，就是民族的灵魂。"② 钟敬文认为"民俗文化是民族文化的基础"，民俗"对于整个民族文化，起着基础作用和辅佐作用，对每个民族成员的生活，是一种必要的手段和轨范。任何人不能脱离它而生存，正像鱼类不能离开水而生活一样。"③ 因此可以说，"非遗"和民俗中保存着民间记忆、平民智慧和游戏精神，是民族文化的标本与化石；民间历史和传说中有着民族文学的母题和原型，为文学创作提供了不竭的素材和灵感；"重述神话"项目则显示出民俗叙事具有文艺复兴与思想启蒙的双重意义。

——"用典"与"互文"赓续了中国美学。中国传统文学注重蕴藉之美，现代文学虽然不再讲究"无一字无来处"，但仍然延续了互文

---

① 周作人：《发刊词》，《歌谣》（北大日刊课发行）第 1 号（1922 年 12 月 17 日）。

② 刘半农：《〈吴歌甲集〉序》，陈子善编：《刘半农书话》，杭州：浙江人民出版社 1998 年版，第 85 页。

③ 钟敬文：《民俗文化学：梗概与兴趣》"著者自序"，北京：中华书局 1996 年版，第 7 页。

和用典传统。本著下编第四章关于鹿桥《未央歌》的解读已证明了这一点，这里再以《莎菲女士的日记》为例加以论证①：既有研究成果多注意《莎菲女士的日记》的"现代性"，即西方现代小说技法以及弗洛伊德心理主义、女性主义、王尔德唯美主义对丁玲的影响，甚至称"《莎菲》是对《莎乐美》的戏仿"②，认为它标志着中国现代日记体小说和心理剖析派小说的成熟；但是人们往往忽视了《莎菲女士的日记》的"传统性"，即中国古代文学对丁玲创作的深层结构性影响。丁玲（1904—1986）生于封建世家，7 岁开始读"四书五经"，8 岁起对《封神榜》等旧小说感兴趣；11 岁在舅父余笠云家发现一个堆满唐宋传奇、明清笔记、林译小说的书阁，她用数月时间翻遍所有书籍，把《红楼梦》通读了几遍，甚至"有一晚，当我再读《红楼梦》，我是那么伤心地哭了，因此到第二天早晨，眼睛肿得合了缝。"③ 直到去桃源、长沙、上海、北京等地求学时，丁玲才涉猎小仲马、福楼拜、莫泊桑、雨果、巴尔扎克、狄更斯、屠格涅夫、托尔斯泰、高尔基等人的作品。这就是说，丁玲接受了传统与现代文学的双重影响：西方文学的日记体和心理主义对《莎菲女士的日记》的影响显而易见，而传统文学这个沉潜的底子对丁玲的创作构成了深层的结构性影响，至少《莎菲女士的日记》对《红楼梦》《牡丹亭》《诗经》的典故多有化用。众所周知，《牡丹亭》通过杜丽娘和柳梦梅生死离合的爱情故事，发出了追求个性解放、爱情自由和婚姻自主的呼声，正如汤显祖在该剧《题辞》中所说："如杜丽娘者，乃可谓之有情人耳。情不知所起，一往而深。生者可以死，死者可以生。"因而莎菲与蕴姊唱《牡丹亭》就与《莎菲女士的日记》主题形成了互文，蕴含着对于"情不知所起，一往而深"的纯真爱情的向往，而她们的现实遭遇就变成了对男权社会的反讽与控诉：蕴姊恋慕一个面色苍白的男人，婚后渐被冷淡抑郁而死，莎菲则根本找不到可以托付身心的男性。不仅如此，《莎菲女士的日记》至少化用了《诗

---

① 李钧：《"莎菲性格"正解——兼谈传统文学对丁玲早期创作的影响》，《东岳论丛》2013 年第 12 期。

② 王玉宝：《〈莎菲女士的日记〉与〈莎乐美〉之比较》，《名作欣赏》2010 年第 1 期。

③ ［美］尼姆·威尔斯：《丁玲——她的武器是艺术》，《续西行漫记》，陶宜、徐复译，北京：解放军文艺出版社 2002 年版，第 246 页。

经》的两个典故：一是对《诗经·国风·秦风》的化用，"蒹葭苍苍，白露为霜"不仅引起"白苇"＝"结霜的苇荻"＝"苇荻"＝苇弟＝"瞿秋白之弟"＝瞿云白①的联想，而且"溯洄从之，道阻且长。溯游从之，宛在水中央"也暗示出苇弟对莎菲的追求是可望而不可即的；这就使小说中的"蕴姊"和"苇弟"都有了着落，也确证了小说的自叙传性质。二是化用《诗经·召南·野有死麕》："有女怀春，吉士诱之……舒而脱脱兮，无感我帨兮，无使尨也吠"，写一个美男子（吉士）对怀春少女的诱惑与肢体侵犯。而《莎菲女士的日记》中的凌吉士不仅对莎菲构成了"色的诱惑"还做出了肢体骚扰，因而被莎菲称为"人类中最劣种的人儿"。从更深层的互文角度来看，莎菲形象与其说是按照弗洛伊德主义塑造出来的女性，不如说是从《红楼梦》中走出来的现代版林黛玉——莎菲的肺病、多才、善感、执著爱情以及宁为玉碎的性格都与林黛玉有神似之处。而细究丁玲早期小说就会发现，她运用《红楼梦》笔法的作品绝不止《莎菲女士的日记》一篇，《过年》《梦珂》描人状物的笔致和含蓄蕴藉的韵味均与《红楼梦》神似。② 综上可以说，传统文学是丁玲审美创造的"根"，西方文学则是她后天补充的养分，丁玲的成功得益于她对古今中西文学传统的感性顿悟与融会贯通。因此，研究者如果一味到西方文学中寻找中国现代作家的"根"，就会舍本逐末、牵强附会，从而导致强制阐释和文化异化③。

　　当然，"民族主义"是一个悖论重重、歧义丛生的概念，我们一定要谨防对民族主义的偏执理解，更要防止其与世界化、现代化形成对抗。偏狭的民族主义观念往往源于缺乏世界意识和平等观念，很容易导向僵化保守、固步自封、自负狂妄、唯我独尊，使一个国家和她的人民失去自知之明和自我批判能力，甚至因之产生沙文主义狂想；世界史上的民族主义思潮和运动也表明，民众的民族主义情感在特殊时代会呈现出狂热的非理性

---

　　① 凌宇：《沈从文传》，北京：北京十月文艺出版社 1988 年版，第 169 页。"王剑虹与瞿秋白同居，丁玲与瞿秋白一个弟弟过从甚密，遂闹得流言四起，丁玲就独自跑到北京。"

　　② 参看李钧《"昨天文小姐，今日武将军"：论丁玲 1930 年代小说创作的转型》，《东方论坛》2009 年第 6 期；《人大复印资料·中国现当代文学研究》2010 年第 5 期。

　　③ 参看张江《强制阐释论》，《文学评论》2014 年第 6 期；朱斌《强制阐释与文化异化症》，《文艺争鸣》2015 年第 9 期。

状态，很容易被极权主义政治家所煽动和利用，变成"全民动员"和"为国牺牲"的借口。而在全民认同"祖国高于一切"的舆论一律之时，以理性批判为职志的知识分子也会失去反思与言说能力，变成强大的国家政治机器上的螺丝钉——二战期间的日本"笔部队"和德国一些知识分子大肆宣扬法西斯主义，就是很好的证明。狭隘民族主义思想的危害在中国也不乏其例："大儒"叶德辉1897年还相信"'五色黄属土，土居中央；中国人是黄种，天地开辟之初，隐于中位！'等童话——长胡须老头儿的无耻又无味的童话"①，真是贻笑大方；在新文化运动兴起之际，康有为还想成为"儒教教主"，而"其持孔教也，大抵与耶稣、谟罕争衡，以逞一时之意气门户而已。不知保教之道，言后行先则教存，言是行非则教废"②，可谓不识时务；义和团运动和"文化大革命"以民族主义之名大行愚昧主义之实，盲目排外，堪称倒行逆施；新千年以来仍有狭隘民族主义者高喊"中国可以说'不'"，给国人制造幻象和错觉，略显夜郎自大；新左派将"大跃进"和"文化大革命"阐释为中国特色现代化道路的探索，实为片面深刻；甚至有人挟持狭隘的"民族—国家"理论走向了分裂国家的歧途，可谓鼠目寸光……这些都是民族主义的负效应，值得认真研究和应对。同样，中国现代民族主义文学也有值得具体分析和批评之处，比如黄震遐诗剧《黄人之血》带有种族主义和泛亚洲主义思想，将俄、中冲突视为白种人对黄种人的殖民侵略，其中的歧义正是招致左翼评论家激烈批判的重要原因。这些事件都提醒我们：只有以生态文化学的文学史观重新审视中国现代民族主义文学思潮，才能发现其合理性、合法性；也只有以穿越思维进行往返质疑，才能既看到中国现代民族主义文学的思想史和文学史价值，同时指出其思想内容和艺术审美的不足与缺陷。

　　最后要说的是，本课题通过中国现代民族主义文学的思潮梳理与个案解读，试图为民族主义文学美学理论体系的建构奠定基础；而中国现当代民族主义文学美学理论体系的整合完善，则还有待志同道合者增砖添瓦、

---

① 吴其昌：《梁启超传》，天津：百花文艺出版社2004年版，第58页。

② 严复：《有如三保》，王栻主编：《严复集》第一册，北京：中华书局1986年版，第82页。

层累渐积。可以确信的是，"中国现当代民族主义文学思潮及其美学理论建构"是一处值得深钻精研的学术富矿，也必将成为中国现当代文学研究领域的一个极为重要的学术地标。

主要参考文献

资料著作类：

北京太平天国史研究会编：《太平天国史译丛》第 2 辑，北京：中华书局
　　1983 年版。

曾国藩：《曾文正公全集·文集》，台北：文海出版社 1982 年版。

张之洞：《张之洞全集》，苑书义等主编，石家庄：河北人民出版社 1998
　　年版。

冯桂芬：《校邠庐抗议》，上海：上海古籍出版社 2002 年版。

康有为：《孟子微》，北京：中华书局 1987 年版。

康有为：《大同书》，姜义华、张荣华校，北京：中国人民大学出版社
　　2010 年版。

梁启超：《饮冰室合集》，北京：中华书局 1989 年影印版。

王韬：《弢园文录外编》，沈阳：辽宁人民出版社 1994 年版。

严复：《严复集》，王栻主编，北京：中华书局 1986 年版。

刘鹗：《老残游记》，济南：齐鲁书社 1985 年版。

陈天华：《陈天华集》，刘晴波、彭国兴编校，长沙：湖南人民出版社
　　1958 年版。

辜鸿铭：《辜鸿铭经典文存》，洪治纲主编，上海：上海大学出版社 2008
　　年版。

辜鸿铭：《辜鸿铭文集》，黄兴涛等译编，海口：海南出版社 1996 年版。

孙中山：《孙中山全集》，北京：中华书局 1981 年版。

宋教仁：《宋教仁集》，北京：中华书局 1981 年版。

李大钊：《李大钊文集》，北京：人民出版社1984年版。

瞿秋白：《瞿秋白文集》，北京：人民文学出版社1953年版。

杜亚泉：《杜亚泉文存》，许纪霖、田建业编，上海：上海教育出版社2003年版。

梁漱溟：《梁漱溟全集》，济南：山东大学出版社1989年版。

胡适：《胡适全集》，合肥：安徽教育出版社2003年版。

胡适：《胡适遗稿及秘藏书信》，耿云志主编，合肥：黄山书社1994年版。

梅光迪、吴宓等：《国故新知论：学衡派文化论著辑要》，孙尚扬、郭兰芳编，北京：中国广播电视出版社1995年版。

吴宓：《吴宓诗集》，北京：中华书局1935年版。

吴宓：《吴宓日记1917—1924》，北京：生活·读书·新知三联书店1998年版。

鲁迅：《鲁迅全集》，北京：人民文学出版社2005年版。

周作人：《周作人散文》，张明高、范桥编，北京：中国广播电视出版社1992年版。

郭沫若：《郭沫若全集》，北京：知识产权出版社2004年版。

茅盾：《茅盾全集》，北京：人民文学出版社1991年版。

朱自清：《朱自清全集》，南京：江苏教育出版社1990年版。

老舍：《老舍全集》，北京：人民文学出版社2008年版。

林语堂：《林语堂自传》，工爻、谢绮霞、张振玉译，北京：群言出版社2010年版。

林语堂：《辉煌的北京》，赵沛林等译，北京：群言出版社2010年版。

林语堂：《吾国与吾民》，黄嘉德译，北京：群言出版社2010年版。

林语堂：《平心论高鹗》，北京：群言出版社2010年版。

林语堂：《京华烟云》，张振玉译，北京：群言出版社2010年版。

梁实秋：《梁实秋文集》，厦门：鹭江出版社2002年版。

沈从文：《沈从文文集》，广州：花城出版社1984年版。

黄震遐：《大上海的毁灭》，上海：上海书店1989年影印版。

雷海宗等：《时代之波：战国策派文化论著辑要》，温儒敏等编，北京：中国广播电视出版社1995年版。

林同济：《天地之间——林同济文集》，许纪霖、李琼编选，上海：复旦大学出版社2004年版。

雷海宗、林同济：《文化形态史观·中国文化与中国的兵》，长春：吉林出版集团有限责任公司2010年版。

鹿桥：《未央歌》，合肥：黄山书社2008年版。

萧红：《萧红全集》，哈尔滨：哈尔滨出版社1991年版。

赖和：《赖和短篇小说选》，北京：时事出版社1984年版。

吴浊流：《吴浊流小说选》，北京：广播出版社1981年版。

张其昀：《张其昀先生文集》，台北：中国文化大学出版社1982年版。

吴其昌：《梁启超传》，天津：百花文艺出版社2004年版。

张君劢：《当代新儒学八大家集·张君劢集》，黄克剑、吴小龙编，北京：群言出版社1993年版。

熊十力：《当代新儒学八大家集·熊十力集》，黄克剑、王欣、万承厚编，北京：群言出版社1993年版。

钱穆：《世界局势与中国文化》，台北：东大图书股份有限公司1987年版。

钱穆：《中国文学论丛》，北京：生活·读书·新知三联书店2004年版。

梁宗岱：《梁宗岱文集》，北京：中央编译出版社2003年版。

徐复观：《中国艺术精神》，上海：华东师范大学出版社2001年版。

朱光潜：《朱光潜全集》，合肥：安徽教育出版社1987年版。

冯文炳：《冯文炳选集》，北京：人民文学出版社1985年版。

冯雪峰：《冯雪峰论文集》，北京：人民文学出版社1983年版。

蔡尚思主编：《中国现代思想史资料简编》，杭州：浙江人民出版社1983年版。

翦伯赞：《翦伯赞史学论文选集》，北京：人民出版社1990年版。

冯友兰：《中国哲学史新编》，北京：人民出版社1989年版。

钟离蒙编：《中国现代哲学史资料汇编》，沈阳：辽宁大学出版社1982年版。

阿英：《晚清小说史》，北京：人民文学出版社1980年版。

黄万华：《多源多流：双甲子台湾文学（史）》，广州：花城出版社2014年版。

张中良：《抗战文学与正面战场》，北京：社会科学文献出版社 2014
　　年版。

靳明全：《抗战文学与中日比较文学论稿》，北京：中国社会科学出版社
　　2013 年版。

牟泽雄：《民族主义与国家文艺体制的形成：国民党南京政府时期 1927—
　　1937 的文艺政策研究》，昆明：云南人民出版社 2013 年版。

房福贤：《中国抗战文学新论》，北京：中国社会科学出版社 2012 年版。

陈建忠编选：《台湾现当代作家研究资料汇编·赖和》，台南：国立台湾
　　文学馆 2011 年版。

张恒豪编选：《台湾现当代作家研究资料汇编·吴浊流》，台南：国立台
　　湾文学馆 2011 年版。

叶石涛：《台湾文学史纲（注解版）》，高雄：春晖出版社 2010 年版。

徐迺翔编：《中国文学史资料全编：文学的"民族形式"讨论资料》，北
　　京：知识产权出版社 2010 年版。

曾广灿、吴怀斌编：《老舍研究资料》，北京：知识产权出版社 2010
　　年版。

王春风：《中国文化民族主义研究》，呼和浩特：内蒙古大学出版社 2010
　　年版。

王兆胜：《林语堂正传》，南京：江苏文艺出版社 2010 年版。

王黎君：《儿童的发现与中国现代文学》，北京：中国社会科学出版社
　　2009 年版。

叶朗：《美学原理》，北京：北京大学出版社 2009 年版。

冯自由：《革命逸史》，北京：新星出版社 2009 年版。

税海模：《郭沫若与中西文化撞击》，北京：东方出版社 2008 年版。

蒋泥：《飞扬与落寞：老舍的沉浮人生》，北京：东方出版社 2008 年版。

沈卫威：《学衡派谱系——历史与叙事》，南昌：江西教育出版社 2007
　　年版。

杨天石：《抗战与战后中国》，北京：中国人民大学出版社 2007 年版。

叶隽：《史诗气象与自由彷徨：席勒戏剧的思想史意义》，上海：同济大
　　学出版社 2007 年版。

石凤珍：《文艺"民族形式"论争研究》，北京：中华书局 2007 年版。

黄万华：《中国现当代文学》，济南：山东文艺出版社 2006 年版。

李钧：《生态文化学与 30 年代小说主题研究》，青岛：中国海洋大学出版
　　社 2006 年版。

上海社会科学院历史研究所编：《五卅运动史料》，上海：上海人民出版
　　社 2005 年版。

张礼恒：《何启、胡礼垣评传》，南京：南京大学出版社 2005 年版。

王向远：《日本对中国的文化侵略》，北京：昆仑出版社 2005 年版。

王向远：《“笔部队”和侵华战争》，北京：昆仑出版社 2005 年版。

齐涛主编：《中国民俗通志》（16 卷本），济南：山东教育出版社 2005
　　年版。

陈顺馨、戴锦华编：《妇女、民族与女性主义》，北京：中央编译出版社
　　2004 年版。

朱德发：《穿越现代文学多维时空》，济南：山东文艺出版社 2004 年版。

陈平原：《当代中国人文观察》，北京：人民文学出版社 2004 年版。

王德威：《现代中国小说十讲》，上海：复旦大学出版社 2004 年版。

王义军：《审美现代性的追求：论中国现代写意小说与小说中的写意性》，
　　上海：上海文艺出版社 2003 年版。

侯敏：《有根的诗学》，上海：上海人民出版社 2003 年版。

郭延礼：《中国近代文学发展史》，北京：高等教育出版社 2002 年版。

赵园：《北京：城与人》，北京：北京大学出版社 2002 年版。

江沛：《战国策派思潮研究》，天津：天津人民出版社 2001 年版。

罗志田：《乱世潜流：民族主义与民国政治》，上海：上海古籍出版社
　　2001 年版。

王泉根主编：《多维视野中的吴宓》，重庆：重庆出版社 2001 年版。

葛兆光：《中国思想史》，上海：复旦大学出版社 2001 年版。

喻大华：《晚清文化保守思潮研究》，北京：人民出版社 2001 年版。

张汝伦：《现代中国思想研究》，上海：上海人民出版社 2001 年版。

季红真：《萧红传》，北京：北京十月文艺出版社 2000 年版。

李世涛主编：《知识分子立场——民族主义与转型期中国的命运》，北京：
　　时代文艺出版社 2000 年版。

刘禾：《语际书写——现代思想史写作批判提纲》，上海：上海三联书店

1999 年版。

李泽厚：《中国思想史》，合肥：安徽文艺出版社 1999 年版。

余建华：《民族主义：历史遗产与时代风云的交汇》，北京：学林出版社 1999 年版。

许纪霖、田建业编：《一溪集：杜亚泉的生平与思想》，北京：生活·读书·新知三联书店 1999 年版。

刘再复、林岗：《传统与中国人》，合肥：安徽文艺出版社 1999 年版。

陈哲夫等主编：《现代中国政治思想流派》，北京：当代中国出版社 1999 年版。

沈卫威：《回眸"学衡派"——文化保守主义的现代命运》，北京：人民文学出版社 1999 年版。

高力克：《调适的智慧：杜亚泉思想研究》，杭州：浙江人民出版社 1998 年版。

杨义：《杨义文存》，北京：人民出版社 1998 年版。

陈平原：《中国现代学术之建立——以章太炎、胡适之为中心》，北京：北京大学出版社 1998 年版。

汪曾祺：《汪曾祺全集》，北京：北京师范大学 1998 年版。

程文超：《1903：前夜的涌动》，济南：山东教育出版社 1998 年版。

徐迅：《民族主义》，北京：中国社会科学出版社 1998 年版。

夏晓虹编：《追忆梁启超》，北京：中国广播电视出版社 1997 年版。

陈平原、杜玲玲编：《追忆章太炎》，北京：中国广播电视出版社 1997 年版。

李宏图：《西欧近代民族主义思潮研究——从启蒙运动到拿破仑时代》，上海：上海社会科学院出版社 1997 年版。

杜武志：《日治时期的殖民教育》，台北：北图文化出版社 1997 年版。

黄兴涛：《闲话辜鸿铭》，海口：海南出版社 1997 年版。

冯友兰：《贞元六书》，上海：华东师范大学出版社 1996 年

罗福惠：《中国民族主义思想论稿》，武汉：华中师范大学出版社 1996 年版。

陶绪：《晚清民族主义思潮》，北京：人民出版社 1995 年版。

王缉思主编：《文明与国际政治》，上海：上海人民出版社 1995 年版。

马良春、张大明主编：《中国现代文学思潮史》上下，北京：北京十月文艺出版社 1995 年版。

许道明：《京派文学的世界》，上海：复旦大学出版社 1994 年版。

中国第二历史档案馆编：《中华民国史档案资料汇编》，南京：江苏古籍出版社 1994 年版。

唐文权：《觉醒与迷误：中国近代民族主义思潮研究》，上海：上海人民出版社 1993 年版。

程文超：《意义的诱惑》，长春：时代文艺出版社 1993 年版。

徐岱：《小说叙事学》，北京：中国社会科学出版社 1992 年版。

彭树智：《东方民族主义思潮》，西安：西北大学出版社 1992 年版。

粟多桂：《台湾抗日作家作品论》，重庆：西南师范大学出版社 1991 年版。

徐友春主编：《民国人物大辞典》，石家庄：河北人民出版社 1991 年版。

《中国新文学大系 1937—1949 · 文学理论卷》，上海：上海文艺出版社 1990 年版。

胡经之、张首映主编：《西方二十世纪文论选》，北京：中国社会科学出版社 1989 年版。

费孝通等：《中华民族多元一体格局》，北京：中央民族出版社 1989 年版。

沙莲香编：《中国民族性》，北京：中国人民大学出版社 1989 年版。

方克立：《中国现代哲学与文化思潮》，北京：求实出版社 1989 年版。

艾克恩编：《延安文艺运动纪盛》，北京：文化艺术出版社 1987 年版。

毛崇杰：《席勒的人本主义美学》，长沙：湖南人民出版社 1987 年版。

王观泉编：《怀念萧红》，哈尔滨：黑龙江人民出版社 1984 年版。

周阳山、杨肃献：《近代中国思想人物论：民族主义》，台北：时报文化出版社事业公司 1982 年版。

司马长风：《中国新文学史》，香港：昭明出版社 1978 年版。

金耀基：《中国现代化与知识分子》，台北：时报出版公司 1977 年版。

［德］斯宾格勒：《西方的没落》，吴琼译，上海：上海三联书店 2006 年版。

［美］夏志清：《中国现代小说史》，刘绍铭等译，上海：复旦大学出版社

2005 年版。

［日］吉野耕作：《文化民族主义的社会学——现代日本自我认同意识走向》，刘克申译，北京：商务印书馆 2004 年版。

［法］福柯：《福柯集》，杜小真编选，上海：上海远东出版社 2003 年版。

［美］本尼迪克特·安德森：《想象的共同体：民族主义的起源与散布》，吴叡人译，上海：上海人民出版社 2003 年版。

［美］费正清著：《中国：传统与变迁》，张沛译，北京：世界知识出版社 2001 年版。

［日］丸山真男：《日本政治思想史研究》，王中江译，北京：生活·读书·新知三联书店 2000 年版。

［英］霍布斯鲍姆：《民族与民族主义》，李金梅译，上海：上海人民出版社 2000 年版。

［美］列文森：《儒教中国及其现代命运》，郑大华、任菁译，北京：中国社会科学出版社 2000 年版。

［德］黑格尔：《历史哲学》，王造时译，上海：上海书店出版社 1999 年版。

［法］埃德加·莫林、安娜·布里吉特·凯恩：《地球 祖国》，马胜利译，北京：生活·读书·新知三联书店 1997 年版。

［英］安东尼·吉登斯：《民族—国家与暴力》，胡宗泽等译，上海：三联书店 1998 年版。

［瑞士］雅各布·布克哈特：《意大利文艺复兴时期的文化》，何新译，北京：商务印书馆 1997 年版。

［美］张灏：《梁启超与中国思想的过渡（1890—1907）》，崔志海、葛夫平译，南京：江苏人民出版社 1997 年版。

［德］卡西尔：《启蒙哲学》，顾伟铭、杨光仲、郑楚宣译，济南：山东人民出版社 1996 年版。

［美］格里德：《胡适与中国的文艺复兴：中国革命中的自由主义（1917—1937）》，鲁奇译，王友琴校，南京：江苏人民出版社 1996 年版。

［俄］别林斯基：《文学的幻想》，满涛译，合肥：安徽文艺出版社 1996 年版。

［美］柯伟林：《蒋介石政府与纳粹德国》，陈谦平等译，北京：中国青年
　　出版社1994年版。

［美］费正清编：《剑桥中华民国史1912—1949》上卷，杨品泉等译，北
　　京：中国社会科学出版社1993年版。

［美］费正清、费维恺编：《剑桥中华民国史1912—1949》下卷，刘敬坤
　　等译，北京：中国社会科学出版社1993年版。

［美］费正清、刘广京编：《剑桥中国晚清史1800—1911年》下卷，中国
　　社会科学院历史研究所编译室译，北京：中国社会科学出版社1993
　　年版。

［英］呤唎：《太平天国革命亲历记》，王维、周泽译，上海：上海古籍出
　　版社1985年版。

［美］葛浩文：《萧红评传》，哈尔滨：北方文艺出版社1985年版。

［英］福斯特：《小说面面观》，苏炳文译，广州：花城出版社1984年版。

［德］莱辛：《汉堡剧评》，张黎译，上海：上海译文出版社1981年版。

论文类：

朱斌：《强制阐释与文化异化症》，《文艺争鸣》2015年第9期。

谢昭新：《老舍抗战散文中的文化心理透视》，《中国现代文学研究丛刊》
　　2015年第9期。

关纪新：《老舍民族观探赜》，《中国现代文学研究丛刊》2015年第4期。

张江：《强制阐释论》，《文学评论》2014年第6期。

李晓峰：《集体记忆·文化符号·民族形象——论1950年代少数民族文学
　　文化民族主义话语》，《民族文学研究》2013年第6期。

张双智：《近代民族主义视野下的西藏问题》，《青海民族研究（社会科学
　　版）》2011年第1期。

王文奇：《民族主义与民族国家构建析论》，《史学集刊》2011年第3期。

王希恩：《中国共产党反对两种民族主义的理论和实践回溯》，《民族研
　　究》2011年第4期。

曹林红：《民族、阶级与"形式"的政治——论抗战时期"文艺的民族形
　　式"讨论》，《中国现代文学研究丛刊》2011年第3期。

沈卫威：《现代大学的两大学统：以民国时期的北京大学、东南大学—中

央大学为主线考察》,《学术月刊》2010 年第 1 期。

朱寿桐:《"新人文主义"与"新儒学人文主义"》,《哲学研究》2009 年第 8 期。

郑大华、周元刚:《论五四前后的民族主义思潮及其特点》,《四川大学学报》(哲学社会科学版)2008 年第 2 期。

冷川:《"中东路事件"在左翼文学中的表现》,《广播电视大学报》(哲学社会科学版)2008 年第 2 期。

陈镱文、姚远:《杜亚泉先生年谱》,《西北大学学报》(自然科学版)2008 年第 5—6 期。

袁进:《都市叙述的发端——试论韩邦庆的小说叙述理论与实践》,《社会科学》2007 年第 5 期。

薄明华:《论当代中国新民族主义思潮》,《中国人民大学报刊复印资料·政治学》2007 年第 8 期。

许纪霖:《共和爱国主义与文化民族主义——现代中国两种民族国家认同观》,《华东师范大学学报》(哲学社会科学版)2006 年第 4 期。

李钧:《文化中国与大地民间:试论 30 年代的"寻根"小说》,《文学评论》2006 年第 5 期。

杨奎松:《蒋介石、张学良与中东路事件之交涉》,《近代史研究》2005 年第 1 期。

许纪霖:《政治美德与国民共同体——梁启超自由民族主义思想研究》,《天津社会科学》2005 年第 1 期。

左双文:《再论 1929 年中东路事件的收场》,《民国档案》2005 年第 4 期。

左双文:《再论 1929 年中东路事件的发动》,《民国档案》2004 年第 2 期。

朱华东:《杜亚泉与哈耶克有限政府论理论基础之比较》,《史学月刊》2003 年第 12 期。

董德福:《"中国文艺复兴"的历史考辨》,《江苏大学学报》(社会科学版)2002 年第 1 期。

徐春夏:《钱穆"文化民族主义"史观疏解》,《南都学坛》(人文社会科学学报)2002 年第 4 期。

申晓云:《中东路事件新探》,《南京大学学报》(哲学·人文科学·社会科学)2002 年第 6 期。

吴晓东：《意念与心象：废名小说〈桥〉的诗学研读》，《文学评论》
　　2001 年第 2 期。

洪九来：《集权与分权——略论〈东方杂志〉在清末民初政争中的折衷观
　　点》，《山西师大学报》（社会科学版）2000 年第 2 期。

王富仁：《鲁迅小说的叙事艺术》，《中国现代文学研究丛刊》2000 年第 3 期。

董恩强：《杜亚泉的文化思想——兼评杜、陈文化论争》，《华中师范大学
　　学报》（人文社会科学版）2000 年第 3 期。

钱雪梅：《文化民族主义刍论》，《世界民族》2000 年第 4 期。

吴晓东、倪文尖、罗岗：《现代小说研究的诗学视阈》，《中国现代文学研
　　究丛刊》1999 年第 1 期。

杨义：《老舍与二十世纪文学》，《民族文学研究》1999 年第 4 期。

吴晓东：《现代“诗化小说”探索》，《文学评论》1997 年第 1 期。

［韩］金良守：《论“民族形式”论争的发端问题》，《南京大学学报》
　　（哲学社会科学版）1996 年第 2 期。

［韩］金会峻：《中国现代文学史上“民族形式论争”研究》，《中国现代
　　文学研究丛刊》1996 年第 3 期。

熊坤新：《关于民族主义论争中的几个热点问题》，《贵州民族研究》1996
　　年第 4 期。

曹跃明、徐锦中：《中国近现代民族主义之路》，《天津社会科学》1996
　　年第 5 期。

［日］金子道雄：《日本的战争赔偿责任》，毛惠玲译，林代昭校，《抗日
　　战争研究》1995 年第 4 期。

郭志刚：《论三四十年代的抗战小说》，《文学评论》1995 年第 4 期。

郑师渠：《近代中国的文化民族主义》，《历史研究》1995 年第 5 期。

闾小波：《论辛亥前梁启超的民族主义》，《近代史研究》1992 年第 5 期。

徐光霄：《〈新华日报〉在文艺战线的斗争》，《抗战文艺研究》1982 年第
　　1 期。

赵园：《老舍——北京市民社会的表现者与批判者》，《文学评论》1982
　　年第 2 期。

吴小美：《一部优秀的现实主义作品——评老舍的〈四世同堂〉》，《文学
　　评论》1981 年第 6 期。

后　记

从 2006 年秋天出版个人第一部专著《生态文化学与 30 年代小说主题研究》，到 2016 年秋天《中国现代民族主义文学思潮（1895—1945）》杀青，生命之舟已从 37 岁的渡口划到了 47 岁的码头。十年回首路已远，虽然不必嗟呀浩叹，却值得默默在脚下做一个记号，标一下里程了！

不敢说"十年著书五车读"。这十年间主持或参与了一些课题，个人也获得几项科研奖励，但最难忘的是参与朱德发、魏建先生主持的三卷本《现代中国文学通鉴（1900—2010）》项目，这倒不是因为此著获得了山东省社科成果一等奖和教育部社科成果二等奖，而是因为它证明中国学者也有团队协作、创制类似《剑桥世界史》那样的学术经典的可能性。至于读书，她是我的职志和乐活方式，自然不会有"苦读"之感；我的阅读不再追随潮流而是沉迷经典，逐渐认同"聪明人下真功夫读经典方成大器"的观点。至于学术，我只做"优美作品之发现与评审"，而不再对恶俗之作"保持愤怒"，我把清理垃圾、降解糟粕的任务交给时间之水。

不敢说"十年辛苦不寻常"。学术研究是一项充满发现和挑战的智力游戏，学人进入写作状态时就像游戏成瘾者一样乐此不疲、心无旁骛。犹记得 2013 年冬天的"坐冷板凳"：教学楼工作室停暖，我裹着厚厚的羽绒服整理《京华烟云》评论，一个寒假完成了一篇两万四千字的论文。犹记得 2015 年的"暑期热读"：假期开始，我本以为能在工作室安心读书了，没想到第二天施工队就开进楼来整建装修；我每天在停电的工作室里戴着耳塞读经典，傍晚时分则携带当天阅读的那卷《胡适全集》回家做笔记；最终积三十天之功完成了两万五千字的《国之不存，自由何为？——胡适在抗战时期的思想转变》。犹记得 2016 年"寒假闭关"：将

《老舍全集》置于案头，翻出整理好的笔记，用一个假期时间完成了四万两千字的《塑造"地道的中国人"——论〈四世同堂〉人物形象及老舍的小说美学》……这些片断最能让一个学人找到存在感。

不敢说"十年世事茫如海"，很多事情留在心里，有增有减，显示着生命的实存和岁月的伟力。儿子李伯文一直是我的骄傲，大一时就有论文发表在文化评论刊物。我的老父亲已是头发雪白、腿脚迟重；母亲的脊背弯得更厉害了，她的风湿性关节炎和有时飚到 220 的高血压让我心存牵挂；每次回家听母亲唠叨，听她像对小孩子一样嘱咐我吃饱穿暖看天气，就有种幸福感。老姐在父母跟前尽孝，照料他们生活，不时带他们体检，还常常给老人按摩腿脚，让我惭愧不已。我敬爱的岳母黄锦凤女士 2016 年 5 月 16 日安详辞世，留下遗嘱："不收赙金，不搞任何仪式！"真是清白一生。我的岳父陈信泰先生刚刚过完九十岁生日，性情豁达，胃口也好，最大兴趣就是整理自己当年的论著。在这十年里，我不仅感受到了妻子的坚强和"每临大事不糊涂"，而且体会到了她最细微的呵护；俗话说"多年夫妻成老友"，我们相约要"健康而有尊严地活着"！

不敢说"十载弦歌育菁莪"，但是当学生们亲昵地称道"我们老李"时，当学生把我比作"讲台上的侠客"时，我知道：薪火相传，并非虚妄。学生们用后现代语言表达："明明可以靠颜值却偏偏拼学识，这话放在李钧老师身上十分合适。老李的课备受欢迎，他略带沙哑的声音、渐白的头发，配上黑色的衬衣，恰给人鲁迅式的温情和犀利……"此时我明白：经师不易，人师更难。留学生海美凤在一篇文章中写道："我很喜欢李钧老师的课，有时同样的课我跟着不同的班听了两次。老师以为我搞不懂课程表而微笑着对我说：'你已经听过这节课了，可以走了。'当时我很不好意思说我只是想再听一次。……我知道李老师课的神奇是从哪里来的，这个秘密是很简单的：他爱文学，爱小说中的人物和故事，爱自己的工作。怪不得下课时我们经常为他鼓掌。"这些文字让我深悟：道之所存，师之所存也。

可以说的是，十年新朋成旧雨。本课题析出的数篇文章已在期刊发表，这要感谢南京大学《中国现代文学论丛》张光芒教授、上海师范大学《都市文化研究》陈恒教授、《东岳论丛》曹振华编审、《齐鲁学刊》赵歌东教授、《理论学刊》王敏女士、《名作欣赏》原主编续小强博士、

《东方论坛》冯济平编审、《江苏师范大学学报》周棉教授、《山东师范大学学报·社会科学版》李宗刚教授。我记得:《乡愁叙事与回忆美学——从〈呼兰河传〉看萧红的小说学》全文18000字,交给编辑全权斧正,《名作欣赏》时任主编续小强把此文当作杂志头条全文刊出,封二还加上作者简介和照片,让我的形象第一次在期刊曝光。我记得:《塑造"地道的中国人"——论〈四世同堂〉人物形象及老舍的小说美学》收笔时长达42000字,李宗刚教授为此文划出了27个页码。我要特别感谢张光芒教授,不仅因为他邀约、编发了我两篇论文,更因为他一直关注着本课题的研究进程,还为本书出版牵线搭桥,使我有幸结识了编辑家武云和张林女士。我的恩师朱德发先生为本书赐写序言,多有溢美和鼓励,让我十年写作的寂寞即刻缓释,内心也获得了沉潜学术的定力和继续前行的动力!

当我把这十年中的温暖瞬间串连起来,已获得了足够支撑下一个十年的精神力量。何况,我还在做着以下功课和省思。

尝试化繁为简。十年前,我是曲阜师范大学最年轻的文科教授;五年前,我是这所学校最年轻的省级重点学科带头人。那时年轻气盛,意气风发,甚至觉得无所不能。但是不知不觉间,我在透支劳作中患上了严重的颈腰椎病,缺乏锻炼也导致跟腱韧带意外撕裂。我在卧病反思中明白了,即使自己有三头六臂也不可能包打天下、把所有事情做到完美。——能做一个有态度的学者、有法度的老师、有温度的家人,即是一个达人。

承认所知甚少。我逐渐认同理性有限论,既然在个人修养方面都会"理未易明,善未易察",在研究历史、评判他人之时更须谨慎小心。我日益崇尚实证研究,努力触摸历史、还原现场,做到无征不信、孤证不立,切忌剑走偏锋以标新立异;我反对唯理论建构主义,主张联系实际、追求真知,力戒玄想臆断、空谈妄议,绝不哗众取宠以沽名钓誉。

注重知人论世。在学术研究中努力把人物和事件放到时间长河里、置于其独特语境中;对于前辈先哲要有同情之理解,对于当代人物更要听其言而观其行,设想五十年后的历史会如何评说他;我也会把自己放到历史和未来的框架中加以审视和考量,这样就不会"一人悲欢,杯水风波",就会明白自己该坚持什么,该放弃什么。

反对急功近利。我深信教育和学术不能搞GDP或商品化,不能按市场法则来计算投入产出比,不能搞"一手交钱一手交货"——金钱帝国里出不了学术经典，货币哲学又岂能成为教书育人的法则？！教育和学术更要抛弃行政命令和"大跃进"行为，那些随风漂流的泡沫绝不是大繁荣的表征，那花里嗯哨的口号也回答不了"钱学森之问"。我越来越认同两句质朴的话，一是农民说："种瓜得瓜，种豆得豆，一分耕耘，一分收获。"二是江湖语："出来混，早晚要还的。"这两句话从正反两方面讲了一个常识：世上没有投机捷径，暴发只是崩溃前兆！

对于下一个"十年"，我没有细致规划，因为我没有梁启超"十年以后当思我，举国犹狂欲语谁"的万丈雄心。我只有一个书生的底线，就是绝不会"名利场中空扰扰"。这个底线也可以用朱自清的诗句来表达：

> 从此我不再仰眼看青天，
> 不再低头看白水，
> 只谨慎着我双双的脚步；
> 我要一步步踏在泥土上，
> 打上深深的脚印！
> 虽然这些印迹是极微细的，
> 且必将磨灭的，
> 虽然这迟迟的行步
> 不称那迢迢无尽的程途，
> 但现在平常而渺小的我，
> 只看到一个个分明的脚步，
> 便有十分的欣悦——
> 那些远远远远的
> 是再不能，也不想理会了。
> 别耽搁吧，
> 走！走！走！

李　钧

2016 年 9 月 10 日